千年家国何处是

从庾信到陈子龙

［美］孙康宜　著

Collected Works of Kang-i Sun Chang

GUANGXI NORMAL UNIVERSITY PRESS

广西师范大学出版社

·桂林·

千年家国何处是：从庾信到陈子龙

QIANNIAN JIAGUO HE CHU SHI：CONG YU XIN DAO CHEN ZILONG

著作权合同登记号桂图登字：20-2022-020 号

图书在版编目（CIP）数据

千年家国何处是：从庾信到陈子龙 ／（美）孙康宜
著．--桂林：广西师范大学出版社，2022.7
（孙康宜作品系列）
ISBN 978-7-5598-4761-4

Ⅰ．①千… Ⅱ．①孙… Ⅲ．①古典诗歌－诗歌研究－
中国－文集 Ⅳ．①I207.2-53

中国版本图书馆 CIP 数据核字（2022）第 033203 号

广西师范大学出版社出版发行
广西桂林市五里店路 9 号　邮政编码：541004
网址：http://www.bbtpress.com
出版人：黄轩庄
全国新华书店经销
湛江南华印务有限公司印刷
广东省湛江市霞山区绿塘路 61 号　邮政编码：524002
开本：880 mm × 1 230 mm　1/32
印张：18.25　字数：350 千
2022 年 7 月第 1 版　2022 年 7 月第 1 次印刷
印数：0 001~5 000 册　定价：96.00 元

如发现印装质量问题，影响阅读，请与出版社发行部门联系调换。

孙康宜文集

简体增订版致谢词

孙康宜

　　拙著在繁体版《孙康宜文集》基础上，增订为《孙康宜作品系列》五卷本能在中国出版，首先要感谢《南方周末》的朱又可先生，因为是他把拙著介绍给多马先生的。听朱又可先生说，多马一直想出版我的作品，对我来说当然很高兴。

　　能认识多马先生乃是我个人的一大荣幸。最奇妙的是，虽然彼此没见过面，但发现双方的观点一拍即合，仿佛遇到了知心人。尤其当初在偶然间见到他和我的好友顾彬（Wolfgang Kubin）的合照，感到多马的面孔甚为熟悉，颇为震撼！后来发现多马办事敏捷，富判断力，凡事充满创意，令我十分钦佩。所以此次拙著《孙康宜作品系列》能顺利由广西师范大学出版社出版，完全靠多马先生的持续努力，在此我要特别向他献上感谢。

　　同时，我也要感谢好友徐文博士，为了这套简体版，她特别为新加的数篇文章重新打字，并为我完成作品系列的繁简转换。今年她在美国加州大学圣塔芭芭拉分校（University of California, Santa Barbara）当访问学者，在极其忙碌之中，还不断抽出时间协助我，让我无限感激。此外，我的耶鲁学生凌超博士［目前执教于缅因州的贝茨学院（Bates College）］多年来一直不断给我各方面的帮助，这次又为这套作品系列题签，令我终生难忘。住在费城附近的李保阳博士，帮我校阅全部作品系列五卷，原稿总字数近 170 万字，合计 1914 页，校改条目共 1329 处，并为简体版作品系列撰写"校读后记"，我对他的感激之情是言语所无法形容的。

对于台湾秀威资讯的发行人宋政坤先生的授权，以及郑伊庭、杜国维等人的帮忙，我要表达衷心的谢意。同时，我也要感谢从前繁体版文集的主编韩晗教授，他为整套书的初步构想做出了贡献。

这套作品系列五卷本将在我的出生地——北京编辑出版，令我感到特别兴奋。尤其在目前全球遭受巨大冲击、合力抵抗疫情的艰难期间，能得到出书的些微安慰和喜悦，也算是一种幸福了。

2020 年 5 月 12 日
写于美国康州木桥乡

初版作者致谢词

孙康宜

感谢蔡登山、宋政坤二位先生以及主编韩晗的热心和鼓励，是他们共同的构想促成了我这套《孙康宜文集》（以下简称《文集》）在台湾的出版。同时我也要向《文集》的统筹编辑郑伊庭和编辑卢羿珊女士及杜国维先生致谢。

感谢徐文花费很多时间和精力为我整理集内的大量篇章，乃至重新打字和反复校对。她的无私帮助令我衷心感激。

感谢诸位译者与合作者的大力协助。他们的姓名分别为：李奭学、钟振振、康正果、叶舒宪、张辉、张健、严志雄、黄红宇、谢树宽、马耀民、皮述平、王瑷玲、钱南秀、陈磊、金溪、凌超、卞东波。是他们的襄助充实和丰富了这部《文集》的内容。

感谢曾经为我出书的诸位主编——廖志峰、胡金伦、陈素芳、隐地、初安民、邵正宏、陈先法、杨柏伟、张凤珠、黄韬、申作宏、张吉人、曹凌志、冯金红等。是他们严谨的工作态度给了我继续出版的信心。

感谢耶鲁大学图书馆中文部主任孟振华先生，长期以来他在图书方面给我很大的帮助。

感谢王德威、黄进兴、陈淑平、石静远、苏源熙、吕立亭、范铭如等人的帮助。是他们的鼓励直接促成了我的写作灵感。

感谢丈夫张钦次（C. C. Chang），是他多年来对我的辛勤照顾以及所做的一切工作，最终促成这套《文集》的顺利完成。

2016 年 10 月

写于耶鲁大学

徜徉于古典与现代之间

——《孙康宜文集》导读

韩晗

今年 73 岁的孙康宜先生是国际汉学界具有代表性的学者，她在中国古典文学研究界深耕多年，著作等身。曾任普林斯顿大学葛思德东方图书馆①（The Gest Oriental Library at Princeton University）馆长，后又两度出任耶鲁大学东亚系（The Council on East Asian Studies at Yale University）主任，2015 年当选为美国人文与科学院院士，2016 年又当选为台湾"中研院"院士，在国际中国古典文学研究界声誉卓著。而且，孙康宜还是一位驰名国际的华语散文家，其代表作《我看美国精神》《走出白色恐怖》不但在华语散文界影响颇大，而且还被翻译为韩文、捷克文，在其他国家和地区出版，形成了世界性的影响。

5 年间，《孙康宜文集》在大陆、台湾两地先后问世，受到了

---

① 葛思德东方图书馆旧译作 "The Gest Oriental Library"，见屈万里《普林斯顿大学葛思德东方图书馆中文善本书志》成书时在任图书馆馆长威廉·狄克斯（William S. Dix）的英文序言。20 世纪 80 年代初期，孙康宜任该馆馆长之时，该馆的通用名称仍是 The Gest Oriental Library。目前已改为 The East Asian Library of the Princeton University Library。

许多同行学者的关注与好评，大家不约而同地认为，《孙康宜文集》的出版不但是国际汉学研究的大事，更是中国古典文学研究界众望所归的喜事，当然这也说明了孙康宜先生作为学术泰斗，其卓异成就得到了海峡两岸、海内外学界的高度认可。作为《孙康宜文集》的主编，我愿不揣浅陋，撰此导读，向孙康宜先生的学术思想与创作成就致敬。

一

总体来看，孙康宜先生的学术研究分为如下两个阶段。

与其他同时代许多海外华裔学者相似，孙康宜出生于中国大陆，20 世纪 40 年代末去台湾，在台湾完成了初等、高等教育，尔后赴美继续攻读硕士、博士学位，最后在美国执教。但与大多数人不同之处在于，孙康宜的人生轨迹乃是不断跌宕起伏的结果，并非一帆风顺。因此，孙康宜的学术研究分期，也与其人生经历、阅历有着密不可分的联系。

1944 年，孙康宜出生于北京，两岁那年，因为战乱而举家迁往台湾。其父孙裕光曾毕业于日本早稻田大学，并曾短期执教北京大学，而其母陈玉真则是台湾人。孙康宜举家迁台之后，旋即爆发二二八事件，孙康宜的舅舅陈本江因涉"台共党人"的"鹿窟基地案"而受到通缉，其父亦无辜受到牵连而入狱 10 年。[①]

可以这样说，幼年至少年时期的孙康宜，一直处于颠沛流离

---

① 孙康宜《走出白色恐怖》(增订版)，北京：生活·读书·新知三联书店，2012 年版，第 222 页。

之中。在其父蒙冤入狱的岁月里，她与母亲在高雄林园乡下相依为命。这样独特且艰苦的生存环境，锻炼了孙康宜坚强、自主且从不依赖他人的独立性格，也为其精于钻研、刻苦求真的治学精神起到了奠基作用。

1962年，18岁的孙康宜被保送进入台湾东海大学外文系，这是一所与美国教育界有着广泛合作并受到基督教会支持的私立大学，首任校董事长为台湾前教育事务主管部门负责人杭立武先生，这是孙康宜学术生涯的起点。据孙康宜本人回忆，她之所以选择外文系，乃与其父当年蒙冤入狱有关。英文的学习可以让她产生一种逃避感，使其可以不必再因为接触中国文史而触景生情。

在这样的语境下，孙康宜自然对英语有着较大的好感，这也为她今后从事英语学术写作、比较文学研究打下了基础。她的学士学位论文 "The Importance of Herman Melville to Chinese Students with a Comparison between the Ideas of Melville and Prominent Chinese Thinkers"（《赫尔曼·麦尔维尔对中国学生的重要性——兼论麦尔维尔与中国著名思想家的思想比较》）以美国小说家赫尔曼·麦尔维尔（Herman Melville，1819—1891）的小说《白鲸》（Moby Dick）为研究对象。用孙康宜本人的话讲："他一生中命运的坎坷，以及他在海洋上长期奋斗的生涯，都使我联想到自己在白色恐怖期间所经历的种种困难。"[1]

从东海大学毕业后，孙康宜继续在台湾大学外文研究所攻读美国文学研究生。多年英语的学习，使得孙康宜有足够的能力赴

---

[1] 燕舞采写《孙康宜：借着书写和回忆，我已经超越了过去的苦难》，《经济观察报》，2012年9月3日第585期，第40版。

美留学、生活。值得一提的是，此时孙裕光已经出狱，但属于"有前科"的政治犯，当时台湾处于"戒严"状态下，有"政治犯"背景的孙康宜一家是被"打入另册"的，她几乎不可能在当时台湾的体制内获得任何上升空间（除了在受教育问题上还未受到歧视之外），甚至离台赴美留学，都几乎未能成行。[①] 在这样的处境下，定居海外几乎成为孙康宜唯一的出路。

在台大外文所读书期间，成绩优异的孙康宜就被得克萨斯州的 A & M 大学（Texas A & M University）英文系录取并获奖学金。但后来由于个人情况的考虑，她决定进新泽西州立罗格斯大学（Rutgers, the State University of New Jersey）图书馆学系的硕士班。历史地看，这是一个与孙康宜先前治学（英美文学）与其之后学术生涯（中国古典文学）并无任何直接联系的学科；但客观地说，这却是孙康宜在美国留学的一个重要的过渡，因为她想先学会如何在美国查考各种各样的学术资料，并对书籍的分类有更深入的掌握。1971 年，孙康宜获得该校图书馆学系的硕士学位之后，旋即进入南达科他州立大学（The South Dakota State University）英文硕士班学习，这是孙康宜获得的第二个硕士学位——她又重新进入了英美文学研究领域。

嗣后，孙康宜进入普林斯顿大学东亚研究系（The East Asian Studies Department at Princeton University）博士班，开始主修中

---

① 孙康宜在《走出白色恐怖》中回忆，她和两个弟弟孙康成、孙观圻离台赴美留学时，数次被台湾当局拒绝，最终时任保密局长的谷正文亲自出面，才使得孙康宜姐弟三人得以赴美。1978 年，其父孙裕光拟赴美治病、定居，但仍遭到当局阻挠，孙康宜无奈向蒋经国写信求助。后来又得到美国新泽西州的参议员克利福德·凯斯（Senator Clifford Case）的帮忙，其父母才得以成行。

国古典文学，副修英美文学与比较文学，师从于牟复礼（Frederick W. Mote，1922—2005）、高友工（Yu-kung Kao，1929—2016）等知名学者。此时孙康宜真正开启了她未来几十年的学术研究之门——比较文学视野下的中国古典文学研究。

1978 年，34 岁的孙康宜获得普林斯顿大学博士学位，并发表了她的第一篇英文论文，即关于加州大学伯克利分校东亚研究所（The Institute of East Asian Studies at University of California, Berkeley）教授西里尔·白之（Cyril Birch，1925— ）的《中国文学文体研究》（Studies in Chinese Literary Genres）的书评，刊发于《亚洲研究》（*Journal of Asian Studies*）杂志上。这篇文章是她用英文进行学术写作的起点，也是她进入美国学界的里程碑。

1979 年，是孙康宜学术生涯的重要转折点。她的第一份教职就是在人文研究颇有声誉的塔夫茨大学（Tufts University）担任助理教授，这为初出茅庐的孙康宜提供了一个较高的起点。同年，孙康宜回到中国大陆，并在南京大学进行了学术讲演，其间与唐圭璋、沈从文、赵瑞蕻等前辈学者和作家有过会面。作为新时期最早回到中国大陆的旅美学者之一，孙康宜显然比同时代的其他同行更有经历上的优势。

次年，在普林斯顿大学东亚研究系创系主任牟复礼教授的推荐下，孙康宜受聘普林斯顿大学葛思德东方图书馆担任馆长，这是一份相当有荣誉感的职位，比孙康宜年长 53 岁的中国学者兼诗人胡适曾担任过这一职务。当然，这与孙康宜先前曾获得过图书馆学专业的硕士学位密不可分。在任职期间她在普林斯顿大学出版社（Princeton University Press）出版了自己第一本英文专著

The Evolution of Chinese Tz'u Poetry: From Late T'ang to Northern Sung（《晚唐迄北宋词体演进与词人风格》）。这本书被认为是北美学界第一部完整地研究晚唐至北宋诗词的系统性著述，它奠定了孙康宜在北美学术界的地位。1982 年，孙康宜开始执教耶鲁大学东亚系，并在两年后担任东亚语文研究所主任，1986 年，她获得终身教职。

在《晚唐迄北宋词体演进与词人风格》一书中，孙康宜以温庭筠与韦庄两人为重要对象，以文体学为研究方法论，探索了花间词独特的结构原理。20 世纪 60 至 80 年代，是文体学研究在北美突飞猛进的年代，孙康宜撰写这本书的时候，正是文体学研究在美国学界声势正隆的 20 世纪 70 年代末，甚至可以说，文体学代表了当时美国文学理论界最为前沿的研究方法。当时美国著名文艺理论家韦勒克（René Wellek, 1903—1995）曾认为："文体学研究一切能够获得某种特别表达力的语言手段，因此，比文学甚至修辞学的研究范围更广大。"[1] 从孙康宜第一本学术专著便可看出其对于欧美前沿文论的关注并努力将其借鉴于中国文学研究。

值得一提的是，"花间词"得名于五代后蜀诗人赵崇祚编辑的《花间集》，该词集中收了 18 位词家的 500 首词，共同主题便是描述女性以及异性之间的相思。在孙康宜的第一本学术专著里，她就选择用欧美文论界前沿的文体学理论来解读花间词，可以这样说，这本书在总体上奠定了孙康宜今后的学术风格。

如果将孙康宜的学术生涯形容为一张唱片的话，从东海大学

---

[1] 韦勒克、沃伦《文学理论》，刘象愚等译，北京：生活·读书·新知三联书店，1984 年版，第 191 页。

到普林斯顿大学这段经历，视为这张唱片的 A 面，而其后数十年的"耶鲁时光"是这张唱片的 B 面。因此，《晚唐迄北宋词体演进与词人风格》既是 A 面的终曲，也是 B 面的序曲。此后孙康宜开始将目光聚集在中国古典文学之上，并完成了自己的第二本英文专著 *Six Dynasties Poetry*（《六朝诗研究》）[①]。

从严谨的学科设置来看，唐宋文学与六朝文学显然是两个不同的方向。但孙康宜并不是传统意义上的历史考据研究学者，她更注重于从现代性的视野下凝视中国古典文学的传统性变革，即作家如何在不同的时代下对政治、历史乃至自身的内心进行书写的流变过程。这与以"朴学"为传统的中国大陆主流古典文学研究不尽相同，而是更接近西方学界主流研究范式——将话语分析、心理分析、性别研究与文体研究理论引入古典文学研究范畴。

这就不难理解孙康宜的第三本英文专著 *The Late-Ming Poet Ch'en Tzu-lung: Crises of Love and Loyalism*（《情与忠：陈子龙、柳如是诗词因缘》，下文简称《情与忠》）缘何会成为该领域的代表作之缘由。陈子龙是一位被后世誉为"明诗殿军"的卓越诗人，而且他官至"兵科给事中"，属于位高权重之人。明亡后，他被清军所俘并坚决不肯剃发，最终投水自尽。孙康宜将这样一个诗人作为研究对象，细致地考察了他的文学活动、政治活动与个人日常生活之间的关系，认为其"忠"（家国大爱）与"情"（儿女私情）存在着情感相通的一面。

不言自明，《情与忠》的研究方式明显与先前两本专著不同，

---

① 英文原著由普林斯顿大学出版社于 1986 年出版，扉页题名为"六朝诗研究"，中译本名为《抒情与描写：六朝诗歌概论》。

前两者属于概论研究，而后者则属于个案研究。但这三者之间却有着内在的逻辑联系：以比较文学为核心，用一系列现代研究范式来解读中国古典文学。这是有别于传统学术的经典诠释研究。从这个角度上来讲，孙康宜别出心裁地将中国古典文学研究推向了一个新的高度。

在孙康宜的一系列著述与单篇论文中，"现代"与"古典"合奏而鸣的交响旋律可谓比比皆是。如《〈乐府补题〉中的象征与托喻》着重研究了"咏物词"中的象征与托喻；而《隐情与"面具"——吴梅村诗试说》独辟蹊径，将"面具（Mask）说"与"抒情主体"（lyric self）理论引入对吴梅村（即吴伟业）的诗歌研究当中，论述吴梅村如何以诗歌为工具，来阐释个人内心所想与家国寄托；《明清诗媛与女子才德观》则是从性别研究的角度论述女性诗人的创作动机与群体心态。凡此种种，不胜枚举。

二

从东海大学到普林斯顿大学，完整的学术训练，让孙康宜具备了"现代"的研究视野与研究方式，使其可以在北美汉学界独树一帜，成为中国古典文学研究在当代最重要的学者之一。

但公正地说，用"现代"的欧美文学理论来研究中国古典文学，绝非孙康宜一人之专利，在海外汉学领域内，可谓比比皆是。如艾朗诺（Ronald Egan, 1948—）对北宋士大夫精神世界的探索，浦安迪（Andrew H. Plaks, 1945—）的《红楼梦》研究，宇文所安（Stephen Owen, 1946—）对唐诗文本的精妙解读，余国藩（Anthony C. Yu, 1938—2015）的《西游记》再解读以及卜松山（Karl-Heinz Pohl, 1945— ）在儒家美学理论中的新发现，等等，无一不是将新方法、新理论、新观点乃至新视角与传统的"老文本"相结合。甚至还有观点认为，海外中国古典文学研究其实就是不同新方法的博弈，因为研究对象是相对稳定、明确的。

无疑，这是与中国现代文学研究截然不同的路数。发现一个"被忽略"的现当代作家（特别是在世的作家）不难，但要以考古学的研究范式，在中国古典文学史中找到一个从未研究过的个案，之于海外学者而言可谓是难于上青天。

谈到这个问题，势必要谈到孙康宜学术思想的特殊之处。"传统"与"现代"的相结合当然是大多数海外中国古典文学研究者的"共性"，但孙康宜的"传统"与"现代"之间却有着自身的特色，我认为，其特殊之处有二。

首先是从性别研究出发的视角。这是许多海外中国古典文学学者并不具备的。在海外中国古典文学研究领域，如孙康宜这样的女性学者本身不多见，孙康宜凭借着女性特有的敏感性与个人经验对中国古典文学进行独特的研究与诠释，这是其特性而非共性。因此，"女性"这个角色（或身份）构成了孙康宜学术研究中一个重要的关键词。譬如她在研究陈子龙时，会考虑到对柳如是进行平行考察，而对于明代"才女"们的审理，则构成了孙康宜极具个性化的研究特色。

当然，很多人会同时想到另外两位华裔女性学者：田晓菲（Xiaofei Tian，1971— ）与叶嘉莹（Chia-ying Yeh，1924— ）。前者出生于 1971 年，曾为《剑桥中国文学史》（*The Cambridge*

History of Chinese Literature，该书的主编为孙康宜和宇文所安）撰写从东晋至初唐的内容，并在六朝文学研究中颇有建树，而出生于1924年的叶嘉莹则是一位在中国古典文学研究领域成果丰硕的女性学者，尤其在唐宋词研究领域，成就不凡。

虽都是女性学者，但她们两者与孙康宜的研究仍有着不可忽视的差异性。从年龄上讲，田晓菲应是孙康宜的下一代人，而叶嘉莹则是孙康宜的上一代人。孙康宜恰好在两代学人之间。因此，相对于叶嘉莹而言，孙康宜有着完整的西学教育，其研究更有"现代"的一面，即对于问题的认识与把握乃至个案研究，都更具备新理论与新方法。但之于田晓菲，孙康宜则显得更有文学批评性。毕竟田晓菲是从中国现代史转型而来，其研究风格仍带有历史研究的特征，而孙康宜则是相对更为纯粹的文学研究，其"现代"意识下从性别研究出发的视角，更有承上启下、革故鼎新的学术史价值。

广义地说，孙康宜将性别研究与中国古典文学糅合到了一起，打开了中国古典文学研究的一扇大门，提升了女性作家在中国古典文学史中的地位，为解读中国古典文学史中的女性文学提供了重要的理论工具。更重要的在于，长期以来中国古典文学史的研究与写作，基本上都是男权中心主义的主导，哪怕在面对女性作家的时候，仍然摆脱不了男权中心主义这一既成的意识形态。

譬如《情与忠》就很容易让人想到陈寅恪的《柳如是别传》，该著对于陈（子龙）柳之传奇故事也颇多叙述，但仍然难以超越男权中心主义的立场，即将柳如是作为"附属"的女性进行阐释。但是在《情与忠》中，柳如是却一度构成了陈子龙文学活动与个人立场变化的中心。从这个角度来看，孙康宜不但提供了解读中国古典文学史中女性作家的理论工具，而且还为中国古典文学研究提供一个相当珍贵的新视野。史景迁（Jonathan Spence，1936—）[1]曾评价该著的创见："以生动的史料，深入考察了在 17 世纪这个中国历史上的重要时期，人们有关爱情和政治的观念，并给予了深刻的阐述。"[2]

其次是将现代欧美文论引入研究方法。之于传统意义上的中国古典文学研究而言，引入欧美文论是有一定争议的，与之相比，乾嘉以来中国传统学术（即"朴学"）中对古籍进行整理、校勘、注疏、辑佚，加上适度的点校、译释等研究方式相对更受认可，也在古典文学研究体系中占据着主流地位。

随着"世界文学"的逐步形成，作为重要组成的中国古典文学，对其研究已经不能局限于其自身内部的循环阐释，而是应将其纳入世界文学研究的体系、范畴与框架下。之于海外中国文学研究，尤其应承担这一历史责任。同样，从历史的角度来看，中国古典文学的形成绝非是在"一国一族"之内形成的，而是经历了一个漫长的民族融合、文化交流的过程。因此，中国古典文学的体制、内容与形态是在"变动"的过程中逐渐形成的。

在这样的前提下，研究中国古典文学，就必须要将当代欧美文论所涉及的新方法论纳入研究体系当中。在孙康宜的研究中，欧美文论已然被活学活用。譬如她对明清女性诗人的研究如《明

---

①　史景迁于 2021 年 12 月 26 日去世。——编者注
②　张宏生《经典的发现与重建——孙康宜教授访谈录》，任继愈主编《国际汉学·第 7辑》，郑州：大象出版社，2002 年，第 30 页。

清文人的经典论与女性观》《寡妇诗人的文学"声音"》等篇什，所着眼的即是比较研究，即不同时代、政权、语境下不同的女性诗人如何进行写作这一问题；而对于中国古典文学经典文本、作家的传播与影响，也是孙康宜所关注的对象，譬如她对"典范作家"王士禛的研究，她敏锐地发掘了宋朝诗人苏轼对王士禛的影响，并提出"焦虑说"，这实际上是非常典型的比较文学研究了。此外，孙康宜还对陶潜（陶渊明）经典化的流变、影响过程进行了文学史的审理，并再度以"面具理论"（她曾用此来解读过吴梅村）进行研究。这些都反映出欧美文论研究法已构成了孙康宜进行中国古典文学研究中一个重要的内核。

孙康宜通过自己的学术实践有力地证明了：人类所创造出的人文理论具有跨民族、跨国家的共同性，欧美文论同样可以解读中国古典文学作品。譬如前文提到的《晚唐迄北宋词体演进与词人风格》一书（北大版将该书名改为《词与文类研究》），则明显受到克劳迪欧·吉伦（Claudio Guillen，1924—2007）的《作为系统的文学：文学理论史札记》（*Literature as System: Essays toward the Theory of Literary History*）、程抱一（François Cheng, 1929—）的《中国诗歌写作》（*Chinese Poetic Writing*）与埃里希·奥尔巴赫（Erich Auerbach，1892—1957）的《摹仿论：西方文学中现实的再现》（*Mimesis: The Representation of Reality in Western Literature*）等西方知名著述的影响，除了文体学研究方法之外，还将话语分析与心理分析引入对柳永、韦庄等词人的作品研究，通读全书，宛然中西合璧。

性别研究的视角与欧美文论的研究方法，共同构成了孙康宜学术思想中的"新",这也是她对丰富现代中国古典文学研究体系的重要贡献。但我们也必须看到,孙康宜的"新",是她处于一个变革的时代所决定的,在孙康宜求学、治学的半个多世纪里,台湾从封闭走向民主,而大陆也从贫穷走向了复兴,整个亚洲特别是东亚地区作为世界目光所聚集的焦点而被再度写入人类历史中最重要的一页。在大时代下,中国文化也重新受到全世界的关注。孙康宜虽然面对的是古代经典,但从广义上来讲,她书写的却是一个现代化的时代。

三

　　哈佛大学东亚系教授、《剑桥中国文学史》的合作主编宇文所安曾如是评价:"在她(孙康宜)所研究的每个领域,从六朝文学到词到明清诗歌和妇女文学,都糅合了她对于最优秀的中国学术的了解与她对西方理论问题的严肃思考,并取得了卓越的成绩。"而对孙康宜学术观点的研究,在中国大陆也渐成热潮,如陈颖《美籍学者孙康宜的中国古典诗词研究》、朱巧云《论孙康宜中国古代女性文学研究的多重意义》与涂慧的《挪用与质疑,同一与差异:孙康宜汉学实践的嬗变》等论稿,对于孙康宜学术思想中的"古典"与"现代"都做了自成一家的论述与诠释。

　　不难看出,孙康宜学术思想中的"古典"与"现代"已经被学界所公认。我认为,孙康宜不但在学术思想上追求"古典"与"现代"的统一性,而且在待人接物与个人生活中,也将古典与现代融合到了一起，形成了"丰姿优雅，诚恳谦和"①的风范。其中，颇具代表性的就是其与学术写作相呼应的散文创作。

散文，既是中国传统文人最热衷的写作形式，也是英美现代知识分子最擅长的创作体裁。学者散文是中国新文学史上的重要组成部分，从胡适、梁实秋、郭沫若、翦伯赞到陈之藩、余秋雨、刘再复，他们既是每个时代最杰出的学者，也是这个时代里最优秀的散文家。同样，作为一位学者型散文家，孙康宜将"古典"与"现代"进行了有机的结合，形成了自成一家的散文风格，在世界华人文学界拥有稳定的读者群与较高的声誉。与孙康宜的学术思想一样，其散文创作，亦是徜徉于古典与现代之间的生花妙笔。

从内容上看，孙康宜的散文创作一直以"非虚构"为题材，着重对于人文历史的审视与自身经验的阐释与表达，这是中国古代散文写作的一个重要传统。她所出版的《我看美国精神》《亲历耶鲁》与《走出白色恐怖》等散文作品，无一不是如此。

若是细读，我们可以发现，孙康宜的散文基本上分为两个主题：一个是青少年的台湾时期，对"白色恐怖"的回忆与叙述；另一个则是留学及其后定居美国的时期，对于美国民风民情以及海外华人学者的生存状态所做的记录与阐释。在孙康宜的散文作品中，我们可以明显地读到作为"作者"的孙康宜构成了其散文作品的中心。正是因为这样一个特殊的中心，使得其散文的整体风格也由"现代"与"古典"所构成。

---

① 王德威《从吞恨到感恩——见证白色恐怖》，详见孙康宜《走出白色恐怖》（增订版），北京：生活·读书·新知三联书店，2012年版，第1页。

现代，是孙康宜的散文作品所反映的总体精神风貌。我认为，在孙康宜的散文中，对于"现代"的追求有两个层面。第一个层面是对民主自由的呼唤，特别是对台湾"白色恐怖"的揭露。1949年之后，撤退到台湾的蒋介石政权为了维护自身的统治，曾使台湾地区一度处于"白色恐怖"的专制高压之下，一批"台共党人"甚至国民党党内同情"台共党人"的人士都受到屠杀与迫害，孙康宜的父亲也牵连其中。孙康宜在《走出白色恐怖》中揭露了这一段几乎被当下遗忘的历史，尽管孙康宜以"吞恨感恩"的情怀来纾解自己家族在历史所遭遇的恩怨，但正是这种胸怀，恰反映了孙康宜用大爱来呼唤民主自由。

第二个层面则是孙康宜的世界性眼光。孙康宜出生于北京，在台湾长大，又去美国求学，在治学的生涯中，孙康宜先后到访过世界几十个国家，而这正是人类借助互联网技术，瓦解了人类不同政治阵营的冷战，积极推动全球化进程加剧的历史关键时期。在《我看美国精神》《亲历耶鲁》等散文集中，孙康宜敏锐地发现了全球化时代下，人类"环球同此凉热"的命运共同，譬如在《21世纪的"全球大学"》中就全球化语境下高等教育变革的探讨，在《疗伤》中结合自己先生张钦次的际遇来评述自己对于"九一一事件"的看法，以及在《人文教育还有希望吗？》中表现出对于当下人文教育的关切，等等，这些因世界性眼光而文学化的篇什，无一不是她在散文中重点关注的另一个现代性向度。

总而言之，上述孙康宜散文中所呈现出的两个现代性层面的特征，其实都是特定大时代的缩影，构成了孙康宜文学创作中独一无二的书写风格。海外华裔学者型散文家甚众，如张错、陈之藩、郑培凯、童元方与刘绍铭等等，但如孙康宜这般经历曲折的，仅她一人而已。或者换言之，孙康宜以自身独特的经历与细腻的感情，为当代学者型散文的"现代"特质注入了特定的内涵。

在《走出白色恐怖》中，孙康宜以"从吞恨到感恩"的气度，将家族史与时局、时代的变迁融合一体，以史家、散文家与学者的多重笔触，绘制了一幅从家族灾难到个人成功的个人史诗，成为当代学者散文中最具显著特色的一面。与另一位学者余秋雨的"记忆文学"《借我一生》相比，《走出白色恐怖》中富有女性特有的宽厚的孙康宜所拥有的大爱明显更为特殊，因此也更具备积极的现代性意识；若再与台湾前辈学者齐邦媛的"回忆史诗"《巨流河》对读，《走出白色恐怖》则更加释然——虽然同样遭遇悲剧时代的家庭灾难，但后者凭借着宗教精神的巨大力量，孙康宜走出了一条只属于自己的精神苦旅。因此，这本书在台湾出版后，迅速被引入中国大陆再版，而且韩文版、捷克文版等外文译本也陆续出版。

与此同时，我们也应注意到孙康宜散文中"古典"的一面。她虽然是外文系出身，又旅居海外多年，并且长期用英文进行写作。但其散文无论是修辞用典、写景状物还是记事怀人，若是初读，很难让人觉得这些散文出自一个旅居海外近半个世纪的华裔女作家之笔，其措辞之典雅温婉，透露出标准的古典美。

我认为，当代海外华裔文学受制于接受者与作者自身所处的语境，使得文本中存在着一种语言的"无归属感"，要么如汤婷婷（Maxine Hong Kingston，1940—）、谭恩美（Amy Tan，1952—）等以写作为生的华裔小说家，为了更好地融入美国干脆直接用英文写作，要么如一些业余专栏作家或随笔作家（当中包括学者、企业家），用一种介于中国风格（Chineseness）与西式风格（甚至包括英文文法、修辞方式）之间的话语进行文学书写，这种混合的中文表达形态，已经开始受到文学界尤其是海外华文研究界的关注。

读孙康宜的散文，很容易感受到她敬畏古典、坚守传统的一面，以及对于自己母语——中文的自信，这是她潜心苦研中国古典文学多年的结果，深切地反映了"古典"风格对孙康宜的影响，其散文明白晓畅、措辞优雅，文如其人，在海峡两岸暨香港，她拥有稳定、长期且优质的读者群。《走出白色恐怖》与《从北山楼到潜学斋》等散文、随笔与通信集等文学著述，都是海峡两岸暨香港地区知名读书报刊或畅销书排行榜所推荐的优质读物。文学研究界与出版界公认：孙康宜的散文在中文读者中的影响力与受欢迎程度远远大于其他许多海外学者的散文。

孙康宜曾认为："在耶鲁学习和任教，你往往会有很深的思旧情怀。"[1]从学术写作到文学创作，徜徉于古典与现代之间的孙康宜构成了当代中国知识分子的一种典范。孙康宜在以古典而闻名的耶鲁大学治学已有30余年，中西方的古典精神已经浸润到了她日常生活与个人思想的各个方面。我相信，随着中国文学研究的国际化程度日益加深，海内外学界会在纵深的层面来解读孙康宜学术观念、研究风格与创作思想中"现代"与"古典"的二重性，这或将是今后一个广受关注的课题，而目前对于孙康宜的研究，还

---

[1] 孙康宜《耶鲁：性别与文化》，上海：上海文艺出版社，2000年版，第2页。

只是一个开始。

2017 年 12 月

于深圳大学

　　这篇导读的完成，得益于 2014 年秋天在美国康州木桥乡（Woodbridge, Connecticut）孙康宜教授寓所中有幸与她长达 6 个小时的对话以及近年来上百封邮件的相互交流，这构成了本文的重要基础。此外，上海戏剧学院教授余秋雨先生对本文的修订提出了非常重要、中肯的意见，笔者铭感至深，特此致谢。本文原载 2018 年繁体版《孙康宜文集》卷首。

目 录

辑一

抒情与描写：六朝诗歌概论

孙康宜 著

钟振振 译

《六朝诗研究》（*Six Dynasties Poetry*）原著封面
（普林斯顿大学出版社，1986）

中文版序

　　这本书 15 年前由普林斯顿大学出版社出版。该书问世以后曾在美国汉学界引起了一定的关注。20 世纪 80 年代初，当我开始着手撰写该书之时，六朝诗的研究在美国的汉学领域中才刚刚起步，所以能参考及借鉴的书籍材料非常之少。在写作的过程中，我时常感到捉襟见肘，颇有力不从心之虑。现在回顾起来，对拙作自然有些不甚满意的地方。然而，在当时这本书毕竟还是一部拓荒之作。

　　在此应当特别强调的是，书中有关"表现"（expression）和"描写"（description）的讨论。一般传统文人在讨论六朝诗歌时，常常喜欢用"浮华""绮靡"等带有价值判断的字眼，以至于他们的诗论往往成为一种泛泛之论。实际上，一个时代的文学风格是由极其复杂的因素构成的，在传统与个人独创的互动和互补之间，文学才逐渐显示出它的多样化。在分析六朝诗歌之时，我选择了"表现"和"描写"这两个文学因素，来作为检验个别诗人风格的参照点，主要因为在 20 世纪 80 年代初期的美国文学批评界中，

"描写"正是许多批评家所探讨的重点。在逐渐走向后现代的趋势中，人们开始对视觉经验的诸多含义产生了格外的关注。而这种关注也就直接促成了文学研究者对"描写"的兴趣。以我所执教的耶鲁大学为例，有名的文学杂志《耶鲁法文研究》(*Yale French Studies*) 就于 1981 年出版了一期有关"描写理论"(Towards a Theory of Description) 的专刊。接着次年，哈佛大学出版社也发行了一本研究罗斯金和观者的艺术之书 (Elizabeth K. Helsinger, *Ruskin and the Art of the Beholder*)。从某一程度看来，这种对"描写"的热衷乃是对此前的 20 世纪六七十年代文化思潮的直接反应。20 世纪六七十年代间，美国研究文学的学者们特别专注于情感的"表现"问题，其中尤以普林斯顿大学于 1971 年所出版的《表现的概念》(*The Concept of Expression*, by Alan Tormey) 一书为代表。

我把"表现"和"描写"用作两个既对立又互补的概念来讨论，一方面为了配合现代美国文化思潮的研究需要，另一方面也想利用研究六朝诗的机会，把中国古典诗中有关这两个诗歌写作的构成因素仔细分析一下。现代人所谓的"表现"，其实就是中国古代诗人常说的"抒情"，而"描写"即六朝人所谓的"状物"与"形似"。我发现，中国古典诗歌就是在表现与描写两种因素的互动中，逐渐成长出来的一种既复杂又丰富的抒情文学。因此在拙作中，我尽力把其中的复杂关系用具体的方式表达出来，并希望能给古典诗歌赋予现代的阐释。

多年来，我常想把这本有关六朝诗歌的拙作译成中文，但日渐忙碌的教书生活使我无法如愿。现在南京师范大学的钟振振教授终于完成了该书的中译本。钟博士是著名的学者，年轻有为，英文功力甚深，他在翻译的过程中，花了不少心血，令人感动。我衷心向他献上感谢。

绪论

从东汉末年开始，到隋的建立为止，中国经历了一段漫长的政治分裂期（其间只有西晋时期曾短暂地统一过），在这一历史阶段中，有六个王朝——即东吴（222—280）、东晋（317—420）、南朝宋（420—479）、齐（479—502）、梁（502—557）、陈（557—589）——先后建都于今南京，后人称之为"六朝"。从历史的分期上来看，六朝时期，汉族第一次屈服于北方少数民族的入侵，乃至耻辱地退缩到长江流域；但从文学的分期上来看，正是在六朝时期，南方文风与北方文风开始融合，继承传统与探索革新并行不悖。这种趋势十分强劲，它最终创造出了一种全新的、重要的、被公认为汉语所独有的诗歌形式。正是这种诗歌形式，为唐诗的兴起开辟了道路。

"六朝"这个提法，不能仅从字面上去理解。通常，它只是对从 3 世纪到 6 世纪建都于南京的六个南方政权的方便称呼。不过，也有人用它去称呼从西晋（265—317）到陈的六个连续朝代，而把东吴排除在外，这整个时期，作为一种历史阶段的划分，也被总称为"南北朝"。

在下面的章节中，我将追踪"六朝诗"这种新诗歌兴起的轨迹，从公元4世纪初中原士族向南方的大迁徙开始谈起。西晋末年，汉人大批大批地逃往长江流域，建立了南方新政权。后来，他们公开臣服于鲜卑拓跋氏，致使那个部族能够统治中国北部几近三百年之久。从理论上说，正是公元317年东晋在南京的建立，标志着"五"个南方王朝的开始。

为了叙述的方便，本书统一使用"六朝"这个术语。"南朝"或类似的提法本来也许更为合适，但它实际上有可能会引起较大的混乱，因为当人们说起"南朝"，他们想到的往往是公元420年东晋垮台后的四个王朝——宋、齐、梁、陈。选择一个合适的提法如此之难，于是我只好重申一个旧有的设定：不管人们为这一时期选用什么样的数字名称——"四"朝也好，"五"朝或"六"朝也好，它指的都是一个不寻常的、走马灯式的改朝换代，宫廷政治为连续不断的武力争斗和动乱所折磨的时代。

政治上的不稳定，使无论对于一般诗歌还是对于特殊的中国诗歌来说，都是最有趣味的一个现象——政治危机与诗歌创造力之间的密切联系成了我们注视的焦点。试读这一时期的诗歌，不由你不做出这样的判断：前期中国逼真的文学想象，往往产生在政治危机之时。在六朝诗人们那里，我们发现了一种个体意识的巨大觉醒。这使纷扰的政治形势变化为诗歌的灵感。这些诗人不仅通过自己对于生活悲剧和政治高压的体验，最有力地抒发了个人的进退维谷之感和时代的困窘，同时也把诗歌带到了政治的最前沿。

不过，这些诗人已经学会用这样或那样的方法，靠着改变自我感觉的最初尝试去超越政治。总的来说，六朝诗歌中特别引人注目的重大发展，是对美丽的大自然愈来愈感兴趣。这反映了诗人们的一种冲动——扩张"自我"以进入一个更广阔的视野。诗歌自不妨像它最初那样去抒发内在的情感，但诗歌本身渐渐地形象化了，往往对自然做详细的观照，把自然看成是抒情诗范围内的一个较重要的组成部分。诗人对其自我在外部世界中的定位或再定位，引发了诗歌创作的一个新拓展：在视觉残像的一端，站着一个个性化了的对于感情的"抒发"（expression），而在另一端，站着一个触目可见的对于自然现象的"描写"（description）。在很大程度上，这两极的平行发展或相互融合左右着本书中的种种分析。通过对这两种诗歌要素——"抒情"与"描写"——的聚焦审视，我认为不能把它们看成是对立的。当然，并没有什么绝对的"抒情"或"描写"。不过，这类术语在文学分析中仍非常有用——只要它们能够导致意义深长的解释。用这种研究方法来研究六朝诗歌特别有效，因为在六朝诗歌中，这两种诗歌成分的相关比例往往不仅决定了某个诗人的风格，而且也决定了某个阶段诗歌的风格。此外，这两个术语的含义以及对它们的应用，是随着时代特别是随着它们交叉影响的结果而变化的。后来，"抒情"与"描写"的联姻，最终发展成为阅读中国诗歌的一种主要的参考构架。我在这本书中采用这种研究方法，意图之一就是为了显示，凭借对于中国诗歌中这两个基本要素之复合发展（同时包括延续和中断）的追踪，是有可能对六朝诗歌的发展做出系统说明的。

我挑选了五位诗人作为本书的研究对象，他们是：陶渊明（约 365—427）、谢灵运（385—433）、鲍照（约 414—466）、谢朓

（464—499）、庾信（513—581）。他们将被当作重要的路标，来标示六朝诗歌中"抒情"和"描写"渐趋接近的漫长里程。本书的第一章，探讨陶渊明在诗歌中对"自我"的急切寻觅。他的诗通过对历史和自然的真诚关心，结晶为一种扩大了的自我抒情，从而为抒情诗体的成熟开辟了道路。第二章，尝试对描写南国风光千情万状的"山水诗"做一鸟瞰，以谢灵运作为"山水诗"这一新描写模式的典型。"抒情"与"描写"中一些不可缺少的要素，在鲍照的诗歌里尤为惹人注目，于是这构成了第三章的主题。第四章，论述南齐名流圈子里的形式主义诗歌潮流，其中谢朓是最优秀的诗人。在这一章中，我们将看到，在倒退到唯美的形式主义之前，现实主义的"描写"是如何充分地赢得了它所应有的声誉。全书的最后一章，讨论庾信对于"抒情"与包括自我之"描写"的创造性综合。在庾信晚年沦落异国他乡时所写的诗歌里，南方"宫体"诗的艳情特色与北方文学的遒健倾向渐趋融合，这确立了六朝诗歌对中国抒情诗体未来之发展的影响。

　　传统与个人创造的相互作用仍是本书关注的中心。本书所论及的每一位诗人，在发展自己的个人风格时，都寻求将自己的抒情与过去的诗歌典范联系在一起。在诗人表现自我的冲动（这是一个方面）与遵循传统的冷静（这是另一方面）之间，存在着一种恒久的辩证法。因为只有自觉而努力地遵循抒情诗的传统，诗人才可以与前辈们竞赛，甚或超越他们。但有些时候，为了给传统重下定义，诗人需要与传统决裂。变革如此之激烈，以至于他有可能受到同时代的人的忽视或嘲笑。然而，对这样一位诗人的最终酬劳，在于如他所坚信的那样，他的作品将会使他不朽；在于如他所感觉到的那样，将来的某一天在后人中会出现"知音"。这种希望得到后人理解的想法，正是中国文学复兴最重要的决定因素之一。

构成本书核心的那几位诗人，每一位都活在这种文化遗产的重负之中，但他们又拼命去寻找一种属于他们自己的新的抒情声音，希望凭借其文学创造力，使自己的诗歌流传得更广、更久远。

第一章　陶渊明：重新发扬诗歌的
抒情传统

第一节　卓尔不群的诗人

陶渊明（约365—427）是中国历史上少数几个最伟大的诗人之一，其声名经久不衰，也许只有杜甫（712—770）才可以与他比肩而立。他既大刀阔斧地从事文学革新，又不乖离经典中国诗歌强烈而持久的抒情传统。如此强劲的创造力和综合力集中在一位诗人身上，是需要有一个强大的时代去支撑他的。然而，令人惊讶的是，陶渊明要么出生得太早，要么出生得太迟。他所生活的那个时代——东晋（317—420），相对来说，是一个在诗歌创作方面没有什么激动人心的活力的时代，正如梁代文学批评家刘勰（约465—约522）所批评的那样：

江左篇制，溺乎玄风……①

钟嵘（约 468—518）在其《诗品》一著中也雄辩地对这个时代做出了类似的描述：

> 永嘉时，贵黄老，稍尚虚谈，于时篇什，理过其辞，淡乎寡味，爰及江表，微波尚传，孙绰、许询、桓、庾诸公诗，皆平典似道德论。②

事实上，陶渊明的诗歌不仅绝不同于他同时代的诗歌，而且也绝不同于紧接东晋之后的那些时代的诗歌。他的诗歌，作为文学的艺术品，既不见赏于他的同时代人，又不为其后数百年中的许多文学批评家和诗人所理解。但是，再往后的人们没有让他湮没无闻，及时地给了他普遍的承认。过去他一直被摒弃，如今则大大地得到了补偿。自然，我们这些文学研究者不禁被这场奇特的文学公案——陶渊明诗起初颇遭冷遇，后来却大得青睐——惊得目瞪口呆。我们能不能简单地假定：凡伟大的诗人开始都必然遭受一定程度的阻遏与冷遇，即便其遭遇不像陶渊明一案那样富有戏剧性。然而，历史告诉我们，没有合理的论据可以支持这样的假定，相反却有推倒它的例证——在本书研究范围之外，确有大批诗人是为同时代人所承认的——不过这种承认必须接受后人的重新

---

① 范文澜注《文心雕龙注》，北京：人民文学出版社，1947年，1978年重版二卷本，上册，第67页。
② 《诗品注》，陈延杰注本，香港：商务印书馆，1959年版，第1—2页。

检验。那么，究竟谁该对这种凭借文学鉴赏力做出的判决负责呢？什么原因使得后人偏偏让某位诗人"复活"，而不是其他人？这些问题不可能有真正的答案，但它们对陶渊明研究来说，却非常重要。

现在，让我们回到陶渊明那个时代的文学环境中去。

在文学上，整个东晋时期最著名的是玄言诗。这种诗歌以哲学命题为其特征，是自公元 3 世纪以来流行于时的一种思辨活动"清谈"的反映[1]。最初，玄言诗是对清谈的有意模仿。最著名的玄言诗人孙绰（314—371）在写给另一位玄言诗人许询的诗里，就使用了各种清谈色调的语言：

仰观大造

俯览时物

机过患生

吉凶相拂

智以利昏

识由情屈

野有寒枯

朝有炎郁

失则震惊

得必充诎[2]

---

[1] Ying-shih Yü（余英时）"Individualism and the Neo-Toaist Movement in Wei-Chin China", in *Individualism and Holism: Studies in Confucian and Taoist Values*, ed., Donald Munro.（Ann Arbor: Center for Chinese Studies, the University of Michigan, 1985），p.131.

[2] 丁福保编《全汉三国晋南北朝诗》，上海 1961 年重版三卷本；台北：世界书局，1969，册 1，第 434 页。

很显然，这首诗的基本形态不是感情的，而是哲理的。它根本就是一种哲学的推理，宣讲阴阳、吉凶之间必然的交替。

类似的推理腔调，也是王羲之《兰亭》诗的特点：

> 仰视碧天际
> 俯瞰渌水滨
> 寥阒无涯观
> 寓目理自陈
>
> 大矣造化工
> 万殊莫不均
> 群籁虽参差
> 适我无非亲 ①

作者试图解释的哲学，是关于宇宙均等（第五、六句）的理论——这也是玄学思想的中心。这首诗显得比孙绰那首更具有人的色彩，因为其哲学原理的显著内容来自对"水滨"特殊景象的观察（第二句）。不过，它读起来还是像建筑在某种现成学说之上的一条定理，没有多少感情。确实，玄言诗里缺少的便是情感的伴音，正是这一点，使得它的哲理性大大超过了抒情性。

比较一下王羲之的这首诗和他的《兰亭集序》，人们会为两者之间的差异感到震惊：《兰亭》诗打着哲学智慧的标记；《兰亭集序》则相反，以真率的抒情而著称。实际上，王羲之的这篇名作

---

① 《全汉三国晋南北朝诗》册1，第431页。

甚至是中国传统文学中最具有抒情诗特质的散文作品之一。它写的是公元 353 年在风景胜地兰亭所举行的一次暮春祓禊仪式。作为一个有权势的贵族家庭的头面人物，王羲之在上巳节这天邀集了 40 多名东晋社会的显赫人士，其中有来自强大的谢氏家族的谢安、谢万兄弟，还有玄言诗人孙绰和许询。王羲之和来宾们按照年齿的长幼列坐在水滨，饮酒赋诗。这次雅集，与会者创作了 37 首题为"兰亭"的诗篇，王羲之的《兰亭集序》，即为此而作。当时，他快满 50 岁了，对于生命之无常感到悲哀，于是在《序》文里直抒此情：

> 每览昔人兴感之由，若合一契，未尝不临文嗟悼，不能喻之于怀，固知一死生为虚诞，齐彭殇为妄作。后之视今，亦犹今之视昔，悲夫！

王羲之希望通过《兰亭》系列诗的创作，作为对这次集会的永久性记录，来克服自己的悲哀，全序就以这样的愿望作为结束，但具有讽刺意味的是，那些诗在后世默默无闻，倒是这篇序本身却借籍以传！这说明，对于传统的文学批评家们来说，"抒情"是中国诗歌的文学要素，也就是《兰亭集序》永远受欢迎的原因。但如果哪一首诗的主旨像王羲之的《兰亭》诗那样是哲理的论说，那么它就丧失了美的魅力。通常，当人们说到玄言诗的时候，都默认它具有"非抒情"的特点。东晋是一个被玄言诗法统治的时代，一个被认为诗歌没有生命力的时代，只有像钟嵘、刘勰那样的文学批评家才会注意到它！

陶渊明的诗歌风格是对王羲之、孙绰那种诗歌风格的尖锐突破，尽管按照传统的划分方法，他们的作品都被归入"东晋诗歌"这同一部类，梁代文学批评家刘勰曾试着把整个中国文学都纳入一个包罗万象的系统，但在他的《文心雕龙》中却似乎没有提到过陶渊明 [①]。这看来是很奇怪的。我的观点是，这种从总体上对陶渊明之文学革新的轻忽，至少要由文学分期（periodization）的常规做法来负一部分责任。让我们仔细读一读陶渊明在王羲之影响下写成的《游斜川》诗，来看他的诗法与东晋总的诗歌风格之间有什么根本性的不同：

> 开岁倏五十，吾生行归休。念之动中怀，及辰为兹游。气和天惟澄，班坐依远流。弱湍驰文鲂，闲谷矫鸣鸥。回泽散游目，缅然睇曾丘。虽微九重秀，顾瞻无匹俦。提壶接宾侣，引满更献酬。未知从今去，当复如此不。中觞纵遥情，忘彼千载忧。且极今朝乐，明日非所求。[②]

这首诗开始就是与王羲之《兰亭集序》相同的一种个人情感的抒发——它是又一次关于死亡之命运的悲叹：生命在不知不觉中流逝，必须珍惜"今朝"。陶渊明创作这首诗时很可能年当50

---

① 有一本明末版的《文心雕龙》，其《隐秀》篇较通行本多出了四百多字的一段，其中提到了陶渊明，不过自纪昀开始，许多学者一直认为这段文字系明人作伪。而近人詹瑛争辩说，这个明代版本是出自一种真的宋代版本。参见其《〈文心雕龙〉的风格学》（北京：人民文学出版社，1982），第78—94页。
② 逯钦立校注《陶渊明集》，北京：中华书局，1979，第44页。

岁①，正暗合于王羲之的那次春禊；而诗中关于坐在溪边（第六句）以及与友人一道饮酒（第十三至十八句）的描写，则重新唤出了"兰亭宴集"。

我们对陶渊明的兴趣，源于对其抒情艺术的极大关注。王羲之主要是在其散文《兰亭集序》中有些抒情的内容，而陶渊明的诗歌则充满着抒情的音符。"念之动中怀"，他在《游斜川》诗开头没几句就这样直截了当地说。这个声明对我们研究这段时期的文学史有着非常重要的意义。因为在这里，诗的主题是诗人自己的感情，而我们也立刻认出，如同早先中国古典抒情诗的特殊歌唱一般，这是个人内在情感的发抒。正像《诗·大序》中之所云：

> 诗者志之所之也，在心为志，发言为诗。②

正是陶渊明个人的声音，复活了古代的抒情诗，宣告了他对一个多世纪以来在文学界占统治地位的那种哲理诗歌模式的背离。要之，玄言诗缺乏感情的声音，而陶渊明诗的特征却在于高质量

---

① 关于这首诗的写作日期，学术界尚没有统一的意见，Hightower 概括得很正确："这首诗为各种不同的解说所苦。"参见 James R. Hightower, *The Poetry of T'ao Ch'ien* (Oxford: Calrendon Press, 1970)，p.57。问题的关键，在于陶渊明此诗小序中"辛酉"二字意义不明确，大多数学者认为"辛酉"指的是公元 421 年，但近人逯钦立认为"辛酉"指的是日而不是年，即公元 414 年的春节。根据陈垣的《二十史朔闰表》，这一天确实是"辛酉"。假如我们采用逯钦立说，那么视陶渊明此诗为步趋王羲之 50 岁时春日被禊的传统，是非常合宜的（参见逯钦立《陶渊明事迹诗文系年》，《陶渊明集》，第 281 页）。这种解释与此诗的第一句恰相吻合，因此非常令人信服。无论如何，这首诗的小序中说："悲日月之遂往，悼吾年之不留。"可见陶渊明对自己的年龄非常在意，这一点是值得重视的。

② 《毛诗注疏》，香港：中华书局，1964 年重版本，册 1，第 3 页 A 面。

的抒情①。

一旦我们承认陶渊明的诗歌是抒情的，那么便可以清楚地看出他的个性风格。他对诗歌的贡献不只局限于使古典抒情诗复活，实际上他的诗歌抒发了普遍人类的感情。这一特色使他得以用一种不同于他同时代人的手法去处理其诗歌中的抒情主体。关于这一点，我们可以举出他自己想象自己死亡情景的《拟挽歌辞》三首为证。这组诗的开头说道：

　　有生必有死
　　早终非命促②

乍读这开头两句，人们或许会以为这组诗是玄言诗，因为它的确像是哲学的说教。但很快读者就会为它强有力的抒情所震撼——戏剧化了的"我"开始告诉我们，他那死去的形体如何第一次躺在棺材里（第一首），他的亲戚和朋友如何在他身旁哭泣（第二首），还有他最终如何被埋葬入土（第三首）。所有这一切都是用抒情诗的口吻来表达的，因此它不啻是诗人在披露自己心中最隐秘的情感。下面这几句诗是他对纯粹个人生命的领悟：

　　昔在高堂寝
　　今宿荒草乡

---

① 我们并不否认，陶渊明仍有少数诗歌是受玄言诗影响的。有关这一点的讨论，见王瑶《中古文学风貌》（1951 年上海版。香港：中流出版社，1973 年重版本），第 58 页。但陶渊明诗歌的总体风格是抒情的，而不是推理的。
② 《陶渊明集》，第 141 页。

一朝出门去

归来良未央①

　　有一点应当注意：严格地说，陶渊明并不真正是王羲之以及其他著名玄言诗人如孙绰、许询等的同时代人。这些诗人在陶渊明20岁以前就已去世，而当时有一种与玄言诗截然不同的文学风格开始渐渐地发展。最终，新的文学品味出现了，它以文学藻饰为其特征，对于质木无文的东晋诗歌典型风格，是一个明显的反拨。这一新的风格倾向，通过各种不同的表现形式，在后来的150年中统治了中国的文坛。

　　不管怎么说，陶渊明既不站在玄言诗风一边，也不站在新兴的唯美主义运动一边。他是孤独的，因为他生活在一个转变时期，并且受到与其文学品味相对立的一套诗歌批评标准的评判。后来几十年中的文学批评家们，或多或少都认为陶渊明诗歌风格的缺点就在于不修饰词汇。例如，阳休之（509—582）说："陶潜之文'辞采未优'。"②钟嵘看来是比较同情陶渊明诗的个性风格的，但他仍然不愿意将陶诗列入"上品"，仅把陶渊明看作"中品"诗人，尽管他赞赏陶诗的总体成就。他的理由非常清楚——"世叹其质直"，他试图为陶渊明的文学地位而争辩，认为陶诗并不总是有欠

---

① 《拟挽歌辞》第二首，第九至十二句。
② 见他为《靖节先生集》所作的序，载《靖节先生集》,《四部备要》本，上海：中华书局，1936，第2页A面。

于"风华清靡"，因此不能说它是"田家语"①。这个事实——即钟嵘发现有必要为陶诗的不假修饰做辩护的事实，强烈地透见新的美学标准的巨大影响。

《陶征士诔》的作者颜延之（384—456），是兴起于东晋末年新诗风运动中的一名重要诗人。作为陶渊明的亲密朋友，颜延之对陶的高尚质量怀有真诚的敬意②。他只比陶渊明小19岁，却不像年长的陶氏那样被认作东晋诗人。从根本上说，他属于紧接东晋之后的刘宋王朝（420—479）。他与谢灵运（385—433）、鲍照（约414—466）齐名，并列为元嘉时期（424—453）三大文学家，特别擅长作充满丰富多彩的想象并精心润饰的诗篇。他的诔辞只颂扬了陶渊明的高洁人格，却只字未提陶的文学功绩。这一事实表明，在他的意识中，陶渊明的诗歌风格是有缺陷的。

值得注意的是，在中国文学中，这种对于华丽风格的偏好，并不自颜延之和他的同时代人始。更早一些，西晋（265—317）时期许多有名的诗人，诸如潘岳（247—300）和陆机（261—303），已欢喜在诗歌中使用华美的词藻③。钟嵘就曾举出陆机，认为他是颜延之的前驱：

---

① 见《诗品注》，陈延杰注本，第41页，对钟嵘论陶诗之观点的讨论，见 Chia-ying Yeh（叶嘉莹）and Jan W. Walls, "Theory, Standards, and Practice of Criticizing Poetry in Chung Jung's Shih-p'in", in *Studies in Chinese Poetry and Poetics*, Vol. 1, ed., Ronald C. Miao（San Francisco: Chinese Materials Center, 1978）, p44；David R. Knechtges, *Wen-xuan*（Princeton: Princeton Univ. Press, 1982）, pp.40-41。

② 颜氏于公元415至416年间在陶渊明的家乡浔阳做官，可以相信，他是源源不断地给陶氏送酒的两位朋友之一。参见《宋书》卷93（北京：中华书局，1974）册8，第2288页。并参见 Hightower, *The Poetry of T'ao Ch'ien*, p.5。

③ 参看钟嵘《诗品注》，陈延杰注本，第24—26页，这两位诗人都被钟嵘列入"上品"。

其源出于陆机……体裁绮密。①

　　这表明，颜延之所认同的新的诗歌风格，从本质上来说，乃是先前在西晋时期占过统治地位的那种文风的复兴。陶渊明当然熟知西晋诗歌的总体倾向，但他没有像同时代的后生晚辈那样，选择模仿西晋诗歌的道路。他的诗歌，给人以一种经过深思熟虑之后尝试去创造平易风格的印象，其诗风与锻炼字词的做法引人注目地相对立。在他的诗里，日常口语般的表达每每流畅地融入叙述的脉络中：

（一）

　　虽有五男儿
　　总不好纸笔②

（二）

　　今我不为乐
　　知有来岁不③

（三）

　　万一不合意

---

① 《诗品注》，陈延杰注本，第43页。
② 《陶渊明集》，第106页。
③ 同①，第59页。

永为世笑之 ①

　　同样不寻常的是，陶渊明在诗歌中多次采用一问一答的句式。这种直接模拟日常对话的做法，使得他的诗生动活泼，读来令人有身临其境之感：

　　（一）

　　　　问君何能尔
　　　　心远地自偏 ②

　　（二）

　　　　此行谁使然
　　　　似为饥所驱 ③

　　（三）

　　　　问君今何行
　　　　非商复非戎 ④

　　总的来说，陶渊明偏爱诗歌中某些更有弹性的结构，喜欢在诗歌文法的多样化方面自由地弄笔。这种风格的独创性，正是他

---

① 《陶渊明集》，第 112 页。
② 同①，第 89 页。
③ 同①，第 93 页。
④ 同①，第 110 页。

独立个性的表现。陶渊明的诗歌是反其时代潮流的一种个性化创作，其"平易"正是自我抒情的一个信号。

第二节　自传式的诗歌

陶渊明表现自我的热望促使他在诗歌中创造了一种自传体的模式，使他本人成为其诗歌的重要主题。他的诗歌自传不是字面意义上的那种自传，而是一种用形象做出自我界定（self-definition）的"自我传记"（self-biography）。他为诗歌自传采用了各种不同的文学形式。有的时候，他采用写实的手法，时间、地点皆有明文①。有的时候，他又采用虚构的手法披露自我。然而，不管他采用什么形式，他的大多数诗歌自传总表达了他一以贯之的愿望，即界说自己在生命中的"自我认知"（self-realization）这一终极目的。

陶渊明的自传式诗歌不仅仅是披露"自我"，它还用共性的威力触动了读者的心。这个任务，诗人往往是用虚构的口吻来完成的。他把自己对诗中主角直接经验的关注放在视焦中心，从而成功地使其诗歌达到了共性的高度，因此能够得到读者的认同。他在"写实"（factuality）与"虚构"（fiction）两端之间走平衡木，

① 陶渊明许多诗歌的标题明白地交代了写作时间和写作缘起，这说明他愿意将自己的真实生活公之于众。参看《陶渊明集》卷3，第71、72、74、76、78、79、81、83、84、85页。其诗歌的小序往往也有同样的参考作用。参见《陶渊明集》，第11、13、15、18、22、35、39、44、51、64、106、145、159页。总之，他的诗歌以自己的日常生活为主题。关于他的草屋、他的家庭、他的饮酒嗜好、饥荒的困苦、丰收的喜悦……所有这些，向我们展现了他的生活生动图画。他在诗歌里甚至还告诉我们，他的浔阳旧居于公元408年毁于火灾，此次事故发生后不久，他便移居"南村"……正是通过诸如此类具有参考价值的细节，我们很容易在这传记式的文学场景中结撰出陶渊明的传记。

把中国文学带进了更加错综和多样化的境界。其诗歌的驱动力，恰恰有赖于这样的两面开弓。

　　他对理想国"桃花源"的著名描写，是写实与虚构的完美结合。他的《桃花源》诗冠有一篇故事性散文《桃花源记》，其开头和典型的志怪小说很相似——该文主人公，一个渔夫，沿着一条溪流无目的地划船前行。突然，他发现自己通过一处狭窄的隘口，进入了一个奇妙的世界①：

　　　　晋太元中，武陵人捕鱼为业，缘溪行，忘路之远近。忽逢桃花林，夹岸数百步，中无杂树。芳草鲜美，落英缤纷。渔人甚异之。复前行，欲穷其林。林尽水源，便得一山。山有小口，仿佛若有光，便舍船，从口入。初极狭，才通人，复行数十步，豁然开朗。土地平旷，屋舍俨然，有良田美池、桑竹之属……

　　可是，这故事又不像一个纯粹的幻想，它细细描写一个简单的、像是世外的农业社会。那是一个理想国，在那里，所有的男人和女人都享受在田野劳动的乐趣，与他们的邻居和平相处，从不会因王朝的兴衰更迭而忧虑。在这篇散文的后面，紧接着就是一首赞美诗，它以韵文的形式浓缩了这件奇闻逸事的详情细节：

----

① 参见志怪小说集《搜神后记》，《古今说部丛书》第二集，第 1 页。现代的学者们，如陈寅恪，已确认陶渊明是《搜神后记》的作者；而自从 20 世纪 30 年代起，这个观点在学术界已经历了长时间的争议。参见陈寅恪《桃花源记旁证》一文，此文于其死后被收入《陈寅恪先生文史论集》。见该书（香港：文文出版社，1973），第 188—189 页。这则在《搜神后记》里名曰"桃花源"的故事特别值得我们注意，因为它与陶渊明的《桃花源诗并序》似有直接的联系。

嬴氏乱天纪

贤者避其世

黄绮之商山

伊人亦云逝

往迹浸复湮

来径遂芜废

相命肆农耕

日入从所憩

桑竹垂余荫

菽稷随时艺

春蚕收长丝

秋熟靡王税

荒路暧交通

鸡犬互鸣吠

俎豆犹古法

衣裳无新制

童孺纵行歌

斑白欢游诣

草荣识节和

木衰知风厉

虽无纪历志

四时自成岁

怡然有余乐

于何劳智慧

奇踪隐五百

一朝敞神界

淳薄既异源

旋复还幽蔽

借问游方士

焉测尘嚣外

愿言蹑轻风

高举寻吾契 ①

　　"桃花源"这个世界，无论怎样可信，实际上与现实的东晋社会毫无共同之处。陶渊明生活的那个时代，是中国历史上最混乱的时代之一，当时的农民尤其面临着生存的问题。从东晋建立伊始，政府的存在便依赖豪门贵族的势力，因而它不可能对私人占有土地的数量加以限制。于是，大批当地的农民和北方来的移民很快便成为依附于大地主的受苦人。这种状况发展到极点，遂导致了始于公元4世纪末年的一系列起义，其中公元399年至402年的孙恩起义最具有威胁性。东晋军队的一些将领，以桓玄和刘裕为首，起来与起义军作战，并趁机攫取权力。否则，在一个主要由贵族控制着的社会里，他们可能被排斥于权力之外。而陶渊明恰巧就成长在江西——战祸频仍的区域之一 ②。

---

① 《全汉三国晋南北朝诗》册1，第485页。
② 参见 Jacques Gernet, *A History of Chinese Civilization*, trans. J. R. Foster（Cambridge: Cambridge Univ. Press, 1982），p.182。

大约就在这时候，陶渊明开始谋求进入仕途。公元393年，他28岁，在家乡江州得到了州祭酒的职位。但仅仅过了几个月，他便辞职离开。辞职的原因很清楚：他拒绝听命于江州刺史王凝之 [1]。王凝之出身于名门贵族，是王羲之的儿子。他对那些出身门第不高的人像是有些倨傲。这在当时的贵族社会可谓司空见惯，而陶渊明对此却难以忍受。陶渊明的曾祖父陶侃是东晋初年一位杰出的将军，为国家做出过重要的贡献。不过，陶氏家族原本属于南方的一个少数民族，缺少"世族"特有的高贵。所谓"世族"，是指王、谢、袁、萧等来自北方的豪族和朱、张、顾、陆等南方固有的豪族。在这些高贵的家族中，王、谢两家最为显赫。仅他们的存在，就已经是对中央政权的一种威胁。

陶渊明辞职以后，在家乡浔阳度过了6年，耕种自家所拥有的一小片土地。直到公元399年王凝之死去，他才回到官场。这次他是在新任江州刺史桓玄手下做事。桓玄多次在与起义军的艰苦作战中获胜，因此而出名。然而，两年之后，陶渊明再次辞职，归田躬耕。此后不久，桓玄在建康夺取了帝位，并于公元403年为自己的叛逆政权定国号曰"楚"。桓玄把晋安帝囚禁在陶渊明的家乡浔阳。在这国家危亡的紧急关头，陶渊明正担任刘裕部下的镇军参军，参与了解救晋安帝的行动。公元404年，刘裕击溃了桓玄的军队。次年，晋安帝复位。东晋政权这才缓过一口气来。

公元405年，陶渊明被任命为彭泽县令。可是他刚任职80多天，又一次辞职。他的这次辞职，不管由于什么原因，都是他有

---

[1]　参见《陶渊明集》，第265页。

生以来做出过的最不妥协、最不可更改的决定。从此,终其余生,他再也没有回到官场。诗人用自信的曲调,唱出了他向政界的最后告别:

> 归去来兮
>
> 田园将芜胡不归
>
> 既自以心为形役
>
> 奚惆怅而独悲
>
> 悟已往之不谏
>
> 知来者之可追
>
> 实迷途其未远
>
> 觉今是而昨非①

他如此解释自己做出这一抉择的理由:

> 密网裁而鱼骇
>
> 宏罗制而鸟惊
>
> 彼达人之善觉
>
> 及逃禄而归耕②

的确,在陶渊明生活的那个时代,政治非常危险,就像捕鱼捉鸟的罗网一般。而陶渊明十分明智,早就看透了这一点。当然,

---

① 《陶渊明集》,第160页。
② 同①,第147页。

上文所引可能只反映了诗人对朝廷与当政者的幻想彻底破灭；然而，也不能排除这样一种很大的可能性，即他用辞职的方式来表示某种特殊的抗议。因为历史告诉我们，同一个刘裕，在浔阳解救了晋安帝，14年后又谋杀了晋安帝，最终于公元420年在建康夺取了政权。而且，刘裕在朝廷控制政治、军事大权达十余年之久，激起了世家大族的强烈反抗。也许陶渊明不可能预见到晋王朝会倾覆得这样快，但他想必已经看出，军阀刘裕与野心家桓玄无非一丘之貉。看来，那些出身卑微的将军们并无忠义可言，甚至比那些名门贵族更坏。因此，陶渊明对政治的失望是理所当然的。

于是，他在《桃花源》诗里构造了一个文学中的理想世界。所有的读者都会喜欢这个美丽的虚构，因为他们知道，外头的世界是令人厌恶的，而自由的社会只可能存在于想象的王国里。这个乌托邦使我们想起陶渊明本人退隐生活中那较为光明的一面。如前文所引，《桃花源》诗描绘了一个农业社会，那里：

> 相命肆农耕
> 日入从所憩
> 桑竹垂余荫
> 菽稷随时艺
> 春蚕收长丝
> 秋熟靡王税
> 荒路暧交通
> 鸡犬互鸣吠

这和诗人在其《归田园居》诗中所描写的现实世界是非常相似的：

　　　　榆柳荫后檐

　　　　桃李罗堂前

　　　　暧暧远人村

　　　　依依墟里烟

　　　　狗吠深巷中

　　　　鸡鸣桑树巅

　　　　…………

　　　　相见无杂言

　　　　但道桑麻长

　　　　桑麻日已长

　　　　我土日已广①

看来，与陶渊明的农业社会相比，桃花源那个乌托邦社会，只有一个优越性——人们不必付税（"靡王税"）。

据说，《桃花源》诗有可能是作者从某位同时代人对于一些现实存在而与世隔绝之部落的报道中得到灵感②。但不管怎么说，由于这个乌托邦是以诗人自己农耕生活的理想化幻梦为模型的，因此它实际上是诗人的"自我界说"（self-definition）。换言之，"桃花源"不是对于任何特殊时代、特殊地点的参照，实是诗人为了

① 《陶渊明集》，第40—41页。
② 见陈寅恪《桃花源记旁证》，《陈寅恪先生文史论集》，第185—191页。

"自我认知"的目的而设立的一个想象世界，这使得《桃花源》诗具备了自传式诗歌的性质。值得注意的是，此诗以陈述个人愿望作为结束：

> 愿言蹑清风
> 高举寻吾契 [1]

这个结尾明白地提供了主要的信息，即诗人希望告诉读者：他的《桃花源》诗不是别的，而是他对自己所终生寻觅的志同道合友伴（"吾契"）的理性认知。一般墨守成规者或许会拒绝接受他笔下的桃花源中人，但陶渊明却偏把那些生活在理想国里、思想开放的人当作自己的化身。正是在这一点上，虚构与自传，想象中的自我认知与自传式的映象，泯去了其间的畦町。

在其《拟古》诗第五首中，陶渊明还用十分相似的手法，像讲故事一样地叙述了他与一位奇男子的戏剧性会见：

> 东方有一士
> 被服常不完
> 三旬九遇食
> 十年着一冠
> 辛苦无此比
> 常有好容颜

---

[1] 《陶渊明集》，第168页，第31至32行。

我欲观其人

晨去越河关

青松夹路生

白云宿檐端

知我故来意

取琴为我弹

上弦惊别鹤

下弦操孤鸾

愿留就君住

从今至岁寒 ①

　　此诗中的"士"，透视了陶渊明自己的典型特征，尤其是他在贫穷面前仍能保持快乐的性格（第一至六句）。这虚构的人物当是诗人的自我写照，认识这一点非常重要 ②。陶渊明似乎认为在虚构和自传之间没有什么不可逾越的鸿沟，他的艺术技巧主要在于构造一幕纯客观的人物场景，从而更公开地观照自我。当一首诗的中心内容像讲故事一样地叙述人们的遇合，那么客观性的效能就可以充分地加强。在上面所引录的诗里，"我"充当着直爽的叙述者，诉说自己旅行的动机（第七、八句），自己和那可敬的"士"之间不知不觉而产生的友谊（第十一至十四句），甚至逐字记录了自己想和这知己留住在一起的请求（第十五、十六句）。显然，陶渊明

---

① 《陶渊明集》，第112页。

② 参看苏轼对这首诗的评论，见《陶渊明诗文汇评》（北京：中华书局，1961），第233页。并参看 Hightower, *The Poetry of T'ao Ch'ien*, p.177.

这类戏剧性的手法，突破了传统抒情诗的藩篱。他那新的抒情诗体的特征是抒情的冲动加上叙述的客观距离。我们看到，诗中的叙述者字字都在清晰而直接地表达自己的思想。然而，那"士"却自始至终未发一言。他相信他的音乐必将得到知音的欣赏，因此他完全依靠弹奏音乐来抒发自己的感情。尽管这最后的信息在诗中只是巧妙地做了通报，但我们还是从中精确地领会了那"士"的（亦即陶渊明的）心。

在陶渊明的散文名作《五柳先生传》里，我们可以看到一幅熟悉的作者自画像。诗人站在历史学家的位置上，采用高度模拟司马迁《史记》的笔法写道：

> 先生不知何许人也，亦不详其姓字，宅边有五柳树，因以为号焉。[1]

读者很快就再次发现，陶渊明的匿名方式具有某种熟悉的象征作用。核心的人格，真正的陶渊明，通过看起来是别人的传记而实际上是蒙着面纱的作者自传这样一种方式，被表现出来。诗人步趋历史学家司马迁，客观地评价五柳先生，力图使其评价具有永久的历史价值：

> 赞曰：黔娄之妻有言，不戚戚于贫贱，不汲汲于富贵。其言兹若人之俦乎？酣觞赋诗，以乐其志……[2]

---

[1] 《陶渊明集》，第175页。
[2] 同[1]。

陶渊明同时代的读者意识到这赞词是作者遮遮掩掩的自赞，因此他们直截了当地把这篇虚构的传记看作诗人的自传[1]。

陶渊明所写传记里的譬喻倾向，与他寄托在自然物中的隐喻，是有着密切联系的，如果可以在五柳先生和他自己之间画一个等号的话，那么同样的符号也可以画在某些特定的自然物和他本人之间。诗人将自己投射入自然物的典型做法，集中表现在下面这首诗里：

> 青松在东园
>
> 众草没其姿
>
> 凝霜殄异类
>
> 卓然见高枝
>
> 连林人不觉
>
> 独树众乃奇
>
> 提壶挂寒柯
>
> 远望时复为
>
> 吾生梦幻间
>
> 何事绁尘羁[2]

"青松"在陶渊明的诗歌里反复出现，它是永远不屈不挠的象

---

[1] 参见萧统《陶渊明传》；杨勇《陶渊明集校笺》，香港：吴兴记书局，1971年版，第385页。

[2] 《全汉三国晋南北朝诗》册1，第472页。

征；在这首诗里，它再清楚不过地凸现为一个独立不群的人①。诗人赞美"青松"，他想象自己找到了一个真正的朋友，而后满足地徘徊在这互相理解、令人心醉的世界里，将他的酒壶挂在松枝上。最后，导出了他自己的生活哲学。读者不能不正视那"青松"，不能不把它看作诗人的自譬。它以无声的存在，使人联想到一种仁爱、陶然自得的天性，陶渊明就具有这样的天性。从某种意义上来说，"青松"被赋予了同一性，带有诗人自身之幻影的特征。

在这一点上，我们似乎可以再次提及那个重要的概念——"知音"，因为上文我们还没有机会做深刻的探讨。现在，读者想必已经很清楚地看到，陶渊明不懈地寻觅理解他的朋友，这使得他诗中的自我界说增加了一定的深度。他在历史的范畴内，最大限度地探索了"知音"这个概念。

一个在其虚构的世界里创造"知音"的人，同样也会到历史中去寻找永恒的"朋友"。陶渊明正是这样的诗人。我们只要略为考察一下其诗歌的标题，就可以论证这一点。例如《咏二疏》《咏三良》《咏荆轲》《咏贫士》诗七首等②。在其《拟古》诗系列当中，实际上也有几首是赞美古代有德行的人。

陶渊明对历史人物的歌颂是一种有效的文学方法，大大地拓宽了其抒情诗的视野。传统的中国文学批评家们之所以闭口不谈陶渊明对这一特殊诗歌模式所做出的实质性贡献，只是由于他们认为理所当然。"咏史诗"作为诗歌题材中的一大类，首先是左思

---

① 有关陶渊明常用"青松"这一物象来做象征，参看其《饮酒》诗第四首、《拟古》诗第六首，分别见《陶渊明集》第89、112页。
② 分别见《陶渊明集》第128—129、130—131、123—128页。

（250—305）使它变得流行起来。然而，陶渊明远远越出了阮籍（210—263）《咏怀诗》的限制①，大大发展了这类诗歌的抒情功能。在陶渊明手里，咏史诗获得了新的意义和构思——生气勃勃地克服了奄奄凄凉。消极的牢骚在左思《咏史》诗里十分典型②，但在陶渊明的诗里却荡然无存。尽管陶渊明心中有一种强烈的孤独感，并不妨碍他到诗里去自由实现自己的理想。这种自我实现（self-fulfilling）的幻想，在很大程度上是基于他对从历史中寻找"知音"的自信。不过，陶渊明是如何在诗中营造这一新观点的呢？他在诗歌里总能保持这种自我满足的精神状态么？

在一首《杂诗》中，陶渊明抒发了自己的忧郁心绪：

气变悟时易

不眠知夕永

欲言无予和

挥杯劝孤影

日月掷人去

有志不获骋

念此怀悲凄

终晓不能静③

这异常凄凉的曲调，伴以"不眠"的折磨，立刻唤起了我们对

---

① 阮籍的《咏怀诗》系列共有 81 首，传统的注释者已经试着对这些诗做出了寓意性的解释。
② 《全汉三国晋南北朝诗》，第 385—386 页。
③ 《陶渊明集》，第 115 页。

阮籍之名作《咏怀诗》第一首①的记忆。不过，阮籍内心的思想和目的没有完全表达出来，而陶渊明却把他所有的感想都和盘托出，摆在读者面前。他情绪低落的原因，诗中说得很明白——他那秘藏心中的"志"尚未"获骋"，"日月"却弃他而"去"。陶渊明抒情诗的直率是特别适合其"自我"概念的一种方式，而他的"自我意识"（self-consciousness）则为中国诗歌注入了新的活力。更为重要的是，他让我们知道了什么是他秘藏于心中的"志"：

> 猛志逸四海
> 骞翮思远翥②

这远游的"猛志"，是对青年所特有的英雄抱负的一种隐喻。其《拟古》诗第八首告诉我们，他那尽管是想象但却抱负不凡的"游"一直延展到遥远的边疆：

> 少年壮且厉
> 抚剑独行游
> 谁言行游近
> 张掖至幽州③

说实在的，这"游"不是寻常的冒险，它是对英雄行为的探

---

① 《全汉三国晋南北朝诗》，第215页。
② 《陶渊明集》，第117页。
③ 同②，第113页。

寻——所谓英雄行为，既包括伯夷、叔齐那样一种不屈服的忠义，也包括刺客荆轲那样一种武侠的挑战：

　　　饥食首阳薇
　　　渴饮易水流

但是，诗中还告诉我们，这"游"半途而止了，因为：

　　　不见相知人
　　　惟见古时丘
　　　路边两高坟
　　　伯牙与庄周
　　　此士难再得
　　　吾行欲何求

　　对伯牙和庄周的引喻，透露了诗人那隐藏在满足之眼光后面的孤独的自我。他的"志"遭到挫折，因为没有知心的朋友来欣赏他天赋的优良质量。他希望自己有像伯牙和庄周那样理想的朋友：伯牙在其知音钟子期死后不再鼓琴，庄周在其朋友惠施死后觉得无人可以晤谈。对陶渊明来说，这种友朋义气是人类一切高尚行为的基础，因为它给人以勇气、真诚和服人之善的质量。对"知音"的寻求占据着陶渊明之"志"最核心的部位，这是毋庸置疑的。他对实践这一修身法则的人大加赞赏，在其《咏荆轲》一诗中表现得再清楚也不过。燕太子丹请勇士荆轲承担暗杀秦王（即后来的秦始皇）的重任。荆轲之所以答应去执行这项危险的使命，完全因为太子丹是他的知音，承认他，欣赏他。陶渊明以这位英雄的口吻诉说道：

> 君子死知己
> 提剑出燕京
> 素骥鸣广陌
> 慷慨送我行①

这种为知己而心甘情愿的死，植根于"不朽"的概念。按照《左传》的说法，一个人可以通过三种途径达到"不朽"：立德，立功，立言。荆轲讲友朋义气的精神，是对上述传统观念的某种修改，因为他相信，他为燕太子丹而自愿赴义的行为，本身就是"不朽"的：

> 心知去不归
> 且有后世名
> 登车何时顾
> 飞盖入秦庭

我们不应嘲笑这位英雄对"后世名"的期望是爱虚荣。他想表达的观点不过是：他的献身所产生的道德力量，连同他的英雄

---

① 《陶渊明集》，第131页，第5—8句。

行为，必将作为超出他个人之外的一件历史大事而载入史册。

　　这音调明显是陶渊明所特有的。同是写荆轲，左思的《咏史》诗就没有强调过荆轲死后不朽的思想。因此我们可以说，陶渊明这首宣扬"知音"的诗是他作品中最奋发有力的诗篇之一。无疑，在他的思想里，超越时间和死亡的功勋具有永恒的价值。《咏荆轲》诗的结尾两句正表达了这一期冀：

　　　　其人虽已没
　　　　千载有余情

　　他还用十分相似的方式，表达了要仿效伟大的汉代志士兼隐士田畴的愿望，因为田畴留下了永远让人记忆的声名：

　　　　生有高世名
　　　　既没传无穷
　　　　不学狂驰子
　　　　直在百年中 [1]

　　事实上，陶渊明在应付一个现实事变时，亦步亦趋地追随了田畴的脚印。公元 404 年，在桓玄所发动的内战进行到一半的时候，篡权者桓玄诱拐走了晋安帝并逃往江陵（在今湖北省）。这一事件使我们想起了汉代历史上的一个重要插曲：公元 190 年，叛贼

---

[1] 《陶渊明集》，第 110 页。

董卓挟持汉献帝作为人质并逃往长安。田畴，一位有很好信用的学者型官员，当时正在豫州刺史手下做事，立即前往长安，将刺史的一份秘密文件递送给被禁锢的汉献帝。面对同样的民族危机，陶渊明的表现与田畴毫无二致。由于对晋安帝的忠爱，他也冒了生命危险。公元404年，陶渊明在军中担任参军之职，往来于浔阳和首都建康之间，把有关晋安帝处境的情报送交给刘裕。有人认为，陶渊明的下述诗句，正是记载自己在此次事件中的重要使命[1]：

> 辞家夙严驾
> 当往志无终
> 问君今何行
> 非商复非戎
> 闻有田子泰
> 节义为士雄
> 斯人久已死
> 乡里习其风[2]

同田畴在东汉覆灭后退隐山林一样，当刘裕爬向权力宝座时，陶渊明也做出了归隐的抉择。有此一说，陶渊明于公元420年更名为"潜"，意思是"潜藏"，因为在那一年中，刘裕建立了他的新王朝——刘宋。此外，陶渊明在其作品中一次也没有使用过新王朝的年号。这个事实可以进一步证明，他拒不承认刘宋政权的合法

---

[1] 参见逯钦立对这首诗的探讨，《陶渊明集》，第232—233页。
[2] 《陶渊明集》，第110页。

性。他所希望认同的人，正是像田畴那样的古代忠贞之士。

对于陶渊明来说，写诗是为了达到"不朽"的目的，或者不如说是为了寻找后代能够理解他的读者。他在一首诗的小序中写道：

岁云夕矣，慨然永怀。今我不述，后生何闻哉？[①]

这读来简直像一个预言。6 个世纪以后，陶渊明找到了一位最不寻常的"知音"——宋代诗人苏轼（1037—1101）。在中国文学史上，我们还是第一次看到，在悬隔 600 多年的两位诗人之间，竟会有如此强有力的亲缘与同盟[②]。几乎陶渊明的每一首诗，苏轼都予奉和。此外，苏轼还说自己是这位前辈诗人的转世投胎：

梦中了了醉中醒

只渊明

是前生

苏轼这种文学的"轮回观"使人想起西方浪漫主义诗人布莱克（William Blake），他也说自己是《失乐园》作者弥尔顿（John Milton）的转世投胎。但有趣的是，苏轼还进一步在这"轮回观"上大做文章，他庄严确信地宣称，如果人死可以复生，他一定要做陶渊明的信徒：

---

① 《陶渊明集》，第 106 页。

② 当然，宋代的其他许多诗人也奉陶渊明为楷模，参见 Jonathan Chaves, *Mei Yao-Ch'en and the Development of Early Sung Poetry*（New York: Columbia Univ. Press, 1976），pp.104-105。

我欲作九原

独与渊明归 ①

　　苏轼这种单方面凭空想出的认同，大概超出了陶渊明的期望。至少，它证明陶氏关于"知音"的想法，在中国诗歌里促进了一个强烈的传统，即诗人有意识地模仿或影响他人。如果说阅读是一种艺术，可以使你结交前代的知音，那么写诗便是触动未来读者心弦的最佳方式。正是这关于"不朽"的念头，帮助陶渊明克服了严苛的生活现实。他注意到，那些身后留下万古名声的人，生前往往遭到这样或那样的坎坷：

虽留身后名

一生亦枯槁 ②

　　正是这种历史事实向我们的诗人提供了某种坚忍自制的勇气，他需要这勇气去面对穷困潦倒的生活。陶渊明晚年愈来愈贫苦，经常忍饥挨冻。他在《怨诗楚调示庞主簿邓治中》一诗中承认：

夏日抱长饥

寒夜无被眠

① 见《和陶贫士》，《苏轼诗集》卷 39，北京：中华书局，1982，册 7，第 2137 页。关于对这两句诗的讨论，见宋丘龙《苏东坡和陶渊明诗之比较研究》，台北：商务印书馆，1980，第 94 页。
② 《陶渊明集》，第 93 页。

造夕思鸡鸣

及晨愿鸟迁 ①

另一首题作《乞食》的诗，最生动地描绘了饥饿之苦：

饥来驱我去

不知竟何之

行行至斯里

叩门拙言辞

主人解余意

遗赠岂虚来

谈谐终日夕

觞至辄倾杯

情欣新知劝

言咏遂赋诗

感子漂母惠

愧我非韩才

衔戢知何谢

冥报以相贻 ②

　　在陶渊明最后的岁月里，当他开始生活在非常窘迫的境遇中，诗人颜延之来做江州刺史，认识了他。颜延之在其所撰《陶征士

---

① 《陶渊明集》，第49—50页。
② 同①，第48页。

诔》中，对陶渊明能够在贫困面前保持坚贞的节操，表达了由衷的赞美：

> 居备勤俭，躬兼贫病，人否其忧，子然其命……年在中身，疢维痁疾，视死如归，临凶若吉……[1]

陶渊明在诗中交代了他从哪里得到安慰：

> 何以慰吾怀
> 赖古多此贤[2]

他的许多诗歌试图宣布这种"自我认知"——他的慎重选择：宁可农耕而穷，也不在精神上妥协，绝不后悔。无论如何困难，他都有一种因自我认知而感到的真正快乐。他最珍视的是自己个性的实现，在其《饮酒》诗第九首中，他用自信而幽默的口气为此辩护：

> 清晨闻叩门
> 倒裳往自开
> 问子为谁欤
> 田父有好怀

---

① 《李善注昭明文选》，萧统编，李善注（再版本），台北：河洛图书出版社，1975年版，下册，第1240页。
② 《陶渊明集》，第123页。

壶浆远见候

疑我与时乖

褴褛茅檐下

未足为高栖

一世皆尚同

愿君汩其泥

深感父老言

禀气寡所谐

纡辔诚可学

违己讵非迷

且共欢此饮

吾驾不可回 ①

　　诗人与田父之间的对话，使我们想起了《楚辞》中一篇题为
《渔父》的诗。那里面有一位渔父劝说忧郁而正直的诗人屈原随世
俯仰：

举世皆浊

何不淈其泥而扬其波

众人皆醉

何不餔其糟而歠其醨

---

① 《陶渊明集》，第 91—92 页。

陶渊明诗里的"田父"似乎给了他"渔父"曾给予屈原的相同忠告。

不过，陶氏此诗有一个重要的变化，不仅在其构思，而且在其风格。诗中的我不再像屈原那样轻蔑地肆意嘲讽整个社会，屈原作品士所常见的愤怒、讥诮、自杀的绝望都不见了，却代之以一种针对每个人的反问："违己讵非迷？"——"违背自己的心愿难道是对的吗？"这个简单的问题有着唤醒读者、使其具备真实自我的力量。最重要的是，诗人没有像屈原那样宣称"众人皆醉我独醒"，而是邀请"田父"与他一起喝酒，进而接受一个事实：他对生活方式的审慎抉择本身就具有一种肯定的价值。

毫无疑问，对生活持积极态度的这种抒情，总的来说是陶渊明对诗歌的最大贡献之一。作为其"自传式"诗歌的主角，陶渊明不仅告诉我们他所有的欢乐与悲哀，而且还告诉我们他的感情的精神价值。自古以来，中国诗歌第一次获得了如此强烈的自信[1]。

第三节 "自然"的升华

陶渊明自信的源泉，从根本上说，来自他对"自然"——永存而生生不已之自然——的信赖。按照他的自然观，世间万物都依据一种循环的法则在运动，而生命与死亡只不过是自然万物之必要的盈亏消长。如果生命是天然产生、不可避免的，那么死亡亦复如此。因为，"自然"不是静止的，它是时间和运动。陶渊明看出

---

[1] 这不是否认此前文学的重要性，比如像建安时期（196—220）的诗歌，就以强烈表现诗人的自我而著称。陶渊明对生活的积极态度，自是对建安文学传统的进一步发展。

"自然"是这样的，所以他经常诉说自己在无常之生命面前那种泰然自若的情感。为了论证其诗歌中的这种哲学力量，我想从他的"挽歌"系列诗（前文已简略地提到过）中引用一首：

荒草何茫茫

白杨亦萧萧

严霜九月中

送我出远郊

四面无人居

高坟正嶕峣

马为仰天鸣

风为自萧条

幽室一已闭

千年不复朝

贤达无奈何

向来相送人

各自还其家

亲戚或余悲

他人亦已歌

死去何所道

托体同山阿 ①

---

① 《陶渊明集》，第142页。

关于这首诗，特别值得注意的是诗人在其孤独的感情和对"自然"无条件的信赖之间，所达到的巧妙平衡。作为人，他悲叹自己的死亡——他将永远孤零零地留在坟场，就像白杨树站在荒凉的旷野一般。然而，由于了解到"自然"没有能力使人的生命长驻，诗人终于学会把自己的欢乐和苦难托付给永恒伟大而快乐的"自然"："死去何所道？托体同山阿。"

在陶渊明那里，我们看到了一种对死亡的强调意识和积极态度。而此前的诗人们对此则不甚措意[①]。这意味着诗歌中文学批评的一个转折点，因为自汉代以来，死亡的烦恼已经成了中国诗歌的主要话题之一。正如在《古诗十九首》里可以看到的那样，人们不断地为稍纵即逝的生命而悲哀[②]。然而，陶渊明的独出心裁之处在于他那征服死亡的抒情——他认为生命的短暂本来就是凌驾于人类之上的大自然的一种必然现象。这种对自然的信赖，使陶渊明的作品具有中国诗歌里难得一见的客观构思的效果。例如，在上文所引录的那首诗中，主人公——死去的人——看来比参加出殡队伍的那些活着的人有更多对于离别的感受。这首诗可能作于陶渊明去世前不久，至少它确实在注视着日益迫近的死亡，这使得它客观性的观照似乎特别值得注意。这一客观性产生于顺应自然的信念，而非产生于冷静的推理。

陶渊明对"死亡"的冷静接受，实际上本自道家庄子"化"的

---

① 当然，或许有人会争辩说，"挽歌"作为一种体裁，并非陶渊明的创造；况且，陆机（261—303）等诗人已经写过哀悼死者的类似诗篇（参见《文选》卷28）。但是，陶渊明诗歌中与"自然"在总体上相和谐的曲调，和构成此前诗歌典型特征的绝望音调，适为鲜明的对比。

② 参见隋树森《古诗十九首集释》，香港：中华书局，1958。

思想。在庄子看来，生命和死亡都是自然的"化"的力量，因此人们应该像欢迎"生"一般去欢迎"死"，不要去妨碍"化"的过程。作为一名庄子哲学的真诚信徒，陶渊明仿佛有能力使自己的生命离开肉体，并在"化"的过程中获得完成的感觉。他的《自祭文》表达了这一坚定的信念：

乐天委命，以至百年……识运知命，畴能罔眷，余今斯化，可以无恨……[1]

此外，他论人的三种方面的著名组诗《形、神、影》，结束时也说到对于循环无已之自然变化的接受：

纵浪大化中

不喜亦不惧[2]

从恐惧中摆脱出来的精神解放，使他把死亡看成是对"本宅"或"旧宅"的最终回归[3]，那是一处永久的归宿。

陶渊明的回归"自然"、回归"大化"，可以把它放在余英时称之为 Neo-Taoist Naturalism 的魏晋思想特征之上下文来理解[4]。

_____

[1] 《陶渊明集》，第 197 页。

[2] 同[1]，第 37 页。

[3] 参见《自祭文》，《陶渊明集》，第 197 页；《杂诗》第七首，《陶渊明集》，第 119 页。

[4] 参见 Ying-shih Yü（余英时），"Individualism and the Neo-Taoist Movement in Wei-Chin China"。还可参看陈寅恪《陶渊明之思想与清谈之关系》，《陈寅恪先生文史论集》上卷，第 399 页。

然而，陶渊明最伟大的成就，还在于通过从自己日常所诚心诚意实践着的道家对待自然的态度中获得灵感，从而在诗歌中创造了一个抒情的世界。他诗里所描写的自然，往往与质朴的"道"同义：

云无心以出岫
鸟倦飞而知还①

木欣欣以向荣
泉涓涓而始流②

就像云朵、小鸟、树木还有溪涧等在自然界无意识而发生的运动中快快乐乐一样，人也应当自由地参与生机无穷的循环变化。换言之，现实地参与"道"，正是对自然的回归，使陶渊明在写"游仙"时，能够与幻想的仙人世界保持距离。最重要的是，陶渊明时常提醒他的读者，他不希望与当时流行的炼丹术搅和在一起：

我无腾化术
必尔不复疑③

世间有松乔
于今定何间④

---

① 《陶渊明集》，第 161 页。
② 同①，第 161 页。
③ 同①，第 36 页。
④ 同①，第 55 页。

即事如已高

何必升嵩华①

　　我们千万不要忘记，在相当长的时期内，陶渊明一直被认为主要是个避世的隐士。昭明太子萧统（501—531）称他为"浔阳三隐"之一②。文学批评家钟嵘赞誉他是"古今隐逸诗人之宗"③。但是，唐代诗人杜甫（712—770）则因他"避俗"而予以指摘④。这些传统的观点，无论是赞扬还是批评，都会使人对陶渊明产生误解，因而都没有对诗人的真实质量做出全面的评价。当然，陶渊明确实和传统的隐士们一样拒绝做官，但他从来没有像某些道家或佛家的隐士那样离开正常的生活道路⑤。在陶渊明诗歌的自然世界（詹姆斯·海托华译为"自由"⑥）里，有农夫、儿童、酒友和诗人。我们有这样的感觉，无论陶渊明何时外出游览，他都要喊上孩子们或者邻居⑦。

　　比较起来，陶渊明的佛家朋友、以"浔阳三隐"之一而知名的刘遗民，则是一个真正的隐士。刘遗民本名程之，曾在浔阳做过

---

① 《陶渊明集》，第53页。
② 见萧统所撰《陶渊明传》，《陶渊明集校笺》，第385页。
③ 《诗品注》，陈延杰注本，第41页。
④ 见《杜诗详注》卷7，北京：中华书局，1979年版，册2，第563页。
⑤ 牟复礼教授创造的术语"儒家隐逸主义"（Confucian Eremitism），对于描绘陶渊明的生活道路，也许是最合适的。陶渊明是退出仕途，而不是退出人的日常世界。见 F. W. Mote, "Confucian Eremitism in the Yüan Period", in *The Confucian Persuasion*, ed., Arthur F. Wright（Stanford: Stanford Univ. Press, 1960），pp.201-240。
⑥ 关于 James Hightower 对"自然"的翻译，见 *The Poetry of T'ao Ch'ien*, p.50。
⑦ 参见其《移居》《酬刘柴桑》诸诗。

柴桑县令。由于桓玄篡夺帝位并激起一场大规模的内战,他遂于公元 403 年冬辞去官职,改名为遗民(意为前朝的忠诚子民)。后来,他舍弃妻儿,加入了庐山释慧远的白莲社^①。庐山离陶渊明居住的村庄不远,据说刘氏曾于公元 409 年邀请陶渊明到庐山来和他一同隐居,但陶渊明用诗作答,加以谢绝:

> 山泽久见招
>
> 胡事乃踌躇
>
> 直为亲旧故
>
> 未忍言索居^②

很显然,陶渊明没有必要逃避到远方的山泽去。他的草屋虽坐落在喧嚣的人类世界,但凭借一颗超脱的心,他有能力保持思想情感的平静^③,"和自己在一起"(being-with-oneself)的感觉,使得诗人满怀充足的信心超越自我本位。

然而重要的是,陶渊明在欣赏自然之美时并没有脱离自我,因为他不再是一个置身其外的旁观者。作为自然的一部分,诗人自我用混合的眼光观照外部世界的所有侧面。读他的诗歌,人们常常对他用来混合其感情与外部世界的特殊方式感到惊奇。因为他的诗歌不再局限于主观的抒情,而是扩展到包容自然的运行。这就解释了一个问题:为什么唐以后的文学批评家们要用"情景

---

① 关于刘遗民的传记,见《陶渊明集》第 58 页的引证文字。

② 《陶渊明集》,第 57 页。

③ 参见《陶渊明集》,第 89 页。

交融"这个术语去形容陶渊明诗的特质。

不可否认，陶渊明已赋予抒情诗一种新的意义，而且他第一个在诗中唤起了中国人对自然之态度的广大潜能。早在陶渊明之前，日益增长着的关于人对自然之反应的强调，即所谓"感物"，就已成为重要的文学现象。相关的例证是陆机（261—303）的《文赋》，它描绘了一种对于自然之运行的新的反应姿态：

> 遵四时以叹逝
> 瞻万物而思纷
> 悲落叶于劲秋
> 喜柔条于芳春

但是在陶渊明看来，"自然"不只是像陆机所感觉的那样鼓荡人心，其实它还能镇定和净化感情。陶渊明的《闲情赋》便是以这重要论点为中心的。从这篇赋的开头，我们就发现这是一个恋爱中的男子的口吻；他所热恋的对象是一位娴雅的美人，靠弹琴和悲叹人生之无常来打发时间 ①。如此倾心于她的美丽和她所弹奏的乐曲，赋中的"我"表白道：

> 激清音以感余
> 愿接膝以交言

---

① 这种美人弹奏音乐、悲叹人生无常的意象，还可以在其《拟古》诗第七首里看到。见《陶渊明集》，第113页。

由于害怕触犯礼教，他被骚动的情感吞没，不能自已。他的心像一所没有足够空间的房屋，于是他走出去，投向大自然：

> 拥劳情而罔诉
> 步容与于南林
> 栖木兰之遗露
> 翳青松之余荫

此刻，他带着恋爱的激情徒然凝伫。他相信"自然"会来帮助他，使他得到那可爱的人儿。但他很快就意识到，他实际上正在寻找一个幻影，这失望的打击使他更加心绪纷繁：

> 竟寂寞而无见
> 独悄想以空寻
> …………
> 思宵梦以从之
> 神飘飖而不安
> 若凭舟之失棹
> 譬缘崖而无攀

远方传来了凄凉的笛声，他的希望再一次被唤起。他想正是那美人在吹笛，于是便托行云向她传递爱情。可是，行云并不把他的希望放在心上。当他再次将目光投向外界自然，他突然发现：

行云逝而无语

　　时奄冉而就过

　　那先前被他认作传递爱情信息之使者的行云，现在它本身即成了自然的信息：像所有其他的自然物一样，行云一言不发，自由自在地飞过。他能够从静默的云那里学会变忧愁为欢欣吗？他能够不去尝试完全进入自然那开放的空间吗？在这一刹那，赋中的主人公第一次做到了自我控制：

　　迎清风以祛累

　　寄弱志于归波

　　…………

　　坦万虑以存诚

　　憩遥情于八遐

　　赋中主人公这最终的转变，是非常重要的。它是经过长时间内心斗争而达到的一种认知。由于它得之艰难，故而真实持久。这是一种有意识的自我认知，一种升华了的自我控制的情感。赋中主人公不再受恋爱激情的折磨，"劳情"现在已变为"遥情"。此外，正是通过自然，他本能的冲动最终转化为对"情"与"理"的调谐。全赋以一个直爽而强有力的声明作为结束：

　　尤蔓草之为会

诵召南之余歌 ①

　　陶渊明的《闲情赋》在一个非常重要的方面明显不同于早先
的赋，如宋玉的《高唐赋》和曹植的《洛神赋》：在早期的这些赋
里，“自然”为艳情提供合适的背景 ②；而在陶渊明此赋里，“自然”
则起了颇为不同的作用。当然，陶渊明的这篇赋，正如他在小序
里所明示的那样，是在完全懂得赋之惯例的情况下去写有关镇定
恋爱激情的内容 ③。但是，他描写了凭借自然的力量去战胜非分的
情感，这种值得重视的描写是对于传统的赋所做出的一个全新贡
献 ④。“自然”是自我认知的钥匙，这个信念独特地处在陶渊明诗法
［我想称之为“抒情诗的升华”（lyrical sublimation）］的中心位置。

　　然而，总的来说，陶渊明的同时代人对他抒情的新声音是没
有思想准备的，而且也看不到这乃是其个性使然。一直要到三百
年后，他的诗歌理想才得到重视，对他的不恰当的评价才得到纠
正 ⑤。不过，在这大规模“复活”陶渊明的运动出现之前，对那些
坚持自己个性化的声音、具有坚强精神的诗人来说，陶渊明一直在
鼓舞着他们。他的诗意充分体现了抒情冲动所蕴藏着的巨大力量。

----

① 《陶渊明集》，第 156 页。

② 参见 Andrew H. Plaks, “The Chinese Literary Garden”, in his *Archetype and Allgory in the Dream of Red Chamber* (Priceton: Priceton Univ. Press, 1976), p.151。

③ 关于陶氏此赋有可能借鉴的前辈之作，见詹姆斯·海托华所做的精密研究：“The Fu of T'ao Ch'ien”, in *Studies in Chinese Literature*, ed. John L. Bishop (Cambridge: Harvard Univ. Press, 1966), pp.45-72。

④ 萧统显然没有看到这一点。他说，与陶渊明的其他作品相比，这篇赋是“白璧微瑕”。它的真实价值直至宋代才得到承认。苏轼赞扬它“好色而不淫”，参见北京大学中文系编《陶渊明诗文汇评》，北京：中华书局，1961 年版，第 322 页。

⑤ 参见 Stephen Owen, *The Great Age of Chinese Potry: The High T'ang* (New Haven: Yale Univ. Press, 1981), p.6。

第二章　谢灵运：创造新的描写模式

第一节　"形似"与"窥情风景"

在上一章里，我们已简要地论述过：陶渊明诗歌抒情的真率，与东晋诗歌的总体审美趣味大相径庭，与始自刘宋时期的新的唯美主义运动也颇异其趣。现在，让我们来探讨这新的唯美主义诗歌倾向在 5 世纪初形成和发展的原因。关于这新的文学运动的特征，文学批评家刘勰为我们做出了最精当的描述：

> 自近代以来，文贵形似，窥情风景之上，钻貌草木之中……故巧言切状，如印之印泥，不加雕削，而曲写毫芥。①

这段引文认同了一种观照自然的特殊方式，一种严苛的新的诗法。按照南朝当时流行诗歌倾向的指挥棒，好诗必须不厌其详

---

① 《文心雕龙》册 2，第 694 页。

地做细节描写，捕捉各种不同的景物配置。如果说在传统诗歌中，"描写"纯然被看作"抒情"服务之背景的话，那么它现在已成为界说诗歌主题的基本要素。"描写"的模式不再是装饰或辅助了，它第一次在诗里获得了正统的地位，甚至一百年后的文学批评家们也异口同声地肯定它的诗学价值。如上文之所引，刘勰称这一新的倾向为"形似"，意思是"逼真"。钟嵘在其《诗品》中也用这一术语，有时或用"巧似"，来形容那些在景物描写方面特别成功的个性化风格①。谢灵运就是这种新描写模式的最著名诗人，而颜延之，《陶征士诔》的作者，也因其诗歌高质量的"形似"而得到钟嵘的赞誉。

这种新描写模式的灵魂，在于观赏山水风景的纯真之乐。正如刘勰所指出的那样，诗人们"窥情风景之上"而"钻貌草木之中"。因此，那日益增长着的在诗中精心结撰、描写"自然"的作风，不过反映了当时典型的观赏风景的新方式。刘勰将这一文学现象放在它的历史联系中，他说：

> 宋初文咏，体有因革，庄老告退，而山水方滋……情必极貌以写物，辞必穷力而追新，此近世之所竞也。②

在中国文学史上，公元 5 世纪是"山水诗"时期。当人们回过

---

① 见钟嵘对张协、谢灵运、颜延之、鲍照等的评论，《诗品注》，陈延杰注本，第 27、29、43 页。有关这一问题的更详细讨论，参看廖蔚卿《从文学现象与文学思想的关系谈六朝巧构形似之言的诗》，载《中国古典文学论丛》（台北：中外文学月刊社，1976），第 126—128 页。
② 《文心雕龙》册 2，第 67 页。

头去看这一段历史，怀古之情不免油然而生。在那个时代，贵族家庭所特有的优雅品味达到了顶点。当北方的贵族于 4 世纪初第一次避难到南方，他们就被南方温和的气候与美丽的风光打动了。尽管他们还因北方领土沦入"夷狄"之手而悲伤，但已开始花费大量闲暇时光，愉快地在风景明媚的国土上四处漫游。"出游"逐渐成为上流社会的时尚，王羲之的兰亭之游就是证明。然而无论如何，他们仍承受着爱国与怀乡（怀念北方）之情的重负，因此不可能尽情享受出游的快乐。刘义庆（403—444）《世说新语》里记载了这样一件事：

> 过江诸人，每至暇日，辄相要出新亭，藉卉饮宴。周侯中坐而叹曰："风景不殊，举目有山河之异。"皆相视流泪。①

但第一流的山水诗人谢灵运出生之时，这种对北方的怀乡之情早已成为过去。随着时间的推移，贵族们终于在风光明媚的南方定居下来，感觉也似乎好了起来。谢灵运生而富贵，出身于最有权势的世族家庭，生活在文化和文学运动的中心。他不仅是著名的诗人，还是杰出的书法家和画家②。对他来说，闲时的出游，就像所有日常的奢侈品一样，是一种生活方式。他天生喜爱游山玩水，而且是中国旅游文学——所谓"游记"——的创始人。他的《游名山志》中有关于风景胜地名山大川的详细地理学资料，在当

---

① 杨勇校笺《世说新语校笺》，香港：大众书局，1969 年版，第 71 页。
② 谢灵运的母亲刘夫人，是王羲之的孙外甥女。王羲之父子俱以书法名世，谢灵运显然从王家学得了书法。关于他作为书法家和画家的才艺，参见叶笑雪《谢灵运传》，载于其选注《谢灵运诗选》（上海：古典文学出版社，1957），第 185—186 页。

时著称于世，可惜只有一部分传留至今①。但重要的是，他是中国第一个山水诗人，也是最有成就的山水诗人。谢灵运诗歌的特殊成就，是整个他那一时代的成就，因为他同时代的读者似乎是通过他的眼睛去看文学的：

> 每有一诗至都邑，贵贱莫不竞写，宿昔之间，士庶皆遍，远近钦慕，名动京师。②

有鉴于此，文学批评家钟嵘将谢灵运列为自古以来为数不多的"上品"诗人之一，并且因其诗之"巧似"而特别称赞了他。谢灵运所做的，是把生活转化为艺术，把游览当成诗的描写对象。如果说王羲之在兰亭组织的贵族聚会意味着一种随机性的寻求生活乐趣，那么谢灵运的山水诗则是艺术的创造、真正的抒情。年长的一代享受大自然，仅限于觉得某次具体的出游很"好"；而年轻的一代则认为大自然中的美才是最根本的"好"。前者只满足于纯粹的观赏风景；而后者则要求自己在诗中艺术地描摹山水，达到所谓"形似"。换言之，谢灵运的手段是美学的，他的诗歌是"艺术意识"（artistic consciousness）的产物。

下面这首诗，是谢灵运的代表作。它为谢灵运的描写技艺提供了一个极好的实证：

---

① 见《谢灵运诗选》，第219—220页。
② 《宋书》卷67，中华书局本，册6，第1754页。

于南山往北山经湖中瞻眺

朝旦发阳崖

景落憩阴峰

舍舟眺回渚

停策倚茂松

侧径既窈窕

环洲亦玲珑

俯视乔木杪

仰聆大壑淙

石横水分流

林密蹊绝踪

解作竟何感

升长皆丰容

初篁苞绿箨

新蒲含紫茸

海鸥戏春岸

天鸡弄和风

抚化心无厌

览物眷弥重

不惜去人远

但恨莫与同

孤游非情叹

赏废理谁通 ^①

　　这首诗的标题是大有讲究的。它用的是一种新的方式，即有意地概述一次实际游览的路线。"北山"和"南山"是真实的地名，它们都属于谢灵运在始宁所拥有的广阔领地。这标题告诉我们，诗人既是一位旅行者，又是一位风景观赏者。

　　从头到尾读完这首诗，我们可以看出，诗人对山水的观赏有一种特殊的系统性。他的描写程度遵循着一个清晰的交错规则，即回环于"山景"与"水景"之间：

第三句：水景

第四句：山景

第五句：山景

第六句：水景

第七句：山景

第八句：水景

第九句：水景

第十句：山景

甚至连植物和鸟类的分布也遵循这个规则：

第十三句：山中植物（竹）

---

① 《谢灵运诗选》，第90页。

第十四句：水中植物（蒲）

第十五句：水上禽鸟（海鸥）

第十六句：山中禽鸟（天鸡）

整体来说，这首诗的步骤是从自然界较大的场景（第三到十句）写到较小的物体（第十三至十六句）。它给我们的印象是一位聪明的游览者一边打量他周围的场景，一边把它们有条不紊地归并入不同的部类。其中既有广角的观察，又有贴近的观察，景物配置全凭观赏者在不同瞬间的视觉印象而定。山水诗中之所谓"形似"的描写，就离不开这多重观察。唐代诗人白居易（772—846）曾对谢灵运诗中景物描写的广泛程度做过如下的概括：

大必笼天海

细不遗草树①

谢灵运特殊的描写方法反映了他丰富多彩的游览经历。眼界的不断扩展，使其山水诗中的细致描写能够做到日新月异。顺便提及，在他之前，谢氏家族中就已有过不少出名的游览者，其中最著名的是他的曾叔祖谢安（320—385）。谢安晚年退隐，回到其家族在始宁的领地东山，安享携伎游山之乐②。他与王羲之过从甚密，也参加了公元353年的兰亭集会，并且是来宾中的杰出人物。

---

① 顾学颉编《白居易集》，北京：中华书局，1979年版，册1，第131页。

② 关于谢安的传记，见房玄龄等撰《晋书》，北京：中华书局，1974，卷79，册7，第2072—2091页。

不过，他和他的同时代人都很少因出游而作诗。他的两首《兰亭》诗① 属于东晋诗中极少数可以称得上是"描写"的作品，那个时期的文学主要是玄言诗或哲理诗。

像陶渊明一样，谢灵运也是反"玄言诗"推理论证之道而行的，尽管还没有完全从它的影响下摆脱出来。陶渊明给诗歌带来的是一种新的有生气的抒情意味，而谢灵运则第一个在诗歌中激起了强烈的描写意识。谢灵运恰巧生活在一个支持其艺术方向的时代，结果，中国诗歌变得更加具有栩栩如生的描写性和精雕细刻的感官刺激性。不过，若论其文学创新，我们还须注意到，他也像所有创造性的诗人一样，生活在传统的势力范围内。为了能够公平地证实他真正的成就，我们首先要问：谢灵运遵循着什么样的文学传统？他用什么方式胜过了他的前辈诗人？

在诗歌风格上，谢灵运最接近的前辈诗人是西晋的张协（？—307）。钟嵘视张协为擅长"形似"艺术的"上品"诗人，并认为谢灵运诗歌的语汇与张协诗歌极为相似：

（谢灵运）杂有景阳（张协）之体，故尚巧似。②

这一评价之精当，只需读一首张协的《杂诗》便可看出：

朝霞迎白日

丹气临旸谷

① 见《全汉三国晋南北朝诗》册 1，第 439 页。
② 《诗品注》，陈延杰注本，第 29 页。

翳翳结繁云

森森散雨足

轻风摧劲草

凝霜竦高木

密叶日夜疏

丛林森如束

畴昔叹时迟

晚节悲年促

岁暮怀百忧

将从季主卜①

　　这首诗与谢灵运的山水诗在体貌上的相似是十分明显的。在他们两人的诗里，细节描写都占据着支配地位。张诗中的主人公，恰似谢诗中的瞻眺者，明察秋毫地察勘风景中的各种联系——从旭日到云彩，从雾到雨，从劲草到大树（第一至八句）。其描写自然之"形似"，是与"游仙诗"的根本区别所在。这说明张协的诗歌代表了一种新的"现实主义"（realism）运动，逐步与奇异的神仙世界分道扬镳。他的诗歌主题不再是想象世界中的威严谲幻，而是日常生活中的现实风光。他住在山里，用独立自足的隐士的眼睛去观照自然，没有什么能比时序和节物的变迁更深地撼动他的了。他把自然看成一种不可抗拒的、能够摇荡人心的力量，正如其《杂诗》之所常言：

① 《全汉三国晋南北朝诗》册1，第393—394页。

感物多所怀（第一首）

感物多思情（第六首）

　　这种对自然的感情反应谓之"感物"，它不仅是张协个人对自然风光的态度，而且也代表着西晋诗歌的总体倾向。那个时期的诗歌表现了对外部世界的日渐关心。诗人们不再单纯地说"我感到"，而着重于描绘自然的变化状况以及自己在这变化中的境遇。前一章我们已提及，东晋诗人陶渊明也展示了某种真挚而典型的"感物"之情。然而，张协的描写技法和陶渊明的描写技法却有着至关重要的歧异。张协诗中充满了山水风光的细节描写；陶渊明的诗歌恰恰相反，其中的自然物象总是既简略而又很不具体。张协注重探索场景和色彩的特殊性；陶渊明的描写则往往打着象征手法的记号——诸如松树、归鸟、流云等都是。毫无疑义，张协的诗歌和陶渊明的诗歌，各自代表着不同类型的"描写"，尽管他们的诗歌都透露出某种自然现实主义（我称之为 natural realism），并与"游仙"的神奇世界尖锐对立。

　　谢灵运和他的友人颜延之一样，许多文学手法得益于西晋诗歌。他的描写手法特别显现出受张协影响的痕迹。但是，他从张协以山为主的山水诗转变为山、水平分秋色的山水诗，且其努力十分强劲，充满了勃勃生机。张协所生活的时代和地域，使他很难接近南方的江河，结果，他诗中的风光描写总的来说只能局限于山。而在谢灵运，山水风光似乎更具有"画"的意味，更其变化万千，因为南方丰富多彩的山光水色已成为世人所瞩目。正如上文所说过的那样，从东晋初年起，对时髦的贵族们而言，游览就已成为一种文化。所以，谢灵运诗中那绚烂的山水风光，自必与张协诗中那静态的山的世界迥然有别。

　　谢灵运癖好探寻从未被人发现过的地域以及险僻的路径，其画一般美丽的描写之所以不同凡响，引人注目，即得力于此。他诗里的主人公出游时穿行于偏鄙之地，行进中，隐藏着的风景相间送出。从远处看，山峦重叠，林木蓊郁，一瞥之下，什么也难以辨认：

连嶂叠巘崿
青翠杳深沉①

　　只有走近观望，蜿蜒的山路，回环的水流，种种景物才逐步展现：

逶迤傍隈隩
迢递陟陉岘
…………
川渚屡径复
乘流玩回转②

　　如此变幻无穷的景致使寻幽者兴高采烈。诗人执着地探求那

---

① 《谢灵运诗选》，第32页。
② 同①，第92—93页。

些幽深隐蔽的与世隔绝之地：

    连岩觉路塞

    密竹使径迷

    来人忘新术

    去子惑故蹊①

    正是持续不断的寻奇求异，导致了如此广阔的探险。于是，我们在谢灵运诗里常常看到一个匆匆来去的旅游者愈加努力地搜索新的景观：

    水宿淹晨暮

    阴霞屡兴没

    周览倦瀛壖

    况乃陵穷发②

    江南倦历览

    江北旷周旋

    怀新道转回

    寻异景不延③

---

① 《谢灵运诗选》，第 87 页。

② 同①，第 51—52 页。

③ 同①，第 54 页。

上述诗句表明诗人迫切希望亲自去发现新的风景区：那个一再出现的"倦"字强化了我们的这个印象——这位旅游者很容易对旧的景观产生厌倦①。其继续行进的欲望是如此不可抗拒，以至于不肯悠闲地步行，而宁可采用更刺激的旅行方式——乘坐小舟。谢灵运许多山水诗中的主人公，是在一条快速行进的小船上观看迎面而来的景致。他用这种方式描写了河流穿行于山谷间的冲泻速度：

　　　　洲岛骤回合
　　　　坼岸屡崩奔②

　　这些诗句制造了错觉：运动着的是岛屿和河岸，而不是小舟！因为对于旅游者来说，自然风光确实变成了一幅幅前进着、不断变幻着的连续图画。

　　旅行充满着冒险，时时处处都不知道会发生什么事情，这使得旅游观光更加激励人心。对于谢灵运来说，在山水间探险本身就是一种挑战。他喜好描写自己在探险中所经历的可怕场面：

　　　　溯流触惊急
　　　　临圻阻参错
　　　　亮乏伯昏分

---

① 参看 Hans Frankel 关于谢灵运诗中旅游者典型的讨论，*The Flowering Plum and Palace Lady: Interpretations of Chinese Poerty*（New Haven: Yale Univ. Press, 1976），p.14。
② 《谢灵运诗选》，第 114 页。

险过吕梁壑 ①

"惊""险"——谢灵运就是用这样的字眼来描述他那生气勃勃的旅行。如果说按部就班的生活为狭隘的范围所局限，那么旅行则掘进、拓展了生活的深度和广度。难怪谢灵运要将英勇的航行看作自己一生中最大的骄傲。在篇幅最长的《还旧园》诗里 ②，他披露道：

浮舟千仞壑
总辔万寻巅
流沫不足险
石林岂为艰 ③

正是这引人注目的探险，使得谢灵运的旅行与王羲之那偶然的兰亭郊游有着天壤之别。王羲之和他的宾朋们仅以遥望山景为乐；相反，谢灵运则往往意在征服自然，必欲登上顶峰而后快。他对浙江石门山最高峰的远征，是这种冒险行为的最佳证明：

跻险筑幽居
披云卧石门

---

① 《谢灵运诗选》，第 28 页。
② 这是一首自传体的诗，诗中概述了他的祖先和他本人主要的荣誉。以历史作品那样的回忆者的风格来详述自己的生活，在谢灵运诗全集中，这是仅见的一首。参见叶笑雪的评论，《谢灵运诗选》，第 80 页。
③ 同①，第 75 页。

苔滑谁能步

葛弱岂可扪 [1]

　　很清楚，这样的山水诗反映了一种非常强健的概念，而这种概念是建筑在坚韧不拔、努力实践的基础之上的。这基本的哲学赋予谢灵运诗的风格以十分生动活泼的情味。对他来说，"自然"不仅是可与交谈的对象，而且可触可感。

　　然而，具有讽刺意味的是，谢灵运诗中那探险之乐，却是一颗郁闷之心的产物。因为他的山水诗都是在经受政治挫折的强烈打击之后，才创作出来的。诗中强悍的斗争意识反映了他生活中的不快。因此，其缺乏许多年前"兰亭"作家们所特有的那种优游之乐，是十分自然的。

　　从其政治经历的一开始，谢灵运就注定要失败。公元405年前后，当他到了仕宦的年龄，刘裕已大权在握。如前一章所说，这也是陶渊明见机而作，退出官场之时。在向权力顶峰急遽上升的过程中，刘裕成了所有世家大族共同的敌人。为了捍卫晋帝国的权威，谢灵运的叔父谢混及其盟友刘毅挺身而出，与刘裕对抗，结果于公元412年惨遭杀身之祸 [2]。这一事件使得刘裕更加猜疑贵族出身的人。

　　权衡实际的政治形势，谢灵运不得不妥协。他在社交上靠拢刘裕，并继续在朝中任职，即使在刘宋王朝取代晋王朝以后仍然

----

① 《谢灵运诗选》，第69页。

② 关于谢混的传记，见李延寿《南史》卷20（北京：中华书局，1975）册2，第550—551页。

如此。凭借自己的文学才能，他渐渐得到了刘裕次子庐陵王刘义真的爱赏。他们的友谊发展得很快，以庐陵王为核心，形成了一个小规模的文学群体。诗人颜延之也成为这个圈子里的活跃分子。

谢灵运与刘义真的联合很快便引发了一场意想不到的灾难。他们这个文学群体使一个有权势的官僚徐羡之起了疑心，于是庐陵王遭到徐的诋毁，谢灵运及其友人也被指控为结政治私党。庐陵王为他们纯粹的友谊而辩护道：

> 灵运空疏，延之隘薄，魏文帝云鲜能以名节自立者。但性情所得，未能忘言于悟赏，故与之游耳。①

可是，后来这个文学群体还是遭到了一场灭顶之灾。刘裕死后不久，新天子宋少帝便将庐陵王废为平民，并将他的朋友们放逐出朝，以使那"危险的"小集团消弭于无形。因此，谢灵运遂被迫于公元423年离开京城，到一个小小的海港城市永嘉去做行政长官。

我们不难想象诗人会多么沮丧。他又羞又恼，于是在永嘉期间有意玩忽职守。仿佛他命中注定要献出自己的一生去发展山水诗似的，永嘉恰巧是一个风景奇丽壮观的地方。正是在永嘉，谢灵运开始领略到旅游的乐趣，并开始在诗歌中创新，不厌其详地

---

① 《宋书》卷61，中华书局本，册6，第1636页。

描写游览所见 ①。因为只有山水才能使他感悟，使他进入一个平静的世界。

第二节　描写的语言

尽管谢灵运活跃地四处旅行，跋山涉水，然而对他来说，重要的却是停下脚步，在得意忘形的"永久"瞬间中赏玩山水风光。的确，美只存在于那心灵静寂的瞬间，此刻，过去与未来俱已消泯。世上确有这样一些瞬间：面对某个美丽的场景，游览者神驰于想象的空间中，在那里，时间仿佛变化了，甚至不复存在。他所看到的，只是他面前的一幅画，他的知觉中的一个艺术公式。对于一位绝望的诗人来说，没有什么比这样一种审美实践更有价值的了。于是，谢灵运反复提醒自己，要牢牢把握住那极乐的瞬间：

> 且申独往意
> 乘月弄潺湲
> 恒充俄顷用
> 岂独古今然 ②

---

① 永嘉就是今天的温州，地在浙江省南部。只要对公元 423 年谢灵运在永嘉所作诗歌的标题做一番简略的检索，便可知他实际上游览了这一区域内所有的风景胜地——岭门山、东山、石鼓山、石门山、赤石、孤屿、白石岩、绿嶂山、盘屿山。见《谢灵运诗选》第 36、39、41、89、51、54、55、34、58 页。他在永嘉任职仅一年，公元 424 年他便决定退职回家族领地所在的始宁。在那里，他继续游览了附近的广大地域。
② 《谢灵运诗选》，第 118 页。

这使瞬间成为永恒。它也是对我们的最大慰藉，因为观赏山水风光可以开拓我们的心胸。陶渊明为了激励自己，往往将目光投向古代的贤哲（即他的"知音"）；谢灵运却不然，他几乎总把"视觉的经验"（他称之为"观"）看作抚平烦恼的法宝：

> 羁苦孰云慰
> 观海藉朝风 ①

> 观此遗物虑
> 一悟得所遣 ②

因此，谢灵运的诗大抵有一种公式，开始是叙述某次旅行，然后转向描写山水景观。而读者则受此公式引导，准备看到在其诗的中段发生一次转变——从以情节为主（action-oriented）的叙述转为以对象为主（object-oriented）的描写。

谢灵运的"描写"激情清楚地表露在他试图用某种高度"描写"的方式，去捕捉自己的瞬间印象。正如以上已经说过的那样，在谢灵运的山水诗里，我们能够强烈地感受到他那扫描详细自然景观的笔力。然而，他并不是将偶然碰上的景观一个接一个地堆给读者，而是审慎地选择和组织他的印象。我们已介绍过他那山景与水景相间错出的诗歌结构，但还没有触及其描写程序的核心——平列比较的艺术手法。

---

① 《谢灵运诗选》，第58页。
② 同①，第93页。

谢诗中的风景描写，可以称作"同时的描写"（synchronic description）。它最成功地传达了中国人的一种认识——世间一切事物都是并列而互补的。明显不同于实际旅行的向前运动，谢灵运在其诗中将自己对于山水风光的视觉印象平衡化了。他的诗歌就是某种平列比较的模式，在他那里，一切事物都被当作对立的相关物看待而加以并置。在这种有序的扫描中，无论一联诗句内的两组印象彼此之间的差异多么大，它们都必然是同时产生的：

例一：

> 林壑敛暝色
> 云霞收夕霏
> 芰荷迭映蔚
> 蒲稗相因依[1]

例二：

> 岩峭岭稠叠
> 洲萦渚连绵
> 白云抱幽石
> 绿篠媚清涟[2]

这对比之物的并置，打破了连续时间的正常秩序。当两个客

---

[1] 《谢灵运诗选》，第 72 页。
[2] 同[1]，第 26 页。

体肩并肩地站在一起时，它们之间的联系就不是先后相继，而是互相对等。在例一里，"林壑"与"夕霏"平行并列，"芰荷"与"蒲稗"平行并列。在例二里，"岩""岭"与"洲""渚"平行并列，"白云"与"绿篠"平行并列。所有这些平列的意象都被组合起来去营造一种充实而完满的幻影，目的是增强一个基本概念——宇宙系由各种各样成双作对的客体所构成。

谢灵运的"同时的描写"不过是中国传统宇宙哲学的一种反映。中国人认为"对应"（parallelism）是宇宙间天生的法则。诗人试图发现存在于自然界中的对立关系，以便将这些对立关系组织起来，铸造为诗中的"对仗"。文学批评家刘勰对这一观点做了精辟的概括：

> 造化赋形，支体必双，神理为用，事不孤立。夫心生文辞，运裁百虑，高下相须，自然成对。[1]

毫无疑问，"对仗"被理解为宇宙的一种艺术的再创造，是趋向"形似"的一个有效方法。当然，"对应"永远不可能做到用文学场景的"形似"去反映自然界的"形似"；可是，没有一种描写是客观的，而文学描写又深受中国人的欢迎。描写一个场景就像

---

[1] 《文心雕龙·丽辞》。

评价一个人——最重要的是传神①。对于谢灵运来说，描写的职能正是抓住事物的精神，语言上的对仗法只是为达到这一目的而采用的一种便利手段。

谢灵运的成就有赖于他给山水装上了"对应"的枢轴。他让山景和水景有规律地轮流出现，这错综手法从本质上来说是植根于对称平衡的艺术。如果重温上文所引录的那两例，我们就会发现，平行并列的各联诗句确实是按照这一特别的错综原则结撰而成：

例一：

第一联：山景

第二联：水景

例二：

第一联：上句山景，下句水景。

第二联：上句山景，下句水景。

如果说谢灵运在"对应"方面达到了他的诗歌的最高成就，那是因为像这样漂亮地表达中国人的生活精神意识，在谢诗中舍此而无他。我们常常看到，在他的诗中，平行并置的山水风光和自

---

① 关于魏晋时期人物品评的重要职能，参见 Ying-shih Yü（余英时），"Individualism and the Neo-Taoist Movemen tin Wei-Chin China", in Munro, ed., pp.121-155。Wei-ming Tu(杜维明），"Profound Learning, Personal Knowledge and Poectic Vision", in *The Evolution of Shih Poetry from the Han Through the T'ang*, edited by Shuen-fu Lin and Stephen Owen（Princeton: Princeton Univ. Press, 1986）。

然生长物的宇宙意义（这对于中国人的信仰何等重要）之间，有着惊人的联系。有关这一点的例证可以在他的《于南山往北山经湖中瞻眺》诗里找到，这首诗在本章的前一节已经引录。诗中写到他在旅途中停顿下来，抒发了如下的观感：

> 解作竟何感
> 升长皆丰容①

"解"和"作"是从《易经》里借用来的重要术语。它们涉及一种特殊的说法，即万物皆随宇宙裂变时的一场大雷雨而来。注释《易经》者解说道：

> 天地解而雷雨作。雷雨作而百果草木皆甲坼。解之时大矣哉。②

在《易经》看来，这繁茂的植物蓬蓬勃勃的生命力是个关键。令人吃惊的是，运用"对应"的方法，谢灵运在诗中有力地再造了这一传统概念：

> 初篁苞绿箨
> 新蒲含紫茸
> 海鸥戏春岸

---

① 《谢灵运诗选》，第90页。
② 《周易折中》卷10《象下传》，清康熙五十四年（1715）李光地纂。

天鸡弄和风①

　　重要的是，通过诗中的平行并置，谢灵运已将一种哲学态度转变为审美经验。因为那种万物遵循"道"而生长其中的和谐世界，同时也是最美丽的②。在谢灵运手里，"自然"变成了一连串迷人的景观，永远装饰着鲜明的色彩（例如"绿箨""紫茸"）。正是在这图画般的山水描写中，诗人的描写激情才得到了最好的表达。

　　"对应"的方法从根本上来说是选择而不是罗列。谢灵运诗中那些和谐、平衡的印象，只不过是他个人对特殊视觉经验的一种说明。从谢灵运的对仗句法中可以看出，他喜欢按照因果推论去解释事物③。下边这些例证，都是上半句为因，下半句为果：

　　日没涧增波
　　云生岭逾叠④

　　崖倾光难留
　　林深响易奔⑤

　　涧委水屡迷

---

① 《谢灵运诗选》，第 90 页。
② 参见宗炳（375—443）的《画山水序》。
③ 参见小西甚一关于六朝诗歌中日益增长着的"概念化"及其对日本《古今集》之影响的讨论：Konishi Jin'ichi, "The Genesis of the Kokinshū style", trans. Helen C. McCullough, in *Harvard Journal of Asiatic Studies*, Vol. 38, No. 1（June1978），61-170。
④ 同①，第 41 页。
⑤ 同①，第 69 页。

林回岩逾密^①

不过应当注意的是，这些诗句里隐含着的"因为""所以"从未形诸文字。这当中就含有谢灵运以客体为主之"对应"法的威力。一方面，在这样的景物描写背后，隐藏着一个会分析的观察者；另一方面，诗中处在最显著地位的，正是自然界的客体，而不是诗人的解说。结果，事物之间的因果关系往往像是具有某种内在的特性，看来没有外在的联系。这样的"对应"强化了一种印象：世界万物在总体上是互相制约的。

谢灵运对"对应"法则的娴熟运用，使他的风景描写充满了生机。值得注意的是，这法则要求所有的诗人都应具备意匠经营的技巧。职此之故，中国的文学批评家们经常使用"巧"这个字眼，去谈论与工匠技艺性质相似的对仗技法。刘勰提出"精巧"二字作为对仗句的最高审美价值^②。当钟嵘赞扬谢灵运诗之"巧似"时，心中想到的自然也是他的对仗技法。而到目前为止，我们的讨论已经显示，在谢灵运的山水诗里，对仗技法和逼真描写的相互关系是最重要的。

写到这里，我们不妨观察一下中国诗歌发展进程中非常有趣的一个现象。由于谢灵运的缘故，诗已成为更加精心描写的文学样式，而且对仗句表现之强烈为此前所未有。然而，诗作为一种文学体裁，并非一开始就把"描写"当作主要模式的。与之形成鲜明对比的是赋，赋才以精心描写为其文体特征。在这一点上我们

---

① 《谢灵运诗选》，第34页。
② 见刘勰《文心雕龙·丽辞》，范文澜注本，册2，第589页。

不能不问：是诗中这种新的描写意识在某些方面受到赋的影响呢？还是在诗和赋之间存在着某些方面的相互影响？

先让我们来看一看赋的特征。从汉代起，赋就因其倾向于长篇鸿制和铺陈描绘，而成为描写自然界之博大壮观的一种理想文学样式①。相反，《诗经》中的描写则以联想为基础，可谓"以少总多"②。赋重在对不可胜数的描写对象进行编类排比，着意于大量细节的罗列堆砌。刘勰在《文心雕龙·物色》篇中雄辩地概括了赋的描写功能：

> ……触类而长，物貌难尽，故重沓殊状，于是嵯峨之类聚，葳蕤之群积矣。及长卿之徒，诡势瑰声，模山范水，字必鱼贯。

如此，则平行并置有类"鱼贯"这样精心的写法，最初是被赋的作者们发明出来的。赋中平行并置的做法想必为六朝的诗人们提供了灵感的资源，使他们得以在诗这种文体中发展出一种新的描写模式。的确，我们可以证明，在六朝时期，有一种倾向正滋长着——即诗、赋两种文体相互交叉影响。证据之一，便是这一时期的诗人和文学批评家们往往用同一套术语去评论这两种文体。例如，沈约（441—513）就从同时代的诗歌批评中借用"形似"这一术语来评论司马相如的赋：

---

① 参见 David R. Knechtges, *The Han Rhapsody: A Study of the Fu of Yang Hsiung*(Cambridge: Cambridge Univ. Press, 1976)，pp.42-43。
② 见刘勰《文心雕龙·物色》，范文澜注本，册2，第694页。

相如巧为形似之言 ①

由诗、赋两种文体对文学批评术语和文学描写技巧的分享，我们可以得出一个总的印象：西晋诗人陆机所做出的关于诗、赋之间最初的经典性区别——"诗缘情""赋体物" ②——现在已经过时。刘勰开始宣称，诗、赋这两种文体都必须具有"体物"的特质 ③，而这种特质早先被认为是赋所独有的。

然而，说所有的赋都是描写性质的，却并不正确。事实上，从王粲（177—217）那时候起，逐渐形成了一种特殊类型、可以称之为"抒情"的赋 ④，直接与传统的赋相对立。也许，这意味着赋已或多或少受到了诗之抒情特质的感染。在前一章里我们已详细讨论过的《闲情赋》，就是一篇强烈的抒情之作 ⑤。不过，尽管新的抒情倾向已应运而起，整个六朝时期，赋仍重在描写。正是由于这一点，我们才把谢灵运看成一位充满活力的杰出文学家。因为在他那以描写为主的诗里，表现出诗、赋两种文体之间的交叉影响，而他正站在这交叉点上。

在我们可以对诗、赋这两种文体的会合有更多的发言权之前，我们首先当注意谢灵运赋的代表作《山居赋》⑥。这篇赋的内容是夸

---

① 《宋书》卷67，中华书局本，册6，第1178页。
② 见《文赋》，《文选》卷17，李善注本，册1，第352页。
③ 见《文心雕龙》，范文澜注本，第80、494页。
④ 参看王粲的《登楼赋》。
⑤ 陶渊明的另一篇赋《归去来兮辞》（见《陶渊明集》，第159页），也是一个很好的例证。参见 Hightower, *The Fu of T'ao Ch'ien*, pp.213-230。
⑥ 见《宋书》卷67，中华书局本，册6，第1754—1772页。

饰谢氏家族领地始宁的景致。始宁封地在会稽郡（即今浙江省北部的绍兴），谢灵运退隐期间，在那里逗留过两次，第一次从公元423年至426年，第二次从428年至431年。封地最早是由谢灵运的祖父谢玄划定的，它包括一大片山水风景区。在这家族领地的疆界之内，有的是山峰与湖泊、花园和楼阁，果木成林，鸟兽成群——真是一个人间天堂！读谢灵运的这篇赋，我们不禁要惊叹其详尽而成功的描写。它的篇幅很长，无疑是以传统的赋为模板的。那山水风光以及花木禽兽巨细无遗地罗列，也都使我们想起汉赋的作风。

但是贴近细看，人们会领悟，谢灵运的赋不管有多长，也同他的山水诗一样，首先是植根于"描写的现实主义"（descriptive realism）；而汉赋中则往往充斥着各种各样的神话动物和虚构对象。汉代作家所撰写的赋常常精心展示多少有点凭空想象的宫廷园囿；谢灵运此赋与之不同，正如他在序中所宣称的那样，注重于描写自然的山水风光。这一对于"现实主义"的新的强调，结果是创造出了一种真正的描写性质的赋，它没有夸诞，而在汉赋里，夸诞之词比比皆是。

与时代更近一些的赋相比，谢灵运的赋仍因其非常的"现实主义"而出类拔萃。举例来说，它与孙绰的《游天台山赋》就有十分明显的差异。孙赋看起来像是描写一次真实的游览，而实际上它是因一幅图画或类似的构想而作①。此外，孙绰这篇赋的真正

---

① 孙赋见《文选》卷11，李善注本，册1，第223—227页。关于此赋的讨论，见 Richard Mather, "The Mystical Ascent of the T'ien-t'ai Mountains: Sun Ch'o's Yu Tien-t'ai-shan Fu", in *Monumenta Serica*, 20（1961），226-245。

主题是向神仙世界的旅行，赋中言及太阳神的马车驭夫为之先导，即是证明。其对于旅行的描写当然还是很动人的，但这些描写仍然代表着"游仙"的风格，与谢灵运赋的现实主义手法有很大的不同。只要读一读谢灵运为其赋所作的详细注解，我们就会知道，他那极度的现实主义确定是此前中国传统的赋里所没有的——他不但考虑到了审美价值，同时还对地理形势细辨入微。

谢灵运的赋与他的山水诗一样，坚持山水互补的原则。他写其家族园囿，整个构思既充实又圆满——山光水色，相映生辉①。十分清楚，谢灵运是把他的始宁封地看作缩绘图上的一个完整世界。他用这样的文句开始描写封地内的山水：

其居也

左湖右江

往渚还汀

面山背阜

东阻西倾②

他唯恐读者们或许不明白他的设想是对封地内山水并存的景象做一概述，于是接下去在自注里解说这样等量齐观的必要性：

往渚还汀，谓四面有水，面山背阜，亦谓东西有山，便是四水之里也。

---

① 参见 Plaks, *The Chinese Literary Garden*, p.168。

② 《宋书》卷 61，中华书局本，册 6，第 1757 页。

他的看法是，如果没有山屏水带，那么山水风光就失去了四围环绕的重要特色。他之所以如此有意识地着力写好这一特点，是因为他确信这是他个人迥异于古代作家们的戞戞独造。心存此见，于是他批评汉赋《七发》的作者枚乘（？—前140）因忽略山水互补的重要性而有所败笔：

> 枚乘曰："左江右湖，其乐无有。"……彼虽有江湖而乏山岩。

这样，谢灵运便指出了他的山水赋与前人之赋的根本区别。而在这一新的山水概念的背后，我们看到了他的诗、赋渐次互相靠拢。

谢灵运是第一个采取大动作缩小诗、赋间距离的人，这一点不会有什么疑问了。结果，诗、赋的联合成了当时诗学的一个主要特点。将它们捏合在一起的还有那个时期特殊的感觉品味——对自然界的深刻描写、精心设色、直接观照。但不管怎么说，请记住这一点：诗和赋的相互影响，至少在这较早的阶段，绝不意味着两者彼此浑然无间。

归根结底地分析，诗无论变得多么具有描写性，也永远不会脱离它初始的"抒情"功能。"抒情"是诗的要素，却并非赋所必需。这也许是这两种文体之间最具有决定性的区别。因此，我们发现，谢灵运赋里的描写并不带有个人的主观色彩，而在他的诗里却有某种对于自然之瞬间"感觉"（perception）的强调[1]。如果说"描写"在谢灵运诗里是强烈的，那么他的赋则是结构庞大的。前者的基础是"选择"，后者的基础则是"穷尽"。如果我们拿《山居赋》和同样主题的谢诗——例如《田南树园激流植楥》[2]来比较一下，这两种描写模式之间的区别就显得格外清楚，因为这首诗只有20句，故须注意有代表性的细节，着重强调以瞬间抒情意识为基础的"选择"，而《山居赋》用现代印刷排版方式来计算竟长达7页，故要求"穷尽"——赋中甚至为描写的疏漏做了辩解：

　　此皆湖中之美，但患言不尽意，万不写一耳。

　　不过，在这两种文学类型中仍然保留着一个重要的类似之处：两者都证明，诗人以描写美丽的景致为其主要目的。谢灵运在诗歌形式方面的成就特别重要，因为他表现"自然"的方法是个创新。他那新的山水美学，赋予他对山水的执着以一种新的诗人的准则，同时也给诗歌留下一个扩大了的视野。

第三节　孤独的游客

　　我们必须记住，谢灵运对山水风光的描写，无论怎样精心结撰，都只是他"自我认知"的一个出发点。或者更确切地说，谢

---

① 关于诗中"感觉"的重要性，还可参见 Stephen Owen, "A Monologue of the Senses", in *Toward a Theory of Description*, ed. Jeffrey Kittay, No. 61 of *Yale French Studies*, 1981, p.249。
② 《谢灵运诗选》，第 67 页。

灵运在构思他的诗时，有意无意地，总爱采用一种递进的"故事"章法——它开始是旅行，接下去是视觉经验，最后则是抒情。在这里，确切的递进顺序是很重要的，因为它造成一个印象：正是视觉的感知诱发出诗人内心的强烈情感，而不是别的什么方式。在谢灵运诗里，往往是由篇终的抒情来截断"平行并置"的描写。下面引录的诗句，是谢灵运如何结束详细风景描写的典型例证：

> 想见山阿人
> 薜萝若在眼
> 握兰勤徒结
> 折麻心莫展^①

我们可以感觉到，通过这一陈述，诗人已从"描写"回到了"抒情"。诗中"描写"段落的美的世界就此完结。诗人突然被唤醒，在美丽的风景面前，他在自己孤独的灵魂中发觉自己对真正的友谊有一种炽热的需要。但是，要想寻找一个理想的朋友，这希望十分渺茫。他最终的慰藉只能来自对山水之中潜藏着的"道"的内在把握。于是，此诗再次从强烈的抒情转向一种使个人感情客观化的哲理性结尾：

> 情用赏为美
> 事昧竟谁辨

---

① 《谢灵运诗选》，第 92—93 页，第 15 至 18 句。

观此遗物虑

一悟得所遣 ①

　　这从感情向理念的最终转变，是典型的道家态度。对谢灵运来说，山水原本是用来放纵感情的，然而其诗写到最后却远远避开，不再让自己充当抒情主体。这是因为他在更多的情况下，是用酷似道家的语言来做诗歌结尾的缘故 ②。但是，谢灵运不像陶渊明那样常常在诗的开头就表示自己已获得了"道"；他对"过程"——不断求索和改变所悟的过程——更感兴趣。这样一个内心斗争的过程，以山水为中介，是谢灵运诗歌的真正核心。

　　当然，并非谢灵运所有的诗都以某种感情的转化和消解作为结束。他有不少诗结束于悬而未决，具有一定的张力，于是从感情到理念这一惯常的行文顺序便逆转过来。下面一首诗的结尾是这种情形的典型例证：

心契九秋干

目玩三春荑

居常以待终

处顺故安排

惜无同怀客

① 《谢灵运诗选》，第 92—93 页，第 19 至 22 句。

② 谢灵运也有一些诗的结尾用佛家语言来陈说。关于他与佛家的论题，参见 Richard Mather, "The Landscape Buddhism of the Fifth Century Poet Hsieh Ling-yün", in *Journal of Asian Studies*, No. 18, Nov. 1958, pp.67-79.

共登青云梯①

　　结尾两句透露出深深的遗憾。谢灵运也和陶渊明一样，迷恋于寻找"知音"——真正的朋友，好向他诉说"自我认知"。不同的是，陶渊明成功地在历史和虚构的故事中找到了"知音"——如荆轲、东方之士，等等；而谢灵运的努力却往往失败。在这里，两位诗人之间的鲜明对比特别重要，因为它反映了不同的个性、不同的嗜好、不同的生活状况，还有不同的诗歌风格。

　　当谢灵运陷入严重的孤独时，他的求索之旅几乎总是师法屈原的诗歌。这是一种特别的兴趣。屈原最大的失败，所有读过《离骚》的人都了解，是寻求一个欣赏其价值的、理想的统治者而不可得——这个尝试的失败在《离骚》中是以寻求绝世佳人的失败为其象征的②。引人注目的是，这悲观主义的古典往往在外观上支配着谢灵运的诗，正如可以在他的许多诗里看到的那样，他盼望中的"知音"似乎不可企及③。更其重要的是，谢灵运称其理想的朋友为"美人"，显然是受屈原的影响：

　　美人游不还
　　佳期何缥缈④

---

①　《谢灵运诗选》，第87页，第一首，第15至20句。
②　参见 David Hawkes, "The Quest of the Goddess", in *Studies in Chinese Literary Genres*, ed. Cyril Birch（Berkeley: Univ. of California Press, 1974）, pp.42-68。
③　例见《谢灵运诗选》，第39、41、69、87、89、109、112页。
④　同①，第69页。

美人竟不来

阳阿徒晞发 ①

　　有一次，诗人被极度的挫折压倒，甚至连山水风光也不能使他快活起来。事实是，他"览物"愈多，感到的困扰也愈盛，正如他在下列诗句中所承认的那样：

非徒不弭忘

览物情弥遒 ②

抚化心无厌

览物眷弥重 ③

　　他解释道，正是由于没有一位理解他的朋友在身边，因此他不可能享受风景之美的瞬间永恒：

风雨非攸吝

拥志谁与宣

傥有同枝条

此日即千年 ④

---

① 《谢灵运诗选》，第89页。

② 同①，第39页。

③ 同①，第90页。

④ 同①，第90页。

其实，谢灵运是一个孤独的游客，尽管有数百名与游者和他相伴。陶渊明似乎总是确信自己心中有"道"，谢灵运则不然。谢的终极欢乐来自对超越其情感的山水风光的瞬间性征服。因此，对于谢灵运来说，"美"存在于感知自然的"即刻"之中，存在于构成"即刻"的情感之中。在他看来，重要的是凝固这些瞬间，并把它们转化为审美经验。人们会得到这样的印象，诗人是在时间的长河中跳跃，从一个美的持续瞬间"跳"到另一个美的持续瞬间，而不是"移动"。"美"是一个精神的王国，它总是遭到诘难，又总是再次被肯定。对于诗人来说，没有什么是曾经达到过的，也没有什么是完全达到过的。在谢灵运的每一首诗里，我们似乎都可以看到一种打着新烙印的递进过程，还有一种奇妙的感情：其消解无论如何"最终"，也仍然是暂时的。

谢灵运的诗歌风格中同时包含两种基本相反的成分——自我完成的审美快感和不可避免的幻灭情感。这样一种对立源于诗人不能消解的孤独之哀。正如我们已经提到过的那样，在其叔父谢混作为东晋王朝的忠臣义士殉难之后，谢灵运本人也就很难见容于刘宋新政权，其政治生涯注定要充满苦闷与危机。更糟糕的是，他在宫廷中的庇护者和好朋友、有才华的庐陵王刘义真，终于在公元 424 年被处死。这一悲剧事件毁灭了谢灵运的全部希望和梦想[1]。于是，谢灵运自己在新王朝中也不可避免地陷入困境，最终亦惨遭杀戮。在后面的章节里，我们将会看到，整个六朝时期，像这样的悲剧，或由政治现状煽起的对于个人命运的恐惧，在塑

---

[1] 见《谢灵运诗选》，第 80 页，谢谒庐陵王墓时所作的诗。

造诗歌风格方面的作用，是大大超过了人们的正常设想的。

毫无疑问，谢灵运诗中所抒发的孤独之感，大体反映了他因政治上被疏远而产生的苦闷。此外，在他的生活和诗歌中还充满着从仕与退隐之间那不可消解的冲突。这个悲剧的致命伤最终把他引向了灾难的结局。一方面，我们在谢灵运身上看到了对做官处理日常公务的厌恶和对隐居生活的真诚热爱；而在另一方面，我们又得到这样的印象：不管他归隐与否，他总摆脱不了孤独之感的困扰。谢灵运于公元424年真的退隐了，但他缺乏永远隐居的定力，以致忘却最终将陷他于死地的政治危险，又于公元428年和公元431年两度回到政治中来。公元433年，在他被处死的前夕，他写了最后一首诗，沉痛地抒发了自己的悔恨——未能坚持隐居以终老，因而不能快快乐乐地死：

　　恨我君子志

　　不得岩下泯 ①

谢灵运在临死前悔恨不已，这与陶渊明的表现大相径庭。从陶氏自撰的挽歌来看，他是做好准备去接受自己的大限的。我们不能不为谢灵运感到遗憾：他是如此频繁地接近于实现"自知"（self-awareness），却没有能力最终达到 ②。但是，文学自有力量超越死亡。最后是在谢灵运的山水诗里，而不是在他的生命里，读者们将获得一种满足。因为欣赏山水之美时的心醉神迷——典型的

---

① 《全汉三国晋南北朝诗》册2，第645页。
② 参见 Mather, "The Landscape Buddhism of the Fifth Century Poet Hsieh Ling-yün", p.73。

六朝作风，第一次在诗里被表现出来了。唐代诗人白居易在其评论谢灵运的诗作中，解说了诗歌对生命的这样一种征服：

> 谢公才廓落
> 与世不相遇
> 壮志郁不用
> 须有所泄处
> 泄为山水诗
> 逸韵谐奇趣①

如此，则最后的说辞仍然在于诗歌之抒情的永久价值。中国最优秀的诗人们都懂得这一点，并立志将他们经受磨难的阅历写成不朽的篇章。

---

① 《白居易集》册1，第131页。

第三章　鲍照：对抒情的追求

　　具有强烈对比意味的是，谢灵运的生命虽然短暂，但他的诗歌在他身后很长的一个时期内，仍然发挥了巨大的影响力，以至于整个时代都由他继续供给养分。六朝诗歌终于遇见了谢灵运那样魁伟的人物来界定它的品味，提炼它，甚至补救它。正是由于谢灵运，"描写型的"和"贵族式的"才第一次成为最适合那综合品味的形容词。的确，人们几乎可以认定，这个时期的诗歌风格主要是建筑在一种个性风格之上的——这个现象在其他任何文学时代都难得一见。

　　然而，正如艾略特所言："一位伟大的艺术家也可能产生坏影响。"[1]没有别的论述可以更好地说明这一无法避免的矛盾——在后来的几十年里，一方面，诗人们深深得益于谢灵运这位大诗人的才艺，他为他们的文学标准树立了美学基础；但与此同时，他们的诗歌失去了那往往构成所有个性风格的独特丰神。所谓"谢灵

---

[1]　T. S. Eliot, "Milton, Part 1", in his *On Poetry and Poets*, 1943. rpt. New York: The Noonday Press, 1961, p.156.

运派"的诗人们走得更远，他们只是复制谢灵运的描写，拉长了谢灵运式的对仗，却没有学到他的诗歌活力（poetic dynamism）。一个世纪以后，萧纲（503—551），亦即梁简文帝，仍能证实谢灵运之影响的分量：

> 又时有效谢康乐……者，亦颇有惑焉。何者？谢客吐言天拔，出于自然，时有不拘，是其糟粕……是为学谢则不届其菁华，但得其冗长。

在这样盲目模仿的情况下，很难出现令人吃惊的例外——很少有诗人寻求创造性，试图脱离这种模仿的时代风气。而鲍照（414—466）就是这少数诗人中的一个，即便不是唯一的。在年轻一辈的作家中，鲍照第一个有意识地在谢灵运所树立的眼界之外，去追求一种新的文学视野。因为他懂得，没有什么纯属时代风格之映象的诗作可以算是好诗，也没有什么诗人可以为另一个创造性的、寻求抒发自己真情实感的诗人设置条条框框。当鲍照开始积极摸索在诗中发出自己独特的声音时，陶渊明和谢灵运都已作古——陶渊明死时，他13岁；谢灵运死时，他19岁。看来，时代要求他创建一种抒情诗的新模式。

鲍照创造性的革新，源于他对文学体裁的丰富多彩极为迷恋。他喜爱各有其独特价值的每一种文体——不管是诗、赋、乐府，还是别的什么，喜爱各种文体彼此互异之风格的和谐混合。他以诗人的巨大活力，不断在诗歌形式上进行试验。于是，他用新文体写作的过程，就成了他寻求自己声音的过程。而从他对读者们说话的声音中，差不多总可以见出那关键的要素：对于风格多样化的真诚喜爱。

鲍照几乎染指于所有的文体——诗歌的或散文的，典雅的或通俗的。不特他的诗歌风格多样化，他的赋和散文也都以主旋律的广泛混合为其特征。在诗坛被五言诗统治着的时代，他执着地试验创作七言乐府诗——一种源于通俗歌曲的诗歌模式[①]。当文人诗歌正在"齐言"美学的指导下向前发展时，他着意将"杂言"诗句和"齐言"诗句混合起来，于是创造出一种通俗的魅力。这既是从古典范围内解放出来，又是对古典眼界的拓展[②]。他还采用了乐府歌曲的另一种形式——绝句，将通俗的风格和人文的抒情风格和谐地糅合在一起，这也是文学领域里的新现象[③]。

差不多占鲍照全集一半篇幅的乐府歌曲，从总体上来说被公认为他最好的作品。这些乐府歌曲的特点是揭喉而唱，直抒胸臆，尤其能够引起普通人的共鸣。令人震动的是，这种共鸣不限于南方的汉人，就连北方"夷狄"的宫廷也赞美他的乐府歌曲。下面这段文字摘自《北史》，它记录了发生在6世纪中叶前后的一件事：

[①] 关于那个时代五言诗占支配地位的证明，参见钟嵘《诗品》，此书完全是依据五言诗创作上的成就来评价诗人，并给他们分等级的。不过请注意，鲍照还用另一种原本通俗的形式——七言乐府，创作了许多诗歌。尽管早在两个世纪以前，曹丕（187—266）已经用这形式写过一首《燕歌行》；但只有到了鲍照手里，这种乐府的形式才挺直了身躯。参见王运熙论七言诗之发展的文章，载于所撰《乐府诗论丛》（北京：中华书局，1962），第165—170页。

[②] 最值得注意的例证是他用这种形式创作的18首乐府诗，见《鲍参军集注》，钱仲联注本（上海：上海古籍出版社，1980），第205—216页。

[③] 关于鲍照对绝句发展的贡献，参见 Shuen-fu Lin（林顺夫），"The Nature of the Quatrain", in *The Evloution of Shih Poetry from the Han Through the T'ang*, edited by Shuen-fu Lin and Stephen Owen（Princeton: Princet on Univ. Press, 1986）。

帝（北魏孝武帝）内宴，令诸妇人咏诗，或咏鲍照乐
府曰：

朱门九重门九闺

愿逐明月入君怀①

　　如此，则无怪乎北方的作家们要仿效鲍照乐府诗的风格，把他当作南朝的典范诗人来看待了②。

　　然而，具有讽刺意味的是，在南朝的诗人和文学批评家们看来（至少一开始时他们这样看），似乎没有什么比鲍照的乐府歌曲更不合潮流或鄙俗的。如钟嵘即称鲍照乐府"颇伤清雅之调"，病在"险俗"③。笔者以为，钟嵘所取的立场大大受到了当时五言诗学的限定。这样，鲍照新风格的乐府诗当然会被认为在内容和形式两方面都缺少美的特质。显然，这就是钟嵘批评那些鲍照的崇拜者为"轻薄之徒"④的缘由所在。了解了这样的背景，当我们看见刘勰在其《文心雕龙》里抬高谢灵运和颜延之的地位而完全忽视鲍照时，就不会感到惊讶了⑤。同样的道理，尽管鲍照的影响绝不亚于谢灵运，但在当时却没能像谢灵运那样团聚起一组文学精英，也没有脱颖而出，或被评为"上品"诗人——当我们发现这一切

---

① 李延寿《北史》卷5（北京：中华书局，1974）册1，第174页。那个宫女所咏的乐府诗句，见《代淮南王》，文字与《鲍参军集注》钱仲联注本第246页所载略有不同。
② 参见曾君一《鲍照研究》，载《魏晋六朝研究论文集》（香港：中国语文学社，1969），第135页。
③ 见《诗品注》，陈延杰注本，第47页。
④ 同③。
⑤ 在《文心雕龙·时序》篇里，刘勰称赞"颜、谢重叶以凤采"，却连鲍照的名字也没有提。

时，亦不会觉得奇怪①。

然而，如果以为鲍照所有的文学作品都不怎么被当时的诗人和文学批评家接受，那也是错觉。这样说或许更确切一些：鲍照的乐府歌曲似乎不太适合同时代的品位，但他的五言诗总的来说却与流行的文学倾向相一致。在这个意义上，鲍照既是一位革新者，又是一位守旧者。他在抒情时，往往充分或者非常成功地采用乐府的形式；而当他描写山水风光时，却几乎总是采用五言诗。换句话说，他在乐府歌曲里似乎更个性化地抒情，而在诗里则回到以描写为主的时尚。无怪乎一个像钟嵘那样守旧的文学批评家居然也能认可鲍照诗里的描写技艺：

> （鲍照）善制形状写物之词，得景阳之诙诡，含茂先之靡嫚……贵尚巧似。②

鲍照山水诗中那种描写技巧令人想起谢灵运和颜延之山水诗的特殊质量，并使他在文人圈子里获得了尊重，从而跻身于"元嘉三大家"之列。的确，"形似"的技艺与他的气质绝无矛盾，且在事实上部分地满足了他的创造本能——换句话说，满足了他对视觉刺激（visual cxcitement）和直接写实（graphic directness）的喜爱。这一描写的形式，如果说有什么区别的话，那就是在其自由

---

① 钟嵘仅将鲍照列入"中品"，见《诗品注》，陈延杰注本，第47页。关于聚集在谢灵运周围的一个文学小团体——所谓"四友"，见《宋书》卷67，中华书局本，册6，第1774页。又见谢灵运自己的诗作《登临海峤初发疆中作与从弟惠连见羊何共和之》，《谢灵运诗选》，第106页。
② 《诗品注》，陈延杰注本，第47页。

抒情之外提供了一种可喜的变化。甚至在纯粹实用方面，这种多样化对鲍照也是特别适宜的，因为在他写出真正具有创造性的诗歌之前，他必须花一定时间去学习如何运用常规诗体。鲍照对此是明确认可的，这表现在他真心实意地欣赏谢灵运的五言诗——一种显然是充当其描写之模板的诗体：

> 谢五言如初发芙蓉，自然可爱。①

　　在鲍照集中，约有 30 首诗可以归入山水诗一类②。这些诗在许多方面，包括它们的标题、风格与谢灵运的山水诗惊人地相似。例如，旅行渐次行进直至观赏风景这样的递进顺序，对于华美物象的展示，山景和水景的平行并列和错综交互，还有对旅行者不断寻求事物间因果关系的频繁描述——所有这些都见出谢灵运的影响。或许正是因为鲍照在这些方面似乎不特别有新意，故清代诗人兼诗选编纂者沈德潜（1673—1769）评价说，鲍照的五言诗逊于谢灵运③。就某些方面而言，这个批评是公正的。但是，鲍照山水诗真正的力量潜藏在另外一些方面：他将旧有的写作手法和自己革新的想象力结合起来；更特别的是，夸张某些诗歌要素——尤其是与他爱创新的脾性相谐和的诗歌要素，夸张个人的经历。这样，

---

① 见李延寿《南史》卷 34（北京：中华书局，1975）册 3，第 881 页。钟嵘《诗品》中也引录了类似的评语，但论者为汤惠休——鲍照的同时代人。见陈延杰注本，第 43 页。这评语究竟出自何人，尚难遽断。不过，鲍照与汤惠休是好朋友，这评语很可能是他们两人的共同意见。
② 见《鲍参军集注》卷 5，钱仲联注本，第 255—320 页。
③ 见沈德潜《古诗源》中对鲍照的评论。

他就创造了一种全新的诗歌模式。

第一节　从山水到咏物

　　鲍照也像谢灵运一样，在旅途上耗费了一生中的许多光阴①。不过，谢灵运的旅行通常是为了观光，而鲍照的旅行则是在履行公务。作为一名军事官员，鲍照不得不受命参加出征，不得不伴随他的上司们做公务旅行。

　　下面这首诗是他在临川王、《世说新语》的署名作者刘义庆麾下供职时所作，堪称其山水诗之典范：

发后渚

江上气早寒

仲秋始霜雪

从军乏衣粮

方冬与家别

萧条背乡心

凄怆清渚发

凉埃晦平皋

飞潮隐修樾

孤光独徘徊

---

① 　见钱仲联《鲍照年表》，附录于所注《鲍参军集注》，第431—442页。

空烟视升灭

途随前峰远

意逐后云结

华志分驰年

韶颜惨惊节

推琴三起叹

声为君断绝①

　　诗的开头几句描写在一个寒冷的冬天，对于出远门来说最坏的季节，一支军队已做好准备，即将开始出征②。悲哀的征人下了吃苦的决心，最终告别亲人，去从事公务的历险（见第三至六句）。任何熟悉山水诗的读者读到这里都会暂停一下，并想到鲍照此诗之背景与前人的山水诗相较，差别真是太大了。按传统山水诗应有山姿水态，包含视觉愉悦（visual delight），而且是旅游观光的产物。但鲍照此诗充满了对即便不是悲惨，至少也是没有希望的人类状况的描写。

　　我想根本原因在于鲍照试图创造一种较少模山范水而腾出篇幅来反映人类忧患、骚动与希冀的山水诗。这是某种既美丽又令人鼻酸、既永恒又稍纵即逝的境界——的确就是一个活生生的世界。当我们检验上引诗中关于风景描写的细节时，我们感觉到诗人所给予我们的，是他认知山水风光之精神的真实印象。例如下

---

① 《全汉三国晋南北朝诗》册 2，第 692 页。

② 鲍照的许多诗里都记录着同样的冬天背景，例见《鲍参军集注》，钱仲联注本，第 317、319、325、406、407 页。

面这段描写：

> 凉埃晦平皋
> 飞潮隐修樾
> 孤光独徘徊
> 空烟视升灭

"凉""独"和"空"——这些就是诗人用来描绘灰尘、日光和上升之烟气等景象的形容词。而他所用的动词仍然暗示着令人沮丧的孤立："晦""隐""灭"。所有这些多少有点"抒情"的自然动静都准确无误地传递了一种忧郁的情绪。人们会得到这样的印象：在鲍照的诗中，风景常被扭曲了或被夸张了来抒发诗人在感知自然的那一瞬间的孤独情感。

将人类的孤独感转嫁到其所感知之物上去，这是鲍照诗中描写风格的一个特征。在前一章里，我们已经论证过，谢灵运的山水诗往往接近于一个孤独游客的印象。但值得注意的是，谢灵运诗中描写风景的段落，出现在抒情的结尾之前，总的来说代表着一个由和谐、繁盛之景物构成的完美世界。其主人公只有他从这个凝固了的欢乐审美的瞬间、从平行并列而错综交互的景物中觉醒后，才变得悲哀起来。鲍照的诗则不然。尽管他对山水风光的描写主要也是采用平行并置法，但他所提供的却是在这个世界上"不完满"多于"完满"这样一类对立的印象。正如上文所录的那一段诗，孤独的日光与空泛的烟气平行并置，而所有这些诗句通过平行并置法创造出一种幻觉：世界上充满着同样孤立的物体。当诗人开始将这种孤独的印象投射到鸟类和兽类身上去的时候，感情和印象的融合便成为象征的符号：

孤兽啼夜侣

离鸿噪霜群

物哀心交横

声切思纷纭 [①]

轻鸿戏江潭

孤雁集洲沚

…………

短翮不能翔

徘徊烟雾里 [②]

  显然，鲍照有意识地把他的感情投射入他的视觉经验。然而，他不像陶渊明那样创造出某种象征性印象——如青松、流云和归鸟，恰似其自身固定的寓意物；他对变幻着的景物所能提供的隐喻义更有兴趣。光、色、动作，都赋予他的视觉探求（visual exploration）以想象力。正如可以在他对汹涌潮汐的得意比喻中所看到的那样，鲍照的特别成功之处，即在于他笔下的山水风光充满了活力。那澎湃着的波浪永远翻滚，似乎提供了和生活一样动荡而唯力是从的最佳视觉变化及活力：

① 《鲍参军集注》，钱仲联注本，第307页。
② 同①，第297页。

急流腾飞沫

回风起江渍 ①

腾沙郁黄雾

翻滚扬白鸥 ②

　　不过，只有通过应用山水美学于散文写作，鲍照才达到了他对山水风光充满想象力的真正感应。总的来说，山水诗最重要的技法和特色已经被谢灵运探索出了，要想传达一个最适合自己气质的新的山水构图，鲍照非设计一种新的形式不可。他在这个问题上的选择，是采用了散文的形式，更精确地说，是被称作"山水文"的抒情散文的形式。尽管这种文体的作品他只给我们留下了一篇《登大雷岸与妹书》，但它对后世文学家的影响，比他在山水诗上的成就似乎更为重要 ③。

　　鲍照的这篇文艺随笔本是一封私人信件，这一点值得我们特别注意。从曹植（192—232）那时起，书信已经成为传达个人最隐秘之感情的工具，并且在"抒情"这个词汇的真实意义上是最抒情的 ④。而这必然意味着：鲍照给他妹妹鲍令晖——能够最好地

①　《鲍参军集注》，钱仲联注本，第 307 页。

②　同①，第 301 页。

③　例如，清代诗人谭献赞扬鲍照此文是"诗人之文"；而另一位学者刘师培认为鲍照的这篇随笔是"游记之正宗"。参见《鲍参军集注》，钱仲联注本，第 94 页；贝远辰、叶幼明编《历代游记选》（长沙：湖南人民出版社，1980），第 411 页。

④　参见 Ying-shih Yü（余英时），"Individualism and the Neo-Taoist Movement in Wei-Chin China", in Munro, ed., pp.121-155。

分享他的文学和私人兴味的人——的信，其意图本来就一定是抒情的 ①。由于注重抒情，鲍照的这封信似乎司空见惯。但是，其中对山水风光描写的强调，却意味着在传统的书信写作方面，某个重要实践的开端——即情感打发与山水描写的糅合。这种写法在鲍照之前的作家们那里是找不到的，甚至在谢灵运那里也无所见。当然，那时谢灵运已被公认为游记文学的奠基人。不过，从其《游名山志》的残存片段中，我们可以看出，他的文艺随笔视焦集中在地理细节，却缺少强烈的抒情力量。因此，鲍照散文中抒情与描写之别开生面的糅合，遂特别为后来的游记作家们所偏好。在他死后仅仅 120 年内，书信体文学便鲜花怒放 ②，鲍照影响的巨大冲击力于此可见。

这封著名的书信写于公元 439 年，当时鲍照才 25 岁。是年他从南京赴江西，到临川王刘义庆麾下去供职，信即作于赴任途中。当他在大雷岸附近歇下来时，孤独之感蓦然而生，觉得不能不给妹妹写一封信。信的开头是对旅况的描写：

> 吾自发寒雨，全行日少，加秋潦浩汗，山溪猥至，渡沂无边，险径游历，栈石星饭，结荷水宿，旅客贫辛，波路壮阔，始以今日食时，仅及大雷。途登千里，日逾十晨，严霜惨节，悲风断肌，去亲为客，如何如何。③

---

① 鲍令晖是著名的女诗人，她的作品集《香茗赋集》已散佚不传。参见钟嵘对她的评论，《诗品注》，陈延杰注本，第 69—70 页。
② 例如，陶弘景（456—536）的《答谢中书书》和吴均（469—520）的《与宋元思书》。
③ 《鲍参军集注》，钱仲联注本，第 83 页。

很少有什么能比上面这段引文更有活力地表现寒冬旅况的艰难困苦。在苦难和挣扎中，诗人再一次发觉自己处在孤立无助的境地。他或许懊悔自己不该做官，尤其不必为一个微不足道的职位而离家。可是，他很难把握自己的命运，像这样的四处奔波已经使他的生存变成了终身流放。这就是他想传递给他妹妹的某种情绪。

突然间，他的注意力不再集中在自己的情绪上，他发现四周正是暮色苍茫：

> 遴神清渚，流睇方曛，东顾五洲之隔，西眺九派之分，窥地门之绝景，望天际之孤云。①

接下去是一段极不寻常的山水风光描写，其色彩的变幻、活力的强劲，反映着作者极强烈的情感：

> 西南望庐山
>
> 又特惊异
>
> 基压江潮
>
> 峰与辰汉相接
>
> 上常积云霞
>
> 雕锦缛
>
> 若华夕曜

---

① 《鲍参军集注》，钱仲联注本，第83—84页。

岩泽气通

传明散彩

赫似绛天

左右青霭

表里紫霄

从岭而上

气尽金光

半山以下

纯为黛色

…………

其中腾波触天

高浪灌日

吞吐百川

写泄万壑

轻烟不流

华鼎振澄

…………

回沫冠山

奔涛空谷

礨石为之摧碎

碕岸为之齑落①

---

① 《鲍参军集注》，钱仲联注本，第84页。

必须指出的是，鲍照从光线和色彩的阴影这样的细节开始描写，仿佛它们在和重重叠叠的云彩与山峰做游戏。这一描写的视觉形象十分丰富，几乎填满着梦幻。然而，好像有意要使自己想起所有美丽的事物都不可靠似的，作者最终以鲁莽、动荡、看起来像是在恐吓整个宇宙的波浪，把描写推到了高潮。这种描写程序似乎最合他的胃口，因为他更喜欢把观赏山水风光看作一种充满活力的视觉探索。尤其特别的是，那令人心悸目眩的潮汐仿佛对应着他激动的情感，正像他非常生动地为妹妹所描绘的那样：

仰视大火

俯听波声

愁魄胁息

心惊栗矣①

但是，鲍照不能继续观赏山水，他必须前行，无论那旅程如何艰难。在信的末尾，他向妹妹保证，不管在旅途中还会经历什么样的困苦与逆境，他都将好好保重自己，直至到达目的地：

风吹雷飙，夜戒前路，下弦内外，望远所届。寒暑难适，汝专自慎。夙夜戒护，勿我为念。②

就这样，抒情之声与深刻描写的糅合在鲍照的散文里达到了

---

① 《鲍参军集注》，钱仲联注本，第84页。
② 同①，第85页。

最大的成功。但这并不是说，在风光描写方面，鲍照所有的五言诗都不如他的散文。在此，笔者想下这样一个重要的断语：鲍照的散文以阔大的山水描写而别开生面、惹人注目；相反，他的五言诗却以描写物体的细枝末节见长。换句话说，我们可以看到，他的诗里有一种新变，即将视焦集中在时人所不经意的方面——笔触由大转小，由概观之山水转向具体的物象。这种新的倾向，无论如何，与传统的文学标准并不相悖，因为它和原型山水诗一样，都是以审美为主的，都植根于"形似"的原理。

为了证明这一点，我们可以举出下面这首题为《山行见孤桐》的诗：

桐生丛石里

根孤地寒阴

上倚崩岸势

下带洞阿深

奔泉冬激射

雾雨夏霖淫

未霜叶已肃

不风条自吟

昏明积苦思

昼夜叫哀禽

弃妾望掩泪

逐臣对抚心

虽以慰单危

悲凉不可任

幸愿见雕斫

为君堂上琴 ①

　　诗中所有的描写都是关于桐树的——它生长的地点、它的形状、它悲伤的声响，甚至它的特殊功用。诗人不是像照相机的镜头那样从一个场景移动到另一个场景，而是专注于某个物象的方方面面。其效果是强烈的聚焦，与摄影中的"特写"并无二致。由于作者在注目此树的过程中，将自己的感情投射在它身上，因此这感情的投射也是摇动人心的。根据经验，我们领悟到，当我们长时间固定地注视某一物象，便会倾向于把它认同为自己。在这样的经验中，总有某种冷静，这恰恰构成了鲍照咏物诗的描写风格特征 ②。

　　鲍照那专注推敲的技法绝不是新创，它早已被所谓"咏物赋"的作者们用得很娴熟了 ③。从汉代起，这些"咏物赋"就被视为与"山水赋"平行发展的文体；前者聚其视焦于单个物体，而后者则聚其视焦于大规模的风光。在这两种不同类型的赋之间，鲍照显然偏爱咏物赋。何以见得？有事实为证：他写了许多咏物赋 ④，但就我们所知，他没有写过一篇山水赋。鲍照和谢灵运对赋的描写各有所嗜，其间差异之大，令人震惊。他们分别利用了赋的两种不同的特殊风格倾向，并按照自己的口味将其发展为诗歌风格——

① 《鲍参军集注》，钱仲联注本，第 410 页。
② 关于鲍照其他的咏物诗，见《鲍参军集注》，钱仲联注本，第 392—397、409、411 页。
③ 例见《文选》卷 13、卷 14。
④ 见《鲍参军集注》，钱仲联注本，第 24—49 页。

毕竟，诗中"形似"的概念，总的来说原本就建筑在工于描写的赋的美学原则之上。

如上所述，鲍照的革新在于对多样化的追求。他用来表现生活的，是建筑在当时十分典型的、描写模式基础上的视觉手法。一位有着巨大活力的诗人，自然不会满足于因袭，鲍照就不以从前辈那里学来的对自然物的纯粹描写为止境。于是，那使他能够专注于物的真正冲动，那使他有可能发觉生活内在联系的真正活力——诸如此类，他都用来在诗中创造一个人的世界。他的咏物技艺最终被用来表达他对人类品性的审美判断，对自然物的精心描写转向了对于女性美的感官描写。

第二节　描写与讲述

鲍照在一首诗里讲述了他与两位美人的邂逅：

学古

北风十二月

雪下如乱巾

实是愁苦节

惆怅忆情亲

会得两少妾

同是洛阳人

嬛绵好眉目

闲丽美腰身

凝肤皎若雪

明净色如神

骄爱生盼瞩

声媚起朱唇

衿服杂缇缋

首饰乱琼珍

调弦俱起舞

为我唱梁尘

人生贵得意

怀愿待君申

幸值严冬暮

幽夜方未晨

齐衾久两设

角枕已双陈

愿君早休息

留歌待三春①

　　在这首诗里，我们看到了一个私人经历的世界：一次多少有点浪漫的邂逅，一份生活艳情剧中的愉悦。不寻常的是它天然的艳情风格，以华美的想象与流畅的故事为标记。其浪漫、奇异似乎与他的咏物诗截然对立。

---

① 《鲍参军集注》，钱仲联注本，第355页。

然而，贴近去仔细玩味，我们便会领悟，此诗所用的描写方法与他描写自然物的习惯手法并无二致，即视焦专注于细节。唯一的改变是对象和背景，现在诗的视焦集中在女性的美：她们的"眉目"（第七句）、她们的"腰身"（第八句）、她们的"朱唇"和"声媚"（第十二句）、她们漂亮的服装（第十三句）、她们的珠宝首饰（第十四句）。鲍照这显然是艳情的手法竟创造出了一种新的描写的现实主义。他创造的是自然现实和华美艳情相糅合而形成的中间风格。从一开始，他就更喜欢混合的而不是纯粹的山水描写。他天生的嗜好便是把张协以山水为主的描写与张华精美的艳情描写融为一体，正如钟嵘《诗品》里所指出的那样。

　　不管怎么说，在鲍照这个实例中，文学创造的效力强于描写的效力。从上面所引录的诗中可以看出，故事的结构同样动人，如果不是更令人难忘的话。它的视焦集中在一个逼真的世界，并同时处理一桩奇异内在和外在的发展。故事的内容很简单：一位孤独的游子正受着寒冷与思家的痛苦煎熬，突然找到了一个临时的避难所，两位原本来自其故乡洛阳、美丽而优雅的女子为他提供了艳情的欢娱。令人惊奇的是，这首诗也像鲍照的许多诗作一样，糅合了视觉形象与听觉形象。音乐那转瞬即逝的性质有效地传递了瞬间的内在价值，加快了故事的发展进程。故事中的男主人公和女主人公不期而遇于他们生命中的某一点，此后他们的个体生命将继续像度过的夜晚那样稍纵即逝。那美人所奏音乐的动人力量更强烈地突出了他们相聚的短暂。

　　然而，他们的相会并不是由于肉体的吸引——说得更确切一些，它是由于精神上的沟通。鲍照诗中的女性，较之前人诗歌中的女性，要活泼得多，也更爱说话。很显然，鲍照对女性的包容力有一种基本的信任，他似乎了解女性通人情、能凝聚他人的个性。结果，他创造了一个为此前之诗人所未曾探索过的女性形象——即作为"知音"的女性形象，男人理想的知心朋友 ①。

鲍照诗中作为"知音"的女性几乎都擅长音乐，她们通过歌曲或乐曲来抒发自己最隐秘的感情。读鲍照诗，人们往往得到一种印象，音乐高频率地左右着其诗歌的内容。不过，其诗中那些敏感的、有品位、有理解力的女性，所演奏之音乐的价值大小，取决于她们的意向，因为在音乐表达的深层，有文化上的或感情上的细微区别。人们愈是深入音乐表演者的情绪和意向，就愈是能够欣赏其音乐曲调之美。换句话说，真正的音乐是超越声音的。在下面所引录的诗里，鲍照试图说明这一观点：

> 冬夜沉沉夜坐吟
>
> 含声未发已知心
>
> 霜入幕
>
> 风度林
>
> 朱灯灭
>
> 朱颜寻
>
> 体君歌
>
> 逐君音

---

① 当然，人们可以争辩说，陶渊明《闲情赋》中的女性形象与此非常相像。但是，陶在别处没有对此做出新的发展。不管怎么说，还是鲍照使得作为"知音"的女性形象成了诗歌中的重要角色。

不贵声

贵意深 ①

　　鲍照对别离——特别是与妻子极端痛苦的别离——这一主题的
创造性处置，和他视女性为知音的思想是分不开的。正如前文已
言及的那样，鲍照本人就因为长期履行公务，特别是军事公务而
不得不离开家。当时，严酷的征兵——这往往意味着死亡或与家人
的长期分离——十分频繁，为鲍照所亲见。这一个人经历，使得富
于人性、为普通百姓公开呼吁之类具有社会内容的诗歌，在其全集
中占了很大比重。因此，甚至今人也赐给他一个受尊敬的头衔——
"人民诗人"②。

　　从文学发展史的观点来看，鲍照的"社会现实主义"（social
realism）并不是使他与前辈诗人区别开来的唯一原因。关注那残
酷兵役制度的"离别"主题，早在《诗经》里就有了；而对远征之
夫婿的思念，在始自东汉时代的乐府诗传统中，也已成为热门题
材。鲍照的革新，在于把常规的"闺怨"改造成了男性的口吻。现
在，是丈夫而不是妻子在抒发强烈的怀人之情。通过男性主人公
的详细描述，诗中的女性成为关心的焦点。只有真正欣赏女性质
量的诗人，才写得出下面这样一首诗：

---

① 《鲍参军集注》，钱仲联注本，第 252 页。

② 参见 J. D. Frodsham and Ch'eng Hsi, trans., *An Anthology of Chinese Verse: Han Wei Chin and the Northern and Southern Dynasties* （Oxford: Clarendon Press, 1967），p.142。

梦还乡

衔泪出郭门
抚剑无人逺
沙风暗空起
离心眷乡畿
夜分就孤枕
梦想暂言归
孀妇当户叹
缲丝复鸣机
慊款论久别
相将还绮闱
历历檐下凉
胧胧帐里晖
刈兰争芬芳
采菊竞葳蕤
开奁夺香苏
探袖解缨微
梦中长路近
觉后大江违
惊起空叹息
恍惚神魄飞
白水漫浩浩
高山壮巍巍

波澜异往复

风霜改荣衰

此土非吾土

慷慨当告谁①

　　这首诗披露了最令人沮丧的现实：孤独的征人只有在梦中才能见到自己的妻子。在现实中不可能办到而只能托之于梦，恰恰沉痛地提醒了征人，使他意识到自己处在孤立无助的境地。值得重视的是，作者强烈的社会正义感，不是通过直接抨击来抒发的；说得更恰当一些，它寄寓在详细描述梦里重聚之动人场景的故事中。最重要的是，这梦的故事是以妻子的行动为中心的特写构成的（第八至十六句）。诗的叙述者甚至明确地说出了一间卧室的场景，告诉我们其夫妻亲昵的细节（第十五至十六句）。显然，鲍照的视觉想象已赋予他的故事讲述以某种写象派诗歌的魅力。

　　诗人有时以对话或直接论说作为故事讲述的重心。采用这种手法，瞬间的戏剧性紧张得到了加强，不同的观察点得到了介绍。下面是从其著名的乐府组诗《拟行路难》中摘出的一个例证：

春禽啁啾旦暮鸣

最伤君子忧思情

我初辞家从军侨

荣志溢气干云霄

---

① 《鲍参军集注》，钱仲联注本，第384页。

流浪渐冉经三龄

忽有白发素髭生

今暮临水拔已尽

明日对镜复已盈

但恐羁死为鬼客

客思寄灭生空精

每怀旧乡野

念我旧人多悲声

忽见过客问何我

宁知我家在南城

答云我曾居君乡

知君游宦在此城

我行离邑已万里

今方羁役去远征

来时闻君妇

闺中孀居独宿有贞名

亦云朝悲泣闲房

又闻暮思泪霑裳

形容憔悴非昔悦

蓬鬓衰颜不复妆

见此令人有余悲

当愿君怀不暂忘 ①

---

① 《鲍参军集注》，钱仲联注本，第239页。

人们不会不注意到，在此诗的中段有一个耐人寻味的变化：由独白转为对白。这一转换是以第十一句节拍的突然变动为标志的 ①。此前为抒情，此后则转向主人公与陌生人之间的一场戏剧式的对话。这戏剧化的转变是十分重要的：一方面，我们看到那孤独的征人生活在绝望的别离之中；而与此同时，我们将明白，他可怜的妻子在家里也一样因为社会的不公平而忍受煎熬。

诗人视点的转换，在汉代以来的乐府歌曲中是习用为常的手法 ②。然而，在鲍照此诗里，最重要的仍是一开头那传达诗人隐秘情感的抒情声音。戏剧的要素无疑加强了这一印象：那受苦的个人最终会被看作社会的产物。正是那作为要点的"抒情"，使得个人和社会合而为一。抒情的"我"似乎是在其生命的中年说话，这使我们感到他经历了人生许多的遭遇。也许这样说更确切：看来，对于鲍照，总是故事讲述、描写、戏剧般对话等的抒情式混合最为强劲有力。意味深长的是，这一文学成就植根于他对变化万端之人生状况的深刻体认。

第三节　抒情的自我及其世界

鲍照的诗歌已经成为外部世界与他个人世界之间的一条纽带：他最擅长在诗里反映他个人的经历，同时在生活的纷繁现象中将

---

① 或许，这就是有些学者认为此诗当为两首的原因。参见钟祺《中古诗歌论丛》（香港：上海书局，1965），第 97—99 页。

② 参见 Hans Frankel, "Six Dynasties Yüeh-fu and Their Singers", in *Journal of the Chinese Languages Teachers Association*, No. 13, 1978, pp.192-195。

自己对象化。他总是就自己与其世界的关系发问："自我反映"的个人是怎样对外部世界起反应的？一个人是应该乖乖地接受自己的命运呢？还是应该对社会的不公正进行反抗？对于这些问题，鲍照似乎没有得到满意的回答，不过他感到有信心的是，从他自身的经历中可以引出重要的教训，他愿与读者分享这些教训。特别有意思的是，他希望不仅仅是讲给他们听，而是向他们唱出自己的心声。因此，他在其乐府组诗《拟行路难》的第一首中，便用一种热情奔放的音调向读者们唱道：

> 愿君裁悲且减思
> 听我抵节行路吟
> 不见柏梁铜雀上
> 宁闻古时清吹音[1]

值得注意的是，这些诗句正是用乐府的形式来表达的。乐府从根本上来说是配乐的"歌词"。中国人自远古以来就认为音乐与抒情诗是同一类。这音乐的抒情效力主要来自它感染听众——即懂音乐的知音——的力量。如果说有什么形式是鲍照可以找到并用来向理解他的听众传达他最隐秘的感情的话，那么，它一定是这名叫"乐府"的重要的歌曲形式[2]。

---

[1] 《鲍参军集注》，钱仲联注本，第 224 页。
[2] 就我们所知，阮籍、左思、郭璞，还有陶渊明，都没有创作过任何乐府歌曲。尽管嵇康、陆机、谢灵运等写过乐府，但他们的乐府比他们的诗质量差得多。鲍照则与他的前辈们不同，他的乐府诗最为杰出。关于这个问题的详细论述，参见李直方《谢宣城诗注附谢朓诗研究》（香港：万有图书公司，1968），第 4—5 页。

即使我们忽视鲍照乐府的音乐风貌——因为其音乐失传的缘故，我们不得不忽视它——但仍能看出，他选用这种诗体是很巧妙的。按照诗的标准来评判，乐府的风格在措辞和造句两方面都显得过分口语化。特别是乐府中常常使用杂言句，这使作者得以不受拘束地抒发自己最隐秘的感情。由于这些原因，所以鲍照直率抒情的力量就最强烈地表现在他的乐府歌曲里。或许，正如一些传统的文学批评家所指出的，这就是唐代诗人杜甫高度赞扬鲍照的理由①。

在这一点上，我们应当注意鲍照诗歌风格中的一个非常有趣的现象：他的描写性质的山水诗基本上继承了谢灵运的传统，而他的乐府诗——在其抒情的强烈措辞方面——则有点类似于陶渊明。正如前面所提到过的，在鲍照那个时代，"形似"的概念非常流行，因此，对于鲍照来说，在一些作品中效法著名的山水诗大师谢灵运，是很正常的。但是，陶渊明诗却长期遭到文学界的忽视，没有被当作文学典范看待②。鲍照是否在某种意义上继承了陶渊明的诗歌技巧呢？如果真是这样，那么他和这位前辈作家之间的联系又是什么呢？

根据我们今天所能见到的资料，鲍照的确是第一位尊陶渊明为先驱的诗人。他 38 岁时创作了一首题为《学陶彭泽体》的诗③，公开表达了对于陶渊明之伟大文学地位的敬重。同时，他还写了

① 杜甫《春日怀李白》诗曰："俊逸鲍参军。"关于后来文学批评家们对这一评论的看法，参见《鲍参军集注》，钱仲联注本，第 281 页。
② 有意思的是，在谢灵运现存的作品中，甚至一次都没有提到过陶渊明。
③ 见《鲍参军集注》，钱仲联注本，第 362 页。

模拟其他著名作家如曹植、阮籍、陆机等的诗作 ①。他的学陶诗产生了巨大的——如果不是根本的——影响，因为若干年之后，有位比他年轻的诗人江淹（444—505），也步他的后尘，写了一首拟陶诗 ②。从文学史的角度来看，鲍照在那个时代扮演的主要角色，是第一个对陶渊明过低的身价做出同情性修正的人。这是一个真正起决定作用的角色。

在鲍照的乐府诗中，我们可以发现许多陶渊明诗歌的风格特征，其中主要有：偏好流畅的章法，审慎地使用口语，频繁而自如地运用诘问、对话等修辞方式，等等。正如我们在第一章里已经提到过的，陶诗中的这些特质竟被公元 5 世纪的诗人们当作非诗歌的特质而加以忽视。当然，在鲍照诗里，同时也有一种因写象派诗人式的客体描写而造成的强烈感官刺激，这看起来与陶渊明诗中质朴无华的心象是对立的。但是，在修辞方面，鲍照显然喜欢采用陶渊明的风格，而不喜欢采用当时的流行风格。甚至在思想的术语方面，鲍照的诗歌往往也模仿陶渊明式的哲学与论辩。试比较下列例证：

陶渊明：

天地长不没

山川无改时

草木得常理

霜露荣悴之

---

① 见《鲍参军集注》，钱仲联注本，第 172、361、165 页。
② 见《全汉三国晋南北朝诗》册 2，第 1047 页。

谓人最灵智

独复不如兹 ①

鲍照：

君不见河边草

冬时枯死春满道

君不见城上日

今暝没尽去

明朝复更出

今我何时当得然

一去永灭入黄泉 ②

　　这两段诗都就自然界的不断更新和人类生命的短暂无常做了
尖锐对比。这两位诗人都关注"死亡"——生命不可避免的完结，
以及怎样接受它的问题。陶渊明在自挽歌中道出了"幽室一已闭，
千年不复朝"的实际情况，而鲍照在他的乐府里也表达了同样的
情感：

一去无还期

千秋万岁无音词 ③

① 《陶渊明集》，第 35 页。

② 《鲍参军集注》，钱仲联注本，第 230 页。

③ 同②，第 237 页。

应当指出的是，早在公元 3 世纪时，这关于死亡终不可免的想法就已成为挽歌类文学作品中的老生常谈[1]。然而，陶渊明和鲍照是公元 5 世纪前后努力复兴这一古老的诗歌主题并试图赋予它新意义的两位主要诗人。鲍照对此类话题的处理，似乎特别受陶渊明的影响。例如，关于死的问题，鲍照便做出了酷似陶渊明的解答——人生苦短，不饮何为？他以这样的忠告作为《拟行路难》的结束：

> 对酒叙长篇
>
> 穷途运命委皇天
>
> 但愿樽中酒酝满
>
> 莫惜床头百个钱[2]

真正使鲍照摆脱陶渊明影响的是他对待社会的不同态度。陶渊明感兴趣的是顺从地接受自然，以实现其自我构想；鲍照则不然，他的靶子是社会。陶渊明主要是自言自语，而鲍照则是向他的同胞们——特别是那些为社会所不容的人——演说，或者说得更确切一些，向他们歌唱。于是，他的抒情便因其直率而一新天下人的耳目。他向读者们坦白，他希望将自己的感情全部抒发出来，却不敢这样做——这是对缺少自由的当时社会的巧妙控诉：

---

[1] 关于这个问题的讨论，参见 Susan Cherniack, The Eulogy for Emperor Wen, and Its Generic Biographical Contexts, draft, 1984。

[2] 《鲍参军集注》，钱仲联注本，第 243 页。

心非木石岂无感

吞声踯躅不敢言 ①

　　鲍照对命运的频频控诉，事实上不啻是对社会的批评。让我
们贴近去看看他所创作的著名乐府组诗《拟行路难》。这组诗的标
题是借用一首古调《行路难》——很显然，这隐喻着生活道路的艰
难。组诗共有 18 首，每一首的焦点都集中在苦难生活的某个特殊
方面。按照诗人的看法，生活中最痛苦的境遇，亦即离别和穷困，
在很大程度上是由社会的不公正引起的。征人们被迫无偿地在前
线经受各种磨难，善良的妻子们被抛弃，贫穷家庭出身的人升官
无望——生活在个人前途实际上取决于阶级的六朝时期，鲍照太了
解这样一种社会的弊病了。如果说他不是以一个公开的抗议者出
现的话，那么也是以一个社会价值的质问者出现。在下面的诗句
里，我们看到诗人的声音与一个落拓官员的声音合而为一：

对案不能食

拔剑击柱长叹息

丈夫生世会几时

安能蹀躞垂羽翼

弃置罢官去

还家自休息 ②

_____

① 《鲍参军集注》，钱仲联注本，第 229 页。

② 同①，第 231 页。

可是，这些反对社会的批评他不敢公开说出来，更不用说反对政府了。魏晋以来许多重要诗人——嵇康、张华、潘岳、郭璞、谢灵运——都被处以极刑，这大量的例证足以引起他的警惕，使他避免做出任何直言不讳的批评。但将个人的苦难归之于命运，却无妨害，这一最终的考虑导致了诗人那多少有点幻灭而又是说反话的腔调：

> 人生自有命
> 安能行叹复坐愁 [1]

> 诸君莫叹贫
> 富贵不由人 [2]

鲍照对社会含蓄的或直率的批判，使人想起被文学批评家钟嵘称为陶渊明之前驱的西晋诗人左思 [3]。左思和鲍照一样，也出身于一个贫寒的家庭，其诗中也往往显露出对于社会之不公正的讽刺。从汉代以来，中国的社会系统就是这样，成功的关键在于好的家庭背景，而不在于个人的成就。左思在他的一首《咏史》诗中，用隐喻的手法批判了这种阶级决定的制度：

---

[1] 《鲍参军集注》，钱仲联注本，第229页。
[2] 同[1]，第243页。
[3] 《诗品注》，陈延杰注本，第41页。钟嵘指出，陶渊明的"风力"得之于左思。

郁郁涧底松

离离山上苗

以彼径寸茎

荫此百尺条

世胄蹑高位

英俊沉下僚

地势使之然

由来非一朝

金张藉旧业

七叶珥汉貂

冯公岂不伟

白首不见召①

　　我们无法证实鲍照是否知道左思这首诗，但重要的一点是，鲍照显然赞同左思的批判世界观，因为他曾将自己与这位时代早一些的诗人做过比较②。这有事实为证：当宋孝武帝向鲍照问起他的妹妹鲍令晖时，他做了最有意思的回答，显然是无意识，或者毋宁说是有意识地表现了自己对左思的亲近。他自谦地表示，他们兄妹俩的才气比不上左思和他妹妹左芬：

　　臣妹才自亚于左芬，臣才不及太冲尔。③

---

① 《全汉三国晋南北朝诗》册1，第385页。
② 他们的家庭背景相似，并且都懂得从一个较低的社会阶层奋斗向上爬意味着什么。
③ 《诗品注》，陈延杰注本，第69—70页。左芬，知名女诗人，左思之妹。

另一方面，鲍照没有从社会现实中后撤，没有舍弃它，没有离开它——相反，他试着去面对它。读他的诗歌，人们会得到这样的印象：同时代的历史事件对他的影响，似乎比对其前辈诗人的影响要强烈得多。没有什么能比《芜城赋》更鲜明更直接地表明鲍照对历史的热诚了。这篇赋表明，诗人在描写历史事件的同时也定义了自我（self-definition）。它写的是广陵城的悲剧性毁灭。这座城市自汉代以来就是一片富饶地域的中心，北方和南方之间生死攸关的战略要地。公元459年，宋孝武帝的兄弟竟陵王刘诞——其军队驻守在广陵——突然起兵反对朝廷。孝武帝盛怒之下，命令立即消灭叛军，并毁灭整个城市。在这场屠杀中，三千多无辜的居民死于非命，一夜之间，广陵成了阒无人迹的废墟。数月之后，鲍照再次来到这个城市，亲眼看见了兵燹之余：

泽葵依井

荒葛罥途

坛罗虺蜮

阶斗麏鼯

…………

若夫藻扃黼帐

歌堂舞阁之基

璇渊碧树

弋林钓渚之馆

吴蔡齐秦之声

鱼龙爵马之玩

皆薰歇烬灭

光沉响绝

东都妙姬

南国佳人

蕙心纨质

玉貌绛唇

莫不埋魂幽石

委骨穷尘 [1]

　　鲍照的描写现实主义是他那个时代的产物，因为详细描写和社会现实主义的混合本身，就是当时风气的一部分。许多汉赋名篇精心甚至夸张地描写都市的繁华 [2]，鲍照此赋与之形成鲜明的对比，有意对破坏与恐怖的场景做了现实主义的描写。他的现实主义亦有别于左思——左思的《三都赋》注重历史和地理的准确性，而鲍照此赋则立足于对场景的视觉印象和情绪感应。如果有什么区别的话，这抒情之视焦集中在感觉瞬间的《芜城赋》，更像是诗而不是赋。

　　对于宋孝武帝残杀普通百姓的暴行，鲍照迂回地进行了抨击，这或许更为重要。他对广陵城昔日的兴盛景象，真是再熟悉也不过了。他过去所有的上司——临川王、衡阳王、始兴王，都曾统辖过这座城市。作为这些诸侯王属下的一名官员，鲍照有机会熟悉

---

① 《文选》卷14。
② 例如班固（32—92）、张衡（78—139）描写京都的赋。

这座城市和它的居民。现在，叛乱爆发之后，城中的百姓几乎靡有孑遗。实在具有讽刺意味的是，他们并非死于他们所最忧惧的北方"夷狄"的入侵，而是死于汉族统治阶级内部的一场权力斗争。目击这场悲剧，同情人民的鲍照焉能不心为之碎：

> 凝思寂听
> 心伤已摧 ①

可是，这篇赋从头到尾都未敢提广陵城的名字，更不用说皇帝和叛乱者了。他揭露一切的现实主义激情再次受阻，于是，只好让"天"来为这场对人民的残酷屠杀负责任：

> 天道如何
> 吞恨者多 ②

然后，仿佛是向"天"提抗议，诗人以"芜城"之歌作为此赋的结束：

> 千龄兮万代
> 共尽兮何言 ③

---

① 《鲍参军集注》，钱仲联注本，第13页。
② 同①，第13页。
③ 同①，第14页。

再巧合也不过的是，就在鲍照写了这篇赋以后没有多久，他在一场叛乱的狂热骚动中被杀害①。他终于和一个城市同归于毁灭，似乎是要完成其诗中所做出的那个预言。

---

① 这场叛乱于公元 466 年发生在荆州，由临海王发难。当时，鲍照正在临海王手下做事。

第四章 谢朓：山水的内化

　　刘宋王朝于公元 479 年寿终正寝后，都城建康（今南京）似乎多少有点变化。现在政治与文化达到了某种出人意料的平衡。对中国文学来说，这是齐梁时期的开端。此时期的南方，宫廷除了仍旧是政治中心外，渐渐地也成为文学的中心[①]。这不是说自公元 317 年以来就是都城的建康，直到此时才变得富丽堂皇——因为那都城中豪华的宫廷早就是中心了，在那里，统治者不顾外面的政治骚乱，只管享受奢侈的生活。但是，由于齐武帝时文学活动的勃兴，建康这才开始有了一种文雅的新品质。齐武帝和他的两个儿子，即竟陵王萧子良（460—494）和后来驻荆州的随王萧子隆（474—494），都以诗人气质而著称。竟陵王尤有重名，因为他组织了一个文学沙龙，而当时所有抱负不凡的诗人皆在其中。他那宏大的"西邸"坐落在京城风景优美的鸡笼山上，诗人们经常在那

[①]　这种情况在六朝仅见于齐梁时期，中国封建社会的后半段，南京的发展与前不可同日而语。参见 F. W. Mote, "The Transformation of Nanking: 1350-1400", in *The City in Late Imperial China*, ed. G. William Skinner（Stanford: Stanford Univ. Press, 1977）, pp.101-153。

里集会。在他的奖掖下，不少诗人的文学才华和审美品位得以养成。这沙龙中最杰出的诗人被称作"竟陵八友"，他们处在当时文学舞台上的中心位置①。

谢朓（464—499），一位从15岁起就在京城宫廷圈子里成名的诗人，是"八友"中最伟大的天才。他仿佛是为这个诗歌复兴和文化繁盛的时代而生。在这个时代的杰出文学家中，没有谁具有比他更好的贵族血统。他的父亲与谢灵运属于同一家族，他的祖母是著名历史学家范晔的姐妹，他的母亲则是刘宋王朝的长城公主。文学史好像正在为这新的都市文化提供其自身存在的理由，谢朓就出生在建康城内，并且很自然地熟知宫廷生活的风味。

最重要的是，谢朓的诗歌开始代表笼罩着这新的、看来为当时生活和艺术所渴望之文学沙龙的某种自我满足意识。更确切地说，艺术的意识开始退避到文学的园囿、退避到生活为艺术之等价物的王国。

在他的《游后园赋》中，谢朓令人信服地写出了沙龙生活的艺术本质：

　　　　积芳兮选木

　　　　幽兰兮翠竹

　　　　上芃芃以荫景

　　　　下田田兮被谷

　　　　左蕙畹兮弥望

---

① 这些诗人的姓名，见李延寿《南史》卷6，中华书局本，册1，第168页。

右芝原分写目

山霞起而削成

水积明以经复

于是敞风阔之蔼蔼

耸云馆之迢迢

周步檐以升降

对玉堂之沈寥

追夏德之方暮

望秋清之始飙

藉宴私而游衍

时寤语而逍遥

尔乃日栖榆柳

霞照夕阳

孤蝉已散

去鸟成行

惠气湛兮帷殿肃

清阴起兮池馆凉

陈象设兮以玉填

纷兰籍兮咀桂浆

仰微尘兮美无度

奉英轨兮式如璋

藉高文兮清谈

豫含毫兮握芳

则观海兮为富

乃游圣兮知方 [1]

　　这篇赋所描写的园林，当在竟陵王的西邸中。永明时期
（483—493），这里举行过很多次豪华的宴会、音乐会和诗人聚
会 [2]。读谢朓此赋的开头几句，我们不能不想到谢灵运的《山居
赋》。此赋篇幅虽比《山居赋》要短得多，但其所描写之山水四面
围绕的景象——那种注重自我封闭的质量——却是一致的。谢朓像
谢灵运那样运用"形似描写"的基本模式，试着从所有的方向和
位置去描述风景——"上""下""左""右"（第三至六句）。第七
至八句那山水风光的并置尤与谢灵运的作品相似。类比到此为止，
接下去，我们渐渐被引入"步檐"和"玉堂"（第十一至十二句），
缓缓到达豪贵们宴集的宫室内部（第十五至二十二句）。赋中处处
展示贵族的富有——"玉瑱""桂浆"，最终是郡王光彩照人的风
度（第二十五至二十六句）。不必终篇，我们便明白这是实写一次
诗人的聚会。

　　这些文质彬彬的宾客被称作"永明诗人"。这是在竟陵王的父
亲齐武帝以"永明"为年号之后才有的名称。"永明诗人"们受到
特别的礼遇，他们可以到郡王繁华的园苑里去游览，此类游览绝

---

① 《谢宣城集校注》，洪顺隆校注本，台北：中华书局，1969 年版，第 64 页。
② 参见竟陵王咏其园林而与谢诗同题之作，载《全汉三国晋南北朝诗》册 2，第 753 页；
　姚思廉，《梁书》卷 21《柳恽传》（北京：中华书局，1973）册 2，第 331 页。然而，并
　非所有的学者都同意这一点。吴叔俣认为谢朓此赋写的是竟陵王的园林；而日本学者
　网祐次却认为此赋是写随王荆州府第中的园林，从公元 490 至 493 年，谢朓在那里享
　受过类似的沙龙生活，参见《谢宣城集校注》，洪顺隆校注本，第 65、69 页，关于这
　一地点的争论不是本书所关心的主要问题，本书注重的是诗歌中对此类园林的描写。

不亚于谢灵运的长途旅行。如此，则谢朓之借用谢灵运最喜爱的字眼"游衍"①来形容他在郡王园苑里的游观，也就不奇怪了（第十五句）。不过，谢朓愉悦的游览，产生于与谢灵运不同的环境。在谢灵运笔下的家族园林中，各种各样的动物和植物集合起来创造出一种大自然的效果；而谢朓笔下的郡王园苑则是一个艺术的、高级的生活环境。这个园苑，作为竟陵王之文学沙龙的活动场所，是自然与文化相结合的缩影。没有什么能比象征性地退避到这园苑里去更艺术的了。的确，它已不再是一个避难所，而是一个美学的培养中心。

第一节　文学沙龙与诗歌的形式主义

很巧的是，诗歌的形式主义也于此时降临文学领域。就像那一切都美的沙龙园苑，文学本身大抵是个自我调节的圆满世界。诗人们懂得诗歌的规范，并更进一步去界定文体的分野：有韵者谓之"文"（纯文学），无韵者谓之"笔"（朴素之作）②。这个区别的主要目的是为了缩小古典术语"文"的定义范围，因为它本来的定义太宽泛，笼统说来，"文学"与"文章"两者都适用。看来，一个形式方面的判断标准，对于永明诗人们用来界定其所谓"文"的范围，是再好也不过了。他们的形式主义运动，起先是美学诡辩

---

① 关于谢灵运对"游衍"一词的使用，参见《谢灵运诗选》，第58页。
② 参见刘勰《文心雕龙》中关于"文"和"笔"的陈述，有关这一问题的更详细讨论，见罗根泽《中国文学批评史》（上海：古典文学出版社，1957年），第140—141页；郭绍虞《中国文学批评史》（1955年版；香港：宏智书局，1970年重版本），第58—65页。

的一种表现，但后来终于成为一种有意识的文学改革，几乎影响到中国文学的各个方面。由这种"形式修正主义"所引起的争论，其程度近似于——如果说不是更大于——欧洲文艺复兴时期关于诗歌的争论。

对于谢朓来说，由用韵与否所界定的纯文学与非文学在形式上的区别，并不全然是新鲜的。他生长在一个向来把声韵看作诗歌之要素的家族。谢灵运对诗歌中音调和韵律效果的明察细辨，谅必向他提供了活生生的灵感。此外，他的叔外祖范晔，《后汉书》的作者，也特别以严辨音律而知名。范晔在狱中写给诸甥的信[①]，自然会成为他对谢氏子弟的一种家教：

> 性别宫商，识清浊，斯自然也。观古今文人，多不全了此处。纵有会此者，不必从根本中来。言之皆有实证，非为空谈。年少中，谢庄最有其分，手笔差易，文不拘韵故也。[②]

不用说，当谢朓加入竟陵王的文学沙龙时，他立即被沙龙成员所提倡的音调、韵律革新方面吸引了。

音律形式主义的领袖是王融（467—493）和沈约（441—513）。沈约在齐梁文学界占据中心位置达30余年之久，作为这文学沙龙里形式主义理论的一位终身倡导者，他的作用特别重要。他新规定的作诗法则被概括为"四声八病"。"四声"由"平声"

---

① 范晔在任宣城太守时，被逮下狱，最终因与叛乱有牵连而被处以极刑，事见《宋书》卷69，中华书局本，册6，第1825—1828页。
② 《宋书》卷69，中华书局本，册6，第1830页。

和三种"仄声"（即"上声""去声"和"入声"）组成，诗人们在作诗时必须分辨它们①。"八病"是八种关系到某些声调和韵律相犯的特定条款②。这一完整的韵律学系统，可以说主要是基于下列想法：在一句之中和句与句之间，"平声"和"仄声"应相反而相成。沈约及其诗友们当然不曾想到，他们对这套新规则的系统性论述，不啻是朝着唐代律诗的方向迈出了重要的第一步。而唐代律诗代表着中国诗歌的理想模式，这种状况直到 20 世纪才根本改观。然而，永明诗人及其追随者都相信，他们所创造的诗法具有某种从未有过的重要性，且的的确确是"新变"③。

他们关于"四声八病"的理论，影响迅速扩大，同时也很快遭到某些文学批评家的抵制。在公元 488 年曾特意与谢朓讨论诗学的

---

① "平声"相当于今天北方方话或标准普通话里的第一声与第二声，而"上""去"二声则各自相当于今天北方方话或标准普通话里的第三声与第四声。"入声"在现代标准汉语中已不复存在，它很久以来即被重新派入其他三声，一部分派入"平声"，另一部分则派入"仄声"中的"上声"和"去声"。如今大部分中国人已不难分辨这些声调，但在沈约那个时代，当"四声"之说第一次被提出时，对一些人来说，它的确不太容易掌握。甚至连萧衍——"竟陵八友"之一，即后来的梁武帝，据说也主张不必对这种上、去等声调的分别太认真。参见［唐］释空海《文镜秘府论》（北京：人民文学出版社，1975），第 31—32 页；［唐］姚思廉《梁书》卷 13，中华书局本，册 1，第 243 页。这"四声"系统看来是建立在北方洛阳方言之南风变种的基础上。北方洛阳方言是当时应用于南方宫廷的官方语言，当时的文学语言即以它为本。参见 Richard B. Mather, "A Note on the Dialects of Lo-yang and Nanking During the Six Dynasties", in *Wen-lin, Studies in the Chinese Humanities*, ed. Tse-tsung Chow (Madison: Univ. of Wisconsin Press, 1968), pp.247-256。仍可参考陈寅恪《东北南朝之吴语》，载《陈寅恪先生文史论集》下卷，第 143—148 页。
② 参见空海《文镜秘府论》，第 179—197 页。一说，"八病"并不都是沈约的发明，见冯承基《论永明声律——八病》一文，载罗联添编《中国文学史论文选集》（台北：学生书局，1978），第 637—649 页。有趣的是，甚至日本的诗学也受到这些禁令的影响，见藤原滨成《歌经标式》（公元 722 年），载佐佐木信纲编《日本歌学大系》（东京，1956）册 1，第 1—17 页。关于这一点，我得益于 Judith Rabinovitch 者良多。
③ 参见《梁书》卷 49《庾肩吾传》，中华书局本，册 3，第 690 页。

钟嵘①，就显然不为这些沙龙里自封的革新者所动。在《诗品·序》中，他严厉地攻击了沈约、王融和谢朓，按照他的观点，由声音自然融合而成的听觉效果是最好的：只要让声音顺畅地流动，嘴唇和谐地翕张，这就够了。他诧异有什么必要非去制定新的作诗法则。

如果在诗歌中制造音乐效果的传统方法还能令人满意的话，为什么革新者们突然要鼓吹"四声"系统呢？这是一个极端重要的问题，没有一位认真的中国诗歌研究者可以回避它。

现代历史学家陈寅恪认为，永明时期关于"四声"的创新，直接受到汉语佛经吟唱方法的启发。当时，在京城地区的佛教徒圈子里，佛经吟唱已日益大众化了②。这种被称作"新声"的吟唱方法，为当地的僧徒所程序化，据说它建立在僧徒们对于"三声"之理论性领悟的基础上，而"三声"则仿自古印度"调节重音"（pitch-accent）的概念，适合于梵语或梵语方言佛经③。虽然语言学家后来证明，诗人们关于"四声"的创新基于体现在汉语口语本身中的声调语音区别④，但是陈寅恪最初的理论为我们审视永明时代的文化环境提供了一种新的眼光。

最值得注意的是这样一个事实，同一位竟陵王，既在他的沙龙里负担文学活动，又对佛教"新声"不遗余力地支持。他热心于

---

① 参见《谢宣城集校注》，洪顺隆校注本序言，第5—6页；《诗品注》，陈延杰注本，第48页。
② 参见陈寅恪《四声三问》，《陈寅恪先生文史论集》上卷，第205—208页。
③ 同②，第205页。
④ 据一些历史语言学家说，在汉代以前，汉语或许没有各种音调。当汉语中某些有区别特征的音素失去后，为了补偿它们，音调便产生了。沈约的发明其实只是注意到了汉语中出现的这个新现象。关于这一点，我从F. W. Mote那里获益匪浅，还可参看罗常培，《汉语音韵学导论》（香港：太平书局，1970），第54—57页。

佛经吟唱的事迹，清楚地被记录在某些现存的佛教史料中①。自公元 487 年开始，他的西邸也成了这种活动的大本营。《南齐书》记载说：

> （永明）五年……移居鸡笼山邸，招致名僧，讲语佛法，造经呗新声，道俗之盛，江左未有也。②

两年以后，竟陵王在京城召集许多有语言技巧的高僧，举行了盛况空前的大型诵经表演，使这样的集体尝试和革新达到了高潮③。这场表演的目的，无疑是为了向公众证明"新声"如何嘹亮动听。

沈约及其诗友们是否知道由同时代僧人所构建的"新声"音调系统呢？我们缺乏充分的证据来坐实这一点。不过，他们的赞助人竟陵王可能是精于"新声"的。因此，说他们或从"新声"中得到灵感，庶几乎近是。不管怎么说，反正"四声八病"的理论就建立在这一时期，萌发于京城同样的文化环境中。

永明诗人的发明，是在此前诗人们凭直觉懂得的法则之外，构建了另一个作诗法则系统。一如僧人们在另一种语言固有的"调节重音"的基础上，建立了"三声"的吟唱方式。构成沈约《四声

---

① 见陈寅恪《四声三问》所引，《陈寅恪先生文史论集》上卷，第208—210页。
② 《南齐书》卷40，中华书局本，册3，第689页。
③ 这场表演于永明七年（489）二月十九日在建康举行，见陈寅恪《四声三问》所引僧辩的传记，《陈寅恪先生文史论集》册1，第208页。

谱》核心内容的"四声"，许多人认为或许源于平常的汉语口语①。不过，毕竟是这些创新的诗人为那些声调命了名，并有意识地为诗歌写作开创了一种自我限制的形式。看来，这些诗人想做的，是在诗歌中创造与音乐里的"五声"音阶相对立的作诗法。而对于音乐之"五声"音阶，此前的诗人们已常常——如果不是非常明白地——予以关注，因为他们也希望自己的作品产生美听的效果②。这种使诗歌声律从音乐中独立出来的愿望，反映了语言的复杂变化势必引起新的声韵分类。钟嵘不了解这种革新背后隐藏着的根本理由，且仍旧为"音乐定位"的传统诗学所拘限，因而不能不提出一个天真的问题：

今既不被管弦，亦何取于声律耶？③

然而，这恰恰是新的声调系统存在的理由：创制一种在理论和实践两方面都可以自足的人为的作诗法④。

虽然世所公认这声调革命的发言人是沈约，但在作品里展现了这种新作诗法之长处的，却是才华横溢的谢朓。因此，数百年后的唐代诗人——从总体上来说，高度发展了诗歌声律系统并致

---

① 关于这一观点，见空海《文镜秘府论》所引之史料，第 33—34 页。钟嵘不赞成这新的"四声"系统，他也指出，《国风》中就已经注意避免"蜂腰"与"鹤膝"了。
② 参见郭绍虞《中国文学批评史》，第 73—74 页。当然，正如空海《文镜秘府论》中许多引证文字所指出的那样，"四声"系统可能已经受到音乐之"五声"音阶的影响。不过，它仍然是一种新的精制系统。
③ 《诗品注》，陈延杰注本，第 5 页。
④ 这并不是说它也适用于乐府诗的写作。乐府诗本是一种歌曲的形式，直到谢朓时期还在继续使用，但人们认为它与新声调系统的作诗法并不相干。

力于此的唐代诗人——也回过头来将谢朓看作诗歌中的一个理想典范①。在他那个时代，谢朓的形式主义不啻是对传统诗歌的一个决定性改变，虽然他不可能预告他正朝着最重要的那种诗法所在的方向掘进。至于沈约，看到像谢朓这样一位有才干的年轻诗人，如此奇异地验证了他的理论，并开垦了其他新土地，他自然是再高兴也不过的了。他们两人成了亲密的朋友，仅此一端就给了当时的诗歌创作一种刺激性影响。他们都热心于新的诗法，共同酿成了一场对诗歌多样性变化的实验。其中有些收获后来发展成为重要的法则，并入了唐代的"近体诗"。

他们就诗歌形态而进行的实验毕竟有些复杂，这里，我们只挑出作为其声调革新之中枢的一个方面略加探讨。

让我们先从声调在单句中的交互作用说起。上文已经提及，"四声"作诗法的真正意义在于"平声"（下文用"〇"来表示）和"仄声"（下文用"×"来表示）的对立与交互。通过声调有序地间隔排列，永明诗人们试图发挥汉语声调系统中最佳韵律的作用。下面是谢朓五言诗里常见的一些声调组合②。

    1. 〇〇〇 × ×

    2. 〇〇 × × 〇

    3. × × × 〇〇

---

① 李白和杜甫都在诗里特别赞扬谢朓善于创作和谐美听的诗歌。参见《李太白全集》，王琦注本（北京：中华书局，1977）册1，第450页；《杜诗详注》，仇兆鳌注本（北京：中华书局，1979）册3，第1262页。

② 还可参见洪顺隆《谢朓生平及其作品研究》一文，《谢宣城集校注》，洪注本，第20—25页。

4. × × ○○ ×

5. ○○ × × ×

6. × × ○○○

前四种组合最终成了唐代律诗中四种规定的句式。

有争议的是一联对句之间声调相犯的规则，它实行起来较为困难。在谢朓诗里，很容易发现永明诗人作法自毙的现象。例如，"八病"法则之一：第二句的头两个字不能与第一句的头两个字声调重复。然而，谢朓最著名的一联诗却明显违犯了这条禁令：

○○○ × ×　　江南佳丽地

○○ × ○○　　金陵帝王州[①]

无疑，谢朓的诗歌只代表律诗发展过程中的早期实验阶段[②]，而"八病"中的某些禁令后来也为唐人诗法所摒弃。但是，对唐代的诗人们来说，后世称之为"新体诗"的永明诗歌[③]，使他们想起了一个黄金时代，在那个时代，实验就是目的，而形式则是它自己的表现。

另一种形式上的发展或美学的选择，将对唐代诗歌产生决定

---

① 　见李直方编《谢宣城诗注》，香港：万有图书公司，1968 年版，第 6 页。

② 　甚至初唐诗人们创作的律诗，在声调的交互方面也常有缺点。

③ 　"新体诗"这一术语，是王闿运在其《八代诗选》里首先采用的。此后，它成了人们言及永明诗歌时所用的标准术语，参见刘大杰，《中国文学发展史》（上海：中华书局，1957 至 1958）册 1，第 287 页；陆侃如、冯沅君，《中国诗史》（北京：作家出版社，1957）册 2，第 382 页。

性影响的是，在"新体诗"中精简篇幅。谢朓诗今 130 余首，其中大约有三分之一是八句诗，与唐代的八句律诗很相似。我们有一切理由假定，这结构上的精简使得谢朓的诗歌特别投合同时代年轻读者的心意。萧衍，亦即后来的梁武帝，挑出谢朓与何逊（？—约 518）——一位专作"新体诗"的后起之秀，认为他们两个是最有才能的诗人，他们的作品以质量而不是以篇幅出名[①]。萧衍的儿子萧纲批评谢灵运的诗歌冗长，却认为谢朓和沈约的作品"实文章之冠冕"[②]。钟嵘虽不赞成新的声调之说，但也不得不承认谢朓的诗是年轻一代羡慕的对象[③]。所有这些不过再次肯定了我们的一个常识：每当诗歌里产生一种新的结构，读者们也将发展出一套新的文学批评标准。正如在齐梁诗歌这个问题上，读者们的美学嗜好分明是短诗。

八句诗之兴起于文学沙龙中这一现象，颇值得我们进一步地关注。根据笔者的观察，现存作于这一时期诗人集会上的诗歌，大多数是八句诗。而题材往往多为咏物，是宴会上的文字游戏之作，即与宴者按照一套题目各人分咏一件物事[④]。有几次谢朓参加过的诗人宴集，所咏之题如下：

---

① 参见《梁书》卷 49，中华书局本，册 3，第 693 页。
② 见郭绍虞编《中国历代文论选》册 1，第 328 页。
③ 见《诗品注》，陈延杰注本，第 48 页。
④ 值得注意的是，200 年后，日本长屋王（684—729）的文学集团也开始发展类似于咏物诗的一种创作模式。按照小西甚一的观点，长屋王似乎知道"竟陵八友"，并有意模仿竟陵王，见 Konishi Jin'ichi, *A History of Japanese Literature*, Vol. I, The Archaic and Ancient Ages, Chapter 9 "The Composition of Poetry and Prose in Chinese", trans. Aileen Gattan and Nicholas Teele, ed. Earl Miner（Princeton: Princeton Univ. Press, 1984），pp.377-392。

1. 同咏乐器

2. 同咏座上器玩

3. 同咏座上所见一物 [①]

　　显然，这类题目本是为了社交的目的而拟定的。不过，那文学沙龙最初的宗旨正是社交。集会的社交性质愈大，其所取得的联系也就愈广泛。

　　咏物诗最重要的特点是形式与内容之间象征性的一致。精简为八句的结构，似乎反映了一个同等压缩而自我封闭的世界。这些诗人未必是有意识地苦心创制一种新的形式去反映他们特权生活方式的理想，但八句诗短小的形式看来有其产生的适当背景——沙龙生活环境。渐渐地，它在形式上与传统诗歌区别开来，分道扬镳了。在这类诗歌里，有一种琐细的内容与认真的形式共同构成的奇妙组合。不过，它愈是变得形式化，也就愈是像一种独立的文体那样获得了不同的个性。

　　下面这首诗，是谢朓在一次社交晚宴上创作的，它很好地证明了那些八句咏物诗的本质。

琴

洞庭风雨鞬

龙门生死枝

---

① 《谢宣城集校注》，洪顺隆校注本，第 447—462 页。

雕刻纷布濩

冲响郁清厄

春风摇蕙草

秋月满华池

是时操别鹤

淫淫客泪垂 ①

　　这首琴诗是宴集所定诗题"同咏乐器"的分咏之作，它具有此类诗典型的描写性风格：开始描写未经加工的琴材，接着转而描写琴的形状和声音，最终描写它作用于听众的艺术效果。诗人对于这一客体的细节描写，似乎是对鲍照之特写技法的回归。它使我们想起鲍照咏桐的乐府诗。在那首诗中，鲍照着重描写了桐树的生长地、桐树的形状、桐木制成琴后弹出的声音，以及此琴动人心弦的潜在能力 ②。最有趣的是，谢朓诗中的琴所赖以制造的材料，恰是鲍照诗中的桐树。而更令人吃惊的是，鲍照诗中那孤独的桐树，竟大声疾呼，要求将它制成有用的琴：

幸愿见雕斲

为君堂上琴 ③

---

① 《谢宣城集校注》，洪顺隆校注本，第 447 页。

② 在本书第三章第一节里，我们已引录并讨论过鲍照的《山行见孤桐》诗。必须强调的是，关于桐树之作为未曾加工的琴材，这种意象可以在早先的赋里看到，例如嵇康（223—262）的《琴赋》。

③ 《鲍参军集注》，钱仲联注本，第 410 页。

看来，谢朓此诗确曾在某些方面受到鲍照彼诗的影响。至少，这两首诗可以作为诗歌描写模式的一对例证来研究。不过，更能引导我们进一步领悟新兴之沙龙风格的，是两人的差异，而非他们的类同。在谢朓此诗中，有一些新的倾向值得注意：其一，他所描写的客体趋于纤小。它不再是高大的树木，而是一张细长的琴，被一双手——可能是一位女性的手——在弹拨着。其二，这客体已从山野来到了豪华的宴会上。也许有读者要问，谢朓此诗会不会是个特例？为了回答这个问题，让我们来看一看沙龙成员们另外一些诗作的题目：

《咏篪》 （沈约）

《咏琵琶》 （王融）

《咏乌皮隐几》 （谢朓）

《咏竹槟榔盘》 （沈约）

《咏幔》 （王融）

《咏帘》 （虞炎）

《咏席》 （谢朓）

《咏席》 （柳恽）

《咏竹火笼》 （谢朓）

《咏竹火笼》 （沈约）

《咏灯台》 （谢朓）

《咏灯》 （谢朓）

《咏烛》 （谢朓）

这些诗歌也都比鲍照那首十六句的诗更为规则化，因为它们大都是用八句诗的格式写成的。

然而，无论八句诗在沙龙的圈子里怎样流行，它本身却不可能产生什么价值。直到它最终超越其失之琐屑的内容，更准确地说，直到这些诗人开始用它来抒发自己个性化的情感，这新的诗歌载体才真正显得重要起来。这的确是个极大的讽刺：没有沙龙里的社交环境，新的诗歌形式不可能有合法的地位；但为了创造一种反映自我的诗歌，诗人们最终必须远离这互相模仿的氛围。这正是谢朓的历程：他在26岁时离开竟陵王的沙龙，此后便中断了咏物诗的写作，逐渐转向用诗歌来抒发自己的感情。

第二节　感情的结构

对于谢朓来说，一切都来得那么突然。公元490年，他被任命为随王文学——一个有名望的职位，并将跟随随王西行远赴荆州（在今湖北省）。那时，荆州是一个成长中的城市，像建康一样繁华。升官晋爵固然可喜，但想到要离开京城文学界的朋友们，他又不禁有些怅然。在饯行的宴会上，沙龙中通常才情横溢的兴味为阴郁的离情别绪所替代。朋友们写了许多送别的诗，谢朓则赋此作答：

> 春夜别清樽
>
> 江潭复为客
>
> 叹息东流水

如何故乡陌

重树日芬蕙

芳洲转如积

望望荆台下

归梦相思夕 ①

　　可以理解的是，这同一系列的所有送别诗都是用沙龙体八句诗写成的，不过其语调是抒情的，与咏物诗明显有别。在这些诗中，不再有以客体为主的描写和对宫室内部空间的注视。当然，我们很难断言这些送别诗是永明诗人们所写的第一批抒情性八句诗；但这作为一个整体的诗歌系列，不啻是对他们所钟爱的咏物模式来了一次象征性的突破。

　　对于谢朓本人来说，这首离别诗只代表着一个开端，发现新的抒情结构的开端。在这首诗里，我们已经看到了将成为唐诗抒情结构之典范的一大特点——对仗句和非对仗句有规律的分布。唐代律诗章法中最主要的规则是：四联对句构成一首八句诗，中间两联必须对仗，首尾两联则一般不必对仗。这一形式化的结构对应着一种充满生气的运动，以象征抒情过程的"时间—空间—时间"为顺序的运动；因为在一首典型的唐诗中，抒情的自我犹如经历了一次象征性的两阶段旅行：（1）从非平行的、以时间为主导的不完美世界（第一联），到平行的、没有时间的完美状态（第二联和第三联）；（2）从平行而丰满的世界，回到非平行和不完美的

① 　见李直方编《谢宣城诗注》，第107页。

世界（第四联）。通过这样一种圆周运动的形式化结构，唐代诗人们或许会感到他们的诗歌从形式和内容两方面，都抓住了一个自我满足之宇宙的基本特质。

谢朓的这首离别诗的确具有一种像唐律那样分成三部分的结构形式[①]：

第一联　　　　　　　　（不对仗）

第二联和第三联　　　　（对仗）

第四联　　　　　　　　（不对仗）

这种抒情诗的一个新异之处，在于个人情绪和外界景物之间有规则的平衡，它与对仗句和非对仗句之间有规则的平衡是直接相对应的。公元 490 年的荆州之行突然唤醒了谢朓，使得他以最强烈的方式做自我反省（self-reflectiveness）。这个事实很难解释。然而不管怎么说，他的离京外任预兆着一个彻底的突破——突破单独无聊的琐事和无忧无虑的享乐。他在京城的生活一直是单纯的，尽管按他自己的方式来说也算热烈；而荆州的生活可就无法预料了，他还得学习如何在随王的宫廷里与其他官员们周旋。在西行的前夕，谢朓登上建康的一座塔楼，写了下面这首诗，强烈地抒发自己的恐惧和悲哀：

[①] 必须指出，诗歌中成串使用对仗句或半对仗句的倾向，其起源至少应回溯到西晋时期。这样一种诗歌结构，不可能在谢朓时代突然出现。

将发石头上烽火楼

徘徊恋京邑

踯躅躔曾阿

陵高墀阙近

眺回风云多

荆吴阻山岫

江海含澜波

归飞无羽翼

其如离别何[1]

这首诗的意义在于，它那情感与景物的编排方法，在以后的岁月里，将成为谢朓八句诗的一种特殊风格——那就是，第一联导入情感状态；第二联、第三联以描写自然景物为中心；第四联回到情感，并将它投射向不可知的未来。在这首诗里，我们再次看到了谢朓诗法与唐代律诗诗法之间惊人的相似。这感情与形式的结构极端复杂，但看上去却很简单，瞻前顾后，我们可以说，没有什么比它更精巧的了。八句诗是一种完美的形式，它能够使抒情的视觉以及其所注视的自然景物同时展开。当抒情的眼睛从自然界各种各样的景物上扫过，它发现自己处在包罗万象之山水风光的中心，巨大而不可抗拒。关于这一抒情的经验，总有一种庞大壮观的印象，无论它是令人喜悦还是令人敬畏，但"我"最终不

---

[1] 《谢宣城诗注》，第33页。

得不退走，将自己重新定位在人类世界。所有这一切，都是用最有效的方式在八句中完成的。

当然，在谢朓手里，八句诗还不是一种定型的文体，"律诗"这个名字直到唐代才出现。然而，他是积极参与创造微型诗体的第一位诗人。我们有理由假定，为了最有效地表达他那自我封闭的诗歌世界，谢朓不停地用各种形式做实验，试图找出一种满意的方法来联系内容与形式，并把它们锻造成最小的结构。朝着这个方向，他迈出了有意义的一步。他曾用这样一个比喻向他的同时代人描述他心目中理想的诗歌：

　　　　好诗圆美，流转如弹丸。①

这弹丸之喻给我们以一种圆满自足的印象。它的圆满有赖于声律的和谐与结构的完美——的确，有赖于一切皆无瑕疵。然而，最重要的是，它提出好的诗歌必须将自己的无限具体表现在一颗小小的弹丸上，而弹丸乃易动之物，无须外加力量。

谢朓到达荆州后，甚得随王青睐，而随王本身就是一个天才诗人。随王的园苑里有着与竟陵王园苑里相同的迷人景色和风雅乐事，且其周围也有一个类似的文学团体。不过，随王对自然界奇异景观的迷恋中仍有新的特点。他赋予自己的山水之游以双重的意义：私人的满足和众人的参与。谢朓在其诗里最出色地描写了随王园苑中如画般的风景和盛大的春游：

---

① 《南史》卷22，中华书局本，册2，第609页。

方池含积水

明流皎如镜

规荷承日泫

影鳞与风泳

上善叶渊心

止川测动性

幸是芳春来

侧点游濠盛 [1]

  这首诗摘自谢朓《奉和随王殿下诗十六首》[2]。这十六首诗是他荆州生活的记录。它们不仅包括随王园苑内不同季节自然景观的多彩描写,而且还透露了诗人那一阶段若有所思的隐秘念想。

  这十六首诗中,有十首以上采用了八句诗的形式,有三首写了十句。与谢朓的其他组诗相比,这一组诗中八句诗所占的比例最大,因此,组诗整体上显现出一种新的风格。笔者以为,这件事实对于谢朓在荆州期间之创作实践的性质,具有重大的意义。作为随王的"文学",其职务谅必向他提供了一个特别的机会,去对随王及其文学圈子里其他成员的诗歌风格施加影响。从惯例中我们可以猜到,谢朓所和答的随王十六首原唱应当是用同样的篇幅、同样的韵脚写成的。果然如此,那么我们可以推论,在谢朓的影响下,随王也喜欢上八句诗这种形式了。事实是,现在硕果仅存

---

① 《谢宣城诗注》,第 146 页。
② 见《谢宣城集校注》,洪顺隆校注本,第 409—412 页。

的一首随王诗①，除了它有十句而非八句外，其他方面都和谢朓的新体诗有着惊人的相似之处。

正是在荆州的那些年，谢朓开始精研在八句诗里融合情与景的技巧。随王的生活方式尤其适合他的诗歌实践以及他那时的脾性。竟陵王在更大程度上是倡导者而不是诗人；随王则既有诗人之才而又刻苦实践，在诗歌创作方面花了许多时间。于是，谢朓自然很快便成了随王最亲密的朋友，朝夕与之切磋诗艺，讨论诗学②。谢朓对随王的感情是平静而真挚的，和他早先与竟陵王之间以纯粹宴乐为特征的友谊恰恰相反。此外，随王对自然风光的喜爱似乎也刺激了他描写的敏感，因而从总体上丰富了他的诗歌技巧。的确，我们发现谢朓那个时期的诗歌展示了一种特质——视觉描写的优雅之中，不知不觉地掺杂着感情：

年华豫已涤

夜艾赏方融

新萍时合水

弱草未胜风

闺幽瑟易响

台迥月难中

春物广余照

兰萱佩未穷③

---

① 见《全汉三国晋南北朝诗》册2，第754页。
② 参见萧子显《南齐书》卷47《谢朓传》，中华书局本，册3，第825页。
③ 《谢宣城诗注》，第151页。

在上面这首诗里，有一种自我映写（self-reflection）的敏感音调隐藏在寂静的月夜场景中。这种感情，无论它是什么，总之是通过自然物象含蓄地表现出来，而非直截了当地陈述。我们可以感觉到，诗人的声音多少已有点转向低沉。

诗人想要表达的真正感情是什么？从《南齐书·谢朓传》中，我们了解到诗人和随王的友谊最终引起了荆州一些官员的猜忌。谢朓平生第一次懂得了陷入政治圈子会付出什么样的代价。他的诗歌技艺和风流容姿，过去是他邀宠的资本，而现在却突然变成他那些妒忌的同僚们把他视为眼中钉的祸根。于是，诗歌成了他唯一的安慰，他不得不通过这个媒介来表达忧郁之情。然而，其产物却是上面那首写象派风格的作品，主旨似在刻意描写一个极为美丽的月夜场景。或许只有再三咀嚼，人们才会看出自然物象和诗人忧思之间可能存在的某种联系——他就是河边那被风摧残而孤立无援的小草（第三至四句）；不管他人如何诽谤，他都静默如明月、纯洁如香兰（第五至八句）。我们无法证实这就是诗人想要传递的感情，但这首诗的美妙恰恰在于这种朦胧的特质。写象派的游戏允许谢朓赋予他的诗歌以双重的美——既有生动的自然景物描写，又有无尽的弦外之音。这写象派的暗示法，后来成了谢朓诗歌里最重要的质量。

荆州政治圈子里这种令人不安的紧张情势，因公元493年齐武帝突然召谢朓回京而达到顶点。事实真相是，随王的一名部属王秀之秘密报告武帝，说谢朓对随王施加的影响超乎寻常 ①。武帝得到这消息后大吃一惊，决定把这两个年轻人分开。对于谢朓，这就像一场风暴那样来得突然。他没有选择的余地，只好立刻离开荆州。

作为一位抒情诗人，谢朓真正的伟大即始于这次突然的走倒运。在回京城的路上，他写出了最负盛名的诗篇。这诗的首联很有力度：

> 大江流日夜
>
> 客心悲未央 ②

这里值得注意的是，心潮无所阻碍地涌流，活力汹汹，倾注向前，犹如滔滔不竭的江水。作为一个孤独的、悲叹自己时运不济的旅客，诗人努力使所有的自然现象一下子都对他有了意义：为什么在大自然的欢乐与人类的苦难之间有着这样一种背反？人有没有办法做到支配自我、扩张自我，像大自然那样超脱于一切威胁与无常之外？这些问题必须回答。然而，此时的大自然远不是一种慰藉，相反却加进来增强诗人对人类现实的绝望。长江凭借其伟力静静地流泻，仿佛在确认诗人的遭受磨难。夜是漆黑的，而黑暗堆栈着黑暗。当他到达京城时：

> 秋河曙耿耿

---

① 见《南齐书》卷47，中华书局本，册3，第825页。
② 《谢宣城诗注》，第40页。

寒渚夜苍苍
引领见京室
宫雉正相望
金波丽鳷鹊
玉绳低建章

面对这熟悉的宫殿，他知道自己再也不可能回到随王那里去了。从时间和空间两方面来说，他们的分离都是绝对的：

驱车鼎门外
思见昭丘阳
驰晖不可接
何况隔两乡
风云有鸟路
江汉限无梁

最后，乐观的那一刻出现了，自由的希望油然而生。过去就是过去，别的什么也不是；而将来仍然属于他。于是，他用类似自由宣言的诗句"寄言"他的政治敌人，结束了全篇：

寄言蹔罗者
寥廓已高翔

然而，自由并没有到来，因为在建康很快就开始了一个恐怖的时代，每个人都被卷进恐慌之中。就在谢朓到京城后不久，武帝驾崩，宫廷为一系列有关王位继承的问题所困扰——背叛与谋杀。在不到两年的时间内，王位三度易手。一向为京城提供艺术修养的文学沙龙风流云散——首先，王融被处死；接着，竟陵王忧愤而逝。公元494年，另一场灾祸高潮跟着到来：随王在荆州遇害。由于这一事件，谢朓彻底绝望了。

目击了这一幕幕残酷无情的政治悲剧，诗人变得明智起来。如果不可能做一个真正的隐士，那么至少他可以隐居于某个清静的地方。但是，隐居于何处？怎样才能做到这一点？

公元495年，机会来了，他被新即位的齐明帝（494—498年在位）任命为宣城太守。宣城是今安徽省的一个城市，以山明水秀著称。谢朓的舅祖父范晔就担任过宣城太守，并在那里写出了他的杰作《后汉书》。对谢朓来说，宣城将是亦官亦隐、完美折中的一处理想之地：

> 既欢怀禄情
> 复协沧洲趣
> 嚣尘自兹隔
> 赏心于此遇
> 虽无玄豹姿
> 终隐南山雾①

---

① 《谢宣城诗注》，第53页。

谢朓很快就发现他终于找到了一块乐土，他称宣城为"山水都"，后来，他在这里创作了不少令人难忘的山水诗，竟至为许多唐代诗人——特别是李白——所怀念。

第三节　作为艺术经验的山水风光

谢朓在写山水诗时，尊其同宗、著名的山水诗人谢灵运为先驱，这一点也不奇怪。首先，他的生活方式令人想起谢灵运。在宣城的一年半，他似乎花了相当多的时间在当地的风景区域内四处游览。这清楚地表现在他某些诗作的标题中，如《宣城郡内登望》《望三湖》《游山》《游敬亭山》《游东田》。

他对引人入胜的风光——诸如嵯峨险峰、蜿蜒溪流——的热烈寻求，也把我们带回谢灵运的世界。他在《游山》一诗中写道：

幸莅山水都

复值清冬缅

凌崖必千仞

寻溪将万转

坚嵑既崚嶒

回流复宛澶[①]

在谢朓那里，新的是一种不同的态度，即趋向于"半隐于官

---

① 《谢宣城诗注》，第64页。

场"——所谓"朝隐"①。对他来说,在这"山水都"拥有一官半职,是从积极参与政治生活中撤退出来的一个好办法。这样,所有的余暇都可以用来享受隐士之乐,而同时又不必公开抨击官场的价值观念。他的确为这样一种生活方式的成功自我庆幸,正如他在一首诗里向好友沈约所描写的那样:

况复南山曲
何异幽栖时②

在答诗中,沈约也表达了自己对这共同理想的坚定信念:

从宦非宦侣
避世不避喧③

有这样一种半隐于官场的平易之心,便迈出了仕与隐这两难选择、进退维谷之境的一大步;而仕与隐的两难选择,恰是谢灵运的烦恼。在本书的第二章中,我们已经讨论过,谢灵运一生都被他那个时代知识分子普遍的矛盾心理困扰着。按其性情,他热切希望享有隐士的闲暇,但他从来未能忘怀政治生活的"债务"或者说诱惑。因此,在官场上,他始终倾向于退隐;而一旦闲居在封地,他又怀念起政治来。结果,他只好在这两者之间徘徊进退。

---

① 参见王瑶《中古文人生活》(上海 1951 年版;香港:中流出版社,1973 年重版本),第 107 页。
② 《谢宣城集校注》,洪顺隆校注本,第 363 页。
③ 《文选》卷 30,李善注本,台北:河洛图书出版社,册 1,第 672 页。

他不止一次试图在做官时像隐士那样生活，但这样做时他觉得很不自在，甚至不可避免地产生一种负罪感。在从永嘉自动退职回家的路上，谢灵运承认自己无法将做官和隐居这二者调和起来：

> 顾己虽自许
> 心迹犹未并 ①

然而，对谢朓来说，隐居生活更多的是思想上而不是肉体上的退隐，尽管他偶尔也在诗歌中表达对退休的渴望。这正是他所热衷之自由的特质 ②。的确，他在宣城的生活看来充满了轻松的气氛，使人联想而及典型的隐士生活。在下面这首诗里，谢朓描写了从自己高高的书斋内眺望山水风光的愉悦感受：

> **郡内高斋闲望答吕法曹**
>
> 结构何迢递
> 旷望极高深
> 窗中列远岫
> 庭际俯乔林
> 日出众鸟散
> 山暝孤猿吟
> 已有池上酌

---

① 《谢灵运诗选》，第 62 页。
② 参见王瑶《中古文人生活》，第 108—109 页。

复此风中琴

非君美无度

孰为劳寸心

惠而能好我

问以瑶华音

若遗金门步

见就此山岑 ①

题中一个"闲"字披露了这首诗的中心意旨。正是这舒缓的闲暇赋予隐士一种超越时间拘限的充实感觉。这充实也是空间的：当诗人凝视那远处的高山深谷时，距离似乎消失了（第一至二句）。因为此刻所有的感官印象都被压缩进艺术，结晶在这一瞬间——一切都被窗户框定了（第三句）。平静，真正的平静，统辖着这一自我满足的世界：无声的日出惊散了鸟儿；除了孤猿的吟啸，再也听不到别的声音（第五至六句）。一切都恒久而充实——完美的山水风光、酒、音乐，最后还有作诗的愉悦（第七至十句）。

于是，谢朓通过对山水风光非凡的内化（internalization），创造了一种退隐的精神，一种孤独而无所欠缺的意识。想必就是这样一种绝对平衡的情感，使得唐代诗仙李白将他与陶渊明相提并论，作为自己最卓越的诗人典范：

宅近青山同谢朓

---

① 《谢宣城诗注》，第100页。

门垂碧柳似陶潜 [1]

　　不过，谢朓与陶渊明还是有区别的。谢朓的山水风光附着于窗户，为窗户所框定。在谢朓那里，有某种内向与退缩，这使他炮制出等值于自然的人造物。他所创造的一切，或明或晦，有意无意，几乎都表现出结撰和琢磨的欲望。

　　他用八句诗形式写作的山水诗，可能就是这种欲望——使山水风光附着于结构之框架——的产物。我们已经提到过，其八句诗的中间两联通常是由对仗构成的，而它们原则上是描写句。现在，其中间的联句已不仅是描写自然了，更明确的是描写山和水。例如下面这首诗：

<blockquote>
山中上芳月

故人清樽赏

远山翠百重

回流映千丈

花枝聚如雪

芜丝散犹网

别后能相思

何嗟异封壤 [2]
</blockquote>

　　第三句写山景，第四句写水景；第二联写远景，第三联写近

---

① 见《李太白全集》卷25（北京：中华书局，1977）册2，第1156页。
② 《谢宣城诗注》，第73页。

景。这种交错描写的方式，使人想到谢灵运山水诗的基本技法。不过，谢朓并没有袭用谢灵运罗列式的描写，他只用很少的句子来组织其精工镶嵌般的印象。结果，他的诗似乎达到不同类别的另一种存在——一个相当于窗户所框定之风景的自我封闭世界。其中有一种新的节制，一种节约的意识，一种退向形式主义的美学。

笔者的意思不是说谢朓在宣城期间写下的所有山水诗都是采用八句诗的形式。事实上，它们有半数以上是用"古体"写成的①。其有显著特色的新意——在表现南齐时代形式主义态度这个意义上的新意，是其凝缩山水风光的倾向。这一倾向后来成了唐代自然山水诗歌的基本风格。

第四节　袖珍画的形式美学

谢朓在这个阶段为中国诗歌做出的另一重要贡献，是在其创造性实验中还包括另一种袖珍画的形式——四句诗。和八句诗一样，这种新形式也第一次在文人的社交场合占有了一席之地。

从一开始，谢朓就不是他那"山水都"里孤独的观光客。孤独感在谢灵运的山水诗中表现得非常典型，但在谢朓的山水诗中却不见其迹。相反，我们发现他大量描写自己如何与朋友们一起愉快地游览，伴之以饮宴和游戏。作为城市的长官，他在自己身边集合起一个享有特殊待遇的文学团体，与其年轻时所属的那个沙龙并无二致。唯一新鲜的是，这个集团的成员们不仅进行诗歌

---

① 这里，我们使用有时代错误的术语。"古体诗"这个说法在唐以前是不存在的。当唐代诗人从用旧体式写作的诗歌中发展出律体诗以后，它才有存在的必要。

创作，而且还共同寻访美丽的山水。

谢朓和他的朋友们不像竟陵王沙龙的成员们创作咏物诗时那样，采用八句诗的形式来描写其联袂之游。他们宁可选择四句相续亦即所谓"联句"的形式，诗人们一个轮一个地各写四句诗，相接若环，连成一篇。这有点像后来发展起来的日本连歌，尽管不如连歌复杂[①]。在中国，联句的写作不自谢朓始，它可以追溯到晋代[②]。陶渊明、鲍照等偶尔也和朋友们一起联句。但那时的联句，参加者兴之所至，各人所写句数多寡不一；而到了谢朓手里，联句开始格式化，成为一种人各四句、连续不断的序列诗。更重要的是，谢朓及其友人着手用这种社交性质的诗体，创立了一种以山水为其主要内容的描写模式。下面这首题为《往敬亭路中》的联句[③]就是一个例证：

（一）谢朓：

山中芳杜绿

江南莲叶紫

芳年不共游

淹留空若是

---

① 关于日本连歌，参见 Earl Miner, *Japanese Liinked Poetry: An Account with Translations of Renga and Haikai Sequences*（Princeton: Princeton Univ. Press, 1979）。

② 参见罗根泽，《绝句三源》，载其《中国古典文学论集》（北京：五十年代出版社，1955），第28—53页。关于唐代联句的讨论，参见 Stephen Owen, *The Poetry of Meng Chiao and Han Yü*（New Haven: Yale Univ. Press. 1975），pp.116-136。

③ 《谢宣城诗注》，第171页。

（二）从事何：

绿水丰涟漪

青山多绣绮

新条日向抽

落花纷已委

（三）举郎齐：

弱葼既青翠

轻莎方霢靡

鸂鶒没而游

麋麚腾复倚

（四）郎陈：

春岸望沉沉

清流见瀰瀰

幸藉人外游

盘桓未能徙

（五）谢朓：

鹜枻把琼芳

随山访灵诡

荣楯每嶙峋

林堂多碕礒

　　这些诗加入链式序列，共同构成一首描写性质的长篇山水诗。其内容可以概括如下表：

	第一联	第二联
诗一	山和水	游览之序曲
诗二	山和水	树和花
诗三	树和花	鸟和兽
诗四	水景	对此游之评论
诗五	对此游之评论	山景

　　这首联句诗里的所有各联，除了诗一和诗四中有两个小小的例外，都是对仗句。因此我们可以说，对仗是这种序列诗的外形特征。现存谢朓及其诗友们合作的联句诗，除一首外，其他都作于谢氏在宣城任职期间。有鉴于此，我们推论：这种形式是谢朓在宣城组织起自己的文学集团后才普及开来的。从这一诗体的社交性质来判断，我们有理由相信，谢朓及其文学集团的其他成员主要是把它当作提高自己对仗技艺的一种游戏。而这种从自然界山和水的对应中悟得的对仗结构，对他们来说想必是一个模仿的良好典范。

　　有的时候，诗人们在不同的地点创作各自的四句诗，而后串在一起，成为一篇联句 ①。当个别的诗人无法将自己的诗与朋友们的诗连缀在一起时，他们便称自己独立的四句诗为"绝"，意思是"断" ②。此类创作实践使"绝句"这个术语得以在梁代产生，后来更成了称呼所有类型四句诗的标准术语。

然而，四句诗作为一种文学样式，在它被命名以前的很长时间里，一直存在于乐府的传统之中。在六朝时期，四句诗充满活力地成长为通俗歌曲的一种主要体式，它在一般民众中的普及和成功已是不争的事实。可是，这种体式长期以来为名流诗人们所忽视，直到鲍照——一位多才多艺、醉心于文体革新的诗人——才开始模仿通俗的风格，创作少量可爱的四句诗，例如下面这首乐府：

梅花一时艳

竹叶千年色

愿君松柏心

采照无穷极 ③

谢朓的贡献在于他为尚未定型的四句诗设置了一种成熟的结构——他毫不犹豫地将八句诗的创作程序应用于这一本属通俗的诗体，结果产生了一种新的诗歌样式，即浓缩的诗歌。对谢朓来说，四句诗是"小诗"，其浓缩的本质最适合他那自我封闭的抒情。

---

① 例见《谢宣城集注》，第 469 页。
② 参见罗根泽《绝句三源》，载其《中国古典文学论集》，第 43 页。
③ 《鲍参军集注》，钱仲联注本，第 216 页。

他与朋友们的联句，典型特征为描写。与此适成鲜明的对比，他自己的"小诗"却明显是抒情的。正是在这类诗作中，他那作为短诗之大师的伟力才得以最充分地显露出来。仅此一例就足够证明他那"以少总多"的哲学：

> 落日高城上
> 余光入穗帷
> 寂寂深松晚
> 宁知琴瑟悲 [1]

这首诗由日落的生动景象开始，以传达悲哀的问句结束。第一眼看去，这四句诗仿佛只是一个瞬间知觉的简单陈述，而它也的确可以从这一层面上去做非常适当的欣赏。然而，这日落景象实非寻常——它是一片坟场上的日落！

而那坟场也不是一片普通的坟场，它充满着历史意义和人文内涵。那里葬着曹操（155—220），一位英雄，他对权力无情的追求使他在中国历史上和通俗小说中成为大名鼎鼎的人物。他于东汉末年成功地统一了中国北方，但他野心勃勃，还想占据整个中国，建立自己的王朝。公元 208 年，他在赤壁（地在今湖北境内）被孙权和刘备打得大败，夺取长江流域的企图未能得逞。按照流行的观点，正是赤壁之战最终导致中国鼎足三分为魏、蜀、吴。曹操第一次领悟到自己的力量有限，野心的失败致使他产生了一

---

[1] 《谢宣城诗注》，第 28 页。

种孤独，他要用另外的手段来制造自己巨大而永恒的感觉。于是，他于公元 210 年在邺城（在今河南）西郊建造了一座高耸入云的楼台，楼台的顶端立着一只巨大的青铜雀。其设想是，作为他雄心壮志的永久性象征，这铜雀随时准备冲天高飞。他希望：自己死后就葬在附近的小山上，坟墓面向铜雀台；他身后留下的许多女人——他的嫔妻和妾，将居住在这拥有 120 间房屋，俯瞰其长眠之地的高台上；每月的十五日，歌伎们将被招来在楼中演出，这时，他的儿子们将登台眺望他的陵墓①。

谢朓的这首四句诗是一首乐府诗，它以《铜爵（同"雀"）悲》为题，明白无误地把读者引向了曹操的悲剧。这位英雄之个人荣耀的纪念性建筑，本身就是空无与残缺的象征。他是伟大的，但他战胜不了死亡。他不明白这一点，希望超越现在，给自己留下一个不朽的幻想。谢朓此诗的力量，在于它能够把视焦调聚到时间中那本来就是最空幻无常的一刻：落日行将消逝，黑暗很快就要笼罩这高楼和墓地。此时此刻，我们看见落日黯淡的余光无力地透过窗帘，听见高楼中正演奏着悲凉的音乐。曹操的遗嫔们仍在哀悼他的死亡，可是墓中那孤独的英雄，只有寂静的松林相伴，永远地死去了。他不再知道人类的感情，更无论自己的伟大。

所有这些意思，都被归并在此诗的写象性暗示中，而全诗只有四句②！结尾的问句尤有余音绕梁的情韵，通过这一问，诗人仿

---

① 这个传说见《邺都故事》，引自［宋］郭茂倩《乐府诗集》卷 31（北京：中华书局，1979），册 2，第 454 页。
② 林顺夫称这样的诗学功效为"不可端倪的美学"。见其所撰 "The Nature of the Quatrain", in *The Evolution of Shih Poetry from the Han through the T'ang*, edited by Shuen-fu Lin and Stephen Owen（Princeton: Princeton Univ. Press. 1986）。

佛把视线投射向某种超越之境——超越此诗实时的界限，超越曹操个人的历史，我们正被引向关于生命之普遍悲剧以及其种种纠葛的深沉思索。其所创造出的效果是此诗以不了而了之。

谢朓还有另一种类型的四句诗，虽以陈述句作结，但同样也取得了余音袅袅的效果：

王孙游

绿草蔓如丝
杂树红英发
无论君不归
君归芳已歇 ①

通过结尾的强调，此诗酿成了一种继续挂念的情感。它就像一座桥，通往一种新的思想状态。

谢朓四句诗的一般做法是：以一召唤性的自然物象开头，以一种强烈的抒情结束——不管它采用的是诘问句还是陈述句。他这种风格上的表征，在后来的绝句中成了一种重要的惯用手法 ②。这余音不尽之美，是中国传统诗学概念"意在言外"的最高表现。

谢朓本来应该可以在诗学革新方面做出更大的贡献，但他没有机会了，因为他死得太早。他的生命在 35 岁时猝然结束，一位

---

① 《谢宣城诗注》，第 27 页。
② 参见 Yu-kung Kao（高友工）and Tsu-lin Mei（梅祖麟），"Ending Lines in WangShih-chen's Ch'i-chüeh: Convention and Creativety in the Ch'ing"，in *Artists and Traditions*, ed. Christian F. Murck（Princeton: Princeton Univ. Press，1976）pp.134。

朋友的密谋毫无根据地牵扯到他，致使他被处以极刑。他的一生就像一首四句诗，终止在没有完成的那一点，给后来的诗人们留下了深深的遗憾。尽管中国之于诗歌也甚厚，但它待其诗人却甚薄！

谢朓死后3年，"竟陵八友"之一的萧衍即出发到京城去，从其侄儿手中夺取了帝位。一个新的王朝——萧梁于公元502年建立，而文学再次凌驾于王朝更迭之上，精神格外饱满地支撑住了自己。

第五章　庾信：诗人中的诗人

第一节　宫廷内外的文学

　　因为有了梁武帝萧衍，南朝文学忽然鲜花怒放。这位皇帝出奇地长寿——他与谢朓同庚，却比谢朓多活了 50 年。这给中国带来了对文学之繁荣来说至关重要的和平与稳定感。梁武帝本身就是一位有素养的诗人，因此他乐于在宫中创造一种文学的环境。他在文德殿和寿光殿设置了两个新的机构，专门蓄养青年才士并开展诗歌活动。除了谢朓和王融，他在竟陵王沙龙里交结的老朋友们还健在、还活跃着。特别是沈约，在宫中频频举行的文酒之宴上，仍时常与武帝以诗歌往还。这样的活动不限于中央朝廷，豁达大度的梁武帝甚至鼓励他的许多兄弟——他们都是藩王——去组建类似的文学团体。他的儿子们后来也建立了自己的沙龙。这些沙龙最终成为梁代主要文学派别的中心[①]。

[①]　参见 John Marney, Liang Chien-wen Ti（Boston: Twayne Publications, 1976）, pp.60-75。

不同于竟陵王重视文学形式的作风，梁武帝对当时流行于南方的通俗而浪漫的乐府歌曲特别迷恋。歌女们所唱的这些歌曲，直截了当地表达性爱，与正统的汉魏乐府大不相同。新兴乐府两种最流行的曲调名曰"吴歌"和"西曲"，都是四句诗的形式，唯前者起于京城地区、后者起于荆州地区而已。恰巧梁武帝特别通晓这两个城市的社会习俗，这得感谢他早年在荆州为藩王的经历以及他在京城建康的长期生活。

新兴乐府歌曲——梁人称之为"近代"歌曲的流行，是齐代永明时期以来都市发展繁荣的结果[1]。《南史》令人信服地说明了都市发展与时人对新兴娱乐形式之共同追求的关系：

> 永明继运，垂心政术……十许年间，百姓无犬吠之惊，都邑之盛，士女昌逸，歌声舞节，炫服华妆，桃花渌水之间，秋风春月之下，无往非适。[2]

不需惊讶，在都市中流行的爱情歌曲，反映着歌女们的生活，这些炫服华妆、成群结队的女子，是买欢逐笑的对象。她们用下面这类歌曲取娱客人：

青荷盖渌水

芙蓉葩红鲜

---

[1] 关于"近代"这一术语，见徐陵（507—583）编《玉台新咏》卷 10。至于这些歌曲的出现与当时社会现象之间的关系，参见廖蔚卿《南朝乐府与当时社会的关系》，载于罗联添所编《中国文学史论文选集》（台北：学生书局，1978），第 569—589 页。

[2]《南史》卷 70，中华书局本，册 6，第 1696—1697 页。

郎见欲采我

我心欲怀莲 ①

　　这些短小的乐府诗使得梁武帝乐此不疲，他在宫里也开始模
仿流行歌曲的格调来写四句诗：

江南莲花开

红光复碧水

色同心复同

藕异心无异 ②

　　在措辞和主题——特别是在使用流行双关语"莲"来表示
"怜"（爱）等方面，梁武帝的诗很容易被认作一首歌女的歌。这
位皇帝对流行歌曲的模拟，是当时新的文学倾向的一个表征。
　　当然，所谓"吴歌"和"西曲"在梁代以前就已得到了一些帝
王的喜爱。例如，刘宋孝武帝曾写过这样一首模仿吴歌的作品：

丁督护歌

督护北征去

相送落星墟

帆樯如芒柽

---

① 《乐府诗集》，北京：中华书局，1979 年版，册 2，第 646 页。
② 同①，第 649 页。

督护今何渠 ①

还有竟陵王的父亲齐武帝，也写过一首合乎西曲的四句诗：

估客乐

昔经樊邓役
阻潮梅根渚
感忆追往事
意满辞不叙 ②

　　这类时有所见的文学创作无疑是重要的实验，它们为梁武帝之沉湎于流行歌曲文化铺平了道路。不过，梁武帝的新姿态仍有重大的意义：他那些高贵的先辈歌曲中注重描写战场，那主题符合他们的帝王身份；而梁武帝却着意于摹写美人——在此前的中国历史上，还不曾有另外一个时代可以看到一位帝王在诗里如此愉快地展示对女人的兴趣。

　　然而，梁武帝摹写女性的歌曲在一个特殊的方位上，有异于同时代的流行歌曲。总的说来，典型吴歌、西曲中的感情内容在他的乐府四句诗里是不存在的。他的诗歌缺少对个人感情的抒发，多的是对美人的客观审视——而且，这是男人的观察，不是女人自己的观察，他的《子夜歌》是一个典型的例证：

---

① 《全汉三国晋南北朝诗》册2，第580页。
② 《乐府诗集》册3，第699页。

朝日照绮窗

光风动纨罗

巧笑蒨两犀

美目扬双娥 [1]

梁武帝的诗歌风格无疑是受鲍照的影响。正如我们在第三章里已经论述过的那样，鲍照是他那个时代唯一大量采用乐府体写作的诗人。他的大多数歌曲，用的是典型的正统乐府的长篇形式，主题多为批判现实社会或发个人的牢骚。不过，他也写了一些（今存13首）配合同时代流行曲调的四句诗 [2]。下面这首鲍照所作的歌曲，使人想起梁武帝四句诗的典型描写性风格：

中兴歌

白日照前窗

玲珑绮罗中

美人掩轻扇

含思歌春风 [3]

这些歌曲所体现的描写性风格酷似自南齐以来流行的咏物诗。

---

① 《全汉三国晋南北朝诗》册2，第835页。
② 见其题为《中兴歌》和《吴歌》的乐府组诗，《鲍参军集注》，钱仲联注本，第206—207页、213—216页。
③ 《鲍参军集注》，钱仲联注本，第214页。

这绝非巧合。正如我们在前一章里论及的那样，竟陵王沙龙里最重要的成果之一，便是集体写作歌咏文酒之宴上各种不同物件的八句诗。现在，梁武帝萧衍在他的宫廷沙龙里继续练习写作这类诗歌，不过他更喜欢用四句诗而不是八句诗的形式来咏物——这说明四句诗正愈来愈时髦。例如他的《咏笛》诗：

> 柯亭有奇竹
> 含情复抑扬
> 妙声发玉指
> 龙音响凤凰[1]

这首诗所唤起的注意，不仅是对笛本身，更重要的是对那女性演出者白玉般的纤指[2]。这是决定性的一点，因为它显示女性已成为沙龙生活中不可或缺的一部分。后来，美人被当作珍爱的描写对象，写美人及其外表和举止的诗逐渐被看成描写性诗歌的一种主要类型。

在这类诗歌中，美人看起来往往比其他对象更生动。这是因为，当一个女性对象开始动作，表演的场景自然就出现了。关于这一点，梁武帝的《咏舞》诗是个适当的例证：

> 腕弱复低举

---

[1] 《全汉三国晋南北朝诗》册2，第896页。
[2] 梁武帝或许是从沈约早先在竟陵王沙龙里所写的一首八句诗中借用了这一想象。参见《谢宣城集注》，洪顺隆校注本，第450页。无论如何，这只能确证，一种主要文学倾向的出现，从来不会是突然的或没有理由的。

身轻由回纵

可谓写自欢

方与心期共 ①

这一点对我们来说是清楚了：这样的宫廷诗歌，尽管它的风格显然是描写的，它仍像流行在京城和荆州地区的浪漫乐府歌曲一样，关注的是艳情。这就明白无误地显露出 6 世纪初的沙龙诗歌与流行歌曲一拍即合。

萧衍登基时，年当 38 岁。但他在 50 岁后几乎变成了另一个人——一个虔诚的佛教徒和禁欲主义者，摒弃了对美人、酒和音乐的享受 ②。他在生活方式上引人注目的转变，反映在可能是他老年时期所创作的许多佛教诗里。我们有理由推论，他那起先为中国文学提供新的艳情诗歌的文学沙龙，现在已改弦易辙。宫殿里出现了一位睿智的老人，他已不再有其春秋鼎盛时期的那些轻浮无聊之举。

当梁武帝成了一个虔诚的佛教徒，他的太子萧统（501—531）渐渐成熟起来。萧统生来就更喜欢比较正统的文学和经典作品，而非流行的华丽、艳情诗歌。其父矫正了的文学趣味最合乎他的胃口。他 15 岁时就在自己的东宫里集合了许多学者和诗人，并以极大的热情从事宫廷中所有类型的文学活动。为了编著书籍以及其他文学事业，他建造了一座大殿，并为他那些杰出的诗人朋友画

① 《全汉三国晋南北朝诗》册 2，第 868 页。
② 见《梁书》卷 3，中华书局本，册 1，第 97 页。

了肖像，悬挂在殿里①。若干年后，萧统和他的朋友们一道，选辑自汉下迄于梁历代作家的文学作品，按文体编排，纂成了著名的诗文总集《文选》。这是中国文学史上第一部诗文合编的总集，对于当时诗歌中种种新的轻薄倾向，它可以说是一个反拨。令人吃惊的是，萧统把许多南方艳情乐府和咏物的描写类诗歌都摒除在这部总集之外，虽然他本人也写过两首或三首咏物诗②。可是，《文选》中又收了许多用赋的形式写成的咏物作品，例如谢惠连的《雪赋》、谢庄的《月赋》。为什么会有这样的矛盾？原因或许是，萧统觉得《咏物》作为一种模式应该被限制在赋这一文体，而诗则必须坚持抒情，不能越雷池一步——这是一个守旧的观点，他的自由的同时代人可能是不会赞成的。

于是，我们面前出现了最有趣的文学修正案例。在此前所有的著名文学家中，萧统挑出陶渊明一人——一位已被忽视和遗忘达一个世纪之久的诗人——作为完美的典范。他开始为陶渊明编全集，并写了一篇序，吐露了他对陶渊明的无上尊崇：

其文章不群，词采精拔，跌宕昭彰，独超众类……加以贞志不休，安道苦节……余爱嗜其文，不能释手，尚想其德，恨不同时。……③

对萧统来说，这可能是文学独立的宣言：正如陶渊明之凭借

---

① 见《梁书》卷33《刘孝绰传》，中华书局本，册2，第480页。
② 见《全汉三国晋南北朝诗》册2，第878页。
③ 《陶渊明集》，第10页。

质朴的词句和人格高尚的内容，使其诗歌创作迥不同于流俗，他也希望在实现自己的个人品位方面能够超越于芸芸众生之上。萧统实在太严肃了，严肃得竟致认为所有抒发爱情的作品都是鄙亵的。他非常遗憾地批评陶渊明的《闲情赋》如"白璧微瑕"[①]，尽管这篇赋的主题恰恰是否定不受约束的感情。

萧统第一次为陶渊明的作品编了全集，毫无疑问，这使当时的诗人和读者重新对陶渊明产生了兴趣。不过，当时的读者显然对陶渊明那堪作楷模的美德印象更深，而对他的文学风范并不太注意。他们愿意学习他对待生活的恬静态度，而不是其不加锻炼的诗歌。例如萧统之弟萧纲（503—551），虽然他也高度赞扬陶渊明的作品，但他自己的诗歌中却浸染着华美的艳情[②]。萧纲在写给当阳王的信中，对生活方面的自我道德修养与文学方面的耽于艳情这两者的奇怪结合做出了解说：

> 立身之道，与文章异。立身先须谨重，文章且须放荡。[③]

萧统和萧纲这两兄弟在诗歌趣味方面的差异不可能再大了。作为太子，萧统在宫中，在其老父矫正后的观点影响下长大。萧纲则从 6 岁这不懂事的年纪开始，便马不停蹄地从一个藩郡迁徙到另一个藩郡。他对吴歌和西曲仿佛有着与生俱来的赏会，对语言的丰富表达也有特殊的天赋。他的文学活动令人想起他的父亲

---

① 见《陶渊明集》，第 10 页。
② 参见颜之推（531—591）《颜氏家训》第九章。
③ 见欧阳询《艺文类聚》卷 23，上海：上海古籍出版社，1982 年版，册 1，第 424 页。

年轻时的经历。命运还给了他更多的恩典：作为皇子，早自童年时代，他就有幸从优秀的师傅那里接受连贯的教育。他的两位师傅，庾肩吾（487—551）和徐摛（472—551），都是最有才干的诗人之一。在他历任职守期间，他们都陪伴着他。当他成年以后，有这两位师傅做顾问，他成了一个文学沙龙的领袖。他最终的任所是雍州——离西曲的发源地荆州不远的一个城市。正是在雍州的那 7 年中，他终于从流行歌曲中学到了感官现实主义的特定风格，因而他的沙龙无论是在规模还是在影响方面，都引人注目地扩大起来 ①。

公元 531 年，太子萧统突然在一次事故中死亡，萧纲立即被召回京城并当上了太子，时年 27 岁。由于新太子的出现，宫廷文学顺理成章地再次改变了方向，这次是转向那后来多少有点声名狼藉的宫体诗。

宫体诗在很大程度上与梁武帝早期的诗歌相类似。可是，当这种诗歌耸人听闻地在宫中流行起来时，却遭到了那位老皇帝的反对。恼怒之下，梁武帝立刻召见萧纲的师傅徐摛，申斥他教育失职 ②。随后，武帝考问徐摛所有的学问，包括佛学在内，而徐摛对答如流，使武帝大为惊奇。从此，武帝对徐摛爱重有加，不再查问他对太子的教育质量。

萧纲和他的文友们把宫体诗说成是一种"新变"，其中或许有这样的含义：他们这场文学运动在重要性上可以与几十年前的声律革新相提并论。"新变"一词几乎成了他们诗歌的一个标志。进

---

① 见《南史》卷 30《庾肩吾传》，中华书局本，册 4，第 1246 页。
② 见《梁书》卷 30《徐摛传》，中华书局本，册 2，第 447 页。

入东宫后不久，萧纲就写信给他的弟弟萧绎——当时的湘东王，后来的梁元帝——发牢骚说京城的文学状况陈腐而呆滞[1]。萧绎（508—554）亦很有才华，他很快便卷入了兄长的文学官司，最后写出了一篇重要的文学批评论文《立言》，这篇论文收在他著名的文集《金楼子》里。为了更新文学的概念，萧绎在文中辩论道，时代需要一种更成熟的方法来区别"文"（纯文学）和"笔"（一般文章），当前将押韵与否作为"文"的唯一判断标准，这种做法看来已不合时宜。他认为，"文"必须具备以下三种特质：情、采、韵[2]。也就是说，宫体诗人们现在为纯文学增加了"情"和"采"两个判断标准。最有趣的是，他们对"情"的定义并非泛指一切情感，而主要是把"情"认作男女之间的情欲。因此，在他们看来，这所谓的"情"在传统文学中，例如在谢灵运的诗歌中，是很欠缺的[3]。

然而，对于今天的读者来说，缺少情感的恰恰是宫体诗。除了那些艳情的暗示，宫体诗基本上是一种客体描写的样式：它注重宫中美人浓艳的化妆、华美的衣着、纤弱的腰肢等细节，并从总体上描写她们的美丽。当然，这类诗歌中各式各样媚人的细节不能说完全与"情"无关。但是，由于这"情"不是个人的，它给人的印象就仅仅是一种纯客观的表现——有些诗里甚至描写性行为

---

[1] 见萧纲致湘东王书，郭绍虞主编《中国历代文论选》，上海：上海古籍出版社，1979年版，册1，第327页。

[2] 关于这一点的更详细讨论，见罗根泽《中国文学批评史》，香港：天文出版社，1961年重版本，第143页。

[3] 见萧子显《南齐书传论》，郭绍虞主编《中国历代文论选》册1，第264—265页。

的客观性 ①。

宫体诗人们坚持描写客体——在大多数情况下是漂亮的女性。浏览萧纲现存的诗歌，我们发现许多诗题中都有"美人"或"丽人"字样 ②。此类以审美为主的诗歌，所关心的是美本身。我这里所说的"审美"，是指超脱于感情之外的审美，因为一旦有感情卷入，就永远不可能实现纯粹的审美。西方美学家所谓漠不关心之凝视式审美一说，正是宫体诗人之创作的写照。

诗歌对于萧纲来说，是为艺术而艺术，而不是为生活而艺术。他认为诗歌的功用是将美化做具体体现其现实和存在理由的审美特质。这种态度最清楚不过地表露在与图画有关的诗歌中。例如萧纲的《咏美人看画》诗：

殿上画神女
宫里出佳人
可怜俱是画
谁能辨伪真
分明净眉眼
一种细腰身
所可持为异
长有好精神 ③

---

① 例如，萧纲有首诗描写一个充满诱惑的睡美人，见《全汉三国晋南北朝诗》册2，第910页。还有一首诗描写娈童的同性恋，同上，第911页。
② 见《全汉三国晋南北朝诗》册2，第908、910、919、920、932页。
③ 《全汉三国晋南北朝诗》册2，第920页。

诗人对宫中美人和画上神女的仔细比较是很有趣的,他像是在细细检看两件艺术品。诗中的一切都与对美人外表的准确描写相关,这人为地造成了与外部世界的隔离。诗的最后一联,最贴切地反映了萧纲对艺术品之永恒价值的确信——画上的美人将永远活着,而真正的美人则不过是短暂的存在。

可是,这样的诗歌能有什么文学价值?为了向时人答复这一诘难,萧纲命徐摛之子徐陵(507—583)编一部描写女性的诗歌总集,从古代到本朝,按顺序排列——以便用实例论证他们的宫体诗自有经典可援。这就是十卷洋洋大观的《玉台新咏》,其中第七、第八两卷特意收录萧纲及其家族、沙龙成员所写的宫体诗。

在各方面,这部总集都与萧统的《文选》针锋相对。《文选》仅收已故作家的作品,因此当代的咏物诗与艳情歌曲大都在摒除之列;而《玉台新咏》则集中收录古往今来的艳情诗。在文体的涵盖面上,《玉台新咏》不像《文选》那样广泛,但它的优势在于反映当时人的文学品味。

萧纲于公元531年刚当上太子时,绝不会想到这太子一当就是18年——梁武帝对中国南方的统治一直延续到公元549年。这无忧无虑的18年并不平凡,它看到了宫体诗的胜利——既体现在表面的辉煌,又体现在潜力的丰厚。这个阶段在中国文学上煽起了新的观念,尽管文学批评家们在评判它的文学成就时,往往要使用某些带有贬义的术语。

第二节　因袭和新创

这一阶段最伟大的诗人庾信（513—581），在一切意义上都是该时代最杰出的产物。他的父亲庾肩吾是萧纲的师傅，因此，他能够享受到宫廷中所有特权——从教育、社交直至政治方面的特殊待遇。他在 14 岁左右的年纪便跻身于太子萧统的社交圈，而萧统足足比他年长 12 岁。当萧纲于公元 531 年进入东宫时，也立刻看中了博学多才的庾信。在此后的 20 年里，庾信和他的父亲与徐摛、徐陵父子一道，生活在宫廷文学与帝王恩宠的中心。作为这个集团中最年轻的成员，庾信的文名与日俱增，甚至远播到北朝。在中国历史上，很少有诗人能够像他一样从各个统治阶级那里赢得如此的恩宠与敬重。上苍给了他许多好运和厄运，它们共同作用于他，使他的诗歌天才得到了最大的发挥。

庾信早期作品的风格明显受到他父亲庾肩吾和萧纲的影响。这也是一个歌舞表演在宫中极为盛行的时代。在贵族悠闲生活中长大的庾信，对游戏艺术的敏锐感受能力日渐增长。宫廷生活的戏剧般场景，每每赋予他的宫体诗以一种精力特别饱满的风味。在他那活生生的描写中，皇宫仿佛是一个戏剧舞台，高质量的表演使得每一个音符、每一个舞步都具有一种艺术的意义：

洞房花烛明

燕余双舞轻

顿履随疏节

低鬟逐上声

步转行初进

衫飘曲未成

鸾回镜欲满

鹤顾市应倾

已曾天上学

讵是世中生①

　　庾信的诗歌，引申了萧纲关于文学是自主的这一信念，坚持了所有艺术独立的本质。对他来说，艺术必须超越"形似"的原则去创造它自己的真实、自己的本体。正是诗人的虚构，将生活改造成了艺术。在其《咏画屏风二十四首》中，庾信就是这样做的。通过仔细的观察和敏锐的想象，诗人在其作品里再创造了 24 幅画，每一幅画都有自己的血肉和自己的世界。这样一个自我满足的艺术世界，既非"描写"也非"现实主义"所能界定。或许我们可以把它比作约翰·济慈的《希腊壶颂歌》，因为在《希腊壶颂歌》里，生命与活力长存在壶上所绘凝固了时间的客体中②。

　　庾信这组诗中所描写的大多数图画是皇宫中的场景。下面这首诗，即组诗的第六首，就非常典型：

高阁千寻起

长廊四柱连

---

① 《庾子山集注》，倪璠注本，北京：中华书局，1980 年版，册 1，第 261 页。

② 参见 John Keats: Selected Poetry and Letters, ed. Richard Harter Fogle（San Francisco: Rinehart Press, 1969），pp.249-250.

歌声上扇月

舞影入琴弦

涧水才窗外

山花即眼前

但愿长欢乐

从今尽百年^①

　　正是通过诗人的想象，图画和真实之间的界限才泯去了。尽
管篇幅很小，但其所描写的图画却努力营造一个自我封闭的充实
世界：在这个世界里，有"高阁"和"长廊"（第一至二句），音
乐和舞蹈（第三至四句），还有山水风光（第五至六句）。的确，
诗人想象中的无限空间驱使他希望得到只有在艺术中才可能有的
"长欢乐"（第七至八句）。

　　庾信的这组诗反映了他那个时代的一种非常重要的文化现象，
即贵族圈子里的山水画艺术。当时，最杰出的山水画家有两位：
一位是萧绎，即萧纲之弟，《金楼子》的作者，后来于公元 552 年
做了梁朝的皇帝；另一位是萧贲，齐竟陵王之孙，因在宫中仕女
喜爱执持的团扇上画小山水而著称。后世的艺术批评家令人心信
服地说出了小幅图画的美学原理：

　　咫尺之内，而瞻万里之遥

　　方寸之中，乃辨千寻之峻^②

---

① 《庾子山集注》册 1，第 354 页。
② 姚最《续画品》。

用它来评论庾信的组诗也很合宜，山水画与6世纪诗歌的新倾向之间的关系，本来就是非常亲密的。

在庾信那里，有某种对于所谓宫体诗的超越。即如上诗，其中有关宫中美人的描写固然很重要，但更重要的却是这一事实：她只不过是图画的一个组成部分。读庾信这一组诗，我们发现，它们与一般宫体诗的不同之处在于创造了一个乌托邦，24幅画中的每一幅都包含着一个远离尘嚣的极乐世界。它们给人的印象是，诗人在竭力制造陶渊明之理想国"桃花源"的一个新的艺术翻版：

> 逍遥游桂苑
>
> 寂绝到桃源①

略有不同者，庾信的乌托邦是凝缩在一幅画里的，在规模上已小了许多。

庾信的不少作品有结构严谨、韵律工稳的特点。他的诗歌比谢朓的诗歌离唐代律诗更近一步。他现存的诗歌有半数以上是用八句诗的形式写成的，而其组诗《咏画屏风》除第二十三、第二十四首外，其他也都是八句诗。在平仄的更迭和字词的对仗等方面，他的诗歌有时可以置于唐律中而莫辨②。这样的说法当然有乖于时

---

① 《庾子山集注》册1，第354页。
② 例如，他的《舟中望月》诗（见《庾子山集注》册1，第347页）可以说是一首完美的律诗。他的《咏画屏风》组诗第十一、第十五首与律诗只差一点，即违背了"粘"的规则。按照这一规则，律诗的第三、五、七各句，第二个字的平仄必须与前一句第二个字的平仄相同。

代顺序，我们最好还是检验一下，庾信在形式和声律上的成功实验对后来唐代诗学的影响。

极为巧合的是，庾信的出生与沈约的逝世在同一年。沈约一死，他那一代人所有的声律革新都成为历史。我们可以象征性地把庾信看作声律革新者们的继承人。而在现实中，也正是庾信和徐陵，宫廷圈子里这两位较年轻的诗人，以其对于诗学规则的严格遵循，积极地复兴了声律革新运动。梁武帝在年轻时虽然也属于竟陵王那个圈子，但现在他却拒不赞同四声音学 ①。萧纲作为一位诗人，对于声律是比他父亲更敏感的，但他也批评同时代的某些作家盲目地墨守规则 ②。最后，我们是在庾信那里看到了声律之锻炼与宫体诗之艳情的新的统一。

庾信的努力创新还采用了另一种形式，这在中国文学传统上别开了生面——在他手里，"赋"这一文体突然转变成仿佛是诗的一种。我们在本书的第二章里已经讨论过，诗在 5 世纪时曾以其对"形似"的注重而显现出受赋影响的迹象。可是现在，一个世纪之后，却轮到诗用给予赋体一个新的形式主义外观的方式来报恩了。在庾信这一个案里，文体交叉（cross-generic）的新现象或许只反映着他个人的趣味，因为他的性情偏向于形式上的革新；可是，他的作品最终为后来中国文学不同体裁之间的相互作用打下了坚实的基础。

在一种文体中，节奏的作用十分重要。从一开始，赋就在很

---

① 参见《梁书》卷13，中华书局本，册1，第243页。
② 关于这个问题的讨论，参见 Marney, *Liang Chien-wen Ti*（Boston: Twayne Publishers, 1976），pp.82-83。

大程度上由偶字句构成。不管这句子押不押韵，它都或多或少倾向于制造一种散文效果。在庾信那个时代前后，赋已要求多少有点固定的四六字节奏，这明显是受了骈文或后来被称作"四六文"的那种文体不可抗拒的影响。六朝的赋主要是骈赋。它在节奏上与新体诗截然对立。

骈赋采用四六字句，新体诗则采用五七字句，两者适成鲜明的对比。对于诗人来说，五字句特别强健有力，因为它是诗歌中典型而制约的形式。以五字之寡，而诗人竟能够在一句之中创造偶数字节奏与奇数字节奏的对抗，创造一种也许是体现"寓异于同"这一美学原则的诗歌效果。唐代的律诗恰恰建筑在这一节奏变化体系的基础之上。

无疑，庾信是清楚地知道诗、赋节奏之辨的。然而，他似乎决定打破这种不过是想象出来的桎梏，通过把奇字句融入赋中的方式，给予赋的节奏以一种更为诗化的灵魂。例如，他的《春赋》即以七字句开头：

> 宜春苑中春已归
> 披香殿里作春衣
> 新年鸟声千种啭
> 二月杨花满路飞
> 河阳一县并是花
> 金谷从来满园树
> 一丛香草足碍人

数尺游丝即横路 ①

这篇赋还以七字句和五字句的混用来结束全文：

三日曲水向河津

日晚河边多解神

树下流杯客

沙头渡水人

镂薄窄衫袖

穿珠帖领巾

百丈山头日欲斜

三晡未醉莫还家

池中水影悬胜镜

屋里衣香不如花 ②

类似的例证还可以在他所有现存的早期赋作——《灯赋》《对烛赋》《镜赋》《鸳鸯赋》《荡子赋》中发现。据说，庾信的革新导致用诗的节奏来写赋的风尚在宫廷范围内蔓延开来 ③。

庾信对赋的节奏所做的实验，将一种新的"形式现实主义"

---

① 《庾子山集注》册1，第74页。

② 同①，第78页。

③ 当然，我们无法证明庾信是第一个开始用这种混合节奏来作赋的。但是大多数文学批评家在清代学者倪璠对庾信全集所做注释的基础上，奠定了他们的观点，认为这种风格为庾信之首创。详见《庾子山集注》册1，第74页。无论如何，在宫廷园子里，庾信是此类赋作最多产的诗人。

强加于赋，使它与当时诗歌的总体风格保持一致。他的赋用的既是咏物模式，又是宫体诗模式。也就是说，他的赋与当时的诗一样注重艳情。现在又增加了一个更为诗化的节奏，于是，他的赋更具备了一种新的、诗的成熟，一种尤为六朝诗人所看重的特质。这形式上的革新，其实是支持当时有所转变之时代精神的一种特殊表达。

庾信是他那个时代近乎完美的一个体现。然而，他个人的境遇实在太特殊了，因此他必须从中摆脱出来。现在，是他走出华美宫墙的时候了。公元 545 年，他被梁武帝选中，作为外交使节前往北方的东魏。当时，北中国正处在政治分裂状态。经过一场长期的内战，北魏于公元 534 年为两个独立的帝国所取代；一个是以邺（在今河北南部）为中心的东魏，另一个是以长安地区为中心的西魏。这两个少数民族的北方政权互相敌对，又各以南方的梁为敌国。但随着时间的推移，他们开始有了共同点：都热心地学习汉民族的文化遗产，并经常要求南朝派遣优秀的文学家如庾信辈作为文化使节。由于政治必要，也由于性情的缘故，梁武帝对这样的文化交流最感兴趣，一如他本人也曾邀请北方的高僧到他的宫廷里来[1]。

庾信这次出使东魏是很合宜的。当时，他 32 岁，已经以中国最优秀的诗人而闻名于北方。他一到达东魏的京城，就成了举国瞩目的中心。北方的民众为其诗人的辩才和优雅的丰姿所倾倒，而宫廷则用最美好的宴席与社交活动来款待他。的确，再没有一个

---

[1]　参见 Arthur F. Wright, *Buddhism in Chinese History*（Standford: Standford Univ. Press, 1959），pp.50-51。

对等的王朝能够如此高度尊崇一位来自其他王朝的诗人使臣。此后不久，庾信代表萧梁与东魏签订了一个和平条约。在离开东魏时，他写了一首充满感激之情的告别诗：

…………

交欢值公子

展礼觌王孙

何以誉佳树

徒欣赋采繁

四牢欣折俎

三献满罍樽

人臣无境外

何由欣此言

风俗既殊阻

山河不复论

无因旅南馆

空欲祭西门

眷然惟此别

夙期幸共存 ①

从这首诗里我们可以十分清楚地看到，庾信的诗歌并不像他同时代的诗人们那样，非常排他地局限在宫体诗的藩篱内。他那

---

① 《庾子山集注》册 1，第 198 页。

强烈的抒情和质朴的用语使人想起陶渊明的诗歌。这并不奇怪，因为风格总是和主题紧密地联系在一起的。庾信愈是超出了南朝的疆域，其诗歌的眼界也就愈是广阔。如果说他有修辞华美和艳情主义的倾向，那只存在于他对萧梁宫廷生活的描写中。有意思的是，无论他在诗里多么需要抒情的口吻，他却更有意识地偏要采取用典的修辞手法。例如，上文所引的那首诗，其中丰富的用典立刻使它与典型的宫体诗区别开来，因为总的来说，宫体诗一般是不大用典的。

第三节　向抒情回归

　　庾信的——或者说得更恰当一点——整个时代无忧无虑的纵乐持续不了多久了。在他结束东魏之行返回萧梁后仅仅 3 年，他就眼睁睁地看到自己的国家陷入了灭顶之灾。公元 548 年，一个叛离东魏投奔梁朝的将军——侯景，突然举兵反对朝廷。整个建康城——庾信在那里担任副长官——很快便落入叛军之手。在接下去的 3 年中，京城不断发生谋杀和死亡。首先，梁武帝呜呼哀哉，太子萧纲继位，成了侯景的傀儡皇帝（即梁简文帝，公元 550—551 年在位）。接着，享尽太平逸乐的萧纲突然死于非命。他是被侯景的人谋杀的，皇位由亲戚继承。在这政局变乱的旋涡中。庾信经历了一系列的家庭悲剧，其中最主要的是 3 个孩子的死亡。然而，他终于设法逃到了江陵（在今湖北），在那里，萧纲之弟萧绎建立了一个与建康对抗的朝廷。最后，侯景的军队于公元 552 年被消灭，萧绎宣布自己为皇帝，即梁元帝。那时，国家图书馆从建康迁往江陵，元帝让庾信主管朝廷的文学事务。于是，自从侯景之乱爆发以来，庾信第一次得以重新置身于宫廷文学之中。

公元 554 年，他再度被挑选担任文化使节前赴北方。这次是去另一个王朝——西魏。谁也没有料到，由于这次远行，他再也不能回到故国，而是被强留在北方终其余年。

庾信到达北方不久，西魏的军队南下侵犯萧梁的新都城江陵。梁王朝又一次陷入皇室内部无休止的谋杀和背叛。梁元帝被他的侄儿、叛国投敌的萧詧杀害。经过一连串的政治剧变，原先在梁元帝那里执掌军权的陈霸先于公元 557 年篡夺了皇位，建立了一个新王朝——陈。于是，庾信走后仅 3 年，不幸的梁王朝便灰飞烟灭。

在庾信为祖国的悲剧命运而伤怀的同时，他被强留在西魏，不能再回南方。稍前于此，西魏于公元 554 年第一次劫掠江陵，掳回一大批梁朝的贵族和官员，庾信很幸运地从中找到了自己的家人。事实上，北方朝廷对庾信已慷慨得不能再慷慨了，他被授予许多重要的头衔，并一直受到尊敬。公元 557 年，文化名流的一位领袖宇文觉在长安攫取了西魏帝国的权力，建立了自己的新王朝——北周。从此，庾信获得了更高的职位，且拥有相应的实权。宇文氏向来十分仰慕汉族文化，有南朝最优秀的诗人听其任用，他们当然大喜过望。日居月储，他们赢得了庾信的友谊，彼此之间对文学的共同爱好似乎给了这位饱受悲伤折磨的诗人某种慰藉。

但是，庾信永远也不能忘记这场引起梁王朝覆灭的大灾难。作为生活在鲜卑族统治下的许多汉族被征服者中的一员，他始终因为恒久不去的耻辱和无助而烦恼。但我们在他的诗歌里开始看到一种可谓之"广抒情性"（expanded lyricism）的新视点，其中两种主要的因素——"个人的"和"政治历史的"——很自然地合而为一了。

　　或许就在其亡命北方的第一年里，庾信写出了他的名作《拟咏怀》组诗。通过这个诗题，他明白无误地把自己等同于创作著名抒情组诗《咏怀》的阮籍（210—263）。他像阮籍一样，试图在他自己的《咏怀》诗里抒发其内心最想要自由表达的感情。可是，在两位诗人那里，这种感情都只能被定义为自我与政治世界之间的一种相互作用①。读庾信的《拟咏怀》组诗和他在流亡之中所写的大多数诗歌，人们会有这样的印象：通过使用丰富的引喻，他的诗歌似乎想把同一种复杂现象描写成文化现象或政治历史现象。然而，在抒情诗里，总是有个内在的统一的自我，来把五花八门的现实调整到一个纯粹是个人的口吻中去。因为，诗人通过他对历史和政治的思考，只能揭露能够被揭露的那些历史和政治。在这种抒情诗的历史模式中，是主观感情在担负着最重要的任务。

　　在很长的一段时间里，庾信生活在对过去的强烈回忆中——回忆他的祖国梁的历史。显然，他对解救梁元帝以及自己的同胞无能为力，正是当他在长安与西魏进行和平谈判时，西魏的军队劫掠了江陵城。这一事实很令他伤心。明乎此，我们就不难理解，为什么《拟咏怀》组诗中的主要内容之一便是对这不幸事件的悲叹了。他在组诗的第二十三首中写道：

　　　斗麟能食日

---

① 关于阮籍诗歌中的这一特质，参见 Donald Holzman, *Poetry and Politics: The Life and Works of Juan Chi, A. D. 210-263* (Cambridge: Cambridge Univ. Press. 1976)。

战水定惊龙

鼓鞞喧七萃

风尘乱九重

鼎湖去无返

苍梧悲不从

徒劳铜爵伎

遥望西陵松 ①

　　诗中对国运攸关之江陵战役的描写，当然是想象来的（第一
至四句），值得注意的是其中的感情以及诗人创造出来、如绘画般
生动的事件描写。在庾信诗里总有一种主导倾向，即描写事物历
历可见，无论这描写看起来多么笼统。这描写的活力使得一个真
正深入而又具体的表现成为可能。由于这个原因，他的诗歌风格
往往比略显暧昧的阮籍诗歌直率 ②。

　　因此，虽然用了许多引喻，这首诗完全把当时的政治气候表
现出来了。诗人试着描述了这场战争的悲惨结局：梁元帝暴死，
没有人留下来为他守陵。和曹操相比，曹操至少还能要求他的姬
妾和歌伎们用盛大的礼仪排场来悼念他；而梁元帝则更悲惨、更
孤独！使庾信心碎的是，自己作为梁元帝的一名忠实臣子，甚至
不能尽责为之吊唁。毕竟，是梁朝宫廷养育了他，使他能够钟鸣
鼎食的呵！他哀叹难以预料的世事变迁使他无法回报祖国曾经给
予他的厚惠深恩。在这组诗的第六首中，他最清楚不过地和盘托

---

① 《庾子山集注》册 1，第 246 页。
② 参见 Holzman, *Poetry and Politics*, pp.l-33。

出了这一苦恼：

> 畴昔国士遇
>
> 生平知已恩
>
> 直言珠可吐
>
> 宁知炭欲吞
>
> 一顾重尺璧
>
> 千金轻一言
>
> 悲伤刘孺子
>
> 凄怆史皇孙
>
> 无因同武骑
>
> 归守灞陵园①

最后，诗人抒发了他最深的悲哀：一种极端孤独的感觉。他的感情是一种不可解脱的感情，没人理解他内心的想法。或许，除了他的前驱阮籍，谁也不能理解这一悲哀：

> 惟彼穷途恸
>
> 知余行路难②

然而，最使他伤心的是，他的流亡生活像是瘫痪，一种活着的死。他借用一棵快枯死的槐树这物象来描写这种感受：

---

① 《庚子山集注》册1，第232页。
② 同①，第231页。

怀愁正摇落

中心怆有违

独怜生意尽

空惊槐树衰①

　　这里用的是东晋名流殷仲文的典故。殷仲文曾经说："槐树婆
娑，无复生意。"②

　　原话当然是有缘由的，但不管它可能是什么意思，它在庾信
的作品里总是最占支配地位的一个象喻。诗人中年羁留异邦，不
能不有前路茫茫之感。真正的力量，一向支撑他的精神力量，现
已不复存在。因此，他对"枯树"这一象喻几乎到了着魔的程度：
甚至将一座断山与一棵老树相比③。对于老树物象的偏执，在其名
作《枯树赋》里达到了顶点，这篇赋后来成了唐代诗人类似寓言作
品的一个原始模板④。

　　觉醒了的庾信决心在逆境中正直地生活。他学着在保持最根
本的个人价值的同时，扮演其公开的角色。他的选择有点像谢朓
在宣城的那些年，亦即"朝隐"。虽然总在朝为官，但他真的——
至少精神上——像一个隐士那样生活。这反映在其诗中对张衡、

---

① 《庾子山集注》册 1，第 244 页。

② 《世说新语校笺》，杨勇校笺本，香港：大众书局，1969 年版，第 650 页。

③ 同①，第 324 页。

④ 参见 Stephen Owen, "Deadwood: The Barren Tree from Yü Hsin to Han Yü", in *Chinese Literature: Essays, Reviews*, 1, 1979, pp.157-159。

疏广、疏受还有最重要的陶渊明等前代隐士的频频引喻①。他假托自己现在的简朴生活堪与陶渊明相比，并引以为荣：

> 野老时相访
> 山僧或见寻
> 有菊翻无酒
> 无弦则有琴②

在其《小园赋》中，他描写自己的"敝庐"，遣词用语令人恍然若见陶渊明的草屋：

> 余有数亩敝庐
> 寂寞人外
> 聊以拟伏腊
> 聊以避风霜

庾信走向"小园"的退隐不能光从文学意义上来看，如果从文学意义上来看，它至多不过充当了诗人自足个性的一种象征。我们必须注意，从性格上说，庾信是个天生倾向于中庸的现实主义者，这与生俱来的品性，给了他一种必不可少的安全意识来进行自我保护。尽管他不满于世事，但他的内心平衡使他能够专心致志地去作诗。无论如何，大自然——包括其外在的美及其内在深不

---

① 例见《庾子山集注》册1，第305、279、280、283、306、362页。
② 同①，第283页。

可测的意蕴——都属于他。他有足够的自由去创造一个超越其个人悲戚的诗歌世界。

于是，我们在他的诗里开始看到一种新的对于自然，特别是对于自然之变化状态的敏感。诗人像一位镇静的画家，用其感官触觉的特殊天赋，竭力捕捉每个正在流逝的季节现象。对于北方气候与南方气候的截然不同，他真诚地为之迷恋①。例如，南方的梅树总是在冬天开花，从不拖延时间去等待诗人作诗赞美她迷人的风韵；可北方已经是春天了，梅树却仍然披着一身雪，拒不绽开她的蓓蕾：

> 当年腊月半
> 已觉梅花阑
> 不信今春晚
> 俱来雪里看
> 树动悬冰落
> 枝高出手寒
> 早知觅不见
> 真悔着衣单②

雪景的确赋予庾信诗以一幅全新的图画。诗人仿佛被寒冷呼啸的风雪迷住了，或者被它触动了悲哀。也许，他试图通过这样的视觉现实主义，来传达一个孤独的客子永远与温暖的南方相隔

---

① 参见内田道夫《江南的诗和朔北的诗》，载《东洋学集刊》1996年第十六辑，第1—8页。
② 《庾子山集注》册1，第364页。

绝的凄切之情。

庾信似乎努力在使每一个物象都直接契合他对过去的回忆。他能够通过纯粹的联想，无比生动地表现活在他记忆中的永恒场景。《忽见槟榔》诗是此类诗歌成就的典型例证。诗人意外地看到这种来自南方的热带水果，立刻想起那果树的葱茏景象：

> 绿房千子熟
> 紫穗百花开
> 莫言行万里
> 曾经相识来 ①

庾信这一时期的描写风格给了我们强烈的印象：它迥然不同于他早期典型的以奢华为特征的艳情诗。然而，如果我们以为在其早期诗歌风格与晚期诗歌风格之间有什么绝对界限的话，那就错了。有关庾信的传统研究成果对此已做了明确的推断。诚然，庾信晚期的诗歌远远超出了宫体诗的范围；但他的许多描写技法，实际上仍有赖于他早期所擅长的感官模拟。在某些实例中，他晚期的诗歌读来的确很像他早期的宫体诗，特别是他与其好友、有才华的赵王宇文招唱和的几首诗 ②。例如下面这首：

---

① 《庾子山集注》册 1，第 381 页。
② 同①，第 259—260 页、374 页。

和赵王看伎

绿珠歌扇薄

飞燕舞衫长

琴曲随流水

箫声逐凤凰

细楼缠钟格

圆花钉鼓床

悬知曲不误

无事畏周郎 [1]

　　事实上，也正是庾信的宫体诗最先打动了北周的皇族。赵王和他的几个兄弟，其中主要有后来的北周明帝宇文毓和滕王宇文逌，都是南朝宫体诗的热诚模仿者。《周书》中记述赵王"好属文，学庾信体，词多轻艳" [2]。

　　北周宫廷全然不以"轻艳"为非，相反，北方一直尊崇这种代表性的汉族文化风致。所以，很难说流亡诗人庾信反倒要故意抛弃这种使他的诗歌风靡一时的格调。然而重要的是，庾信对个人价值的新的强调，使一种新的风格，或者毋宁说是一种混合的风格得以兴起。这种风格，是更为广阔的现实主义与辞藻修饰，直率抒情与艳情描写的联姻。

　　为了看一看庾信是怎样将其感官现实主义转变成一种抒情的

---

① 《庾子山集注》册1，第341页。

② 《周书》卷13，北京：中华书局，1971年版，册1，第202页。

新风格，让我们来读一首其主题与任何轻薄旨趣不相关的诗作：

忝在司水看治渭桥

大夫参下位

司职渭之阳

富平移铁镇

甘泉运石梁

跨虹连绝岸

浮鼋续断航

春洲鹦鹉色

流水桃花香

星精逢汉帝

钓叟值周王

平堤石岸直

高堰柳阴长

美言杜元凯

河桥独举觞 ①

　　这首诗作于公元 557 年，当时庾信任司水下大夫，正在视察渭水东面一座桥梁的修缮工程。诗中，特别是后半首中，有一个主导倾向，即或明或暗地糅合景物描写与个人抒情。像这样的手法，

---

① 《庾子山集注》册 1，第 269 页。

在庾信早期以描写为主的诗歌中是看不到的。总的来说，其早期诗歌缺乏抒情性。这里，我们可以清楚地看出，诗人在努力摆平"描写"与"抒情"这两种模式，于是，诗中便兼有了这两种模式的美学效果。

不过，这首诗中的"描写"风格是建立在措辞法和字句排列法的基础之上的，是建立在宫体诗的美学基础之上的，尽管在新的文章脉络里，其全面效果并不相同。首先，正如第七、八两句所表现的那样，颜色和嗅味的美好感觉，因为稍近凡俗而使人惊奇：

　　春洲鹦鹉色
　　流水桃花香

这当然是典型的春景。构成小洲特征的草色之绿似乎并不陌生。一春复一春，所有那些生活在水边的人想来都嗅到过从水中漂来的桃花芳香。然而，在诗歌里，至少在文人的诗歌里，如此美丽的景色直到梁代才得到重视。梁代的宫廷诗人们开始发展出一种以华美的感官经验为特征的品位。庾信年轻时特别擅长描写这种迷人的桃花景色。在他早期所作《咏画屏风》组诗中，有一首这样写道：

　　流水桃花色
　　春洲杜若香 [1]

----

[1] 《庾子山集注》册1，第355页。

任何读者都会把这一联诗看作"渭桥"诗中景物描写的模板。词汇几乎逐字重复，描写风格也是相同的。可是，两首诗的上下文却大不一样：《咏画屏风》诗写的是一处宫中园林的景色，其间有美人在黄昏中徘徊；而"渭桥"诗的构图则出自一位司水长官的眼睛，新修缮的大桥横跨河上的壮观景象令他喜悦不已。

如果做进一步的观察，我们就会发现，对于渭水之滨柳荫堤岸的景色描写（第十一至十二句），也是从其早期诗歌中直接挪借过来的。试比较以下两联：

（一）

上林春径密

浮桥柳路长 ①

（二）

平堤石岸直

高堰柳阴长

例（一）出自《咏画屏风》诗其十六，例（二）则见上文我们所讨论的那首诗。这两首诗的主题也完全不同，可是当上述诗句被单独吟诵时，它们使人想起的是非常相似的景色。这样的例子

---

① 《庚子山集注》册1，第358页。

还有许多，我们不能不推断，关于庾信后期的描写技法，唯一的新创是其特别的方式：他把写象派诗人的敏感与一种更老成的抒情混合在了一起。

庾信的四句诗在最真实的意义上显现了其抒情诗的活力。他通过四句诗的形式，努力争取做到抒情口吻既是个人的，又是直率的。诗人也知道应如何在这种微缩的形式中得到最佳效果：他往往将四句诗写得像私人信件。

我们已经提到过四句诗在创造袅袅余音方面的特殊法力，看来，没有什么比使用这种诗歌作为一种以微妙含义交流私人感情的手段更为合适的了。庾信被强留在北方，他常常有与南方的老朋友通信的强烈冲动。想必他在四句诗这种样式里，发现了潜在的抒情能力。下面是两首这样的书信，一首致王琳，另一首致徐陵：

寄王琳

玉关道路远
金陵信使疏
独下千行泪
开君万里书[1]

---

[1] 《庾子山集注》册1，第368页。

寄徐陵

故人傥思我

及此平生时

莫待山阳路

空闻吹笛悲 [1]

　　第一首四句诗显然是对王琳来信的答复。根据历史资料，王琳卒于公元 573 年，他是作为梁王朝的忠臣在与陈将吴明彻的战争中被杀的。他和庾信的通信，当在公元 554 至 557 年之间。这是梁王朝最后的岁月，政局混乱如麻，宫廷朝不虑夕。此时此刻，收到一位亲密朋友的来信，而这位朋友正在南方为祖国战斗，我们可以想见庾信当时的感情是何等痛苦。诗人一定有股强烈的冲动，亟欲将自己的感情明白地吐诉出来；可是，他最终写出的却是一首短小的四句诗，仅仅报告拆开友人来信时那引人注目的瞬间，其他的一切都含蓄在沉默之中。

　　至于写给旧日梁朝宫廷密友徐陵的四句诗，则用完全不同的手法——急迫的祈使——来造成类似的暗示。在那祈使的背后，是有一个具有很大影响的历史典故：公元 262 年嵇康被处死后不久，他的好友向秀写了一篇悼念他的赋 [2]。这篇抒情的赋产生于绝对难以压抑的悲伤。然而，公开承认自己对一个政治罪犯的感情，这是很危险的，即使那罪犯已经死去。因此，向秀在赋的序言里解

---

① 《庾子山集注》册 1，第 367 页。
② 见《文选》册 1，第 330—332 页。

释了自己写作此赋的缘由：当他经过自己在山阳的旧居时，恰巧听到邻人在吹笛。他被笛声深深地触动了，情不自禁想到自己过去和嵇康的交谊，于是不能不写此赋，以表纪念。庾信在诗里有意曲解这个典故以迁就自己的抒情。他说得更直率、更恳切："不要像向秀对待嵇康那样，等我死后才来想我！"整首诗就由这一简单的"捎口信"构成，再没有别的内容。然而，这个"口信"可能惹起的伤感甚于它所希望消除的。诗人的祈使准确无误地传达了他那没有安全感、无法掌握自己命运的悲苦心情。

这样强烈的抒情，在先前盛行于宫廷沙龙中、以客体描写为主的四句诗里是很难看到的。庾信后期的诗歌，含有大量罕见其匹的自我抒发（self-expression）和自我认知（self-realization）。和谢朓的乐府四句诗相比，庾信的四句诗是大大地个人化了的，因为它们不再像谢朓诗里常见的那样，用一个无处不在的旁观者口吻说话。抒情诗在庾信手里这一个人化的转变，对于作为主要抒情文体之绝句的发展，有着决定性的历史意义。

然而，庾信在抒情方面的最高成就是将个人的感情和对历史的深切关心——这种关心最终超越了狭隘的自我——统一了起来。他在晚年写成的一篇宏文——《哀江南赋》，从内容到情感这两方面都最成功地证明了其抒情经验的深度。此赋的主题是梁朝的覆亡悲剧，但其叙事却开始于概说自东晋下迄萧梁之南朝政权的盛衰兴替。诗人感知这一历史阶段的主要模式也就是他所希望传达给后世子孙的意味深长的哀叹：

追为此赋

> 聊以记言
>
> 不无危苦之辞
>
> 惟以悲哀为主

在其黄昏岁月，大多数朋友已作古人，一种特殊的迫切感促使他去写他早就想写的历史性诗歌：

> 日暮途穷
>
> 人间何世
>
> …………
>
> 零落将尽
>
> 灵山岿然
>
> …………

这篇赋兼有诗歌与历史两方面的特点，要想完全领悟它的影响，我们必须了解它与"立言"这一重要文化概念之间的联系。庾信也像所有在尘世中受到挫折的传统中国知识分子一样，试图通过为后世留下文学杰作的方式来弥补缺憾。文学家所努力争取的是自我认同的感觉——感觉自己将依靠一种更为恒久的媒体而不是政治途径，以获致完全而正确的理解。两百年后，庾信在唐代诗人杜甫那里，一如陶渊明最终在宋代诗人苏轼那里，找到了自己真正的朋友，理解之深度超越了历史界限的朋友。杜甫晚年就仿效庾信之老成。他为庾信写了一首著名的颂歌，对这位六朝的大诗人做出了千古定评：

咏怀古迹

支离东北风尘际
漂泊西南天地间
三峡楼台淹日月
五溪衣服共云山
羯胡事主终无赖
词客哀时且未还
庾信平生最萧瑟
暮年诗赋动江关 ①

　　至于庾信本人，他经过选择而加以认同的是伟大的汉代历史学家司马迁。司马迁超越自己人生中的巨大苦难，写出了不朽的杰作《史记》。作为一个流亡者，庾信似乎经历了司马迁在遭受宫刑的耻辱之后曾有过的精神危机。他认为自己与司马迁的生活道路如此相近，因此不能不写一部类似的历史著作。他在《哀江南赋》里承认：

生世等于龙门
辞亲同于河洛
奉立身之遗训

---

① 《杜诗详注》卷17，中华书局本，册4，第1499页。

受成书之顾托 ①

《哀江南赋》被认定为庾信于公元 578 年，亦即他辞世之前 3
年所作 ②。断定此赋作于这一特别的年份是很重要的：因为正是公
元 578 年，庾信在洛阳任职一年后回到了长安。若干个世纪之前，
司马迁就是在洛阳接受他父亲临死前关于撰写史书之训令的。洛
阳原属东魏（534—550），也就是庾信年轻时受梁朝派遣作为外交
使臣出使过的那个王朝，但此时它已成为东魏的取代者北齐的领
土达 20 年之久了。公元 577 年，当北周攻灭北齐，统一了中国北
方地区，庾信被授以洛阳的军事长官要职。到此时为止，老去的
诗人已目睹了重复许多遍的王朝兴替——在南方，他的祖国为陈所
灭；在北方，北齐和北周分别接管了东魏和西魏，不久又彼此以
刀兵相见。对于这样的政治变迁，庾信的情绪反应总是很强烈的，
他总是与其他那些亡国者同病相怜。例如，当他于公元 569 年受命
接待北齐的外交使臣时，不由得想起自己在洛阳的老相识——他们
和他一样，现在也是征服者新王朝的臣民了：

　　故人傥相访

　　　知余已执珪 ③

　　这真是生活中的一个极大讽刺，庾信竟成了洛阳的军事长官！

---

① 《庾子山集注》册 1，第 141 页。
② 参见陈寅恪《读哀江南赋》，《陈寅恪先生文史论集》下卷，第 340 页。
③ 同①，第 318 页。

洛阳一带是他的祖籍所在，西晋覆亡前后，庾氏家族才徙往南方，臣事东晋政权。诗人现在回到了祖先的故乡，他比过去任何时候都感到遗憾——已臻暮年，自己还没有完成父亲希望自己完成的工作。笔者以为，正是在此时，庾信决心撰制他的压卷之作《哀江南赋》。何以见得？有事实为据。他在洛阳期间所写的一首诗里，坦白地宣称自己决心效法伟大的历史学家司马迁：

> 留滞终南下
> 惟当一史臣 ①

《哀江南赋》对历史的抒情性革新仿佛唤起了我们对鲍照《芜城赋》的记忆，尽管它们在篇幅和主题上有所差异。两位诗人有一种共同的孤立无援之感，他们在政治的大动荡面前同样感到幻灭。但是，庾信此赋远比鲍照的《芜城赋》更有个人色彩，它把政治历史和自传糅合在一起——把作者自己的生活，甚至祖先的生活，都作为王朝变迁的一个主要内容写进了赋中。这是因为他早期在宫廷圈子里的赏心乐事与后来政治动荡所引起的一系列个人悲剧，反差之大，判若天壤的缘故。这样的遭遇，在他之前或之后，很少有诗人可以与他相比。

庾信也像鲍照那样，常常把对天控诉作为一种有力的修辞手段。然而，鲍照的批判总是含蓄的；庾信则相反，他倾向于用明显是谴责的声调做出审判。作为来自一个覆灭了的王朝的流亡者，

---

① 《庾子山集注》册1，第183页。司马迁《史记自序》曰："天子始建汉家之封，而太史公留滞周南。"挚虞曰："古之周南，今之洛阳。""周南"又名"终南"。

庾信似乎获得了说话的自由。于是，他得以无情地详尽分析那个
王朝覆亡的原因，间或他也冲动地直抒个人的悲哀：

　　　　穷者欲达其言
　　　　劳者须歌其事
　　　　陆士衡闻而抚掌
　　　　是所甘心
　　　　张平子见而陋之
　　　　固其宜也

　　但引出的结果却是对于这一阶段的历史所做的最抒情、最详
细的说明。诗人叙述侯景之乱的悲剧性原委，哀叹造成此乱竟然
得逞的人为过错：由于梁武帝迷恋于宗教和文化，没能看出桀骜
不驯的侯景是个隐患，而臣僚们则普遍对迫在眉睫的战争缺乏准
备。所有这些命运注定的局面像梦魇一样压在诗人的心上：

　　　　呜呼
　　　　山岳崩颓
　　　　既履危亡之运
　　　　春秋迭代
　　　　必有去故之悲
　　　　天意人事
　　　　可以凄怆伤心者矣

然而，对庾信来说，最令他痛心的事实是：梁王朝最终的覆亡，与其说是侯景之乱所致，毋宁说是王室内部无法控制的倾轧使然。是梁武帝的侄儿兼养子萧正德首先背叛朝廷，招来"夷狄"对京城建康进行突然的攻击[1]。说到最后的杀气扑向他的祖国，庾信的愤激和悲痛达到了顶点：

> 惜天下之一家
> 遭东南之反气
> 以鹑首而赐秦
> 天何为而此醉[2]

　　于是，这个南方的王朝永远地逝去了，诗人拼命想召回它的魂魄[3]。

　　《哀江南赋》的结尾具有强烈的讽刺意味，它注意到了人类社会生活的循环运动，预言中国的政治中心终将回归北方：

> 且夫天道回旋
> 生民预焉
> 余烈祖于西晋

---

[1]　萧正德觉得自己既为梁武帝所收养，已获得皇子的资格，故对武帝选择萧统做太子怀有怨恨。参见 Marney, *Liang Chien-wen Ti*, pp.47。

[2]　《庾子山集注》册1，第165页。

[3]　"哀江南赋"这个标题取自据说是古代楚国诗人宋玉的一首诗《招魂》，其中有这样关键的一句："魂兮归来哀江南！"显然，庾信试图将自己认同于楚国诗人，这里面还有一个特别的因素——江陵是宋玉的故乡，古代楚国之地，庾信南迁的祖先最终就定居于此。

始流播于东川

泊余身而七叶

又遭事而北迁

…………

在所有的意义上，诗人庾信都证明了自己是六朝精神的活的表达。他一直活到公元581年——这个时代的象征性的截止。这一年，隋王朝的创立者杨坚在长安夺取了北周帝国的权力，加快了自公元317年以来南北政治长期分裂局面之结束。但在文学上，作为一个伟大的诗歌革新的时代，"六朝"还活着。在这个时代，尽管政治上不统一——或许正由于政治上不统一，中国诗歌之抒情被探索到了极限。

辑二 情与忠：陈子龙、柳如是诗词因缘

孙康宜 著　李奭学 译

1991 年作者的父亲孙保罗为《情与忠》英文
原著手书中文书名

1991 年耶鲁大学出版社出版《情与忠》的
英文原著，*The Late-Ming Poet Ch'en Tzu-lung:
Crises of Love and Loyalism*

1991 年耶鲁英文版的封底

陈子龙画像（拓自陈氏墓表）

陈子龙手迹

常熟柳如是之墓
（Dieter Tschanz 摄）

松江陈子龙墓园

[包瑞车（Richard Bodman）摄]

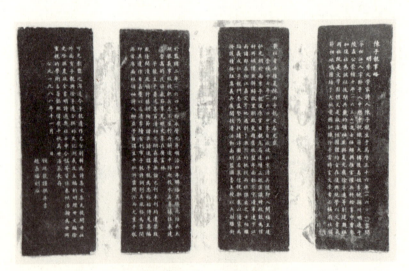

顾廷龙手书《陈子龙事略》拓本

（今藏北大国际汉学家研修基地，"孙康宜潜学斋文库"）

北大修订版自序

本书的英文版（*The Late-Ming Poet Ch'en Tzu-lung: Crises of Love and Loyalism*）于 1991 年由耶鲁大学出版社出版，中文的繁体版（李奭学译）则于次年由台湾的允晨文化实业股份有限公司发行。转眼间 20 年已经过去。如今事过境迁，我抚今追昔，终于有机会重读旧作，并随读随订，因而有了出版一本较为完整的修订版之想法。

这本北大修订版之所以能顺利出版，首先要感谢陈平原教授，是他多年来的热心和执着的建议才使其终于如愿地出现。同时，我也要感谢北京大学出版社副总编辑张凤珠女士的大力支持以及编辑徐丹丽的努力。对于台湾允晨文化公司发行人廖志峰先生的授权，以及黄进兴博士的帮助，我同样献上感谢。

这些年来我也衷心感谢史景迁、张健、严志雄（Lawrence Yim）等人对拙作的继续批评和鼓励。同时，胡晓明先生在一篇有关拙作的书评里，给了我很大的启发。他认为本书"最引人注目"的新意，是其"大力揭示"所谓"情"与"忠"合一的诗学观。他说，从前在表达这一种批评概念时，人们往往容易陷入三种困境——（一）主观印象主义；（二）缺乏传记文献与史料的实证；（三）过于附会于某一人或某一事。但他说，拙作在其"理论进路""细心的文本解析"以及"适当的史学依托"的种种配合下，却能"有效地避免了上述困境，成功地完成了一个情忠合一的诗学阐释"，进而"将一个几乎过时的诗学遗产，重新唤醒里头古老的生命"。因此他认为，拙作当初的中文译名《陈子龙柳如是诗词情缘》"实不如原著英文书名更为符实"。他这个建议很令人信服，所以我和译者李奭学先生就为本书起了《情与忠：陈子龙、柳如是诗词因缘》的新名。

必须说明：在他的书评里，胡晓明先生也同时表示对拙作的一些问题和缺失感到"遗憾"。他那些诚恳的批评开导激励了我现在改写书中许多段落的决心。此外，还有其他学者（如谢正光、孙赛珠等）先后撰文指出拙作的一些错误，并供给宝贵信息。这些批评和指正极有利于本书的修订，我已在书中一一注明，表示感谢。

近年来我努力研究中国古典妇女文学，今日回想起来，其最初的原动力实自撰写本书的英文版开始。研究柳如是，不得不熟读陈寅恪先生的《柳如是别传》。同时，也不得不考虑到晚明妇女的新形象；通过文学分析，我开始对中国传统的性别观感兴趣。此外，这些年来从女诗人选集及专集的广泛涉猎中，我逐渐对所谓"女性"文学的传统有了较清楚的概念。我发现，自明末以后，妇女诗词选集的刊行出现了空前的繁荣，而所谓"名媛诗词"实已成了当时的畅销书。明清时代虽无今日意义上的"妇女研究"，但从当时男性文人对女性文本的迷醉上来看，我们可以说，编选和品评女性诗词本身就是一种广义的妇女研究。对现代的研究者来说，阅读这些女性选集绝不可仅限于作者生平及历史考古的目的。更重要的是，我们应当从旧的文本中发现出一些"新"的东西，进而"重读"当时才女的写作与生话。

在明末清初的才女中，柳如是算是一位对编纂女性选集特别有贡献的人。虽然她从事编选的工作是在她离开陈子龙多年之后（即嫁给钱谦益之后）才正式开始的，但我相信本书的读者会对这个题目感兴趣。因此，我在本书"附录"中加上一篇与女性选集有关的拙作：《明清女诗人选集及其采辑策略》（原作为英文论文，由台湾大学外文系的马耀民先生译成中文）。

此外，我要向施蛰存先生（已于 2003 年去世）致上谢意：作为一个松江人（与陈子龙同乡），他不断教给我许多有关松江的历史及文化知识。1996 年 6 月，他还特别安排让我亲自参观陈子龙和夏完淳等人的墓园，使我多年来的梦想终于成为事实。

最后，我也要对我的恩师高友工教授以及朋友李纪祥、张宏生、康正果等人表达我的谢忱。当然，还更应当向译者李奭学献上最大的谢意。如果不是他 20 多年前竭尽全力将拙作英文版译成中文，也就没有今日这个修订版《情与忠》的出版了。对于奭学的学问、功力和为人，我是永远佩服的。

2012 年 11 月于耶鲁大学

译者原序

　　学术性著作可以写得高深莫测，令人如坠五里云雾之中，也可以写得朗朗上口，雅俗共赏。本书深入浅出，应属后一范畴，文史学者或一般读者，相信阅后都会受益匪浅。今年元月孙康宜教授把英文版样书寄给我时，我的第一个反应就如上述。接书当晚，我摒开杂事，一口气读了半数章节。隔天微明即去函孙教授，奉知我很乐意从事她所托付的中译工作。如今梓行在即，我应趁此机会感谢一些识与不识的本书幕后功臣。

　　首先要致谢的当然是孙教授本人。我从未见过像她那样兼具耐心与细心的"审稿人"。我每译完一编，总会把手稿寄到新港请她指正，而她的工作效率惊人无比，在研究、教学与行政工作三忙之际犹能"逐行逐字"检视一过。我遍寻不获的原引文，她也不惮其烦从藏书或图书馆检出补正。她不曾因身为美国一流学府的系主任而摆起姿态，对后学仍然有请必应，有问必答，而且一丝不苟。本书文体当然是我的，但内容若无讹舛，孙教授当居首功。

　　在本书书序中，孙教授已经向允晨出版公司的杨志民经理致谢，我还应该向该公司图书组组长廖志峰先生特致谢忱。本书相关事项几乎都是他在幕后执行，他的专业经验也帮我省去很多编辑上的难题。允晨公司内参与编校的工作人员，在此并申谢悃。

翻译本书之前，我和耶鲁大学素无渊源，然而因为本书中译计划与孙教授的奔走，耶鲁在我尚未完成工作之前，就先赠我一笔翻译与研究奖助金，使我更能全神投入工作。饮水思源，我的感激自是难以言表。此外，本书书末的书目资料乃内人静华一手整理，在翻译的过程她也给我许多文体上的建议，镌版后又全程参与校对工作。这种种襄助岂是片言只语就可道谢得了？仅志于此，聊表寸心。

李爽学谨识
1991 年 9 月于芝加哥大学

年谱简表（公元纪年）

1608 陈子龙生于松江。其母于产前夜梦神龙大放光明，寝室
  生辉，产后因命名"子龙"。

1612 陈母亡，遗孤托祖母高太安人抚养数年。

1613 陈子龙启蒙，始读经籍。

1615 陈子龙开始诗教，诗联对仗无一不习。

1618 柳如是生。

1619 陈子龙文定，对象是宦门名儒张方同长女。

1626 十二月，陈子龙父卒，他正式成为一家之主。

1628 陈子龙服孝期满，迎张氏入门。

1629 陈子龙加入以张溥为首的复社。

1630 陈子龙至金陵赴省试，中举。

1631 陈子龙赴京师会试，不第。

1632 陈子龙遇柳如是。

1634 陈子龙再赴会试，仍不第。

1635 春夏：陈子龙与柳如是同居南园。

　　秋：柳如是被迫离开陈子龙，后重返盛泽伎馆。

1637 陈子龙三赴会试，进士及第。是年继母丁忧，他未及奉
　　派即请返乡服丧。

1638 柳如是刊刻《戊寅草》，陈子龙为其撰《序》。

1640 陈子龙始任公职。

1641 柳如是适钱谦益。

1644 清兵陷京师。柳如是在黄媛介画上挥笔题下陈氏赠诗。

1645 清兵陷金陵。柳如是投水自裁，获救。

1646 陈子龙祖母去世，他即请加入吴易领导的义军。

1647 陈子龙加入吴胜兆的抗清运动，五月殉国。

1648 柳如是加入黄毓祺的抗清运动。

1649 钱谦益编《列朝诗集》，柳如是代其编成女诗人部分
　　（《闰集》）。

1654 柳如是助郑成功进兵长江地区。

1659 柳如是劝服其他明室遗民加入金陵的郑氏所部。

1664 钱谦益亡，亲族需索无度，柳如是自杀抗议。

重要书目简称

《安雅堂》 陈子龙,《安雅堂稿》, 3 册重印本, 台北: 伟文图书出版公司, 1997 年。

《全宋词》 唐圭璋编《全宋词》, 5 卷本, 北京: 中华书局, 1965 年。

《诗集》 陈子龙,《陈子龙诗集》, 施蛰存和马祖熙合编, 2 册, 上海: 上海古籍出版社, 1983 年。

《全唐诗》 彭定求 (1645—1719) 等编《全唐诗》, 12 册标点本, 北京: 中华书局, 1960 年。

《汇编》 林大椿编《唐五代词》, 原版于 1956 年刊行, 重印改题为《全唐五代词汇编》, 2 册, 台北: 世界书局, 1967 年。

《先秦》 逯钦立编《先秦汉魏晋南北朝诗》, 3 册, 北京: 中华书局, 1983 年。

IC William H. Nienhauser, Jr., ed. and comp. *The Indiana Companion to Traditional Chinese Literature*, Bloomington: Indiana Univ. Press, 1986.

《别传》 陈寅恪,《柳如是别传》,3 册,上海：上海古籍出版社,1980 年。

《丛编》 唐圭璋编《词话丛编》,5 册修订版,北京：中华书局,1986 年。

原英文版前言

在陈子龙（字卧子，1608—1647）的诗词中，"情"为何物？"忠"又代表什么？这些问题多年来在我心中萦绕不去，也构成了本书的题旨。我原先只想为 17 世纪的中国诗词撰一通说，但再三尝试各种诠解的方法之后，我发觉我对当时诗词与文化潮流的兴趣逐渐集中到陈子龙身上。陈氏生当动乱频仍之际，对时代变革也有过人的反应。他的作品乃以想象在记录日常经验，同时也是 17 世纪中国文化史的重要见证。此外，同代诗人几乎唯他马首是瞻，许为最佳的诗人词客。

常人多以为陈子龙乃明末志士，为国捐躯，九死无悔。陈氏在历史上据有一席之地，无疑这是主因。但是，这一点也有负面影响，因为一般学者仅仅知道他是爱国诗人，不及其他。所以，迄今为止在西方汉学界中，罕有人对陈氏的贡献下过公允的判决，视其整体成就为"文学"者更是少之又少。其人诗词乃重要瑰宝，惜乎学者、读者多充耳不闻。"艳情"又为其词作重点，所写尤其关乎诗人歌伎柳如是。他们之间过从甚密，史有信征。然而，传统传记家或为护持陈氏"儒门英烈"的名望，大都搁笔不谈他和柳如是之间的情缘。以明、清学者常常征引的《牧斋遗事》为例，对此便多所扭曲（《柳如是别传》上册，第88—89页）。当然，陈寅恪的《柳如是别传》一出，我们对陈氏的感情生活顿然有较深入的认识。

　　明人相信，一往情深是生命意义之所在，也是生命瑕疵的救赎梁柱。这种看法便是晚明艳情的中心要旨。此一情观重如磐石，特殊脱俗，也是内心忠贞的反映。"忠"乃古德，有史以来就是君臣大义，不过本书对此自有新意发微。看在陈子龙及其交游眼里，晚明婵娟大可谓"情"与"忠"的中介：心中佳人乃艳情的激励，也是爱国的凭借。胸中无畏，"露才扬己"，又是晚明人士理想的女性形象，也深合时代氛围。晚明诸子绝少以为情忠不两立：此事说来话长，但原因全如上述。时势既而两趋，从明到清的文学当然结合两者所长。然而，朝代兴革所形成的社会动乱，自然会把两种理想推向崖际。此事尤可想见。

　　上述课题，陈子龙的诗词多所关注。首先，他和柳如是的情缘革新了情词的方向，是"词"在晚明雄风再现的主因。其次，陈子龙晚期的作品——尤其是他的爱国诗——揭露了中国人的悲剧观：天地不全，人必须沉着面对命运悲歌，义无反顾。在"爱情"与"忠国"之间，诗人尤其要能够掌握分寸。这种辩证性的"最后抉择"往往摧心沥血。再次，陈子龙早年的情词不但不是绊脚石，反而在晚年为他激发过力撼山河的忧国词作，十分有趣。我尤其想指出陈词以隐喻和象征来表现君国之思的倾向与方法，说明他早期情词如何转化为晚期忧谗之作的词学，最后还要澄清艳词何以是爱国心绪的最佳媒体。在此同时，我也要向读者解明陈氏的秋水伊人柳如是何以变成故国的象征，词人又是如何推衍人类情感，使之成为精雕细琢感天动地的表记，从而强化了忠君爱国的修辞力量。

陈子龙的诗词意义纷呈，包罗万象。我难免特别注意晚明妇女的形象，尤其是她们在当代社会、艺术与文学上所具有的地位。本书目录已经明陈，就算要详说细解陈子龙的诗词，我也有必要让读者熟稔柳如是的生平与文艺造诣。从各方面来看，柳如是都是其时才伎的典范（paradigm），所代表的正是无数艺伎的关怀与才能。在撰写本书的研究过程里，我特别注意柳如是的诗词，尤其着迷她和陈子龙唱和的"词"。对柳氏或对陈氏而言，生命意义和经验的流通，有赖永无止境的追寻，而诗词正是这种追寻最活跃的一部分。最重要的是，柳如是的诗词透露了一些女性问题，为她们重新定位。因此，只要时机得宜，我绝不讳言柳如是的生活与诗词，甚至进而强调她与陈子龙的关系。当然，她博学多闻，想象力与创造力俱属一流。这点更不会逃过我的注意。

拙作还有一个千丝万缕总是不离的强调：诗体的问题。文人对过往体式文类汲汲看重，必然会倾力注意诗体之别，而这几乎便是诗人传达个人声音最有力的策略。体式的问题一旦求得解答，我们即可据以了解诗人对传统的反应为何，甚至也可以认识他个人美学观的倾向。本书目的之一，就是要说明陈子龙所写的诗、词皆有其个人情爱与家国之思的双重强调：在他笔下，诗、词恰可传递"情"与"忠"的"不同"层面。我兴致特别盎然的地方，在陈氏所欲表达的意义往往随着诗体的变动而变。这也就是说：陈词常常思索得失的问题，但陈诗往往超越了这些问题。我相信类此的文类研究（genre study）是认识陈氏文学贡献的枢纽。就中国诗词的内容而言，这种研究也有更开阔的意义。

迄今为止，还没有一本用英文撰写陈氏诗词的专著。以中文所做的努力，也是寥若晨星。中国人总以唐诗宋词元曲与明清通俗小说来为时代与文学定位。这种说法甚嚣尘上，却非正确的文类演变辙迹。难怪明清诗词的研究欲振乏力，现代学者多半视若无睹。这种情形也大大扭曲了传统文类发展的本然。事实上，诗、词一旦生发，就不可能会在历史上消失，吟咏填制者反而代有其人。职是之故，本书自感责无旁贷的一点，也就是要填补中国诗词研究上的这个大罅隙。除此之外，从 17 世纪以迄 21 世纪初，中国文学史更经历了一场古典诗词的文艺复兴。我敢说词体重振，陈子龙居功至伟。他筹组云间词派，免得明词堕落不振。较诸"词"在南唐（937—975）所处的黄金盛世，陈子龙确实认为明词堕落颓唐，有待振兴。

历来的中国人多认为，从明转清的朝代更替，代表着某种世界的结束。想想西方长者记忆中的 1914 年，我们就不难明白中国人的这种感觉。明清鼎革是孔尚任《桃花扇》里的一幕，陈子龙的生涯又是此刻历史的另一转折。如同史景迁和魏尔士（John Wills, Jr.）所说的："清军横扫中国与明人的抗敌运动，为道德典范树立起前所未见的悲剧视境。晚明志士但求为国捐躯，不事二主。在中国的某些通都大邑，时代精英纷纷投入徒劳无功的战役之中，即使可以伺机再起也不愿后撤。他们拒绝为二臣效力，更不愿变成清廷鹰犬，昂然就义。"[①]本书尝试描绘的，就是这么一位为国族押上性命的忠烈英哲。

　　陈子龙乃不世之才，也是时代的代表。我想呈现在读者眼前的就是这么一个人。陈子龙的诗词大业是否成功，这得由读者揣想评定。但是，不容否认，他把"情"与"忠"这两个不同的主题交织成为一体，也把前人传下的风格与体式融通重铸，以便含容新的内蕴。至于他的诗体革新的成效，仍然有赖读者把脉评估。

孙康宜

1990 年于耶鲁

[①] Jonathan Spence and John Wills, Jr., eds., *From Ming to Ch'ing* (New Haven: Yale Univ. Press, 1979) , xvii-xviii.

第一编　忠国意识与艳情观念

第一章　忠君爱国的传统

中国历史悠久，朝代数易，如江流滚滚，奔腾不止。对非炎黄子孙来讲，这种历史皮相不过显示世事无住，年命有时而穷，到底是自然现象。可是，对中国人而言，朝代的兴废却是人间惨剧的表征，其力足以撼动山河，殆无疑问。对仁人志士来讲，朝代的更替更是历史悲剧。他们拒绝承认旧秩序崩解，在兴亡之际尤得面对以身殉国或苟延残喘的难题，甚至还得预估就义的时间。陈子龙乃明末忠贞人士之一，眼见家国倾圮，以诗词作为历史的镜鉴。职是之故，陈子龙不可以寻常墨客视之。中国文化所具现的生死观，常可在他的诗词中一见。其义愤填膺处，每每令人动容。

陈子龙既为烈士遗民，明亡之后，乃涉入多起反清复明的抗争。1645 年，他在故乡松江举事。这一战轰轰烈烈，只可惜功亏一篑。清兵敉平乱局后，陈子龙拟逃至某佛寺暂避风头，故乔扮佛僧，改名信衷。再过不久，他结合朋党图谋再起，不料事发被捕，时为 1647 年 5 月。清军将他解送南京，拟再盘问逼供。陈子龙自忖义无再辱，遂于途中跳水自裁，时年方才 39 岁。据当时传世的文献称，陈氏成仁前和清吏有一段对答："问：'何不剃发？'先生曰：'吾惟留此发，以见先帝于地下也。'"①

陈子龙毕生为职志奋斗不懈，死而后已。这种英烈精神永世不朽，是他得以名垂青史的主因②。流亡那几年，他用诗词记下所见所察，直到 1647 年壮烈成仁为止。同代人誉之为诗苑干将，而他托身黍离之悲，自有一股高风亮节③。即使是今天的中国人，也都认为他的道德勇气过人，兼以身任文章魁首，风范足式。因此之故，陈氏墓园近年业经大大整修，焕然一新④。英国文史大师卡莱尔（Thomas Carlyle）倘有幸一识陈氏，必然会把他写进名篇《英雄式诗人》（*The Hero as Poet*）之中⑤。

惜乎，陈氏就义之后，诗名不彰几达百年以上。卓尔堪（约于 1675 年知名于世）《明遗民诗》一编是此一领域筚路蓝缕的选集⑥，但是不收陈子龙之作，就是显例。清廷查禁陈氏著作，是他

---

① 陈子龙著，施蛰存、马祖熙编《陈子龙诗集》（上海：上海古籍出版社，1983），下册，第 21 页。另参 William Atwell, "Ch'en Tzu-lung（1608-1647）: A Scholar-Official of the Late Ming Dynasty"（Ph. D. diss., Princeton Univ., 1975），140。

② 齐皎瀚（Jonathan Chaves）在一篇论文里曾提到"道德英雄作风"（moral heroism）一词，想来亦可形容陈子龙。见 Jonathan Chaves, "Moral Action in the Poetry of Wu Chia-chi（1618-1684）", *Harvard Journal of Asiatic Studies* 46. 2（1986）: 392-394。

③ 见吴伟业《梅村诗话》，《梅村家藏稿》卷 58（1911 年；台北：学生书局，1975 年重刊），册 3，第 988 页。

④ 林晓明《陈子龙墓修复竣工》，《新民晚报》1988 年 12 月 14 日。并请见本书附图。

⑤ 卡莱尔（Thomas Carlyle）的名著 *On Heroes, Hero-Worship and the Heroic in History*（edited by Carl Niemeyer; rpt. Lincoln: Univ. of Nebraska Press, 1966）有一章题为 "The Hero as Poet"。

⑥ 见其所编《明遗民诗》，上海：中华书局，1961 年重印。

不为人知的症结。好在 1776 年乾隆下诏为他平反，还其英烈原身，陈氏死节始能大白于世。乾隆多少懔于陈氏的"浩然正气"，乃在责无旁贷的心绪下追谥这位"英雄诗人"为"忠裕"，替他在史籍注册①。平反之后，陈氏诗词开始流通，然而时人所获者仅余少数。在乾隆庇荫之下，学者乃积极开展陈氏遗作的搜集。不过，编纂进展迟缓，因为许多陈著都已流落到私人收藏家手中。1803 年，王昶（1725—1806）力图完成官修《陈忠裕全集》②，然此时清廷书检极严，即使王氏亦未能免俗，致令所编离真正的"全集"尚远。事实上，一部让人满意的陈诗笺注要到 1983 年才由中国的学者施蛰存和马祖熙合作推出，而陈氏也要等到这一年才能还其大诗人之名③。

陈子龙的许多生平际遇，都会令人想到文天祥（1236—1283）的命运——这位宋代的爱国志士一生忠贞不贰，最后因此舍身而亡④。1283 年殉国以后，他的诗文也要过了好几十年才能出现在国人眼前。他更要等到 40 年后，才有人胆敢公开献祭⑤。杀文氏者蒙古人也，但最钦敬文氏者亦蒙古的将官，尤其是忽必烈⑥。不过，诚如布朗恩（William Brown）所见，文天祥的英烈形象"要等到

---

① 见陈子龙著，王昶编《陈忠裕全集》（出版单位不详，1803），页一甲至三甲的乾隆敕文。

② 见《陈忠裕全集》。

③ 见《诗集》。

④ 有关文天祥的诗人生涯，参见 Horst W. Huber1989 年 3 月在华府亚洲学会年会（Association for Asian Studies Annual Meeting）所提之论文"The Upheaval of the Thirteenth Century in the Poetry of Wen T'ien-hsiang"。

⑤ William Andress Brown, *Wen T'ien-hsiang: A Biographical Study of a Sung Patriot*（San Francisco: Chinese Materials Center Publications, 1986），45-46.

⑥ Brown, 44-45.

异族的元人败亡，汉家天下重建的明代以后"才能树立。他是"赤胆忠诚"的象征①。

毫无疑问，陈子龙和矢志反清复明的许多朋辈，都以文天祥为效法的对象。文氏被捕之后，押解北还。元军一再劝降，坚不屈服，名诗《过零丁洋》便写于此际②，目的在明志。而陈子龙一伙明末死士，尤以为这首诗是英烈千秋的最佳写照：

> 辛苦遭逢起一经③
>
> 干戈寥落四周星
>
> 山河破碎风抛絮
>
> 身世飘摇雨打萍
>
> 惶恐滩头说惶恐
>
> 零丁洋里叹零丁④
>
> 人生自古谁无死
>
> 留取丹心照汗青

因此，诚如当代史家余英时所说，文诗第五句提到的惶恐滩，

---

① Brown, 49. 有关明人眼中文天祥的英烈形象，见 F. W. Mote, "Confucian Eremitism in the Yuan Period"，在 *The Confucian Persuasion*, ed. Arthur F. Wright（Stanford: Stanford Univ. Press, 1960），233。

② 见罗洪先据 1560 年《重刻文山先生全集》所编之《文天祥全集》（北京：中国书店，1985）卷 14，第 349 页。

③ 这句诗的本意是："自从我通过殿试进士及第以来。"有关"明经"一词的定义，请见 Charles O. Hucker, *A Dictionary of Official Titles in Imperial China*（Stanford：Stanford Univ. Press, 1985），p.333, no. 4007。

④ 这两行诗的英译见 Brown, *Wen T'ien-hsiang*, 155。

就此变成明末志士向往的圣地^①。明代大儒方以智（1611—1671）曾涉入反清运动，遭清兵逮捕，乃自沉于惶恐滩附近。此事绝非偶然，盖方氏自许为文天祥再世^②。以文天祥的事迹为取典对象的事例，最令人动容者无过于方中履以《惶恐滩集》自题诗文一事^③。中履乃以智子，这样做显然在追悼父亲的死节。而这种种现象又说明了一个事实：文天祥已经变成一种新的英雄观的化身——救国拯民，死而后已，个人苦难，置之度外，成仁取义，仰之弥高。此乃新观念之内容，无怪乎文天祥《衣带赞》用诗见证道：

　　　孔曰成仁

　　　孟曰取义

　　　惟其义尽

　　　所以仁至^④

　　忠于明室者纷纷效法文天祥，在舍生取义前谱下自己的挽歌^⑤。就在清廷追谥陈子龙前两年的1774年，乾隆在文天祥用过的砚背鉴下数字，用褒志节^⑥。此事亦非偶然，盖文天祥从晚明以来，确实已变成忠义的代名词，是英雄观念的铸造者。流风所及，连

① 余英时《方以智晚节考》（增订版），台北：允晨文化公司，1986，第106页。
② 由于载籍有阙，方以智自沉的经过300年来未曾公开。余英时在1972年撰《方以智晚节考》，方使方氏死节大白于世。参见该书1986年的增订版，第95—122页，及第205—246页。
③ 余英时《方以智晚节考》，第107、212页。
④ 《文天祥全集》卷10，第251页。另见 Brown, *Wen T'ien-hsiang*, 223。
⑤ 较著名的例子有黄道周、夏允彝与夏完淳等人。参见袁宙宗编《爱国诗词选》（台北：商务印书馆，1982），第461页。
⑥ Brown, *Wen T'ien-hsiang*, 56.

屈原的形象也受到影响，跟着水涨船高，大大改变。在前人眼中，这位《离骚》里的古诗人乃宫中上官大夫的肉中刺，屡为谗言所害。但到了晚期，他却变成不畏强权的抗议英雄①。

明末之所以会形成拯国救民的英雄观，另一重要因素涉及当时一言九鼎的复社。这个组织有许多成员卷入江南的抗清活动。只消正视这个事实，即不难了解复社与忠君思想的联系②。首先——诚如阿特韦尔（William Atwell）的观察，复社"可能是古中国有史以来最庞大与最灵活的政治组织"，"晚明的地灵人杰纷纷"加入③。一般说来，中国曩昔的文学团体"若非在为宦途锦上添花，便是加官晋爵的踏脚石"④。但是，复社不同，这个组织极力鼓励社员参政论政。在中国历史上，我们也首度看到儒生决心集众志成城，主控政坛动向。

就各方面而言，陈子龙皆可谓朋党的代言人。他喜欢宣扬"改革"，多所致力于"学者问政"，尤其引人注目⑤。他念兹在兹，思索了许多当前局势的澄清之道。他在毫无前例可援的状况下，又独

① Laurence A. Schneider, *A Madman of Ch'u: The Chinese Myth of Loyalty and Dissent* (Berkeley: Univ. of California Press, 1980), 83-85. 当然，即使在明代以前，屈原的形象也已经数变。例如，在柳宗元（773—819）的诗文里，屈原的传说和"放逐"这个主题就有密切关系，参见 William H. Nienhauser, Jr., et al., *Liu Tsung-yuan* (New York: Twayne, 1973), 36-37, 105。

② 见杜登春《社事始末》，《昭代丛书》卷50。另见 Frederic Wakeman, Jr., *The Great Enterprise: The Manchu Reconstruction of Imperial Order in Seventeenth-Century China* (Berkeley: Univ. of Caifornia Press, 1985), I: 665-674。

③ William S. Atwell, "From Education to Politics: The Fu She", in *Self and Society in Ming Thought*, ed. Wm. Theodore de Bary (New York: Columbia Univ. Press, 1970), 358, 347. 另见胡秋原《复社及其人物》（台北：中华杂志社，1968）。

④ Atwell, "From Education to Politics", 335.

⑤ 同前注，第348页。另见 Lynn Struve, "Huang Zongxi in Context: A Reappraisal of His Major Writings", *Journal of Asian Studies* 47. 3（1988）: 478。

力编成五百卷以上的《皇明经世文编》[①]，就可印证前文一斑。复社在松江有一分支机构，称为"几社"，陈子龙系其创始人之一。在朋辈如张溥（1602—1641）与夏允彝（1596—1645）的襄赞下，陈子龙大力鼓吹奋斗、奉献与热忱的哲学。他也像其他复社领导人一样，广收门生，到处公开讲学，宣传高层次的道德标准[②]。明亡以后，复社成员变成前朝的死节之士，原是再自然不过的事。蹈海誓不帝秦而身亡命丧者多如过江之鲫，确实也是中国史上前所未见。此所以乾隆在稍后颁发《专谥文》，"俾天下后世读史者有所考质"，盖"明季死事诸臣多至如许，迥非汉唐宋所可及"也[③]。

当然，这并不是说明末志士都死于反清运动中；死也必须死得光荣，死得其所。献身大业的明末遗臣甚多，像诗人王夫之（1619—1692）就是一位：他积极参与复明志事，幸而劫数未到，最后在野讲学，誓不与清人妥协。又如张岱（约1597—1671以后）等人虽未参与反清大业，不过诚如宇文所安（Stephen Owen）所说，只要"情势需要"，他们随时都有"赴死"的打算。这些忠贞之士变成乡野"草民"，显然都效法司马迁"隐忍苟活"，以便完成文史大作[④]。这些遗民深知自己的地位微妙，和当代社会已有隔阂，因此都希望自己的文化使命有其历史新义。他们已预知自己的历史定位，也顺着这种成见在塑造自己的生命。巧的是，宋人

---

① 见《皇明经世文编》（1639 年；香港，1964 年重刊）。
② Atwell, "From Education to Politics", 347.
③ 陈子龙《陈忠裕全集》，页一乙。据乾隆云，明末有三百名官吏殉国。当然，这个数字还不包括"为逃避异族铁骑所辱"而殉国的无数男女，见 Jonathan Chaves, "Moral Action in the Poetry of Wu Chia-chi", 387-405。
④ 宇文所安对这点有所申述，见 Stephen Owen, Remembrances: The Experience of the Past in Classical Chinese Literature（Cambridge: Harvard Univ. Press, 1986），136-137。

郑思肖的要籍《心史》于1638年"出土"。郑氏诗画双绝，事君不二，他的手稿再度鼓舞了明末志士的精神[①]。诚如当代史家牟复礼所说："本书发现之时，适逢仇外与忠贞之忱有待加强之际。书中微言恰能强化时人反清心绪，无视威胁。"[②]郑著保存在苏州某处井底的铁函之中，非但历三百年而不朽，抑且还有出井面世的一天，予时人新希望与人生新义。此事倘若不虚，则明末的孤臣孽子当可如法炮制，以"石匮藏书"[③]。这些硕果仅存的明室遗臣，变成原型式的苦难象征，同时还是文学赎罪之力的化身。他们一旦不能藉政治明志，就逐渐把政治外相转移成为内在情操。所以，我们还是可以他们的作品——尤其是诗作——为主，着手探悉其生命态度。若非这种态度，他们还真不能奋起于沮丧的折磨与个人悲剧之中。对这些忠贞之士来讲，"以诗传情"几乎就等于"揭竿而起"了。

陈子龙的一生和所著诗词，唯有从这个角度来看才有大意义。什么"意义"呢？死士的价值和艺术上的体受力。像文天祥一样，陈子龙在真实世界里经历了真正的苦难。他以身殉国，不是死在抽象苦难的观念中。像文天祥一样，他也写下足以光照历史的诗词，把个人的道德感显现出来。不过，他还是有一点和文天祥不

---

① 包括归庄与顾炎武（1613—1682）在内的许多忠于明室的人，都写诗谈过郑思肖的故事。苏州井底发现的《心史》的真伪，也有人提出异议。不过，今天的学者大都认为此书无伪，见杨丽圭《郑思肖研究及其诗笺注》（台湾文化大学硕士论文，1977），第82—101页。有关《心史》较佳的今版，见郑思肖《铁函心史》（台北：世界书局，1955年重刊）。

② Mote, "Confucian Eremitism in the Yuan Period", 352, n. 50.

③ 《石匮藏书》是张岱的书名。张氏效法司马迁的《史记》写下此书，记录明史。见张岱《石匮藏书》（上海：中华书局，1955）；另见 Owen, Remembmnces, 137.

同。宋亡不久，文氏即遭执囚禁[①]，而明亡后陈子龙仍能东藏西躲，直至 1647 年投水殉国。若非他复明密谋东窗事发，旋即就逮，他大可学张岱延命苟活，做个前朝遗民，直到老死。但明亡之后，陈子龙毕竟只苟活了 3 年，而这 3 年也正是改朝换代的关键期。从亡国到亡身这段时间，他仍然能够记下孤臣孽子的情怀，以诗人之身公开叙写现实里的悲剧或生死之间的抉择。此外，他的诗常具有克里格（Murray Krieger）所谓"抚慰式的优雅"（soothing grace）。这是"悲剧英雄"才能展现的灵视，也是道德与美学原则经过最后的融通后才能表现出来的灵见[②]。换言之，陈子龙的作品——尤其是明亡后他所写的作品——可以让我们体会出诗词所扮演的一种新角色。我们对道德与抒情合而为一的悲剧性了解，必须透过这种角色来促成。上述的"合而为一"，其实就是"忠"与"失落"的交相绾结。

第二章　晚明情观与妇女形象

陈子龙晚期的忠君爱国诗若以情感强度著称，则他早年的浪漫情诗亦不脱此一色彩。在陈氏的诗词里，"忠"与"情"像孪生兄弟，表现得咄咄逼人，令人震慑不已。前人柴虎臣的评论颇能道其精蕴：

---

① 文天祥在 1283 年初被元人处死之前，曾下狱囚禁了 3 年。
② Murray Krieger, *Visions of Extremity in Modern Literature*, Vol. I, *The Tragic Vision*（Baltimore: Johns Hopkins Univ. Press, 1973）, 3-4.

华亭肠断

宋玉销魂

惟卧子有之 ①

陈子龙相信："艳情"非但不会损人气概，而且是强直伟士必备的条件。实际上，17 世纪多数中国士子亦持此见。他们对女人的看法逐渐转变，此或其所以然也。故时人不再认为女人是"红颜祸水"（femme fatale），不再是仁人君子避之唯恐不及的红粉骷髅。晚明硕学周铨的《英雄气短说》便明白论及此一新的情观：

或者曰："儿女情深，英雄气短。以言乎情，不可恃也。情溺则气损，气损则英雄之分亦亏。故夫人溺情不返，有至大杀而无余，甚矣，情之不可恃有如是也。"周子曰："非也！夫天下无大存者，必不能大割。有大忘者，其始必有大不忍。故天下一情所聚也。情之所在，一往辄深。移之以事君，事君忠。以交友，交友信。以处世，处世深。故《国风》许人好色，《易》称归妹见天地之心。凡所谓情政非一节之称也，通于人道之大，发端儿女之间。古未有不深于情，能大其英雄之气者。以项王喑哑叱咤，为汉军所窘，则夜起帐中，慷慨为诗，与美人倚歌而和，泣数行下。汉高雄才谩骂，呼大将如小儿。及咸加海内，病卧床席，召戚夫人以泣曰：'若为我楚舞，

① 柴虎臣《倚声集》，引自王英志《陈子龙词学刍义》，在江苏师范学院中文系编《明清诗文研究丛刊》第 1 期（1982 年 3 月），第 94 页。"华亭肠断"用的是六朝诗人陆机（261—303）死节之典。宋玉（知名于纪元前第 3 世纪）的《高唐赋》以声色的细写著称。

吾为若楚歌。'歌数阕，一怆欲绝。嗟夫，此其气力绝人，皆有拔山跨海之概，乃亦不能不失声儿女之一蹙。他若如姬于信陵，夷光于范少伯，卓文君于司马相如，数君子者，皆飘飘有凌云之致，乃一笑功成，五湖风月，与后之自着犊鼻，与庸保杂作，涤器于市，前后相映。呜呼，情之移人，一至是哉！"余故谓："惟儿女情深，乃不为英雄气短，尝观古来能读书善文章者，其始皆有不屑之事，后乃有不测之功。触白刃，死患难。一旦乘时大作，义不返顾，是岂所置之殊乎？竭情以往，以举此以措云尔。"余故曰："天下有大割者，必有所大存，盖不系于一节而言也。乃后世有拥阿娇，思贮金屋，曰吾情也。噫！乌足语此？"①

事实上，周铨只不过在说明明代文化的要观之一："情"乃"砥砺志节的精神力量"②。短篇小说名家冯梦龙（1574—1646）编过一部《情史类略》，写出许多男女的感人情史。他们有的是史上人物，有的是凭空虚构。他们一往情深，诉尽儒门道德观的至高意境③。这部书确如韩南（Patrick Hanan）所说，"把英雄与浪漫思想汇为一流"④。

① 周铨《英雄气短说》，卫泳《冰雪携·晚明百家小品》（上海：国学珍本文库"第一集"，1935）下册，第144—145页。此文有林语堂的英译，见 Lin Yutang, *Importance of Understanding* (Cleveland: World, 1960) , 117-118。这条资料，我是承韩南的启发才觅得的，见 Patrick Hanan, *The Chinese Vernacular Story* (Cambridge: Harvard Univ. Press, 1981) , 221。
② Hanan, *The Chinese Vernacular Story*, 79.
③ 冯梦龙《情史类略》，郑学明编，长沙：岳麓书社，1984。
④ Hanan, *The Chinese Vernacular Story*, 79.

情观的中心思想是"爱凌驾于生死之上"。更精确地说,这种"爱"系"浪漫之爱"。夏志清在汤显祖(1550—1616)的《牡丹亭》这出名剧里,看到了情"超越时间的一面"[1]。这个观念,其实是明代文人所共有。"爱"变成人所崇奉的观念后,"情"一面可以带来至高无上的生命经验,一面也可以令人大勇无畏,敢于重厘传统的生死观。汤显祖的《牡丹亭序》,扼要道出晚明人士所谓"至情"者何也:

> 天下女子有情宁有如杜丽娘者乎?梦其人即病,病即弥连,至手画形容传于世而后死。死三年矣,复能溟莫中求得其所梦者而生。如丽娘者,乃可谓之有情人耳。情不知所起,一往而深……生而不可与死,死而不可复生者,皆非情之至也。[2]

因此,为情献身乃成为晚明戏曲与说部的中心课题。除了汤显祖的《牡丹亭》与《紫钗记》等两出浪漫剧之外[3],此时有无数的长、短篇小说都是以"情"为主题。我们故而不得不相信,情既然如此厚重,则其叙写正反映了一种新的感性与道德观。在冯梦龙的"三言"短篇集里,我们读到了陈氏夫妇欲生欲死之爱,也看

---

① C. T. Hsia, "Time and the Human Condition in the Plays of T'ang Hsien-tsu", In de Bary, et al., *Self and Society in Ming Thought* (New York: Columbia Univ. Press, 1970), 277.《牡丹亭》的英译见 Cyril Birch, trans., *The Peony Pavilion* (Bloomington: Indiana Univ. Press, 1980)。

② 汤显祖《牡丹亭作者题词》,台北:里仁书局,1986 年重印,第 1 页。

③ 见 Hsia, "Time and the Human Condition" 与 Pei-kai Cheng, "Reality and Imagination: Li Chih and T'ang Hsien-tsu in Search of Authenticity" (Ph. D. diss., Yale Univ., 1980), 252-294。

到了卖油郎为了乐伎美娘九死无悔：情深若此，中国言情之作史上未见①。此外，才子佳人小说广泛流传，反映大众对于感情至上众议佥同。何思南（RichardHessney）曾经说过，根据这种浪漫的情爱观，佳人理应许配才子，佳偶天成。"他们鱼水合和，是'千秋奇谈'的典范。"②数十年后，曲家洪昇名剧《长生殿》重编了杨贵妃的传统形象，又把同样的情观宣说了一遍："吾侪取义翻宫徵，借太真（杨贵妃）外传谱新词，情而已。"③

或许有人会辩称，这种"重情说"主要立论根据是小说和戏曲，不过捕风捉影，仅在反映晚明文人作家的生命理想。或谓此乃"一厢情愿"（wishful thinking），恰与"我们观念中的实情"相反，也和"中国古来讲究的家国重责"不合④。然而，我认为：就像王尔德（Oscar Wilde）所说的，"生命模仿艺术"的程度常常超过"艺术模仿生命"的程度，"伟大的艺术家创造出类型"之后，"生命每每就会依样画葫芦⑤。我相信这种说法正是晚明男女的写照。易言之，重情之风在晚明达到沸点，主因读者取法当代说曲，而其中所写的角色类型都强调情爱，终使社会文化重新定位人类的感情。事实上，角色类型的典型确实有其深刻的撞击力，所以

---

① 冯梦龙《醒世恒言》（香港：中华书局，1958）第三及第九回。这些故事的作者及取材问题，参见 Patrick Hanan, *The Chinese Short story* (Cambridge: Harvard Univ. Press, 1973), 242。

② Richard C. Hessney, "Beyond Beauty and Talent: The Moral and Chivalric Self in The Fortunate Union", in *Expressions of Self in Chinese Literature*, edited by Robert E. Hegel And Richard C. Hessney (New York: Columbia Univ. Press, 1985), 239.

③ 见《长生殿》第一出，《中国十大古典悲剧集》（上海：上海文艺出版社，1982），第613页。

④ 何思南在其 "Beautiful, Talented, and Brave: Seventeenth-Century Chinese Scholar-Beauty Romances" (Ph. D. diss., Columbia Univ., 1979), 29 讨论过这个问题。

⑤ Oscar Wilde, "The Decay of Lying", in *The Artist as Critic: Critical Writings of Oscar Wilde*, ed. Richard Ellmann (1969; rpt. Chicago: Univ. of Chicage Press, 1982), 307.

早在 16 世纪初就有守旧的儒士为此担忧，深恐"白话小说对女性读者会造成不良的影响"①。

另一方面，有一点常常为人疏忽：说曲中为情献身的角色典型，通常都是基于当代名伎的真实生活塑造出来的。虚构与现实生活一面以世俗的方式串联，一面也以想象的方式贯穿。我们知道，像冯梦龙一类的作家不但交善于乐伎，而且还常为她们写故事②。在这种情况下，上述事实就令人更感有趣了。确然，我们在读晚明说曲时，常常会慑于乐伎在其间所据的重要地位。金陵秦淮河畔酒楼舞榭的歌伎，地位尤其重要。这些歌女的生活本身就是小说，对情观的形成举足轻重。我们一方面看到歌女玉堂春在说曲里的新形象，看到她变成情人理想的典范③；另一方面，我们也读到冒襄（1611—1693）所写的名伎董白的一生。在后一故事里，

---

① Joanna F. Handlin, "Lü K'un's New Audience: The Influence of Women's Literacy on Sixteenth-Century Thought", in *Women in Chinese Society*, edited by Margery Wolf and Roxane Witke（Stanford: StanfordUniv. Press, 1975）, 28。在 17 与 18 世纪的欧洲，同样有人怀疑女人阅读小说是否恰当。当然，其时欧女原先所读的是宗教文学，后来才改读小说。

② Hanan, *The Chinese Vernacular Story*, 80-81.

③ 有关玉堂春故事的演变，见 Hanan, *The Chinese Short Story*, 240-241.

忍让与自我牺牲变成新情观的特征，金粉圈内无不拳拳服膺[①]。当然，早在唐传奇里，歌伎就常以为情献身的形象出现，像李娃与霍小玉的虚构故事都是例子。而在晚明之前许久，也有很多贞烈歌伎如武陵春（齐慧贞）者。她为所爱奉献一生，至死不移。徐霖（1462—1538）特地为她雕像褒旌[②]。然而，"歌伎的典型"要为众人接受，变成情观的象征，却得俟诸17世纪初年。概略言之，重情思想可谓歌伎文化的产物。

歌伎转化情的观念，使之成为受人景仰的风尚。孔尚任（1648—1718）的杰作《桃花扇》也例示了这种情形。《桃花扇》是一本历史剧，完成于1699年，所写自是晚明的真人真事。在剧中，名伎李香君对所爱侯方域的坚贞之情，由一把沾染血斑的扇子来象征。原来香君不从奸相之令改嫁漕抚，以头撞地，血喷而出，染

---

① 冒襄《影梅庵忆语》，重印于杨家骆编《中国笔记小说名著》（台北：世界书局，1958）卷1。此书英译见 Pan Tze-yen, trans., *The Reminiscences of Tung Hsiao-wan*（Shanghai: Commercial Press, 1931）。有些学者可能认为这个故事的结局"不够写实"。据冒襄所述，董白因病而死，但有人怀疑冒襄伪作。长久以来，民间传说董白后为顺治立为皇妃，不过学者已证明这是讹传，见钱仲联《吴梅村诗补笺》，在其《梦苕庵专著二种》（北京：中国社会科学院出版社，1984），第123—133页。然而，若据史学家陈寅恪之说，董小宛很可能在1650至1651年为清人所劫持，虽然她并未如传言变成顺治皇帝的妃子。1650年左右，也是冒襄说小宛病逝的那一刻。1651年以前，清军确实已席卷金陵与苏州一带的北里区，"攘走"很多当地的歌伎，包括一些已经从良的。清军的目的，是要为朝廷重开教坊。董小宛也是杰出的画家，这方面的讨论请见 Marsha Weidner et al., *Views from Jade Terrace: Chinese Women Artists 1300-1912*（Indianapolis Museum of Art and New York: Rizzoli, 1988），98-99。

② 武陵春的故事记载于周晖的《续金陵琐事》（书成于1610年），重刊于《金陵琐事》（北京：文学古籍刊行社，1955）二卷，第157页乙至158甲。应该注意的是：徐霖在他的铭文里把武陵春喻为某李哥哥，暗指唐代贤伎李娃——白行简虚构出来的小说人物。徐霖对李娃特有所好，据传为其所做的传奇《绣襦记》，就是取材自唐传奇《李娃传》。有关武陵春和徐霖的资料，我要感谢王璦玲的指引。李慧淑的一篇手稿也使我获益匪浅：Lee Hui-shu's, "The City Hermit Wu Wei and His Pai-miao Paintings"（1989）。

红扇面。这把血扇后为画家杨文骢所得，便就血斑画成桃花。人间至情，全都缩影在这把桃花扇上。晚明理想的情观，也借此象征出来，而传统的人间乐园"桃花源"从此又得到一层新义①。桃花扇既然寓有这么深刻的情意，香君和方域的乐师朋友苏昆生才会冒险护持差点落水的扇子：

> 横流没肩
> 高擎书信
> 将兰亭保全真本②

以裴德生（Willard Peterson）为首的某些现代史学家，都曾警告过我们不要把"许多作品里所写"的歌伎与文人的关系当真，尤其不可把"他们之间的关系想得太浪漫"③。不错，确实有作家笔下的情观和一般不同，目的也有差异，而即使是秦淮河畔的歌伎也有"旧院"与"南市"之分——前者卖艺不卖身，后者和现代的"妓女"无殊④——但我们仍然难以否认理想的浪漫之爱确实就是晚明文士和歌伎之"情"的真谛。问题的症结在于"才子"若无"佳人"匹配，就不成其为"才子"了。当然，艳情并非始于晚

---

① 请注意：在这本戏第二十八出，侯方域在蓝瑛的画上题了一首《桃花源》诗。《桃花源》与"桃花扇"之间有象征性的联系应该不言而喻。

② 孔尚任《桃花扇》，台北：商务印书馆，1971 年重印，第 129 页。

③ Willard J. Peterson, *Bitter Gourd: Fang I-chih and the Impetus for Intellectual Change*（New Haven: Yale Univ. Press, 1979），143-144.

④ "旧院"，指靠近武定桥的伎区。像李香君与卞赛等名伎才女都住在这里。她们一旦找到可以托付终身的良人，每每会交换信物，就像《桃花扇》里侯方域与李香君的做法。相反，"南市"是低级伎女卖春之处。见余怀《板桥杂记》，页一甲。

明，不过上述情观在明末风靡一时，因而变成文化界的迷流之一，反又化为时代文学思潮的主导力量。早期说曲里的主角，多半是下面这种观念的信徒："功未成，名未就，何以家为？"但《桃花扇》里的侯方域却不似这种传统人物。他考场失意，名落孙山，随即就和香君拜了天地。他把"情"置于世俗的功名之上，还为此洋洋得意："虽非科第天边客，也是嫦娥月里人。"① 这种高蹈不实的浪漫之情，尤可见诸"成双成对"的观念。才子佳人式的说曲，最好强调这种情观② 。话虽如此，真实生活里最难令人忘怀的爱情象征，仍然要推文人与歌伎羽翼双飞，例如侯方域（1618—1655）与李香君，冒襄（1611—1693）与董白，吴伟业（1609—1672）与卞赛，龚鼎孳（1615—1673）与顾媚③ ，杨文骢（1596—1646）与马娇④ ，以及陈子龙与柳如是，等等。

从这个角度来看，陈子龙与柳如是的诗词所写的浪漫爱情，实为斯时文人与歌伎文化的直接回响。柳如是乃名伎也，时代因她而益形多彩，妇女的形象也因她而提高不少。这点我稍后会再详论。柳如是不仅是名伎，她更是一代才女，文学成就斐然⑤ 。双十年华，她就刊行了处女诗集，成为众所瞩目的女诗人。她和陈子龙之间的情缘为诗词激发了一种新体，影响广及尔后词体复兴

---

① 孔尚任《桃花扇》修订版第六出，北京：人民文学出版社，1984，第 44 页。下提本剧据此版。
② 例如吴炳的戏曲《绿牡丹》里便有两对"才子佳人"。类此技巧稍后也出现在《平山冷燕》与其他戏曲里。见 Hessney, "Beautiful, Talented and Brave", 167。
③ 有关顾媚的生平与艺术成就，见 Weidner, *Views from Jade Terrace*, 96-98。
④ 据关贤柱所考，杨文骢的生卒年是 1596 至 1646 年，而不是一般以为的 1597 至 1645 年。见关著《杨龙友生卒年考》，《贵州大学学报》第 50 期（1987 年 3 月），第 43—44 页。
⑤ 有关柳如是的画与碑铭的简论，见 Weidner, *Views from Jade Terrace*, 99-102。

这件文坛要事。几年过后，就在 1652 年左右，柳如是又编成了一部女诗人的诗选。最后，这部诗选合刊在钱谦益（1582—1664）所编的《列朝诗集》里。柳如是一如其时无数的歌伎，变成人人景仰的"才女"，周旋于江南诸城的文化精英之间。余怀（1617—约1695）在其《板桥杂记》里描写道：柳如是的同代歌伎之中，有许多人都是诗、书、画、曲四绝，时人直以女性艺术家目之，而她们也不拘礼法，自由自在地与男诗人或翰林学士互相酬答。李维（Howard Levy）曾将《板桥杂记》译为英文 ①，其《绪论》总括上述论点曰：

> "这些歌伎"浸淫在书法、藏书、画论里。她们会将闺房布置得很朴素，但是不失格调……也会忘情吹笙弄调，独具一格吟诗作对，要不就迳扮生旦，演来丝丝入扣，令观者目瞪口呆。达官贵人为其神魂颠倒，显然不是因其姿色撩人，系其才具优异有以致之 ②。

先前歌伎的生活天地就是所居北里，但是明末的歌伎却不受此限。许多文人的居所都有歌伎定期来访③。文徵明（1470—1559）曾孙文震亨（1585—1645）的名府，就是柳如是时常造访之处。

---

① Howard Levy, trans., *A Feast of Mist and Flowers: The Gay Quarters of Nanking at the End of the Ming*（Yokohama: Privately printed, 1966）.

② Levy, "Introduction", *A Feast of Mist and Flowers*, 9.

③ James C. Y. Watt, "The Literati Environment", in *The Chinese Schola's Studio: Artistic Life in the Late Ming Period,* edited by Chu-tsing Li and James C. Y. Watt（New York: Asia Society Galleries, 1987）, 7.

文人常在他们优适的居所雅集，款待来访的歌伎，而如同屈志仁（James Watt）指出来的，这些聚会的结果"有时就是浪漫的婚姻——这是晚明开放的社会另一值得注意之处"①。

晚明歌伎享有的新地位，多少类似于 16 世纪威尼斯（Venice）色艺双绝的高级才伎②。男女之间的新关系，便在这种新地位上建立起来。首先，柳如是的诗词成就并非暗示歌伎心存和须眉一别苗头，希望另建女人的地位，而是暗示一种能力，足以泯除男女之间的界限。柳如是以身作则，进一步暗示歌伎再也不只是"聊天的陪客，或仅仅是个'艺匠'"。唐代以来，她们或许是这种人③，如今则不然，反而是各有专著的"作家"或"艺术家"，承袭了和男性一样的文学传统，也和男性一样处身于当代的文化气候里。职是之故，她们广受江南知识精英敬重与赞助。当代说曲上出现大量的"才女"，或许某种程度上仅在"反映女性读者或观众的愿望"④，但是，类如柳如是的歌伎确实就是不折不扣的"才女"。读小说，我们就想起多才多艺的苏小妹（宋代诗人苏东坡之妹），

---

① James C. Y. Watt, "The Literati Environment", in *The Chinese Schola's Studio: Artistic Life in the Late Ming Period,* edited by Chu-tsing Li and James C. Y. Watt（New York: Asia Society Galleries, 1987）, 7.

② Ann Rosalind Jones, "City Women and Their Audiences: Louise Labé And Veronica Franco", in *Rewriting the Renaissance: The Discourses of Sexual Differences in Early Modern Europe*, edited by Margaret W. Ferguson et al.（Chicago: Univ. of Chicago Press, 1986）, 299-316.

③ Jeanne Larsen, "Introduction" to her *Brocade River Poems: Selected Works of the Tang Dynasty Courtesan Xue Tao*（Princeton: Princeton Univ. Press, 1987）, xv.

④ Hessney, "Beautiful, Talented and Brave", 36.

冯梦龙的"三言"小说集又把苏小妹的形象散布到各处①。小说中对苏小妹的诗才赞不绝口，也讲到她在洞房花烛夜如何"考"她的"丈夫"秦观。当然，小说纯属虚构，因为史上的苏小妹根本没有见过宋词大家秦观：她在秦观弱冠并投在苏轼门下之前就已倩魂西归。此外，史上秦观所迎为徐氏，亦非苏氏也②。这篇小说的匿名作者显然故意扭曲史实，以便创造出一位才女。这位才女才艺更在丈夫之上，可想必能深受晚明读者欢迎。

　　同样地，清初戏曲大家洪昇也写过一出《四婵娟》，借以颂扬四名才女的文才与巧艺：谢道韫工诗，卫铄精书，李清照善词，而管道升则擅画。当然，这出戏还是偏重历史人物的改写，而非以明末才女的叙写为重心。不管如何，前此说曲里"才子佳人"的观念已经慢慢转化成为"才子才女"的形象。"美色"不再是说曲家濡笔争制的焦点，男女主角平起平坐、才质堪比才是重心所在。

　　更有趣的是，戏曲家徐渭在短剧《女状元》里，把男女平等夸大到了极点。剧中写一女子乔扮男装，在殿试里状元及第——传统上，女人是不能赴科考的③。这名女子最后嫁给了宰相之子，而其夫婿稍后也高中状元。徐渭在剧尾的题目正名里把他的命意简

---

① 冯梦龙《醒世恒言》第十一回。此回故事取材的问题，见 Hanan, *The Chinese Short Story*, 243。何思南在 "Beautiful, Talented and Brave" 第 177—179 页中也讨论过这个故事。苏小妹的故事还令人想到伍尔夫夫人（Virginia Woolf）所创造的一位小说人物——一位称为 Judith Shakespeare 的女诗人：莎翁"才高八斗的妹妹"。见下面有关吴氏故事的论衡：Sandra M. Gilbert and Susan Gubar, *The Madwoman in the Attic: The Woman Writer and the Nineteenth-Century Literary Imagination*（New Haven: Yale Univ. Press, 1979），539-541。

② 何琼崖等《秦少游》，南京：江苏人民出版社，1983。

③ 见徐渭《女状元辞凰得凤》，周中明编《四声猿》（上海：上海古籍出版社，1984），第62—106 页。同类的题材另见于许多明清传奇，但徐渭所编可能是最著名的一出。

括出来："女状元和男状元，天教相府配双鸳。"① 确证可信：耽读说曲的歌伎柳如是，对新说曲里的才女形象一定很熟悉②。男性作家创造出了一位苏小妹与一位乔扮男装的女状元，但柳如是本人就是苏小妹，也经常像"女状元"一般身着男装，以儒士的面貌现身。1641 年，她便身着男装独自走访钱谦益的半野堂。钱氏居然认不出她，还深为这位"少男"的文才所折服。就像莎剧《威尼斯商人》(*Merchant of Venice*) 里的波西亚 (Portia)③，扮成男装的柳如是感到前所未有的自由，地位也非曩前可比（参见《别传》中册，第 387 页），回溯如此泯灭男女界限的企图，我们发现晚明的歌伎确和早期的宫娥歌女十分不同。毕瑞尔 (Anne Birrell) 说得不错，早期宫娥与歌女的生活地位"和男性相去甚远"④。

晚明歌伎的形象既然有所转变，异乎一般女子，文士自会和她们发展出特殊的关系⑤。这种关系纵然不能称为真正的平等，至少也是互争妍媚或互敬互重。文士和歌伎作诗酬和，一起出游，

---

① 《女状元辞凰得凤》，第 100 页。
② 当然，"才女"形象影响所及不仅仅只有歌伎，许多女诗人皆出身缙绅人家。她们筹组诗社借以提高文学兴趣。歌伎积极周旋在儒士之间，彼此关系密切，但一般女诗人的活动不然，只限于女性的亲朋好友之间。出身大家的这类女诗人，以商景兰最值得注意。她是明末志士祁彪佳（1602—1645）之妻。魏爱莲（Ellen Widmer）指出：诗才与艺术成就虽可使歌伎"飞上枝头，与缙绅联姻，但是，缙绅之女或缙绅之妻或母，却不得露才太甚"。见 Widmer, "The Epistolary World of Female Talent in Seventeenth-Century China", *Late Imperial China* 10, 2 (1989): 30。
③ 这一点我得感谢 Linda Woodbridge 的启示，见其 *Women and the English Renaissance: Literature and the Nature of Womankind*, 1540-1620 (Urbana: Univ. of Illinois Press, 1986), 153。
④ Anne Birrell, "The Dusty Mirror: Courtly Portraits of Woman in Southern Dynasties Love Poetry", in Hegel and Hessney, eds., *Expressions of Self*, 55.
⑤ Joanna Handlin 辩称由于晚明识字妇女的人数日增，男人对女人的看法已经改变。见其 "Lu K'un's New Audience", 29。

在政治与道德承诺上同肩共担，彼此发展出真正的友谊。歌伎洗尽铅华后，往往变成文人妾，但是她们扮演的职责却又不逊今人妻。柳如是离开陈子龙后数年，像传奇一般地嫁与钱谦益，就是一例。当时，文士的正妻通常都在媒妁之言下聘娶，无论情感与知识都与丈夫颇有距离，发展不出真正的浪漫情愫。歌伎乃乘虚而入，越俎代庖。同时，"爱"与"友情"在情观的鼓励下，往往也会"合法化"文士和歌伎之间的关系，使他们能见容于世人[①]。余国藩研究18世纪伟构《红楼梦》时曾指出："表兄妹之间绽放的爱情"，具有"不寻常的"本质[②]。这种现象确可追溯到晚明才子与"才伎"的关系模式上。

关涉文人歌伎关系发展的另一因素，是复社与几社等文学团体所推动的新思潮。明代的爱国志士几乎都是复社的成员，此所以我稍前曾提到文学团体与明朝忠君思想的关系。事实上，许多杰出的歌伎——如柳如是、卞赛与李香君——都可算是复社或几社的"社员"，因此也都和她们的男友拥有一样的文学与政治关怀。明朝在稍后灭亡之后，这些歌伎也有人为国牺牲了，像孙克威的妾葛嫩就是一例。其他的人——尤其是柳如是[③]——则涉入反清复明的运动，不让男性志士如陈子龙和王夫之等专美。复社所强调的政治与道德上的使命，在成员中掀起一阵新的热潮，促使爱情

---

① 当然，这不是说晚明没有妒妇，不是说正妻不会禁止丈夫纳妾。陈子龙与柳如是彼此情深义重，但因陈氏家有妒妇而不能长相厮守。这一点本书稍后会说明。

② Anthony C. Yu, "The Quest of Brother Amor: Buddhist Intimations in The Story of the Stone", *Harvard Journal of Asiatic Studies* 49.1（1989）：70.

③ 比方说，她曾涉足黄毓祺的抗清运动，1654年与1659年也曾襄助金陵地区的郑成功部队。类似的义举详情请见《柳如是别传》下册，第827—1224页。

与忠君思想结合在一起。这两种激烈的人类情感，乃顺理成章形成直接的互动。职是之故，不分男女，许多著名的情侣乃纷纷变成坚贞的爱国志士。

事实上，明清之际的许多作品里，歌伎常常是爱情与政治使命的基本联系点。上文说过，孔尚任的《桃花扇》刻画歌伎李香君的贞烈死节，如在目前。李香君和所爱侯方域都常受到政治压力，两人也都不断在抵挡。奸臣阮大铖贪赃枉法，恶名昭彰。劝侯方域拒绝阮大铖资助的正是李香君。非特如此，香君对复社的志业信仰坚定，不但百般回护，必要时还愿意效死。她在秦淮河畔的北里香闺，墙上正刻着复社领袖张溥与夏允彝的爱国诗词[1]。侯方域最后加入义举，也是受到香君爱情感动。史上的侯方域曾为香君立传，赞美她是"侠而慧"的贞妇[2]。

柳如是同样勇气可嘉，有豪侠之风。她常自比梁红玉——梁氏本为歌伎，后来嫁给宋将韩世忠，曾助丈夫逐退金兵（参见《别传》上册，第66页）。在柳如是与李香君身上，我们确可见到一幅鲜明的歌伎画像，充满大无畏的精神与正义感。女人在传统上业经定型为"红颜祸水"，是男人的致命弱点。但柳、李却一反常态：她们义行可风。侯方域、冒襄、陈贞慧（1605—1656）与方以智人称明末"四公子"，但他们都忠于国家，是反清志士。他们与歌伎之间的浪漫情史不但没有使自己忘却国仇家恨，反而因此更加爱国，献身民族大业。总而言之，晚明歌伎有其政治重责，力足以结合灵肉，化而为道德行动。她们和前辈歌女的大异，或许正是

---

[1]　孔尚任《桃花扇》第二出，第16页。
[2]　侯方域《壮悔堂集》，《四库备要》版卷5，上海：中华书局，1936，第11页乙。

在此。

　　最重要的是，明朝覆灭以后，歌伎已然变成爱国诗人灵视的化身。这种发展不难理解：歌伎和爱国志士在亡国后都经历过同样的变局，不论公众形象或个人角色都取决于类似之见。他们之中某些人还得像陈子龙和柳如是一样，不断扮演抗争者，参与各种复明大计。至于其他人呢？以侯方域和卞赛为例，就遁迹人寰，不是进了道观，就是当了隐士。不过，这些人经过国破家亡，都像失根的兰花，感到无限的萧寂，就像吴伟业在《听女道士卞玉京弹琴歌》里深刻所写的一般①。众女在改朝换代的过程中所感受到的痛苦，委实不下于遗民志士：

　　　　月明弦索冷无声

　　　　山塘寂寞遭兵苦

　　　　十年同伴两三人

　　　　沙董朱颜尽黄土

　　　　贵戚深闺陌上尘

　　　　我辈漂零何足数②

　　因此，国破后幸存的志士每将自己的茕然无助比诸歌伎的命运，甚至以此醍醐灌顶。诗人吴伟业可能从此获得灵感，才在1650年提笔为歌伎的流离生涯谱出一连串的新曲。其中最著名的

---

① 见 Kang-i Sun Chang, "The Idea of the Mask in Wu Wei-yeh（1609-1671）", *Harvard Journal of Asiatic Studies* 48. 2（1988）: 289-320。

② 见 Kang-i Sun Chang, "The Idea of the Mask in Wu Wei-yeh（1609-1671）" *Harvard Journal of Asiatic Studies* 48. 2（1988），第317页，《附录》。

一首应数《临淮老伎行》（1655）。这首名诗中有两行写临淮老伎深刻无比，其实正是诗人自己晚年的写照："老妇今年头总白／凄凉阅尽兴亡迹。"①

晚明志士在歌伎的命运中看到自己的命运，他们尊敬歌伎的心情由此可见一斑。更具启示新意的一点是：歌伎命运的浮沉，对他们来讲便是国家兴衰的隐喻②。余怀《板桥杂记》开篇的故事，居然拿秦淮河畔的歌伎比喻明朝的兴废③。王士禛（1634—1711）的《秦淮杂诗》咏叹歌伎悲惨的命运，借调寄亡国之思④。其时年纪尚轻的诗人夏完淳（1631—1647）也为某歌伎写了一首诗，对答之间把过去的繁华和眼前的萧条做一对比。令人惊慄的是，他把焦点锁在歌伎文化败亡的悲剧上⑤，孔尚任《桃花扇》的楔子写道：全剧精神所寄是朝代的"兴亡"与人世的"离合"⑥。本书稍后有专章讨论到陈子龙的词，因为他把所爱的柳如是转化为明朝的象征。明末遗臣的作品常常写到歌伎——我们如果一一追索她们的象征意涵，则表面上的文学技巧实则可能衍化自真实生活的信念，盖"歌伎"已然变成"情"与"忠"的桥梁。

---

① 吴伟业著，吴翌凤编《吴梅村诗集笺注》（1814 年；香港：广智书局，1975 年重刊），第 185 页。
② 另见朱则杰《歌舞之事与故国之思——清初诗歌侧论》，《贵州社会科学》卷 22，1984 年第 1 期，第 95—100 页。
③ 余怀《板桥杂记》，重刊于《秦淮香艳丛书》（上海：扫叶山房，1928），第 1 页甲。
④ 王士禛著，李毓芙编《王渔洋诗文选注》（济南：齐鲁书社，1982），第 69 页。另见 Daniel Bryant 英译的第十一首杂诗（"Syntax and Sentiment in Old Nanking: Wang Shih-chen's 'Miscellaneous Poems on the Ch'in-huai'"，manuscript, 1986），第 27 页。
⑤ 引自余怀《板桥杂记》，第 17 页甲。
⑥ 孔尚任《桃花扇》，第 1 页。

第三章　陈子龙与女诗人柳如是

我们说过，17 世纪才女型的歌伎不为俗羁，社会地位也高过前代妇女。证诸陈子龙松江朋党所写的诗文，可知此言不虚。柳如是在 1632 年崛起之时固为松江歌伎，但也是才艺过人的少女。陈子龙和其他的松江文人——主要为宋征舆、李存我与李雯——都非常佩服她的学识与诗技。她也写得一手好字，令人叹赏不绝。诸子不仅视之为红粉知己，又引为政治同党。明、清两代，有许多人为柳如是画过像，证明她在男性同侪之间确有地位①。总而言之，正如陈寅恪三巨册的柳传分毫无爽所示，任何和柳如是见面把谈过的人，无不倾倒。

柳如是出身扑朔迷离。1641 年嫁与钱谦益之前，她数易其名，使得问题更难稽考。不过，此时她开始启用"是"这个名字，自号"如是"（《别传》上册，第 17—37 页）。松江时代，她显然用过许多名字，例如"影怜""云娟""婵娟"与"柳隐"等。她幼年的生活尤其是一片迷雾：迄今似乎无人知晓早年的她是怎么一回事。据陈寅恪所考，她本为盛泽归家院的丫鬟（名杨爱），十来岁就为时已罢官的前任首辅吴江周道登纳为妾。周氏对她爱宠有加，终于引起诸妾妒意，诬她淫乱。时年十五的柳如是，就此被逐出周

---

① 哈佛大学霍格艺术博物馆（Fogg Museum of Art）藏有一卷题为"河东君像"的柳如是肖像。有人认为这是晚明画家吴焯绘，见 Robert J. Maeda, "The Portrait of a Woman of the Late Ming-Early Ch'ing Period: Madame Ho-tung", *Archives of Asian Art* 27（1973-1974）: 64-52. 不过，最近有些艺术史家怀疑这幅画是伪作，例如 James Watt 就辩称吴焯所绘并非河东君，因为画中歌伎的造型"鄙陋"，和史上柳如是高雅之美适相矛盾（1987 年 10 月 30 日私函）。较晚期画家所绘的柳如是像，请参见本书附图。

府（《别传》上册，第39—53页）。

那一年是1632年，而柳如是也来到陈子龙故里松江定居。松江府乃晚明文化活动中心，丝绵业发达，"和苏州同享经济富庶"①。松江又名云间，文学上夙有"云间诗派"之称，和"松江画派"相互辉映。诚然，当时少有地方像松江拥有这么多的名儒、诗人、画家与书法家②。因此，初抵松江的柳如是马上发觉身边尽是俊彦高逸。她深知人穷辱至，不过早年在周府时也有幸学过诗词书画，因此拥有晋身的才艺，得以在高级社交与文学圈内出人头地。陈子龙至交宋征璧（约1602—1672）曾写过一首咏柳如是的《秋塘曲》，诗序中自谓深为柳氏过人才质所迷。他对柳如是的看法，其实就是松江学者——尤其是陈子龙——对柳氏的态度：

> 宋子与大樽（案指陈子龙）泛于秋塘，风雨避易，则子美《渼陂之游》也③。坐有校书（案即乐伎，指柳如是）④，新从吴江故相家流落人间，凡所叙述，感慨激昂，绝不类闺房语……陈子酒酣，命予于席上走笔作歌。

（《别传》上册，第48页）

---

① James Cahill, *The Distant Mountains: Chinese Painting of the Late Ming Dynasty*（New York: Weatherhill, 1982），63. 另见《别传》上册，第329页。
② Cahill, *The Distant Mountains*, 63. 另见朱惠良《赵左研究》，台北：故宫博物院，1979，第179—182页。
③ 见杜甫《渼陂行》，仇兆鳌注《杜诗详注》卷3，北京：中华书局，1979年版，册1，第179—182页。
④ "校书"一词原来特指唐代歌伎薛涛。她曾经荐举任蜀官校书，后世遂以此词指才女型的歌伎。

其时陈子龙年方二十四，却已是著名诗人，身兼松江文学团体几社的领袖。这个社团正是名闻天下的复社的支会，而陈氏暨诸友和许多晚明士子一样，此时也都感到有国破家亡之虞：朝廷兴废、文化命脉似乎都有隐忧。他们不论以诗遣怀或发为社会批评，心里从未忘却文化复兴或政治上的振衰起弊。几社的"几"字典出《易经》，意思实为"种子"，亦即取其振兴古典学术命脉的"种子"之意①。对这些忧国之士而言，文明的振兴不仅攸关政局，而且也是晚明教育系统垂危的疗方。他们企图恢复过去的理想治世，因此大声疾呼回返古代诗文的精神世界。诗人不仅要有诗才，也要关心社会政治。国家在存亡之秋更当如此②。他们极思统合文学、文化和政治，故美其奋斗曰"复兴"。像欧洲在中世纪以后的文艺复兴（Renaissance）运动一样，晚明诸子钩沉古典诠解古典不遗余力，认为这才是重整国家的治本之道③。

此一复兴运动另一要面，关乎妇女逐步解放与男人对妇女态度的转变。这一点前章业已讨论。英国文艺复兴运动与欧洲的有一些不谋而合之处，不能仅用"凑巧"二字予以形容。像伍布里治（Linda Woodbridge）等当代西方学者，总认为现代女性主义有其文艺复兴时代的根源，甚至觉得其时诸作是有关女性作家与读者

---

① William S. Atwell, "Ch'enTzu-lung（1608-1647）: A Scholar Official of the Late Ming Dynasty" Ph. D. diss.（Princeton Univ., 1975）, 58. 另见 Richard Wilhelm and Cary F. Baynes, trans., *The I Ching or Book of Changes*（Princeton: Princeton Univ. Press, 1967）, 345。

② 有关此一文学团体逐渐涉足政治的转变，见 Andrew H. Plaks, *The Four Masterworks of the Ming Novel*（Princeton: Princeton Univ. Press, 1987）, 9-12。

③ William S. Atwell, "From Education to Politics: The Fu She", in Wm. Theodorede Bary, ed., *The Unfolding of Neo-Confucianism*（New York: Colmnbia Univ. Press, 1975）, 345.

的文学作品的早期里程碑 ①。就中国是时的国情来说，柳如是的生涯恰可为我们提供一个优异的比较基础。下面的几个课题，更可做如是观：男人与女人的关系，女诗人对自身的看法，以及文学传统与原则性所扮演的角色。

比之西方的女诗人，柳如是有一点比较幸运：她的诗人地位不曾受到男性诗友的贬抑。据吉儿白（Sandra Gilbert）与古芭（Susan Gubar）所述，西方传统一向视诗人为"神圣的天命"（holy vocation），但女人因为不具神职人员的资格，所以没有机会展露抒情诗才或当名诗人 ②。侯梦丝（Margaret Homans）以英国传统为例，也提出类似之见。她说男人总把女人看成静静的听众，而不是创造力勃发的诗人 ③。事实上，有人甚至认为"女诗人"（woman poet）是个"自相矛盾的名词" ④，盖希腊文"诗人"（poietes）本属阳性字词。因此，吉儿白与古芭便结论道：英文中所谓的"女作家"（women writers）通常都指"女性小说家"（women novelists），如简·奥斯丁（Jane Austen）、夏洛蒂·勃朗

---

① 见 Linda Woodbridge, *Women and the English Renaissance: Literature and the Nature of Womankind*, 1540-1620（Urbana: Univ. of Illinois Press, 1984）。尤其是此书第 1—9 页。

② Sandra M. Gilbert and Susan Gubar, *The Madwoman in the Attic: The Woman Writer and the Nineteenth-Century Literary Imagination*（New Haven: Yale Univ. Press, 1979）, 546.

③ 见其 *Women Writers and Poetic Identity*（Princeton: Princeton Univ. Press, 1980）与 *Bearing the Word: Language and Female Experience in Nineteenth-Century Women's Writing*（Chicago: Univ. of Chicago Press, 1986）。

④ Gilbert and Gubar, *Madwoman in the Attic*, 541. 另见 Richard B. Sewall, ed., *Emily Dickinson: A Collection of Critical Essays*（Englewood Cliffs: Prentice-Hall, 1963）, 120.

特（Charlotte Bronte）与乔治·艾略特（George Eliot）等人①。然而，中国的情况却非如此：各种选集登载了不计其数的女诗人的作品，汉世以下皆有。唯一有异的是，著名的女性小说家要下逮20世纪才有之。说的也是，自蔡琰（约生于178年）、薛涛（768—832）、李清照（1084—约1151）与朱淑真（知名于约1170年）首开风气以来，柳如是与其他明清女诗人便把诗词推到历史的顶峰，中国抒情诗因此欣见阴柔的纤敏意绪。"词"本艳科，多半以男女关系为中心课题，故而上述情形益见真切。即使是男词人，也常把词中的发话人（persona）设定为女性，以便传达他们对妇女问题与情感的深切关怀②。我稍前提到，自17世纪以降，许多女性——尤其是歌伎——常与男性长期和诗酬答。互赠的诗词，以陈子龙和柳如是的为例，通常就是双方的信函，宣泄各自的私情，也道出彼此亲密的关系。传统中国男性并不认为女人所写的诗词"本质上会有什么问题"，原因无疑部分系此。但在早期英语世界里，女人写诗显然会出问题③。明清的男性诗人实则常奖掖女诗人，而且赏识才女的兴致特别高。以陈子龙为例，他就鼓励过柳如是刊刻

---

① Gilbert and Guhar, *Madwoman in the Attic*, 540-541. 要特别指出的是，这点在法国传统里不管用。在古代法国，Marie de France（知名于12世纪末叶）和Christine de Pizan（约1364—1430）都是人所公认的大诗人。当然，我也不是说英语世界没有任何女诗人。但是，和女小说家不一样的是，英国"写诗的女人"（例如18世纪的女诗人）一向都受到忽视，甚至遗忘。不到20世纪，这些人还真难出头，参见 Roger Lonsdale, *Eighteenth-Century Women Poets: An Oxford Anthology*（Oxford: Oxford Univ. Press, 1989）。

② 这种技巧在中国古诗中即可一见。当然，晚近的女性主义批评家深疑男性是否足以为女性"代言"。由于晚明男女有互易文化的情况发生，我认为上述的替代可信。词体的历史，尤其是词在17世纪的发展，显示词中的女人不仅仅是"隐喻"，同时也是"同僚"。

③ Gibert and Gubar, *Madwoman in the Attic*, 541.

诗集《戊寅草》（1638），还为她撰《序》推崇：

> 余览诗上自汉魏，放乎六季，下猎三唐。其间铭烟萝土之奇，湖雁芙蓉之藻，固已人人殊……是致莫长于鲍、谢矣……是情莫深于陈思矣……是文莫盛于杜矣。后之作者，或短于言情之绮靡，或浅于咏物之宵昧，惟其惑于形似也。……乃今柳子之诗，抑何其凌清而晌远，宏达而微悫与？……（柳诗）大都备沉雄之致，进乎华骈之作者焉。盖余自髫年，即好作诗，其所见于天下之变亦多矣。要皆屑屑，未必有远旨也。至若北地创其室，济南诸君子入其奥[①]，温雅之义盛，而入神之制始作，然未有放情暄妍……迄至我地，人不逾数家，而作者或取要眇，柳子遂一起青琐之中，不谋而与我辈之诗竟深有合者，是岂非难哉？是岂非难哉？

（《别传》上册，第111—113页）

　　陈《序》意绪深邃，同时也在代云间诗派发言。柳如是诚诚恳恳，对此派五体投地。陈《序》又道出陈氏个人的信念：真正的诗唯有归本还原一途才能获得。然而，此一复古心态并非徒知模仿，亦非自陷古人封囿而为古人所役。这种信念的本源，认为传统乃文明智慧贮存之所，其权威不容动摇，个人的创作灵感都

---

① 李梦阳是"前七子"之一，为1490至1500年代的文坛祭酒。"济南诸君子"喻"后七子"，因为他们奉李攀龙（1514—1570）为首，而李氏正是山东济南人。"前七子"和"后七子"都宗奉盛唐诗体，但据浦安迪的观察，他们"在理论上常常显得极不一致。反映在他们的文学生涯上，尤其如此，在主要的文学课题上，他们的意见更是反复无常"。参见 Plaks, *The Four Masterworks of the Ming Novel*, 28。

要从兹汲取。云间诗派乃几社旁系，其成员认定所推诗论可应晚明文学界之需，范围广及道德与知识层面。在他们心目中，往昔的文学自成一个理想的典范。返归于此，是拨乱反正的唯一途径，免得社会继续堕败。因此，他们并非为模仿而模仿，而是能在个人的创造性与传统之间求取一平衡点。艾略特数十年前夫子自道也为同道代言的话，几乎就是在重复云间诗派的论点："我们不是在模仿，我们是在接受改造，我们的作品是经过改造后的人写下的。我们不是在借取，我们是在接受刺激，我们扛起的是一个传统。"①

陈子龙、柳如是与他们的松江朋辈，都认为恢复华夏郁郁文风乃责无旁贷。问题是：究竟要借取哪些过去的文学典范，才能在目前重燃诗的生机？陈子龙在序柳如是的诗集时，已经显示他绝不盲从诗界前辈。也就是说，以"情"而言，他取法曹植；以"状物"而言，他走的是鲍照与谢灵运一脉；以文论而言，他奉杜甫为圭臬。虽然如此，体式之别仍然是陈氏的中心关怀。他的《序》暗寓着一层深意：古诗的传统与律诗的传统他绝不会牛马不分，而尽管他在古诗上似乎以六朝的曹植为鉴，就律诗而言他却崇尚盛唐的老杜。本书稍后我还会讨论到：即使以词而论，陈子龙也有精挑细选的典范。由于他对历朝以来的各种诗体、文体都有独到的看法，我们可以在此结论道：传统上以为云间派主隶盛唐的文学阵营，未免大而化之，容易引人误会。

柳如是或因陈子龙之故，或因相互影响，所取的文坛典范亦与卧子无殊。西方国家的女诗人"缺乏确切可行的女性传统"，难

---

① 引自A. D. Moody, *Thomas Stearns Eliot, Poet*（Cambridge: Cambridge Univ. Press, 1980），5.

免为之气馁。和这种情况形成尖锐对照的是：柳如是可以历朝累世的女诗人为鉴，不会有传统不足之憾。不费吹灰之力，她就可取法薛涛或李清照。但事实上，柳如是并无意发扬这种"女诗人的传统"；她宁愿泯灭男女诗人的传统界限，打破阳刚阴柔的定见。是以她不仅研究男性诗人的作品，甚至还颠倒传统情诗的基桩，写出高妙奇伟的《男洛神赋》。

从《九歌》（约前 4 世纪）的时代以还，诗人向女神示爱已经变成文学传统[1]。此乃承袭巫觋之风而来，有时则为政治托喻，上达臣下的忠悃。以洛神为示爱的理想对象，乃始自 3 世纪的诗人曹植。凑巧的是，曹植也是陈子龙和柳如是的诗人典范。曹氏在《洛神赋》里写道：他在洛水之滨忽见洛神显灵，姿容绰约，于是乃有一场浪漫奇遇。传统上，"赋"体所写包罗万象，每每令人眼花缭乱。在《洛神赋》里，诗人则细写神女撩人之姿："其形也，翩若惊鸿"；"环姿艳逸，仪静体闲"；"戴金翠之首饰，缀明珠以耀躯"；"迫而察之，灼若芙蓉出绿波"[2]。曹植在赋序里言之凿凿，谓此赋乃观洛神仙容而撰就。但是，他写得人心旌摇动，仿佛事实，所以许多批评家都认为，这篇赋一定是诗人爱情的写照。另一派的批评家，则从托喻的角度来诠释，以为诗人以此赋向其皇兄输诚，表明心无二志[3]。

---

[1] David Hawkes, "The Quest of the Goddess", in *Studies in Chinese Literary Genres*, ed. Cyril Birch（Berkeley: Univ. of California Press, 1974）, 42-68.

[2] 曹植《洛神赋》，[梁] 萧统编，[唐] 李善注《文选》，台北：文津出版社，1987 年重印，册 2，第 897 页。另请参较 Burton Watson, trans., *Chinese Rhyme-Prose: Poems in the Fu Form from the Han and Six Dynasties*（New York: Columbia Univ. Press, 1971）, 55-60。

[3] 见《文选》，第 897 页或 Watson, 55。

柳如是《男洛神赋》写一女子向男神求爱，故其独特之处固然在倒置传统角色的性别，更令人惊奇的却是赋序明陈她对既敬且爱的青年男子的仰慕衷肠。在《柳如是别传》中，陈寅恪先生特别标出河东君此赋，认为它是"最可注意，而有趣味者"：

友人感神沧溟，役思妍丽，称以辨服群智，约术芳鉴，非止过于所为，盖虑求其至者也。偶来寒潋，苍茫微堕，出水窈然，殆将感其流逸，会甚妙散。因思古人征端于虚无空洞者，未必有若斯之真者也。引属其事，渝失者或非矣。况重其请，遂为之赋。

（《别传》上册，第 133 页）

曹植越洛水而行，乍见神女。柳如是不然，她视自己为求爱者，一意追寻"洛神"。曹植的洛神只有在开篇时示现，柳如是者极其不然：这位"男洛神"要自己去追寻，才能访求得到。因此，柳赋一开头就是一场追逐景。女诗人上下求索，但愿能见所爱：

格日景之轶绎，荡回风之瀁远。缂淡然而变匿，意纷讹而鳞衡。望婗娟以熠耀，粲黝绮于疏陈。横上下而仄隐，寔澹流之感纯。识清显之所处，俾上客其逶轮。水潒潒而高衍，舟冥冥以伏深。

（第一至十二句）

这位"洛神"有感于女诗人情真意挚，乃缓缓现身：

惊淑美之轻堕，怅肃川之混茫。因四顾之速援，始嫚嫚之近旁。何煐耀之绝殊，更妙鄯之去俗。匪褕袿之爂柔，具灵矫之烂眇。水气醋而上芳，严威沆以窈窕。

（第四十三至五十二句）

此一男洛神之美令人赞叹不迭，直追曹植笔下女洛神之灿烂。事实上，"他"几乎就是那位洛水女神的化身。他的动作轻灵，他的仪态静若处子，他的举手投足更是贤淑自矜。他行走在碧波上，浑身同样笼罩在和煦的光环里。柳如是的修辞技巧虽然不脱传统的方式，却能透过角色性别的转换而传达出一种新的诗意。我们只见过男性作家赞赏女人：美目盼兮，嘴若樱桃，笑脸轻盈。我们从未见过女性作家颂扬过"男姿"。女诗人固然写过情诗，但传统上都是直接寄意，似乎还没有人描绘过所爱男子的形容[①]。如今，柳如是首开先例，由外而内细写情郎的丰美。

赋中这一副男性美，乃是从女人的角度来看待，本身更是在以新的观点呈现男女关系的另一面。正因柳如是确信某些保守派批评家会把这首情赋视为"寓言"，所以她才在赋序上明言这既非道德亦非政治托喻。一旦这样说，不啻表示她可以不假托喻而直接宣扬情爱——虽然这种"以洛神喻所欢"的"反托喻"形式仍得借用象征的手法来完成。

柳如是的《洛神赋》令人想起陈子龙的《采莲赋》。我们只要

---

① Ellen Moers 在西方女诗人的作品里也见到同类的现象，见其 *Literary Women: The Great Writers*（rpt., New York: Oxford Univ. Press, 1985），167。

翻阅陈作就会发觉里面也有一套类似的爱情象征。喜欢从道德或政治层面释赋的批评家，同样也会在这首赋里碰壁。陈子龙的赋题，显然借自王勃（约650—676）的同题作品。王氏在赋序上直陈政治企图，把他的《采莲赋》当作向君王效忠的表示[①]。陈子龙却反其道而行，径自在序上说明他的赋是为某一名媛而写。他以"莲花"喻所欢，所写命意仅此而已：

> 余植性单幽，悬怀清丽。芳心偶触，怃然万端。若夫秣陵晓湖，横塘夜岸，见清扬之玉举，受芬烈之风贻。虽渥态闲情，畅歌绵舞，未足方其澹荡，破此孤贞矣。江萧短制，本远风谣[②]。子安放辞，难娱情性，观其托旨，岂非近累？若云玄艳，我无多焉，遂作赋曰。

在全赋中，陈子龙不断求"莲"（某一女子）。他这样写，表面上是要符合男性的传统情人形象。不过，全赋虽从男性的观点写，而且写法又在传统情赋的伪装之下，陈子龙却仍有其重要的美学策略存焉。他频频暗示，希望读者能够窥知心意。传统示爱的修辞技巧与个人取典的新诗学，就在这首赋里回环激荡。这种重要的融通，我们一读便知。晚明文人对男女私情自有其偏爱之处，而上述的融通适可符合之。《采莲赋》共计167句，其中透露出不少诗人的艺术与生平：

---

① 王勃著，张燮编《王子安集》（台北：商务印书馆，1976年重印）卷2，第11页。诗人在其中说："长寄心于君王。"
② 这些指的是江淹的《莲花赋》与萧纲的《采莲》诗。

夫何朱夏之明廓兮，纷峨云之鼍清。渺回溪而逸志兮，怀淡风之洁轻。轶娟娟其浅濑兮，滥游波而赴平。横江皋之宛延兮，睇披扶之遥英。含澄寒于阴沼兮，介青涯以及情（第一至十句）。迢平川之淫寥兮，苇蒲错而相似。袭要侣之杂芳兮，曰曾滋予香芷。中翘翘此酷卉兮，眩冷烟以自喜。嗟清都之绮姿兮，分沙澜以播美。颉玄版之灵文兮，嘉玉帐之芬旨（第十一至二十句）。植水芝于澧浦兮，固贞容而温理。发渺沔以浮光兮，矫徽文以擅轨。寒狄芬而越泽兮，杳不知其焉始。其为状也，匹溢华若，的皪滥妹。莹莹遹遹（第二十一至三十句），炯炯苏苏。丽不蹈淫，傲不绝愉。文章则旅，脩姱若殊。颐淡容与，矜婥勃都，初露呈景，绪风发肤。密间骈体（第三十一至四十句），疏濯应图，披影泛泛，与水欢娱。列嬋妆之峨峨兮，牵朝旭以留黛。晰翘红之曼靡兮，侧缟纤以为妃。扬缛彩于野汀兮，悼朱颜之向背。浸苕玉于紫澜兮（第四十一至五十句），态艳艳而静对。时翻飞以畅美兮，疑色授而回避。接芳心于遥夕兮，愿绸缪以解佩。惕幽芳之难干兮，怀涓涓而宛在。属予情之善盅兮，愿弄姿而远载。于是命静婉（第五十一至六十句），饰丽娟，理文楫，开画船，挂绮席，扬清川。众香缤纷，罗袖给嬛，荡舟约约，凭桡仙仙。并进回逐（第六十一至七十句），婴屑蹁跹。谨鱼怒蜂，不可究宣。当骇飙之回激，折玉潭以周旋。时联棹以出入，或多获而弃捐。极伤心之直埭，斗湖光于远天。进青翰之悠纤兮（第七十一至八十句），亦奄薄于丛次。涤澹鲜于澄烟兮，缬逸华之遗媚。感隈隩之凉飚兮，揽幽妍以自视。拭丰殷而耿耿兮，御明嬧以咏思。冲寂瀄之翠水兮，拆紫萍之迟迟。碍菱丝而胶鳌兮（第八十一至九十句），垂皓腕而濡渍。惊鸳鸯于兰桡兮，歇属玉之娇睡。堕明璜于潇湘兮，既杂荐之以江蓠。玩玄纹之萦藻兮，香纷然而乱之。触芳苓之凝珠兮，若浥露于三危。巡玉鳞之翳景兮（第九十一至一百句），登清冷之灵龟。试骞茎以斜眄兮，抚脩闲而若私。既攀折之非余情兮，恐迟暮之见遗。心解泰其焉欲兮，倾丹葩以善持。涣弱叶以半散兮，会璚纤而淡嬉。慕碧疏之窈窕兮（第一〇一至一一〇句），帖芳沭以相支。睇承影之竦英兮，隔游伴而蔽亏。掩巧笑于异浔兮，花容容而不知。暱堕粉于褕袿兮，怜中馨之未安。并丰颜以流眄兮，窃柔心之骨寒。薄言采于明滢兮（第一一一至一二〇句），散傑池之极丹。惟绀房之玉腻兮，苞重袭于琅玕。累珠封其历历兮，把清瑟之胜兰。蕙莹皎以穠润兮，剖瑶肌之难干。齿流香而屑液兮，眇斯芳于夕餐。彼辛苦之内含兮（第一二一至一三〇句），闷厥愁而惠中。感连娟之碧心兮，情郁塞以善通。寄伤心于莲子兮，从芙蓉之荡风。惊飞袘之牵刺兮，湿罗衣而脱红。断素藕而切云兮，沉淑质之玲珑。飈游丝而被远兮（第一三一至一四〇句），曾款款于予衷。投秘酵以覆怀兮，矜盛年以联缔。翦鲛绡而韫的兮，包相思以淫滞。鼓夕棹于北津兮，隐轻歌而暗逝。泯纤阿之宵影兮，诉脩蛾之容裔。引清雾于虚无兮（第一四一至一五〇句），发菡萏之余丽。想昆流之仙姬兮，经天崖而小憩。信忘情而寡累兮，当娇嬺以如蜕。顾彼美之倚留兮，极幽欢于静慧。情荒荒而罢采兮，削秋风以长闭。乱曰：横五湖兮扬沧浪（第一五一至一六〇句）。涉紫波兮情内伤。副田田兮路阻长。思美人兮不可量。去何采兮低光。归何唱兮未央。乐何极兮无方。怨何深兮秋霜（第一六一至一六七句）[①]。

陈子龙此赋和柳如是的《男洛神赋》一样，都是以曹植的《洛神赋》为临摹蓝本。不过，他也做了许多重大的改动。全赋的中心象征当然是"莲花"，其意涵收摄清纯与完美。若以修辞上的喻词观之，这个象征当然指洛神，因为曹赋中曾以"莲花"喻神女："灼若芙蕖出渌波"[②]。和曹植不一样的是，陈子龙要不是称"莲花"为"仙姬"（第一五一句），就是呼之为"鲛绡"（第一四三句）。和曹植无殊的是，陈子龙的莲花也"垂皓腕而濡渍"（第九十句）。又同于曹植的洛神的是，陈氏的莲花愿意"堕明珰"以示濡慕之忱（第九十三句），而这也是她接受诗人"解佩"相赠的直接表示（第五十五句）[③]。的确，莲花有情，读其赋难免令人思及曹植的神女。下自变量句，乃此一神女胸怀的心曲：

无微情以效爱兮，献江南之明珰。虽潜处于太阳，长寄心于君王！[④]

---

① 见陈子龙《采莲赋》，上海文献丛书编辑委员会编《陈子龙文集》（上海：华东师范大学出版社，1988）册1，第34—39页。

② 《文选》，第897页或 Watson, *Chinese Rhyme-Prose*, 57。

③ 将环佩垂到水里示爱的传统，自《九歌》以来就已存在，例见洪兴祖注释《楚辞详释》（台北：华联出版社，1973年重印），第37—38页，或见 David Hawkes, trans., *The Songs of the South*, 2nd ed.（New York: Penguin, 1985），106-109。

④ 《文选》，第900页或 Watson, *Chinese Rhyine-Prose*, 60。

辑二　情与忠：陈子龙、柳如是诗词因缘

— *275* —

虽然陈子龙的赋雷同于曹植者多至于此，他所凝结的修辞与写实却风格迥异，更何况赋中爱用私典以传达象征意涵，而其个人的感触也就在这种伪装下变成全赋宏旨之一。陈赋颇近于柳赋，盖赋序与全赋之间仍有修辞上的交互作用。如就全赋意指与喻义而言，这种交互作用还颇有助于两者间的平衡——赋序所述倘为实事实况，则全赋必为显露衷肠的最佳抒情媒介①。

易言之，赋序与赋本身虽然各走一端，彼此却相辅相成，都是传达真情的要素。陈赋擅用象征以产生联想，意义的格局与情感的效果因此扩大。如其如此，则赋序恰为实事关涉的核心，足为读者引路，开显赋中大量隐含的意义。

陈子龙赋序所写的乃是一优雅贤媛。他说早在秣陵与横塘即已识之，而"芳心偶触，抚然万端"。在晚明，"横塘"名系吴越地区伎馆的代称，言及于此的文人无数（《别传》上册，第57页）。陈子龙故而不脱文人习气，径以"横塘"隐喻歌伎。此外，17世纪诗人好以"采莲"做主题，影射这类女子。比方说，吴伟业在1651年咏名伎陈圆圆的《圆圆曲》中即有名句曰："前身合是采莲人／门前一片横塘水。"② 而身为名伎的柳如是的诗集里也有题为

---

① 诗词或赋序的作用，林顺夫有非常精彩的说明，见其 *The Transformation of the Chinese Lyrical Tradition; Chiang K'uei and Southern Sung Tz'u Poetry*（Princeton: Princeton Univ. Press, 1978），82。本章中的论点，受林氏大作启发者不少。

② 见吴伟业著，吴翌凤编《吴梅村诗集笺注》（1814年；香港：广智书局，1975年重印），第201页。或见 Jonathan Chaves, *The Columbia Book of Later Chinese Poetry*（New York: Columbia Univ. Press, 1986），363。"莲"与"歌伎"之间的联系也表现在词里。这方面较早的关联请参考 Marsha Wagner, *The Lotus Boat: The Origins of Chinese Tz'u Poetry in T'ang Popular Culture*（New York: Columbia Univ. Press, 1984）一书。

《采莲曲》的一首诗，其中还用了许多类似陈赋的意象。

然而问题是：陈序里可触可摸的事实，到了陈赋里却代以意象语或象征语。诗人的美感想象和个人象征联想力强，此乃赋中意象和象征的意义泉源。这种获取意义的方式，当会丰富我们对诗人生平的了解。虽然如此，这并不意味着象征性的意象可以完全化约为特定的字面意义。陈子龙个人所用的象征系统诚然暗示性很强，然其一旦用来激发关键性的具体情况，却只能强化中国式诠释策略的一个基旨：诗赋的意义不是阅读一遍就会消耗殆尽；阅读的经验实则为不断的译码过程，把作品的象征意涵挖掘出来。诗赋的意象稠度，会不断激励我们去做抽丝剥茧的工作，以便为作品复杂的意义网络理出头绪。

值得一提的是，在其《柳如是别传》中，陈寅恪先生以为陈子龙的《采莲赋》乃为柳如是而作："卧子此赋既以莲花比河东君，又更排比铺张，以摹绘采莲女，即河东君。亦花亦人，混合为一。"（《别传》上册，第302页）但据当代学者谢正光先生的研究，此说值得商榷①。然而，巧合的是，柳如是的别名"云娟"却不断嵌入全赋之中，而且已经变成诗中主要的象征意象：

纷峨云之亹清

渺回溪而逸志兮

怀淡风之洁轻

---

① 关于此点，我要感谢正光教授。他在《当代》杂志（1996年1月号）的一篇评论拙作的文章里指出，陈子龙《采莲赋》(作于1632年以前）不可能为柳如是而作。这一点颇有独创之见。我不敢掠美，谨此修正与补充（另请参考拙作《回应谢正光先生》，《当代》杂志1996年2月号）。

轶娟娟其浅濑兮

（第二至五句）

　　此类的写法比比皆是。陈赋中莲花盛开，娇艳欲滴，情色风华尽蓄其中，甚至可让人体见性爱动作的感官体验。筏上男人要找到醉人莲花，必先经历漫长旅程。待其采下众花，把玩之余，甚至还要剖其薏仁，见其"瑶肌"，而后食之（第一二五至一二八句）。诗人把花朵的"碧心"用"娟"字形容，而把已"断"了的"素藕"形容为切"云"（第一三一至一三八句）。像马拉美（Mallarmé）《白睡莲》（*Le nenuphar blanc*）里的写法一样，陈子龙也让清可鉴人的水潭一再重现，以便强调情欲在全赋中所据的重要地位[①]。诗人与莲花密密相接的高潮时刻，水中映出莲花的倩影，而此时泛舟的诗人看到"重袭于琅玕"的花苞就像"封其历历"的"累珠"（第一二一至一二二句）一般。使人联想到美女的，是水中映照的花朵："溅纤阿之宵影兮，诉脩蛾之容裔。"（第一四七至一四八句）另一个巧合是，陈子龙在这首赋中常用"影"与"怜"来形容湖心倒影，而"影怜"恰又是柳如是的另一个小名。她在松江的好友，多呼之"影怜"[②]。总之，用字与象征不谋而合，令人读起此赋来总有游移在现实与狂想之间之感，或是在实在与虚幻跌撞之际。

　　另一方面，我们也可视《采莲曲》为凤求凰的寓言：某对男

---

①　关于这个论点，我要感谢 Barbara Johnson 的启迪，见其 *The Critical Difference: Essays in the Contemporary Rhetoric of Reading*（Baltimore: Johns Hopkins Univ. Press, 1980），15-16。

②　《别传》上册，第 48 页。

女虽曾一度结合，最后又各自东西。上述"天作之合"写得令人感受最深的地方，出现在全赋理路走到一半之处。其时，采莲者和所欢的感情已经含苞待放。他们的爱苗，就由一对鸳鸯和娇睡的属玉来象征：

惊鸳鸯于兰桡兮

歇属玉之娇睡

（第九十一至九十二句）

鸳鸯和属玉乃传统的爱情象征，也是合卺之礼的喻词。有趣的是，据陈寅恪的研究，陈子龙和柳如是的浪漫艳史在 1635 年臻至高潮，此时他们同居于南园，而"鸳鸯"与"属玉"恰为园内屋宇的堂名。南园乃徐武静的产业（《别传》上册，第 280 页），也是几社成员定期聚会的场所。

卧子和柳如是的爱苗，可能早在 1633 年就已种下，不过他们要等到 1635 年春才正式同居。徐武静慷慨豪迈，拨出南园南楼供筑爱巢。陈子龙有若干顾虑，一直没有把这段情让原配和家人知道。据陈寅恪所考，陈氏这样做，可能是怕夫人张氏反对纳妾，因为张氏乃大号"醋坛"。事实上，张氏早在 1633 年就为卧子纳妾蔡氏，目的显然在转移他对柳如是的爱慕。张氏所做的任何动作，似乎都经过卧子祖母的首肯和支持，而卧子对祖母极其敬重。

不管情形是怎么一回事，陈、柳同居南楼的 1635 年春夏，是他们文学生涯最为多产的一刻。郎情妹意显然是诗人成长的助力，因为就在此时他们完成了彼此情诗的合集。陈氏的诗集题为《属玉堂集》，柳氏的则称为《鸳鸯楼集》。"属玉"和"鸳鸯"在陈赋中只是两个富象征特质的意象，但现在却发展成一对男女的"真情的诗"。这也就是说，属玉和鸳鸯如今都已变成真情的"示意"。这些意象意码重重叠叠，使读者在阅读时随时都处于现实与幻想的两极之中。

这些地名巧合不断，但具有这种功能者不限于此，连诗中错乱的时间架构显然也与后来的陈柳情缘若合符节。我们从赋中了解，采莲行始于夏季。罢采之后，舟中的男子心绪凄寂，"削秋风以长闭"。我们如果把全赋视为性爱的比喻，可想赋家会以幸福得来如此短暂而惆怅心悲。自此层面观之，全赋反映的又是实际性经验的节奏与过程。在比喻的层次上，这个活动发轫于欢腾的夏季，终结于悲凉的秋天。

倘若详加考察陈、柳在 1635 年的生活，则陈赋恍如预言，令人惊诧。那一年的秋天，柳如是离开松江，回到盛泽的伎馆，再也没有回头。陈寅恪的考据显示，陈妻张氏好似曾到南园去过，迫使柳如是离开陈子龙。柳如是承受不了压力，只好悻然别去。她先在松江赁屋安顿，数月之后再远走他乡。比之另一位名伎董白，幸运之神显然没有眷顾柳如是：董白于归冒襄为妾之前，早就获得冒妻接纳。冒襄在所著《影梅庵忆语》里写道："姬（董白）在别室四月，荆人携之归。入门，吾母太恭人与荆人见而爱异之。"[1]

陈子龙个人的情况当然不能和冒襄同日而语。他家境清寒，

① 冒襄《影梅庵忆语》，《足本浮生六记等五种》，台北：世界书局，1959 年重印，第 9 页。或 见 Pan Tze-yen, trans., *The Reminiscences of Tung Hsiao-Wan* (Shanghai: Commercial Press, 1931)，38。

其时又两试不中，功名未就，除了让柳如是离开还能如何？

《采莲赋》的末尾两句因此读来像在预托他与柳如是的爱情悲剧：

> 乐何极兮无方
>
> 怨何深兮秋霜

无论如何，两人劳燕分飞后，柳如是常用"采莲"的意象来表达她对陈子龙的思念，例如下引柳诗"木兰舟"中的"人"指的就是陈子龙。此诗也是我追溯陈柳"情史"的大关目：

> 人何在
>
> 人在木兰舟
>
> 总见客时常独语
>
> 更无知处在梳头
>
> 碧丽怨风流

（《别传》上册，第262页）

我虽然从传记的角度来诠释陈子龙的赋，却不是借此明示陈赋只是他个人感遇的写照。巴兹（Octavio Paz）说过，"作家的生平和作品固然有关，但是……生平并不能完全解释作品，作品也不能完全代表传记"，因为"作品中总有某些生平看不到的成分——

那就是我们称之为'创造性'或'艺术性'的创发之处"①。本书的写作目的之一，就是要找出"作品中的某些东西"——某些能够解开诗中的谜题或象征力量的"东西"。

前文曾经说过，陈子龙是情圣也是爱国死士，他的一生因此变化颇巨，常常徘徊在"情"与"忠"的十字路口，而这两道关目也是晚明文士主要的关怀。我极力想要说明的是：对史上其他诗人来讲，生命与作品未必匹配得如此天衣无缝。我们可以宋代的爱国志士文天祥为例：文氏一生风流韵事不在少数，接触过的女性也有好几位，但是他的诗从来不谈情，主要还是以英雄气概传世。柳如是正好相反：她乃女中豪杰，反清复明不遗余力，但诗词的主题主要却局限在爱与似水柔情上面②。显而易见，柳如是的救国热忱感染过陈子龙，或者说两者曾互相影响过。但是，柳诗——至少就目前可见者言——却是一点也不涉及精忠报国的思想。陈寅恪在考证明亡后柳如是救亡图存的努力时，故此不得不大量倚赖钱谦益晚期的诗以为旁证③。较之其他诗人，陈子龙显然是人中之龙，他的作品探讨生命潜在的意义或可能的发展，无不尽心尽力。

本书稍后诸章的重点，锁在陈子龙的情词与忠国忧国之作上面。在这层联系里，我主要关怀的是两种韵体："词"和"诗"。我曾经暗示过：体式（genre）的选择对中国文学有长远而重大的影

---

① Octavio Paz, *Sor Juana*, trans. Margaret Sayers Peden（Cambridge: Harvard Univ. Press, 1988），2-3.

② 柳如是只有二三首诗可以称得上是英雄诗的仿作，参见《别传》中册，第 345 页。

③ 见《别传》下册，第 837 页。我们可以说柳如是没有写过忠国诗作是缺陷，令人讶异不置。不过，柳如是当然不是具有文字天赋的明朝遗民中唯一没有处理这种主题的一位。如果传世的柳诗多一些，或许可以见到某些忠国之诗亦未可知。不过，就我们目前所见的柳诗而言，她似乎应验了巴兹的论旨：诗人的生活与作品未必样样可以互证。

响，特别能反映个别诗人对传统的看法，也颇可一见诗人定位自己的方式。从一方面来看，体式不能独立存在，总是和传统中或为其元祖或为其对头的其他体式有关。自另一方面来看，诗人对体式的选择，也可以在有意无意中反映出他的企图，以攫取个人所认同的某些内在价值。若以"强势诗人"（strong poet）为例，个人风格有时甚至会比传统规律力量大。此一风格最后还可能变成"体码"（generic code），为其他诗人所挪用①。晚明人士以"唐体"和"宋体"为对立两极，又把"诗"和"词"分峙而观，争辩不休。这整个经过，其实也不过在显示大家对体式的期待，或者在辩论孰优孰劣，别无他意。陈子龙会作诗填词，也写过文学评论。后者涵摄的范围甚广，见解多变，反映出他冲劲十足，奋力要建立或重振某种抒情符码（lyric code）——某种基于真挚而又坚忍不拔的情感所形成的符码②。

①　我所用的"强势诗人"一词，乃受布鲁姆（Harold Bloom）的影响而来，见其 *The Anxiety of Influence*（New York: Oxford Univ. Press, 1973）。
②　为宋徵舆的诗集撰序时，陈子龙说道："情以独至为真。"见陈著《安雅堂》卷2，册1，第124页。

第二编　绮罗红袖情

第四章　芳菲悱恻总是词

　　陈子龙和柳如是互赠诗词唱和，试验过的体式洋洋大观，绝不下于内容的饶庶富赡。不过，"词"始终是他们关系上最重要的诗体，浓情蜜意多半借此沟通。我们其实无须为此惊讶，因为词在发轫伊始就是百转柔肠的最佳导体。刘若愚曾经指出："诗"的格调高雅，威仪堂皇，但"词"的主题一向是风花雪月或儿女情怀①。毕瑞尔在某篇论述里也说过："若谓中国诗词与'爱情'绝缘，此非'迷思'者何！"②词史早期的作品更是镂金错彩，化不开浓馥艳绝与郎情妹意。因此，陈子龙和柳如是以"词"作为传情主媒，本极自然不过。

　　虽然如此，若从文学史观之，陈、柳以词做媒却又出人意表，

---

① James J. Y. Liu, "Literary Qualities of the Lyric (Tz'u)", In *Studies in Chinese Literary Genres*, ed. Cyril Birch (Berkeley: Univ. of California Press, 1974) , 135.

② Anne Birrell, *New Songs from a Jade Terrace* (London: George Allen and Unwin, 1982) , 1.

盖词虽大盛于宋朝，但逮及元、明之际已呈奄奄一息，300余年来弦音几断。晚明之前，诗人献身于词者更是绝无仅有。词何以沦落至此，说来和"曲"的兴起有关。词、曲原本"兄弟之邦"，但也不断演出阋墙之争，此时"曲"更胜一筹，逐渐压下"词"的熠熠光芒。曲、词原非诗体，顾名思义即可知之。其与"诗"之挂钩，显然是文学上的借用。曲出于戏剧，在剧中之唱腔名为"剧曲"，但若以纯诗体目之，则称作"散曲"①。像"词"一样，音乐亦"曲"之固有内涵，无论就技术或艺术性观之皆然。换言之，"曲"的特色也见诸长短句与预定的曲调曲牌。然而，较之于"词"，"曲"中的俚语俗言多得多了。此外，比起"词"来，"曲"的结构较富弹性，因为曲家就曲牌谱曲时得擅添"衬字"，延长曲文。有时候延长的程度相当大。"曲"的其他技巧复杂多样，常常还因"套数"的使用而益趋纷繁。"套数"乃曲调相同系列曲词，其曲牌业经固定。曲家可借此技巧就某一主题谱出一组唱段，不但要能歌，而且要能入戏。当然，这种"戏"以抒情者居多。陈子龙的作品中，残存着少许"套数"（《诗集》下册，第619—621页），所以我们知道他的曲技精湛，也知道晚明文人圈盛行谱曲。

不过，曲的势力尽管强大，我们若因此以为晚明文人废词不填，那就大错特错了。明人刊刻词集词选或撰写词话的努力依然

---

① 另参 Wayne Schlepp, *San-chü: Its Technique and Imagery*（Madison: Univ. of Wisconsin Press, 1970）; Dale Johnson, "Ch'ü", 在 William H. Nienhauser Jr., ed. and comp., *The Indiana Companion to Traditional Chinese Literature*（Bloomington: Indiana Univ. Press, 1986）, 349-352。

如故①，虽然据陈子龙所称，此时才情高雅寄意幽微——亦即词体向所独具之特征——的奇葩异彩并不多见。实则清初词话家王士禛已言之甚切：明人"不善学者镂金雕琼"，唯陈子龙之作"首尾温丽"（《丛编》册1，第684—685页）。多数词话家认为明词所以颓唐不振，率因文人对词体的朗然清丽缺乏认识所致。传统词作雅驯温文，明词却多用口语，读来与曲文殊无二致（《丛编》册2，第711页；册3，第2641页）。若干明代词家其实就是其时主要曲家——例如杨慎与汤显祖就以"曲"知名于世，"词"只偶尔试填。此所以词话家以为无论就句构或词律审之，这些戏曲大家所制皆不能称为"真词"。

词、曲混陈不分、乱人耳目的另一个因由是：元代以还，诗人与批评家每每以"曲"指"词"②。到了明代，名词的困扰益形加深，盖此际南曲作家好以词牌来给曲牌命名③。更糟糕的是：多数明词人已分不清词的原始平仄字数，对这种诗体内在的音乐性愈来愈迟钝。清儒万树（知名于1680至1692年）有鉴于明人的词牌简直就像曲牌，故而把此时新制的词牌全都摈弃于其名著《词律》之外（《丛编》册3，第2425页）。

陈子龙相信，词的原始精神首见于南唐（937—975）与北宋（960—1127）的高格调作品，不幸断送于南宋（1127—1279）以后的世代。陈氏乃诗体纯粹论者，极思掌握住词的原始精神，词选

---

① 例如杨慎、王世贞（1526—1590）与汤显祖都刊刻过词集，见王易《词曲史》（1932年；台北：广文书局，1971年重印），第406—419页。王世贞和杨慎亦为词话大家，见《丛编》册1，第383—393、407—543页。
② 王易《词曲史》，第380页。
③ 同①。

《幽兰草》的《序》文故谓：

> 自金陵二主，以至靖康，代有作者，或秾纤婉丽，极哀
> 艳之情；或流畅澹逸，穷盼倩之趣，然皆境由情生，辞随意
> 启……斯为最盛也。南渡以还，此声遂渺，寄慨者尤率而近于
> 伧武；谐俗者鄙浅而入于优伶……元滥填词，兹无论已。明
> 兴以来，才人辈出，文宗两汉，诗俪开元，独斯小道①，有惭
> 宋辙。
>
> （《安雅堂》册1，第279—280页）

　　陈子龙深惭词语窳废，斯文扫地，鄙俗病态。但明词最可疵
议者，厥为"真"情梗塞。词本以"情"为尚，就此而言，明词确
已堕败。在晚明的文化与文学活动里，"情"观堪称重要，故此不
力振词脉实有亏斯文，盖词乃"情"之最佳抒情媒体。陈子龙为
贯彻复古之志，乃筹组云间词派。此派幸而不负众望，拨乱反正，
使词奋起于错谬与忽视之中，地位陡升，万流景仰②。不数年内，
陈子龙的词派就成为晚明词宗，是先声榜样。
　　且不谈陈子龙本人，云间词派的杰出词人还包括夏完淳、李
雯、宋征舆和柳如是诸人。他们全都宗奉五代（907—960）及北宋
"秾纤婉丽"的词风。《幽兰草》收录了所谓"云间三子"（陈子龙、
李雯、宋征舆）的词作，所立下的风范时人无出其右。陈子龙门下

---

① 某些儒士常认为"词"是"小道"，而以"诗"为"主体"。陈子龙显然不苟同词系小
　道之说。
② 另见叶嘉莹《由词之特质论令词之潜能与陈子龙词之成就》，《中外文学》第19卷第1
　期（1980年6月），第4—38页。

有蒋平阶者，甚至在明亡后还拟延续云间命脉，乃在《幽兰草》的启示下合两门人之词另刊《支机集》一书。如同乃师一般，蒋平阶亦心仪五代词人。不过，陈子龙对北宋词家评价甚高，蒋氏及其门生却走火入魔，两宋词客全都不放在眼里。改朝换代，时势动荡，蒋平阶偕朋辈遂成云间词论的传播者。此事不难逆料，但蒋氏诸子果有足以自傲者，则其汲汲以"吾党"自居当可充数。所谓"吾党"者，特别强调"格调严谨""冀复古音"[2]。他们发扬云间词旨，显然也拉拔了自己的词名。稍后王昶的名编《明词综》，就收录了诸子所作[3]。然而谐讽的是：他们尽管如此汲汲营营，却在无意中扭曲了卧子论词的本旨，以至于数年后清诗人王士禛错解云间词人，甚至在所著《花草蒙拾》里谓云间诸子"废宋词"（《丛编》册2，第1980页），而这种观念居然一直延续至今。本章稍后，我当指出此说纯属子虚乌有。陈子龙对于恢复北宋遗风用力甚勤，他和柳如是尤其感佩秦观，推为典范。

柳如是小陈子龙大约10岁，说两人在文学上谊如师徒似合情理。然而，这终究是皮相之见：柳氏早在认识卧子之前就已奠下文学根底。她在词、曲方面修为精湛，尤可谓拜歌伎传统之赐。以词体的振兴而言，说柳氏影响了卧子反而较显自然。陈、柳互相唱和的词不在少数，皆可印证上文的观点。这些"唱和"之作皆有固定词牌，其功能就如同鱼雁往还，恰可揭露两人如胶似漆的儿女情。明代的儒士虽然不当词是一回事，许多晚明的女作家却视

---

① 蒋平阶著，施蛰存编《支机集》，《词学》1983年第2期，第241—270页；1985年第3期，第249—272页。

② 见蒋平阶等《支机集·凡例》，重刊于《词学》1983年第2期，第245页。

③ 施蛰存《蒋平阶及其〈支机集〉》，《词学》1983年第2期，第222—225页。

之为传送温温情愫的主媒，效果殊胜。柳如是并非唯一刊刻过专著的女词人，许多人都有过类似之举①。更有甚者，词体在发轫之初就与绮艳纤柔有关，而此刻的词有不少出诸歌伎之手。此事显而易见。歌伎在词史上扮演过的角色重要无比，文人也都把词看作本质阴柔、铅华味道甚浓的诗体。但是，说来有趣，17 世纪之前，除了宋代的李清照与朱淑真以外，词的作者大都是"男人"②。陈维崧的《妇人集》和稍后的许多词话皆收录了许多女词人的高华之作③。这些书可以佐证一点：晚明之际视词为天命的才女不可胜数。易言之，像柳如是一类的"女人"再也不仅是"歌伎"，也不仅是词客笔下描写的对象。相反地，她们是"词人"，是许多词集的"作者"。文风流转，柳如是自是女性作家的典范。她用词把生命际遇转化成为文学经验，创造出一种新的"感性写实主义"（emotional realism），为莹艳闺情重下定义。

清儒王昶受人景仰，词选《明词综》威仪罕见，可惜未收晚明妇女情盼活色之作，不免大大扭曲 17 世纪词史前所未见的异象④。风华绝代的女词人如柳如是者，甚至要等到清史已经过了一大半才有人赏识（《丛编》册 4，第 3454 页）。虽然如此，我们不能把

---

① 参见今人裔伯荫所编《历代女诗词选》（台北：当代图书出版社，1972）。另参陈新等编《历代妇女诗词选注》（北京：中国妇女出版社，1985）；苏者聪《中国历代妇女作品选》（上海：上海古籍出版社，1987）。研究 17 世纪女词人必备下列善本选集：徐树敏等选编《众香词》（1690 年刊本）。

② 施议对说：宋初文人词家故意把"词"改写成为"女性"诗体，使之适合"言情"或传达前此"诗"所不曾有之的纤柔情致。参见施著《词与音乐关系研究》增订版，收入《中国社会科学博士论文文库》（北京：中国社会科学出版社，1989），第 157 页。

③ 陈维崧《妇人集》，《昭代丛书》卷 74。有关歌伎如张婉香及李贞丽的词，例见《词苑萃编》卷 16，收入唐圭璋《词话丛编》册 3，第 2106—2109 页。

④ 丁绍仪在其《听秋声馆词话》中指出朱彝尊《词综》里的一个类似的问题。《词综》这本选集漏选了宋元若干杰出女词人的作品。见《丛编》册 3，第 2267—2272 页。

这种扭曲一股脑儿都归咎到"性别歧视"的罪名上。清初词评的问题多多，病候之一似在忽略晚明词客的成就，而这些词客恰为词体中兴的大功臣。词评上所出的问题若非因政治检查所致，便是手稿遗失造成的——遗失在从明到清的改朝过程里。本书稍后论到政治检查与文学断代问题之时，我会回头再探此一课题。

　　"感性写实主义"实乃词最早之特色，而陈子龙与柳如是最大之成就即在重振此一风貌。他们唱和的词其实就是他们的"体己话"，把檀郎萧女的情意绵绵诉说殆尽。他们一填起词来，意中、意下都会把重点放在这种诗体最独特最基本的质量上。在这同时，他们触而可见感而可知的特殊才情，也会创造出高雅优美的新体词，让彼此优游在古典修辞与明代的爱情美学之间。走笔至此，我们不禁想起北宋词家秦观。他拜在苏轼门下，但苏词虽然广开一境，苏轼本人也是"豪放派"的祭酒，秦观却汲取传统的纤敏意绪，加上个人的浓情章法，走的反而是典雅高华的一派。无可否认，秦词正是陈子龙和柳如是的灵感泉源。当然，之所以说陈、柳的情词在抒情意境（style）上与秦词十分近似，这并不意味着在词牌使用方面的直接影响。在孙赛珠的博士论文《柳如是文学作品研究》中，她曾说过："柳如是在《戊寅草》的十一调、三十一首词中，秦观仅填过《江城子》《踏莎行》《浣溪沙》《河传》《南乡子》五调。而这十一调大部分在秦观以前已有，不少为南唐、北宋词人创制，却未有一调始自秦观。"[①]同时，之所以说陈、柳情词在表达爱情的章法方面似乎经常师法秦观的词作，这也并不表示

---

① 孙赛珠《柳如是文学作品研究》（香港中文大学博士论文，2008），第143页。

他们没受其他词家的影响。在词的学养方面，陈、柳二人都有极其丰富的经验，当然不会只师法某一位词人。有关这点，孙赛珠也已指出，陈、柳情词还受温庭筠、冯延巳、柳永等诸家的影响①。

但陈、柳在气质上和北宋词人秦观灵犀互通，彼此的生命态度也都结合了艳情与爱国情操。秦观以情词著称于世，连明人的小说家也都视他为词国情圣。不过，秦观早年有"豪侠之风"，对"韬略"特有所好，时人知之甚稔②。就他而言，生命情境一变动，激情的表现就跟着动。这一点倒是可以和陈子龙并论。其次，秦观对歌伎和女人的态度和前代词人不同——他笔下的女人每每一往情深，自己反过来说也是敬重尤深。词中歌伎——如《调笑令》系列里的盼盼和灼灼（《全宋词》卷1，第446—447页）——都不是妖艳惑人的荡妇，而是像史上王昭君或虚构中的崔莺莺一样的贤媛贞妇。秦观特别强调女人和真情，适可为晚明"情观"铺路。更有甚者，秦观的风格雅致，意味深长，无一不可比之词最早的体式原则，虽然其本源乃南唐李煜（937—978）的传统，而且对宋代女词人李清照也有极深刻的影响③。

词体中衰虽已阅三百寒暑左右，但抒情的需求一旦觉醒，其力则如狂风巨涛，不可遏止。陈子龙和柳如是以秦观为师，正可说

---

① 孙赛珠《柳如是文学作品研究》（香港中文大学博士论文，2008），第143页。

② 秦观与苏小妹的姻缘乃小说家言，见冯梦龙《醒世恒言》第十一回（另见本书第二章的讨论）。有关秦观政治诗词的讨论，见何琼崖等著《秦少游》（南京：江苏人民出版社，1983）。另参叶嘉莹《论秦观词》，第247页。

③ 有关李煜对秦观的影响，见秦观著，杨世明编《淮海词笺注》（成都：四川人民出版社，1984），第17页。至于秦观对李清照的影响，见何琼崖等前揭书，第62页。概略言之，云间词人对李煜及李清照都很钦佩。陈子龙尤其推崇李雯的词，说是和李清照一样感触高雅，见《安雅堂》上册，第281页。

明这种现象。他们选择临摹的模板，当然不是芜漫无凭。200 余年后的词话家冯煦（1843—1927）就曾称秦观为"词心"："他人之词，词才也。少游，词心也。得之于内，不可以传。"（《丛编》册4，第 3587 页）冯煦乃一代词评名家，雄心万丈，所编《宋六十一家词选》（二卷）无人不晓。陈子龙和柳如是情动于中，发而为词，或许正因秦观的"词心"触发所致。下引《满庭芳》一词未必是秦观力作，但宇内闻名，或可说明秦词的成就及其对晚明词论的影响：

山抹微云

天粘衰草

画角声断谯门

暂停征棹   4

聊共引离尊

多少蓬莱旧事

空回首

烟霭纷纷   8

斜阳外

寒鸦万点

流水绕孤村

销魂   12

当此际

香囊暗解

罗带轻分

谩赢得　　　16

青楼薄幸名存

此去何时见也

襟袖上、空惹啼痕

伤情处　　　20

高城望断

灯火已黄昏 ①

（《全宋词》卷1，第458页）

　　这首词闾巷传诵，当代读者莫不知之，也为其时年方三十的秦观赢得"山抹微云君"的雅号（《丛编》册3，第2018页）。这首词清丽高雅，冠绝前贤，"感性写实主义"的力量从而出焉。秦氏与众不同之处，正是在此。全词更是充斥别怨，临去前难分难舍，但词人最后还是挥别所爱的歌伎。他政坛失意，遭贬他乡，全词故此亦可谓情势所迫的爱情悲剧。词人最后情脉贲动，终于在所欢面前一洒清泪（第十九句）。堂堂须眉，竟然这般伤感，可见全词的侧重定然有其不凡意义。骚赋的传统常藉隐喻暗示人神之恋，但中国文人诗中多用女人口气描写闺怨，罕见诗人在离恨中一吐相思与积郁。秦观却直诉衷肠，如实细写罗带销魂（第十二至十五句）。古典诗词作家一向认为个人与爱情的表示之间应有

---

① 这首词的英译请酌参 James J. Y. Liu, *Major Lyricists of the Northern Sung*, A. D. 900-1126（Princeton: Princeton Univ. Press, 1974），102。

某种美学上的"隔"①，若用这种尺度考核，则前引秦词可能会落得"低级"的骂名。

我们一思及此，脑际随即浮现宋词大家柳永。他作风大胆，对文人传统不假颜色，批之、斗之不遗余力。他首开风气，从男性的观点填写艳词，毫不隐瞒两情缱绻。问题是，柳永好用俗语，词作故蒙"浅近卑俗"之议，更有人认为"词语尘下"②。秦观虽然也填过一些俗词，但比起柳永，他的语言就典雅多了：其语调迫切急促，但清丽高雅的典型文人风格仍为词风首要。雅俗既然共冶于一炉，秦观当可在同时传递殊相与共相，或汲取感性写实与古典修辞的菁华。质而言之，秦词不断交融情景，此所以秦观仍能屹立于仰之弥高的北宋正统词坛。他焚膏继晷，极力想抓住词的"本色"，难怪后世如清代的词话家要奉之为词宗③。

陈子龙和秦观所处的时代环境各异，但陈词风格逼肖秦观处确实令人惊愕（有关这一点，陈寅恪先生早已说过，见《别传》上册，第337页）。陈氏赠别柳如是的词，故意寄调《满庭芳》，便是实例佳证。《满庭芳》柔情万千，悠扬清越，据说特别适合浪漫情愫④。我即将在下文指出，陈子龙的《满庭芳》填来绝不落秦词之后。陈词每亦透过实笔调和浪漫激情，更像秦词一样因袭文学传统，不使极化太甚：

---

① 见拙作 *The Evolution of Chinese Tz'u Poetry : From Late T'ang to Northern Sung*（Princeton: Princeton Univ. Press, 1980），117。

② 参见王灼（卒于1160年）《碧鸡漫志》及李清照《词论》。见前注所揭拙作，第116页。

③ 见沈谦《填词杂说》，《丛编》册1，第631页。其他两位公认有同样成就的词人是李煜与李清照。如前所述，他们都是云间诸子取法的对象。

④ 有关此牌的音乐内涵，请见于翠玲《秦观词新论》，人民文学出版社编委会编《中国古典文学论丛》（北京：人民文学出版社，1987）第61期，第128页。

紫燕翻风

青梅带雨

共寻芳草啼痕

明知此会 4

不得久殷勤

约略别离时候

绿杨外

多少销魂 8

才提起

泪盈红袖

未说两三分

纷纷 12

从去后

瘦憎玉镜

宽损罗裙

念飘零何处 16

烟水相闻

欲梦故人憔悴

依稀只隔楚山云

无过是 20

怨花伤柳

一样怕黄昏

（《诗集》册2，第617页）

就句构、用字与意象而言，陈词和秦观的《满庭芳》雷同处颇多（见陈寅恪，《别传》上册，第337页）。陈词有若干字与意象都直接借自秦词——虽然置词情境不一。举例言之，陈词第三句的"啼痕"、第八句的"销魂"，以及第十二句的"纷纷"，便分别取自秦词第十九、十二与第八句。最得注意的是：两首词都以"黄昏"收尾。两首词刻画送别，语句都活跳艳绝，也都巧妙地织进个人具体的经验之中。两首词内的似水柔情，又都受到外力摧残，无助感充斥其中。对两位词人来讲，内心翻滚的情意业经直言道出，但表现得雅致细腻，全词的力量从而大增。

不过，读者倘以为陈子龙的《满庭芳》只是秦词的仿作，那就大谬不然。陈词需求情感的幅度较大，五内炙沸的情感也带来相当程度的折磨，而词人更是巧妙地把个人诗词中的语句应用在其中。这一切形成的是一种新词法，一种典型的晚明风格的新词法。陈、柳不幸分手的事实，使词人下定决心以最强烈的语句剖白自己，而这点极其类似明传奇一眼可辨的修辞手法。秦词由传统的饯别酒筵启幕（第五句），随后也不过转到泪沾襟袖的伤感场面（第十九句）。陈子龙《满庭芳》的写法就不同：词人一开始即让泪垂满面的戏剧时刻登场，甚至告诉我们斑斑泪痕还染湿了自然景色（第三句）。上片的侧重处是女人受苦受难的实事，高潮发生在一语不发时（第十一句）。下片则完全从男性的观点出发，细写此后相思苦情。全词语句直接有力，观点千变万化，几可谓浪漫戏剧的一景，男女主角且都在幕前现身。

在另一方面，我们同样得体认到：陈词里的恋人固然难免分手，但是，在晚明情观的催化下，他们的精神实已合而为一。秦观甚感哀恸，盖其远别只不过为他赢得"青楼薄幸名"，然而陈子龙所关心的始终是所爱别后的幸福："瘦憎玉镜，宽损罗裙。"（第十四至十五句）陈子龙情深意挚，柳如是深为所动。或许因此故，两人分手 10 年后——即柳如是下嫁钱谦益 3 年后，这位才女还是深深惦记着陈氏的《满庭芳》，感激之情溢于言表。据陈寅恪《柳如是别传》考证，1644 年，柳如是还在友人黄媛介的画面挥毫写下陈作收束的三句词（《别传》上册，第 287 页）：

> 无过是
>
> 怨花伤柳
>
> 一样怕黄昏

有趣的是，后世学者不明白这几行词的原委，居然认定是柳如是之作，连带也把整首《满庭芳》的著作权送给了她[①]。

柳如是特别喜爱卧子的《满庭芳》，并非事出偶然。此词最后数句尤自个人作品引典，部分语词还是出自陈、柳合作的诗词。收梢处更非全词的完结篇：读罢这一部分，只会让人回想到过去共同的梦与那一段缠绵悱恻的生死恋。这一部分说的也不是别怨，而是一种"回归"——回归到某一紧要的抒情情境的中心去。其中的三个主要意象——花、柳与黄昏（第二十至二十二句），都绕着缠绵思绪营构，关涉到过去陈、柳所作的情诗情词。当然，乍听

---

① 甚至迟至 1978 年，还有学者认为这首词是柳如是之作，例见周法高《钱牧斋、柳如是佚诗及柳如是有关资料》（台北：三民书局，1978），第 63 页。

之下，这些意象颇似词体的典型——无病呻吟与百无聊赖[①]。不过，字词虽看似简单，仔细探究，其真谛却远非如此。陈词最后数句乃词人的信誓旦旦，对象系其所爱，而花柳正象征所爱，因此词人不啻在说：斜阳依旧，此情依旧。

词人以"黄昏"喻不渝之情，也以此提醒所爱他为她所填的许多词。当然，这些词所写都是他们共度的美好时光，而"黄昏"就像个隐喻，把他们联结在这些词里（例见《诗集》下册，608、609、612、613与616）。下引这阕词撷拾自《虞美人》，尤可见黄昏与陈柳情的关联。此外，柳如是素有"美人"之称，故"虞美人"这个词牌或许是用来暗指柳氏：

枝头残雪余寒透
人影花阴瘦
红妆悄立暗消魂
镇日相看无语又黄昏

（《诗集》下册，第 609 页）

柳如是也曾描写某次南园的黄昏美景，追忆他们共度的好时光：

人何在
人在石秋棠

---

① Liu, "Literary Qualities of the Lyric（Tz'u）", 139.

好是捉人狂耍事

几回贪却不须长

多少又斜阳

（《别传》上册，第263页）

因此，卧子赠别柳氏词中的"黄昏"，多少便想为他们拉回昔日的记忆，或把目前的现实转化为过去的梦。

陈子龙的赋经常指涉到时空，他的词也一般无二。笔下常用到最客观的关涉字，企图让现实与梦境在隐喻中结合。陈词常有文字涉及某"红楼"（即南园），此处乃陈、柳共泛爱舟的场所。如果"黄昏"的意象是时间的提示语，是目前与过去的中介词，那么"红楼"就是他们倾诉私衷、编织美梦的地方。下面是陈、柳互赠的两首词，都寄调《浣溪沙》[①]，其中"红楼"的意象斧凿可见：

浣溪沙·五更（陈子龙）

半枕轻寒泪暗流

愁时如梦梦时愁

角声初到小红楼

风动残灯摇绣幕

花笼微月淡帘钩

---

① 我从陈寅恪之见，认为这两首词或为"同时酬和之作"，见《别传》册1，第243页。有学者对《浣溪沙·五更》是否为陈柳两人互赠存疑，因为陈子龙的好友李雯也填有《浣溪沙·五更》一阕。见谢正光《停云献疑录》，浙江大学出版社，2016年版，第56页。

陡然旧恨上心头

（《诗集》下册，第 598 页）

浣溪沙·五更（柳如是）

金猊春守帘儿暗

一点旧魂飞不起

几分影梦难飘断

醒时恼见小红楼

朦胧更怕青青岸

蔷风涨满花阶院

（《别传》上册，第 243 页）

这两首词可能填在柳如是离开南园后，或可写于 1636 年春。陈、柳虽然被迫各奔东西，但别后互赠诗词的举动更频繁。他们的《浣溪沙》有雷同处确是不少，尤其是两首词的枢纽意象都是"红楼"，事实上，"红楼"早已成为"梦"的象征，而两首词同样在写清梦欲退现实未至的恍惚状态："红楼"到底是真的还是一枕黄粱？对陈子龙来讲，"梦"就像隐隐约约的羊肠小道——总是在那儿，愁绪也徘徊不去（第二句）。对柳如是来讲，"梦"却像挥之不去的小窗，提醒她眼前人萧条，对景独寂寂（第三句）。我们的总体印象是：梦和现实都有其存在的必要，形成的是两个互补的世界。但在处理梦与现实的畛界时，两首词故意写得模棱两可。比方说，陈子龙看到风动灯残，微月残照花朵，我们就弄不清楚这是他的梦境还是现实？或者两者都算？（第四至五句）而柳如是似乎游移在现实与梦境之间，醒来时面对的是幽暗的园景，微风轻拂着花儿。事实上，"爱情"本身也已经变成"梦"，是幻化意象与象征的来源。

陈子龙和柳如是的《浣溪沙》，实则都以秦观的同词牌作品为模板：

漠漠轻寒上小楼[①]

晓阴无赖似穷秋

淡烟流水画屏幽

自在飞花轻似梦

无边丝雨细如愁

宝帘闲挂小银钩

（《全宋词》册1，第461页）

秦观的词强调"小楼"的意象，而陈、柳似乎也不过在依样画葫芦。花与帘的意象同样萦绕在陈、柳的作品中。口语上的借用，尤以陈词为烈。举例来说，首句的"轻寒"和第五句的"帘钩"，就几乎一字不漏从秦词首句与第六句照搬过来。分外明显的是陈词"愁时如梦梦时愁"一句，几乎在复制秦词四至五行的名句："自在飞花轻似梦／无边丝雨细如愁。"

---

① 有些批评家认为这指"女人本人"在"上小楼"，不过这种读法最近受到王钧明与陈汯斋的质疑，见二氏所注《欧阳修秦观词选》（香港：三联书店香港分店，1987），第129页。

秦观的词似乎发展自传统"闺怨"词中的女性发话者①，但陈子龙的却截然不同。他和柳如是互赠的诗词乃热恋中的男女如假包换的对话。两人的《浣溪沙》都题为《五更》，更道出他们填词的时机无殊，所含的诗意一致。因此，二词虽然表面上不脱陈腔滥调，细读下却非寻常之作②，盖其关涉到丰富的陈、柳私情。就如"黄昏"一般，"五更"也是他们重要的时间词。喜欢诗的读者或许会想到李商隐的两句人尽皆知的情诗："来是空言去绝踪／月斜楼上五更钟。"③不过，陈子龙的词常常用到的"五更"（例如《诗集》下册，第612、613、616页），指的却是柳如是每在五更起床的习惯。此事纯属私事，但陈子龙很佩服，也经常仿效④。

陈子龙还有一首用《蝶恋花》填的词，副题为《春晓》。全词谈的就是上述的情事，读者可借此一探陈、柳的私生活：

> 才与五更春梦别
>
> 半醒帘栊
>
> 偷照人清切
>
> 检点凤鞋交半折

---

① 王钧明等前揭书，第130页。"闺怨诗"的传统当然比"闺怨词"的发展早很多。有关"闺怨"与早期词论结合的情形，参见 Hsien-ching Yang, "Aesthetic Consciousness in Sung Yung-Wu-Tz'u（Songs on Objects）", Ph. D. diss., Princeton Univ., 1987, 5。

② 这一点令人想起俄国形式主义者（Russian Formalists）所谓的"疏陌"（de-familiarization），参见 Victor Erlich, *Russian Formalism, History-Doctrine*, 3rd ed.（New Haven: Yale Univ. Press, 1981），178。

③ 李商隐《无题四首》之一，[清]冯浩笺注《玉溪生诗集笺注》（上海：上海古籍出版社，1977）上册，第386页。这两句诗的英译见 A. C. Graham, trans., *Poems of the Late T'ang*（1965; rpt. New York: Penguin, 1981），145。

④ 钱谦益后来也赞美过柳如是耐寒晨起的毅力，见《别传》中册，第563页。

泪痕落镜红明灭

枝上流莺啼不绝

故脱余绵

忍耐寒时节

慵把玉钗轻绾结

恁移花影窗前没

（《诗集》下册，第 612 页）

　　这首词刻画的女人并无异于传统弃妇的形象：晓起梳妆，闺房独寂寞 ①。词中的泪痕、花影与明镜，让我们想起早期闺怨词的绮艳缛丽。虽然如此，陈子龙在传统的表象背后却有一套激进的内容，因为词中的女人确能按自己的意志行事。陈词的女角（柳如是）也不是传统的弃妇，不会因失去爱情就晚起懒梳妆 ②。相反地，这位女角五更即起，"故脱余绵／忍耐寒时节"。她坚忍不拔，和传统词中妇人自是不同。不由分说，她不是仅供素描的静物：在真实生活里，她可是词坛花魁，盖柳如是才高八斗，实不输她的词人爱侣。她喜欢表现自己，有时甚至到了"自我戏剧化"的地步。

　　柳如是影响过陈子龙，后者也影响过前者。我们只消一阅柳氏最富雄心的联章《梦江南》（参见本书附录二），就可估算她对卧子的影响有多大。就如陈寅恪早已说过，《梦江南》是二十阕词合

---

① 有关此一意象在词史早期的发展，见拙作《词与文类研究》，李奭学译（北京：北京大学出版社，2004），第 74—75 页。

② 见温庭筠的两句名词"懒起画蛾眉／弄妆梳洗迟"，《汇编》卷 1，第 56 页。另见前注拙作，第 98 页。

成的大手笔，用活生生的"托喻"写她和陈子龙的关系。至于后者的同词牌作品，可视为柳词的化身（见《别传》上册，第255页）。事实上，两组词互有牵扯，都是彼此的"前文本"（pre-text）。

下面且让我们从柳如是谈起。她的创作力不在于开创任何词学新技，而在于回归词的原始修辞方式。300年来，词艺荒废，几乎乏人问津。唐及五代之际，词义和词牌匹配无间。赵宋以后，词的内涵和词的形式逐渐失去主题上的联系。如今，柳如是所挑的词牌无不别出心裁，深能契合词句的意涵。这样一来，她不啻跨出一大步，重整纯粹的古典词风。联章《梦江南》的词牌有其字面意义，告诉我们这二十阕词实则都在"梦南园"（详情请见陈寅恪，《别传》上册，第255页）。不过，这些词也用隐喻在"梦"与"追忆"之间架起一道桥梁，而"南园"正是跨接两方的媒介。有趣的是：柳词中"梦"与"忆"的汇流，乃基于词牌的字义而来，盖《梦江南》时而亦称《忆江南》。不消多说，柳如是深知此类词牌名称的变化。我们尤其要牢记，柳氏联章前十阕不断迭唱"人去也"，乃在模仿唐词家刘禹锡《忆江南》开篇首句"春去也"（《汇编》卷1，第22页）。

对柳如是来讲，"爱"就是"记忆"，要回复过去的痛苦与甜蜜。《梦江南》的二十阕词逐一追忆过去，不断重唱南园里某个难以忘怀的角落。柳氏用"过去"支撑自己，所有外界的事物都变成人际关系的提示，例如"画楼""鹭鸶洲""棠梨"与"木兰舟"等。回忆的力量可让每件事在瞬间重现于目前，也唯有在梦里才能忘记别恨离愁，就好像第九阕所说的：

人去也

人去梦偏多

忆昔见时多不语

而今偷悔更生疏

梦里自欢娱

（《别传》上册，第260页）

好梦正酣时，柳如是的"自我"似乎会膨胀、变形，所以似醒未醒时，她"迷离"若庄周之"蝴蝶"（首阕）：不知谁在梦中，也不知所梦者何。

往事的追忆就像一场梦。词人在梦中经历了时空的空无，改变又扩大了自己的体知。她好似受到魔力的驱使，让内在的追忆把她带回月华普照的完美世界（第十三阕）：回到绮筵中（第十五阕），也回到了雨烟湖（第十七阕）。尤其独特的是，这些词一直让镜头游移在室内室外，而涉及自然的景正可反映柳氏的追忆具有无拘无束、如梦如幻一般的特质①。在追忆的时刻里，她胸中汹涌澎湃的是不断重现的一幅燃香景。香雾缭绕，词人似乎在暗示她和爱侣在南楼的初夜景："炉鸭自沉香雾暖／春山争绕画屏深。"（第十一阕）而"薇帐"后面，赫然是"一条香"（第十阕）。炉香象征情爱极致的忘忧狂喜，这不独因其具体掌握住情爱令人低回

---

① 这套联章前十阕词中，内外景的互换尤其曲折悬宕。第三、五、六、八首思虑的是内景，第二、四、七首沉思的则是外景。

想盼的一面，更因炉壁所雕的水禽象征的就是合卺的仪式 ①。例如第六阕就用香炉上所雕的神话鸟禽描写合婚的幸福感：

凤子啄残红豆小

雉媒骄拥褒香看

（《别传》上册，第 258 页）

这两句显然受过杜甫的启发。子美名句写陂中丰收乐，诗曰："香稻啄余鹦鹉粒／碧梧栖老凤凰枝。"② 杜诗的飞禽都是自然界的一部分，然而柳如是化之为艺术客体，象征两情相悦，永结同心。

话说回来，香雾另又象征词人的梦境倥偬。上引《浣溪沙》里，柳如是道："金猊春守帘儿暗／一点旧魂飞不起。"联章《梦江南》的后二阕，柳氏终于发出难免梦醒又要面对骇人现实的呼声："鹦鹉梦回青獭尾／篆烟轻压绿螺尖。"（《别传》上册，第 264 页）据陈寅恪的说法，"鹦鹉"或许是柳如是自喻，"青獭"则指陈子龙的正妻。我在前文提过，陈妻显然去过南园，迫使柳如是他去（《别传》上册，第 265 页）。且不管词中禽鸟意味着什么，梦与现实或欲望与恐惧之间的张力所带来的读词快感，都因之而大增。炉香袅袅，若有所指，象征的正是前述的张力。

陈子龙填了一首变调词，答和柳如是的联章，片片寄调《望

---

① 张光直论及其他学科时，曾提到中国上古时代容器上所铭饰的动物图形，认为这是天地灵通仪礼中不可或缺的成分，见 K. C. Chang, *Art, Myth and Ritual, The Path to Political Authority in Ancient China* (Cambridge: Harvard Univ. Press, 1983) , 63。

② 见杜甫《秋兴八首》之八。"香稻啄余"一作"香稻啄残"，见仇兆鳌注《杜诗详注》册 4，第 1497 页。

江南》，这是《梦江南》的别称①。陈词的副题为《感旧》，词中也
用到香炉的意象（第四句），触动心弦，撩起往昔甜美的记忆：

思往事

花月正朦胧

玉燕风斜云鬓上

金猊香烬绣屏中　　4

半醉倚轻红

何限恨

消息更悠悠

弱柳三眠春梦杳②　　8

远山一角晓眉愁

无计问东流

（《诗集》下册，第606页）

　　室内的"金猊香"是个隐喻，呼应了室外的朦胧月色。像"花
月"（第二句）一样，袅袅的炉香雾蒙蒙，让人不知身在梦中或现
实里！陈词与柳词无异，都有创造并举的倾向。这种并举或属室内
室外的对照，或属往昔与今日的对比。记忆中的景若要形成一种
隐喻式的汇通，"并举"是主要的助力。前引的《浣溪沙》里，陈

---

① 当然，说卧子先填《望江南》，柳如是再和以《梦江南》联章，亦不无可能，但陈寅恪
　 相信柳词在前，陈词在后，见《别传》上册，第266页。
② "三眠柳"典出汉武帝宫苑之柳。相传这株柳树一日三寐，像人一样，故有"人柳"
　 之称。

子龙让"残灯"与"花笼微月"的意象彼此呼应（第四至五句），用到了同样的"并举原则"。副题《春情》的《少年游》，内景、外景都充满了花前月下的浪漫情调，彼此更汇为一流，形成对比，尤其引人注目：

> 满庭清露浸花明
>
> 携手月中行
>
> 玉枕寒深
>
> 冰绡香浅
>
> 无计与多情……

（《诗集》下册，第603页）

　　且看《望江南》：尽管上片沉浸在过去的记忆里，下片却把焦点锁在眼前的哀愁上。下片的风格走到最明显的时候，几乎是以李煜伤恸故国不再的著名意象为师法对象："问君能有几多愁／恰似一江春水向东流。"（《全唐诗》册12，第10047页）①下片也让人想起秦观的词《千秋岁》。填写此词时，秦氏年已47。他感叹仕途蹭蹬："春去也／飞红万点愁如海。"（《全宋词》卷1，第460页）然而，李、秦为政途失意所填的词虽可谓陈子龙攻错的他山石，《望江南》写的显然是旧情已杳的啮心痛。陈词除了写出词人的哀伤外，更显露出词人非常关心所爱的心中苦：

---

① 　见拙作《词与文类研究》，第61页。

远山一角晓眉愁

无计问东流

（第九至十句）

　　词人所说的"无限恨"，确能道出对所爱的忠悃[1]，而这便是"情"的本色。

　　陈子龙和柳如是都因痛失所爱而心池沸腾，他们的锥心痛适足以让我们联想到传奇剧的一个大主题：相思病。剧中的男女主角，常常因渴慕对方而致病倒在床[2]。女人为情所苦，当然深合中国诗词的传统，可以溯至汉代的《古诗十九首》。然而，不到元曲出现，我们看不到陷身情爱的男女互赠诗词，互道相思。若要一见这个主题的大发挥，更得俟诸明传奇。陈子龙的许多词作宣泄的心绪，就某种程度来讲是戏曲的典型。以副题《病起春尽》的《江城子》为例，我们看到陈子龙坦然自承有相思的病候：

　　一帘病枕五更钟

---

[1]　余国藩曾经讨论过《红楼梦》里宝玉对黛玉的一片"痴情"，道："宝玉确实未能'忘情'，而其五内所忍受的煎熬，正表示对黛玉之心不移，只可惜自己成为家人心计的祭品。"我于此所论，颇受余氏启迪。上引见 Anthony C. Yu, "The Quest of Brother Amor: Buddhist Intimations in The Story of the Stone", *Harvard Journal of the Asiatic Studies*, 49: 1 (June 1989), 74。中译引自李奭学译《情僧浮沉录——〈石头记〉的佛教色彩》,《中外文学》第 19 卷第 8 期（1991 年 1 月），第 48 页。

[2]　有关传奇剧的探讨，见 Richard C. Hessney, "Beautiful, Talented and Brave: Seventeen-Century Chinese Scholar-Beauty Romances", Ph. D. diss., Columbia Univ., 1979, 89。另见张淑香《元杂剧中的爱情与社会》（台北：长安出版社，1980），第 157 页，以及 Chung-wen Shih, *The Golden Age of Chinese Drama: Yuan Tsa-chu* (Princeton: Princeton Univ. Press, 1976), 70-78。至于相思病和中国文化关系的短论，可见夏志清《爱情社会小说》（台北：纯文学出版社，1970），第 227 页。

晓云空①

卷残红

无情春色

去矣几时逢

添我千行清泪也

留不住

苦匆匆……

（《诗集》下册，第 616 页）

　　拿陈子龙和柳如是表现相思病的手法做个对照，我们会豁然
开通。在陈词里，词人把自己写成"回天乏力"的情圣，而别离所
造成的伤痛则"回天乏术"，不断在荼毒残躯。柳如是呢？她曾在
梦中、在期盼中搜寻所爱，遍历磨折。不过，她强调的是永恒的
真情，是可以解脱人类悲剧的力量。下引柳氏副题《咏寒柳》的
《金明池》为例，禆便比较：

有恨寒潮②

无情残照

正是萧萧南浦

更吹起　　　　　　　　4

霜条孤影

还记得旧时飞絮

---

① "晓云"乃柳如是诸号之一。

② 我此处用的是王昶所供的另一读法，见《别传》上册，第 336 页。

况晚来　　　　　8

烟浪斜阳

见行客

特地瘦腰如舞

总一种凄凉　　　12

十分憔悴

尚有燕台佳句 ①

春日酿成秋日雨

念畴昔风流　　　16

暗伤如许

纵饶有绕堤画舸

冷落尽水云犹故　20

忆从前一点春风

几隔着重帘　　　24

眉儿愁苦

待约个梅魂

黄昏月淡

与伊深怜低语　　28

（《别传》上册，第336—337页）

　　这是柳如是最著称的一首词，用的是"咏物词"的形式，所以

---

① 指晚唐诗人李商隐的《燕台诗四首》，叶葱奇编《李商隐诗集疏注》（北京：人民文学
　出版社，1985）下册，第571—577页。

她可用象征手法借寒柳为"物"为"类"以抒发衷情。读者很快就会晓得："象征"（寒柳）与"被象征的人"（即词人本人）之间的联系，乃建立在"名字象征法"之上。我在第三章说过，陈、柳的赋也用过这种技巧。而上引词中的"名字象征法"，系从柳如是的姓发展而出。"柳"可以为"姓"，也可以为"草木"。这个字出现在本词的副题上，而"是"这个名字更在全词伊始即已现身（第三句）。中国诗体——尤其是"词"中——好以"柳絮"喻歌伎生涯的倏忽不定。柳如是想到她和陈子龙的情竟然落得悲剧收场，又想到她从盛泽流落到松江，最后再从松江回到盛泽重为冯妇，必然发现这种现实很冷酷，而"柳"不就是自己飘零的一生的最佳象征？个人的感遇，几乎全都蕴含在这种象征里。我们只要知道柳如是和"柳"之间的象征联系，确实就可从新的角度来认识陈子龙的词。以前引《望江南》为例，陈氏提到一种"三眠柳"，实取典自汉武帝后宫苑囿里的"人柳"。陈子龙于此也不过在用典，却能引领我们认识他的深层象征系统，柳如是命如飘絮，这种象征系统便建立在名物的隐喻关系上。不特如此，这种系统也以柳名的托喻用法为基础（陈氏晚期词作里的"柳"有许多象征意义，我会在第六章深入再谈）。

柳如是《金明池》所使用的象征手法以"典故"为主，全词的结构原则亦系乎此。概略言之，"咏物词"里的典故主要乃意象也，而此种意象又和主象征（如"柳"）的美感呈现（aestheticpresence）有密切的牵连。最后，主象征又可隐喻"词人"本身。在"咏物词"的阅读成规里，"典故"通常具有深意，读者得"深入"去"猜"，视之为全词的真义。他更得搜寻全词，想办法把所有可能的象征意义都挖掘出来。我们可以举柳词第一个明典为例：这个典出现在第十四句，暗指唐诗人李商隐的《燕台诗四首》。有道是李商隐狂恋某歌女，朝夕相思，因作四首。歌女后为某藩镇所"夺"，义山遂为此赋诗志哀。然而，由于此诗诗题又射到燕昭王（前311—前279年在位）的"黄金台"，寓有政治意义，所以清季以来的诗话家多从道德或政治层面来探讨李诗的意涵。不过，迄今为止，倒也无人提出任何足以服人的托喻性读法①。

燕台诗影响柳如是甚巨（第十三至十四句），她如何为李诗作解？结果显示：这又是"名字象征法"在作祟。"柳"这个姓不仅是柳"词"象征结构的根本，亦且是词人"阅读"经验之所在。李诗四首之所以对柳氏很重要，原因在柳如是把自己想象为某唐代读者"柳枝"。李商隐《柳枝五首》序云：某歌娘名柳枝，咏其燕台诗竟痴恋其人②（包括今人叶葱奇在内的评者，多谓柳枝事乃燕台诗原拟的题材，然义山因有难言之隐，从而篡改事实③。虽然如此，此解不无阙疑④）。而我们身为柳词读者，当知柳如是情真意挚。她在词内已经化身为柳枝，而后者乃"情诗圣手"李商隐作品的知音。简言之，柳如是乃一"理想的读者"，不单可以体会诗人的大义，也可以感应诗中的微言。她所以为陈子龙填下一首情词，

---

① 叶葱奇编《李商隐诗集疏注》下册，第571—577页。

② 同①，第565—566页。

③ 同①，第577页。叶葱奇觉得"柳枝"可能不是这个女孩的真名真姓，见下册，第566页。

④ 例如叶嘉莹就质疑过这种诠释的效用，见其《迦陵谈诗》（台北：三民书局，1970）册2，第175—176页。

或许也想以词试人，看看卧子是否剖得开文学的表面肌理，看看他是否也像她一样是位"理想的读者"。

《金明池》收梢处，柳如是向情人公开心事："待约个梅魂／黄昏月淡／与伊深怜低语。"她没有公开说明的是"名字象征法"重心所在的另一个要典："梅魂"隐指明代曲家汤显祖《牡丹亭》的男角[①]。这出浪漫剧写"柳梦梅"的故事，写梦与狂恋的传奇：杜丽娘夜梦伟男持柳枝携其至牡丹亭，竟求欢。丽娘后因相思病死，然赴北邙前要求葬身梅树下。梅者，其象征也。丽娘梦中男子乃柳梦梅，后者见其图影痴爱不已。丽娘夜来访，最后因"情"力而告还阳。柳如是如今从传奇取典，使其词更富联想性。即使是"梅魂"这个表面上看似简单的词儿，也开始膨胀"情"的意义。"咏物词"的诠释传统早就颂扬过"典故"的达意功能（expressive function）：柳词令人感触良多，想象开展，皆此功能之力也。

但是，柳词里的"梅魂"却有另一层次的意义：提醒我们汤显祖另曲《紫钗记》里的情人相会[②]。这本戏一开头演的是某除夕夜，女主角霍小玉在微月半遮、寒梅怒放下爱上了诗人李益（第八出）[③]。两位有情人几经困挫，落幕前终于在长时期离别后团圆。此时他们赠诗唱和，剧中最叫人难忘的赫然是"淡月梅花"景（第五十三出；册3，第1081页）。在柳如是的词里，让她回想到过去春梦的正是寒梅月影："待约个梅魂／黄昏月淡／与伊深怜低语。"词人分明是把情郎和自己比为剧中人。我们再三低吟陈、柳赠词——

---

① 此点我从陈寅恪之说，见《别传》上册，第339页。
② 《别传》上册，第399页。
③ 汤显祖著，钱南扬编《汤显祖集》（上海：上海人民出版社，1973）卷3，第1613—1619页。下引此书内文，卷数及页码夹附正文中，不另添注。

例如本章稍前所引的《浣溪沙》诸词，发现再三出现的花月意象都和此一私下才见分晓的爱情象征关系密切，其"互典的影响力"（intertextual impact）强而又强。

柳如是《金明池》的主典居然取自《紫钗记》，这一点确实值得我们分外注意，因为汤剧开头的一首曲文便在颂扬晚明"情观"，结尾的两句意味深长：

> 人间何处说相思
>
> 我辈钟情似此

对"情"肯定似此，汤显祖当然能在《紫钗记》里创造出新版《霍小玉传》：唐传奇中的旧版故事，原说霍小玉见弃于负心汉李益，然汤剧却把这个诗人写得一心不二，情意绵绵。用夏志清的话来说，汤剧乃"对爱之热情的处理"[1]。故事较显悲怆的情节是：二人结为连理后不久，李益就高中状元，奉敕参赞边防，必须别离娇妻。全剧所歌颂者，因而是这对夫妻彼此成全的坚忍和"信誓旦旦的相爱"[2]。柳如是长别情郎，惶惶然无助，柔肠百转，故而把自己比为剧中的霍小玉。此外，唐传奇里的小玉原为霍王庶出，接受教养准备将来当个高级歌伎[3]，而柳如是出身扑朔迷离，本人

---

① 这是夏志清对汤氏原剧《紫箫记》的批评，见 C. T. Hsia, "Time and the Human Condition in the Play of T'ang Hsien-tsu", in Wm. Theodore de Bary, et al., *Self and Society in Ming Thought*（New York: Columbia Univ. Press, 1970），255。中译引自《汤显祖笔下的时间与人生》，夏著《爱情社会小说》，第 170 页。

② Hsia, 257；《爱情社会小说》，第 173 页。

③ Hsia, 255-256.

就是歌伎，更可体会虚构里的霍小玉确和自己的身世若符合节。我还相信，柳氏总尝试在当代说曲搜寻身世相仿的女角，以便借为自己的隐喻。这种情形，柳词尤为常见。

柳如是偏好汤著《紫钗记》尚有其他原因：曲文典雅，颇有并列句风格（paratactic style）。用徐朔方的话来说，这种风格"近于小词"①。而诚如陈寅恪的观察，柳如是《金明池》有若干句乃改写自《金钗记》的曲文（《别传》上册，第337—338页）。例如，柳词首数句及十八至十九句即有部分借自汤曲第二十五出（卷3，第1675页）。柳词后两句写河边画舫，汤曲该景演的却是离恨，位居全曲枢纽，直接发抒李霍爱情信誓。这一出题为《折柳阳关》，恰为柳如是咏"柳"的"咏物词"的绝妙好典。即便是《紫钗记》这个曲目，亦可视为柳如是情缘的象征。在曲中，"玉燕钗"乃小玉与李益的爱情信物（第八出；卷3，第1613—1618页），在陈、柳唱和的词中，"玉钗"亦为常见，甚至是主要意象：柳如是《梦江南》联章第三阕即有无限恨地提到一支玲珑玉钗，而卧子所和的《望江南》第三句的"玉燕"亦指此钗。两人词中都不断用到玉钗，而玉钗又是婚盟的象征，更可见陈、柳暗示他们永远情同"夫妻"②。

---

① 徐朔方编《汤显祖诗文集·前言》（上海：上海古籍出版社，1982），第8页。郑培凯也有此说：汤显祖"煞费心思，在曲中用巧诗"，见 P'ei-kai Cheng, "Reality and Imagination: Li Chih and T'ang Hsien-tsu in Search of Authenticity", Ph. D. diss., Yale Univ., 1980, 277.

② 陈子龙和柳如是的同代人吴伟业，也用玉钗的意象写了一首情诗给名伎卞赛："记得横塘秋夜好／玉钗恩重是前生。"见吴伟业著，吴翌凤编《吴梅村诗集笺注》（1814年，香港：广智书局，1975年重印），第353页。"玉燕钗"乃夫妇爱情信物，李白的《白头吟》曾经提过这一点："头上玉燕钗／是妾嫁时物。"见《李太白全集》（北京：中华书局，1977）卷4，册1，第246页。此点我乃承余英时教授提醒（私函），谨此致谢。

接下来我想从另一个面向来看《金明池》：陈寅恪先生已经说过，这首词实以秦观的同词牌同韵脚作品为师（见《别传》上册，337）。秦观首创《金明池》这个词牌，而他的词也是用此一词牌的少数宋词中唯一词牌名与内容铢两悉称者。"金明池"位于宋京开封以西，真有此"池"。1092年，秦观曾莅此一游，他的词即写池畔之美，开笔就是柳絮曼舞的春景：

> 琼苑金池
>
> 青门紫陌
>
> 似雪杨花满路 ①

秦观遭贬离京之后，"金明池"变成"美好的过去"的象征。他曾在《千秋岁》一词中，对比过早年池畔的欢乐与目前的流放生涯 ②。此词称"金明池"为"西池"，可能是秦观填得最哀怨的一首，写于1095年，其时词人46岁。

陈子龙也填过一首副题《有恨》的《千秋岁》，显然仿自秦观：

> 章台西弄
>
> 纤手曾携送
>
> 花影下
>
> 相珍重……

① 这首词可见于秦观著，徐培均编《淮海居士长短句》（上海：上海古籍出版社，1985），第184—185页。
② 《千秋岁》的曲调以哀怨沉郁著称，见于翠玲前揭文，第129页。至于秦观《千秋岁》一词的细读性论述，可见叶嘉莹《论秦观词》，第251—256页。

菡萏双灯捧

翡翠香云拥

金缕枕

今谁共……

（《诗集》下册，第 616 页）

　　词首陈子龙所写的"柳"极其类似秦观《金明池》中的
"柳"。尽管如此，两人的写法却截然不同：秦观纯写景，陈词以
象征为主。秦词仍以北宋"咏物词"的传统作为叙写的模式，陈词
（这方面包括柳词）却占时间优势，可以师法南宋"咏物词"的象
征模式。后者实代表一种新的修辞方式，希望透过意象的联想窥
知词人所要表现的大目标①。陈氏《千秋岁》首行，写帝京洛阳章
台门外癫狂飘舞的片片柳絮，确能让人想到秦观笔下的金明池畔
柳。不过，由于表现模式不同，陈词写完首句后马上就转移方向，
肯定"柳"的隐喻性本质——首句"西弄"的"柳枝"乃卧子所爱
柳如是的"纤手"也。陈词的修辞法不同于南宋"咏物词"的地
方，在于前者的隐喻等体（metaphorical equivalences）所具有的
指涉性内涵。柳如是与"柳"之间的联系毫不牵强，此不独因两者
具有内涵上的类似性使然，更因其共享某一最客观的指涉字有以
致之——"柳"字于此既指"姓"，又指"柳树"，一语双关。易
言之，"隐喻"是这种"托喻性"咏物程序的"因"，不是"果"。
托喻指涉性（allegorical referentiality）和隐喻式的反思合而为一，

---

① 清朝学者多认为陈子龙完全忽视南宋的诗学词论，但我深不以为然。本书第六章会再
　　探此一课题。

极可能就是晚明新词法的特征①。

　　秦观和陈子龙虽然不免歧异，词话家却赞扬他们代表词的"本色"②。乍听之下，这种传统的评语颇具洞见，切中肯綮，但我觉得大而化之，难以完全掌握，有待更细的说明。首先，我们得考虑王国维（1877—1927）所指秦词与众不同之处，亦即下引《踏莎行》第四句和第五句所寓的"凄厉"特质③。

　　　　雾失楼台

　　　　月迷津渡

　　　　桃源望断无寻处

　　　　可堪孤馆闭春寒　　4

　　　　杜鹃声里斜阳暮④

　　　　驿寄梅花⑤

　　　　鱼传尺素⑥

　　　　砌成此恨无重数　　8

　　　　郴江幸自绕郴山

　　　　为谁流下潇湘去

---

① 　参看第三章对"名字象征法"的讨论。
② 　《丛编》册1，第631页；《诗集》下册，第598页。
③ 　见《人间词话》，《丛编》册5，第4245页。
④ 　这两句的英译，见 Adele Austin Rickett, *Wang Kuo-Wei's Jen-chien Tz'u-hua: A Study in Chinese Literary Criticsm*（Hong Kong: Hong Kong Univ. Press, 1977），41 及 Ching-I Tu, trans., *Poetic Remarks In the Human World*, by Wang Kuo-Wei（Taipei: Chung-hua shu-chü, 1970），2。
⑤ 　这一句涉及江东人陆凯的故事：长安罕见梅花，陆氏曾给那里的好友路晔寄了一朵梅。此事见《太平御览》卷19。
⑥ 　此句典出古乐府诗，略谓有女烹客所馈鲤鱼，惊见鱼腹遗有书信一纸。事见萧统编《昭明文选》卷27。

秦观在这首词里所欲传达的信息当不简单：他并举意象，把个人的苦难宣泄出来，写法独树一格。这首词填于 1097 年，其时秦观再度遭贬，发配到更遥远的郴州。词人孤苦伶仃，心中感受到的现实与不幸的根源，全都凝聚在这首词里。他望断桃源（第三句），欲遁无门（第二句的"津渡"象征这一点），甚至连写家书这种小事都感到心痛不已（第六至七句），因为握管传书家小，只会让他惊觉乐园已失，关山重阻。虽然如此，秦观把痛苦转递成为感性意象的能力，倒是令王国维击节三叹。意象一旦形成，秦观创造出来的是沮丧与图景写实的交错画面。

必须一提的是：陈子龙和柳如是都同时填过《踏莎行》的词（陈寅恪以为陈、柳二词乃为"同时酬和之作"；见《别传》上册，第 243 页）。虽然他们的《踏莎行》与秦韵全然不同（陈词与柳词的用韵也各自不同）①，但词里的意境却令人联想到秦观的《踏莎行》。以下是陈、柳二人的《踏莎行》：

陈子龙《踏莎行·寄书》：

无限心苗

鸾笺半截

写成亲衬胸前折

临行检点泪痕多　　4

---

① 有关这一点，我非常感谢胡晓明先生对拙作旧版（《陈子龙柳如是诗词情缘》，李奭学译，台北：允晨出版社，1992）所指出的错误。见胡晓明，《孙康宜〈陈子龙柳如是诗词情缘〉书后》，发表于 2005 年 9 月 4 日。

重题小字三声咽

两地魂销

一分难说

也须暗里思清切　　8

归来认取断肠人

开缄应见红文灭 ①

（《诗集》下册，第 610 页）

柳如是《踏莎行·寄书》：

花痕月片

愁头恨尾

临书已是无多泪

写成忽被巧风吹　　4

巧风吹碎人儿意

半帘灯焰

还如梦里 ②

消魂照个人来矣　　8

开时须索十分思

缘他小梦难寻味

（《别传》上册，第 243 页）

---

① "红文"一词语意模棱，或指柳如是留在致卧子"别书"上的唇印。如今脂残，盖时日已远。从这个角度来看，则此句句意或可用语体文解为："倘若你展开别离时你给我的信，那么你会发觉你的唇印已经变淡了。"
② 此句意义请参陈寅恪《别传》上册，第 243 页。

在这两首词里，别离与受苦的原因与秦词有所不同：秦观的"凄厉"源出仕途侘傺，陈、柳者则因两地相思使然。卧子记忆中的情人柳如是乃一尺牍高手。她像典型传奇剧里的才女，煞费心思挑选合宜的信笺，"亲衬胸前折"（卧子《踏莎行》第二、三句）。本系抒情的词，乃如此经由修辞手法转化为抒情与戏剧性兼而有之的"词套"（以诗唱答）。明传奇对词的影响有多大，更可借此证明。陈子龙和柳如是认为"词"这种体式不但可以让他们互道衷肠，连两地销魂的憔悴状都可写进去。换言之，"词"已不仅是"自我表白"的形式，更是一种有人"倾听"的修辞设计，是旖旎缠绵的浅唱轻吟。真正的"歌"也不过如此，故"词"既可"达意"，又可"隐秘"。

但陈、柳"词书"的文涉也不仅限于秦观《踏莎行》里的"驿寄梅花／鱼传尺素"之意象。"寄书"的意念也绝非仅在向前人的词作借典：前文讨论过柳如是咏柳的《金明池》，认为关乎汤显祖的传奇《紫钗记》；同样地，"寄书"意念亦拜此剧之赐。《金明池》这首咏物词乃受汤剧道别一景的启迪（第二十五出），而事实上，《寄书》这个副题几乎也取自汤剧此场，因其最后两字即此题也：

教他关河到处休离剑

驿路逢人数寄书

（第二十五出，册3，第1677页）

这是霍小玉唱别李益的两句曲文，而全本最后（第五十三出）

的下场诗，亦有两句称美这对夫妻颇能和诗"知音"：

> 一般才子会诗篇
> 难遇的是知音宅眷

以诗词"寄书"乃抒情剧所创发并推广的文学传统。陈子龙和柳如是于今也如法炮制，可见他们必然以才子佳人自居。他们写在词里的话，把痴心情侣的黄粱梦化作一场戏，亦可见他们深知一切无非是玄想：开缄、阅书与相知都属之。最叫人注意的是，词中卧子几近自毁情操的摹本，居然是那明传奇里伤感多情的男角。

当然，秦观的词里有关书信的意象可能也常驻陈、柳心头，有助二人独树词风。但在另一方面，他们也了解当世曲文生动有力，富于戏剧潜能。明朝的许多词人及前其数百年宋代的柳永，都曾以俗语入词。难得的是，陈、柳词固然开源于曲，却能免于乡言之盅，躲过似曲非曲的词。最后的结果则是古典风格与当代写实合流，情意浃洽。其用字遣词比先前情诗高贵优美，其内容则比传统情词露骨曲折。有人就有"情"，陈、柳词不但没有鄙薄这个事实，而且用考究的新风格摹写之。词至云间而得重振，陈、柳居功大矣。他们的汇流词风当系新词心要。

词之原身乃"曲子词"，芳菲悱恻，以宫徵为主。其"本色"后即湮遗，垂三百余年。陈子龙与柳如是倚声一出，词之正则大致归本还原。或谓陈、柳出，词体复兴，其此之谓也欤！

第五章 回首观照且由诗

陈子龙与一般诗人词客无异，对诗体之别朗然敏锐。他不但是云间词派首领，同时也孜孜不倦在为古典诗歌振臂呐喊。职是之故，诗词的体式异同他必然深有所感。诗词固异，陈氏却能纵情于其中，所咏题材广泛。更有甚者，他还尝试以此描绘不同的"情"面，都能契入他所感知的诗词体异。盖陈子龙相信，体式的限制非仅关乎形式，同时也应属主题上的问题。

陈子龙往往在"诗"中把所爱奉为神女，而"词"中的同一角色每每却沦为有血肉的凡女。这种强烈的形象对比，是我们对陈作的首要认识。换言之，陈词里的"才女"到了陈诗就提升为"神女"。其间的差异，率由诗词的主题与风格所造成[1]。中国传统对诗词之辨自有一套流行的标准，即所谓"诗庄词媚"也。上述传统之见虽然难逃"大而化之"之讥，却是陈氏诗词的紧要断语。话说回来，陈子龙虽然默认传统，但并非不会反省传统：他在诗里把所爱奉为"神女"，正表示他已为"诗"开创出一种"庄严"的拟人法，也把这种体式的地位提升到比"词"还要高几许。他的"情诗"仍然以"情观"为基础，虽然诗中看待"情"的方式已经大异其趣。不容否认，这些"诗"写得颇有"颜色"——甚至可称之"情色"，但是和陈氏细写激情的词相较之下，这些"有色部分"都已概化，都已升华。诗国正统之作气势磅礴，唯有思考性强

---

[1] 古希腊的理论家也同意文体诗体受制于其所呈现的人类性格的说法，如亚里士多德便曾在《诗学》(*Poetics*) 中说道：史诗所写的人物，比他们在真实生活里的表现还要高贵。

的作品才称得上同条共贯。

就某种程度而言，将宫娥或歌伎比为"神女"实合乎"诗"的传统 ①。此一技巧无疑借自稍早的"赋"体，而这或许也是柳如是寄陈子龙诗每自称"神女"之故（如《初秋》第三首，在《别传》上册，第 306 页）。虽然如此，若仅视此一技巧为"诗"体成规的衍生物，无乃过贱，盖"神女"的意象经常在陈子龙的诗里出现，而除了体式问题外，陈氏的用法无疑寓有深刻的私人因素。就其最明显者观之，含带神女意象的陈诗当为陈赋的抒情等体。陈赋精雕细琢，意象缤纷，长篇铺排，炫人骇目。其中所求虽为想象，每每却细述了陈柳情缘，表出真相。我们在第三章探讨过卧子《采莲赋》，下引这首或可写于 1633 年秋的"诗"，却好像在预示《采莲赋》的内容，可举为例：

秋夕夜雨，偕燕又让木集杨姬馆中，是夜，
姬自言愁病殊甚，而余三人者，皆有微病，
不能饮也。

两处伤心一种怜

---

① 南朝诗中所写的宫娥每如"神女"，相关论述见 Anne Birrell, "The Dusty Mirror: Courtly Portraits of Woman in Southern Dynasties Love Poetry", Robert E. Hegel and Richard C. Hessney, eds., *Expressions of Self in Chinese Literature* (New York: Columbia Univ. Press, 1985), 38。Edward H. Schafer 曾举李贺之诗，说明歌伎以"神女仙姑"的面貌化为诗中角色的写法。见其 *The Divine Woman: Dragon Ladies and Rain Maidens* (San Francisco: North Point Press, 1980), 146。亦请注意 17 世纪的戏曲中，歌伎常被喻为"仙女"的写法。例见孔尚任的《桃花扇》第五出，或见 Chen Shih-hsiang, et al., trans., The Peach Blossom Fan (Berkeley: Univ. of California Press, 1976), 6. 42。

满城风雨妒婵娟

已惊妖梦疑鹦鹉

莫遣离魂近杜鹃①　4

琥珀佩寒秋楚楚

芙蓉枕泪玉田田

无愁情尽陈王赋

曾到西陵泣翠钿②　8

（《诗集》下册，第 425 页）

　　指涉与隐喻的修辞交互作用，再也没有比这首诗更显然的了。诗题特长，可以直指事实，而全诗意象绵密，意涵更见内铄。切合场面的诗题可让读者了解作者意图为何，但诗中的象征性关涉却也令人颇兴"抒情之谜"（lyrical enigma）之慨，从而愿意再三挖掘，以探知新的意蕴。全诗的终极力与终极美，便存乎这种"隐"与"显"的交互作用之中。

　　在诗题中，诗人明陈所吟关乎柳如是——此时的柳氏显然还在使用本姓"杨"。诗题提到柳如是"愁病"，但未指出所染者何恙。我们要等到读完全诗，看到诗人借曹植《洛神赋》之典为喻，才知道所患者"相思病"也。在诗人的抒情观念中，他显然已化

---

①　第 3 至 4 句的意思模棱两可。据陈寅恪的说法，鹦鹉在此为柳如是的象征（一如柳词《梦江南》第十九首者），《别传》上册，第 82 页。"鹦鹉梦"则可能取典自某一杨贵妃故事。该故事喻太真为鹦鹉，饱尝一只凶暴大禽折磨后死去。参见《别传》上册，第 265 页。

②　最后一句典出一首古情诗，据说作者是南齐名伎苏小小。苏诗有这么两句："何处结同心／西陵松柏下。"

身为曹植，以凡间情圣之身汲汲追求所爱的神女。诗人也像曹植一样，解下玉佩作为信物，赠与神女（第五句），而柳如是更像曹氏笔下的神女，因为她与"莲"或"芙蓉"关系密切："芙蓉枕泪玉田田／无愁情尽陈王赋。"柳如是确实已经变成一种抒情性的符码，隐喻卧子《采莲赋》里的芙蓉仙子。《采莲赋》中的恋人示爱求情，每透过不断重现的象征来比喻。全赋所写皆为追寻神女的历程，雕金镂玉，长达167句。抒情的强度先呈紧凑态势，然后渐次松弛。全赋的动作若为离心外搜，则上引八句诗里叙写简略但凝练无比的神女形象，就应该代表一种向心内敛的抒情力量[①]。

　　这样的"诗"实为"具体而微的赋"，本身更是五脏俱全的整体：陈子龙的许多诗都可发现同样的结构。不论有多短小精悍，各首诗似乎都是同主题的抒情性变奏，咏叹的都是一位"神女"。不过，这并不是说"诗"只是就"赋"的描述面稍事约减的作品。相反地，"诗"是全新的创发，代表不同的美学观和修辞意义。陈子龙写神女的赋，强调的是上下求索的进程。他的诗和同主题的赋有所不同，不但放弃线形的发展，而且改采意象并列法，着重个人内省的精神。就私人的洞察力与主观的内在冥思而言，"诗"无疑要比"赋"强烈许多。以《秋潭曲》一诗为例，所写情缘背后的大原则可谓从头到尾如一。这种原则乃是内化、浓缩、强化与压缩的过程，所有的意象都绕着诗人对自己情缘的回省而转：

---

① 诗歌里所谓"离心力"（centrifugal）与"向心力"（centripetal）的说法，请见 Edward Stankiewicz, "Centripetal and Centrifugal Structures in Poetry", *Semiotica* 38, nos. 3-4（1982）: 217-242。

鳞鳞西潭吹素波

明云织夜红纹多

凉雨牵丝向空绿

湖光颓澹寒青蛾　　4

暝香湿度楼船暮

拟入圆蟾泛烟雾

银灯照水龙欲愁

倾杯不洒人间路　　8

美人娇对参差风

斜抱秋心江影中

一幅玉铢弄平碧

赤鲤拨剌芙蓉东　　12

摘取霞文裁凤纸

春蚕小字投秋水 ①

瑶瑟湘娥镜里声

同心夜夜巢莲子　　16

（《诗集》上册，221）

前引群贤毕集"杨姬馆"一首乃八行律诗，然上引却为古体诗。表面看来，后者结构较显松散，全诗只有 16 句，但意象的暗示性颇强，诗人也极力想要表现出这个世界里意象的繁复性，全

---

① 这一句典出李商隐的情诗《无题》："相见时难别亦难，东风无力百花残。春蚕到死丝方尽，蜡炬成灰泪始干……"见李商隐著，冯浩笺注《玉溪生诗集笺注》（上海：上海古籍出版社，1979）上册，第 399 页。

诗故得比篇幅较长的赋更具联想力。陈子龙自注道：此诗赋于西潭遨游时，做伴者包括燕又、让木与柳如是（《诗集》上册，第221页）。不过，全诗收梢处却有一股超越现实的神秘感，可供人尽情驰骋想象力。就诗人笔端所写来看，他好似已经走进月宫中（第六句），意象也似乎都是神话故事所特有者。一般来讲，陈词里的世界乃具体的现实体，但这首诗里的世界却是浩波渺渺，不食人间烟火，故而意象也都是类此之属，如"湘娥""霞文凤纸"与"江影秋心"等。

然而，全诗的重心却是"银灯照水"的意象，每令人想入非非而有云雨之思。从"隐喻"观之，"镜里声"（第十五句）和"江影中"（第十句）二词形成互倚之势，彼此都是这对爱侣燕好之际的音感与视觉隐喻。就如情欲经验本身一般，"镜照"的动作已经变成"回响"的动作，把事实与幻想、真实与虚构编织成片片彩锦。从文字表面来看，诗人再度用到柳如是的号"影怜"，从而以象征的方式开创出两情缠绵的修辞；以语音的象征性观之，"怜"者"莲"也，何况诗末又用到后一字。事实上，第十二句的"芙蓉东"一语，显然就在吁请我们做此读法。

"西潭"乃全诗写景主轴，而值得注意的是，此潭另名"白龙潭"①，点醒我们陈氏之名"子龙"。因此，"银灯照水龙欲愁"（第七句）可以读作诗人自反而缩的套式，可谓故意在与柳如是别号"影怜"并举。从某方面看，陈氏这位大情人已经变成所欢柳如是的叠影。不特如此，诗人还借着呼应神女自省之语，声明自己就

---

① 见《诗集》上册，第221页所引《松江府志》。

是她的"镜中像"。我们一旦了解柳如是也在类似情景写过类似的诗，则上述论点意义倍增。柳如是所写显为酬和之作，题为：《游龙潭精舍登楼作时大风和韵》（《别传》上册，第54页）。这首诗分明会让人想起陈氏的《秋潭曲》，盖其强调之意象乃烟雾迷蒙的一潭清水，在隐喻的层次上又关涉到光可鉴人的一面"玉镜"。"子龙"的"龙"字是柳诗诗题的一部分，而柳如是的自号"影怜"也惝惝然嵌在诗首、诗尾数句中。全诗充分掌握住"镜鉴"既真又假的双重内蕴。

真与假，可触而不可即，以及事实与他界之观念全都凝聚在"镜鉴"复杂的二元性之中。虽然这样，对此一本质最生动的描绘应属一首题为《霜月行》的诗。陈子龙写下这首诗的时间，可能在1635年柳如是离他而去之后：

> 美人赠我双螭镜
>
> 云是明月留清心
>
> 寒光一段去时影
>
> 可怜化作霜华深　　4
>
> 持镜索影不可见
>
> 当霜望月多哀音
>
> 红绡满川龙女窭
>
> 买之不惜双南金　　8
>
> 温香沉沉若烟雾
>
> 裁霜翦月成寒衾
>
> 衾寒犹自可

梦寒情不禁　　12

离鸾别凤万余里

风车云马来相寻

愁魂荒迷更零乱

使我沉吟常至今　　16

（《诗集》上册，第 231 页）

这面镜子留有情人的"清心"，是最佳的爱情信物。这面镜子圆而明澈，可以照个不停。不论是本质或形体，这面镜子都像无所不照的月娘，而后者正是坚贞的象征。诗中接下续道：情人的倩影已杳，或许她已托身姮娥，躲得高高的，徒留倾慕的诗人在人间（第十四句）。神女渺渺，上下求索。这个主题当然是中国诗最古老的传统之一①，必然也会让我们联想到欧洲的宫廷情诗（courtly love poetry）。在后者的架构中，献殷勤的男子往往会把所爱的人儿高举到女神一般的地位，希望能用自己的坚忍和仰慕衷肠来赢得美人归。

但陈子龙的诗不仅在追寻神女，更紧要的是，他的诗也在描述内省、认知与认同感错综复杂的力量，而这一切都由镜的意象来暗喻。陈子龙把重点摆在镜的影像上，不让我们从古诗人在骚赋里所建立的传统来读其人的追寻主题②。镜子的力量源自一种绝

---

① David Hawkes, "Introduction" to his *The Songs of the South: An Anthology of Ancient Chinese Poems by Qu Yuan and Other Poets*, 2nd cd.（New York: Penguin, 1985），49.

② 有关骚、赋里追寻主题的探讨，参见 David Hawkes, "Quest of the Goddess", 在 Cyril Birch, ed., *Studies in Chinese Literary Genres*（Berkeley: Univ. of California Press, 1974），42-68。

对的诚实，强求照者去看他"换个处境就看不到"的影像①。诗人揽镜自照又当如何？令人讶异的是：陈子龙并没有如期看到自己的倒影，他只注意到所爱的神女"不可见"，盖后者已经"化作霜华深"（第四句）。易言之，她变成了"镜中花"——这是俗谚中"幻"的象征。此一新的"镜花"意象，又让诗人想起同为诗题的"霜月"，而他多少也透过这层"关系"在为自己定位。因此，镜中所映者并非揽镜自照的人，而是这个人从内省与想象所建立起来的"自我观照"。镜子本身确实已经变成诗人最佳的隐喻——隐喻的是诗的内化与自顾自的冥想。

陈子龙之所以偏好镜喻，有其实际生活上的缘由。柳如是迷镜，搜集了许多，柳传已经确定此点。她去世之后，清诗人赋诗志其视如拱璧的遗镜者所在多有（《别传》上册，第271页）。对柳氏而言，镜子显非"私藏品"罢了，而是——就如陈子龙一般——重要的象征。比方说，她有一面镜子，背錾："照日菱花出／临池满月生。"（《别传》上册，第272页）镜子自照的力量，可以化己身为水为月。镜子所以深富意义，柳如是以为原因在此。

"水"乃镜像的延伸。陈子龙曾发狂想，以为"水"是人海两隔的隐喻。他的诗每有此念，别离柳如是后所作者尤其明显。沧溟浩荡，两岸梗阻。在陈子龙的诗中这是个大主题。逝水滚滚，到了陈诗更转为渺渺烟波。"水"是象征——象征的是诗人意识中人力难回的悲剧情境。在水此岸，生命就是孤寂感；在水彼岸，神女飘摇，忽隐忽现，难以捉摸。《七夕——仿玄晖》一诗大逞想象：

---

① 我感谢 Jenijoy La Belle 的启发，见其 Herself Beheld: The Literature of the Looking Glass（Ithaca: Cornell Univ. Press, 1988），1。

陈子龙化自己和所爱为牛郎、织女，以为他们就是传说中"命途塞困的情侣"，不幸为天河永隔[①]：

早秋辨云树

斜景生微凉

颇振玉阶叶

复折瑶华芳　　4

莲房碧秋渚

杂英摇暮香

烟露夕靡靡

绮阁正相望　　8

引领佳人期

谁知往路长

玉绳丽薄雾

银汉含苍茫　　12

寂寞雕陵鹊

使我河无梁

澄宇静不舒

丹鸟穿衣裳　　16

蕙茎秀玄夜

轻飔复难忘

迎凉依云雨

---

① 有关《古诗十九首》中"命途塞困"的情人的讨论，见 Pauline Yu, *The Reading of Imagery in the Chinese Poetic Tradition*（Princeton: Princeton Univ. Press, 1987），127。

仿佛巫山阳　20

　　根据传统的说法，牛郎织女终年相隔，只有到了农历七月七日才能见面。是夕，喜鹊作桥，这一对姻缘路梗的夫妻借此团圆。陈子龙的诗令人倍觉哀叹的是：甚至到了七夕，他也不能和所爱团聚，因为这一夜只见一只喜鹊，"使我河无梁"（第十四句）。情思难递的情侣所受的折磨苦痛，诗人无不体之感之。逝水滚滚，渺无尽处，冷漠又无情。逝水就象征情挫。

　　陈子龙在诗题上就已坦承，他的诗仿自六朝诗人谢朓（字玄晖，464—499）。我相信卧子所谓的"仿"，指的正是"河无梁"。此一意象显然借自谢朓的名诗《暂使下都夜发新林至京邑赠西府同僚》（《先秦》中册，第1246页）[①]。谢朓在荆州交善于南齐随王子隆（请注意"子隆"与卧子名"子龙"谐音），但上施压，命离。上引之诗即写其"离怨"。"友谊"乃中国文学传统里的大主题，历代批评家或因此故而重厘牛郎织女这个传说，视之为"时事托喻"（topical allegory），比喻的乃君臣之间的关系[②]。然而，在陈子龙的诗里，此一主题已还其浪漫情爱的真身原面，况且全诗最后又不无痛苦地自宋玉《高唐赋》取典。宋赋写楚怀王夜梦巫山神女，遂起云雨。此女乃"朝云之精"所变[③]，而此词随即令人联

---

① 有关谢朓诗的论述，参见拙作 *Six Dynasties Poetry*（Princeton: Princeton Univ. Press, 1986），131-132。
② 有关此一评论的传统论述，见 Yu, *The Reading of Imagery*, 127。
③ 一般人多认为《高唐赋》系宋玉所作。全赋收于萧统编，李善注《昭明文选》（台北：河洛图书出版社，1975年重印）卷19，第393页。

想及柳如是小名"云娟"。因此，陈子龙等于在说：他只能在梦里再见神女之灵，只能在记忆里克服时空的藩篱，"游到彼岸"。

另一方面，令人痛苦的亦无过于记忆。这种与生俱来的能力就像一道难以跨越的鸿沟，不断点醒过去与现在的差距。人间怨侣因为难忘过去而最感痛苦的一刻，无疑出现在七夕牛郎织女在天上相会的时候。例如陈子龙《戊寅七夕病中》一诗中，我们就看到记忆如何折磨人，如何令人相思成病。而病兆历历，都是我们耳熟能详：

又向佳期卧

金风动素波

碧云凝月落

雕鹊犯星过　4

巧笑明楼回

幽晖清簟多

不堪同病夜

苦忆共秋河　8

（《诗集》下册，第359页）

"秋河"者，"天河"也（第八句）。而秋河就像一面明镜，于此确也变成可供人自照回省的银波（the seat of reflection）。想象之地与现实的联系，冥合与人间情爱的汇通，全都由这道清流来沟通。秋河亦隐喻也，结合神圣的情感与世俗的情欲，也把柔情万千推展到极致。陈子龙的七夕诗写于他为柳如是撰《戊寅草》长序的那一年（参看第三章），亦即他们已分手3年后的1638年（岁次戊寅）。我们一旦注意及此，则秋河为隐喻一点随即更富意义。陈、柳既公然共结文学因缘，则自当能够共担分手的苦痛。

　　尽管陈词不断把陈氏写成难忍别恨的人，陈诗里的"河／离"母题却也不是永远在走低调。陈诗里的有情人永结同心，因此给人一片明亮的感觉，提供的确是离怨的解决之道。陈子龙有数首自传诗，写来坦白可爱，《长相思》就是其一。诗里对两情永固信心坚定，乃深思熟虑后的肯定与了解：

美人昔在春风前

娇花欲语含轻烟

欢倚细腰歌绣枕

愁凭素手送哀弦　　4

美人今在秋风里

碧云迢迢隔江水

写尽红霞不肯传

紫鳞亦妒婵娟子　　8

劝君莫向梦中行

海天崎岖最不平

纵使乘风到玉京

琼楼群仙口语轻　　12

别时余香在君袖

香若有情尚依旧

但令君心识故人

（《诗集》上册，第 262 页）

诗人所欢如今已变成"迢迢隔江水"的玉京婵娟，诗人更想象到：所爱差紫麟传书，誓言此情永不渝。原来陈、柳别后不久，两人还用过多少带有"文言"味道的赋体来传达类似之情。故上引这首自传诗似乎在用抒情的声音重铸赋体里的"文言"情讯。柳如是和陈子龙彼此唱和的辞赋不少，有两首分别题为《别赋》与《拟别赋》，正清楚地道出这种"情讯"为何，兹抄录部分如下 ① ：

柳致陈：

虽知己而必别
纵暂别其必深
冀白首而同归
愿心志之固贞

（《别传》上册，第 321 页）

陈致柳：

苟两心之不移
虽万里而如贯

---

① "文体赋"与"诗体赋"不同。此处所引陈、柳唱和的"赋"，可能是他们仅存的"文体赋"。他们显然以江淹（444—505）《别赋》作为临本；江赋以语带文语而不乏感情著称。江赋业经译为英文，见 Hans Frankel, *The Flowering Plum and the Palace Lady: Interpretations of Chinese Poetry*（New Haven: Yale Univ. Press, 1976），73-81。

又何必共衾帱以展欢

当河梁而长叹哉 ①

（《别传》上册，第 324 页）

　　然而，非卧子《长相思》则不渝之情无由感人深刻若此！全诗发展基础每令人思及神女所居之云山雾海，此处早已超越了人类所处的有限时空。欲死欲生的横目情有时而尽，仙界浩瀚无涯而不渝情更在其中。遁世登仙，未必有失！陈诗还呼应了白居易（772—846）名诗《长恨歌》的尾段。杨贵妃香消玉殒后，魂魄远扬仙山楼阁，化作太真仙子，而她和明皇之间的不渝真情，至此更得印证：

　　　　惟将旧物表深情

　　　　钿合金钗寄将去

　　　　钗留一股合一扇

　　　　钗擘黄金合分钿

　　　　但令心似金钿坚

　　　　天上人间会相见

（《全唐诗》册 7，第 4819 页）

　　因此，诗人所爱和神女之间的修辞接点，便不仅存乎彼此隐喻上的类似处，更在两者所共具的第三个条件：其力如壮阔波

---

① 此句典出汉将李陵致苏武一首送别诗的前二句："携手上河梁／游子暮何之。"萧统所辑《文选》认为此诗乃李陵所作，不过对这种看法持疑者代不乏人。

澜的"情"。这种"情"不为时空羁縻，正是晚明经过升华后的"爱"的重心。追寻真情与体恤，可获再生的力量，而唯有在神女所象征的神仙界，我们才能看到"情"最真纯的呈现。诗贵真挚，故以神女为所爱的清纯形象，当会吸引求情者全神贯注，忘却其他。神女风华绝代，所处的世界全属想象。陈子龙的刻画鲜蹦活跳，但在文字背后，我们仍然可以感知一种高度的理性：回首从前，淡然处之。所以诗人说道："但令君心识故人／绮窗何必常相守。"陈子龙仿佛重得新生，勇敢面对离恨绵绵的现实悲剧。他的体知让人想到苏轼咏叹人生难免离恨的名词《水调歌头》：

人有悲欢离合

月有阴晴圆缺

此事古难全

但愿人长久

千里共婵娟

（《全宋词》卷1，第280页）

"情"的意义错综复杂。苏词所表现者皆和"情"有关，而"情"正是陈子龙、柳如是眼中"爱"的真谛。宋代词客秦观的《鹊桥仙》咏赞牛郎织女情意不绝，也填了几句枢纽关键字：

两情若是久长时

又岂在

朝朝暮暮

（《全宋词》卷1，第459页）

就某种程度而言，陈柳情简直就在遵循上引的"情侣座右铭"。秦词修改了古来七夕诗的伤感传统[1]，实为"情"字的革命性看法。晚明情观无疑受过秦氏滥启，而其最显著的证据可见诸汤显祖的《紫钗记》。霍小玉在七夕相思病重，深为情苦。好在霍母鲍四娘智慧闪现，劝她道：

含情
若是长久似深盟
又岂在暮暮朝朝
欢娱长并

（第三十三出，册3，1706）

汤剧中如此坚忍的情观，显然源自秦观《鹊桥仙》一词。

不过，陈子龙的贡献并不在此。对他来讲，文学的表现取决于文体或诗体的功能。秦观出身苏门，可能受过苏轼影响[2]，故此在"词"里引进了一种新的、升华过的情观。陈子龙可就不认为这种主题风格适合"词"作，他反而认为人类激情的各面才是应该为"词"特别保留的题材。虽然如此，某些秦词所表现的崇高情感，

---

① 王钧明、陈汕斋注《欧阳修秦观词选》，香港：三联书店香港分店，1987年版，第108页。
② 有关苏轼扩展词的意境的论述，参见拙作 *Evolution of Chinese Tz'u Poetry*，第158—206页。有关苏轼对秦观的影响，见于翠玲《秦观词新论》，人民文学出版社编委会编《中国古典文学论丛》第6期，第126页。

显然也令陈子龙向往不已。他又以体式异同为基础，回应并解决风格风貌上的问题。苏、秦坚忍情感的冰清志节，陈子龙都一一融入自己的诗作。在此同时，他还能完整地保持"词"高度写实与哀悱的性格。试比较陈诗《长相思》与陈词《踏莎行·寄书》（参阅第四章），则诗、词的风格差异一眼可辨。这两首诗词写的都是收、寄情书的感喟，但前者虽然静默无语，也愿意割舍所爱，不再厮守，后者却极力强调"伤心人"泪流满襟、忽冷忽热的相思病。因此，陈词确为苦痛与焦虑交迫的情感迸发。神女飘飘，不可捉摸，诗人遥望，投路而来。这种诗笔理想则属陈诗的中心技巧，分毫不见于陈词之中——有之，亦为相去甚远的另一种风格，其层次大有所异。最有趣的一点是，若就文体区野而言，陈、柳互补互济，可谓相得益彰。柳如是曾如卧子发展出一种情感写实的词风：敢恨敢爱，磊落不羁。题材雷同的柳诗，每亦如陈诗升华超越，静静地在回首前尘。走到兴发处，柳氏还会自比性好自然的隐士陶潜（365—427）[1]。陈、柳对体式修辞的合宜得当异常敏感，所做皆属自发性的选择。较诸同代墨客，他们更显文采炳焕，才质堪任晚明诗词复兴的推力。

---

[1] 《别传》下册，第253页。另见拙作 *Six Dynasties Poetry*，第43—46页，对陶潜"抒情升华"的析论。

第三编　精忠报国心

第六章　忠国情词

1645 年，陈子龙和柳如是鸾飘凤泊已十年。此时，金陵与松江等长江下游三角洲上的主要城镇已纷纷陷入清军之手。陈子龙削发剃须，扮成僧伽，准备入某水月庵避难。从此刻到 1647 年，陈子龙慷慨激昂，参加过多起反清复明的义举，以迄于死。柳如是原已下嫁钱谦益，此时也绞断三千乌丝，以古佛青灯为伴。柳如是结下佛缘，个人的宿缘可能更甚于政治的因缘（《别传》中册，第 802—803 页）。

从 1645 年到慷慨就义前，陈子龙亡命天涯，屐痕处处。正是在这一段期间，他填下数首清词话家许为哀怨绮丽的词 [1]。后世对于陈词的认识，以这一部分称最。也因此之故，陈子龙赤忱丹心，忠义传世。遗憾的是，学界和读者对于这一部分陈词只知其一不

---

[1]　见夏承焘与张璋编《金元明清词选》（二册；北京：人民文学出版社，1983）所录传统词话，上册，第 299—302 页。

知其二，而且忽略的是相当重要的事实：陈子龙晚年的爱国词作和早期的情词风格浃洽，一般无二。咏颂忠悃的这些爱国词语，几乎都借自他早年的绮罗红袖话。两者之间，还有对发并举的现象存在。身为读者，我们从此一现象可以看出：陈氏晚词确实有心"重写"早期的词。这种"心"企图以一种语言结合两种人类的大情感。下引这两首词一首诉情，一首咏忠，都把共具的感情强度与感性力量拉到极点：

桃源忆故人·南楼雨暮

小楼极望连平楚

帘卷一帆南浦

试问晚风吹去

狼藉春何处　　　4

相思此路无从数

毕竟天涯几许

莫听娇莺私语

怨尽梨花雨　　　8

（《诗集》下册，第602页）

点绛唇·春日风雨有感

满眼韶华

东风惯是吹红去

几番烟雾

只有花难护　　4

梦里相思

故国王孙路

春无主

杜鹃啼处

泪染胭脂雨　　9

（《诗集》下册，第 596 页）

　　第一首词极可能填于 1636 年春，写的是卧子对柳如是的相思情。第二首或可写于 1647 年春，寄托卧子对故国的黍离之悲。虽然各自主题毫不相干，但二词的语言与意象却多所雷同。词人在词中都用到"相思"一语（传统上，此语多供情爱或因情病倒的人所用），其中也显露出苦于记忆者所难免的无助感，甚至彼此追忆的对象亦率用类似的字眼来填。前一首情词里的"情人"称为"故人"（此词亦为词牌一部分）；后面涉及政治的词则称国家为"故国"（第七句）。二词撩拨故人情或故国思的手法亦无二致：落花、风、雨带来的联想，是二词的感情强度鲜明可触的原因。主意象具有象征一般的功能，不断在我们想象中触动起兴的那根弦。因此，"梨花雨"固然象征词人箫女的泪水，在隐喻的层次上，却遥遥呼应了另一首词里"杜鹃啼处／泪染胭脂雨"等语，而后者象征的正是明主哀痛难抑的孤魂[①]。

---

① 民间传说：蜀主望帝薨后犹思念家国，化作杜鹃声声泣血。

陈词独特技巧的基磐，在于他重写式的诠释方法，也在于这种方法可以把忠君之忧解为艳情。以这种自我诠释的过程来看，陈氏晚年处理孤臣孽子心的词，便不啻他早期艳情词的开花结果。我们实则不仅应重评他的词，连他的一生也要重估。因此，无论人前人后，陈子龙的一生都值得我们细细回顾，而最终的看法是：他一身是"情"。此类的诠释策略，或可较诸欧洲中古解经传统的一个观念："譬喻"（figura）。奥尔巴哈（Erich Auerbach）说"以历史实体来预示其他的历史实体"[①]，此之谓"譬喻"也。以"喻"为"解"的目的，是要"在两个事件或两个人之间"建立起一套"关联"，"使前者一面代表自己，一面又代表后者，而后者则包含或实现了前者"[②]。

在西方，"譬喻"主要用于《圣经》的诠释，让《旧约》人、事预示《新约》出现的人、事。不过，援引这种方法来月旦陈子龙的词学，或许也不无贡献。"譬喻"的观念尤其适用于这位晚明词人，因为譬喻诠释要求譬喻与"所喻"都是具体的历史人事。

"譬喻"和"托喻"（allegory）不同，后者的典型做法在强调"符号所指"（what the sign signifies），从而大大压低"符号"的

---

① Erich Auerbach, *Scenes from the Drama of European Literature*（1959; rpt. with foreword by Paolo Valesio, Minneapolis: Univ. of Minnesota Press, 1984）, 29.

② Erich Auerbach, *Mimesis: The Representation of Reality in Western Literature*, trans. Willard R. Trask（Princeton: Princeton Univ. Press, 1953）, 73.

历史具体性①。我们可自信满满地说，"情"与"忠"都是陈子龙切身的经验，故可视为喻词的两极，彼此互相关涉也互相"实现"（fulfilling）。此外，就像譬喻诠释中的两个条件一样，"情"与"忠"由于皆具"时间性"，对陈子龙而言就更加重要：一个代表过去的时间，一个代表目前的生活②。"爱"与"忠"一旦形成譬喻上的结合，词人目前的生活就会摧拉人心似的展现过去的意义——这个"意义"过去的陈子龙并不知道——而在此同时，目前的生活也会回首从前，从而又扩大目前的意义。从更宽的角度来看，"情"与"忠"根本就包容在某"超越时间"（supratemporal）的整体里：不为时间所羁的真情世界。说情与忠是一体，晚明士子一定心有戚戚焉。

我们在第二章讨论过，晚明文人认为"情"足以涵盖"忠"的信念，任指其一都会涉及其他。传统上虽以为浪漫艳情截然不同于忠胆义节，晚明士子却不做如是观。尽管如此，陈子龙另有贡献：他把文化现象转化为新的词学，故而在美学传统里树立起一种重写式的诠释方法。17 世纪英国诗人邓约翰（John Donne）结合"性"与"宗教"语言，革新英诗的诗学③。陈子龙的成就确可

---

① 奥尔巴哈在 *Scenes from the Drama of European Literature* 第 54 页说："由于符号与符指的历史性"，譬喻诠释"有别于我们所知的所有的托喻形式"。同书他处，奥氏又说："'譬喻'与'托喻'的界限时或不清。例如'特土良'（Tertullian）就把'托喻'（allegoria）视为'譬喻'的同义语。"（第 47—48 页）不过，有一点倒可确定："在许多文典中，'托喻'绝不会等同于'譬喻'，因为前者并不具同样的'形式'意涵。"（第 48 页）

② 有关"时间性"在譬喻里的重要性，见 Auerach, *Mimesis*, 73。

③ 这一点我深受 Thomas M. Greene 研究 John Donne 的近文的启迪。见其 "A Poetics of Discovery: A Reading of Donne's Elegy 19", *Yale Journal of Criticism* 2. 2（1989）: 129-143。

与之并比。

　　陈子龙的忧国词作颇见风格，令人不得不思及李煜的同类作品。李煜乃传统大词家，贵为南唐后主。975 年北宋攻南唐，李煜国破家亡。第二年年初，宋人将他押至宋京软禁了两年半，最后撒手驾崩①。"今昔"在李煜的生命里呈现这么强烈的对比（这也是"哀乐"的对照），为他打下强固的基砥，以便藉词遣怀②。他的词作缤纷多绪，口气颇见个人，如下《乌夜啼》一词就是例子：

　　　林花谢了春红

　　　太匆匆

　　　无奈朝来寒雨晚来风

　　　胭脂泪

　　　留人醉

　　　几时重

　　　自是人生长恨水长东③

（《汇编》卷 1，第 224 页）

---

①　见 Daniel Bryant, *Lyric Poets of the Southern T'ang*（Vancouver: Univ. of British Columbia Press, 1982）。白润德（Bryant）之见颇能令人信服：他说李煜被掳北归后所受的待遇，"并不如预期中那般凄惨"，"宋帝还数度召他闲谈，并请他参加官中盛会"。虽然如此，白氏亦道："李煜诚然幸免一死，但所处的困境却是他被俘前数年难以想象的。"（xxvii）
②　将李词解为"自传材料"的做法，白润德深以为戒，理由是"没有一首李词可以正确系年"，见白氏著 *Lyric Poets of the Southern T'ang*, xxviii-xxix。我同意白氏所谓词风不受生命际遇所限的看法，因为在词人的塑造过程里，词体的传统也扮演着同样重要——就算不是最重要——的角色。虽然如此，我们也难以否认作家的生平确和作品有关。
③　参见拙作 *The Evolution of Chinese Tz'u Poetry: From Late T'ang to Northern Sung*（Princeton: Princeton Univ. Press, 1980），91-92。

这首词可能填于李煜"被囚"的后期，我们读之却如见陈子龙上引的《点绛唇》。陈词飞红狂舞，泪染胭脂雨。两个意象一经结合，也可传递词人心中的哀曲。

许是仿李之作填多了，陈子龙竟然暗比自己和后主的生命际遇。早期词中，他每自命为多情公子。这点很像李煜。更像后主的是：他眼见政局逆转，中年命蹇，因此渐解苦难的滋味。不管是后主还是卧子，他们都痛感家国颓圮，有心以词发遣故国之思，为后世永留证言。他们的生平词作如出一辙，像谭献一类的词话家遂以陈为李之"后身"[①]。据胡允瑗之见，卧子悲意更深乃两人最大的不同[②]："先生词凄恻徘徊，可方李后主感旧诸作。然以彼之流泪洗面，视先生之洒血埋魂，犹应颜赧。"[③]

虽然如此，词话家还是忽略了两人主要的相左处：一望可知，李煜的情词和他的忧国之作在修辞和风格上都有极大的差异[④]，但陈子龙不论写情还是忧国均出以同样的修辞法。李煜的情词白描

---

① 参见王英志《陈子龙词学刍议》，江苏师范学院中文系编《明清诗文研究丛刊》（1982年3月），第85—99页。

② 胡允瑗的话见王昶编《陈忠裕全集》（1803）卷3。或见《诗集》下册，第611页。

③ 胡允瑗可能将词与传记混为一谈。李煜痛失家国，曾告诉一位旧识说：他在宋京"日夜以泪洗面"，见 Bryant, *Lyric Poets of the Southern T'ang*, xxvii。所谓"洒血埋魂"一语，显然指陈子龙殉国一事。有趣的事，稍后王国维（1877—1927）也曾用十分类似的话写李煜词的感情强度："尼采谓，一切文学余爱以血书者。后主之词，真所谓以血书者。"上引见王国维《人间词话》卷一，唐圭璋编《词话丛编》（台北：广文书局，1967年重印）册12，第4246页。或见 Adele Austin Rickett, *Wang Kuo-wei's Jen-chien Tz'u-hua*, chuan1, no. 18, 46。

④ 容我再强调一次：李煜的"情词"不应从字面遽认系其个人的自传材料。请另见 Bryant, *lyric Poets of the Southern T'ang*, xxvii。

与戏剧化兼而有之，语气与观点常带有虚拟的客观[1]。但他追念故国的词作却呈对峙之局，其中苦诉的声音强烈无比，绝非毫无个人之见。换言之，卧子故意让爱情与忧国同车共载，李煜却以为这两个主题牛马不合，根本是两种人类情感，应该分离处治。

下面再谈陈子龙风格用到的技巧。卧子的"词学"是让"情"与"忠"同室共处，正反映他一生遭遇实情。举例言之，卧子的两种词作常常"带雨"，如《桃源忆故人》与《点绛唇》等。这两首词的副题和内容，都在暗示"雨"或"雨泪"所具有的象征意涵。全词意象网络均由此一技巧驾驭，然而，我们展词浅唱，却发觉这个技巧深囿于客观条件，盖江南多春雨，跳珠涔涔苦候晴，真个古今皆然。春雨连绵的这几个月，陈子龙和柳如是似乎都填过许多情词。他们所用的副题恰可透露此点，如《春雨》《春闺风雨》与《听雨》等（《别传》上册，第 266 页）。同样地，陈子龙多首爱国词也填在雨季。生平压轴的两首词—写寒食，一叙清明（《诗集》下册，第 611、616 页），都是个中主码。雨季和陈词的关系，陈氏门下王沄曾经注意到："'先生握管填词'，是时霖雨浃旬。先生往游殷元素中翰村墅，又过武唐钱彦林家，予皆以雨阻，不获从焉。"[2]

卧子创造力极强，擅制雨象可以想见。本为实景的叙写，到了他词中就蕴蓄无穷，象征意味十足。"雨"这个母题虽然常用，但是和传统词里的意象有更大的歧异。其意义深刻，不断令人联想到寒食节。情词也好，爱国之作也好，都会再度出现此一母题，

---

[1] 见拙作 *The Evolution of Chinese Tz'u Poetry*, 96-105。
[2] 王沄《陈子龙年谱卷下》，《诗集》下册，第 718 页。

最显著的例子是《蓦山溪》(写于约 1636 年)及《唐多令》(写于公元 1647 年)两首。其中皆见雨象,副题都作《寒食》:

蓦山溪·寒食

碧云芳草
极目平川绣
翡翠点寒食
雨霏微　　4
淡黄杨柳
玉轮声断
罗袜印花阴
桃花透　　8
梨花瘦
遍试纤纤手

去年此日
小苑重回首　　12
晕薄酒阑时
掷春心
暗垂红袖
韶光一样　　16
好梦已天涯
斜阳候

黄昏又

人落东风后　　20

唐多令·寒食

时闻先朝陵寝，有不忍言者

碧草带芳林

寒塘涨水深

五更风雨断遥岑

雨下飞花花上泪　　4

吹不去

两难禁

双缕绣盘金

平沙油壁侵　　8

宫人斜外柳阴阴

回首西陵松柏路

肠断也

结同心　　12

（《诗集》下册，第611页）

两首词固然相差了十年，但都填于农历三月寒食节过后不久：

大伙熄了火，正捧着冷碗扒着①。诗余伊始，都绕着一方"寒塘"的景细写。不论语汇或意象，几乎是一个模子印出来。上片的花朵都是象征，等同于下片所含的感情。最重要的是，两首词里的"雨"都是主意象，把主题和忆往的氛围宣泄出来。"每逢佳节倍思亲"：中国节日容易让人感念旧雨。方秀洁故而说道："数百年来，中国诗人对写节日特有所爱。"因为节日是"他们念友思亲最强的一刻"②。陈子龙的许多诗词都以寒食节为时空背景的大关键，例证可见于《寒食雨》和《寒食》两首各写于1635年和1645年的绝句（《诗集》下册，第583页；上册，第241页）。因此，上引《蓦山溪》一词正表示他在另辟蹊径，极思把寒食节这个母题和感忆旧爱这个主题织结为一片。

然而，令人惊悸的是：《唐多令》乃痛悼明主噩耗的词，何以修辞手法和情词如出一辙？陈子龙写君国之思，极尽情爱慕念——词人说："肠断也／结同心。"（第十一至十二句）此外，下片词显然改写自5世纪才伎苏小小的情诗：

妾乘油壁车

郎骑青骢马

何处结同心

---

① Donald Holzman, "The Cold Food Festival in Early Medieval China", *Harvard Journal of Asiatic Studies* 46. 1（1986）：51-79.

② Grace Fong, *Wu Wenying and the Art of Southern Song Ci Poetry*（Princeton: Princetion Univ Press, 1987），107. 另见 David R. McCraw, "A New Look at the Regulated Verse of Chen Yuyi", *Chinese Literature: Essays, Articles, Reviews* 9. 1, 2（1987）：18-19 所引杜甫写寒食节的诗。

西陵松柏下 ①

　　传说苏小小埋身杭州西湖西陵桥下，5 世纪以还，前来坟前致哀的游客络绎不绝。每到雨打芭蕉凄迷夜，歌声破茔而出，历历可闻。这座坟垄通称"西陵"，陈子龙和柳如是似乎常往吊祭，尤其可能在寒食节来临的时候去。他们人各一方 4 年后，柳如是濡笔追忆番番郊适，犹兀自情眷眷：

　　　　最是西陵寒食路
　　　　桃花得气美人中

　　　　　　　　　　　　　　　　（《别传》上册，第 242 页）

　　卧子在一首显然是致柳氏的诗里，也提到上"西陵"一事，而且曾到"西陵泣翠钿"（《诗集》下册，第 425 页）。两人追念旧情的诗词都抹不去苏小小传说。这种典喻实为彼此间的情码。

　　卧子《唐多令》里的西陵特色独具，常常重现在其他情诗情词里。因此，这个意象可能又是一典，影射词人对所爱的追忆。词序若未提及"闻先朝陵寝，有不忍言者"等语 ②，若未指出感此而有此词之作，则整首《唐多令》确可视为一首情歌。寒食节乃卧子

---

① 句意参见 J. D. Frodsham, trans., *The Poems of Li Ho, 791-817*（Oxford : Oxford Univ. Press, 1970），30, n. 1。陈子龙的词显然受到李贺《苏小小墓》诗的启示才填就。有关李贺此诗的讨论，请见 Frances La Fleur Mochida, "Structuring a Second Creation: Evolution of the Self in Imaginary Landscapes", Expressions of Self, ed. *Hegel and Hessney*, 102-104。

② 紫禁城在 1644 年失陷后，崇祯自缢殉国，尸骨久未安葬。后来下令"京城官民齐集公祭"的，是其时清摄政王多尔衮。参见 Frederic Wakeman, Jr., *The Great Enterprise*（Berkeley: Univ. of California Press, 1985），I: 316。

情词再三出现的母题，他选此节日作为《唐多令》的背景，以表达君父之思，确实发人深省。话虽如此，南宋鼎革以后，寒食节就变成"亡魂专属"①。先朝遗子，无不在此时上坟奠酒。以宋志士林景熙（1242—1310）为例，就曾经写下这样的诗句：

> 犹忆年时寒食祭
> 天家一骑捧香来②

晚近王国维以前清遗民自命，也曾在名诗《颐和园》里提到每年的寒食祭，而且语中多嗟号：

> 定陵松柏郁青青
> 应为兴亡一拊膺
> 却忆年年寒食节
> 朱侯亲上十三陵③

陈子龙的《唐多令》所以是忠义传统里的词，原因不仅在词人使用了寒食节的主题，更在词中含蓄地关涉到一宗历史悲剧。史称"六陵遗事"的这出悲剧发生在南宋末年，但明末遗臣却常常

---

① Holzman, "Cold Food Festival", 74.

② 林景熙《霁山集》，北京：中华书局，1960，第 103 页。

③ 全诗见王国维著，萧艾编《王国维诗词笺校》（长沙：湖南人民出版社，1984），第
41—43 页。英译见 Joey Bonner, *Wang Kuo-Wei: An Intellectural Biography*（Cambridge:
Harvard Univ. Press, 1986），155。我认为这里王国维以"朱侯"自比，后者曾亲上明陵
奠祭（但 Bonner, *Wang Kuo-Wei*, 257-258, n. 118 有不同的说辞）。

藉之倾吐自己的苦痛，或是以之寄托反清复明的悲志。西陵位于杭州，又是陈词的枢纽意象。对我目前所拟致力的政治诠解而言，此事至关重要。杭州古名临安，曾为南宋旧京。会稽近郊越山山坡上坐落着一些皇陵，1278年，就在南宋灭亡前夕，或在爱国志士文天祥遭元兵所执后不久，西僧杨琏真珈在元人令下盗墓开棺，祸及六座皇陵以及无数高官坟冢，总数多达101座[①]。整个事件令人发指齿冷，临安与会稽一带的汉家士子不得不有所行动。当地文士之中，唐珏（1247—？）与林景熙最称剑及履及。唐珏难掩锥心之痛，恚怒溢于言表，乃征集一群青壮，伪装入山采药，目的是在收拾散落各处的尸骨，再假兰亭山重葬。晋王羲之（301—379）以还，此山即与文人修禊集会结下不解之缘。

前文所指的西僧稍后又下令：坟区内所发现的任何皇室遗骸，都要与兽骨同葬临安，并立白塔志之。此举再干众怒，但林景熙最后决定，从宋宫长朝殿移植六棵冬青树到兰亭山的埋骨场，以哀志先帝先后英灵"永在"。宋室遗民纷纷赋诗咏赞此一义举，包括著名的诗儒谢翱（1249—1295）在内[②]。这些冬青树乃变成家国之爱的象征，就如林景熙在一首诗内所说的："只有春风知此意 / 年年杜宇泣冬青。"[③]

---

① 有关南宋六陵受辱一事，见万斯同（1638—1702）编《南宋六陵遗事》（台北：广文书局，1968年重印）；黄兆显《乐府补题研究及笺注》（香港：学文出版社，1975），第95—121页。

② 黄兆显前揭书，第104、112页。

③ 林景熙前揭书，第103页。据魏爱莲（Ellen Widmer）的观察，"冬青树"已经变成明末诗人词客"悼明"之作的常见题材（topos），见其 *The Margins of Utopia: Shui-hu hou-chuan and the Literature of Ming Loyalism*（Cambridge: Council on East Asian Studies, Harvard Univ., 1987），36。

但六陵遗事在文学上永志人心的，却是稍后由唐珏与 13 位宋室遗民共填的 37 首"咏物词"。他们在环临安地区分 5 次密会，追悼这场历史浩劫。所制之词经集成书，以《乐府补题》为名问世知名。37 首词共分五"题"，各"题"均有特定词牌，分别为《天香》《水龙吟》《摸鱼儿》《齐天乐》与《桂枝香》，而同词牌之词则共咏某"物"，包括龙涎香、白莲、蝉与蟹等。易言之，所咏之"物"均为象征，迂回影射宋室诸帝与后宫后妃：他们的陵寝俱为"蛮夷"掠夺蹂躏[1]。

明初以降，《乐府补题》诸作惨遭湮遗，唯陈子龙慧眼独具，从托喻的角度重理诸词。此事绝非偶然，盖陈氏既为词艺复兴的重镇，又是奔走救亡的仁人，当能在这些词里看到道德内容与风格美的绝妙结合，如响斯应。诸词的象征意味都经抒情的语调拨动，忠君爱国的精神闪烁其间。下引卧子之语，表明他对六陵遗事及《乐府补题》情有独钟[2]：

> 唐玉潜（珏）与林景熙同为采药之行。潜葬诸陵骨，树以冬青，世人高其义烈[3]。而咏莼、咏莲、咏蝉诸作，巧夺天工，

---

① 见 Shuen-fu Lin, *The Transformation of the Chinese Lyrical Tradition: Chiang K'uei and Southern Sung Tz'u Poetry* (Princeton; Princeton Univ. Press, 1978), 191-193 ; Yeh Chia-ying, "Wang I-sun and His Yung-Wu Tz'u", *Harvard Journal of Asiatic Studies* 40. 1(1980): 55-91 ; 以及拙作 "Symbolic and Allegorical Meanings in the Yüeh-fu pu-t'i Poem Series", *Harvard Journal of Asiatic Studies* 46. 2 (1986) : 353-385。

② 陈子龙的话可见诸《历代诗余》卷 18,《丛编》册 2, 第 1260 页。但卧子可能没有见过《乐府补题》全编（编者系陈恕可和仇远），因为在朱彝尊发现之前，该书一直保存在某藏书阁里。

③ 在六陵前植冬青的义举系林景熙所为，非唐珏。此事信而有征，见黄兆显前揭书，第 96—97 页。

亦宋人所未有。

诗儒朱彝尊（1629—1709）少时就开始搜求《乐府补题》的手抄本。他锲而不舍的精神，我相信多少受到陈子龙的启迪。朱氏最后愿得以尝，乃为之撰序梓行①。不管如何，学界对六陵遗事突然热衷，必然因卧子多方鼓吹所致。因为事发不久，万斯同就着手访求此一事件可稽史料与文源，终于刊刻了一部内容详尽的选集《南宋六陵遗事》。集中所辑上起陶宗仪（1316—1403后）等人所撰之史册，下逮明遗民如黄宗羲（1610—1695）等人之论评②。然而，不论在研究或评论上，陈子龙对《乐府补题》都卓有贡献。遗憾的是，清初六陵学者对此都乏注意，现代学者又"萧规曹随"，致使卧子心血埋没不彰。清初学者何以察而未见，原因迄今不明。

陈子龙和《乐府补题》词系的联系，全都显现——虽然不是一眼可辨——在《唐多令》的托喻指涉里。我认为《唐》序里所说的"时闻先朝陵寝，有不忍言者"，实则在拿崇祯殉国暗比宋陵事件。陈词乃因另一皇寝而发，此其一也。此事涉及明朝末代皇帝崇祯：他在国破后自缢于煤山，尸骨久未安葬。像宋志士一样，陈子龙也在寒食节遥祭先帝。词中"宫人斜外"（第九句），与苏小小"西陵"（第十一至十二句）二典，明白提醒我们临安城郊的南宋皇陵与宋代词人永志不忘的君国之思。西陵路上的"松柏"（第十句）或为象征等体，遥指宋陵所植的冬青树，因为陈子龙说他一见松柏就"肠断也"（第十一句）。墓园诗词惯见松树，但陈词中的意

---

① 朱彝尊所写《乐府补题》的序言，已收于黄兆显前揭书，第82页。
② 万斯同前揭书，第16页甲及第36页甲。

象却有其特殊目的，这是晚明的象征，盖 1644 年紫禁城破，崇祯
就是在煤山松下自缢殉国。

陈子龙特好南宋六陵咏物词，我相信原因之一是：这些词象
征语言的成分重。他说唐珏"咏莼、咏莲、咏蝉诸作，巧夺天工"，
这些话无疑在指这些咏物词确具君国之思。当然，词中所咏之
"物"不为物限，另有终极指涉。最重要的是，南宋遗民词人以咏
物词表达他们对六陵遭毁的愤慨时，必然想过此种状物词体乃高
度个人化的形式，可以把内在自我的诸种意象一一投射出来 [1]——
虽然就其迂回曲折的一面而言，此种词体亦可表现得一无个人色
彩。咏物词的象征意义反映出南宋词人汲汲努力，亟思创造某种
词体修辞学。易言之，他们不认为咏物词应再自我设限，以"纯"
咏物自满。相反地，咏物词必须包含个人情感。在这种看法的推
波助澜下，咏物词最后变成并非人人能识尽堂奥的"时事寓言"，
以精湛的修辞往"言外微旨"的方向发展。上述南宋遗民词人，便
是以所咏之物为象征，托出他们的故国情。中文本身所具有的特
质诚可令人产生象征性的联想，但咏物词确比其他体式更富联想
性，所咏对象担负象征的能力更强。《乐府补题》系列词作里，像
莲、莼与蝉一类的意象初则令人迷惘，但因各词肌理绵密，意象

---

[1] "咏物"乃文学描写技巧，在"古赋"与"古诗"里甚为常见。这方面的讨论见
Burton Watson, trans., *Chinese Rhyme-prose: Poems in the Fu Form from the Han and Six Dynasties Periods*（New York: Columbia Univ. Press, 1971）, 12-16；David R. Knechtges, "Introduction", *Wen Xuan, or Selections of Refined Literature*（Princeton: Princeton Univ. Press, 1982）, 1: 31-32. "咏物诗"的"形似"（verisimilitude）问题，参见拙撰 *Six Dynasties Poetry*（Princeton: Princeton Univ. Press, 1986）第四章。至于"咏物词"在南宋的发展，见 Lin, *The Transformation of the Chinese Lyrical Tradition*；Fong, Wu Wenying; Yang Hsien-ching, "Aesthetic Consciousness in Sung Yung-Wu-Tz'u", Ph. D. diss., Princeton Univ., 1987。

的联想性继之大增，读者迫于词境，会在言外不断推敲，以求词意水落石出。

咏物词触处皆机，陈子龙必定深觉欣然。这点我们大可相信。他曾以"情"与"忠"为题旨，填下无数首咏物词。不过，比之前述南宋词人，他的手法倒有若干差异——他不是因为《乐府补题》的道德与政治内容才特别喜欢集内诸词。《乐》集以外的南宋词人如辛弃疾（1140—1207）与刘克庄（1187—1269）也填过许多爱国词，而且更为世人所知，但是，辛弃疾及其门人乃属"豪放"一派，并非咏物词所隶的"婉约"中人①，所以陈子龙对他们的评价并不高。事实上，陈子龙谓南宋词"亢率而近于伧武"②，可能就是有感于豪放词风而发。可以确定的是，陈氏乃风格纯粹论者，不为词之内容所縻。

陈氏所填词作，咏物词所占比例甚大，率以象征联想的形式为主。陈氏对咏物词畁恃甚深，视之为"词之模拟"的主技。状情或教忠的陈词，概出诸此种模式。"词之模拟"坚持创造出具体的物象，所涉语意两可，所蓄意蕴无穷。下面这首《画堂春》副题《雨中杏花》，其象征力量甚强，王士禛论卧子咏物词时，不得不赞之"嫣然欲绝"③：

---

① 杨海明说：辛弃疾一派的宋词家绝大多数籍隶江西，工于雕琢的"咏物词"家则多数来自浙江，尤其是杭州一带。赣派与浙派的争持，甚至在宋后还可一见，请酌参杨海明《唐宋词史》（南京：江苏古籍出版社，1987），第541—549页。如果要在这两派中选一派，我相信陈子龙会加入浙派。

② 见第四章所引的卧子《幽兰草序》。这篇序的口气颇有分门别类之嫌，卧子不幸因此落人口实，以为他完全拒宋词于门外。

③ 见《诗集》下册，第601页。

轻阴池馆水平桥

一番弄雨花梢

微寒着处不胜娇

此际魂销

忆昔青门堤外

粉香零乱朝朝

玉颜寂寞淡红飘

无那春宵

（《诗集》下册，第 601 页）

　　此词以"杏花"为主象征。在中国文化中，"杏"乃"女性
之表征"，"中国美女的'勾魂眼'，常有人比之圆滚滚的'杏'
仁"①。此即所谓"杏眼"。词人为之魂销的孤杏，无疑是女人的隐
喻，而以"非人"之物喻"人"的拟人法，正是咏物词传统的中心
巧技②。然而，此一层面的象征用法仅属最低要求，咏物词的读者
早已习惯于在拟人法外另寻微旨。南宋以还，咏物词一向以"联
想"为运作原则。"象征"和"象指"（the things ymbolized）共具
的质素，必须和具体意象合而为一。词人从不明言这些质素为何，

---

① C. A. S. Williams, *Outlines of Chinese Symbolism and Art Motives*, 3rd rev. ed.（1941; rpt. New York: Dover Publications, 1976），19.

② 中国文学不乏将花拟人化的情形。有关古诗以拟人手法咏梅的讨论，见 Hans H. Frankel, *The Flowering Plum and the Palace Lady: Interpretations of Chinese Poetry*（New Haven: Yale Univ. Press, 1976），1-6, 或见 Maggie Bickford et al., *Bones of Jade, Soul of Ice: The Flowering Plum in Chinese Art*（New Haven: Yale Univ. Art Gallery. 1985）.

故其托出之法唯赖意象的联想。读者的职责，就是要找出此一关系所蕴蓄的各种意涵。

让我们从卧子的《画堂春》谈起。这首词读来颇有情词味道：词人把眼前的孤寂投照在过去的缠绵里（第五至七句），读者只好浪迹在想象的世界里。《画堂春》以外的陈词，确实另有杏花的意象（例见《诗集》下册，第598页），象征的也都是所欢的款款柔情。然《画堂春》第五句所提到的"青门"却不由得我们画地自限，不能以"情词"看待此作。"青门"系汉都长安的城门之一，长安又几经历史周折，终于恰如其分地成为诗词里龙驾所在的象征。"青门"一典，直指《画堂春》的政治关涉。倘依这种诠解，陈词分明在痛悼明朝的覆灭：国破之前，红杏"粉香零乱朝朝"，"玉颜寂寞"而又"无那春宵"（第六至八句）。话说回来，词题的"杏花"代表什么？和明朝又有什么联系？

我们检讨陈子龙用到"杏花"的其他词作，发现此一意象早已成为内在指涉体，一再重现与重述，几乎恒指明宫里的青娥。

陈氏有一首副题《春恨》的《山花子》，开头数句就是佳例：

杨柳迷离晓雾中

杏花零落五更钟

寂寞景阳宫外月

照残红……

（《诗集》下册，第602页）

词中的"景阳宫"乃重要的指涉背景，是文际互典的衔接处。

原因在于：此一史典串联"杏花"与词中相关的细节，使之紧密结合历史与政治意义。历史又昭示，"景阳宫"乃南齐皇址。南齐国祚不长，从公元479年苟延到502年。其时华北已悉落外族掌中。然而，晨曦一现，景阳宫楼钟声大作，宫娥拥被而起，开始对镜梳妆。以咏物词的传统而言，每一史典都是意象，和主象征的意义关系密切。在《山花子·春恨》里，"杏花"是主象征。如今，陈子龙恪遵咏物词的传统，把史典《景阳宫楼》置于杏花的象征繁茂里。词人心悲难抑，因为国破后杏花（明宫宫娥）凋零又败亡。五更钟响，人影杳渺，只有孤月独照落红。陈子龙显然把残破的山河比诸已经败亡的南齐。对杏花的爱，托喻的其实是他的家国之思。

再谈陈子龙的《画堂春》。由于这首词副题《雨中杏花》，可见词人写的是关乎其"政治托喻"的一个中心课题。他希望我们推敲出来的是：他的词填于寒食过后的清明节。杏树通常在此时开花，而细雨纷飞，绕花漫舞，因有"杏花雨"之称。清明亦悼亡的节日，《雨中杏花》故此应属"政治托喻"这个传统里的词。这可不是单纯的情词，所伤恸者实明朝的陨灭。虽然如此，全词的力量仍存乎其象征与暗示之中。

陈子龙的咏物词时而晦涩难解，象征意义不明，写情或咏忠的界限从而分外模糊。他的咏"柳"词意义尤其难断。此一课题，我在第五章曾举陈、柳情诗略予考订。柳树和杏花一样，都是"女人的表征"①。此外，"在传统上，'柳'乃歌伎的委婉说法"②，和柳如是的关系因此益深。卧子的情词老是将柳如是比喻为迎风狂舞的柳絮，孤茕伶俜③。时间一去不回，飘零的柳絮格外引人伤感，悔恨无已。词人虽有不渝情，奈何所爱随风舞逝，徒留孤影悲叹。由此观之，卧子写柳的咏物词，多数都可视为对柳如是的企慕。以下引一首副题《杨花》的《浣溪沙》为例，其中便满载这种思慕的情绪④：

> 百尺章台撩乱吹
>
> 重重帘幕弄春晖
>
> 怜他飘泊奈他飞
>
> 淡日滚残花影下
>
> 软风吹送玉楼西
>
> 天涯心事少人知

（《诗集》下册，第 597 页）

第一句词涉及汉京长安章台路。两旁柳树夹道，春日来临，浓荫蔽歌坊。因此，乍看之下，这首词似乎是为歌伎柳如是所填。

然而，由于咏物词的暗示力甚强，陈子龙当有可能以纷飞的

---

① Williams, *Outlines of Chinese Symbolism*, 428.
② Marsha L. Wagner, *The Lotus Boat: The Origins of Chinese Tz'u Poetry in T'ang Popular Culture*（New York: Columbia Univ. Press, 1984）, 101.
③ 例见《诗集》下册，第 600、604、605 页。有一点宜请注意：陈子龙最精致的曲套之一《咏柳》，就把柳如是的别名"晓云"嵌了进去，见《诗集》下册，第 620—621 页。
④ 此词副题的《杨花》正是"柳絮"别称，也可能在隐喻柳如是原姓"杨"字。

柳絮转喻明朝的败亡。依此类推，陈氏的秋水伊人柳如是，亦可象征他永驻心头的前朝。至不济，词人也可能以柳喻己，因为自己不就是国破后浪迹天涯的孤臣孽子？以"柳"为志士心喻，明后士子的咏物词比比皆是。王夫之向以遗民自居，诗名远播。以他为例，便有一首写"枯柳"的《蝶恋花》，妙比自己为败柳。从此，他又汇出众蝉悲鸣的次要主题，强烈地典射南宋《乐府补题》里的"蝉词"①。甚至迟至19世纪，人称清末"明室忠烈"的杨凤苞（1754—1816）②，还有感于明脉断绝而填了一系列的悼词，牌目赫然是《西湖秋柳》③，以"柳"代"忠"的托喻手法，"诗"中亦不乏见，唯其频率较小。王士禛的系列《秋柳》名诗，则悲悼"萧条景物非"，托出心中"悲今日"之感。王氏在诗序里自称所作关乎时事，实寄怀于"政治托喻"的大传统："昔江南王子，感落叶以兴悲④，金城司马，攀长条而陨涕⑤。仆本恨人，性多感慨，寄情杨

---

① 王士禛《蝶恋花》一词见王夫之《王船山诗文集》（香港：中华书局，1974）下册，592。有关《乐府补题》中咏蝉词之讨论，见 Yeh Chia-ying, "Wang I-sun and His Yung-wu Tz'u", *Havard Journal of Asiatic Studies* 40.1（1980）: 55-91。

② Widmer, Margins of Utopia, 30.

③ 杨凤苞《西湖秋柳词》，《古今说部丛书》（1915）卷6。杨氏自评其词联托喻功能的话见此书第19页甲。

④ 萧纲（503—551），原为江南王子，后登基为梁简文帝。他写过一首《秋思赋》。

⑤ 桓温（312—373）北征，一次途经金城，感人生如柳絮，不禁潸然泪下。见刘义庆撰，余嘉锡编《世说新语笺疏》（台北：华正书局，1989年重印），第114页；或见 Richard B. Mather, trans., *Shih-shuo Hsin-yü: A New Account of Tales of the World*, by Liu I-ch'ing（Minneapolis: Univ. of Minnesota Press, 1976）, 57。

柳，同小雅之仆夫①，至托悲秋，望湘皋之远者……"②

陈子龙写柳的咏物词象喻两指，肆无所绊，浩荡若欲破托喻河决之洪流，读之感念弥深。他的咏柳词倘无系年，则我们根本猜不出系为柳如是而写，或是在咏叹自己的遗孑之身，或者两者兼具。忠君爱国的思想一到陈子龙笔下，就变成情愫相通的感性写实。两者的畛界，因之模糊。词人既以孤臣自命，国破后"沦落"天涯，则他很可能把自己看作命若飘蓬的歌伎③。由是观之，我们的评释益趋复杂。在词人的想象中，柳如是诚为临水照花人，但也可能是他"自我延伸"（self-extension）的象征。这样看来，"柳"的任何特征都是可等同于心中所欢或所爱之柳，而后者或前者，也都是志士仁人的象征。因此，对读者来说，"柳"的象征性也就很难有其特定托喻意义了④。

事实上，稍后致力于"政治托喻"的清代词话家，对"晦涩"这种词技倒是情有独钟。诚如周济（1781—1839）在其《宋四家

---

① 见《诗经·小雅》的《采薇》诗（《毛诗》第十七首）。或见 Arthur Waley, trans, *The Book of Songs*（1937; rpt. with foreword by Stephen Owen, New York: Grove Press, 1987），no. 131。

② 后一句典出《楚辞·九歌》。批评家多视《九歌》为政治托喻，参见 David Hawkes, *The Songs of the South: An Anthology of Ancient Chinese Poems by Qu Yuan and Other Poets*, 2nd ed.（New York: Penguin, 1985），95-151。王士禛的序及各诗详解，可见于高桥和巳编《王士禛》，《中国诗人选集》（东京：岩波书店，1962），第3—15页。

③ 爱国文学中类此情感错置或投射的例子，请见本书第二章的讨论。

④ Annie Dillard 论"非托喻象征"的话，我颇受用："我们必须等到这些象征打破托喻的藩篱，不再承担指涉的重责大任，这些象征才能获得最终的自由，不再受到我们的拘束。"见 *Living by Fiction*（New York: Harper Colophon Books, 1982），165。

词选》的序论所说："夫词非寄托不入，专寄托不出。"①周济言下意指，托喻得当，则不应过分浅显，盖"理想的读者"每如"临渊窥鱼，意为鲂鲤"②。而我确信，卧子的咏柳词故意晦涩，如其《浣溪沙》末句即强化了全词欲语还休、言近指远的氛围，读者也因之而得以领略全词可能的意涵："天涯心事少人知。"在某种程度上，陈子龙晦涩的词技实为传统词之美学的脱胎换骨。宋代词话家沈义父（？—1279 年后）早就为这种美学下过定义："'凡词'结句须要放开，含有余不尽之意。"（《丛编》册 1，第 279 页）

　　清人王士禛既是诗人词客，又是诗话词话家。他特别重视陈子龙的咏物词，论及《浣溪沙》时故谓："不着形相，咏物神境。"（《诗集》下册，第 597 页）王氏甚至以所好"神韵"一语标举并形容陈词的一般风格③。"神韵"乃渔洋坚信的理想诗境，也是一种意象联想的诗法，主旨在表现"言外之意"④。关于"神韵"的定义，林理彰（Richard Lynn）另有说明："此乃间接而含蓄之诗境，可寄托个人心绪、氛围与感慨。"⑤我们当然难以证明渔洋的"神韵说"是否因卧子词艺影响所致，但无可否认的是：渔洋深敬陈词。他身为词苑的后起之秀，即使不向陈词直接请益，必然也会因陈词

---

① 见周济《宋四家词选目录序论》，邝士元注《宋四家词选笺注》（台北：中华书局，1971），第 2 页。另参见 Yeh Chia-ying, "the Ch'ang-chou School of Tz'u Criticism", *Chinese Approaches to Literature from Confucius to Liang Ch'i-ch'ao*, edited by Adele Austin Rickett（Princeton: Princeton Univ. Press, 1978），179。

② 周济前揭文，第 2—3 页。

③ 见夏承焘与张璋编，上册，第 303 页。

④ Yu-kung Kao and Tsu-lin Mei, "Ending Lines in Wang Shih-chen's Ch'i-chueh; Convention and Creativity in the Ch'ing, " in *Artists and Traditions*, ed. Christian F. Murck（Princeton: Princeton Univ. Press, 1976），133-135.

⑤ Richard John Lynn, "Orthodoxy and Enlightenment: Wang Shih-chen's Theory of Poetry and Its Antecedents" in De Bary, *Self and Society in Ming Thought*, 252.

而广开契机，得以回顾批评传统。最有趣的一点是王士禛尤好卧子的两种词：以"情"与"忠"为主题的咏物词。渔洋认为这些词神韵高妙，而其理由不难想见：首先，"情"与"忠"乃卧子生命的两大主干。其咏物词的显见内容也会要求我们从象征出发，诠解全词的底层奥义。这是自然不过的事。此外，教忠状情的咏物词每有一共同的统摄意念，亦即落花与柳絮所象征的倏忽与失落感。这些意象是绵绵诗意的最佳导体。

南宋的咏物词以《乐府补题》内的联章为代表。陈子龙咏物词的象征技巧，当然强烈地让人联想到上述南宋词，意义别具的一点是：王士禛论南宋词不尽有余的况味，用的也是"神韵"一语 ①。不过，倘若进一步细读，我们仍可发现陈词与南宋词有风格歧异。首先，南宋词的意象和词句之间缺乏联系语，而陈子龙的作品却可谓句构流畅，风格亲切平顺。南宋词读来晦涩，意义不定，可能因大量镶嵌互无干系的意象使然。但陈词晦涩的主因却是"物"喻富饶，象征脉丰。所咏之"物"的指涉意义，我们可以意会，但是领略不尽。易言之，卧子以流畅的附属句构（hypotactic syntax）掺和弦外微旨（implicit meaning），致令其咏物词看似怪异，甚至矛盾互攻。然而，风格上的龃龉诚然显见，这却是个人象征手法所系。盖句构不论如何流畅无阻，意象不管如何粘绞贴切，象征的面向如果只有词人自己才能够察有所感，则词中语气毋宁内藏不露，绝非直言无隐。

陈子龙词的抒情声音，也会让人想到李煜词的善感主观。本

---

① 见王士禛《花草蒙拾》，引于林玫仪《晚清词论研究》（2 册：台湾大学博士论文，1979）上册，第 8 页。

章稍前，我曾经暗示过这一点。我们只消看上一眼，即可明白陈、李词的共同点：他们特好的修辞方式，是在流畅的句构里融进感性的暗示。就形式而言，陈子龙显然偏爱"小令"，而李煜正是此道高手。南宋以来的咏物词，多以长而精致的"慢词"为形式特色①。惜乎卧子于此多所不取。另一方面他和李煜也频见歧途：后主罕见曲折词语，卧子的令词却常具咏物词的面向，把现实的主观经验转化为托喻性的象征。

卧子咏物词瑰富的象征内涵，或许是后世词话家全以忧国托喻解其情词的原因。这些情词实则另有"现实"的基础，惜乎词话家一概懵懂。不用多说，他们全然忽视陈词里情乃忠之预示的事实。数百年来，词话家坚持道德或政治托喻才是陈词唯一解法：

> 此大樽之香草美人怀也。读湘真阁词，俱应作是想。②

> 余尝谓明词非用于酬应，即用于闺阃。其能上接风骚，得倚声之正则者，独有大樽而已。

（《诗集》下册，第 618 页）

上引的批评，当然是根据常州词派的诠释策略而发。18 世纪末，常州词派大盛，认为情词皆应做托喻解，和道德或政治现象

---

① 王士禛以为陈子龙之所以扬弃南宋词，这无疑是原因之一，见《丛编》册 2，第 1980 页。然鄙意以为，王士禛的结论错误。有关"小令"与"慢词"的不同，请参见拙作 *Evolution of Chinese Tz'u Poetry*, 110-112。
② 吴梅《词学通论》，上海：商务印书馆，1932 年版，第 153 页。

有关①。张惠言（1761—1802）系常州词派的开山始祖，甚至以为温庭筠（约812—870）纯写闺怨的词也当作政治托喻观，指的是当代某时事。张氏还认为，唯有从托喻的角度看词，这种体式才能和严肃的诗赋平起平坐。终有清一朝诗儒的批评指标，几唯"托喻"马首是瞻。他们像汉儒解"经"——《诗经》般，迫不及待从自新的角度重诠诸词，视之为政治托喻。满人系外族，入关一统中国。一遇政治谋反，迅即敉平。这种政治高压，可能是常州词派好以托喻解词的缘故。在此一诠释传统的影响下，清初的明代遗老也开始用同样的托喻填词。他们在他人的作品里读到或体会到的托喻词式，乃纷纷派上用场②。这也就是说，政治迫害反倒有助于殊化写作技巧，而词也就因此变成词人的最佳利器，可以把忠君爱国的微妙但又不宜宣说的情感表现得淋漓尽致。

虽然如此，我们若依传统与现代批评家的做法，把陈子龙的词统统视为政治托喻，恐怕会落得错置时间之讥。前文大要指出，陈氏的情词就是情词，虽然"情"在他笔下常常和"忠"牵扯不清。此外，他的情词和忠国词作有一点时或相左：词中史典若非丧失原意，就是由私典所取代——虽则其咏柳词的意义仍然模棱两可。不管如何，陈词里的譬喻和象征显然有其美学上的基础，无关乎政治考虑。陈子龙忠君爱国的词多数写于1644至1647年间，其时晚明遗民尚未像稍后清代文人一样遍尝文检与文字狱之苦，所以陈子龙无须借托喻保身。话虽如此，陈氏在情与忠之间所发

① 见 Yeh Chia-ying, "The Ch'ang-chou School of Tz'u Criticism"；拙作 "Ch'ang-chou tz'u-p'ai", *IC*, 225-226。

② Leo Strauss 也论列过类似情况下"行间阅读"与"行间撰作"的关系，见其 *Persecution and the Art of Writing*（1952; rpt. Chicago: Univ. of Chicago Press, 1988），24-27。

展出来的譬喻关系，必然也曾在某种程度上助清词一臂之力，使之形成独特的政治托喻手法。一来陈词振振有词，认为词就是情爱与柔情蜜意最合适的体裁，而忠君爱国亦"情"之一面，切合情观的基质。其次，我们若欲借词而以托喻教忠——亦即以半隐半显的方式填词，则最有效也最面面俱到的意象当推艳情[①]。晚明的典型词风，可见于情与物的描写与感性的苏醒，词的传统也由此延续下来。对我们现代读者来说，陈子龙的风格正是明词重振、中国词体香火不坠的最佳证据。

第七章　英雄悲诗

陈子龙在诗风诗旨上的观念，仍然有别于词风词旨的看法。他写政治的词，一向以譬喻联结忧国与艳情，但同主题的"诗"就丝毫不带譬喻或托喻的色彩。咏物词的象征模式诚然是陈词的看家本领，然陈诗的达意力量却单刀直入，明白宣示他对国家的忠心赤忱。陈诗直言无隐的达意方式，无疑和"诗言志"的古训有关。其内容则积极进取，可以道德英雄主义为其特征，另又关涉到生死的存在问题。若说陈词以缠绵悱恻为主线，则陈诗恰为尖锐的对比。陈子龙在其忠君诗中确实已变成存在主义者：他忧戚

---

① 叶嘉莹在 "The Ch'ang-chou School of Tz'u Criticism"，第 186 页中论到词作里"情"与"爱国思想"的关系，与拙论尤其契合。她说："所以歌筵酒席间的男欢女爱之词，一变而为君国盛衰的忠爱之感，便也是一件极自然的事……所以愈是香艳的体式，乃愈有被用为托喻的可能。倘若这种说法有夸大之嫌，那不妨推想一下西方文学如何诠解所罗门的《雅歌》吧！"上引中译稍改，见叶著《常州词派比兴寄托的新检讨》，在所著《中国古典诗歌评论集》（台北：源流出版社，1983 年重印），第 194 页。

猥集，努力想定位自己的道德抉择。他面对存在的问题面不改色，只想澄清一己苦难的内涵。休厄尔（Richard Sewall）所谓的"悲剧灵视"（tragic vision），显然具现在陈氏的忠君诗中。对休厄尔来讲，行动中的个人若具有悲剧灵视，必然敢于面对"无可挽回的苦难与死亡"，也必然敢于"和命运搏斗"①。易言之，我们在卧子诗中所看到的，是苦难与高贵情操的如影随形。在他的诗中，诗人的悲剧英雄形象重新定位：悲剧英雄主义已经转化成为美学原则。本章拟举若干陈诗为例，借以检讨诗人的悲剧形象。

中国古典诗里所写的爱国志士，形象独特，有其传统上重要的一面。专攻中国诗词的学者，每以为这类耿介之士含辛茹苦，徘徊在颓圮的京垣不忍遽去，一面又吁请读者体恤他"内心"的悲怆②。中国上古诗歌总集《诗经》之中，便有如此忠国的一位周吏。他踽踽走访旧京的断垣残壁，覆盖其上的已是黍稷一片：

彼黍离离

彼稷之苗

行迈靡靡

中心摇摇　　4

---

① Richard B. Sewall, *The Vision of Tragedy*（New Haven: Yale Univ. Press, 1959），5. 此书所称的"悲剧灵视"（tragic vision）有别于亚里士多德（Aristotle）所谓的"悲剧性"（the tragic）。此书所指乃贤达遇逢的悲剧性苦难，至于亚氏所指，则需有基本的"悲剧缺憾"（tragic flaw）才能成立——至少典型的亚氏"悲剧"必须如此。Sewall 以约伯的苦难为例来定义"悲剧缺憾"。他说："（约伯）受苦受难并非他犯有死罪。他一再遭受打击……也不是因为过去（作恶多端所致）。"（第12页）

② Stephen Owen, *Remembrances: The Experience of the Past in Classical Chinese Literature*（Cambridge: Harvard Univ, Press, 1986），21.

知我者

谓我心忧

不知我者

谓我何求　　8

悠悠苍天

此何人哉①

由于这首诗缺乏内证，我们难以说明其指涉结构为忠君爱国。但是，自汉代（前206—220）以还，中国学者和诗人均坚称欲解此诗，非视之为某周吏回首故都的哀哀忧思不可②。牵强自牵强，后世诗人仍然视这种解读为传统。因此诗笔所吐，无不视之为史源，再三寄意。陈子龙撰有《秋日杂感》系列诗作，其中一首的灵感无疑出诸上述的传统：

满目山川极望哀

周原禾黍重徘徊

丹枫锦树三秋丽

白雁黄云万里来　　4

---

① 参见 Owen, *Remembrances*, 20；Arthur Waley, trans., *The Book of Songs*, 306；James Legge, *The Chinese Classics*, Vol. 4, *The She King*（Oxford: Clarendon Press, 1871），110。

② Owen, *Remembrances*, 21；Legge, *The She King*, 110. 余宝琳称呼此种读法为"譬喻性的阅读"（tropologieal reading），并认为这是"诗话家在特殊历史时空下所根植下来"的阅读方式。参见 Pauline Yu, *The Reading of Imagery in the Chinese Poetic Tradition*（Princeton: Princeton Univ. Prss, 1987），69。

夜雨荆榛连茂苑 ①

夕阳麋鹿下胥台 ②

振衣独上要离墓 ③

痛哭新亭一举杯 ④　　8

（《诗集》下册，第525—526页）

拿《诗经》里的古诗做个对比，便可见陈子龙这位明末死士的悲情已经在他命中染成浓稠的一幅实景。举手投足，狂笑痛哭，俱为切切悲情。《诗经》中那位作者只道是怆然"心忧"（第六句），陈子龙所用的却是重字重词如"哀"（第一句）与"痛哭"（第八句）等。他的悲愁与悲恨，俱由这些字词宣泄出来。易言之，陈子龙把自己搬上舞台，在古烈士要离坟前醑酒奠祭，既不失荩臣之体，也在叩首向前代忠良致敬。《诗经》里的诗人就乏此选择。陈子龙义薄云天，此其原因。他的浩然正气，莫之能御：我们用不着问他内心所念者何！我们眼之所见，确实是哀意不尽的一位志士贤良。幕屏一开，典型现前，这哪里是古诗所吟颂者所能望其项背？

失声痛哭乃晚明遗子的行为典型。孔尚任名剧《桃花扇》里便

---

① "茂苑"，典出左思（250？—305）《吴都赋》。吴都即今南京，左赋写尽此都邑之美。见［梁］萧统编，［唐］李善注，《文选》（5册；台北：文津出版社，1987年重印）册1，第216页。英译见 David R, Knechtges, trans., *Wen Xuan*（Princeton: Princeton Umv. Press, 1982），I：395。

② 苏台，即姑苏台，为吴王阖庐（前514—前496年在位）所建。

③ 要离，乃吴国公子光（即位后即吴王阖庐）的家臣兼刺客。

④ 新亭在今南京近郊，东晋以还即忠君爱国的象征。刘义庆著，杨勇编《世说新语校笺》（香港：大众书局，1969），《言语第二》第三十一条，第71页。

有一出题曰《哭主》。明末忠臣良将的忧心失意，俱刻画于此。耳闻崇祯宾天，他们"望北叩头大哭"：

> 我的圣上呀
>
> 我的崇祯主子呀
>
> 我的大行皇帝呀 ①

相形之下，东晋（317—420）壮烈的新亭集会就显得悲意内敛："过江诸人，每至暇日辄相邀之新亭，藉卉饮宴。周侯中坐而叹曰：'风景不殊，正自有山河之异。'皆相视流泪……" ②这一个场景，也是前引卧子诗的借典源头。

陈子龙对古传统知之甚稔，他的诗以新亭悲集收束，不过笔法暗藏新意："痛哭新亭多举杯。"（第八句）当然，满座皆哭的国殇不是始自卧子之时，但是无可否认，在文学表现上，明末义士嗜心痛和前人判若云泥，简直是岑楼寸木。陈氏之诗如呼天抢地的生命哀弦：写到辛酸处，泪下如雨，又令人联想到希伯来人对墙痛哭的情景。这种悲嗟感天动地，无以言诠。希伯来人的悲剧主因"无端受难"而来 ③，中国仁人志士的苦难则植基于国破家亡，但两者

---

① 孔尚任著，王季思等编《桃花扇》修订版，北京：人民文学出版社，1980 年版，第 13 出，第 87 页。另见 Chen Shih-hsiang, et al., trans., *Peach Blossom Fan*（Berkeley: Univ. of California Press, 1976），100。

② 刘义庆著，杨勇编《世说新语校笺》，香港：大众书局，1969 年版，《言语第二》第 31 条，第 71 页。

③ Sewall, *Vision of Tragedy*, 12. 亚里士多德也说过："最佳的悲剧关乎冤情累累的不幸。"见 Aristotle, *Poetics*, in Kenneth A. Telford, *Aristotle's Poetics: Translation and Analysis*（Indiana: Gateway Edition , 1961），1453a, 23。

承受的冤屈不相上下，都值得我们寄予同情。忠贞之士面对政治灾难，嗟哦问天，我们感之弥深，可用布来德利（A.C.Bradley）论悲剧英雄的话加以形容："时运不济。"[1]虽然如此，中国志士的悲剧和义风仍应岔开分论：他们所以是悲剧人物乃因悲愤和苦难交集迫成，但是，正因他们敢于抗敌御侮，所以博得"高义"令名[2]。

陈子龙《秋日》诗写于1646年，正是抗清义军在太湖地区大败之后[3]。我们了解及此，当可体会他义愤填膺之慨，而这场战役亦即卧子走访故吴遗址缘由。故吴包括今南京一带，1645年南明弘光帝即位于此，陈子龙也在这个流亡朝廷辅弼一时。所以，诗中提及吴国之处，都是直接在暗示金陵明室的败亡。他不仅痛悼此一不幸，更重要的是，他也再度表明对故国的忠肝义胆。他招请要离以输忠悃，后者乃故吴家臣，誓为吴王阖庐复仇，名重一时，史称义烈。卧子诗确常征引上古刺客，强调其高节义风，每亦令人思及司马迁的上古垂训："'史上刺客'其义或成或不成，然其立意较然，不欺其志。"[4]

对陈子龙而言，英雄人物的赤诚正是人类苦难失意的积极意义，可以化腐朽为神奇。他另有一首咏刺客荆轲（？—前227）的

---

① A. C. Bradley, *Shakespearean Tragedy*（1904; rpt. Greenwich, Connecticut: Fawcett），33.

② 有关英雄作风的佳论及其在文字、仪礼上的颂祷，请参见 Gregory Nagy, *The Best of the Achaeans: Concept of the Hero in Archaic Greek Poetry*（Baltimore: Johns Hopkins Univ. Press, 1981）。

③ 参见施蛰存《诗集》下册，第529页的注。有关太湖事件的讨论见 William S. Atwall, "Chen Tzu-lung（1608-1647）: A Scholar Official of the Late Ming Dynasty" Ph. D. diss., Princeton Univ., 1975, 136-137。

④ 司马迁《史记刺客列传》（5册；台北：大申书局，1977年重印）册4，第2538页。另见 Burton Waston, trans., *Record of the Historian: Chapters from the Shih Chi of Ssu-ma Ch'ien*（New York: Columbia Univ. Press, 1969），67。

《易水歌》(《诗集》上册，第 303 页)，把悲剧英雄的高风亮节展露无遗。司马迁写荆轲赴秦图刺独夫嬴政，明知其为必败，但仍引吭高唱《易水歌》以寄悲意义风。千载之后，这首歌也回荡在陈子龙的诗题里。陈子龙据史事以定义"英雄作风"，以"奉献"与"牺牲"为其内容，甚至要有死身殉国与徒劳无功的心理准备。卧子忠君爱国的行事风范，无疑是他日后奋勇为国效死的主因。1647年卧子殉国之后，明末锐士侯方域特地将他比为荆轲，并撰《九哀思：青浦陈子龙》(《诗集》下册，第 794 页)以悼之。孔尚任的《桃花扇》，写的就是侯方域的生平。

回头再探陈诗《秋日》。我们发现卧子在诗中所表现的情感不但加深全诗的深度与悲郁，而且也为中国人的悲剧灵视预留一条线索。孔门自古即有明训：君子胸怀四方，能忍人所不能忍之戚恨。《周易》大传将此一态度定义为"忧患"，人性因之而益增尊严[1]。或许因此一主题之故，卧子特好宋志士熊禾所注《易经》：书序开笔，熊氏就拈出"忧患"的观念[2]。

"忧患"意识一经转化为诗文，马上为诗行开启新意，使之具备救赎的意涵。诗人怀沙，拥抱的不仅是生命的悲剧现实，也是某一美学整体的灵视。全诗的磅礴气势与净化作用（catharsis）即

---

[1] 李光地编《周易折中》（1715；台北：真善美出版社，1971）册 2，第 1076 页。另见 Willard Peterson "Making Connections: 'Commentary on the Attached Verbalizations' of the Book of Changes", *Harvard Journal of Asiatic Studies* 42. 1（1982）: 113。Richard Wilhelm 译 "忧患" 二字为 "great care and sorrow"，见其与 Cary F. Baynes 所英译之 *The I Ching, or Book of Changes*（Princeton: Princeton Univ. Press, 1976），345。但余英时以为 "忧患意识" 更精确的译法应作 "the consciousness of suffering"（私函）。

[2] 见陈子龙编，熊禾（1247—1312）注《易经训解》（4 卷；出版时地单位不详，现藏哈佛燕京图书馆）。

经此灵视供给而来，而我们也因此察觉"忧患"本身即为纯真与浩然之气兼而有之的美学整体。此一"诗之灵视"确具抚慰人心的功效，陈子龙的《秋日》故而在悲郁中不失沉着，虽然他悔痛已极。诗中和生命的悲剧现实平行发展的，还有"自然"不断的悸动：山中草木仍和往常一样亮丽，众鸟乱啼不改昔日（第三至八句）[1]。中国人对自然恒具信心，这也是中国式抒情作风的宏碁——这种抒情作风超越了人生的终极限制。唯有在高度的抒情范畴中，诗人才能真正体验到"自我观照"的深层静谧[2]。这种抒情风格并不以哲学化的动作为中心，而是以美学冥思为要点。

然而，诗人陈子龙并不以为自然一派安详，永不改变。他的八行律诗（如上引者）比较强调自然的宁静与优雅柔情，但所写的古体诗——尤其是所谓的"歌行体"——就常见血流漂杵的场面，国破家颓的对等隐喻层出不穷。古体诗的长短无拘无束，不像八行律诗的结构早经设定。或许是因此之故，古体诗才能多写细节，处理家毁城破的人间惨剧。明亡以后，陈子龙写了一首长达二十句的《杜鹃曲》。其中杀伐遍野，尸积如山，正可取为上文明例：

巫山窈窕青云端

葛藟蔓蔓春风寒

幽泉潺湲叩哀玉

---

① 宇文所安认为在中国"怀古诗"中，诗人常把"人类的得失对照于自然的生生不息"，见 Stephen Owen, *Remembrances*, 20。

② 高友工将此种"抒情"解为"自省"性的美学，见 Yu-kung Kao, "The 'Nineteen Old Poems' and the Aesthetics of Self-Reflection"（manuscript, 1988），及其《试论中国艺术精神》，《九州学刊》第 2 卷第 2 期（1988 年 1 月），第 4 页。

碧花飞落红锦湍　　4

鼪鼯腾烟鸟啄木

江妃婵媛倚修竹

荫松藉草香杜蘅

浩歌长啸伤春目　　8

杜宇一声裂石文

仰天啼血染白云

荣柯芳树多变色

百鸟哀噪求其群　　12

莫将万事穷神理

雀蛤鸠鹰递悲喜

当日金堂玉几人

羽毛摧剥空山里　　16

鱼凫鳖令几岁年

卧龙跃马俱茫然 ①

惟应携手阳台女

楚壁淋漓一问天 ②　20

（《诗集》上册，第 299—300 页）

---

① 在三国时代，诸葛亮（181—234）官拜蜀相，素有“卧龙”之称。公孙恕则为汉将，
　　自封蜀王，人称“跃马”（参见杜甫《阁夜》名句“卧龙跃马终黄土”）。我们也应注
　　意一点：“卧龙”也可能是陈子龙自况，因为“子龙”一名含有“龙”字，而陈氏之字
　　“卧子”中又有“卧”字。然而不管如何，我相信诸葛亮或像他一样的历史人物，才是
　　陈子龙的兴趣所在。

② 王逸注《楚辞》时，相信《天问》是屈原在楚先王庙壁上写下的，见洪兴祖注释，何
　　浩然校勘《楚辞详释》（台北：华联出版社，1972 年重印），第 50 页；或见 David
　　Hawkes, trans., *The Songs of the South: An Anthology of Ancient Chinese Poems by Qu Yuan
　　and Other Poets*, 2nd ed.（New York: Penguin, 1985），123。

千年家国何处是——从庾信到陈子龙

本诗不断并列山水，新意从而滋生。传统中上下和谐、山水交融等理想化的观念①，恰与本诗的并列法截然相反。没错，开头数行几乎确立了一个理想与秩序兼顾的感性世界，因为远山与幽泉、山葛与水湄花，以及青云与红锦湍都并列一处，形成一个色彩缤纷的世界，而"江妃"就徜徉在这个不为时限的永恒天地里（第六句）。但是，随着全诗往前推展，这个完美的世界变得感伤无已："荣柯芳树多变色。"（第十一句）更糟糕的是：天摇地动，杜鹃泣血大地斑斑红（第九至十句）。

事实上，整首诗就是建立在"血"这个意象上，而"血"又是家国惨变、尸陈遍野的象征。《杜鹃曲》一题典出蜀主望帝的故事。他死后化为杜鹃，声声啼血。陈子龙以这种鸟隐喻明主魂魄。他一啼血，山川为之变色，划破天地的和谐。

"血"也可以象征华夏苍生，尤其是那些为明朝尽节捐躯的千万男女。是以"碧花飞落红锦湍"（第四句）这么美而富于诗意的春景，在刹那之间就变成了人间地狱，森然恐怖。"碧花"是个巧妙的隐喻，指的是在家国之爱的前提下所洒的"碧血"。后者典出周吏苌弘的轶史：据说他弃世 3 年后，鲜血变碧玉②。陈子龙撷取这个传统象征，用之于新的情境：明末殉国的万缕冤魂，如今已把江河染成"红锦湍"。"血流成河"的意象于此业经升华，但

---

① 有关山水谐洽的理想风格，参见拙作 *Six Dynasties Poetry*（Princeton: Princeton Univ. Press, 1986），64-66。

② 郭庆藩编《庄子集释·外物篇》（北京，1961 年；台北：河洛图书出版社，1974 年重印），第 920 页；另见 Burton Watson, trans., *The Complete Works of Chuang Tzu*（New York: Columbia Univ. Press, 1968），294。

仍然令人望而骨悚，更反映出明亡后的史实：江南百姓纷纷跳河，死身为国殇①。

唐代诗史杜甫说："国破山河在。"②如今，陈子龙所写的华夏山川却已颠龙倒凤，因人间惨剧而变成乱象一片。杜甫的诗句道出中国田园诗人坚忍的襟怀，陈子龙却重写或倒转了此一名句。对他来说，"国"固已"破"，但"山河"也因此而"不在"了。其实，陈子龙曾在另一首诗里略略改写杜甫的诗句：他把"河"字的"水"部拿掉，代之以"人"部，全句即成为："国破家何在？"（《诗集》下册，第397页）《杜鹃曲》里，陈子龙重施故技，延长吊诡的诗句。据中国民俗传统，"龙"与"马"一向和"水"与"山"互呈关涉之局，所以"卧龙跃马俱茫然"（第十八句）也可读成：在国难家变的一刻，"山河"俱已杳然。然而，"卧龙"亦可指诸葛亮，而"跃马"一向就是公孙恕的代称。如此一来，我们仍可将"卧龙跃马"视为"名号修饰语"（epithets），以解决此句所呈现的吊诡。像英国传说里的亚瑟王（King Arthur）一样，卧龙、跃马这两位古贤在国家存亡危急之秋却俱已"隐逸"。

因此，《杜鹃曲》可谓诗人极度悲伤下的忧患之作。陈子龙眼见山中"百鸟哀噪求其群"（第十二句），而昔日所居尽是"金堂玉几"的明主③，如今却遭遇到"羽毛摧剥空山里"的命运（第十五至十六句）。全诗另有数处写流离蹭蹬与苦恼磨折，所指似乎确

---

① Frederic Wakeman, Jr., *The Great Enterprise: The Manchu Reconstruction of Imperial Order in Seventeenth-Century China* (Berkeley: Univ. of California Press, 1985), I: 598。

② 见《全唐诗》册4，第2404页。这首诗是杜甫在757年春天所写的。其时安禄山作乱，杜甫被叛军囚于长安。

③ "玉几人"，通指皇帝。

有其事，或为明亡后鲁王所率领的抗清运动。1646 年，鲁王兵败，死伤惨重。他逃至海港，仅以身免 ①。诗中所述，确也符合史家司徒琳（Lynn Struve）对鲁王兵败一事的描述："鲁王所部只有少数降清，但大部分都殉国而死，或脱困至四明山与沿海一带继续奋战。" ②

论者常谓，中国古诗缺乏悲剧感 ③。但更精确的说法应该是：中国古诗人的悲剧感乃含藏在历史观念中。此一看法尤其真确，盖"悲剧"只存在于中国文学的理论中，并未发展成为某种特殊的剧类。读者的悲剧感一般都因读史而得。换言之，史籍所载的悲剧事实，通常是文学上的悲剧观的源模。如同陈诗所显示，朝代更替的自然现象，明末志士抵死不从。他们的生命悲剧故而不仅源自一己的苦难，更因个性执拗所致，或谓"难以挽回的心志"（irreducibility）使然。早期史上的死士，也多具有类似性格。司徒琳论南明史的大作即明白印上这么几个字："献给晚明的殉国者——他们'明知其不可为而为之'。" ④ 陈子龙就像司徒琳一样，用诗在向晚明英雄"致敬"。这些英雄有为有守，宁死不屈，更拒绝向历史的生生不息低头。然而，义军一再失利，复明无望，岁岁年年，陈子龙如何不心忧眉蹙——"鱼凫鳖令几岁年？"（第十

---

① 《诗集》册 1，第 300 页。

② Lynn A. Struve, *The Southern Ming, 1644-1662* (New Haven: Yale Univ. Press, 1984), 97.

③ 这种看法十分盛行，其扼要说明可见于柯庆明《论悲剧英雄》，在其《境界的探求》修订版（台北：联经出版公司，1984），第 32—33 页、第 92 页。不过，柯氏显然不同意此见。

④ Struve, *The Southern Ming*, v.

七句）① 走到极端时，诗人不得不仰首浩然长叹，以"问天"结束全诗。

"问天"一典出自屈原的传说。对陈子龙来讲，这是一个政治动作。《楚辞天问》一章，一向都视为屈原手笔。其问天的内容，实则不全然关乎政治。所问之事，反而多与宇宙生成或天文现象有关，而重点所在则为神话问题②。陈子龙的"问天"摆出来的是愤愤不满的身段，直问苍天何以让忠良受苦无助，何以让他们遇逢悲剧般的命运！读卧子诗，我们难免想到《圣经旧约》里约伯的"问神"。不同的是约伯所问乃个人曲折的苦难，而非家国的盛衰。诗人所经历的苦痛与孤寂感强烈无比，再也没有其他的怨尤控诉可以比"问天"诉说得更有力！陈子龙甚至觉得他的"问天"义正词严，因邀巫山阳台女携手共诉（第十九至二十句）。他的"问天"前所未见，政治意味又浓，稍后的明遗民诗人因多仿效。以名儒王夫之为例，就曾在注屈原的《天问》时，反而迂回问起满族入主中原的合法性，甚且暗示非天无"道"的政权不可能长治久存③。

陈子龙在其他的篇什里，甚至把"天"对他的意义揭露得更清楚。他以天为证，证的不仅是个人的苦难，还有生命大"志"——

---

① "鱼凫"与"鳖令"皆为古代蜀主。陈子龙取典乎鳖令不但宜情宜境，而且别有锥心痛感，因鳖令乃望帝继任者，亦古贤君也。望帝死后化身杜鹃。本诗中，鱼凫、鳖令可能影射南明鲁王及唐王，他们曾分别在浙江及福建建立流亡政府。见 Struve, *The Southern Ming*, 76-77。

② Hawkes, *Songs of the South*, 122-134。

③ 王夫之《楚辞通释》（1709 年，香港，1960 年重印），第 54—58 页。另见 Laurence A. Schneider, *A Madman of Ch'u: The Chinese Myth of Loyalty and Dissent*（Berkeley: Univ. of California Press, 1980），84。

中国人视为基本生命价值的"志"。我会在下文指出：在中国文学里，这种"天"观，绝非毫无前例可见。然而，将此一自我表达模式应用得最彻底的遗民诗人，仍然得推陈子龙。他有《岁晏仿子美同谷七歌》系列诗作，把这种"问天"的精神发挥得淋漓尽致①：

　　其一：

　　　　西京遗老江南客

　　　　大泽行吟头欲白

　　　　北风烈烈倾地维

　　　　岁晏天寒摧羽翮　　　4

　　　　阳春白日不相照②

　　　　剖心堕地无人惜

　　　　呜呼一歌兮声彻云

　　　　仰视穹苍如不闻　　　8

　　其二：

　　　　短衣皂帽依荒草

　　　　卖饼吹箫杂佣保

---

① 《诗集》册1，第309—311页，朱东润《陈子龙及其时代》，上海：上海古籍出版社，1984年版，第277—278页。
② "阳春"通指春日阳光普照温煦的日子，也可象征史上的太平盛世。

罔两相随不识人①

豺狼塞道心如捣②　　4

举世茫茫将诉谁

男儿捐生苦不早

呜呼二歌兮血泪红

煌煌大明生白虹③　　8

其三：

欃枪下扫黄金台④

率土攀号龙驭哀

黄旗紫盖色黯淡

山阳之祸何痛哉⑤　　4

赤墀侍臣惭戴履

偷生苟活同舆台

呜呼三歌兮反乎覆

女魃跳梁鬼夜哭　　8

---

① 有关"罔两"的传说，见黄锦铉注译《新译庄子读本齐物论》(台北：三民书局，1974)，第66页；Watson, *The Complete Works of Chuang Tzu*, 49。明亡之后，陈子龙隐姓埋名，故所谓"不识人"指的是"不愿与人相认见面"。
② "豺狼"，通指恶人。
③ 传统上，"生白虹"乃皇帝驾崩的征兆。我们得注意：明朝的"明"字就带有"煌煌"之意。
④ "黄金台"，亦称"燕台"，在今北京附近，为燕昭王所建。此行指1644年北京城陷。
⑤ 此典指汉献帝惨死。献帝曾受封"山阳公"。

其四：

嗟我飘零悲孤根

早失怙恃称愍孙

弃官未尽一日养

扶携奄忽伤旅魂　　4

柏涂槿原暗冰雪

泪枯宿莽心烦冤

呜呼四歌兮动行路

朔风吹人白日暮　　8

其五：

黑云陨颓南箕灭 ①

钟陵碧染铜山血 ②

殉国何妨死都市

乌鸢蝼蚁何分别 ③　　4

厦门秉锁是何人 ④

---

① "南箕"星为二十八星宿之一，传统上多喻皇宫中散布谗言者，参见 Legge, The Chinese Classics, 4: 347。

② 此句隐指卧子师尊黄道周殉国一事。黄氏忠心耿耿，名垂后世。兵败受缚，清军在金陵钟山将他处决。"铜山"即黄氏代喻，因黄氏一向在福建铜山石室读书。

③ 此句意指：若曝死市集，不免鹰鸢及乌鸦食其尸肉。但若寿终正寝，择地安葬，尸身最后还是难逃蝼蚁所食。两种死法，区野极小。

④ 隆武帝于福州即位，黄道周曾任武英殿大学士及兵部尚书，以耿介与博学名世。见 Struve, The Southern Ming, 98；叶英《黄道周传》（台南：大明印刷局，1958），第 49 页。

安敢伸眉论名节

呜呼五歌兮愁夜猿

九巫何处招君魂　　8

其六：

琼琚缟带贻所欢

予为蕙兮子作兰　①

黄舆欲裂九鼎没　②

彭咸浩浩湘水寒　③　　4

我独何为化萧艾

拊膺顿足摧心肝

呜呼六歌兮歌哽咽

蛟龙流离海波竭　④　　8

其七：

生平慷慨追贤豪

垂头屏气栖蓬蒿

---

① "蕙"乃香兰品种之一。此句暗示二友在道德感上的雷同。
② "九鼎"乃皇权的隐喻。
③ 传统上以为彭咸系商代贤臣，进谏不纳，投水自溺。其人所喻他义另见 Hawkes, *Songs of the South*, 84-86。本句中的"彭咸"则喻夏允彝，因1645年夏氏故里陷入清兵手中后，他也是投水自溺。无独有偶，陈子龙稍后也变成一位"彭咸"，就如顾炎武在他的《哭陈太仆》诗中所说的："耻污东夷刀，竟从彭咸则。"
④ "蛟龙"乃"伟人"的象征。龙困浅滩，即使伟人也没有机会一展抱负。

固知杀身良不易

报韩复楚心徒劳 ①　　　4

百年奄忽竟同尽

可怜七尺如鸿毛 ②

呜呼七歌兮歌不息

青天为我无颜色　　　8

　　陈子龙刻画个人不同的情感，色调鲜明，技巧卓绝，虽然大大偏离《诗经》的传统，不过后者也赖之而不致中辍。像本章稍前所引《诗经·黍离》的诗人一般，陈子龙仰天哀鸣，希望上天垂怜，体恤人情（其一，第七句）。《诗经》诗人眼中的天恒常不变，可见于"悠悠苍天／此何人哉"二句的"悠悠"一语。但陈子龙的诗系不类此作，反而指出一种心理进程，由不信苍天转至相信苍天必能体恤下意。诗系开头一节，诗人失声嗟叹："呜呼一歌兮声彻云／仰视穹苍如不闻。"然而，到了诗系收束处，诗人的脉贲激昂已经显得平静多了，甚至认为苍天有感，仿佛人类一样可以为世事见证："呜呼七歌兮歌不息／青天为我无颜色。"就在诗系压轴的第七首诗，诗人终于说出平生抱负。他虽然仍陷溺于沮丧之中，却希望平生"志"业能使自己跳出阎浮世界，名垂万世。如果陈

---

①　此句典出张良的故事。张氏乃韩人也，秦灭韩后，良"悉以家财求客刺秦王，为韩报仇"，见《史记留侯世家第二十五》册 3，第 2033 页。或见 Watson, trans., *Records of the Historian*, 158。

②　"鸿毛"，喻没有价值的死亡。传统认为英烈之死有重于泰山者，等闲辈则"轻如鸿毛"。百余年后，清乾隆帝即赞陈子龙之死"有重于泰山"。乾隆的旌褒似乎在回应陈诗本句。见王昶编《陈忠裕全集》，页一甲所重印乾隆谥文。

子龙的话听来恍若天定，那是因为他唯恐平生"志"不伸。"苦难"本身并无"悲剧"可言：唯有受难者的道德尊严受到委屈时才会产生"悲剧感"！

陈子龙诗中所谓的"志"还有另一层新意："志"不仅是生命的最高理想，也是"死生"的灵见。"志"既赋有此等新意，则大伙都得为存在的标的重下定义，把自己的优缺点裸呈出来，为生命做出终极的选择。"志"的定义及其得伸与否，也唯有在这种意义下才能具有悲剧向度。陈子龙一旦说"固知杀身良不易"（其七，第三句），所论者当然是"死身为国殇"。他决心一死，但死亡却是命运的延伸，任谁都得面对因此形成的大问题：披肝沥胆而死固有重于泰山，等闲赴死却轻若鸿毛（其七，第六句）。死固难免，但要死得其所，如英雄忠烈，哀荣加被。宋志士文天祥《过零丁洋》一诗，便是"死志"得伸的最佳说明：

人生自古谁无死
留取丹心照汗青①

因此，"纵容就义"乃"高人一等的生命"，"舍身成仁"又非肉死的悲境所能局限。文天祥的《过零丁洋》一诗已言之甚详。

本书前编业已说过，陈子龙及其复社袍泽皆为爱国忠良，更由此发展出一套荣誉准则。难怪明末最著名的两位殉国死士都和卧子过从甚密：黄道周是他的授业恩师，夏允彝则为金兰至交。

---

① 参见本书第一章对此诗之讨论。

前引诗系第五首和第六首即分论黄、夏二子。南明隆武帝在福建即位，黄道周任武英殿大学士，为流亡政府中"最受敬重的朝臣"①。1646年年初，黄暨所部在江西遭遇清兵，不幸兵败被执，于金陵就义。有道是黄氏死前途经明太祖陵寝所在的金陵东华门附近，拒前行，道："此与高皇帝陵寝近，可死矣。"陈诗第五首"殉国何妨死都市"（第三句），即取典乎此。

至于夏允彝，其就义之英烈不下于黄道周。1645年，故里松江一役，他和陈子龙并肩抗清，兵败之后，投水自尽。夏氏既为卧子至交，自是义薄云天的象征。他的义行不是说说便罢，而是以行动来实践。卧子生平所写的最后诗系，所记者便是允彝殡礼。最后两行谓：

> 志在春秋真不爽
> 行成忠孝更何疑

（《诗集》下册，第531页）

夏允彝贞烈身亡，陈子龙有失群之痛。乾隆皇帝深知此点，1778年下诏从沉江名立沉江亭，纪念陈子龙。而沉江正是陈氏悼夏氏殡礼诸诗中重要的意象②。

然而，身为爱国志士却不能在国破后殉国，这种痛苦要比当即就义者强烈得多了。夏允彝死得其时，陈子龙的丧国之痛却延续

---

① Struve, *The Southern Ming*, 89.
② 据称屈原自沉于湖南沉江。陈诗提到沉江，无疑以夏允彝比古英雄屈原。由此诗典看来，陈子龙似乎不自觉地在预言来日投水自杀的命运。

下去。仿杜七歌无不恻恻反映此点！肉体上的煎熬或心灵上的折磨显然压不垮陈子龙，反而让他燃起新的力量，驱使他写出更敏锐的作品。他的诗不时透露出矛盾互攻的两种情形：一为愿为明室效死的意愿，二为未立即行动就义的惆怅。这两种情形互相拉扯，所形成的张力是明末遗民的典型。他们认为在朝廷堕败之后，个人应该光荣自裁，如此方能维系人格完整。以吴伟业为主的遗民，则把挫败与蒙垢化为哀怨动人又有锥心之痛的美丽篇章①。

陈子龙不同于其他明室遗民。他的复明行动一再受挫，但愈挫愈坚，所以他"歌不息"（其七，第七句）。尽管他也有沮丧的一刻，可是从未有停止行动的念头。他加入动作频频的抗清活动，无畏于最艰险的任务。祖母逝世之后（第四首），他已尽完孝道，更无忌讳，每每自我鞭策，不达目标绝不让行动停歇。虽然如此，他也知道自己"明知其不可为而为"。他"义风足式"②，由此可见一斑。休厄尔所定义的悲剧英雄，陈子龙当之无愧："如此苦痛与磨折，唯有天性最刚强者才能胜任。他得挺住犹疑不定、心惧神摇、友朋忠谏与罪恶之感……唯有英雄人物，方足以承受如此特殊的终极苦难。"③

我们对陈子龙的同情毫不保留，他的行动证明他勇气过人，面对难免的溃败也不退缩。悲剧英雄应具的两个条件，此之谓欤④？

---

① 参见拙撰 "The Idea of the Mask in Wu Wei-yeh"，*Harvard Journal of Asiatic Studies* 48: 2（Dec. 1988），289-320。

② 此处我借用了休厄尔的话，见 Richard Sewall，*Vision of Tragedy*，47。

③ 同①。

④ R. J. Dorius 认为"悲剧"的定义涵盖两大要素："勇气与难免的失败。"见其 "Tragedy"，*Princeton Encyclopedia of Poetry and Poetics*, ed. Alex Preminger et al., enl. ed.（Princeton: Princeton Univ. Press, 1974），86。

所面对者倘为前无援军后无退路力难回天的情况，英雄人物也不丢盔弃甲，轻言投降。他忍受苦难，力量没有使尽之前绝不倒下。陈诗声称弹尽援绝，危在旦夕——"阮籍哭时途路尽／梁鸿归去姓名非。"①而陈氏的苦难可谓火上添油，若非胸中一片赤忱，他绝难超越如此剧痛，也难以积极的态度固守忠君爱国的精神，甚至为此再添新意。不计个人的牺牲，才是陈子龙赢得悲剧英雄名的要因。顾炎武也是晚明忠良。他挽陈子龙的诗写得分毫不爽：

有翼不高飞

终为蔚罗得

耻污东夷刀②

竟从彭咸则

悲剧性与英雄式的苦难本身，就是陈子龙仿杜七歌的大主题。陈氏虽在诗题即已明言这七首诗为"仿杜"之作，然其诗中现实却和唐诗人杜甫所知者大相径庭。陈氏从杜甫处借取为鉴者，唯有以诗叙写个人苦难的技巧而已。杜甫的《乾元中寓居同谷县作歌七首》写于安史之乱（755—763）期间，百姓都因战祸被迫离乡背井。他的诗中所吟，故为战时自己和家小的磨难③。当然，杜甫和

---

① 见《诗集》下册，第256页。六朝诗人阮籍时常悲在衷心，当众恸哭。梁鸿则为东汉儒士，曾隐姓埋名，南逃至吴，躲避政治迫害。他终得返乡，与妻子团圆。

② 在清代的书检制度之下，这一句曾遭篡改为"耻为南冠囚"。顾炎武著，华忱之编《顾亭林诗文集》（1959年，北京：中华书局，1983年重印），第276页，注3。这一点我乃承余英时私函赐知。

③ 《全唐诗》册4，第2298页。

陈子龙都处身国家存亡的夹缝，两人的际遇适为类比。不过，他们的诗所关切者实属南辕北辙：陈子龙所问的是死节的终极问题，杜甫主要的关怀却是个人忧患与仕途侘傺。他政坛失意，壮志难伸，下引一诗可见一斑：

男儿生不成名身已老

三年饥走荒山道

长安卿相多少年

富贵应须致身早　　4

山中儒生旧相识

但话宿昔伤怀抱

呜呼七歌兮悄终曲

仰视皇天白日速　　8

（《全唐诗》册4，第2298页）

比之杜甫极欲一展的大"志"，陈子龙的显然是悲切的欲望，是要为国殉节的英雄悲"志"。我曾经说过，陈子龙代表晚明士子对于"忠"的新见①。也就是说，生命的意义乃建立在死节之上。这种新见由南宋遗民一脉相承而来，早已超越了杜甫所计较的个

---

① 例如余怀也作有《七歌》系列，表达身为亡明遗民的悲恸，见黄裳《银鱼集》（北京：生活·读书·新知三联书店，1985），第40—41页。余怀的《板桥杂记》以写秦淮河畔伎户的盛衰著称。

人名位 ①。此等天壤之别源乎诗人不同的生命情境，但也是唐人的"诗志"和明人的"诗志"造下的结果。

其实，上引陈氏诗系很可能先由宋末英雄文天祥处乞得灵感。文氏曾仿杜甫《七首》，撰有《六歌》诗系 ②，而且撰作时间正是他为元兵所擒的 1279 年以后。元兵掳获文氏，北引大都，一路严密看管。其时，文氏原配和两名爱妾并儿子双女亦都成为元兵的阶下囚。因此，他仿杜甫诗系所作的《六歌》显然在感叹个人不幸。他咏悼家小命舛，一首首都关乎妻子、姐妹、儿女与爱妾。她们何罪之有？何以身遭苦难大劫？像诗系第一首就悲嗟连连：

> 有妻有妻出糟糠
>
> 自少结发不下堂
>
> 乱离中道逢虎狼
>
> 凤飞翩翩失其凰 ③　　　4
>
> 将雏一二去何方
>
> 岂料国破家亦亡
>
> 不忍舍君罗襦裳 ④
>
> 天长地久终茫茫　　　8

---

① 宋代理学家朱熹批评杜甫《乾元中寓居同谷县作歌七首》格调低俗。不过，其他诗话家多为杜甫辩解，谓诗人只不过以"诗"针砭时政腐败，朝中但知荐举年轻而乏历练的官吏，不知界恃老而有成的儒士。仇兆鳌注《杜诗详注》（北京：中华书局，1979）下册，第 700 页。

② 文天祥著，罗洪先《文天祥全集》（北京：中国书店，1985）卷 14，第 364—365 页。此版乃据 1560 年《重刻文山先生全集》重排。

③ 此句指 1227 年文天祥兵败的惨剧。其时文氏妻小家眷一并为元兵押解北去。

④ 原句意指："我舍不得离了你的丝罗。"

牛女夜夜遥相望

呜呼一歌兮歌正长

悲风北来起彷徨

　　文天祥撰写《六歌》的手法借自杜甫。除了收束之作，他的每
一首诗都以一名家人起笔。诗系首尾读来故而恍如自传一般，详
写个人与家庭曲折的悲剧，而家亡正是国破的缘故。特别值得注
意的是各诗的气氛，其中固然不乏心焦忧虑，但首首都有新的氛
围。"忠义"乃不断出现的主题，文诗故此以苦难与隐忍为结构主
体。读罢诗系，我们觉得历尽万劫的诗人英雄似乎有所体悟：他
终于了解天道不彰，天理未必就是公理。但是，既以忠烈自居，
就应坦然接受冤屈磨折。他不惜牺牲，鞠躬尽瘁，死而后已。《六
歌》最后一首尤可表明心迹：

我生我生何不辰

孤根不识桃李春

天寒日短重愁人

北风随我铁马尘　　　　4

初怜骨肉钟奇祸

而今骨肉相怜我

汝在北兮婴我怀

我死谁当收我骸　　　　8

人生百年何丑好

黄粱得丧俱草草

唯有英雄豪杰才能在死神叩门时"出门一笑"，也唯有在个人苦难已经转化为高贵情操时才能狂傲若此。职是之故，我们在文天祥的诗里感受到的实为"一痛苦的巨灵"（a consciousness of greatness in pain）[1]。

陈子龙博学强识，当然熟悉文天祥的《六歌》。事实上，卧子曾盛赞文山诗余英迈，"气冲牛斗"[2]。此外，像文天祥一样[3]，陈子龙极其佩服杜甫，一直想要重振盛唐诗风，豪气干云。在一个"价值标准难免为往圣所宰制"的传统里[4]，诗人的内在经验尤与过往的诗宗有关。我相信陈子龙所作所为，正是在结合杜甫的修辞艺术与文天祥的丹心英气。其结果是全新的高雅风格，形式控驭得当，悲剧灵视更保尊严。不过，陈诗和前贤的两组诗系也有扞格之处。前贤多强调俚俗况味，破题的套式若非"我妻我妻"，便是"我妹我妹"等等的叠词。至于陈子龙：他故意把诗写得细致古朴，含容在一片典雅的意趣里。这些诗宛如七律，跌宕在凄厉的现实与抒情的灵视之间。杜甫和文天祥都以家人为悬念所在，陈子龙的

---

① 我借用的是 A. C. Bradley, *Shakespearean Tragedy*, 231 里的话。

② 见《历代诗余》，《丛编》册 2，1258；缪钺、叶嘉莹《灵溪词说》（上海：上海古籍出版社，1986），第 517 页。

③ 文天祥在狱中待决之时，曾集杜甫诗句而成 218 首诗。他把这组诗题为《集杜诗》，并在《自序》中谓："子美于吾隔数百年，而其言语为吾用，非性情同哉！"见《文天祥全集》卷 16，第 397 页。

④ F. W. Mote, "The Arts and the 'Theorizing Mode' of the Civilization", in Murck, *Artists and Traditions*, 6.

诗却不以个己和妻小的安危为意。他更挂心的是当代国殇的典型，尤其是生死的两难或就义的问题。更不寻常的是，他深以不能及时为国捐躯为憾，自感可耻，忐忑不安。这种英雄感，是他有别于文天祥之处。他在前人的基础上重写《七首》，但整个过程却反映出他的诗论菁华：明代以前，诗体多已发展完备，因此，明诗磅礴的诗境绝非存在于形式的原创性，而是存在于个人独创的深层诗意与高妙的修辞里①。

陈子龙的忠国诗作笔法和情词冰炭不合，意味着他想以"诗"写君国之思，以"词"写儿女情长。我们在他的"诗"里感受到一股强烈的坚持、一股坦然与一股视死如归的气概。尽管如此，陈诗特具的高雅气质并未牺牲。清初诗人王士禛以"沉雄瑰丽"形容卧子诗作，并认为17世纪诗人无出其右："'陈诗'沉雄瑰丽，近代作者未见其比，殆冠古之才，一时瑜亮，独有梅村耳。"②

晚明之际，公安、竟陵势力强大③。但诗家所谓"前七子"与"后七子"雄风未曾消颓，反见重振之迹，陈子龙居功大焉。他鼓吹复古诗风，高唱救亡哀音。身为几社首脑，云间表率，陈子龙

---

① 《安雅堂》上册，147。

② 王士禛《香祖笔记》，上海：上海古籍出版社，1982，卷2，第23页。

③ 有关公安派横扫明末的论述，见 Ming-Shui Hung, "Yuan Hung-tao and the Late Ming Literary and Intellectual Movement", Ph. D. diss., Univ. of Wisconsin, 1974 ; Jonathan Chaves, "The Expression of Self in the Kung-an School: Non-Romantic Individualism ", Robert E. Hegel and Richard C. Hessney, eds., *Expressions of Self in Chinese Literature*, 123-150 ; Chih-p'ing Chou, *Yuan Hung-tao and the Kung-an School* (Cambridge: Cambridge Univ. Press, 1988)。有关陈子龙对竟陵派的批评，参见王恺，《关于钟、谭诗归的得失及其评价》，《社会科学》（甘肃）1986年第4期，第58页。我应当指出：陈子龙之见虽与竟陵派大相径庭，他还是把此派宗匠收入他编的《盛明诗选》之中，见该书（序写于1631年，出版地不详）卷8。陈氏的《盛明诗选》实乃据李攀龙（公元1514—1570年）原编增订而成。

认为只有"复古"一途方能解救晚明文学于将倾。欲求"真正的诗",他坚信唯"归本还原"而已。本书第三章论晚明文艺复兴,我已经指出几社的"几"字本意乃"种子"。就陈子龙的诗论而言,此"意"尤见恳切。古典的沃土乃文学契机,盛唐诸子亦诗学典型。取法乎上,见贤思齐,种子的萌动发越,此非其时?

结语

　　清初政治书检猖炽，陈子龙的诗竟因此而不能发挥广泛的影响力。但 250 年后，就在清朝崩解的前夕，中国诗人却开始以陈子龙为师，临摹所作。1909 年，以反清为职志的文士组织南社创立，其规模即仿效自晚明的复社。南社的开山人物之一柳亚子（1887—1958），对陈子龙及互有渊源的夏完淳佩服有加。他有两句诗道：

　　　　平生私淑云间派
　　　　除却湘真便玉樊 [①]

　　夏完淳乃陈氏至交夏允彝之子。20 世纪的反清诗人仍踏着陈氏一脉的血迹前进，希望能够消弭时代的乱象，重新定位自己的

[①] 柳亚子《磨剑室诗词集》，上海：上海人民出版社，1985 年版，上册，第 82 页。"湘真"和"玉樊"乃陈子龙与夏完淳各自诗词集的书名。

生命灵视 ①。对他们而言，陈子龙乃诗人典型，呼之欲出。他生逢鼎革之际，但不忘家国危难，以艺术奋起于乱世之中。

可惜的是，直至晚近，批评家若非全盘忽视卧子情词，就是以政治托喻诠解之。18 世纪以后，清代文人对词艺的态度有所转变，陈词遭受忽视或误解的情况大有改观。当然，清初的诗人或儒者对"情"的看法一致，都将之理想化为浪漫艳情，而且深信这是豪杰英烈必备的条件。然而，清朝中叶以后，多少由于理学抬头，诗中所反映的"情"与"女人"观便沾染上儒教气息，以道德为指归，和国初思想大不相同 ②。歌伎予人的观感，随即因此不变。17 世纪的才女型歌伎纵情诗词，其地位即使不如出身官宦的诗苑英雄，至少也相去不远 ③。惜乎 18 世纪世风周转，歌伎实则无缘插足文坛，更罕见有机会刊刻诗词（就算有此等情事发生，也少见

---

① 当然，"忠"字到了清末意义顿变。此时的"忠"不再是种族对立的符号，而是指个人与所事王朝之间的紧密关系。例如，身兼学者与诗人的近人王国维，就自命清室遗民。他在 1927 年投水自杀，有人认为与他忠于清室有关，但真相仍然扑朔迷离。有关王国维"遗民"形象的讨论，请见 Joey Bonner, *Wang Kuo-wei: An Intellectual Biography* (Cambridge: Harvard Univ. Press, 1986)，144-156。

② 姚品文曾详论其时儒门正统对女诗人或词人的大影响，见其《清代妇女诗歌的繁荣与理学的关系》，《江西师范大学学报》1985 年第 1 期，第 53—58 页。冉玫烁（Mary Backus Rankin）观察道："17 世纪（清）政府势力确定之后，正统的标准就逐步拉紧"，虽然"此时妇女受教育的机会并未裁缩"。见 Rankin 著，"The Emergence of Women at the End of the Ch'ing: The Case of Ch'iu Chin", *Women in Chinese Society*, edited by Margery Wolf and Roxane Witke(Stanford: Stanford Univ. Press, 1975)，41。罗溥洛（Paul Ropp）倒提出一个颇能服人的答辩，认为妇女的诗才文名在帝制后期逐渐茁壮，有凌驾男子之上的趋势。"男性的焦虑"（male anxiety）于焉抬头，为谋求因应，清代妇女遂逐渐受到压抑。见罗溥洛，"Aspiration of Literate Women in Late Imperial China"（manuscript, 1990)，42。

③ 清代女诗人词人的要作，大都收录在一部重要选集里：《国朝闺秀正始集》（1831 年刊本）。这本书的编者完颜恽珠在其序文里谓：但因道德故，她不得不拒采歌伎之作。另见姚品文前揭文，第 57 页。

收藏，更乏敬意）。职是之故，乾嘉以来的扫眉诗才都出身"书香官宦"，几无例外①。柳如是以后的金粉红袖，倘身世迷离，托身寒微，则绝难在文坛出人头地。因此，尽管乾隆最后为卧子平反，并以诗国英烈追谥其人，却仍无济于提升柳如是的地位。盖时移代迁，前朝凤凰未必能在后世再展华翼。清儒与诗话家、词话家一再视卧子为儒门英雄，但在时风易位的情况下，却也刻意打压他和"名伎"柳如是的一段情缘。这也就是说：陈、柳互赠的诗词不是受到存而不论的命运，就是予以单方面否定，乃至抹杀了卧子情词的真正价值。

然而，陈氏情词虽然频遭误诠瞎解，这些词到底还是历劫传下。前人认为不值得一读的敝屣，或是仅就字义求取皮相之解的作品，如今却视如珍宝，供人再三咀嚼，求取深意。陈子龙的诗词皆有其独特的创作背景，我们倘能进一步求全认识，必能丰富阅读经验，甚至在文际典涉中优游徜徉。

---

① 举例言之，像金逸与汪端这两位女诗人便出身书香名门、官宦世家，参见钟慧玲《清代女诗人研究》（台湾政治大学博士论文，1981），第316—337页，及363—389页。此刻时人再度视歌伎为卖解优伶，故采用"闺秀诗人"一词与之区别。像金逸与汪端一类的名门才女，便是"闺秀诗人"。

【附录一】柳如是《梦江南怀人》二十首 [1]

其一：

人去也

人去凤城西 [2]

细雨湿将红袖意

新芜深与翠眉低

蝴蝶最迷离 [3]

---

[1] 《柳如是别传》上册，第 255—265 页。

[2] "凤城"，很可能指陈子龙的故乡"松江"，见《柳如是别传》上册，256。

[3] 此句出自庄周梦蝶的名典："昔者庄周梦为蝴蝶，栩栩然蝴蝶也，自喻适志与！不知周也。俄然觉，则蘧蘧然周也。不知周之梦为蝴蝶与，蝴蝶之梦为周与？"见黄锦铉注译，《新译庄子读本》（台北：三民书局，1974），第 67 页。英译见 Burton Watson, trans., *The Complete Works of Chuang Tzu*（New York: Columbia Univ. Press, 1968），49。

其二：

　　人去也

　　人去鹭鹚洲

　　菡萏结为翡翠恨

　　柳丝飞上钿筝愁

　　罗幕早惊秋

其三：

　　人去也

　　人去画楼中

　　不是尾涎人散漫

　　何须红粉玉玲珑

　　端有夜来风①

其四：

　　人去也

　　人去小池台

　　道是情多还不是

　　若为恨少却教猜

---

① 这首词典出李商隐的情诗《无题》："昨夜星辰昨夜风，画楼西畔桂堂东……"［唐］李
商隐著，［清］冯浩笺注《玉溪生诗集笺注》（台北：里仁书局，1981 年重印），第 133
页。英译见 A. C. Graham, *Poems of the Late T'ang*（1965; rpt. New York: Penguin Books,
1981），148。

一望损莓苔

其五：

人去也

人去绿窗纱

赢得病愁输燕子

禁怜模样隔天涯

好处暗相遮

其六：

人去也

人去玉笙寒 ①

凤子啄残红豆小

雉媒骄拥褰香看 ②

杏子是春衫

其七：

人去也

---

① 此句典出李璟的词句："小楼吹彻玉笙寒。"见《汇编》册1，第220页。柳如是于此引用"小楼"一典影射她和卧子在南园的"南楼"。
② 这句词里的"雉"乃香炉上的雕案。

人去碧梧阴

未信赚人肠断曲

却疑误我字同心

幽怨不须寻

其八：

人去也

人去小棠梨

强起落花还瑟瑟

别时红泪有些些

门外柳相依

其九：

人去也

人去梦偏多

忆昔见时多不语

而今偷悔更生疏

梦里自欢娱

其十：

人去也

人去夜偏长

宝带怎温青骢意①

罗衣轻试玉光凉

薇帐一条香

其十一：

人何在

人在蓼花汀

炉鸭自沉香雾煖

春山争绕画屏深

金雀敛啼痕

其十二：

人何在

人在小中亭

想得起来匀面后

知他和笑是无情

遮莫向谁生

---

① 所谓的"宝带"极可能是卧子所赠。"青骢"象征男性爱侣，于此隐喻陈子龙。另参
［宋］郭茂倩纂，中华书局编委会编《乐府诗集》（北京：中华书局，1979）册3，卷
49，第711页之《青骢白马》一诗。

其十三：

　　人何在

　　人在月明中

　　半夜夺他金扼臂

　　嬾人还复看芙蓉

　　心事好朦胧

其十四：

　　人何在

　　人在木兰舟

　　总见客时常独语

　　更无知处在梳头

　　碧丽怨风流

其十五：

　　人何在

　　人在绮筵时

　　香臂欲抬何处堕

　　片言吹去若为思

　　况是口微脂

其十六：

人何在

人在石秋棠

好是捉人狂耍事

几回贪却不须长

多少又斜阳

其十七：

人何在

人在雨烟湖

篙水月明春腻滑

舵楼风满睡香多

杨柳落微波

其十八：

人何在

人在玉阶行

不是情痴还欲住

未曾怜处却多心

应是怕情深

其十九：

人何在

人在画眉帘

鹦鹉梦回青獭尾

篆烟轻压绿螺尖

红玉自纤纤

其二十：

人何在

人在枕函边

只有被头无限泪

一时偷拭又须牵

好否要他怜

【附录二】明清女诗人选集及其采辑策略

马耀民　译

　　没有任何国家比明清时代的中国出版更多的女诗人选集或专集。自 17 世纪（即明末清初）开始，此类诗集的出版激增，此现象大致上可归因于女性识字率的戏剧性上升，以及印刷术的广为流传。明清之际，女性诗人之选集和专集合共超过 3000 种之多，着实吓人①。此一现象，若比诸明末以前的情况，则更令人印象深刻，因为很少有这时期以前的女诗人专集留存下来。

　　为何突然地自明末开始有如此多女诗人的选集和专集出现呢？首要原因，是此时的学者诗人，不管是男性或女性，才开始察觉到女诗人的作品，不管质量如何，皆很少留存下来。因此，很多学者及诗人便当起选集及专集的编辑者，并把自己搜集女诗人作品的努力，比诸孔子的编纂《诗经》；而这些新的编辑者也很聪明地提醒他们的读者有很多学者皆认为《诗经》中有大部分的歌谣是妇女所作。《诗女史》（出版于嘉靖年间，1522—1566）的编者田

---

① 见胡文楷《历代妇女著作考》（1957；修订版，上海：上海古籍出版社，1985）。并见张宏生增订《历代妇女著作考》（上海：上海古籍出版社，2008）。

艺蘅大概是明代首位强调传播女性作家作品的男性学者[①]。他认为自古以来，有不少女诗人的文学成就可媲美男诗人；但是正如他在前言中所说，那是因为缺乏"采观"，致使女性的名字在文学史上黯然失色（胡文楷，第876页）。同样，女诗人沈宜修（1590—1635）——才女叶小鸾（1616—1632）之母——为了弥补这一缺陷，肩负了传播女诗人之作品及名声之责任。她强调采辑"当代"作品的重要性，认为她编的选集《伊人思》（于编者死后次年出版）与传统"沿古"之法大异其趣[②]。不论他们的方法如何，很明显这些学者诗人之所以编辑选集乃是为了要肩负保存文学遗产的使命。

但很可惜，直到晚近，研究中国文学之学者，不论男性女性，皆忽略了明清时代出版数目众多的女诗人选集和专集，使很多宝贵作品因而散失。结果，各家的中国文学史皆一致地对明清时代女性作家的文学地位做出误导的描述。罗伯逊（Maureen Robertson）就曾注意到，"刘大杰在其所撰1355页，含括了2500年的中国文学史中，只提及5位女性作家，其中竟没有一位是出自宋代以后"[③]。

这使我们面对一个有趣的问题：为何现代的学者忽略了大量现存的、可以修正我们对女性文学甚至整个中国文学的看法的女

---

① 北京图书馆藏有《诗女史》之原版。芝加哥大学则有拷贝自原版的微卷。值得一提的是，宋代诗人欧阳修早已有类似的见解。为谢希孟的诗集作序时，欧阳修曾写道："昔卫庄姜许穆夫人录于仲尼，而列之国风，今有杰然巨人能轻重时人，而取信后世者，一为希孟重之，其不泯没矣。"（胡文楷，第66页）然而，这种见解要到晚明才较为普遍。

② 见沈宜修为《伊人思》所作之序，第1页。收录于叶绍袁《午梦堂全集》（1636；标点版，上海：上海杂志公司，1936）册2。

③ Maureen Robertson, "Voicing the Feminine: Constructions of the Gendered Subject in Lyric Poetry by Women of Medieval and Late Imperial China", *Late Imperial China*, 13.1（1992）: 64.

诗人选集及专集？过去我对明清女诗人的研究，激发了我去思考这问题的含义，使我在一大批曾逐步形成我研究架构的选集和专辑中找寻更多资料。在这篇文章中，我希望与读者分享我对应用这些有关明清女诗人的资料时的想法及经验；而我相信这些想法及经验，与我们研究中国文学有十分密切的关系。

首先，我过去无法找到适当的诗歌及其他原始资料的主要原因是我观念上及方法上的盲点，而非作品本身是否可被寻获。长久以来，我基本上一直使用朱彝尊的《明诗综》（1701）、沈德潜的《明诗别裁集》（1739）和《清诗别裁集》（1760）、张应昌的《清诗铎》（1869）和丁绍仪的《清词综补》（1894）及徐世昌的《清诗汇》（1929）等选集，而这些选集刚巧也有现代的重印版。这些选集的确是重要的资料，因为它们都是第一流的选集，目的是要保存编者所认为的当代"最佳作品"。但这些"标准"选集的问题是，虽然它们一般说来包含了为数颇多的女诗人，但往往吝于选材，每位诗人只有两三首诗入选。此外，这些选集公然地把女性安置于选集末端的边缘地带，与僧侣的作品并排——这种做法在五代时的韦庄（836—910）所编的《又玄集》中已开先河①。如此的编辑策略——反映出现代学者施蛰存所认为的"文学退化论"②——建构出明清时代文学界中妇女地位的错误形象。实际上，明清时代的女诗人数目之多，不仅是史无前例，而且有学问的妇女事实上亦与男性分庭抗礼。她们不是依附于男性领域，或仅为女性领域的居民；反之，她们往往完全参与了文化与社会大环境下的文

---

① 施蛰存《唐诗百话》，上海：上海古籍出版社，1987 年版，第 769 页。
② 同①，第 775 页。

学传统及表现手法。

　　我花了颇长一段时间，才了解到有关明清女诗人的资料，是来自那些光是收录女诗人作品的选集。而很反讽地，那是透过阅读及使用这些被隔离的——即被隔离于男性作家之外的——选集，我们才能看到"总体历史"以及真正体会到男性和女性的文学活动的密切关联及相互依存。因为明清女诗人出版诗集之多，是传统形式（即同时收录男性及女性诗人作品）的选集所难以适当及完整处理的（例如1773年出版陆昶《历朝名媛诗词》的出版者"以作者甚伙，唯恐有挂一漏万之憾"，必须全数删除明清女诗人之作品）①。既然女性诗人在传统选集中之代表性不足，而一向对女性诗作的保存也欠妥善的安排，许多明清时代具前瞻性的女士及其男性朋友或赞助人就为选集设法寻求新的选诗策略。明清时代女性的作品有足够的多元性——类似男性作品中的变化多端，使得独立选集的编撰有其必要。因此，我颇不同意罗伯逊的看法，她认为女诗人选集的现象源自"活动范围区隔的传统律则"，是"女性被排斥于所有思想及文学活动的制度化"②。我并非在试图否认沈德潜等人所编的传统选集中存有以男性为主的选诗原则；我的目的只是要把这时期的选集中新的、"女性的"角度的重要性突显出来。而此一新的角度提供了一种使女诗人得以茁壮成长的保存机制。套用高音颐（Dorothy Ko）的话③，就是我们需要以"双焦点"来研究明清时代，分别考虑到以男性或女性为导向的材料。

①　红树楼《凡例》，陆昶《历朝名媛诗词》（1773），第2页。
②　Robertson, "Voicing the Feminine", 64.
③　Dorothy Yin-yee Ko, "Towarda Social History of Women in Seventeenth Century China"（Ph. D diss., Stanford Univ.），1989, 2.

的确，当我着手研究不少女诗人选集和专集后，我发觉情况令人十分满意。我所获得的诗集以及其他资料的惊人数量，使我开始问自己为何一直埋怨缺乏有关女诗人的材料。诚然如高音颐所说："材料是有的，如果我们在正确的地方入手。"[1]

对我来说，所谓"在正确的地方"，是一个有关明清时代的男性和女性如何"合力"重新评价及提倡女性书写的故事。的确，大部分早期的女诗人作品选集背后的编辑智囊，皆为男性学者而非女诗人本身。这些编辑重复地将他们的选集与《诗经》联系在一起，企图把女性作品"典律化"。但有时候，《离骚》也很荣幸成为经典，成为女诗人选集比较的对象。最适当的例子是 1618 年出版的《女骚》，明显地它是因《离骚》而得名。在《女骚》的序文中，赵时用说明该选集的本意是要确保女性诗作"与典谟训诰并垂不朽"（胡文楷，第 885 页）。更有趣的是，明清学者对其选集的命名，也表现出对女性的尊重——"女中才子""诗媛""女诗""名家"等是标题中常有的字眼。

很多女性受到开明的男性文人的鼓舞，也开始编纂选集，并在选集中自信地明示其选诗原则。我们可以说，如此女性诗作便有了一套"语境诗学"（contextual poetics）[2]，选集也借此成为提倡及评价女性作品的重要工作。最重要的是，如同魏爱莲（Ellen

---

[1] Dorothy Yin-yee Ko, "Towarda Social History of Women in Seventeenth Century China"（Ph. D diss., Stanford Univ.），1989, 2.

[2] "语境诗学"一词为 Neil Fraistat 所创。请参看他所编诗集第 3—17 页对诗集的简介。该诗集名称为 *Poems in Their Place: The Intertextuality and Order of Poctic Collections*（Chapel Hill: The U of North Carolina P, 1986）。此词转引自 Pauline Yu, "Poems in Their Place: Collections and Canons in Early Chinese Literature", *Harvard Journal of Asiatic Studies*50. 1（1990）: 195。

Widmer）所说，很多史料已证实"当时的女诗人十分渴望被选入女诗人作品集中"①。对她们来说，选集显然是具有选择性的典律，它提供了"楷模、理想及灵感"②。而透过选集及专集，女诗人们希望被后人认识。

基本选集简介

以下，我将为明清时代的女性选集提供一个基本的概述。我希望它能为那些男性或女性选集编纂者的特殊选择策略提供说明。我在选列这些选集时，主要是以个人的经验与判断来决定何者为重要，而何者为次要。我不敢断言以下所列的选集乃深具权威，但我相信它将能在明清女性诗作及其文学地位的研究上提供一种"文化知识"。

（一）《名媛诗归》（约1626年后），36卷，钟惺选辑

此选集对研究古代至晚明的妇女诗极为重要，它提供了诗人的传记资料，以及对每首诗的短评。它所选的作品来自各阶层妇女，包括名媛、伎女、道姑、画家、女性官员，及用汉文创作的朝鲜女子等，并广泛收录了明朝作家之作品（自二十五至三十六卷）。此选集一直被认为完成于万历年间（1573—1620），因为编者钟惺（1574—1624）生活在那段期间。但此选集包括了薄少君的

---

① Ellen Widmer, "The Epistolary World of Female Talent in Seventeen-Centuty China", *Late Imperial China* 10. 2（1989）: 22.

② Wendell V. Harris, "Canonicity", *PMLA* 106. 1（1991）: 111.

诗；由于薄少君死于 1625 年，而她的作品一直到 1626 年才出版，所以我相信钟惺的选集必出版于 1626 年以后[1]。

有些清朝学者——其中以王士禛（1634—1711）为主——十分怀疑钟惺事实上并非此选集的编者[2]。但他们所持的"证据"却十分薄弱，因为他们认为在此选集中包含了一些作者身份不明的作品。这些学者据此下结论认为这个选集必定是由一些外行的、不懂学术的书商所拼凑而成。事实上，纪昀在其《四库全书总目题要》中也使用同样的论调来怀疑田艺蘅是否为《诗女史》的编者（该作品比《名媛诗归》几乎早 100 年出版）[3]。诚如纪昀所述，明代选集编者的选择策略，与清朝的编者相比，似乎较为宽松[4]。但是，在女性作品选集之传统的萌芽时期，这种编辑上的不精确是可以完全被理解的。不管钟惺是否为《名媛诗归》的真正编者，我们最好谨记《名媛诗归》乃是一本深具雄心且极为重要的选集。此书与同时期所出版的诗歌专集相比，提供了更多的原始资料。

最重要的是，钟惺为《名媛诗归》所撰写的序言乃是晚明时代男性学者对女性作品之评价的最佳范例。钟惺凭着一种女性的"清"来建立他的论点，认为一首理想的诗必须出自这种"清"的特质，而这种特质乃是女人与生俱来的。由于"清"是一种女性的特质，他更进一步指出，女性的诗正好可为当时男性诗作中"巧"的问题提供矫正之道。这套认为女性诗作具有矫正功能的说法无疑鼓励了更多女性选择诗歌创作为其职业。

---

[1] 我要特别感谢林顺夫教授对这一论点的启示。
[2] 《四库全书总目提要》，台北：商务印书馆，1971 年重印，共 5 册，卷 193，总第 4301 页。
[3] 同[2]，卷 192，总第 4287 页。
[4] 同[2]，卷 193，总第 4318 页。

（二）《古今女史》（1628），赵世杰编；现代重印本分两集：《历代女子诗集》八卷，及《历代女子文集》十二卷（上海：扫叶山房，1928）

钟惺的选集主要以明朝作品为主，而《古今女史》则以明朝之前的女性诗作为主（它仅选录少数明朝主要诗人的作品，例如陆卿子、徐媛和端淑卿）。赵世杰在序言中花了很多篇幅说明选集的保存资料功能，因为显然他了解到作品流传的过程中一些无法掌握的状况：

> 或者七国日寻干戈，无暇及于篇什，而樊姬郑袖，颇饶机智言语，韩娥一歌，能留哀怨于逆旅。是亦其诗文而不概见于世，夫宁佚于兵、烬于秦火而不存。

因此，赵世杰认为孔子是他保存及编辑女性诗作这份任务的先行者：

> 孔子于诸国之风，而谓可以兴，可以群，可以观，可以怨。采撷有韵之言，不废江汉游女，谁谓三百篇雅什，必尽出于端人正士？

赵世杰这篇序言证明了"《诗经》中许多作品的说话人显然是女性"这种说法并非如一般人所认为是袁枚首先提出 [1]。而赵世杰

---

[1] Arthur Waley, *Yuan Mei: Eighteenth Century Chinese Poet*（1957; rpt. Stanford: Stanford UP, 1970），179.

乃是众多晚清学者中唯一试图使用这个论调来将女性的诗歌作品转化为文学典律的人。当然，这样的宣称对现代学者而言问题重重，因为它似乎把作者生平与作者的"代言"两种截然不同的概念混为一谈。但这个策略不仅对当时的编者与读者深具说服力，同时也深深影响后来的女性作品专集。

（三）《列朝诗集·闰集》第四卷，柳如是与钱谦益合编。收录于《列朝诗集》中，钱谦益编，完成于1649年，印于1652年（？）

众所周知，《列朝诗集》（为一本涵盖范围最广的明朝诗选集，篇末附有2000条作者生平概述）的编辑者是诗人兼藏书家钱谦益。但很少人知道该选集中的《闰集》第四卷有关女性诗人的部分很可能是由著名的歌伎柳如是（1618—1664）所编辑。胡文楷据《宫闰氏籍艺文考略》做研究后，发现柳如是不仅采辑诗歌，更负责提供一些对女诗人的评论文字（胡文楷，第433页）。虽然我无法证实胡文楷的说法，但根据我个人对柳如是在诗歌方面的品位的了解，胡文楷的理论极为合理（不过，我相信有关诗人的评论是柳如是和钱谦益合力而为的）。因此在本文中，我将假设柳如是是《列朝诗集》中女诗人部分的主要编者。

据说在1640年冬天，柳如是前往钱谦益的住处半野堂拜访他，当时钱氏已差不多60岁。而柳如是已是有名诗人，出版了《戊寅草》（1638）和《湖上草》（1639）两本专集[①]。二人互赠诗歌（后

[①] 《戊寅草》及《湖上草》现藏于杭州浙江省图书馆，已收入《柳如是诗文集》，谷辉之辑（北京：中华全国图书馆文献缩微复制中心，1996）。但从前为柳如是作传的著名学者陈寅恪并未寻获此二诗集。见黄裳《负暄录》（长沙：湖南人民出版社，1986），第167页。

收录于《东山酬和集》中），而钱氏对柳如是的才华与美貌极为倾慕，并于次年成婚。1643年，钱氏为柳如是兴建著名的绛云楼——那是他们合力编纂《列朝诗集》[1]及收藏珍贵图书的地方（但不幸的是，绛云楼及其藏书皆毁于1650年的一次大火中）。

身为编者，柳如是与众不同的地方是她十分了解采辑权力之大。以歌伎的身份在文学界争得一席之地的柳如是，自然汲汲于提高歌伎作品的地位。我在这本《情与忠》的书中已经提到，歌伎对17世纪初文学及艺术的发展举足轻重。此外，像周之标所编的《女中七才子兰咳集》也把歌伎王微列为诗集中的七才女之一，并花了两卷的篇幅来收录她的作品（胡文楷，第844页）。其他主要的选集或评论如钟惺的《明媛诗归》[参看简介（一）]及陈维崧的《妇女集》中，歌伎作品的地位十分突出，更不用说那些为数不少的歌伎作品选集如《秦淮四姬诗》;《秦淮四姬诗》一书肯定了南京秦淮区四位歌伎的文学地位（胡文楷，第844页）。值得一提的是，在《古今女史》[参看简介（二）]中赵世杰为突显唐代歌伎薛涛（约768—832）及鱼玄机（约844—868）的特点，选录了二诗人的大量作品。最重要的是，以上提到的选集中，歌伎与闺秀诗人所受的待遇相同，且放在同一类别中。

在《列朝诗集》中的女诗人部分，柳如是不仅把歌伎与闺秀诗人同归一类，更偏重于主要歌伎之作品。举例来说，她选了王微（约1600—1647）的诗作61首、景翩翩（活跃于16世纪末）

---

[1]　据可靠资料，《列朝诗集》的编选由1646年起至1649年完成。见上海古籍出版社出版委员之前言，收录于《列朝诗集小传》修订版（2册；上海：上海古籍出版社，1983）册1，第1页。

的诗作52首，而杨宛（活跃于17世纪初）的诗作则有19首。如此慷慨及具有代表性地采辑歌伎作品，的确是前所未有。虽然该诗集中亦选录了明代不少闺秀诗人的作品，但重要闺秀诗人如徐媛（活跃于1596年左右）的作品，则只有两首，使人感到惊讶。一般说来，在众多闺秀诗人中，柳如是似乎特别偏爱那些在作品中经营浪漫爱情主题的诗人。这种浪漫风格颇类似歌伎作品中的写作风格；在此种风格下，人生意义往往取决于男女关系。无论如何，柳如是这种慷慨采撷"浪漫"闺秀诗人像生平可疑的张红桥（活跃于14世纪，共12首）、叶小鸾（共14首）及董小玉（活跃于1544年左右，共17首）作品的作风似乎印证了我的推论。

　　身为一个评论家，柳如是在批评（或褒扬）个别诗人时，亦十分率直。她指控朝鲜诗人许景樊抄袭即是一例（胡文楷，第433页）[1]。柳如是在批评徐媛和陆卿子这两位"吴门（苏州）二大家"[2]时，采用"品"这种传统男性的批评方法。"品"是一种等级高下的排列，由六朝批评家钟嵘所提倡。在评价这两位苏州才女时，柳如是认为陆卿子高徐媛一等，她还认为陆卿子甚至比大部分男性文人高一等[3]。至于徐媛，虽然柳如是并未苟同桐城方夫人的评语，认为徐媛"好名而无学"，但柳如是仍相信这种严厉的批评或许有某种正当的理由[4]。这可能是柳如是选集中只选徐媛两首作品的原因。

　　柳如是对明朝的忠诚可见于其对王微的评论，而王微的作品

---

① 见 Widmer, "The Epistolary World", 20。
② 见《列朝诗集小传》册2，第752页。
③ 同②，第751页。
④ 同②。

在柳如是选集中占了最大篇幅，共 66 首。不同于钟惺在《名媛诗归》中只略微提及王微的生平（王微在 1620 年时年纪尚轻，钟惺的处理方式是很自然的），柳如是对王微的生平有详尽的记载——尤其是她对明朝忠心耿耿，屡次参与抗拒清人入侵。据我所知，柳如是是第一位指出王微于"乱后……居三年而卒"的人，而我认为"乱"该指明清的朝代交替①。因为有柳如是的发现，使我更相信王微的生卒年约为 1600 年至 1647 年。

柳如是的选诗标准当然是与钱谦益（1582—1664）在《列朝诗集》中的评注方法相互应和的。这可能是整本诗集在乾隆年间（1736—1796）被列为禁书的主要原因。虽然钱谦益于 1645 年向清朝投诚，但从他的评注中可使人感到他仍忠于明朝（我接受现代学者陈寅恪的看法，认为是柳如是使钱谦益真正忠诚于明朝，虽然他只参与了地下活动②）。无论如何，钱氏的《列朝诗集》被清代学者纪昀严厉指责为"颠倒是非，黑白混淆"③。据纪昀的说法，朱彝尊（1629—1709）之所以编纂《明诗综》，是"以纠其谬"④。不论纪昀的说法是否正确，朱彝尊在编《明诗综》时采取了与钱谦益（及柳如是）截然不同的策略，那是不争的事实。例如在处理女诗人时，朱氏清楚地把闺秀诗人及歌伎区别开来，前者列为"闺门"一类（卷 86），后者则毫不客气地被归类为"伎女"（卷98）。至于有关王微的传记资料，则与柳如是所述差异甚大，尤其是柳如是所提到王微的亲明活动，朱彝尊在《明诗综》中并未有所

---

① 见《列朝诗集小传》册 2，第 760 页。
② 陈寅恪《柳如是别传》（上海：上海古籍出版社，1980）册 3，第 827—1224 页。
③ 见《四库全书总目提要》卷 190，总第 4229 页。
④ 同③。

交代[①]。

从明代学术研究的角度来看，钱氏的《列朝诗集》及柳如是的《闰集》在 18 世纪时被禁，是极为可惜的。因为作品的被禁，使清代学者"误读"了很多明代诗人，其中包括了重要女诗人如王微。

除了《闰集》第四卷外，柳如是也编纂了《古今名媛诗词选》，收录自古代至明代女诗人的诗和词。该选集直到 1937 年才由中西书局据传抄本排印（胡文楷，第 434 页）。

（四）《诗媛八名家集》（序于 1655），邹漪选辑。刻本藏于北京中国科学院图书馆

从名称上看来，此诗选的类型十分罕有，它按以下的次序，收录了 8 位女诗人的作品：

1. 王端淑

2. 吴琪（诗人兼画家）

3. 吴绡（诗人兼画家，吴琪之妹）

4. 柳如是

5. 黄媛介（诗人兼画家）

6. 季娴

7. 吴山（诗人兼画家）

8. 卞梦珏（吴山之女儿）

---

① 见《明诗综》（重印本分 2 册；台北：世界书局，1989）卷 98，册 2，第 712 页。

像王士禄（著名诗人王士禛之兄）一般，邹漪是 17 世纪中叶众多"身为男性的女性主义者"之一，一生奉献于推广当代女性作品。但不像王士禄《然脂集》（序于 1658）的内容仿佛无所不包[①]，邹漪的选集较具选择性，着眼于详尽评价几位才华出众的女诗人。邹氏对 8 位女诗人及其作品的详细评论，提供了一个评价的参照架构。举例来说，柳如是作品的序文，便以"品"的批评方式来开始："予论次闺阁诸名家诗必以河东为首。"接着他更举例说明为何柳如是的作品比白居易（772—846）及其他古代男性诗人的作品更温柔、更美妙。

邹氏的选集后来增加篇幅成为《诗媛十名家集》，可能加入了顾文婉和浦映渌两诗人之作品（胡文楷，第 849 页）。北京图书馆现藏有残本，其中顾文婉和浦映渌之作品也已散佚。

（五）《名媛诗纬》（1664 年完成；1667 年付印），王端淑编。中国国家图书馆及台北"中央"图书馆均藏原刻本

就像柳如是一般，王端淑（1621—1706？）是 17 世纪最著名的女诗人兼学者之一。不同的是，柳如是出身微贱，而王端淑则出身于高尚的书香门第。她是著名学者王思任（1575—1646）之女，自幼便开始阅读各类经典。她是享受到同时代男性学者的尊重与友谊的女性文人之一[②]。那些自称为"盟弟"并联名支持她发

[①] 王士禄的《然脂集》未经刊印，只有传抄本；上海图书馆藏有手稿本，但缺十六至二十卷（胡文楷，第 906 页）。

[②] 举例来说，邹漪在《诗媛八名家集》中把她列为八名家之首（详见上文）；1661 年，戏剧家李渔请王端淑为其《比目鱼》一剧作序；请同时参看 Widmer, "The Epistolary World", 11。

表专集《吟红集》的男性朋友，其数量十分惊人①。而最重要的是，钱谦益也是为她的《名媛诗纬》作序的学者之一。此外，王端淑也编了一部规模与《名媛诗纬》相当的女作家文集《名媛文纬》，并也撰写了传记集《历代帝王后妃考》（胡文楷，第 248 页）。

与《列朝诗集》中柳如是所编的《闰集》第四卷相比，王端淑的《名媛诗纬》就其含括的范围看来，是较具野心的。选集有四十二卷，包括了 1000 位女诗人的作品。除了一些新近采辑到的前朝女性诗作外，选集中几乎所有诗人皆属于明清两代。整个编辑过程自 1639 年起至 1664 年，共花了 25 年。柳如是的选集具有选择性，而王端淑的《名媛诗纬》则涵盖极广。她甚至鼓励当时的诗人及读者提供更多的作品（见《凡例》，第 3 页）。的确，在王端淑身上，我们首次看到一位女性编者谨慎尽责地达成了保存作品的责任，把一本内容包罗丰富的诗选传给当代及后代读者。她相信女诗人作品的流传面临困难，是源自"内言不出"这种保守观念②。因此，她便负起责任保存女性作品以供后人欣赏，并确保自己不因为某些诗作不为人认识而感到内疚（第 3 页）。她的丈夫丁圣肇为选集所作之序文中把这层意思解释得很清楚："《名媛诗纬》何为而选也？余内子玉映不忍一代之闺秀佳咏，湮没烟草，起而为之，霞搜雾缉。"

《名媛诗纬》直接指涉或挑战了中国第一本经典《诗经》；编

---

① 日本内阁文库藏有《吟红集》原稿。据施蛰存所述，国内学者一直寻找《吟红集》未果（私人通信，1991 年 10 月 23 日）。我的影印本由 Ellen Widmer 提供。
② 《名媛诗纬》，第 3 页。有关章学诚"内言不出"之观念，请见 Susan Mann " 'Fuxue' (Women's Learning) by Zhang Xuecheng（1738-1801）: China's First History of Women's Culture", *Late Imperial China*, 13.1（June 1992）: 50。

者企图借此选集赋予女诗人典律的地位。关键字"纬"的字面义为"纬线"，与"经线"产生互补的作用。当她提出"不纬则不经"，实际上是要强调必须要有某种新的多元性，以新的、女性的角度去看或思考经典此一概念。在某一方面来说，透过此选集的编纂，王端淑重写了文学史；也正如钱谦益所说，她的选集"亦史亦经"①。

更值得注意的是，王端淑企图为上流社会的女诗人确立与歌伎截然不同的文学特质。就如我在本书中已经提到，在 17 世纪初，歌伎不论在现实生活中或文学想象中，已成为"才女"的典型。的确，"伎女即才女"此一流行形象，象征了文学及艺术的最终理想，结果使王端淑这一社会阶层的诗人常被人忽略。准此，王端淑把选集中的 1000 名女诗人，按照其社会地位的高下排列。闺秀被列入"正"类，而歌伎则列入"艳"类。柳如是、李因和王微是少数例外的诗人；虽然她们曾为歌伎，但后来与士人的婚姻关系使她们成为"闺秀"。因此，她们的作品被收在"正"类而非"艳"类。不过，很明显，王端淑对上述几位由歌伎变成闺秀的诗人仍怀有偏见，这可见于选集中柳如是只占 6 首②，而李因只占 3 首，与闺秀诗人徐媛的 28 首③、方维仪的 20 首及黄媛介的 16 首形成了强烈的对比。

最重要（且最有趣）的是，王端淑选了 63 首自己的作品，收

---

① 见钱谦益《名媛诗纬·前言》（1661 年作），第 3 页。
② 王端淑曾作一诗（《名媛诗纬》卷 42，第 2 页），内容有关柳如是通过钱谦益请王端淑为其作画。但这不排除王端淑心中仍有偏见或敌意的可能性，因为虽然邹漪把王端淑置于选集之首，却仍认为各名家诗中，必以柳如是"为首"。
③ 读者该记得柳如是的《历朝诗集·闰集》中徐媛只占二首。

录于篇末（卷42）之中。用今天的批评话语说，她显然以"协力滚木头"（logrolling）的方法，让自己进入典律之中。哈理斯（Wendell V.Harris）把这个方法定义为作家们因对文学或任何规范有某种共识，或透过她们的作品或影响力，而彼此"积极捧场"[①]。哈理斯认为，西方作家如华兹华斯（Wordsworth）、亚诺德（Arnold）、爱默生（Emerson）及朗费罗（Longfellow）皆以此方式使自己获得肯定[②]。

（六）《天下名家诗观初集》（序于1672年），邓汉仪编[③]。原稿藏于日本内阁文库

此选集只有第十二卷收录女诗人作品，但它是研究17世纪中叶江南一带诗歌的极重要材料。邓汉仪把女性诗人列入"名家"此一大类中，有其深刻意义。在阅读这些诗（及邓汉仪的评注）时，读者会感觉到邓氏对女诗人的评价并未考虑到她们的性别，或者我们可以说她们仿佛被视为男性诗人。她们的"名家"身份，是透过了邓氏所提供的详尽传记资料（其中记载了不少她们与其他男性或女性诗人间的趣闻轶事）而获得验证的。此外，这选集可方便读者追溯那些女诗人间的文学因缘。例如在商景兰及其女儿（及媳妇）一节中，我们发现所有作品皆为诗人兼画家黄媛介而写的赠别诗（卷22，第24—25页）。而在邓氏的评注中，我们可知李因极为仰慕柳如是，甚至（可能在柳如是死后）提供给邓氏有关柳如

---

① Harris, "Canonicity", 116.
② 同①。
③ 有关此选集的资料，请参看 Widmer, "The Epistolary World", 41.

是的一生事迹。

（七）《翠楼集》（1673），刘云份编，施蛰存标点（上海杂志公司，1936）

此选集分《初集》《二集》和《新集》三部分，选录了 200 位女诗人的 700 首作品。或许有鉴于当时女性作品选集大都集中采辑清代女诗人，刘云份宣称他的选集独选"有明三百年间"的女性诗作。他自称是被明代女性作品的数量（"几成瀚海"）所感动，而诗歌的优秀质量也使他"心动"①。由于他选的诗歌都是新发现的作品，未在别的选集出现过，使《翠楼集》成为研究明代女性诗作的重要材料。以下所列诗人的作品，尤具参考价值：王微（26 首）、陆卿子（23 首）、沈宜修（40 首）、叶小鸾（36 首）及许景樊（25首）。

刘云份宣称研究女性诗歌是其一生之"志"②，他显然奉献不少时间于发掘文学遗产，因为他的选集中选录了不少有趣的发现。宗元鼎为选集作序时，认为搜采早期女性作品往往面临两大难题：（1）未发表的作品难以寻获；（2）已发表之作品多已散佚，仅存书目。宗元鼎更称赞编者在此困难的情况下，仍用心编纂此选集。

《翠楼集》的另一特点，是名为"族里"的部分，强调了女诗人的出生地。对有心研究明代女诗人的地域分布情形的学者，此部分极为有用。

---

① 见施蛰存的标点版《翠楼集》（上海杂志公司，1936），第 1 页。
② 见宗元鼎之序文（胡文楷，第 903—904 页）。

（八）《众香词》（1690），徐树敏、钱岳编（上海：大东书局，1934 年重印）

《众香词》是三本主要女性词选其中的一本——另外两本分别是《林下词选》（1671）及《古今名媛百花诗余》（1685）。此三本选集皆出版于 17 世纪的下半叶。《众香词》采辑范围集中在明末清初的 400 余名女词人，它所涵盖的范围之大亦验证了女性在 17 世纪初年复兴"词"此一文类上所扮演的重要角色[①]。正如我在别的文章中提及，词这一文类在明末前 300 年，已开始被视为一种"濒临死亡的文类"。然而，歌伎柳如是却协助陈子龙去创立一个以复兴词为宗旨的云间词派。当时的男性与女性作家皆深受这个复兴运动之影响，而词亦突然成为女性作家的主要表达工具。在明末清初，女性词人数量之大，是前所未有的。

吴绮在《众香词》的序言中详述"女性特质"的概念，认为它是词的文类特征。吴绮认为女性具备女性特质，故能写出较好的词。吴绮的论点显然把生理上的女性与风格上的女性混淆了。但有趣的是，这套普遍流传于明清批评家之间的论调无形中鼓舞了许多女性以写词来作为争取文学地位的工具。

事实上，与《众香词》同时期的另外两本女性词人选集亦采用这套"女性特质"的理论为基本采辑原则。在为周铭编的《林下词选》（1647）[②]所作的序文中，名学者尤侗（1618—1704）宣称词乃

---

① 见拙作 "Liu Shih and Hsu Ts'an: Feminine or Feminist？"，*Voice of the Song Lyric in China*, ed. Pauline Yu（Berkeley: U of California P），169-187。

② 《林下词选》收录了自宋至清的女诗人作品。卷 6 至卷 13 收录明清作品。北京图书馆藏有一册。据施蛰存所说，他的藏书家朋友黄裳藏有二册。详见施蛰存（笔名舍之）《历代词选集叙录》，《词学》1986 年第 4 期，第 247 页。

根植于宋朝"温柔婉约"的女性风格，格外适合女性诗人。孙惠媛〔《古今名媛百花诗余》（1685）4 位女性编者之一〕也在其序言中指出她们的选集才是一本真正由女人所写，且具女性特质的选集，因此她们的选集比起充斥于《花间集》和《草堂诗余》中男性诗人创造出来的女性模式更具说服力（胡文楷，第 900 页）。此外，我还必须指出，《古今名媛百花诗余》之所以能成为一本独特的选集，不单因为它是由 4 位女诗人所编纂，也因为组织整个选集的象征结构。在选集中，913 位自 11 世纪至 17 世纪的女词人，乃依照四季的时序而排列。此种排列方式更加强调了"女性特质"乃诗词中的独特要素。在孙惠媛的序言中，春之暗喻尤为突出：

> 是知置集案头，闲评窗下，展卷香飞，风姨不妒，开签艳发，雨横仍鲜。上林春色，不假剪彩长荣；金谷柔条，岂待东皇始吐？斯真花史而女史，词韵而人韵者也。

（胡文楷，第 900 页）

根据胡文楷所述，《古今名媛百花诗余》独具精良的编辑与印刷，其所选的作品往往为《众香词》所未载（胡文楷，第 784 页）。可惜的是，我仍未有机会看到《古今名媛百花诗余》。

至于《众香词》，它与《古今名媛百花诗余》及《林下词选》二选集不同之处，在于诗人的编排方式。最值得注意的是它的六大部分乃根据古代儒者所需具备的六艺（礼、乐、射、御、书、数）而命名。虽然选集中六个部分的名称，与安排在各部分中的诗人似乎没有实际的关联，但这套来自儒家传统的设计却反映出编者的价值判断。此选集乃根据由上往下的社会地位来编排400余名女性作家，歌伎因此被安排在书末（第六部分）。然而，像柳如是、董白及顾媚等歌伎因后来嫁给一些著名学者或官员，因此被放在第五部分。这套组织编排的原则显然与王端淑的《名媛诗纬》相互呼应，虽然它较《名媛诗纬》更为僵化且复杂。

透过这种特殊的编排方法（或分类），《众香词》的编者便建立了某种诠释策略，协助他们去认可或评价某些名媛的作品。举例来说，我们在选集之首可找到被誉为"本朝第一大家"的徐灿（约1610—1677以后），因为她的词"极得北宋风格，绝无纤佻之习"（第1页）。同样地，徐灿的祖姑徐媛（众多曾被柳如是批评的诗人之一）也得到《众香词》编者们的极高评价："络纬诸阕犹诗之首雎鸠、卷耳也。"（序言，第一部）所以，借由引用《诗经》这部经典，编者们得以为自己重申一股道德力量，支持她们为女性争取在文学上的典律地位。这个策略亦在徐灿身上奏效：徐灿迄今仍被公认为明清最优秀的女词人[1]。

从任何角度来看，《众香词》似乎符合了17世纪下半叶的时代需求及词评家的品位。陈子龙和柳如是在17世纪30年代所倡导的那种深具"南唐风格"的浪漫词，到了这个时候，已经过时。而具有"宋朝风格"的词则取而代之，蔚为流行，此点可由徐灿在《众香词》中所享有的崇高地位得到验证。此文学品位的转变亦可在当时男性词人的选集中发现。举例来说，《清平词选》（1678）这本男性词人选集是由两位来自云间（即陈子龙的故乡松江）的学者所

---

[1] 举例来说，徐灿是唯一被选入龙沐勋编《近三百年名家词选》的女词人。《近三百年名家词选》（香港：中华书局，1979年重印），第24—26页。

编，他们试图倡导"南唐风格"的词。毫无疑问，这种做法是对陈维崧与朱彝尊所拥护且逐渐流行的"宋朝风格"词的一种反动①。十年后，著名的《瑶华集》（1687）中所选录的作品，几乎为"宋朝风格"的天下，因为它选了148首陈维崧的词及110首朱彝尊的词，而陈子龙的作品仅占了29首②。虽然《瑶华集》也含括了一些女性诗人的作品，例如徐灿（10首）与徐媛（5首），但却找不到一首柳如是的词。

因此，大体上《众香词》与《瑶华集》可视为一种对比——前者着重于女性诗人，而后者着重于男性诗人。不过，我们必须谨记，虽然他们的作品分别采录于不同选集中，但这些男性及女性诗人皆是同一文学环境下的产物。

（九）《随园女弟子诗选》（1796），袁枚编，标点版（上海：大达图书供应社，1934）

这是一本由袁枚的女弟子们所创作，而由袁枚所编纂的诗集。众所周知，袁枚是中国历史上第一位收授大群女弟子的诗人。但是，却很少人知道袁枚在70岁时才开始积极收授女弟子。袁枚在他80岁出版《随园女弟子诗选》时，已经收了28位女弟子。选集共计六卷。据目录所示，选集选录了每一位弟子的诗。但基于某种原因，今日所流传的版本中，其中9名女弟子——较著名的有屈秉筠、归懋仪及汪玉珍——的作品已遗失。席佩兰（袁枚之爱徒）的作品以及她应袁枚之要求为选集而写的祝贺诗，出现在选集

---

① 施蛰存（笔名舍之）《历代词选集叙录》，《词选》第四辑（1986），第247—248页。
② 见《瑶华集》（影印版），北京：中华书局，1982年版。

之首。

　　或许袁枚已预期到章学诚可能对自己的女弟子们提出批评，因此，他便请汪谷（出版者）为《随园女弟子诗选》作序 ①，以期能为女性诗歌创作与古代经典之间的密切关系做一番辩护。在序言中，汪谷完全仰仗袁枚对《易经》的诠释来提升女性诗人的地位。正如袁枚在其文章中所做的那样，汪谷在序言里提醒读者，根据《易经》，"兑"卦具有如下的象征意义："兑为少女，而圣人系之以朋友讲习。" ②同样地，"离"卦亦有其象征含义："离为中女，而圣人系之文明以丽乎正。" ③汪谷还在序言中重述当时一个十分普遍的论点，那就是"女性"所书写的作品（例如《葛覃》与《卷耳》）曾被置于《诗经》的开端。而我们也知道，汪谷这番论调乃是章学诚所极力反对的 ④。

　　为了提升女弟子们的地位，袁枚同时还建构了一套自己的诗论。此理论主要着重于"性灵"的概念，因为这个观念中存有一项基本假设，那便是当诗歌的灵感涌现时，不论男性或女性，皆能透过诗歌，发出真的声音。此套理论是袁枚的女弟子们所极为熟知的。

---

①　有关章学诚对袁枚及其女弟子的批评，见拙作 "Ming-Qing Women Poets and the Notions of 'Talent' and 'Morality'"，发表于 *Conference on Culture and State in Late Imperial China: The Cultural and Political Construction of Norms*, Univ. of California-Irvine, June 17-21, 1992, 1-8。

②　这是汪谷逐字抄录自袁枚为金逸所写之墓志铭《金纤纤女士墓志铭》（见袁枚《小仓山房文集》卷32，收入《随园三十八种》卷4，第8页）。

③　同②。

④　在《妇学》中，章学诚对此立场做了总结："不学之人，以《溱洧》诸诗为淫者自述，因谓古之孀妇，矢口成章，胜于后之文人；不知万无此理。"

（十）《国朝闺秀正始集》（1831），完颜恽珠编；《续集》（1863），妙莲保编

此乃一本极具雄心的选集。它所网罗的清代女诗人超过 1500名，作品超过 3000 首。完颜恽珠是一个嫁给满洲人的汉人。她采"温柔敦厚"的儒家特色作为选集的选录标准。"温柔敦厚"是一种讲求情感婉约、含蓄的典型特质，它一直在儒家的诠释传统中（特别是在《诗经》的诠释中）被称颂及赞扬。当然，"温柔敦厚"也是一套由沈德潜（1673—1769）在《清诗别裁集》（1760）中所秉持的选诗原则。而完颜恽珠曾承认她的选集乃是以《清诗别裁集》为模板（《例言》，第 5 页）。我在别的文章也曾提及，完颜恽珠的选集说明了清代中叶以后传统儒家学说如何影响女性文人[①]。

完颜恽珠的《国朝闺秀正始集》是探究清朝名媛闺秀诗作所不可或缺的选集。比起《清诗别裁集》，此选集的编采范围较具野心。而异于沈德潜的选集中仅选录已故诗人之作品，完颜恽珠广泛搜罗当代文人的作品。

（十一）《宫闺文选》（1843），周寿昌（1814—1884）编[②]

正如书名所指，《宫闺文选》是一本女性文选，它刻意参照并模仿萧统（501—531）的知名选集《文选》。像萧统一般，周寿昌依据各种不同的文类来组织其选集，例如赋、文、乐府、诗等。周寿昌的《宫闺文选》与萧统的《文选》类似，也是一本包罗极

[①] 详见拙作 "Ming-Qing Women Poets and the Notions of 'Talent' and 'Morality'"，第 37—39 页。

[②] 芝加哥大学图书馆及哈佛燕京图书馆均有原版（虽然哈佛所藏版本残缺）。承蒙罗溥洛（Paul Ropp）向笔者提及此选集。

广，且颇具代表性的选集。它选录了自古代至明朝末年的女性作品。卷 1 至卷 10 选录赋与文章，而卷 11 至卷 26 则选录乐府及不同体裁的诗歌。

然而，就某方面而言，《宫闺文选》也呼应着徐陵（507—583）的选集《玉台新咏》。《玉台新咏》是在萧纲的赞助下编纂的，它试图挑战《文选》的基本选辑策略。首先，周寿昌那篇采用华丽的骈文风格所书写而成的序言使我们联想到徐陵在《玉台新咏》中的序言。徐陵的序言主要描述他沉醉在编纂诗歌与阅读诗歌中的那份慵懒美感。《玉台新咏》搜罗许多女性的诗作，并以女性读者为诉求①，这些因素使得它成为明清女性选集的先驱（虽然后来的明清选集从未视女性为其唯一读者）。然而，《宫闺文选》与《玉台新咏》有一项迥异之处，那就是《玉台新咏》为一本"当代"的选集，它大部分收录在世的作者的"新"诗，而《宫闺文选》则不然。周寿昌刻意在选集中复"古"，因而剔除所有清代的作品，以明朝末年为其选集的"截止日期"。难道周寿昌是个拥明分子吗？或许他只是认为清朝以前已产生了最完美的女性作品，而想用清朝以前的女性文学来作为一种文学的楷模？我对这些问题没有直接的答案。但是，周寿昌这种刻意将一群歌伎的诗与闺秀的诗混杂在一起的做法，不得不令我们臆测他的开放作风或许是对完颜恽珠选集（早周寿昌的选集 12 年）中的正统儒家思想的一种反动。

（十二）《国朝闺阁诗抄》（1844），十册；《续编》（1874），二

---

① 见徐陵为《玉台新咏》所作之序，载《玉台新咏笺注》，吴兆宜、程琰注，穆克宏标点（北京：中华书局，1985）卷 1，第 11—13 页。

册，蔡殿齐编

18世纪末，编者与出版者开始对一些由个别诗人作品所组成的合集（合刻）产生兴趣。合刻是一种提升某特殊女性诗人团体（这些女诗人有共同的背景或类似的兴趣）地位的方便通道。举例来说，《袁氏三妹诗稿合刻》（1759）收录了袁枚3个才女姐妹（袁机、袁杼、袁棠）的诗歌作品。而《京江鲍氏三女史诗抄合刻》（1882）显然是受到《袁氏三妹诗稿合刻》之启发而出版的一本合刻。《京江鲍氏三女史诗抄合刻》是颇具传奇性的鲍氏三姐妹（鲍之兰、鲍之蕙、鲍之芬）的作品。有些合刻的编者主要以"地域"特质著称，张滋兰的《吴中十子诗抄》（1789）即是其中一例。该选集将吴中地区10位主要女诗人的诗歌作品组成合集①。然而，有些合刻是为了纪念某些深具美德的才女而编的，《吴江三节妇集》（1857）即是一例。此书收录了3名为了保卫自己的贞操而殉节的妇女作品②。还有一些合刻是为了替当代女性诗人与读者提供一套文学楷模而出版的。此类合刻中最有名的可能是《林下雅音集》（1854）。它是由一名博学的女学者冒俊（1828—1881）所编辑与注解的。本合刻乃以王采薇、汪端（1793—1838）、吴藻（约1800—1855）及庄盘珠4人来作为优秀的楷模诗人。如上所述，我们可发现大部分的合刻只是为了某种原因而仅选录少数的特定诗人，因此它们在规模上皆比较小。

然而，蔡殿齐的《国朝闺阁诗抄》（1844）却与传统的合刻大相径庭，因为它的规模十分大。正如"国朝"这个书名所指，此选

---

① 十子之名，详见胡文楷，第851页。
② 三节妇之名，详见胡文楷，第865页。

集仅含括清朝的女性作家。《国朝闺阁诗抄》选录了100名诗人的作品，倘若再加上出版于1874年的《续编》，便总共有120位诗人。如此的大规模编选无疑印证了编者对自己选集的看法——他认为此选集已穷尽并含括了清代所有最优秀的女诗人①。因此，蔡殿齐的合刻成为研究清代女性诗作最具参考价值的资料。

（十三）《小檀栾室汇刻百家闺秀词》（1896），十集；《闺秀词抄》（1906），十六卷，徐乃昌编

此选集（或更正确地说是合刻）汇编了100位词人的作品。很明显，此合刻是以蔡殿齐的《国朝闺阁诗抄》为蓝本的。徐乃昌的《小檀栾室汇刻百家闺秀词》与蔡殿齐的合刻一样，皆为一本着眼于清朝的选集，它仅含括4位晚明的作家（沈宜修、叶纨纨、叶小鸾及商景兰）。为本选集写序的是著名诗人兼学者王鹏运（1850—1904）②。王鹏运是晚清时代词的复兴运动的核心人物。徐乃昌的选集是透过王鹏运的序言来说明女性诗人如何积极参与词的复兴

① 见蔡殿齐为《国朝闺阁诗抄》所作序文，载胡文楷，第861页。
② 关于王鹏运生年，学界多认为在公元1849年，实际应该是1850年。说见林玫仪《王鹏运词集考述》注①："据王鹏运故居'皇清诰授通议大夫礼科给事中显考王公幼霞府君之墓'碑上所镌，王氏生于清宣宗道光二十九年己酉十一月十九日，卒于光绪三十年甲辰六月二十三日。按：道光二十九年为公元1849年，唯十一月十九日已是1850年1月1日，若以公元记其生年，当云1850年。若依本国习俗计其年岁，则为'五十六岁'（况周颐《礼科掌印给事中王鹏运传》云：'三十年春，以省墓道苏州，病卒，年五十六。'）唯以西方计算之法，王氏生于1850年1月1日，卒于1904年8月4日，在世54周岁7月有余。今依中国习惯，可定为56岁，但以公元记其生年，则非1850不可。"（《中国韵文学刊》第24卷第3期第26页，2010年9月）笔者按：林玫仪先生上引王鹏运墓碑在桂林城东半塘尾，此处系王鹏运祖茔所在，并非其"故居"。见王鹏运《梁苑集》中《浣溪沙》（画里家山苦未真）末尾作者自注："城东半塘尾邨，吾家先陇在焉。"（特别感谢李保阳博士提供这个注解的资料。——孙康宜2020年4月）

运动的。晚清的女性词人与当时男性一样，对于时事及以寓言指涉热门话题愈来愈感兴趣。这些因素皆使词成为一种高尚的诗歌形式。

为使自己的研究能跟上时代，徐乃昌与蔡殿齐一样，为自己的选集编纂续集。但是，蔡殿齐的《续编》（1874）仅是一本由20位诗人的已出版作品所构成的选集。而徐乃昌的续集《闺秀词抄》（1906）则是一本极具雄心且编排巧妙的选集。此续集搜集了521位诗人所写的1500首新近发现的词。最重要的是，《闺秀词抄》还提供了一个实用的索引，指出诗人们的出生地及其专集的名称。因此，这十六卷《闺秀词抄》成为研究晚清女性词作的一本不可或缺的参考资料。相较之下，丁绍仪著名的《清词综补》（约1894）虽然也涵盖许多女词人的作品，但似乎只给予读者烦琐的感觉。

其他相关的选集与资料

还有许多其他的女性资料也十分值得我们去探究，例如那些致力于诗歌批评的《闽川闺秀诗话》（1849）及《闺秀诗评》（1877）等。此外，最近在湖南所发现的"女书"，其重要性也不容忽视①。根据一些早期的研究，"女书"显示了长久以来女性口述传统的存在。此口述传统背后是由中国南方一个小地区的乡村妇女所独具的书写传统所支撑。"女书"中数目众多的民谣尤其特别

---

① 请见《女书：世界惟一的女性文字》（台北：妇女新知基金会，1991）。很可惜，清朝以前被书写下来的"女书"作品已大都失传，仅有少数留下来（虽然我们亦可推测女书中的众多民谣具有久远的口述传统）。乡村妇女习惯烧毁那些"女书"歌谣，因为她们认为如此一来，这些诗歌可在女人死后，被带到阴间。

值得我们注意，因为它们的风格与传统乐府或其他通俗歌谣甚为相似①。这些女性歌谣的存在恰可用来驳斥章学诚所认为的"古之孺妇"不可能"矢口成章"。但章学诚显然不知有"女书"的存在。撇开"女书"的使用所受到的时间与空间的限制，"女书"已为当时的女性传递了真正的"女性声音"。

最后，我们尚须注意一本由女诗人汪端所编的男性诗人选集《明三十家诗选》。在此选集中，我们可发现名媛、闺秀所受的教育是多么广博及完整，而丝毫不受限于所谓的女性传统。汪端的《明三十家诗选》（印于1822年，1873年重印）不单因为它是由一名女性所编而成为一本不寻常的选集，还因为它被许多人公认是明代诗歌的最佳选集。举例来说，根据《然脂余韵》所述，汪端的选集远比那些由钱谦益、朱彝尊及沈德潜所编的选集出色许多。汪端的选集尤以其对中国诗歌的卓越洞察力而著称。在选集中，汪端为所选的30名诗人分别做了一番极为丰富精湛的简介。她的凡例（即编辑原则）大异于传统那些只着眼于编者选择策略中的技术性层面的凡例。汪端的凡例读起来却像一篇上等的文学批评，因为它

---

① 参见 William Wei Chiang 的书，"We Two Know the Script: We Have Become Friends"，*Linguistic and Social Aspects of the Women's Script Literacy in Southern Hunan, China*（Lanham: University Press of America, 1995）。Chiang 认为民谣与民间故事这两种文类"特别值得我们注意，因为它们已经影响其他以'女书'书写的文类的格式与文学形式"（第197页）。乡村妇女聚集在一起做女红时经常吟唱一些以"女书"记录的歌谣及故事。根据 Chiang 的看法，虽然一些述及"女书"起源的传说，但是仍然没有资料显示"女书"是如何崛起的。那些关于"女书"起源的传说多少反映了"女书"的社会功能——"女书"允许女性发泄自己的哀伤与喜乐。举例来说，有一则传说讲述一位名为胡玉秀的宋朝女子发明了"女书"，其目的是想表达她在成为宋哲宗的妃子后，内心的孤单寂寞。我认为对我们比较重要的不是去探究"女书"的崛起时间，而是去思考，自古代开始（甚至在"女书"尚未被发明之前），女性在口述传统中，早已扮演积极的角色。

充分展现了汪端对明代诗歌300年历史的深入研究。汪端十分关注诗歌中"清"与"诚"的特质，因此她非常赞扬诗人高启（1336—1374）。汪端的公公陈文述（对拥明运动甚感兴趣）明显地对她影响极大，使她在选集中花了一整卷来收录明遗民诗人陈子龙与顾炎武（1613—1682，见卷7）。但正如美国汉学家魏爱莲曾经指出，陈文述及其同好（包括了不少女诗人）对拥明的兴趣，大半是源自其浪漫思想而非其政治关怀①。身为一位批评家，汪端对许多概念皆有所关怀，但她尤其关注原创性和诗学传统之关系，这可从她论及诗歌流变史与个人原创性的篇章中得到印证。事实上，汪端的文笔始终夹带一股自信与权威，而这股文风似乎继承了宋朝词人李清照（第一位以自信笔触评论男性诗人的女批评家）的风范。然而，在许多方面，汪端与李清照正好相反。李清照总不时地批评男性诗人，而汪端却致力于肯定许多原本籍籍无名的男性诗人的艺术成就。最重要的是，身为中国第一位编纂男性诗歌的女性编者，汪端展现了编纂选集如何能使个人批评事业更显实力与声望。她的目标显然不是要赞美诗歌中的"女性"传统；她似乎是想颠倒中国文学批评传统中的性别位置，以期抹除男性与女性间的界限——因为以往都是男性批评家在评论女性诗人，而非女性批评家在评论男性诗人。如此一来，对汪端而言，她的选集本身已提供了一套（尽管是间接地）提高女性文学地位的最佳策略。

正如余宝琳（Pauline Yu）所言："选集总是具隐喻性地及历史性地将诗歌作品放在它们应有的位置，并直接或间接地道出时代

---

① Ellen Widmer, "Xiaoqing's Literary Legacy and the Place of the Woman Writer in Late Imperial China", *Late Imperial China*13. 1（1992）: 111-156.

的价值观。"①明清时代的女性诗人选集展现了极为多样的采辑策略与标准，而这种多样性恰揭显了一种正在脱胎换骨且极为多元化的文学景象——而这种景象是别类文献难以提供的。事实上，施淑仪早已了解编辑选集的价值何在；她坦承在《清代闺阁诗人征略》一书中，她挑选诗人的重要依据，是考虑这些诗人是否曾被选入别的选集中②。不幸的是，研究中国文学史的现代学者至今往往不去利用明清为数众多的女性诗歌选集。他们的疏忽实在令人感到遗憾，因为这些重要的选集或许可用来建构一套强而有力的论点，以对抗现代的文学史所持的观念，认为女性大都被排除在文学界之外。

这个问题背后还存着另一个问题，那就是现代的学者与批评家不仅忽略了明清时期的女性诗人，同时亦忽略了此时期的男性诗人及其选集。正如我在别处曾经提到，这个问题的产生，是因为许多中国学者对历史演变持有僵化的概念。这套僵化的概念将唐朝定为诗的黄金时期，宋朝为词的黄金时期，元朝为曲和戏剧的黄金时期，而明朝与清朝则为通俗小说的黄金时期。事实上，这套带有偏见的划分严重扭曲了中国文学发展的真实本质。当明清时代的诗和词是以它们如何成功（或失败）地仿效唐宋前辈的作品来评价时，这些作品只会被认为缺乏独创性与创造力。但我们应该挣脱这套僵化的文学史观的束缚。套用布鲁姆（Harold Bloom）的话，"晚到"（belatedness）并不意味着独创性的丧失③。其实，继

---

① Pauline Yu, "Poems in Their Place", 196.
② 施淑仪《清代闺阁诗人征略》，1922 年，上海：上海书店，1987 年重印，第 5 页。
③ Harold Bloom, *A Map of Misreading*（New York: Oxford UP, 1975），63-80.

承传统及修正传统的策略本身便颇具独创性与创造力。我认为若要改善这套对明清作品所持的偏见，首应关注明清时代众多的诗歌选集。这是我认为能使人们充分了解当时（男性及女性）诗人地位的最佳方法。

★本文原题"Ming-Qing Anthologies of Women's Poetry and Their Selection Strategies"，曾发表于 *The Gest Library Journal* 5.2（1992）:119-160。

（此篇中译原载于《中外文学》1994 年 7 月号，今稍做修改补充）

参考书目（2012 年 12 月增订）

一、中日文部分（按作者姓名汉语拼音音序编排）

陈东原，《中国妇女生活史》，原刊于 1937 年，上海：商务印书馆，1973 年重印。

陈国球，《明代复古派唐诗论研究》，北京：北京大学出版社，2007 年。

陈乃乾编，《清名家词》，10 卷，上海：上海书店，1982 年重印。

陈田，《明诗纪事》，185 章，6 卷重印本，台北：鼎文书局，1971 年。

陈维崧，《妇人集》，收于《昭代丛书》卷 74，出版单位不详，1833 至 1844 年。

陈新等编，《历代妇女诗词选注》，北京：中国妇女出版社，1985 年。

陈寅恪，《柳如是别传》，3 册，上海：上海古籍出版社，

1980 年。

陈子龙，《安雅堂稿》，3 册重印本，台北：伟文图书公司，1977 年。

陈子龙，《陈忠裕全集》，王昶编，出版单位不详，1803 年。

陈子龙，《陈子龙年谱》，收于《陈子龙诗集》册 2。

陈子龙，《陈子龙诗集》，施蛰存、马祖熙编，2 册，上海：上海古籍出版社，1983 年。

陈子龙，《陈子龙文集》，2 卷，上海文献丛书编委会编，上海：华东师范大学出版社，1988 年。

陈子龙，《皇明经世文编》，1639 年，香港，1964 年重印。

陈子龙编，《盛明诗选》，12 卷，据李攀龙原编增订而成，出版单位不详，序写于 1631 年。

陈子龙编，《易经训解》，熊禾注，4 卷，出版单位与出版日期不详，现藏于哈佛燕京图书馆。

陈子龙等，《云间三子合稿》，全真影本，1798 年。

杜登春，《社事始末》，收于《昭代丛书》，出版单位不详，1833 至 1844 年，卷 50。

杜甫著，仇兆鳌注，《杜诗详注》，北京：中华书局，1979 年。

冯梦龙，《警世通言》，香港：中华书局，1958 年。

冯梦龙，《情史类略》，邹学明编，长沙：岳麓书社，1984 年。

冯梦龙，《醒世恒言》，顾学颉注，2 册，香港：中华书局，1958 年。

冯梦龙，《喻世明言》，2 册，香港：中华书局，1965 年。

高桥和巳编，《王士禛》，收于《中国诗人选集》，东京：岩波书店，1962年。

高友工，《试论中国艺术精神》，《九州学刊》1987年第2卷第2期；1988年第2卷第3期。

顾廷龙，《陈子龙事略》，1988年刻于陈子龙墓表，共四片。

顾炎武，《顾亭林诗文集》，华忱之编，1959年，北京：中华书局，1983年重印。

关贤柱，《杨龙友生卒年考》，《贵州师范大学学报》1987年第50期。

郭茂倩纂，《乐府诗集》，中华书局编辑部编，4册，北京：中华书局，1979年。

郭绍虞，《明代的文人集团》，收于《照隅室古典文学论集》册1，上海：上海古籍出版社，1983年。

郭绍虞，《中国文学批评史》，修订版，1956年，香港：宏智书局，1970年重印。

郭绍虞编，《清诗话》，修订版，2册，上海：上海古籍出版社，1978年。

郭绍虞编，《清诗话续编》，2册，上海：上海古籍出版社，1983年。

郭绍虞、王文生编，《中国历代文论选》，4册，上海：上海古籍出版社，1970至1980年。

何琼崖等，《秦少游》，南京：江苏人民出版社，1983年。

贺光中，《论清词》，新加坡：东方学会，1958年。

洪昇，《长生殿》，收于《中国十大古典悲剧集》，上海：上海文艺出版社，1982年。

洪昇,《四婵娟》,收于《清人杂剧二集》,郑振铎编,出版单位不详,1931年。

侯方域,《壮悔堂集》,《四部备要》版,上海:中华书局,1936年。

胡秋原,《复社及其人物》,台北:中华杂志社,1968年。

胡文楷,《历代妇女著作考》,修订版,上海:上海古籍出版社,1985年。并见张宏生增订,《历代妇女著作考》,上海:上海古籍出版社,2008年。

华夏妇女名人词典编委会编,《华夏妇女名人词典》,北京:华夏出版社,1988年。

黄裳,《银鱼集》,北京:生活·读书·新知三联书店,1985年。

黄文旸,《曲海总目提要》,3册,北京:人民文学出版社,1959年。

黄兆显编,《乐府补题研究及笺注》,香港:学文出版社,1975年。

吉川幸次郎,《元明诗概说》,收于《中国诗人选集》,东京:岩波书店,1963年。

蒋平阶等,《支机集》,施蛰存编,重刊于《词学》1983年第2期;1985第3期。

近藤光男,《清诗选》,收于《汉诗大系》,东京:集英社,1967年。

康正果,《风骚与艳情》,修订本,上海:上海文艺出版社,2001年。

柯庆明，《论悲剧英雄》，收于其《境界的探求》，台北：联经出版公司，1977年。

孔尚任，《桃花扇》，王季思等编，修订版，北京：人民文学出版社，1980年。

黎杰，《明史》，香港：海侨出版社，1962年。

李白著，王琦注，《李太白全集》，3册，北京：中华书局，1977年。

李光地编，《周易折中》，1715年原版，2卷重印本，台北：真善美出版社，1971年。

李商隐著，叶葱奇编注，《李商隐诗集疏注》，2册，北京：人民文学出版社，1985年。

李商隐著，周振甫编注，《李商隐选集》，上海：上海古籍出版社，1986年。

李少雍，《谈王士禛的词论及词作》，《南充师范学院学报》1986年第1期。

林大椿编，《唐五代词》，1956年，重印本改题《全唐五代词汇编》，2册，台北：世界书局，1967年。

林景熙，《霁山集》，北京：中华书局，1960年。

林玫仪，《晚清词论研究》，2册，台湾大学博士论文，1979年。

林晓明，《陈子龙墓修复竣工》，《上海新民晚报》，1988年12月14日。

刘向著，梁端注，《列女传校注》，2册，《四部备要》版，上海：中华书局，1936年。

刘义庆撰，杨勇注，《世说新语（校笺）》，香港：大众书局，

1969 年。

柳如是，《湖上草》，收于《柳如是诗集》，第二编，出版单位与日期不详，现藏于浙江图书馆。

柳如是，《柳如是尺牍》，收于《柳如是诗集》，第二编，出版单位与出版日期不详，现藏于浙江图书馆。

柳如是，《戊寅草》，陈子龙序，出版单位不详，1638 年，现藏于浙江图书馆。

柳如是编，《列朝诗集·闰集》，收于钱谦益编，《列朝诗集》，出版单位不详，1652 年（？）。

柳亚子，《磨剑室诗词集》，2 册，上海：上海人民出版社，1985 年。

逯钦立编，《先秦汉魏晋南北朝诗》，3 册，北京：中华书局，1983 年。

冒襄，《影梅庵忆语》，重印于《中国笔记小说名著》，册 1，杨家骆编，台北：世界书局，1959 年。

《明遗民书画研讨会纪录专刊》，中国文化研究所编委会编，《中国文化研究所学报》1976 年第 8 卷第 2 期。

缪钺，《诗词散论》，台北：开明书店，1966 年。

缪钺、叶嘉莹，《灵溪词说》，上海：上海古籍出版社，1986 年。

钮琇，《觚剩》，八卷，收于《古今说部丛书》，卷 27 至卷 29，1915 年。

彭定求等编，《全唐诗》，12 册标点版，北京：中华书局，1960 年。

钱基博，《明代文学》，香港：商务印书馆，1964 年。

钱谦益，《初学集》，收于周法高编，《足本钱曾牧斋诗注》，卷 1 至卷 3，台北：三民书局，1973 年。

钱谦益，《列朝诗集小传》，2 册重印本，上海：上海古籍出版社，1983 年。

钱谦益，《有学集》，重刊于周法高编，《足本钱曾牧斋诗注》，卷 3 至卷 5，台北：三民书局，1973 年。

钱谦益编，《列朝诗集》，出版单位不详，1965 年（？）。

钱仲联，《梦苕庵清代文学论集》，济南：齐鲁书社，1983 年。

钱仲联，《吴梅村诗补笺》，刊于钱仲联，《梦苕庵专著二种》，北京：中国社会科学出版社，1984 年。

秦观，《淮海居士长短句》，徐培均编，上海：上海古籍出版社，1985 年。

秦观著，杨世明编注，《淮海词笺注》，成都：四川人民出版社，1984 年。

青木正儿，《清代文学评论史》，东京：岩波书店，1950 年。

沈德潜编，周准注，《明诗别裁集》，香港：中华书局，1977 年。

施淑仪，《清代闺阁诗人征略》，1922 年原版，上海：上海书店，1987 年重印。

施议对，《词与音乐关系研究》，增订版，北京：中国社会科学出版社，1989 年。

施蛰存，《蒋平阶及其〈支机集〉》，《词学》1983 年第 2 期。

施蛰存，《唐女诗人》，刊于《唐诗百话》，上海：上海古籍出版社，1987 年。

《宋元明清名画大观》，日华古今绘画展览会编，东京：大冢巧艺社，1931年。

苏者聪，《中国历代妇女作品选》，上海：上海古籍出版社，1987年。

孙康宜著，李奭学译，《词与文类研究》，北京：北京大学出版社，2004年。

孙赛珠，《柳如是文学作品研究》，香港中文大学博士论文，2008年。

汤显祖，《汤显祖集》，钱南扬编，上海：上海人民出版社，1973年。

汤显祖，《汤显祖诗文集》，徐朔方编，上海：上海古籍出版社，1982年。

唐圭璋，《唐宋词鉴赏辞典》，南京：江苏古籍出版社，1986年。

唐圭璋编，《词话丛编》，5册修订版，北京：中华书局，1986年。

唐圭璋编，《全宋词》，5卷本，北京：中华书局，1965年。

完颜恽珠，《国朝闺秀正始集》，1831年刊本。

万树，《（索引本）词律》，序写于1687年，徐本立辑附编，台北：广文书局，1971年重印。

万斯同编，《南宋六陵遗事》，台北：广文书局，1968年重印。

王勃著，张燮编，《王子安集》，台北：台湾商务印书馆，1976年重印。

王昶，《国朝词综》，8卷，《四部备要》版，上海：中华书局，1936年。

王昶，《明词综》，《四部备要》版，上海：中华书局，1936年。

王夫之，《楚辞通释》，1709 年，香港，1960 年重印。

王夫之，《王船山诗文集》，2 册，香港：中华书局，1974 年。

王国维著，萧艾编，《王国维诗词笺校》，长沙：湖南人民出版社，1984 年。

王钧明、陈沚斋注，《欧阳修秦观词选》，香港：三联书店香港分店，1987 年。

王恺，《关于钟、谭诗归的得失及其评价》，《甘肃社会科学》1986 年第 4 期。

王士禛，《花草蒙拾》，收于《昭代丛书》，出版单位不详，1833 至 1844 年，卷 77。

王士禛，《香祖笔记》，上海：上海古籍出版社，1982 年。

王士禛著，李毓芙编，《王渔洋诗文选注》，济南：齐鲁书社，1982 年。

王书奴，《中国娼妓史》，上海：生活书店，1935 年。

王易，《词曲史》，1932 年，台北：广文书局，1971 年重印。

王英志，《陈子龙词学刍议》，《明清诗文研究丛刊》，江苏师范学院中文系编，第 1 期（1982 年 3 月）。

王沄，《陈子龙年谱卷下》，刊于《陈子龙诗集》，下册。

文天祥，《文天祥诗选》，黄兰波编，北京：人民出版社，1979 年。

文天祥著，罗洪先据 1560 年版《重刻文山先生全集》重编，《文天祥全集》，北京：中国书店，1985 年。

闻汝贤，《词牌汇释》，台北：作者自印，1963 年。

吴宏一，《清代诗学初探》，台北：牧童出版社，1977 年。

吴宏一、叶庆炳编，《清代文学批评资料汇编》，2 卷，台北：成文出版社，1979 年。

吴梅，《词学通论》，上海：商务印书馆，1932 年。

吴伟业，《复社纪事》，收于《台湾文献丛刊》第二五九号，台北：台湾银行，1968 年。

吴伟业，《梅村家藏稿》，1911 年版全真影本，3 册，台北：学生书局，1975 年。

吴伟业著，程穆衡、杨学沆编注，《吴梅村诗集笺注》，1782 年版全真影本，上海：上海古籍出版社，1983 年。

吴伟业著，吴翌凤编，《吴梅村诗集笺注》，1814 年原版，香港：广智书局，1975 年重印。

夏承焘，《唐宋词人年谱》，台北：明伦出版社，1970 年重印。

夏承焘、张璋编，《金元明清词选》，2 册，北京：人民文学出版社，1983 年。

夏完淳，《夏节愍公全集》，1894 年版，台北：华文书局，1970 年重印。

夏志清，《爱情社会小说》，台北：纯文学出版社，1970 年。

萧瑞峰，《论淮海词》，《词学》1989 年第 7 期。

萧统，《昭明文选》，李善注，2 册，台北：河洛图书出版社，1975 年重印。

谢国桢，《明清之际党社运动考》，台北：商务印书馆，1967 年重印。

谢正光，《清初诗文与士人交游考》，南京：南京大学出版社，2001 年。

谢正光，《新君旧主与遗臣——读木陈道忞〈北游集〉》，《中国社会科学》2009 年第 3 期。

谢正光、范金民编，《明遗民录汇编》，南京：南京大学出版社，1995 年。

徐乃昌编，《小檀栾室闺秀词》，出版单位不详，1896 年。

徐树敏等选编，《众香词》，1690 年刊行。

徐朔方，《论汤显祖及其他》，上海：上海古籍出版社，1983 年。

徐朔方编，《汤显祖诗文集·序》，上海：上海古籍出版社，1982 年。

徐渭，《女状元》，收于《四声猿》，周中明编，上海：上海古籍出版社，1984 年。

严志雄，《钱谦益〈病榻消寒杂咏〉论释》，台北：中研院、联经出版公司，2012 年。

杨凤苞，《西湖秋柳词》，刊于《古今说部丛书》，1915 年，卷 6。

杨海明，《唐宋词风格论》，上海：社会科学院出版社，1986 年。

杨海明，《唐宋词史》，南京：江苏古籍出版社，1987 年。

杨丽圭，《郑思肖研究及其诗笺注》，文化大学硕士论文，1977 年。

姚品文，《清代妇女诗歌的繁荣与理学的关系》，《江西师范大学学报》1985 年第 1 期。

叶嘉莹，《迦陵谈词》，台北：纯文学出版社，1970 年。

叶嘉莹，《迦陵谈诗》，2 册，台北：三民书局，1970 年。

叶嘉莹，《夏完淳》，台北：幼狮出版社，1975 年。

叶嘉莹，《由词之特质论令词之潜能与陈子龙词之成就》，《中外文学》第 19 卷第 1 期（1980 年 6 月）。

叶庆炳、邵红编，《明代文学批评资料汇编》，2 册，台北：成文出版社，1979 年。

叶英，《黄道周传》，台南：大明印刷局，1958 年。

裔柏荫编，《历代女诗词选》，台北：当代图书出版社，1972 年。

于翠玲，《秦观词新论》，刊于人民文学出版社编辑部编，《中国古典文学论丛》第六号，北京：人民文学出版社，1987 年。

余怀，《板桥杂记》，重印于《秦淮香艳丛书》，上海：扫叶山房，1928 年。

余英时，《陈寅恪晚年诗文释证》，台北：时报文化出版公司，1984 年。

余英时，《方以智晚节考》（修订版），台北：允晨文化公司，1986 年。

余英时，《古典与今典之间：谈陈寅恪的暗码系统》，《明报月刊》1984 年 11 月。

余英时，《中国近世宗教伦理与商人精神》，台北：联经出版公司，1987 年。

喻松青，《明清时期民间秘密宗教中的女性》，《明清白莲教研究》，成都：四川人民出版社，1987 年。

鸳湖烟水散人，《女才子书》，1659 年原版（？），沈阳：春风文艺出版社，1983 年重印。

袁宙宗编，《爱国诗词选》，台北：商务印书馆，1982 年。

张綖，《诗余图谱》，原版刊于约 1594 年，北京：人民文学出版社，1982 年重印。

张岱，《琅嬛文集》，收于《中国文学珍本丛书》第十八号，上海：上海杂志公司，1935 年。

张岱，《石匮藏书》，上海：中华书局，1959 年。

张岱，《陶庵梦忆》，朱剑芒编，上海：上海书局，1982 年。

张宏生编，《明清文学与性别研究》，南京：江苏古籍出版社，2002 年。

张惠言著，姜亮夫注，《词选笺注》，上海：北新书局，1933 年。

张少真，《清代浙江词派研究》，东吴大学硕士论文，1978 年。

张淑香，《元杂剧中的爱情与社会》，台北：长安出版社，1980 年。

赵山林，《陈子龙的词和词论》，《词学》1989 年第 7 期。

郑思肖，《铁函心史》，台北：世界书局，1955 年重印。

钟慧玲，《清代女诗人研究》，台湾政治大学博士论文，1981 年。

周法高，《柳如是事考》，台北：三民书局，1978 年。

周法高，《钱牧斋、柳如是佚诗及柳如是有关资料》，台北：三民书局，1978 年。

周晖，《续金陵琐事》，卷 2，重刊于《金陵琐事》，2 卷，北京：文学古籍刊行社，1955 年。

周济编，邝士元注，《宋四家词选笺注》，台北：中华书局，1971 年。

朱东润，《陈子龙及其时代》，上海：上海古籍出版社，1984 年。

朱惠良，《赵左研究》，台北：故宫博物院，1979 年。

朱彝尊，《词综》，重刊于《文学丛书》第 2 集第 6 册，杨家骆編，台北：商务印书馆，1965 年。

朱彝尊，《乐府补题序》，收于《乐府补题研究及笺注》，黄兆头编，香港：学文出版社，1975 年。

朱彝尊，《明诗综》，1705 年，台北：世界书局，1962 年重印。

朱则杰，《歌舞之事与故国之思——清初诗歌侧论》，《贵州社会科学》第 22 卷第 1 期（1984 年）。

庄子著，郭庆藩编，《庄子集释》，北京，1961 年，1 卷重印本，台北：河洛图书出版社，1974 年。

卓尔堪选辑，《明遗民诗》，北京：中华书局，1961 年重印。

二、西文部分（按英文字母次序编排）

Allen,Joseph Roe, Ⅲ. "From Saint to Singing Girl: The Rewriting of the Lo-fu Narrative in Chinese Literati Poetry".*Harvard Journal of Asiatic Studies* 48.2（1988）:321-361.

Atwell,William S."Ch'en Tzu-lung（1608-1647）:A Scholar Official of the Late Ming Dynasty". Ph.D.diss.,Princeton Univ.,1975.

—."From Education to Politics:The Fu She". In *The Unfolding Of Neo-Confucianism*, edited by Wm.Theodore De Bary,333-368. New York:Columbia Univ.Press,1975.

—."Ming Observers of Ming Decline:Some Chinese Views on the'Seventeenth Century Crisis'in Comparative Perspective". *Journal of the Royal Asiatic Society* 2（1988）:316-348.

Auerbach,Erich. *Mimesis:The Representation of Reality*

in Western Literature. Translated by Willard R.Trask. Princeton:Princeton Univ.Press,1953.

—.*Scenes from the Drama of European Literature.*1959. Reprint,with foreword by Paolo Yalesio. Minneapolis:Univ.of Minnesota Press,1984.

Barhart,Richard. *Peach Blossom Spring:Gardens and Flowers in Chinese Paintings.* New York:Metropolitan Museum of Art,1983.

Bickford,Maggie,et al. *Bones of Jade,Soul of Ice:The Flowering Plum in Chinese Art.* New Haven:Yale Univ.Art Gallery,1985.

Birch,Cyril,ed. *Anthology of Chinese Literature.*2Vols. New York:Grove Press, 1965, 1972.

—.ed.*Studies in Chinese Literary Genres.* Berkeley:Univ.of California Press,1974.

—.trans.*The Peony Pavilion,*by Tang Xianzu [T'ang Hsien-tsu]. Bloomington: Indiana Univ.Press,1980.

Birrell,Anne,trans. *New Songs froma Jade Terrace.* London:Allen and Unwin,1982.

—."The Dusty Mirror:Courtly Portaits of Woman In Southern Dynasties Love Poetry",In *Expressions of Self in Chinese Literature,*edited by Robert E. Hegel and Richard C.Hessney,33-69. New York:Columbia Univ.Press,1985.

Bloom,Harold. *The Anxiety Of Influence:A Theory of Poetry.* New York:Oxford Univ.Press,1973.

Bonner,Joey. *Wang Kuo-wei:An Intellectual Biography.*

Cambridge:Harvard Univ. Press,1986.

Bradley,A.C. *Shakespearean Tragedy*.1904.Reprint. Greenwich,Conn.:Fawcett,1965.

Brown,William Andress.*Wen T'ien-hsiang:A Biographical Study of a Sung Patriot.* San Francisco:Chinese Materials Center Publications,1986.

Bryant,Daniel. *Lyric Poets of the Southern T'ang.*Vancouver: Univ.of British Columbia Press,1982.

—."Syntax and Sentiment in Old Nanking:Wang Shih-chen's 'Miscellaneous Poems on the Ch'in-huai.'"Manuscript,1984.

—."Three Varied Centuries of Verse:A Brief Note on Ming Poetry",*Renditions* 8 (Autumn 1977) :82-91.

—."Wang Shih-chen",In *Waiting for the Unicorn*,edited by Irving Lo and William Schultz,127-133. Bloomington:Indiana Univ. Press,1986.

Bush, Susan, and Christian Murck, eds. *Theories of the Arts in China.* Princeton : Princeton Univ.Press,1983.

Cahill,James. *The Distant Mountains:Chinese Painting of the Late Ming Dynasty,*1570-1644. New York:Weatherhill,1982.

—. "The Painting of Liu Yin". In *Flowering in the Shadows: Women in the History of Chinese and Japanese Painting*, edited by Marsha Weidner,103-121. Honolulu:Univ.of Hawaii Press,1990.

Carlyle,Thomas. *On Heroes,Hero-Worship and the Heroic in the History.* Edited by Carl Niemeyer.Lincoln:Univ.of Nebraska

Press,1966.

Chang,K.C. *Art,Myth and Ritual:The Path to Political Authority in Ancient China*, Cambridge:Harvard Univ.Press,1983.

Chang,Kang-I Sun. "Ch'ang-chou tz'u-p'ai".In William Nienhauser, Jr. ed. and comp. , *The Indiana Companion to Traditional Chinese Literature*, 225-226. Bloomington: Indiana Univ. Press, 1986.

——. " Chinese Poetry,Classical". In *Princeton Encyclopedia of Poetry and Poetics*,3rd ed.,rev.,edited by Alex Preminger and T.V.F.Brogan.Princeton:Princeton Univ. Press,1993.

——.*Six Dynasties Poetry*.Princeton:Princeton Univ. Press,1986.

——."Symbolic and Allegorical Meanings in the Yüeh-fu pu-t'I Poem Series". *Harvard Journal of Asiatic Studies* 46.2 （1986）:353-385.

——.*The Evolution of Chinese Tz'u Poetry:From Late T'ang to Northern Sung*. Princeton:Princeton Univ.Press,1980.

——."The Idea of the Mask in Wu Wei-yeh （1609-1671） ". *Harvard Journal of Asiatic Studies* 48.2 （1988）:289-320.

Chang,Kang-i Sun, and Haun Saussy,eds.*Women Writers of Traditional China:An Anthology of Poetry and Criticism*. Stanford:Stanford Univ.Press,1999.

Chaves,Jonathan."Moral Action in the Poetry of Wu Chia-chi （1618-1684） ". *Harvard Journal of Asiatic Studies* 46.2 （1986）:387-469.

—,trans.and ed.*The Columbia Book of Later Chinese Poetry*. New York:Columbia Univ.Press,1986.

—."The Expression of Self in the Kung-an School:Non-Romantic Individualism". In *Expressions of Self in Chinese Literature*,edited by Robert E.Hegel and Richard C.Hessney,123-150. New York:Columbia Unviersity Press,1985.

—."The Panoply of Images:A Reconstruction of the Literary Theory of the Kung-an School". In *Theories of the Arts in China*,edited by Susan Bush and Christian Murck,341-364. Princeton:Princeton Univ.Press,1983.

—,trans.*Pilgrim of the Clouds:Poems and Essays* by Yüan Hung-tao and His Brothers.New York:Weatherhill,1978.

—."The Yellow Mount Poems of Ch'ien Ch'ien-i (1582-1664) : Poetry as Yu-chi", *Harvard Journal of Asiatic Studies*,48.2 (1988) :465-492.

Chen,Shih-hsiang,et al.,trans.*The Peach Blossom Fan*,by K'ung Shang-jen. Berkeley: Univ.of California Press,1976.

Chen,Yupi."Ch'en Tzu-lung". In *IC*,237-238.

Cheng,Pei-kai."Reality and Imagination:Li Chih and T'ang Hsien-tsu in Search of Authenticity". Ph.D.diss.,Yale Univ.,1980.

Cherniack,Susan."Three Great Poems by Du Fu". Ph. D. diss., Yale Univ.,1989.

Ching,Julia,and Chaoying Fang,trans,and eds.*The Records of Ming Scholars*,by Huang Tsung-hsi.Honolulu:Univ.of Hawaii

Press,1987.

Chou,Chih-p'ing.*Yuan hung-tao and the Kung-an School.* Cambridge:Cambridge Univ. Press,1988.

Curtius,Ernest Robert.*European Literature and the Latin Middle Ages.*Translated by Willard R.Trask.1953.Reprint.Princeton:Princeton Univ.Press,1973.

De Bary,Wm.Theodore,ed.*The Unfolding of Neo-Confucianism.* NewYork:Columbia Univ.Press,1975.

—,et al.*Self and Society in Ming Thought.*New York:Columbia Univ.Press,1970.

De Rougemont,Denis.*Love in the Western World.*Translated by Montgomery Belgion, 1956.Reprint.Princeton:Princeton Univ. Press,1983.

Dennerline,Jerry.*The Chia-ting Loyalists:Confucian Leadership and Social Change in Seventeenth-Century China.*New Haven:Yale Univ.Press,1981.

Dillard,Annie.*Living by Fiction.*New York:Harper Colophon Books,1982.

Dorius,R.J."Tragedy". In *Princeton Encyclopedia of Poetry and Poetics,*edited by Alex Preminger et al.,860-864.Englarged edition. Princeton:Princeton Univ.Press,1974.

Egan,Ronald,*The Literary Works of Ou-Yang Hsiu（1007-1072）.* Cambridge:Cambridge Univ.Press,1984.

Eoyang,Eugene."Still Life in Words:The Art of Li Ch'ing-chao".

Chinese Comparatist 3.1（1989）:6-14.

Erlich,Victor.*Russian Formalism,History-Doctrine*.3rd ed.New Haven:Yale Univ. Press, 1981.

Fisher,Tom."Loyalist Alternatives in the Early Ch'ing". *Harvard Journal of Asiatic Studies* 44.1（1984）:83-122.

Fong,Grace S."Contextualization and Generic Codes in the Allegorical Reading of Tz'u Poetry". *Paper presented at the Fifth Quadrennial International Comparative Literature Conference*,Taipei,August9-14,1987.

—.*Herself an Author:Gender,Agency,and Writing in Late Imperial China*. Honolulu: Univ.of Hawaii Press,2008.

—.*Wu Wenying and the Art of the Southern Song Ci Poetry*. Princeton: Princeton Univ.Press,1987.

Frankel,Hans H.*The Flowering Plum and the Palace Lady: Interpretations of Chinese Poetry*.New Haven:Yale Univ.Press,1976.

Frodsham,J.D.,trans.*The Poems of Li Ho,791-817*.Oxford: Oxford Univ.Press,1970.

Gilbert,Sandra M.,and Susan Gubar.*The Mad woman in the Attic:The Woman Writer and the Nineteenth-Century Literary Imagination*, New Haven:Yale Univ.Press, 1979.

Goodrich,L.Carrington,ed.*Dictionary of Ming Biography*.2 Vols. New York:Columbia Univ.Press,1976.

Graham,A.C.,trans,*Poems of the Late T'ang*.1965.Reprint.New York:Penguin Books, 1981.

Greene,Thomas M."The Poetics of Discovery:A Reading of Donne's Elegy". *The Yale Journal of Criticism* 2.2 (1989) :129-143.

Hanan,Patrick.*The Chinese Short Story*.Cambridge:Harvard Univ.Press,1973.

——.*The Chinese Vernacular Story*.Cambridge:Harvard Univ. Press, 1981.

——.*The Invention of Li Yu*.Cambridge:Harvard Univ. Press,1988.

Handlin,Joanna F. *Action in Late Ming Thought:The Reorientation of Lü K'un and Other Scholar-Officials*.Berkeley:Univ.of California Press,1983.

——"Lü K'un's New Audience:The Influence of Women's Literacy On Sixteenth-Century Thought". In *Women in Chinese Society*,edited by Margery Wolf and Roxane Witke,13-38.Stanford University Press,1975.

Hawkes,David."Quest of the Goddess". In *Studies in Chinese Literary Genres*,edited by Cyril Birch,42-68. Berkeley:Univ.of California Press,1974.

——,trans.*The Songs of the South:An Anthology of Ancient Chinese Poems* by Qu Yuan and Other Poets.2nded.New York: Penguin, 1985.

Hegel,Robert E.*The Novel in Seventeenth Century China*.New York:Columbia Univ. Press,1981.

——,and Richard C.Hessney,eds.*Expressions of Self in Chinese Literature*. New York: Columbia Univ.Press,1985.

Hessney, Richard C. "Beautiful, Talented, and Brave: Seventeenth-Century Chinese Scholar-Beauty Romances". Ph.D.diss., Columbia Univ.,1979.

——."Beyond Beauty and Talent:The Moral and Chivalric Self in The Fortunate Union". In *Expressions of Self in Chinese Literature*, edited by Robert E.Hegal and Richard C.Hessney,214-250.New York: Columbia Univ.Press,1985.

Holzman,Donald."The Cold Food Festival in Early Medieval China". *Harvard Journal of Asiatic Studies* 46.1 (1986) :51-79.

Homans,Margaret. *Bearing the Word:Language and Female Experience in Nineteenth-Century Women's Writing*. Chicago:Univ. of Chicago Press,1986.

——.*Women Writers and Poetic Identity:Dorothy Wordsworth, Emily Brontë,and Emily Dickinson*. Princeton:Princeton Univ.Press, 1980.

Hou,Sharon Shih-jiuan."Women's Literature". In *IC*,175-194.

Hsia,C.T."Time and the Human Condition in the Plays of T'ang Hsien-tsu". In *Self and Society in Ming Thought*,by Wm.Theodore De Bary et al.,249-290. New York: Columbia Univ.Press,1970.

Huber,Horst W."The Upheaval of the Thirteenth Century in the Poetry of Wen T'ien-hsiang". Paper presented at the Association for Asian Studies Annual Meeting, Washington,D.C.,March1989.

Hucker,Charles O. *A Dictionary of Official Titles in Imperial China*. Stanford:Stanford Univ.Press,1985.

Hummel,Arthur,ed. *Eminent Chinese of the Ch'ing Period*. 2Vols. Washington, D.C.: Libraryof Congress,1943.

Hung,Ming-shui."Yuan Hung-tao and the Late Ming Literary and Intellectual Movement". Ph.D.diss.,Univ.of Wisconsin,1974.

Idema,W.L."Poet Versus Minister and Monk:Su Shih on Stage in the Period 1250-1450". *Toung Pao* 73 (1987) :190-216.

Johnson,Barbara,*The Critical Difference:Essays in the Contemporary Rhetoric of Reading*,Baltimore:Johns Hopkins Univ. Press,1980.

Johnson,Dale."Ch'ü".In *IC*,349-352.

Jones,Ann Rosalind."City Women and Their Audiences:Louise Labé and Veronica Franco".In *Rewriting the Renaissance:The Discourses of Sexual Difference in Early Modern Europe*,edited by Margaret W.Ferguson,et al.,299-316.Chicago: Univ.of Chicago Press,1986.

Kao,Yu-kung."The Aesthetics of Regulated Verse". In *The Vitality of the Lyric Voice*,edited by Shuen-fu Lin and Stephen Owen, 332-385.Princeton:Princeton University Press,1986.

—."'The Nineteen Old Poems'and the Aesthetics of Self-Reflection". Manuscript, 1988.

—,and Tsu-lin Mei."Ending Lines in Wang Shih-chen's,ch'i-chueh:Convention and Creativity in the Ch'ing". In *Artists and Traditions:Uses of the Past in Chinese Culture*,edited by Christian F.Murck, 131-135. Princeton:Princeton Univ.Press, 1976.

Knechtges,David R.,trans.*Wen Xuan,or Selections of Refined Literature*. Vol.I. Princeton:Princeton Univ.Press,1982.

Ko,Dorothy.*Teachers of the Inner Chambers:Women and Culture in Seventeenth-Century China*,Stanford:Stanford Univ.Press,1994.

Kolb,Elene."When Women Finally Got the Word". *New York Times Book Review* (July 9,1989) ,1,28-29.

Krieger,Murray.*Visions of Extremity in Modern Literature*.Vol. I,The Tragic Vision. Baltimore:Johns Hopkins Univ.Press,1973.

La Belle,Jenijoy. *Herself Beheld:The Literature of the Looking Glass*.Ithaca:Cornell Univ.Press,1988.

Larsen,Jeanne,trans.*Brocade River Poems:Selected Works of the Tang Dynasty Courtesan Xue Tao*.Princeton:Princeton Univ.Press, 1987.

Lee,Hui-shu."The City Hermit Wu Wei and His Pai-miao Paintings". Manuscript,1989.

Legge,James,*The Chinese Classics*.Vol.4,The She King. Oxford:Clarendon,1871.

Levy,Howard,trans.*A Feast of Mist and Flowers:The Gay Quaters of Nanking at the End of the Ming* (Pan-ch'iao tsa-chi) ,by Yu Huai (1616-1696) .Yokohama:Privately printed,1966.

Lewis,C.S.*The Allegory of Love*.Oxford:Oxford Univ.Press, 1936.

Li Wai-yee"Early Qingto 1723". In *The Cambridge History of Chinese Literature*, edited by Kang-i Sun Chang and Stephen Owen, Vol.2,152-244. Cambridge: Cambridge University Press,2010.

Li,Xiaorong.*Women's Poetry of Late Imperial China: Trans-*

forming The Inner Chambers.Seattle and London:Univ.of Washington Press,2012.

Lin,Shuen-fu."Intrinsic Music in the Medieval Chinese Lyric". In *The Lyrical Arts:A Humanities Symposium*,edited by Erling B.Holst mark and Judith P.Aikin.*Special issue of Journal Ars Lyr-ica* (1988) :29-54.

——.*The Transformation of the Chinese Lyrical Tradition : Chiang K'uei and Southern Sung Tz'u Poetry*.Princeton:Princeton Univ. Press, 1978.

——,and Stephen Owen,eds.*The Vitality of the Lyric Voice:Shih Poetry from the Late Han to the T'ang*.Princeton:Princeton Univ. Press, 1986.

Lin,Yutang.*Importance of Understanding*.Cleveland: World, 1960.

Liu,James J.Y."Literary Qualities of the Lyric (Tz'u) ". In *Studies in Chinese Literary Genres*,edited by Cyril Birch,.133-153. Berkeley: Univ.of California Press,1974.

——.*Major Lyricists of the Northern Sung:A.D.960-1126*. Prince-ton: Princeton Univ. Press,1974.

——.*The Poetry of Li Shang-yin*.Chicago:Univ.of Chicago Press, 1969.

Liu,James T.C."Yueh Fei (1130-1141) and China's Heritage of Loyalty". *Journal of Asian Studies* 3 (1972) :291-298.

Liu,Wu-chi,and Irving Lo,eds.*Sunflower Splendor:Three Thou-*

sand Years of Chinese Poetry.New York:Doubleday,1975.

Lo,Irving,and William Schultz,eds.*Waiting for the Unicorn: Poems and Lyrics of China's Last Dynasty,*1644-1911.Bloomington: Indiana Univ.Press,1986.

Lonsdale,Roger. *Eighteenth-Century Women Poets:An Oxford Anthology*. Oxford: Oxford Univ.Press,1989.

Lu,Tina."The Literary Culture of the Late Ming（1573-1644）". In *The Cambridge History of Chinese Literature*,edited by Kang-i Sun Chang and Stephen Owen,Vol.2,63-151.Cambridge:Cambridge University Press,2010.

Lynn,Richard John."Alternate Routes to Self-Realization in Ming Theories of Poetry". In *Theories of the Arts in China*,edited by Susan Bush and Christian Murck,317-340.Princeton:Princeton Univ. Press,1983.

—."Chinese Poetics". In *Princeton Encyclopedia of Poetry and Poetics*,edited by Alex Preminger and T.Y.F.Brogan. Princeton: Princeton Univ.Press,1993.

—."Orthodoxy and Enlightenment:Wang Shih-chen's Theory of Poetry and Its Antecedents". In *The Unfolding of Neo-Confucianism*, edited by Wm.Theodore De Bary,217-257.New York: Columbia Univ. Press,1975.

—."The Talent Learning Polarity in Chinese Poetics". *Chinese Literature: Essays, Articles,Reviews* 5.2（1983）:157-184.

—."Tradition and Synthesis:Wang Shih-chen as Poet and

Critic". Ph.D.diss.,Stanford Univ.,1970.Ma,Y.W."Fiction". In *IC*,31-48.

Mann,Susan.*The Talented Women of the Zhang Family*. Berkeley: University of California Press,2007.

Mc Mahon,Keith. *Causality and Containmentin Seventeenth-Century Chinese Fiction*. Monographies du *T'oung Pao* 15.Leiden:E. J.Brill, 1988.

Mc Craw, David R."A New Look at the Regulated Verse of Chen Yuyi". *Chinese Literature:Essays,Articles,Reviews* 9.1,2 (July 1987) :1-21.

——.*Chinese Lyricists of the Seventeenth Century*.Honolulu:Univ. Of Hawaii Press, 1990.

Maeda,Robert J."The Portrait of a Woman of the Late Ming-Early Ch'ing Period: Ho-tung". *Archives of Asian Art* 27 (1973-1974) :46-52.

Mair,Victor H.,and Maxine Belmont Weinstein."Popular Literature". In *IC*,75-92.

Mather,Richard B.,trans.*Shih-shuo Hsin-yü:A New Account of Tales of the World*,by Liu I-ch'ing (403-444) .Minneapolis:Univ.of Minnesota Press,1976.

Miao,Ronald C."Palace-Style Poetry:The Courtly Treatment of Glamor and Love". In *Studies in Chinese Poetry and Poetics*,edited by Ronald C.Miao,1:1-42.San Francisco:Chinese Mate-rial Center,1978.

Miner,Earl."Some Issues of Literary'Species,or Distinct Kind.'" In *Renaissance Genres: Essays on Theory,History and Interpretation*, edited by Barbara Kiefer Lewalski, 15-44.Cambridge: Harvard Univ. Press, 1986.

——."The Heroine:Identity,Recurrence,Destiny". In *Ukifune: Love in the Tale of Genji*, edited by Andrew Pekarik,63-81.New York: Columbia Univ.Press,1982.

——,et al."Nonwestern Allegory". In *Princeton Encyclopedia of Poetry and Poetics*, 3rded.,rev.,edited by Alex Preminger and T.V.F. Brogan. Princeton: Princeton Univ.Press,1993.

Mochida,Frances La Fleur."Structuring a Second Creation: Evolution of the Self in Imaginary Landscapes". In *Expressions of Self in Chinese Literature*,edited by Robert E.Hegel and Richard C.Hessney, 70-122.New York:Columbia Univ.Press, 1985.

Moers,Ellen.*Literary Women:The Great Writers*.1963.Reprint. New York:Oxford Univ. Press,1985.

Moody,A.D.Thomas Stearns Eliot,*Poet*,Cambridge:Cambridge Univ.Press,1980.

Mote,F.W."Confucian Eremitism in the Yüan Period". In *The Confucian Persuasion*, edited by Arthur F.Wright,202-240,348-353. Stanford: Stanford Univ.Press,1960.

——."The Art sand the'Theorizing Mode'of the Civilization". In *Artists and Traditions: Uses of the Past in Chinese Culture*,edited by Christian F.Murck,3-8. Princeton: Princeton Univ.Press,1976.

—.*The Poet Kao Ch'i,1336-1374*.Princeton:Princeton Univ. Press, 1962.

—,and Denis Twitchett, eds. *The Cambridge History of China.* Vol.7, *The Ming Dynasty, 1368-1644*,Part I.Cambridge:Cambridge Univ. Press,1988.

Murck,Christian F.,ed.*Artists and Traditions:Uses of the Pastin Chinese Culture.* Princeton:Princeton Univ.Press,1976.

Nagy,Gregory.*The Best of the Achaeans:Concept of the Hero in Archaic Greek Poetry*.Baltimore:Johns Hopkins Univ.Press,1981.

Nienhauser,William H.,Jr."Prose". In *IC*,93-120.

—ed.and comp.*The Indiana Companion to Traditional Chinese Literature.* Bloomington:Indiana Univ.Press,1986. (Ab-breviatedas IC.)

—,et al.,eds.*Liu Tsung-yüan*.New York:Twanye,1973.

Owen, Stephen. *Mi-Lou: Poetry and the Labyrinth of Desire.* Cambridge : Harvard Univ. Press,1989.

—.Remembrances:*The Experience of the Past in Classical Chinese Literature.* Cambridge:Harvard Univ.Press,1986.

—.*The Great Age of Chinese Poetry:The High T'ang*. New Haven: Yale Univ. Press, 1981.

Pan Tzy-yen,trans.*The Reminiscences of Tung Hsiao-wan* (Yingmei-an i-yü) ,by Mao Hsiang.Shanghai:Commercial Press,1931.

Paz,Octavio.*Sor Juana*.Translated by Margaret Sayers Peden. Cambridge:Harvard Univ. Press,1988.

Peterson,Willard J.*Bitter Gourd:Fang I-Chih and the Impetus for Intellectual Change in the 1630s*.New Haven:Yale Univ.Press, 1979.

—."Making Connections:'Commentary on the Attached Verbalizations'of the Book of Changes", *Harvard Journal of Asiatic Studies* 42.1（1982）:67-116.

—."The Life of Ku Yen-wu,1613-1682". *Harvard Journal of Asiatic Studies* 28（1968）:114-156；29（1969）:201-247.

Plaks,Andrew H."After the Fall:Hsing-shih yin-yüan chuan and the Seventeenth Century Chinese Novel". *Harvard Journal of Asiatic Studies* 45.2（1985）:543-580.

—.*The Four Master works of the Ming Novel:Ssu ta ch'i-shu*. Princeton: Princeton Univ.Press,1987.

Preminger,Alex,and T.V.F.Brogan,eds.*Princeton Encyclopedia of Poetry and Poetics*. 3rded.,rev.Princeton:Princeton Univ.Press, forthcoming.

Rankin,Mary Backus."The Emergence of Women at the End of the Ch'ing:The Case of Ch'iu Chin". In *Women in Chinese Society, edited by Margery Wolf and Roxane Witke*,39-66.Stanford: Stanford Univ. Press,1975.

Rexroth,Kenneth,and Ling Chung,trans.*Li Ch'ing-chao: Complete Poems*.New York: New Directions,1979.

—,and Ling Chung,trans.*Women Poets of China*,Revised edition. New York:New Directions,1982.

Rickett,Adele Austin.Wang Kuo-wei's Jen-chien Tz'u-hua,*A Study in Chinese Literary Criticism*.Hong Kong:Hong Kong Univ. Press, 1977.

Robertson,Maureen."Periodization in the Arts and Patterns of Change in Traditional Chinese Literary History". In *Theories of the Arts in China*,edited by Susan Bush and Christian Murck,3-26. Princeton:Princeton Univ.Press,1983.

Ropp,Paul S."Aspiration sof Literate Women in Late Imperial China". Manuscript,1990.

——."The Seeds of Change:Reflections on the Condition of Women in the Early and Mid Ch'ing". *Signs* 2.1 (1976) :5-23.

Schafer,Edward H.*The Divine Woman:Dragon Ladies and Rain Maidens*. San Francisco: North Point Press,1980.

Schlepp,Wayne.*San-ch'ü:Its Technique and Imagery*, Madison: Univ.of Wisconsin Press, 1970.

Schneider,Laurence A. *AMadman of Ch'u:The Chinese Myth of Loyalty and Dissent*. Berkeley:Univ.of California Press,1980.

Scott,John. *Love and Protest:Chinese Poems from the Sixth Century B.C.to the Seventeenth Century A.D.*.London:Rapp and Whiting, 1972.

Sewall,Richard B.,ed.*Emily Dickinson:A Collection of Critical Essays*.Englewood Cliffs:Prentice-Hall,1963.

——.*The Vision of Tragedy*.New Haven:Yale Univ. Press,1959.

Shih,Chung-wen.*The Golden Age of Chinese Drama:Yüan Tsa-*

chü.Princeton: Princeton Univ.Press,1976.

Spence,Jonathan D.*Return to Dragon Mountain*.New York: Penguin,2007.

Spence,Jonathan D.,and John E.Wills,Jr.,eds.*From Ming to Ch'ing: Conquest,Region and Continuity in Seventeenth-Century China.* New Haven:Yale Univ.Press,1979.

Stankiewicz,Edward."Centripetal and Centrifugal Structures in Poetry". *Semiotica* 38,nos.3-4（1982）:217-242.

Strassberg,Richard E.*The World of K'ung Shang-jen:A Man of Letters in Early Ch'ing China*.New York:Columbia Univ.Press,1983.

Strauss,Leo.*Persecution and the Art of Writing*.1952.Reprint. Chicago:Univ.of Chicago Press,1988.

Struve,Lynn A. "History and The Peach Blossom Fan". *Chinese Literature: Essays, Articles*,Reviews2.1（Jan.1980）:55-72.

—."Huang Zongxi in Context:A Reappraisal of His Major Writings". *Journal of Asian Studies* 47.3（1988）:474-502.

—."The Peach Blossom Fan as Historical Drama". *Renditions* 9（Autumn 1977）:99-114.

—.*The Southern Ming,1644-1662*.New Haven:Yale Univ. Press, 1984.

Telford,Kenneth A. *Aristotle's Poetics:Translation and Analysis*. Indiana:Gateway Edition,1961.

Todorov,Tzvetan.*Symbolism and Interpretation*.Trans.Catherine Porter.Ithaca:Cornell Univ.Press,1982.

—.*Theories of the Symbol*.Trans.Catherine Porter.Ithaca:Cornell Univ.Press,1982.

Tu,Ching-i,trans.*Poetic Remarks in the Human World,by Wang Kuo-wei*.Taipei:Chung-hua shu-chü 1970.

Van Gulik,Robert H.*Sex Life in Ancient China*.Leiden:E. J.Brill,1961.

Virgillo,Carmelo,and Naomi Lindstron,eds.*Woman as Myth and Metaphor*, Columbia: Univ.of Missouri Press,1985.

Wanger,MarshaL.*The Lotus Boat:The Origins of Chinese Tz'u Poetry in T'ang Popular Culture*.New York:Columbia Univ.Press, 1984.

Wakeman,Frederic,Jr."Romantics,Stoics,and Martyrs in Seventeenth-Century China". *Journal of Asian Studies* 43.4 (1984) :631-665.

—.*The Fall of Imperial China*.New York:Free Press,1975.

—.*The Great Enterprise : The Manchu Reconstruction of Imperial Order in Seventeenth-Century China*.2Vols.Berkeley:Univ.of California Press,1985.

—."The Price of Autonomy:Intellectuals in Ming and Ch'ing Politics". *Daedalus* 101 (Spring 1972) :35-70.

Waley,Arthur,trans.*The Book of Songs*.1937.Reprint with foreword by Stephen Owen. New York:Grove Press,1987.

Wang,C.H.*The Bell and the Drum:Shih Ching as Formulaic Poetry in an Oral Tradition*. Berkeley:Univ.of CaliforniaPress,1974.

—.*From Ritual to Allegory:Seven Essays in Early Chinese Poetry*. Hong Kong: Chinese Univ.Press,1988.

Wang,Fangyu,and Richard M.Barnhart.*Master of the Lotus Garden: The Life and Art of Bada Shanren*.New Haven:Yale Univ.Art Gallery and Yale Univ.Press,1990.

Watson,Burton,trans.*Chinese Rhyme-Prose:Poems in the Fu Form from the Han and Six Dynasties Periods*.New York:Columbia Univ.Press,1971.

—,trans.*Records of the Historian:Chapters from the Shih Chi of Ssu-ma Ch'ien*.New York:Columbia Univ.Press,1969.

—,trans.The Complete Works of Chuang Tzu.New York: Columbia Univ.Press,1968.

Watt,James C.Y."The Literati Environment". In *The Chinese Scholar's Studio:Artistic Life in the Late Ming Period*,Edited by Chu-tsing Li and James C.Y.Watt,1-13.New York:Asia Society Galleries,1987.

Weidner,Marsha,ed.*Flowering in the Shadows:Women in the History of Chinese and Japanese Painting*.Honolulu:Univ.of Hawaii Press, 1990.

—,etal.*Views from Jade Terrace:Chinese Women Artists 1300-1912*. Indianapolis Museum of Art and New York:Rizzoli,1988.

West,Stephen H."Drama". In *IC*,13-30.

Widmer,Ellen."The Epistolary World of Female Talent in Seventeenth-Century China". *Late Imperial China*10.2 (1989) :1-43.

—.*The Margins of Utopia:Shui-hu hou-chuan and the Literature of Ming Loyalism*.Cambridge:Councilon East Asian Studies,Harvard Univ.,1987.

Widmer,Ellen,and Kang-i Sun Chang,eds.*Writing Women of Late Imperial China*. Stanford:Stanford Univ.Press,1997.

Wilde,Oscar.*The Artist as Critic:Critical Writings of Oscar Wilde*.Edited by Richard Ellmann.1969.Reprint.Chicago:Univ.of Chicago Press,1982.

Wilhelm, Richard, and Cary F. Baynes, trans. *The I Ching, or Book of Changes*, Princeton:Princeton Univ.Press,1967.

Williams,C.A.S.*Outlines of Chinese Symbolism and Art Motives*.3rd ed.New York: Dover Publications,1976.

Wilson,Katharina M.,and Frank J.Warnke.*Women Writers of the Seventeenth Century*. Athens:Univ.of Georgia Press,1989.

Wixted,John Timothy,trans.*Five Hundred Years of Chinese Poetry,1150-1650:The Chin,Yuan,and Ming Dynasties (Gen Min shi gaisetsu)* ,by Yoshikawa Kojirō. "Afterword"by William S.Atwell. Princeton:Princeton Univ.Press,1989.

Wolf,Margery,and Roxane Witke,eds.*Women in Chinese Society*. Stanford:Stanford Univ.Press,1975.

Woodbridge, Linda.*Women and the English Renaissance: Literature and the Nature of Womankind*,1540-1620. Urbana:Univ.of Illinois Press,1984.

Wu,Yenna."The Inversion of Marital Hierarchy:Shrewish

Wives and Henpecked Husbands in Seventeenth-Century Chinese Literature". *Harvard Journal of Asiatic Studies* 48.2 (1988):363-382.

Yang,Hsien-ching."Aesthetic Consciousnessin Sung Yung-wu Tz'u (Songs on Objects) ". Ph.D.diss.,Princeton Univ.,1987.

Yeats,W.B.*Ideas of Good and Evil:Essays and Introductions.* London:Macmillan,1961.

Yeh Chia-ying (Chao,Chia-ying Yeh) ."Wang I-sun and His Yung-wu Tz'u", *Harvard Journal of Asiatic Studies* 40.1 (1980) :55-91.

—."The Ch'ang-chou School of Tz'u Criticism". In *Chinese Approaches to Literature from Confucius to Liang Ch'i-ch'ao*, edited by Adele Austin Rickett,151-188.Princeton:Princeton Univ.Press, 1978.

Yim,Lawrence C.H. （严志雄） *The Poet-historian Qian Qianyi.* London and New York:Routledge,2009.

Yip,Wai-lim.*Chinese Poetry:Major Modes and Genres.* Berkeley:Univ.of California Press,1976.

Yu,Anthony C."The Quest of Brother Amor:Buddhist Intimations in The Story of the Stone". *Harvard Journal of Asiatic Studies* 49.1 (1989) :55-92.

Yu,Pauline."Formal Distinctions in Chinese Literary Theory". In *Theories of the Arts in China*,edited by Susan Bush and Christian Murck,27-53.Princeton:Princeton Univ.Press,1983.

—.*The Reading of Imagery in the Chinese Poetic Tradition.*

Princeton: Princeton Univ.Press,1987.

Zhang,Longxi,"The Letteror the Spirit:The Song of Songs, Allegoresis, and the Book of Poetry". *Comparative Literature* 39 (1987) :193-217.

Zink,Michael."The Allegorical Poem as Interior Memoir". *Yale French Studies* 70 (1986) :100-126.

后记

　　有关这本《情与忠》背后的故事，我个人还有一次奇妙的经验，愿记在此与读者分享，并希望借此留住一段难得的"书史"以及其中所孕育的友谊缘分之鸿爪。

　　且说 2009 年 11 月间，因恐怕自己于 1991 年出版的那本英文专著 *The Late Ming Poet Ch'en Tu-lung: Crises of Love and Loyalism* 将来再也买不到了，我突然心血来潮，在亚马逊（Amazon）购书网上订购了一本该作的旧书。网上待售的旧书有好几册，我从中随便挑了一本，正好在感恩节前夕收到了该书。打开包裹后翻到扉页一看，我一下子愣住了，好半天都说不出一句话来。那扉页上白纸黑字，明明是我的签名，是多年前该书刚出版时我亲自签赠给耶鲁同事 Edwin McClellan 的，上书："To dear Ed with appreciations, from Kang-i, January 1991"。没想到，我赠给友人的书又让我买了回来！真是天下太小，巧事都让我碰上了。

　　但我相信这是一段永恒缘分的奇妙安排。那几个月正当好友 Edwin Mc Clellan（我一直称他为 Ed）和他的妻子 Rachel 先后去世，他们的子女显然基于实际的考虑，自然就把 Ed 的许多图书收藏或转赠他处，或以廉价出售。当时，我正因好友的去世而伤怀不已，这个奇妙的"包裹"却给我带来安慰，使我从中感受到友谊的缘分，一种如往而复的回应。这种"如往而复"的回应立刻令我联想到《易经》里的"复"卦。我也同时想起美国诗人朗费罗（Henry Wadsworth Longfellow）所写的一首题为《箭与歌》（*The Arrow and the Song*）的诗。该诗的大意是：诗人向空中射出一支箭，不知那支箭最终落于何处。接着，诗人又向空中高唱一曲，不知那歌曲有谁会听见。但许久之后，有一天诗人偶然发现那支箭原来附在一棵橡树上，仍完好无缺。至于那首歌，从头到尾都一直存在一个友人的心中。总之，我感到自己的奇妙经验也呼应了这种反转复归的人生意蕴：

I shot an arrow into the air,

It fell to earth, I knew not where;

For, so swiftly it flew, the sight

Could not follow it in its flight.

I breathed a song into the air,

It fell to earth, I knew not where;

For who has sight so keen and strong,

That it can follow the flight of song?

Long, long afterward, in an oak

I found the arrow,still unbroken;

And the song,from beginning to end,

I found again in the heart of a friend.

在那以后不久，我开始重读我的那本英文旧作以及 20 多年前李奭学先生为我所译的《陈子龙柳如是诗词情缘》一书。借着这个宝贵的机会，我也改写修订了书中许多段落，因而有了这个北大本的诞生。所以这本《情与忠》的出版也算是对好友 Edwin McClellan 的一个纪念。

孙康宜

2012 年感恩节写于耶鲁大学

作者治学、创作年表

此表略去 220 余篇中文文章的题目（有关中文单篇文章的内容，请见《孙康宜文集》第一、二、三、四卷）。

1966 年
毕业于台湾东海大学外文系。

1966 年度荣誉毕业生。获美国 Phi Tau Phi ScholasticHonor Society 荣誉会员资格。

毕业论文的题目是 "Herman Melville, 1819-1891"（美国 19 世纪作家麦尔维尔）。

考进台湾大学第一届外文研究所，攻读美国文学。后来硕士没念完（只修完 32 学分）就离台赴美了。

1968 年
移民美国，开始准备入学。

1969 年
1 月间，进新泽西州立罗格斯大学（Rutgers, the State Univer-

sity of New Jersey）图书馆系。

1971 年

获罗格斯大学图书馆硕士学位（M.L.S）。

进南达科他州立大学（South Dakota State University at Brook-ings）英文系研究所。

1972 年

12 月，获南达科他州立大学英美文学硕士学位（M.A.）。

1973 年

进普林斯顿大学东亚研究系攻读博士，兼修比较文学和英国文学。

1974 年

获普林斯顿大学全额奖金（1974—1976）。

1976 年

获美国政府 NDFL Title VI 奖金。开始撰写有关词学的博士论文。

大会演讲："The Structure of Ming Drama"，presented at the CLTA panel in the annual convention of the Association for Asian Studies（亚洲研究年会），Toronto（多伦多）。

将浦安迪教授的一篇文章译成中文：《谈中国长篇小说的结构问题》，《文学评论》第三集（1976 年 7 月 1 日），第 53—62 页。

1977 年

获 Whiting Fellowship in the Humanities 荣誉奖金。继续撰写博士论文。

1978 年

获普林斯顿文学博士学位。

发表第一篇英文文章："Review of *Studies in Chinese Literary Genres*", ed. Cyril Birch, in *Journal of Asian Studies*, 37.2（1978）: 346-348。

1979 年

受聘于美国麻省的 Tufts 大学。

应邀至南京大学，做一系列有关比较文学的演讲。

大会演讲："Poetry in the *Dream of the Red Chamber*", presented at the CLTA Conference（美国语言学会）, Atlanta, Georgia（乔治亚州）。

宣读论文："Chinese Lyric Criticism in the Six Dynasties", presented at the Conference on Theories of the Arts in China（中国艺术理论研讨会）, York, Maine（缅因州）。

1980 年

受聘于普林斯顿大学，开始任职普林斯顿大学葛思德东方图书馆馆长。

应邀至康奈尔（Cornell）大学演讲，题目是："Poems in the *Dream of the Red Chamber*"。

大会演讲："The Role of Imagery in Li Yü's（937-978）*Tz'u* Poetry", presented at the annual convention of the Association for Asian Studies（亚洲研究年会）, Washington, D. C.（华府）。

出版第一本英文专著：Kang-i Sun Chang, *The Evolution of Chinese Tz'u Poetry: From Late T'ang to Northern Sung*. Princeton:

Princeton University Press, 1980 [此书由李奭学译成中文。见《晚唐迄北宋词体演进与词人风格》（台北：联经出版事业公司，1994）；并见简体修订版，《词与文类研究》（北京：北京大学出版社，2004）]。

发表英文文章："Songs in the *Chin-p'ing-mei tz'u-hua*", *Journal of Oriental Studies* 18.1-2（1980）: 26-34。

发表英文文章：Review of Wang Kuo-wei's *Jen chien tz'u-hua*, trans. Adele A. Rickett, in *Bulletin of Sung and Yuan Studies*（Spring, 1980）: 122-123。

1982 年

受聘于耶鲁大学，一直任教至今。

宣读论文："Description of Landscape in Early Six Dynasties Poetry", presented at the conference, "Evolution of *Shih* Poetry from the Han through the T'ang"（由汉至唐的诗歌演进研讨会），ACLS 资助，York, Maine（缅因州）。

1983 年

获耶鲁大学 A. Whitney Griswold 奖金。

被选为前往北京参加第一次国际比较文学会的 5 位美国代表之一，后因开会时间与耶鲁开学时间有冲突而请辞。

发表英文文章："Chinese Lyric Criticism in the Six Dynasties", in *Theories of the Arts in China*, ed. Susan Bush and Christian Murck. Princeton: Princeton University Press, 1983, 215-224。

1984 年

开始担任耶鲁大学东亚语言文学研究所主任（1984 至 1991 年）。

大会演讲："Problems of Expression and Description in Six Dynasties Poetry"，presented at the Mid-Atlantic Region of the Association for Asian Studies（大西洋岸中部区亚洲研究分会），PrincetonUniversity（普林斯顿大学）。

开始撰写有关六朝诗歌的英文著作。

1985 年

获耶鲁大学 Morse Fellowship。

获耶鲁大学 A. Whitney Griswold 奖金。

宣读论文："Symbolic and Allegorical Meanings in the *Yueh-fu pu-t'i* Poem-Series"，presented at the Workshop on Issues in Sung Literati Culture（宋代文人文化研讨会），Harvard University（哈佛大学）。

1986 年

获耶鲁大学终身教职（tenure）。

大会演讲："Palace Style Poetry in the Six Dynasties"，Mid-Atlantic Region of the AAS（亚洲研究分会），University of Delaware, Newark, Delaware。

宣读论文："Symbolism and Allegory in the Late Sung *Yung-wuTz'u*"，New York Conference on Asian Studies（纽约亚洲研究大会），State University of New York（纽约州立大学），New Paltz, New York（纽约州）。

出版英文专著：Kang-i Sun Chang, *Six Dynasties Poetry*.Princeton: Princeton University Press, 1986［此书由钟振振译成中文。见《抒情与描写：六朝诗歌概论》（台北：允晨文化事业股份有限

公司，2001）。简体版于 2006 年由上海三联书店出版。此书还有韩文译本，译者为申正秀（Jeongsoo Shin），于 2004 年由首尔的 Ihoe 出版社出版〕。

发表英文文章："Review of Ronald Egan *The Literary Works of Ou-yang Hsiu*", *Harvard Journal of Asiatic Studies* 46.1（1986）：273-283。

发表英文文章："Symbolic and Allegorical Meanings in the *Yueh-fu pu-t'i* Poem-Series", *Harvard Journal of Asiatic Studies* 46.2（1986）：353-385。

发表英文文章："Description of Landscape in Early Six Dynasties Poetry", in *The Vitality of the Lyrical Voice*, ed. Shuen-fu Lin and Stephen Owen. Princeton: Princeton Univ. Press, 1986, 287-295。

发表英译作品：Co-translator（with Hans Frankel），"The Legacy of the Han, Wei, and Six Dynasties *Yueh-fu* Tradition and Its Further Development in T'ang Poetry", by Zhou Zhenfu. *The Vitality of the Lyric Voice*, ed. Shuen-fu Lin and Stephen Owen. Princeton: Princeton University Press, 1986, 287-295。

发表英文文章：Contributed nine（9）entries to *Indiana Companion to Chinese Literature*, ed. William H. Nienhauser. Bloomington: Indiana University Press, 1986。

发表英译作品：Translations of poems by Wang P'eng-yun, in *Waiting for the Unicorn: Poems and Lyrics of China's Last Dynasty*（1644-1911）, ed. Irving Lo and William Schultz. Bloomington: Indiana University Press, 1986。

1987 年

大会演讲："Six Dynasties Poetry and Its Aesthetics"，presented at the 45th Annual Meeting of the American Society for Aesthetics（美国美学年会，第 45 届），Kansas City, Missouri（密苏里州）。

宣读论文："The Idea of the Mask in Wu Wei-yeh（1609-1671）"，Conference on Chinese Culture History（中国文化研讨会），Princeton University（普林斯顿大学）。

1988 年

发表英文文章："The Idea of the Mask in Wu Wei-yeh（1609-1671）"，*Harvard Journal of Asiatic Studies* 48.2（1988）：289-320。

1989 年

获美国 ACLS Fellowship in Chinese Studies（ACLS 中国研究奖金）。

应邀至新泽西州立罗格斯大学（Rutgers, the State University of New Jersey）演讲，题目是"Liu Rushi and Seventeenth Century Chinese Poetry"。

大会演讲："The Poet as Tragic Hero: Ch'en Tzu-lung（1608-1647）in the Dynastic Transition"，presented at the annual convention of the Association for Asian Studies（亚洲研究年会），Washington, D.C（华府）。

开始撰写有关明末诗人陈子龙、柳如是的专著。

1990 年

升职为耶鲁大学文学正教授。

大会演讲："Canon Formation in Chinese Poetry"，presented at

the ICANAS Panel on the Concept of the Classic and Canon-Formation in East Asia（东亚经典理论研讨会），Toronto（多伦多）。

宣读论文："Liu Shih and the *Tz'u* Revival of the Late Ming"，presented at the Conference on *Tz'u* Poetry（词学研讨会），ACLS 资助，York, Maine（缅因州）。

被选为耶鲁大学性别研究系的教授联盟（Affiliated Faculty）之一。

被选为台北德富基金会（Wu Foundation）的董事，任职至今。

发表英文文章："Canon Formation in Late Imperial Chinese Poetry: Problems of Gender and Genre"，in *The Proceedings of the 33rd International Congress of Asian and North African Studies,* Univ. of Toronto, Canada, August 1990。

1991 年

担任耶鲁大学东亚语言文学系系主任（任期 6 年，1991 至 1997 年）。

获耶鲁大学荣誉硕士学位（Honorary Degree of Master of Arts, *privatim*, Yale University）。

获德富基金会（Wu Foundation）研究奖金。

宣读论文："Rereading BadaShanren's Poetry"，presented at International Comparative Literature Conference（国际比较文学研讨会），台湾大学主办。

应邀至台湾"中研院"文哲所演讲，题目为"有关明清文学的海外汉学研究"。

出版英文专著：Kang-i Sun Chang, *The Late-Ming Poet Ch'en*

Tzu-lung: Crises of Love and Loyalism. New Haven: Yale University Press, 1991〔此书由李奭学译成中文。见《陈子龙柳如是诗词情缘》（台北：允晨文化事业股份有限公司，1992）；简体版于 1998 年由陕西师范大学出版社出版。后又有简体修订版：《情与忠：陈子龙、柳如是诗词因缘》（北京：北京大学出版社，2012）〕。

发表英文文章："Liu Shih and the Place of Women in 17th Century Chinese Poetry". *Faculty Seminar in East Asian Humanities, 1988-1990.*East Asian Studies, Rutgers Univ., 1991, 78-88。

1992 年

获高雄炼油厂、国光油校子弟学校校友会颁赠的"杰出校友"荣誉奖牌。

大会演讲："Women Poets of Traditional China: A Poetics of Expression", presented at the 7th Annual Conference on Chinese Culture: Women and Chinese Culture（妇女与中国文化研讨会），Harvard Univ.（哈佛大学）。

宣读论文："Ming-Qing Women Poets and the Notions of 'Talent' and 'Morality'", Conference on Culture and State in Late Imperial China(明清文化与家国研讨会），University of California-Irvine(加州大学尔湾分校）。

应邀加入耶鲁大学出版社顾问（Advisory Committee），"The Culture and Civilization of China" Publication Project（"中国文化与文明"出版计划）。

应邀加入《九州学刊》编辑委员会，1992 至 2003 年。

发表英文文章："Rereading Pa-ta Shan-jen's Poetry: The Textual

and the Visual, and the Determinacy of Interpretation", *Tamkang Review*, Vol. 22, 1992, pp. 195-212。

发表英文文章: "A Guide to Ming-Ch'ing Anthologies of Female Poetry and Their Selection Strategies", *The Gest Library Journal* 5.2（Winter, 1992）:119-160。

出版《陈子龙柳如是诗词情缘》，李奭学译（台北：允晨文化事业股份有限公司，1992）。

1993 年

与魏爱莲（Ellen Widmer）教授同获 National Endowment for the Humanities（NEH），蒋经国基金会、德富基金会的奖金，在耶鲁大学举行"明清妇女与文学"（Conference on Women and Literature in Ming-Qing China）的国际会议（大会中宣读论文："On Ming-Qing Women's Anthologies"）。

获耶鲁大学 A. Whitney Griswold 奖金。

应邀至 Wesleyan 大学演讲，题目是 "Two Female Traditions in Seventeenth-Century Chinese Song Lyrics"。

发表英文文章: "Chinese Poetry, Classical", in *The New Princeton Encyclopedia of Poetry and Poetics*, ed. Alex Preminger and T. V. F. Brogan. Princeton: Princeton Univ. Press, 1993, 190-198。

发表英文文章: Co-author, "Allegory", "Love Poetry", "Lyric", "Rhyme", "Rhyme-Prose", in *The New Princeton Encyclopedia of Poetry and Poetics*, ed. Alex Preminger and T. V. F. Brogan. Princeton: Princeton Univ. Press, 1993。

1994 年

应邀至哈佛大学演讲，题目是 "The Courtesan and Gentry Women: Two Forms of the Feminine Persona in *Ci*"。

获蒋经国基金会（Chiang Ching-Kuo Foundation）美国分会（American Regional Office）的邀请，担任奖学金审查委员（North American Review Board），1994 至 1996 年，及 2007 至 2011 年。

宣读论文："On Cultural Androgyny", presented at the Association of Northern American Chinese Writers Conference（北美华裔作家研讨会），New York（纽约）。

宣读论文："Problems of Postmodernism", presented at the Third Conference of Southern New England Association for Science and Technology Exchange Conferen（南新英格兰科技大会），Trinity College（三一学院），Hartford, CT.（康涅狄格州）。

担任会议评论者：Panel on"Courting Words: Six Dynasties Courtly Literature", in the 46th Annual Meeting of the Association for Asian Studies（亚洲研究年会），Boston（波士顿）。

发表英文文章："Liu Shih and Hsu Ts'an: Feminine or Feminist?", *Voices of the Song Lyric in China*, ed. Pauline Yu. Berkeley: Univ. of California Press, 1994, 169-187。

发表英文文章："The Device of the Mask in the Poetry of Wu Wei-yeh（1609-1671）", in *The Power of Culture: Studies in Chinese Cultural History*, ed. Willard J. Paterson et. al., Hong Kong: The Chinese University of Hong Kong Press, 1994, 247-274。

出版《晚唐迄北宋词体演进与词人风格》，李奭学译（台北：

联经出版事业公司，1994）。

1995 年

获耶鲁大学妇女中心的邀请，做一系列（共 6 次）演讲。该演讲系列的题目是 "Men, Women and Nature in Chinese Poetry"。

应邀至 Amherst College 演讲，题目是 "Chinese Women Poets and Cultural Androgyny"。

应邀至 Trinity College 演讲，题目是 "Gender Issues in Seventeenth-Century Chinese Poetry"。

大会演讲："Feminism in Zhang Yimou's Movies", presented at the Conference on Cultural China: Intellectual Trends and Groups in the Transitional Period（文化中国研讨会），Princeton University（普林斯顿大学）。

大会演讲："Enclosed Space in Zhang Yimou's 'Raise the Red Lantern' ", presented at the Association of North American Chinese Writers Conference（北美华裔作家研讨会），Harvard University（哈佛大学）。

应邀担任美国 Chinese Literature: Essays, Articles, Reviews（CLEAR）杂志的顾问（Advisory Board）。

被选为 1995 年国际大专辩论会的 5 位评委之一（北京中央电视台主办）。其他评委为杜维明、余秋雨、王元化等人。

1996 年

大会演讲："Sexual Politics and the Power Relationship between Mainland China and Taiwan Region", presented at the Humanities Panel in the Fourth Southern New England Science and Technology

Exchange Conference（南新英格兰科技大会），Trinity College（三一学院），Hartford, CT（康涅狄格州）。

大会演讲："Cultural Revolution and Overseas Trends in the Sixties"，presented at the Cultural China: 30th Anniversary of the Cultural Revolution Conference（"文化大革命"30周年研讨会），Sponsored by the Princeton China Initiative（普林斯顿中国协会），Princeton（普林斯顿），New Jersey（新泽西州）。

宣读论文：《寡妇诗人的文学声音》，中国文学与文化国际研讨会（台湾大学主办）。

1997 年

应邀至哈佛大学演讲，题目是 "Chinese Love Poetry and Problems of Interpretation"。

宣读论文："Liu Xie's Idea of Canonicity"，presented at the Conference on WenxinDiaolong（《文心雕龙》研讨会），Univ. of Illinois（伊利诺伊大学），Urbana, Ill。

出版与魏爱莲（Ellen Widmer）合编的《明清女作家研究集》：*Writing Women in Late Imperial China*, edited by Ellen Widmer and Kang-i Sun Chang. Stanford: Stanford University Press, 1997。

发表英文文章："Ming and Qing Anthologies of Women's Poetry and Their Selection Strategies"，in Ellen Widmer and Kang-i Sun Chang, eds., *Writing Women in Late Imperial China*.Stanford: Stanford Univ. Press, 1997, 147-170。

1998 年

再次担任耶鲁大学东亚语言文学系研究所主任（1998 至 2000

年）。

获瑞典斯德哥尔摩大学（University of Stockholm）的邀请，担任博士生论文答辩之考官。

应邀至瑞典斯德哥尔摩大学（University of Stockholm）演讲，题目是"Love and Gender in Chinese Poetry"。

担任会议评论者：Panel on"Strategies of Reading Classical Chinese Poetry"，AAS Convention（亚洲研究年会），Washington, D.C.（华府）。

应邀至天津南开大学演讲，题目是"中国古典诗词与比较文学论"。

宣读论文："Women's Poetic Witnessing"，presented at the Conference, "From the Late Ming to the Late Qing: Dynastic Decline and Cultural Innovation"（从晚明至晚清：朝代兴亡与文化创新研讨会），Columbia Univ.（哥伦比亚大学）。

宣读论文："明清女诗人的经典地位"，传统中国文化国际研讨会（北京大学百年校庆），北京大学主办。

发表英文文章："Ming-Qing Women Poets and the Notions of 'Talent' and 'Morality' "，in *Culture and State in Chinese History: Conventions, Conflicts, and Accommodations*, ed. Bin Wong, Ted Huters, and Pauline Yu. Stanford: Stanford Univ. Press, 1998, 236-258。

出版《古典与现代的女性阐释》（台北：联合文学出版社，1998）。

1999 年

应邀至加拿大的 McGill 大学演讲，题目是 "Gender and Canonicity: Ming-Qing Women Poets in the Eyes of the Male Literati"。

应邀至台湾东海大学演讲（第五届吴德耀人文讲座），题目是 "性别与经典论：从明清文人的女性观说起"。

应邀至台湾师范大学翻译研究所演讲，题目是 "翻译与经典的形成"。

大会演讲："The Fruits and Future of Research on Traditional Chinese Women", presented at the Roundtable Discussion, "Research on Gender in China: Old Directions, New Concerns"（中国性别研究研讨会）, New England Conference of the Association for Asian Studies（新英格兰亚洲研究分会）, Yale University（耶鲁大学）。

宣读论文："Questions of Gender and Canon in the Ming-Qing Period", presented at the New Directions in the Study of Late Imperial Literature and History Conference（明清文史研究的新方向研讨会）, sponsored by the History Department of National Chung Cheng University（台湾中正大学历史系）and the East Asian Studies Department of the University of Arizona（与美国亚利桑那大学亚洲研究系合办）, 台湾台北。

应邀至哥伦比亚大学演讲（C.T. Hsia Lecture Series 夏志清演讲系列），题目是 "Marginalization and Canon-Formation: Ming-Qing Literati and Literary Women"。

出版与苏源熙（Haun Saussy）合编的《中国历代女作家选集：

诗歌与评论》: *Women Writers of Traditional China: An Anthology of Poetry and Criticism,* edited by Kang-i Sun Chang and HaunSaussy, with Associate Editor Charles Kwong. Stanford: Stanford University Press, 1999。

发表英译作品: "Zheng Ruying", "Wang Wei(ca. 1600-ca. 1647)", "Bian Sai", "Yang Wan", "Liu Shi", "Ye Hongxiang", "Chen Zilong", in *Women Writers of Traditional China*, edited by Kang-i Sun Chang and HaunSaussy (Stanford: Stanford University Press, 1999) ,324-325;320-329;321-333 (with Charles Kwong) ;333-336;350-357; 448-453 (with Charles Kwong) ; 762-764。

发表英文文章: "Ming-Qing Women Poets and Cultural Androgyny", *Tamkang Review* 30.2 (Winter 1999) :12-25。

2000 年

受聘为北京中国社会科学院文学研究所、外国文学研究所、比较文学研究中心顾问。

应邀至北京中国社会科学院演讲,题目是"谈经典论"。

应邀至耶鲁雅礼协会 (Yale-China Association) 演讲,题目是 "Writing Yale: A personal Perspective"。

应邀至宾州州立大学做两场演讲,题目分别为:(一) "The Chinese Critical Concept of 'Qing' 清 (Purity)" ;(二) "Gender Theory and World Literature Today"。

宣读论文: "The Unmasking of Tao Qian: Canonization and Reader's Response", presented at the international conference, "Chinese Aesthetics: The Orderings of Word, Image, and the World in the Six Dynasties" (六朝美学研讨会), University of Illinois (伊利诺伊大学), Urbana, Illinois。

宣读论文："Wang Shizhen and His Anxiety of Influence", presented at the New England AAS Regional Conference (新英格兰亚洲研究分会), Brown University (布朗大学)。

宣读论文:《典范诗人王士禛》, 明清文化研讨会 (北京大学中文系主办)。

宣读论文:《末代才女的乱离诗》, 汉学国际研讨会 (台湾"中研院"主办), 南港, 台湾。

宣读论文:"Canonization of the Poet-Critic Wang Shizhen (1634-1711)", presented at the Workshop on Seventeenth-Century China (17 世纪中国研讨会), 哈佛大学主办。

大会演讲:"What Can Gender Theory Do for the Study of Traditional Chinese Literature?", presented at the Conference, "Interpreting Cultures: China Facing the Challenges of the New Millennium", sponsored by the Swedish Council for Research in the Humanities and Social Sciences (瑞典人文社会科学研究中心主办), Stockholm (斯德哥尔摩), Sweden (瑞典)。

大会演讲:"The Relevance of Gender Studies Theories for Pre-Modern Chinese Literature", presented at the Panel, "Bridging the Gap Between Traditional Scholarship and Contemporary Theories in Chinese Literary Studies", AAS Convention (亚洲研究年会), San Diego (圣地亚哥), California (加州)。

担任圆桌会议主持人之一："Gender and Creative Writing"
（性别与文学创作），North American Chinese Writer Association
meeting（北美华裔作家研讨会），Harvard-Yenching Institute（哈
佛燕京学社），Harvard University（哈佛大学）。

发表英文文章："Questions of Gender and Canon in Ming-Qing
Literature", in Chen-main Wang, ed., *New Directions in the Study of
Ming-Qing Culture*. Taipei: Wenjin Publishing Company, 2000, 217-
245。

出版《耶鲁性别与文化》（上海：上海文艺出版社，2000；台
北：尔雅出版社，2000）。

2001 年

与耶鲁大学校长雷文 Richard C. Levin 和耶鲁代表团访问北京。

应邀至中国社会科学院文学研究所演讲，题目是"美国汉学
的新方向"。

应邀至美国休斯敦华裔作家协会演讲，题目是"汉学与全球
化"。

与耶鲁大学本科院长 Richard H. Brodhead，比较文学系主任
Michael Holquist 等人再访北京，担任耶鲁 300 年和清华 90 周年
的"全球化比较文学"会议主持人之一（大会中宣读论文："From
Difference to Complementarity: The Interaction of Western and
Chinese Studies"）。

发表有关"中国历史文化中的'私'与'情'"的专题演讲。
台北汉学研究中心邀请。

担任会议评论者：Panel on "Poetry, Parties, and Publishing:

Social Gatherings and Cultural Production in Late Imperial China," AAS Convention（亚洲研究年会）, Chicago（芝加哥）。

被选为耶鲁大学比较文学系"文学学科"（Literature Major）的教授联盟（Affiliated Faculty）之一。

发表英文文章："Liu Xie's Idea of Canonicity", in *A Chinese Literary Mind,* ed. Zong-qi Cai. Stanford: Stanford Univ. Press, 2001, 17-31。

发表英文文章："Gender and Canonicity: Ming-Qing Women Poets in the Eyes of the Male Literati", in *Hsiang Lectures on Chinese Poetry*, Vol. 1, ed. by Grace S. Fong. Montreal: Centre for East Asian Research, McGill University, 2001, 1-18。

出版《抒情与描写：六朝诗歌概论》，钟振振译（台北：允晨文化事业股份有限公司，2001）。

出版《文学的声音》（台北：三民书局，2001）。

出版《游学集》（台北：尔雅出版社，2001）。

2002 年

被选为耶鲁大学 Whitney Humanities Center（惠特尼人文中心）的 Faculty Fellow（教授成员）。

应邀至台北故宫博物院演讲，题目是"写作甘苦谈"。

获加拿大不列颠哥伦比亚大学（University of British Columbia）的邀请，担任博士生论文之考官。

大会演讲："二十一世纪全球大学"，二十一世纪大学国际研讨会（台湾大学主办）。

大会演讲："The Problematic Self-Commentary: Gong Zizhen

and His Love poetry", AAS Convention（亚洲研究年会），Washington, D.C.（华府）。

发表英文文章："Ming-Qing Women Poets and Cultural Androgyny",in *Critical Studies*（Special Issue on Feminism/Femininity in Chinese Literature, edited by Peng-hsiang Chen and Whitney Crothers Dilley）[2002]:21-31。

发表英文文章："The Two-Way Process in the Age of Globalization", in *Ex/Change*, 4（May 2002）: 5-7。

出版《文学经典的挑战》（南昌：百花洲文艺出版社，2002）。

2003 年

获英国剑桥大学出版社邀请，主编《剑桥中国文学史》（*The Cambridge History of Chinese Literature*），初步邀请 17 位学者参加。

再次担任耶鲁大学东亚语言文学系研究所主任（2003）。

主办"Chinese Poetic Thoughts and Hermeneutics"（传统中国的诗学与阐释）国际会议，在耶鲁大学东亚研究中心举行。获北美蒋经国基金会奖金资助。

应邀加入《九州学林》编辑委员会（前此为《九州学刊》，1992 至 2003 年）。

发表英文文章："From Difference to Complementarity: The Interaction of Western and Chinese Studies",*Tamkang Review*, Vol. 34, No. 1（2003）: 41-64。

出版《走出白色恐怖》（台北：允晨文化事业股份有限公司，2003；增订版 2007）。

2004 年

邀请哈佛大学讲座教授宇文所安（Stephen Owen）教授共同主编《剑桥中国文学史》，决定上下卷以 1375 年为分野，计划于 2008 年交卷。

在耶鲁东亚研究中心主办编写《剑桥中国文学史》的筹备大会。参与者除了撰写各章的执笔人以外，还包括剑桥大学出版社文学史丛书总编 Dr. Linda Bree 等人。

与香港城市大学的郑培凯教授和台湾大学的黄俊杰教授合办 "History, Poetry, and the Classical Tradition"（历史、诗歌与传统）国际会议，在耶鲁大学东亚研究中心举行。获香港城市大学资助（大会中宣读论文 "Qian Qianyi's Position in History"）。

担任会议评论者：Panel on the "New Directions in Tao Yuanming Studies", AAS Convention（亚洲研究年会），San Diego（圣地亚哥），California（加州）。

应邀至台湾大学与教育部合办的"中国抒情传统"大会做专题演讲，题目为"如何创造新的抒情声音？——以明清中期文学为例"。

应邀至台湾"中研院"文哲所演讲，题目为"什么是新的文学史？"

宣读论文："Journey Through Literature", presented at the Beijing Forum（北京论坛），北京市政府和北京大学合办。

发表英文文章："Dick as I Know Him", excerpts（translated from Chinese by Matthew Towns），*Yale Bulletin*, 32.28（April 30, 2004）：4。

发表英文文章："Review on *Harmony Garden: The Life, Literary Criticism, and Poetry of Yuan Mei*（1716-1798）by J. D. Schmidt", in *Harvard Journal of Asiatic Studies*, 64.1（June 2004）：158-167。

发表英文文章："Reborn from the Ashes", *Singapore Anthology on Religious Harmony*, edited by Desmond Kon and Noelle Pereira（Singapore: School of Film and Media Studies, 2004）, 147-153。

发表英文文章："The Unmasking of Tao Qian and the Indeterminacy of Interpretation", in *Chinese Aesthetics: The Ordering of Literature, the Arts, and the Universe in the Six Dynasties*, ed. Zongqi Cai. Honolulu: Univ. of Hawaii Press, 2004, 169-190。

出版 *Six Dynasties Poetry* 专著的韩文译本，译者为申正秀（Jeongsoo Shin），由首尔 Ihoe 出版社出版，2004 年。

2005 年

与耶鲁大学的比较文学系主任 Michael Holquist 和北京大学的孟华教授等人在北京合办"Tradition and Modernity: Comparative Perspectives"（比较视野中的传统与现代）之国际会议（大会中宣读论文："The Anxiety of Letters: The Love Poetry of Gong Zizhen"）。

应邀至清华大学演讲（法鼓讲座），题目为"有关剑桥中国文学史"。

应邀至台湾大学做两场演讲，题目分别为：（一）"我的学思历程"；（二）"传统女性道德力量的反思"（法鼓讲座）。

应邀至哈佛大学演讲，题目为"A New Literary History: Early

to Mid-Ming"。

大会演讲："On C.T. Hsia and the New Trends in Chinese Literary Studies", The Hsia Brothers and Chinese Literature: An International Symposium（夏氏兄弟对中国文学的影响：国际研讨会），Columbia University（哥伦比亚大学），New York（纽约）。

大会演讲："Gao Qi（and Kao Ch'i）in Early Ming Poetry", presented at the Fritz Wm Mote Memorial Conference（牟复礼教授纪念大会），Princeton University（普林斯顿大学）。

大会演讲："台阁体、复古派和苏州文学的关系与比较"，明代研究大会（北京首都师范大学主办）。

与郑毓瑜教授对话："Women's Arts and Creativity"（妇女的艺术与创作），台北文化局主办。

应邀加入《汉学研究》编辑委员会，2005 至 2012 年。

发表英文文章："Review on *The Red Brush. Writing Women of Imperial China*, by Wilt Idema and BeataGrent"（Cambridge, Mass.: Harvard Univ. Asia Center, 2004），In *CLEAR 27*（2005）：167-170。

2006 年

与台湾"中央"大学王成勉教授和美国普林斯顿林培瑞（Perry Link）教授等人在"中央"大学合办纪念恩师牟复礼教授国际学术研讨会。大会议题为"Chinese Culture, Past and Present"（中国文化研究的传承与创新）（大会中宣读论文："重写明初文学：从高压到盛世"）。

应邀至斯坦福大学演讲，题目是"Bridging Gaps: A New Literary History of Ming Literature"。

应邀至台湾中原大学演讲，题目为"谈谈美国的通才教育"。

专题演讲："JinTianhe and His *Nujie zhong*"，keynote speech presented at the Humanities Panel, The Sixth Southern New England Science and Technology Exchange Conference（南新英格兰科技大会），Hartford, CT.（康州）。

宣读论文："JinTianhe and the Suzhou Tradition of Witnessing"，presented at the international conference，"Paths Towards Modernity—Conference on the Occasion of Centenary of Jaroslav Prusek"，Charles University（查理大学），Institute of Far Eastern Studies（远东研究中心），Prague（布拉格）。

发表英文文章："A Case of Misreading: Qian Qianyi's Position in History"，in Wilt Idema, Wai-yee Li, and Ellen Widmer, eds., *Trauma and Transcendence in Early Qing Literature*. Cambridge: Harvard University Asia Center, 2006, 199-218。

发表英文文章："Women's Poetic Witnessing"，in *From the Late Ming to the Late Qing: Dynastic Decline and Cultural Innovation*, ed. David Wang and Wei Shang. Cambridge: Harvard Univ. Asia Center, 2006, 504-522。

出版《走出白色恐怖》的英译版：*Journey Through the White Terror: A Daughter's Memoir*, translated from Chinese by the Author and Matthew Towns（Taipei: National Taiwan University Press, 2006）。本书增订版于 2013 年出版。

出版《我看美国精神》（台北：九歌出版社，2006）（此书简体版于 2007 年由中国人民大学出版社出版）。

2007 年

与哈佛大学的王德威教授和台湾清华大学的廖炳惠教授合办"台湾及其脉络"（Taiwan in Its Contexts）国际会议（在耶鲁大学的东亚研究中心召开），获北美蒋经国基金会奖金资助（大会中宣读论文："What Happened to Lu Heruo（1914-1951）After the February 28 Incident?"）。

专题演讲："Introducing the Cambridge History of Chinese Literature Project", lecture delivered at the University of Stockholm（瑞典斯德哥尔摩大学）。

宣读论文："The Circularity of Literary Knowledge Between Ming China and Other Countries in East Asia: The Case of Qu You's *Jiandengxinhua*"（keynote speech）, presented at the NACS Conference, University of Stockholm（斯德哥尔摩大学）。

专题演讲："On Jin Tianhe: the Suzhou Tradition of Witnessing and Garden Literature", lecture delivered at the Mansfield Freeman Center for East Asian Studies, Wesleyan University。

专题演讲："Jin Tianhe and the Suzhou Tradition of Witnessing", lecture delivered at the Center for Chinese Studies, University of Michigan（密歇根大学）。

应邀做专题演讲："文章憎命达：再议瞿佑及其《剪灯新话》的遭遇"，明清叙述理论与文学国际研讨会（台湾"中研院"文哲所主办），台湾南港。

宣读论文："On Memories of Taiwan", presented at the conference on History and Memories（历史与记忆研讨会）。Sponsored

by Harvard-Yenching Institute（哈佛燕京社）, Harvard University
（哈佛大学）。

发表英文文章："Re-Creating the Canon: Wang Shizhen（1634-1711）and the 'New' Canon", in *Tsing-hua Journal of Chinese Studies*（Taiwan）, New Series, Vol. 37, no. 1（June 2007）: 305-320。

发表英文文章："The Anxiety of Letters: Gong Zizhen and His Commentary on Love", in *Tradition and Modernity: Comparative Perspectives*（Beijing: Peking University Press, 2007）, pp. 138-155。

2008 年

担任耶鲁大学东亚语言文学系研究所主任（2008 至 2009 年）。

专题演讲："*Jiandengxinhua* and the Transnational Circulation of Literary Knowledge", The Pre-modern China Lecture Series, Columbia University（哥伦比亚大学）。

应邀至韩国高丽大学（Korea University）做两场专题演讲：（一）"Rereading the Ming";（二）"Is a New Literary History Possible?"。

应邀至台湾"中央"大学做五场专题演讲：（一）"The Ming Literary History";（二）"JinTianhe and the Suzhou Literati Tradition";（三）"On My Teaching at Yale";（四）"On My Occasional Essays";（五）"On t*he Cambridge History of Chinese Literature*"。

专题演讲："Journey Through the Scholarship", 台湾佛光大学, 宜兰。

应邀加入"世界当代华文文学精读文库"（Treasury of Contemporary World Chinese Literature）编委会。

发表英文文章："Jin Tianhe and the Suzhou Tradition of Witnessing", *Path Toward Modernity: A Conference Volume in Commemoration of Jaroslav Prusek*（1906-2006），edited by Olga Lomova. Prague: Charles University, 2008, pp. 307-320。

发表英文文章："The Joy of Reading", *Elogio de la palabra* (*Praise the Word*)，edited by IesAlbero. Spain, 2008, p. 252。

2009 年

荣获耶鲁大学首任 Malcolm G. Chace'56 东亚语言文学讲座教授职位。

专题演讲："Between Tradition and Modernity: On the Male Feminist JinTianhe"，presented at Humanities Program（人文学科部门），Stanford University（斯坦福大学）。

专题演讲："On *The Cambridge History of Chinese Literature*"，presented at the East Asian Studies Department（东亚研究系），Princeton University（普林斯顿大学）。

专题演讲："On a New Literary History: Comparative and Global Perspectives"，presented at the Asian/Pacific Studies Institute（亚洲／太平洋研究中心），Duke University（杜克大学）。

担任会议小组主持人：Panel on "Imagery"（意象），at the conference "Representing Things: Visuality and Materiality in East Asia"（东亚文学咏物艺术研讨会），Council on East Asian Studies（耶鲁东亚研究中心主办）。

担任会议小组主持人：Chair of Panel 2, at the Yale-Cambridge-Qinghua Conference（耶鲁、剑桥、清华三边会议），"Culture,

Conflict, Mediation"（会议主题：文化、冲突与反思），耶鲁东亚研究中心主办。

担任会议小组主持人：Panel on "China & the Wider World in the 20th Century", at the conference "Insiders & outsiders in Chinese History"（"中国历史的里里外外"研讨会），Jonathan Spence's retirement conference（史景迁教授荣休大会），Council on East Asian Studies（耶鲁东亚研究中心主办）。

大会演讲："My Yale Students' Turn: Sunzi, Laozi, and Zhuangzi as Solutions to Today's Financial Crisis", presented at the Beijing Forum（北京论坛），北京市政府和北京大学合办。

发表英文文章："The Circularity of Literary Knowledge Between Ming China and Other Countries in East Asia: The Case of Qu You's *Jiandengxinhua*", NACS Conference Volume: On Chinese Culture and Globalization, edited by Lena Rydholm. Stockholm: University of Stockholm Press, 2009, pp. 159-170。

出版《张充和题字选集》，张充和书，孙康宜编注（香港：牛津大学出版社，2009）。出版《亲历耶鲁》（南京：凤凰出版社，2009）。

2010 年

与北京大学的安平秋教授合办"中国典籍与文化"国际研讨会，在北京大学校园召开（大会宣读论文："1949 年以来的海外昆曲——谈著名曲家张充和"）。

出版与宇文所安合编的 *The Cambridge History of Chinese Literature*（剑桥中国文学史）（in two volumes），edited by Kang-i

Sun Chang and Stephen Owen. Cambridge: Cambridge University Press, 2010［此书中文简体版（下限时间截至 1949 年）由北京的生活·读书·新知三联书店于 2013 年出版；繁体版（全译本）由台湾的联经出版事业公司出版］。

应邀担任荣誉顾问（Honorary Advisor），Research Centre for Chinese Literature & Literary Culture（RCCLLC），The Hong Kong Institute of Education（香港教育学院），New Territories, Hong Kong。

发表英文文章："Literature of the Early Ming to Mid-Ming（1375-1572）", in *The Cambridge History of Chinese Literature*, edited by Kang-i Sun Chang and Stephen Owen. In Volume 2, 1375 to the Present, edited by Kang-i Sun Chang. Cambridge: Cambridge University Press, 2010, 1-63。

发表英文文章："My Yale Students' Turn: Sunzi, Laozi, and Zhangzi as Solutions to Today's Financial Crisis", in *The Harmony of Civilizations and Property for All—Looking Beyond the Crisis to a Harmonious Future*（Beijing:Peking University Press, 2010），143-150。

出版《曲人鸿爪：张充和曲友本事》，张充和口述，孙康宜撰写（桂林：广西师范大学出版社，2010；增订版于 2013 年出版）。

出版《曲人鸿爪"本事"》，张充和口述，孙康宜撰写（台北：联经出版事业公司，2010）。

出版《古色今香：张充和题字选集》，张充和书，孙康宜编注（桂林：广西师范大学出版社，2010；增订版于 2013 年出版）。

2011 年

应邀至北京大学国际汉学家研修基地参与"潜学斋文库捐赠仪式",并做三场专题演讲:(一)"美国汉学的研究现况和学术动向";(二)"钱谦益其人及其接受史";(三)"人文教育在美国"。

发表英文文章:"Chang Ch'ung-ho and Overseas *Kunqu*", in *Journal of the Studies of Ancient Texts*(《北京大学中国古文献研究中心集刊》), Special issue for the Peking-Yale University Conference: Perspectives on Classical Chinese Texts and Culture(Beijing: Peking University Press), no. 11(December 2011): 90-109。

2012 年

荣获耶鲁大学 De Vane 教学奖金牌(Medal)。

再次担任耶鲁大学东亚语言文学系研究所主任(2012 至 2014 年)。

担任会议评论者:Panel on "New Poetic Voices in an Old Tradition: Classical Chinese Poetry at the Turn of the Age(the 19th Century to the Early Republican China)", AAS convention(东亚研究年会), Toronto(多伦多)。

发表英文文章:"The Literary Voice of Widow Poets in the Ming and Qing", in *Ming Qing Studies*, Vol. 1(2012): 15-33。

发表英文文章:Contribution to the section, "Su Shi 1037-1101: Chinese Poet and Essayist", in *Classical and Medieval Literary Criticism*, Vol. 139, edited by Lawrence J. Trudeau(Columbia, S.C.: Layman Poupard Publishing, 2012), pp. 76-89。

出版与廖炳惠、王德威合编的《台湾及其脉络》(台北:台大出版中心，2012）。

出版《情与忠：陈子龙、柳如是诗词因缘》修订版（北京：北京大学出版社，2012）。

出版《走出白色恐怖》增订版（北京：生活·读书·新知三联书店，2012）（此增订版收入王德威序言：《从吞恨到感恩——见证白色恐怖》）。

2013 年

应邀至台湾"中研院"历史语言研究所演讲，题目为"施蛰存的古典诗歌"。

应邀至台湾政治大学台湾文学研究所及中国文学系演讲，演讲题目为"现代人的旧体诗：以施蛰存为例"。

应邀至佛光大学演讲（人文讲座），题目为"谈作家施蛰存"。

应邀担任耶鲁比较文学系本科生杂志 *Aura* 的教授顾问之一（Faculty Advisory Board）：*Aura: The Yale Undergraduate Journal of Comparative Literature*。

出版《走出白色恐怖》英译增订版：*Journey Through the White Terror: A Daughter's Memoir*. Second Edition. Based on a translation from the Chinese by the Author and Matthew Towns（Taipei: National Taiwan University Press, 2013）。

发表英文文章："Review *on Sound and Sight: Poetry and Courtier Culture in the Yongming Era*（483-493）by Meow Hui Goh", in *Journal of the Economic and Social History of the Orient*（*JESHO*），56.2（2013）：312-314。

出版《孙康宜自选集：古典文学的现代观》（上海：上海译文

出版社，2013）。

出版《剑桥中国文学史》，孙康宜、宇文所安主编，刘倩等译，上下二卷（北京：生活·读书·新知三联书店，2013）。

2014 年

应邀担任《东亚人文》（*Journal of East Asian Humanities*）学术委员会委员之一。

发表英文文章："Review on *The Burden of Female Talent: The Poet Li Qingzhao and Her History in China* by Ronald Egan", in *Journal of Asian Studies*, 73.4（2014）: 1105-1106。

发表英文文章："Is There Hope for the Humanities?",*Yale Daily News*, January 16, 2014, p. 2。

出版《从北山楼到潜学斋》（*Enduring Friendship: Letters and Essays*），施蛰存、孙康宜著，沈建中编（上海：上海书店出版社，2014）。

3 月 1 日，耶鲁东亚语文系与耶鲁东亚研究中心合办一个"From Belles Lettres to the Academy: In Celebration of Kang-i Sun Chang"的"七秩大寿"庆祝会。门生苏源熙（Haun Saussy）与王敖分别做专题演讲、朗诵诗歌。其余门生（如王瑷玲、钱南秀、严志雄、Lucas Klein 等）均献上贺诗数首，以为纪念。此外，汉学家 Ronald Egan（艾朗若）、Wendy Swartz、吴盛青、马泰来等人也出席此会。

2015 年

当选美国人文与科学院（American Academy of Arts and Sciences）院士。

担任耶鲁大学东亚语言文学系代系主任 Acting Chair（春季）。

发表英文文章："Review on *Women and National Trauma in Late Imperial Chinese Literature* by Wai-yee Li", *Harvard Journal of Asiatic Studies*,（June, 2015）。

2016 年

当选台湾"中研院"院士。

当选台湾东海大学杰出校友。

《剑桥中国文学史》（全译本），孙康宜、宇文所安主编，上卷（台北：联经出版事业公司，2016）。

2017 年

发表英文文章："1947, February 28, on Memory and Trauma," *A New Literary History of Modern China*, edited by David Der-wei Wang（Cambridge: Harvard University Press, 2017）, pp. 289-311。

发表英文文章："Poetry as Memoir: Shi Zhecun's Miscellaneous Poems of a Floating Life", *Journal of Chinese Literature and Culture*（Special Issue Editor David Der-wei Wang）, Duke University Press, vol. 3, issue 2（2017）: 289-311。

发表英文文章："Yang Shen as a Literary Critic", in *The Poet as Scholar: Essays and Translations in Honor of Jonathan Chaves,* edited by David K. Schneider. *In Sino-Platonic Papers*, No. 272（October, 2017）: 133-149。

《剑桥中国文学史》（全译本），孙康宜、宇文所安主编，下卷（台北：联经出版事业公司，2017）。

2018 年

发表英文文章："Shi Zhecun's Wartime Poems: Kunming, 1937-1940", Frontiers of Literary Studies, Special Issue, 12.3（Oct. 2018）：449-484。

《从捕鲸船上一路走来：孙康宜先生精品文选》，孙康宜著，徐文编（南京：江苏凤凰文艺出版社，2018 年）。

《孙康宜文集》五卷本繁体版（台北：秀威资讯，2018）。

2019 年

再次担任耶鲁大学东亚语言文学系研究所主任，2019—2020年。

发表英文文章："Chinese Authorship", Cambridge Handbook of Literary Authorship, edited by Ingo Berensmeyer et.al.（Cambridge: Cambridge University Press, 2019）, pp. 201-217。

《细读的乐趣》（南京：译林出版社，2019）。

《孙保罗书法：附书信日记》，孙保罗著，孙康宜编注（台北：秀威资讯，2019）。

《一粒麦子》修订本，孙保罗著，孙康宜编注（台北：秀威资讯，2019）。

2020 年

发表英文文章："Review on Just a Song: Chinese Lyrics from the Eleventh and Early Twelve Centuries by Stephen Owen", Harvard Journal of Asiatic Studies 80.2（December, 2020）。

《从北山楼到潜学斋》繁体版，施蛰存、孙康宜著，沈建中编（台北：秀威资讯，2020）。

2021 年

《避疫书信选：从抱月楼到潜学斋》，李保阳、孙康宜编撰（台北：秀威资讯，2021）。

《走出白色恐怖》捷克文（Czech）版，译者 František Reismüller（Prague: Charles University, Faculty of Arts, 2020）。

将要出版的作品：

《走出白色恐怖》韩文（Korean）版，译者 Hwiwoong Yang，将由 Seoul: Monograph Press 出版。

附录

孙康宜：苦难成就辉煌

韩晗

"因为如果谈到我父亲坐牢，我们可能会遇到灾难。"

1944 年，孙康宜出生在北京。

她的父亲孙裕光早年毕业于日本早稻田大学，回国后执教北京大学，孙康宜出生的那一年，正是抗战胜利的前一年。

1946 年，抗战结束，解放战争爆发，通货膨胀带给无数中国人难以磨灭的恐惧记忆，而在这场人祸中，高校又是首当其冲的。在北京大学教书的孙裕光已经无法拿到薪水，他决定：去没有战乱的台湾碰碰运气，说不定能够谋到教职。

与孙裕光一家"东渡求生"的，还有知名作家张我军一家人。但是，他们谁也没有想到，当时台湾的经济也不景气，孙裕光被迫改行，在基隆港务局应聘担任一名基层公务员，而张我军只好开茶叶店谋生。

孙家的苦难，没有出现在大陆，而是发生在台湾，这一点谁也无法预料。

他们家抵达台湾的第二年，就发生了外省人与台湾本地人冲突的"二二八惨案"，孙康宜的父亲是"外省人"，但母亲陈玉真是台湾本地人，在这场骚乱中，她们家不但要躲避外省人的骚扰，还要逃脱台湾本地人的攻击。东躲西藏没多久，"二二八"刚结束，新的灾难又降临了。

孙康宜有一个舅舅，叫陈本江，也是早稻田大学政治经济系毕业的高才生。在国民政府撤退到台湾时，参加中共台湾工委组织的左翼运动，并化名"刘上级"，成为"鹿窟基地案"的领导者之一。自然，陈本江也成了当时国民政府的"要犯"。

负责抓捕陈本江的是当时被称为"活阎王"的"保密局"局长谷正文，他在一时无法抓捕陈本江的情况下，竟然将孙裕光抓捕收监，让孙裕光说出陈本江的下落。孙裕光当然不知道陈本江在哪里，并顶撞了审讯他的谷正文。一怒之下，谷正文竟然将无辜的孙裕光判刑 10 年。

这对于孙家来说，无疑是一场巨大的灾难。

孙裕光入狱后，陈玉真只好独自一人撑起家庭的重担，为谋生计，她不得不在乡下开设"洋裁班"，靠裁缝手艺养家糊口。在孙裕光入狱的 10 年里，孙康宜与母亲一起，克勤克俭，在高雄林园的乡下生活。就在孙康宜读高中时，她的父亲孙裕光也刑满出狱，在高雄炼油厂国光中学教书。

高中毕业时，孙康宜以优异的成绩被保送进入台湾东海大学外文系，之所以选择外文系，很重要的一个原因就是与她父亲有关。

"我6岁不到，父亲就被抓走，小小年纪当然也不敢和别人随便提起这事。我母亲反复告诉我们，千万不要跟人谈论我父亲，因为如果谈到我父亲坐牢，我们可能会遇到灾难。"对于这样一种阴影，孙康宜选择了外文系，"可能因为如此，我很早就知道自己要读英文系，想把自己投入外国语文的世界中。在那种背景里，我感觉是一种逃避的心理在推动着我。"

苦难往往能诞生辉煌，在这样一种奇特的推动力下，大学毕业后的孙康宜，又考入台湾大学外文研究所攻读英美文学，为她日后走向世界，打下了坚实的基础。

"经过边界时，发现有中国军人站岗了，眼泪就流了下来。"

1968年，孙康宜赴美留学。

就在这一年，她与自己的表兄、普林斯顿大学博士张钦次结婚。

3年学习之后，她获得了美国新泽西（New Jersey）州的罗格斯大学（Rutgers University）的图书馆学硕士学位，第二年，她又获得了南达科他州立大学英文系的硕士学位，第三年，她进入普林斯顿大学（Princeton University）东亚研究系攻读博士学位，师从于高友工、浦安迪、牟复礼等知名学者。1978年，她获得了美国普林斯顿大学的博士学位。

这一年，也是她来到美国的第10年。

之于孙康宜而言，这一年还有一个极其不平凡的记忆：她通过香港中国银行，与中国大陆的亲人重新取得了联系。

1979 年，孙康宜回到中国大陆探望自己的亲人，并在南京大学举办学术讲座，成为改革开放时期最早来中国大陆讲学的一批海外华裔学者。这也是她自两岁离开大陆之后，第一次重新踏上大陆的土地。"我从香港坐火车到广州，经过边界时，发现有中国军人站岗了，眼泪就流了下来。"

在大陆居留的日子里，她陆续拜访了词学家唐圭璋、翻译家杨宪益、散文家萧乾与作家沈从文等文化名流。但与此同时，孙康宜也获悉，自己的祖父 1953 年因故自杀，她的叔叔也在政治运动遭受迫害，理由竟然是"兄长给蒋介石开飞机"，但事实上自己的兄长却是因妻舅参加左翼运动，而在对岸身陷囹圄。

"真是很讽刺，我们家在两岸都受迫害，这是一个悲剧的时代。"时至今日，孙康宜回忆起自己当年的遭遇，仍然觉得非常痛心。

这无疑是一个巨大的嘲讽，但在乱世中却习以为常。自己的亲属在两岸都因为政治而受到迫害，这在两岸都是相当少见的。但孙康宜并未将这种痛心演变为无休止的仇恨或是将家族的苦难作为包袱，沉重地扛在肩上，而是"吞恨感恩"，甚至认为"患难是我心灵的资产"。

这样带有包容性的"大爱"变成了孙康宜内在的动力，促成她不断在学术研究上攀登高峰。1980 年，孙康宜就任普林斯顿大学葛思德东方图书馆馆长——历史上胡适曾担任过这一职务（1950—1952），两年后，孙康宜转至耶鲁大学执教。

可以这样说，在耶鲁执教的 30 多年，是孙康宜学术生涯最为辉煌、卓异进取的岁月。

"学识广博渊深，研究功力深厚精湛。"

1991年至1997年，孙康宜担任耶鲁大学东亚语言文学系主任。

一位华裔女教授，成为耶鲁的系主任，这在300年耶鲁校史上是从未有过的，孙康宜做到了。对于耶鲁这所有着300年历史的国际顶尖学府，孙康宜有着自己深厚的感情。

"在美国大学中，耶鲁一直以传授古典课程而闻名。不管它多么重视现代潮流的发展，但它绝不会忽视原有的古典传统。所以，在耶鲁学习和任教，你往往会有很深的思旧情怀。"在孙康宜看来，耶鲁是怀旧、古典的，充满了传统的意蕴，而她对于耶鲁的认同，也是贯穿绵延于其日常生活当中。

在孙康宜有"五张书桌"的书房"潜学斋"里，可以看到一把椅子，这是耶鲁大学300年校庆时限量生产的，孙康宜特意不辞辛劳买到并将其搬回家；而孙康宜身上的胸针，也是带有"Yale"标识的；甚至，她书房里所摆放的各种照片，亦都以耶鲁大学为主题。耶鲁怀旧、古典、知性、传统的风范，深刻地烙刻在了孙康宜日常生活的点点滴滴之中。

熟悉孙康宜的人都知道，她虽然是外文系出身，但却是享誉世界的古典文学专家，尤其是对于六朝文学与晚明文学的研究，可以说到达了一个值得学界仰视的高度。而且，孙康宜独辟蹊径，从妇女文学入手，以女性的角度反观中国文学史，展现出了另一个灿烂灵动的学术世界。

"她的学识广博渊深，研究功力深厚精湛，在她所研究的每个领域，从六朝文学到词到明清诗歌和妇女文学，都糅合了她对于最优秀的中国学术的了解，与她对西方理论问题的严肃思考，取得了卓越的成绩。"哈佛大学（Harvard University）教授宇文所安（Stephen Owen）如是评价孙康宜的学术成就，"（孙康宜）前所未有地把大家的注意力吸引到古代中国的妇女文学方面。这是孙康宜为整个中国古典文学研究领域所做出的许多重大贡献之一。"

　　值得一提的是，孙康宜的名声还在学术之外。1995年，她与王元化、杜维明和余秋雨等知名学者一道，担任"国际大专辩论赛"的评委，其精湛的点评让许多收看过这个赛事的中国大陆观众都记忆犹新。而且，她还是一位杰出的散文家，近年来在海峡两岸暨香港出版的散文作品《走出白色恐怖》《我看美国精神》与《从北山楼到潜学斋》等，都有着不凡的影响力，部分作品甚至还登上了一些独立书店的畅销排行榜。

　　从当年高雄林园与母亲相依为命的小女孩，到闯荡美国的留学生，再到耶鲁大学第一位华裔女性系主任。今日的孙康宜已经年过古稀，已经成为耶鲁大学东亚语言文学系最年长的教授，但她依然有着年轻人一样的心态，苹果手机、社交网站是她最常用的生活必需品，她会经常更新自己Facebook的主页，将拍摄的新照片贴在上面。有学生评价，孙康宜是耶鲁大学东亚语言文学系最富有活力的教授。

　　"我认为人生总要过去的，再美的东西最后都会丑掉的。就像一朵花，很美，但是最后仍要凋谢。所以我更喜欢昙花。我觉得女人要像昙花，不要让自己谢掉。我不喜欢一些女人总是靠美貌取胜，我更欣赏一个人的气质和修养。"这是孙康宜对女人之"美"的评价，而这，何尝又不是孙康宜自己从苦难走出、迈向辉煌的真实写照呢？

《孙康宜作品系列》校读后记

李保阳

一、缘起

世间事，往往奇妙得不可以言喻！我为孙老师校读《孙康宜作品系列》（以下简称作品系列）书稿，就是一个奇妙的见证！

2020年3月，当新冠病毒席卷新大陆的前夜，我正在休假，那段时间每天开车跨过特拉华河，到普林斯顿大学葛思德东方图书馆看书。有一天傍晚，我借了几本书准备回家，走出书库的一瞬间，瞥见书架一角有一册《耶鲁潜学集》，因为"耶鲁"两个字，心想作者不会就是孙康宜教授吧。于是就多看了一眼书脊，发现作者赫然就是"孙康宜"。20多年前，我在陕南读大学的时候，曾经读过孙老师的《情与忠：陈子龙、柳如是诗词因缘》。但是对孙老师印象最深的，是传说中她那100平方米大的书房潜学斋，以及斋中那足足5张的书桌，这对直到现在尚无一个像样书房和完整书桌的我来讲，是怎样的一种诱惑呢？于是想都没想，顺手就从书架上抽出那本《耶鲁潜学集》一起借出。我要看看孙老师的书房究竟长得是什么样子。

读了书中《在美国听明朝时代曲——记纽约明轩〈金瓶梅〉唱曲大会》那篇文章之后，灯下无言，感慨久久。溯自 2016 年秋，我到纽约访书 10 多天，有一天走出哥伦比亚大学东亚图书馆，信步闲走，竟然走到了中央公园旁的大都会博物馆，就进去匆匆忙忙地"到此一游"。说来也是奇妙，在那迷宫样的博物馆里，我竟然上了二楼，歪打正着地闯进了一座精雕细琢、美轮美奂的江南园林。在大洋彼岸的曼哈顿闹市区大都会博物馆二楼，竟然藏着这么一个完全传统中国风的江南园林！我在江南生活过 10 多年，走过的江南明清时代遗留下来的山水园林，不下什百，但还是被眼前的这座原汁原味的艺术品给惊呆了！那时候我还不知道这座园子叫"明轩"，也不知道在 35 年前，这里曾发生过一批当时蜚声海外汉学界的汉学家的丝竹雅集。是次雅集，以耶鲁大学傅汉思先生的夫人张充和女士演唱《金瓶梅》小曲为中心，参加的人计有：张充和、傅汉思、夏志清、王洞、浦安迪、高友工、江青、孙康宜、芮戴维、陈安娜、唐海涛、袁乃瑛、高胜勇等数十人，多是当年北美汉学研究界一时之选，极中国传统流风余韵之雅。

20 世纪七八十年代，普林斯顿大学的明代研究很是兴盛（我猜那个"明轩"的名字，很可能和当时普林斯顿大学的明代研究之繁荣有某种关联），高友工、牟复礼两位先生勤耕教坛，培植出一众研究明代的高足，如明代叙事文学研究之浦安迪、明代财政研究之何义壮（Martin Heijdra）等，都是杰出代表。关于普大的明代研究，有两个有趣的故事值得一提。

第一个故事是，1975 年前后，当时任教于耶鲁大学的张光直教授，要写一本有关中国人饮食文化的书，他找到牟复礼教授，请牟先生写有关明代一章。牟先生思来想去，关于明代饮食最直观的材料就是《金瓶梅》中大量关于宴会细节的描写，于是他发挥了西方学者一贯的实证学风，专门请了浦安迪、孙康宜、高天香等当时普大一众师生到他府上聚餐，让擅长中国厨艺的牟夫人陈效兰女士掌勺，按照《金瓶梅》全书中描写的 22 道不同菜品谱式，烧制了一席"金瓶梅大宴"。当天还请孙康宜用毛笔把那 22 道菜谱抄录了下来，一直流传到今天（见《在美国听明朝时代曲——记纽约明轩〈金瓶梅〉唱曲大会》所附图）。

第二个有趣的故事发生在"金瓶梅大宴"后 6 年，即 1981 年 4 月。一次偶然的机会，时任普林斯顿大学葛思德东方图书馆馆长的孙康宜和东亚系浦安迪教授两人建议张充和女士组织一次《金瓶梅》唱曲雅集。充和女士是有名的"合肥四姐妹"中的幺妹，被誉为中国"最后一位闺秀"。她最为人称道的故事之一是当年以数学零分、国文第一的成绩被胡适校长破格录取，进入北大中文系读书。张家世代书香，子弟们自幼浸淫于传统文艺环境中。充和女士少女时代就在苏州接受传统的昆曲训练。1949 年，她与夫婿傅汉思教授移居新大陆，一直没有放弃她的书法和昆曲爱好。数十年来，她以这种根植于传统中国的艺术，涵养其高雅的生命气质，并且以耶鲁大学为基地，培植弟子，让英语世界了解这种精致典雅的中国艺术精髓。在孙、浦两人提议之后不久，当时尚未完工的纽约大都会博物馆明轩，就为他们的雅集提供了活动场地。于是就有了 1981 年 4 月 13 日纽约明轩的"《金瓶梅》唱曲雅集"。

上述的两个故事可以作为《1949 年以来的海外昆曲——从著

名曲家张充和说起》《在美国听明朝时代曲——记纽约明轩〈金瓶梅〉唱曲大会》两篇文章的背景来读，也可以当作《金瓶梅》海外传播的史料来看。这两个故事，也反映了20世纪七八十年代，中国古典研究在美国的一个繁荣时代的侧影。后来的中国文学研究重心，逐渐向现代研究转型了。对于古代文学专业的我来说，读了孙老师的那篇文章后，遂对那段美国汉学研究，产生了一种"胜朝"的"东京梦华"式的想象和感慨。尤其是孙老师在《在美国听明朝时代曲——记纽约明轩〈金瓶梅〉唱曲大会》一文中，详细记载了明轩的建造过程：明轩是参照苏州网师园的殿春簃异地建造，肇造于1977年，由当时普林斯顿大学教授艺术史的方闻先生，奔走于纽约和苏州之间协调，最后由苏州园林管理处派工27人建造。"那50根楠木巨干是由四川、云南等僻远之处直接运来，那些一寸一寸的铺地砖则全为苏州'陆慕御窑'的特制精品，此外像那参差错落的太湖石也辗转自虎丘附近一废园搬运来的。"原来我当日所见的那精致的园子，是一砖一瓦地由中国万里跨海而来，于是不由得让人对那一砖一瓦顿生一种"我亦飘零久"的跨时空共情。

读完那篇文章后，我在耶鲁东亚文学系的网页上找到孙老师的E-mail地址，给她写了一封长长的读后感。当时也没有奢望孙老师会回信给我，她那么忙，我仅是她千万读者中默默无名的一个而已（孙老师后来告诉我，当时76岁高龄的她，仍担任东亚语文系研究所的负责人，每天要处理近百封来自世界各地的邮件），我的目的只是把自己当年读她的书，和20多年后在海外再读她书的巧合告诉她而已。没想到过了3个星期，我都快要忘记这事了，突然收到孙老师一封长长的回信（不是一般作者敷衍读者的三言两语式的那种客套）。她除了向我道歉迟复邮件的原因外，在信中还附赠了 2018 年在台湾出版的《孙康宜文集》五卷电子本全帙。这完全出乎我的意料。于是我有了机会，更加集中地系统阅读孙老师的著作，并有机会就阅读过程中的一些感想，直接和她 E-mail 分享，她也会及时回应我。大约一周后，当我刚刚拜读完《走出白色恐怖》时，收到孙老师的一封邮件，在那封邮件中，她告诉我，她正在广西师范大学出版社出版中文简体增订版《孙康宜作品系列》，因为她的文章非常专业，她本人一直在海外从事教学和研究工作，希望能够找一位"特约编辑"，为书稿的编辑工作提供必要的学术和技术支持。孙老师告诉我，她经过认真考虑之后，打算请我帮她承担这个工作。我是古典文学专业毕业，又做过编辑，能得孙老师信任，自感不胜荣幸。同时我还有一点小私心：即我一直在中国上学，没有机会接受欧美现代学术训练，对海外的中国学研究甚感隔膜，通过这次系统"细读"孙老师半个世纪以来的学术结晶，可以帮助我了解欧美汉学研究的方法、历史和现状，弥补我这方面的缺憾。经过大约一周的相互磨合、调整，以及工作试样，但最后却因为一点点的技术障碍，没有了那个"特约编辑"的名分，但仍由我为孙老师担任校对（proof-reading）工作①。

通过校读作品系列全稿，我当初的那个"私心"之愿实现了。我以孙老师的文章为起点，对海外汉学研究——尤其是新大陆汉学研究——有了一个鸟瞰式的了解。现在就我的校读感想，对孙老师

---

① 关于我和孙老师一起合作的详细经过，可以参见《从北山楼到潜学斋》卷末附录拙作《校读后记》（台北：秀威资讯科技股份有限公司，2020 年版），以及我与孙老师合撰之《避疫书信选：从抱月楼到潜学斋》（台北：秀威资讯科技股份有限公司，2021 年版）。

的这部大型作品系列，做一粗略的解读。我的解读是在校读过程中随机而发的，故没有宏观的系统性，对孙老师的研究也没有存全面式解读的宏愿，只是作为一个"细读"者的随感，纯粹是我自己的感想，也许对读者有他山之石的作用。

二、孙康宜教授的古典文学研究

孙老师的研究领域非常之广。1966 年，她毕业于台湾东海大学外文系，本科论文是 "The Importance of Herman Melville to Chinese Students with a Comparison between the Ideas of Melville and Prominent Chinese Thinkers"（《赫尔曼·麦尔维尔对中国学生的重要性——兼论麦尔维尔与中国著名思想家的思想比较》）。毕业后，旋考入台大外文研究所，但硕士学位还未念完，就到美国来了。1969 年 1 月，入读美国新泽西州立罗格斯大学（Rutgers, the State University of New Jersey），1971 年，获得图书馆学硕士学位。当时她已进入南达科他州立大学英语系攻读英国文学。1973 年，进入普林斯顿大学东亚系，师从高友工教授攻读中国古典文学，1978 年，以《晚唐迄北宋词体演进与词人风格》一文获得文学博士学位，从此奠定了她此后半个世纪的学术研究大方向。

孙老师是一位高产学者，其文学世界①很难用传统的分类法来描述。我在通读其全部作品系列和其他一些作品之后，将她所涉及

① 孙老师既是学者，又是作家，同时还扮演着复杂层面的文化角色，所以笔者很难用"研究范围"或者"创作主题"这样相对狭窄的概念来概括其文学，故这里用"文学世界"这个更加宽泛的概念来囊括上述主题。

的文学世界粗线条地概括如下：（1）中国古典文学研究，包括六朝诗歌研究、唐宋词研究、明清文学研究、中国古典诗歌译介、中国古典文学史编纂；（2）西方文学批评，包括现代欧美作家介绍、书评、电影评论；（3）文学创作，包括传记散文的创作、中西文诗歌创作、学术报告文学创作①、书信创作；（4）横跨古今中外的女性文学研究；（5）多面向的理论尝试与创新，比如"影响的焦虑"、文学的经典化、"面具"理论等。因为学术背景的限制，我无法对孙老师的全部文学世界进行全景式的探索，本文着重就校读其作品系列过程中，对其中国文学研究成就，略谈一谈自己的感想。

1. 有关鲍照和谢朓对律诗的贡献

在《六朝诗歌概论》这本书中，作者在论述鲍照诗歌的"社会现实主义"（social realism）特色时云："鲍照的革新，在于把常规的'闺怨'改造成了男性的口吻。现在，是丈夫而不是妻子在抒发强烈的怀人之情。通过男性主人公的详细描述，诗中的女性成为关注的焦点。"（《千年家国何处是》第 116 页）也只有女性的敏感，才能从这个角度来探讨鲍诗的个性特色。

我对这本书的兴趣点在于，作者以鲍照的参照系，从技术层面论述律诗结构的内在逻辑云："（1）从非平行的、以时间为主导的不完美世界（第一联），到平行的、没有时间的完美状态（第二

---

① 学术报告文学是笔者创造出来的一个不得已的名词，它既不同于传统的学术报告，也与传统的报告文学有异。它包括孙老师对身边的学人的走访记录，与传统的"剧本式"访谈录不一样，既是当代学术史文献的客观真实记录，又有散文创作的随兴和文艺笔调。学术报告文学还包括作者对一些学术会议的记录，这种记录不同于一般的学术秘书做记录的那种公文文体，它既有学术研究的客观严谨，又有游记散文的轻松与洒脱。

联和第三联）；（2）从平行而丰满的世界，回到非平行和不完美的
世界（第四联）。通过这样一种圆周运动的形式化结构，唐代诗人
们或许会感到他们的诗歌从形式和内容两方面，都抓住了一个自
我满足之宇宙的基本特质。"（《千年家国何处是》第150—151页）
这正是律诗创作过程中，创作者完整的心理和技术过程的细微描
述。律诗的首末两联，经常承担的是一种"附属结构"的功能，一
般是首联引起将要进入的诗境缘起，尾联则需有对全诗收束的仪
式感。这两联都有赖于中间两联的丰满，方能将全诗"黏"起来，
形成一个完整的美学宇宙。中间两联要有一种承继或者平行的关
系，又不能反复，还要讲求意蕴的字面的对仗，所以是律诗中特
别花费心力的部分。因而作者将第二、第三两联定义为"完美状
态"，洵为至论也。而首尾两联的不平行和不完美，常常是对读者
的诱惑所在，从诗人角度来讲，又是支撑中间两联"完美"的动力
所在。

　　而谢朓何以能在诗歌形式上突破传统的局限，孙老师从谢氏
取景与陶渊明笔下景物之异趣得到灵感："谢朓与陶渊明还是有区
别的。谢朓的山水风光附着于窗户，为窗户所框定。在谢朓那里，
有某种内向与退缩，这使他炮制出等值于自然的人造物。""他用
八句诗形式写作的山水诗，可能就是这种欲望——使山水风光附着
于结构之框架——的产物。""他的诗似乎达到不同类别的另一种存
在——一个相当于窗户所框定之风景的自我封闭世界。其中有一
种新的节制，一种节约的意识，一种退向形式主义的美学。"（《千
年家国何处是》第164—165页）这种细腻入理的文本细读和联想
体味，在学理上能自圆其说。有关诗体演变的事实，这是一个角

度非常新颖的解释。

2.《词与文类研究》的"细读"贡献

撰写《词与文类研究》的起因，孙老师如是说："20 世纪 70 年代初期乃风格与文体批评盛行之际，我正巧在普林斯顿大学做研究，有幸向许多专家求教，高友工教授所赐者尤多。他以研究中国古典文学闻名学界，精深广博，循循善诱，启发我对文学批评与诗词的兴趣匪浅。我对传统词家的风格特有所好，始于此时，进而有撰写专书以阐明词体演进之念头，希望借此把主观之欣赏化为客观之鉴赏。拙作《晚唐迄北宋词体演进与词人风格》，就是在这种机缘与心态下撰成。"（《北美 20 年来词学研究——兼记缅因州国际词学会议》）

对唐词肇兴的原因分析，孙老师指出唐玄宗的"梨园"设置功不可没，而其作用却并非是皇室本身以词为娱乐形式的正面催化刺激，乃在于安史之乱后，梨园子弟星散民间，使得"伎馆"在原有基础上，补充了大量高素质的专业乐工与歌伎。"中唐以后，教坊颓圮，训练有素的乐伎四出奔亡，直接影响到往后曲词的发展。"（《长亭与短亭》第 25 页）

此外，这本书以公元 850 年（唐宣宗大中四年）为研究的上限时间点，是因为这一年是《花间集》收录的作品可考知的最早年限。除此以外，从文体演进本身的发展进程着眼，"850 年以前的词，大受绝句掣肘，其后的词体才慢慢有了独特的结构原则，不再受绝句的影响"。（《长亭与短亭》第 41 页）"850 年以后的新词，结构与长度都不为绝句所限，反而含括两'片'等长的单元，虽则其加起来的总字数不超过 58 字。"(《长亭与短亭》第 45 页）"850
年前后，确为词史重要分水岭。原因无他：'双调'小令适于此时
出现，而其美学体式也于此时确立。850 年以前，'词'还不是独
立文体，其后则进入一个崭新的时代，逐渐发展出特有的传统。
我们常说温庭筠和韦庄是词史开疆拓土的功臣，原因概如上述。"
(《长亭与短亭》第 46 页）

　　孙老师在文本细读方面的一个显著的特征是，尤其注重词体
的本体特征，比如"换头"和"领字"以及"衬字"这些词体特有
的文体结构特征："词体演变史上最重要的新现象乃'换头'的形
成……'换头'一旦出现，词的读法也有新的转变，较之曩昔体式，
可谓角度全非。"(《长亭与短亭》第 45 页）"慢词最大的特征，或
许是'领字'这种手法。其功能在于为词句引路，抒情性甚重。柳
永提升此一技巧的地位，使之成为词史的重要分界点……'领字'
是慢词的独特技巧，有助于词句连成一体。"(《长亭与短亭》第
122 页）"这些诗人词客（保阳按：指柳永之前少数创作慢词的唐
五代作家）都没有施展'领字'的手法，而'领字'正是宋人的慢
词之所以为慢词的一种语言技巧。""柳永首开'领字'风气，在
慢词里大量使用，往后的词人又加以沿用，使之蔚为慢词的传统
技巧。"（俱见《长亭与短亭》第 134 页）"'领字'可使句构富于
弹性，这是慢词的另一基本特征，也是柳永的革新何以在词史上
深具意义之故。"(《长亭与短亭》第 137 页）此外，孙老师用"衬
字"来解释柳永词集中同调作品没有一首相同体式的原因，从而
对前代词学家语焉不详的这一现象，予以让人信服的解释："词学
的另一重要关目是词律的体式。柳词让词话家深感困惑者，乃为

同词牌的慢词居然没有一首是按同样的词律填的……同词牌而有不同律式，并非因许多词学家所谓的'体调'变异有以致之，而是由于'衬字'使然。"（《长亭与短亭》第158—159页）而衬字的熟练使用，乃在于柳永高人一等的音乐素养。基于此，作者对历代墨守成规的词家大不以为然："他视自己的每首词为独立的个体，即使同词牌者亦然。这表示他极思解放传统，不愿再受制化结构的捆绑。遗憾的是，后世词家仍沿袭一脉相传的'传统'，以致自缚手脚，发展出'填词'与'正体'的观念，以别于所谓'变体'者。他们步步为营，对正统词家立下的字数与律式的注意，远超过对词乐的正视。这种发展也为词乐分家种下难以拔除的根苗。"（《长亭与短亭》第159页）学术界目前公认慢词成熟并大兴于柳永之手，但多从词学接受史视角进行归纳式论证。作为受过新批评理论影响的孙老师，她通过细读文本，从柳词作品本身出发，以词体有别于其他文体的个性特征来论证柳永对词史的贡献，这个论证策略无疑是相当具有说服力的。另一方面也表现出作者力排众说，不为前人成说所囿的理论勇气。这一点在40年前的海外词学研究领域中，尤其难能可贵。该章第三节《柳永的慢词诗学》前半篇把"领字"和"换头"分析得淋漓尽致，后半篇以刘若愚的"连续镜头"和弗里德曼（Ralph Freedman）的"鉴照"理论为工具分析《夜半乐》和《戚氏》，行文真可谓"峰峦叠嶂，翠墨层绵"，层层递进，如破竹剥笋，让本来纷繁杂沓的意象"纷至沓来，几无止境"，"行文环勾扣结而连场若江河直下"。这些话语虽是作者用来评骘柳词的，但移以表彰该章行文的绵密酣畅，亦恰当合适。

孙老师论述苏轼在词史上的贡献，集中在"最卓越的成就则在拓展词的诗意""苏轼却是为词特撰长序的第一人""苏轼另一词技是使用史典"这三个方面。孙老师对苏词这三个方面的总结，直到今天的一些苏词论著中，仍被采纳。孙老师对苏轼词中小序的论述尤其别具手眼。她称苏轼《江城子·梦中了了醉中醒》一词的小序是"自我体现的抒情动作的写实性对应体"，这句读起来有点拗口的中文翻译，可以看作是她对词序这个独立存在的文体下的定义。她对此定义有下面一段解释："如果词本身所体现的抒情经验是一种'冻结的''非时间'的'美感瞬间'——因为词的形式本身即象征这种经验，那么'词序'所指必然是外在的人生现实，而此一现实又恒在时间的律动里前进。[①]事实上，'词序'亦具'传记'向度——这是词本身所难以泄露者，因为词乃一自发而且自成一格的结构体，仅可反映出抒情心灵超越时空的部分。词家尤可借词序与词的结合，绾绞事实与想象为一和谐有序的整体，使得诗、文合璧，再不分离。"（《长亭与短亭》第173页）这段文字流转如弹丸，似盐入水，可以看作是以西方文论解释传统诗词的范本，为华语世界本土学者提供了一个思考问题的向度。

另外，孙老师将宋诗倾向于理学哲思的整体风格的形成，与苏轼开拓词的功能联系起来，这个观点亦颇具新意。盖苏轼在词坛的开拓革新，使得早年属于"艳科""小道"的"末技"，一跃而成为与传统诗歌并驾齐驱的文学体裁，成为"抒情的最佳工具"，于是宋诗只好别寻蹊径，开坛张帜："近体诗在唐代抬头，变

---

① 孙康宜《词与文学研究》，北京：北京大学出版社，2004年版，第125页。

成抒情咏颂的工具，'词'在宋代也成为纯抒情最佳的媒介。所谓的'诗'呢？'诗'开始跑野马，慢慢从纯抒情的范畴转到其他领域去。宋诗和唐诗有所不同，对哲思慧见兴趣较大。宋人又竞以理性相标榜，养成唯理是尚的作风。因此，随着时间的流逝，'词'反倒成为'抒情的最佳工具'，以别于已经转向的'诗'。这种转变诚然有趣，但若无苏词推波助澜，绝不可能在短时间内成就。"（《长亭与短亭》第 176 页）

3. 回归文本的文学研究

从上文对苏词小序功能的论述，又让我想起另外两篇文章，这些都在在彰显出孙老师对文体的敏感。

如果我们把诗词看作是作者内在情绪的一种抒情文本，那么不管是诗词外的序跋，还是夹杂在诗词字句之间的注释，都是一种外化的说明。孙老师将这种"内在"和"外化"称为 private 和 public，并认为这是龚自珍之所以被称为近代文学开山之祖的文体证明。"龚的自注赋予其诗歌强烈的近代气息。对龚自珍而言，情诗的意义正在于其承担的双重功能——一方面是私人情感交流的媒介，另一方面又将这种私密体验公之于众。事实上，《己亥杂诗》最令人注目的特征之一，就是作者本人的注释散见于行与行之间、诗与诗之间，在阅读龚诗时，读者的注意力经常被导向韵文与散文、内在情感与外在事件之间的交互作用。如果说诗歌本文以情感的浓烈与自我耽溺取胜，诗人的自注则将读者的注意力引向创作这些诗歌的本事，两者合璧，所致意的对象不仅仅是情人本身，也包括广大的读者公众。这些诗歌之所以能深深打动现代读者，奥妙就在于诗人刻意将情爱这一私人（private）体验与表白这一公众（public）行为融为一体。在古典文学中很少会见到这样的作品，因为中国的艳情诗有着悠久的托喻象征传统，而这种特定文化文本的'编码'与'译码'有赖于一种模糊的美感，任何指向具体个人或是具体时空的信息都被刻意避免。郁达夫曾指出，苏曼殊等近代作家作品中的'近代性'（modernity）在很大程度上得益于龚自珍诗歌的启发，或许与此不无相关。"（《写作的焦虑：龚自珍艳情诗中的自注》）

后来当孙老师撰写施蛰存的《浮生杂咏》时，她认为施蛰存的这种自叙传式的诗体创作，有着对龚自珍《己亥杂诗》——尤其是后者文本中的自注这种文体特征——的自觉继承。这种继承在文学史上相互表现为各自的"近代性"与"现代性"的创新。孙老师认为，施蛰存《浮生杂咏》中每首诗采用的注释自有其个性，即龚注本事，让读者穿梭于内在的抒情文本与外在本事之间，彰显出一种文学的"近代性"；而施注则有一点随笔的性质，充满一种趣味或者生活的智慧，这是一种文学的"现代性"："施蛰存在《引言》中已经说明，他在写《浮生杂咏》诗歌时，'兴致蓬勃，庶言日出'。因而使他联想到龚定庵的《己亥杂诗》……我想就是这个'趣'的特质使得施先生的《浮生杂咏》从当初模仿龚自珍，走到超越前人典范的'自我'文学风格，最明显的一点就是施的诗歌'自注'已大大不同于龚那种'散见'于行与行之间、诗与诗之间的注释。施老的'自注'，与其说是注释，还不如说是一种充满情趣的随笔，而且八十首诗每首都有'自注'，与诗歌并排，不像龚诗中那种'偶尔'才出现的本事注解。值得注意的是，施先生的

'自注'经常带给读者一种惊奇感,有时诗中所给的意象会让读者先联想到某些'古典'的本事,但'自注'却将读者引向一个特殊的'现代'情境。"(《施蛰存的诗体回忆:〈浮生杂咏八十首〉》①)

从上文所引苏轼词的小序,到龚自珍《己亥杂诗》注释,再到施蛰存《浮生杂咏》的注释,在在表现出孙老师对文体的敏感。20世纪70年代末,她撰作《晚唐迄北宋词体演进与词人风格》时,关注的重心即在"genre"(文体,文类),故此书后来中译本干脆名为《词与文类研究》。迨近年来她以学术之笔叙写施蛰存《浮生杂咏》时,仍以文体的不同功能彰显施蛰存的创作特色。孙老师关注的始终是文本自身的特色及其继承性。通过细读,展现文体特征在文学史发展进程中的意义。尤其是龚自珍和施蛰存,他们韵文体诗词和散文体注释的相互出入所形成的美感和张力,是奠定他们文学创作之近代性和现代性的一个不可忽视的因素②。从文体互动的角度解释文学史的发展,这种研究向度,给近年愈来愈"历史化"的文学研究,提供了一个成功的范例。这样的研究告诉我们:文学研究,还得回归文学本身。

4.《乐府补题》研究的创新试探

《〈乐府补题〉中的象征与托喻》全文有一个强烈的符号:作者在尽全力尝试对《乐府补题》的解读。这种努力的一个明显的表现是:作者不断在分析咏物词的意象时,揳入对解构框架下

---

① 《施蛰存的诗体回忆:〈浮生杂咏八十首〉》发表于《温故》2013年9月号。
② 当然,龚自珍的"近代性"还和他所处的19世纪中国政治及社会变迁有关,施蛰存的现代性与他所处的20世纪中国社会、文化背景,以及他的现代派小说创作有很大关系。这是值得另外深入研究的主题。

理论名词的解释。这是中西文学比较研究无法回避的一个技术问题。因为《乐府补题》自从清初被发现以来，传统的批评家一直在对其进行政治解读，万斯同编纂《南宋六陵遗事》、朱彝尊重刊《乐府补题》都是这一努力的佐证。但是如何避免附会式阅读（allegoresis），就得寻求一种大而化之的理论高度来进行解说，这样可以避免只见一城一池的零碎与不合理。当作者肯定遗民词人"理想的间接表意形式"是咏物词时，她自己也找到了解剖咏物词的理论手段——象征（symbol）和托喻（allegory）。但是这两种方法在西方批评语境中是完全不同的两个事物，"西方批评家在阅读作品时，一般不把这两种手法结合起来"。而作者认为"象征和托喻在中国诗歌中不是互相区别而是互为补充的，而且两者可以并存于同一文本"。这是作者在结合中西文本与批评的操作过程中遇到的第一个挑战。她的处理策略是"专注于讨论《乐府补题》中的象征与托喻是如何与西方概念相似而又（更重要地）相区别的"，为了证明这一策略的"吾道不孤"，作者引用叶嘉莹在其"Wang I-sun and His Yung-Wu Tzú"（《论王沂孙及咏物词》）中对"托喻"符合中国传统的解释为自己佐证。这是中西比较文学实践中的权宜办法，也是作者折中中西文学研究的高明之处："西方批评仅在开始比较概念时起作用，但在使用它的时候，我们不能为它的独特'西方'含义所限制。"这还不是西方理论和中国古典诗词结合时的第一次扞格。

另一个表现是，在分析的过程中创造性地综括出一些术语，以方便论述，比如"枢纽意象""意向型托喻""托喻词集"等。这些可以视作作者在弥合东西方文学批评时的技术性贡献。

5.《情与忠：陈子龙、柳如是诗词因缘》

孙老师对明末清初文学的描述，从她这本书的章、节题目中即可窥其一斑，如她所谓"情与忠"，这里的情特指的是"艳情"，尤其是男女之间那种无关乎政治托喻的艳情，甚至是和歌伎之间的艳情。作者以西方术语"譬喻"（figura）"作为来宏观视角来综观陈子龙前后两期创作中的"情"与"忠"，实在是一个非常独特的视角。盖"'譬喻'主要用于《圣经》的诠释，让《旧约》人、事预示《新约》出现的人、事"。"'情'与'忠'都是陈子龙切身的经验，故可视为喻词的两极，彼此互相关涉也互相'实现'。此外，就像譬喻诠释中的两个条件一样，'情'与'忠'由于皆具'时间性'，对陈子龙而言就更加重要：一个代表过去的时间，一个代表目前的生活。'情'与'忠'一旦形成譬喻上的结合，词人目前的生活就会摧拉人心似的展现过去的意义——这个'意义'过去的陈子龙并不知道——而在此同时，目前的生活也会回首从前，从而又扩大目前的意义。从更宽的角度来看，'情'与'忠'根本就包容在某'超越时间'（supratemporal）的整体里：不为时间所羁的真情世界。""陈子龙另有贡献：他把文化现象转化为新的词学，故而在美学传统里树立起一种重写式的诠释方法。"

孙老师以休厄尔的"悲剧灵视"（tragic vision）来审视陈子龙的诗作，并解释道："此书所称的'悲剧灵视'有别于亚里士多德所谓的'悲剧性'。"此书所指乃贤者遇逢的悲剧性苦难，至于亚氏所指，则需有基本的'悲剧缺憾'才能成立——至少典型的亚氏'悲剧'必须如此。休厄尔以约伯的苦难为例来定义'悲剧缺憾'。他说：'（约伯）受苦受难并非他犯有死罪。他一再遭受打击……也不是因为过去（作恶多端所致）。'"而陈子龙正是具此"悲剧灵视"的人。"我们在卧子诗中所看到的，是苦难与高贵情操的如影随形。在他的诗中，诗人的悲剧英雄形象被重新定位：悲剧英雄主义已经转化成为美学原则。本章拟举若干陈诗为例，借以检讨诗人的悲剧形象。"（《千年家国何处是》第371页）

6. 明清文学研究

明代文学。关于明代文学研究，2008年孙老师在接受宁一中、段江丽伉俪采访时坦言："到了80年代末，我回忆自己在普林斯顿所受的明代历史的教育，联想到明代以及清代文学，发现当时在北美，除了《红楼梦》等少数几部小说之外，明清文学几乎被忽略了，尤其是诗歌，1368年以后的诗几乎无人论及。于是我准备关注这一领域，在我的知识储备中只有一些历史知识，于是自己想方设法弥补文学方面的知识。"作者在21世纪初期，先后发表了5篇和明代文学相关的长篇论文[①]，这些论文之间有内在的学理联系，可以视为作者对明代文学研究的一个著作系列。

孙老师对于撰述明代前中期文学史，虽言"填补空白"，但其视角之宏大和实际操作之成功，比之《词与文类研究》，虽在系统性上稍逊，但其撰述视角的宏阔和理论勇气，都超过了《词与文类研究》。若能展开章节，增加篇幅，与《陈子龙柳如是诗词情缘》合璧，可称为一部视角新颖立论别出的明代文学史。

---

① 它们分别是《重写明初文学：从高压到盛世》（2006）、《台阁体、复古派和苏州文学的关系与比较》（2005）、《中晚明之交文学新探》（2007）、《文章憎命达：再议瞿佑及其〈剪灯新话〉的遭遇》（2007）、《走向边缘的"通变"：杨慎的文学思想初探》（2010）。这5篇文章都已收入《西学东渐与东学西渐》第二辑《由传统到现代》。

《重写明初文学：从高压到盛世》写明初文学。本文最特殊之处乃在于为明初、中文学发展史做出三段划分。《台阁体、复古派和苏州文学的关系与比较》，是最精彩的明代文学研究篇章。《中晚明之交文学新探》探讨贬谪文学、妇女形象（文学）重建，尤其是对妇女文学复兴原因的分析，认为是边缘化社会趋势，导致他们对一直处于社会边缘的妇女地位的认同，这个论点很有见地。本文中论及的小说改编——文言之"剪灯"系列，三大白话小说的改编，其中对《三国演义》在嘉靖年间的改编特色总结得非常有新意。

明清易代之际文学研究。这一时期的研究实际上可以看作是上承明代文学研究而来的自然结果。我之所以将这段时期的文学研究单独列出，乃是鉴于近年来，学术界在文学历史分段方面有一种趋势，即将"明清易代之际"作为一个特殊的文学时间段单列出来①，这段时期既不属于明代文学史，也难含括进清代文学史。这一时期独特的社会历史背景，造就了独特的文学面貌，并形成了一种有别于此前文学传统的精神，影响波及后世。这种独特的文学风貌与大时代变局的激荡、新的社会思潮以及社会生活形态的新变息息相关。孙老师的《情与忠：陈子龙、柳如是诗词因缘》一书中，有精彩的论述。我之所以说孙老师的这一段文学史的研究是承其明代文学研究之续余而来，仍见于上引她回答宁一中、段江丽的采访："正是在这一'补课'（笔者按：指填补明代文学研究

---

① 10多年前，笔者在杭州，曾不止一次地听沈松勤教授谈论这段时期文学的特殊性及其研究构想。2018年，沈松勤教授出版《明清之际词坛中兴史论》，是其对这段时期文学特殊性（以词这种特殊问题为代表）研究心得的总结。

之缺失）的过程中，我接触到了陈寅恪先生的《柳如是别传》，这本书对我影响很大。我觉得柳如是很有意思，对她产生了浓厚兴趣，这就是我第三本书《情与忠：陈子龙、柳如是诗词因缘》的写作背景和因缘。"除此以外，属于这段时间范围内的文学研究还有几篇代表性的单篇论文，如《隐情与"面具"——吴梅村诗试说》（1994）、《钱谦益及其历史定位》（2006）等。

清代文学。孙老师的清代文学研究代表性篇章有《典范诗人王士禛》（2001）、《写作的焦虑：龚自珍艳情诗中的自注》（2005）、《金天翮与苏州的诗史传统》（2006）。在清代文学研究中，我印象比较深的是孙老师对"苏州"这个超脱的文学意象的描述。盖"苏州"一词，在中国文学世界里，早已超越了地理和历史概念，成为一个蕴涵十分复杂的意象。如果实在要借用一个不很贴切的意象来进行类比，我想"1949"可以勉强当之。但前者远比后者的文学积累和历史厚重感强得多。孙老师在《金天翮与苏州的诗史传统》开篇，除了给一个文学定义的苏州，即"苏州在世人心目中还代表了一种以诗证史的强烈抒情声音，即以诗歌见证人间苦难和当代重大历史事件"。实际上在我看来，苏州的这个定义不仅仅是苏州的，更可以视作近600年来文学史中的一种"江南精神"。元末顾阿瑛的自我放逐、明初苏州人高启被朱元璋残杀、明朝中后期的"后七子"，清初金圣叹的哭庙，这些彪炳于文学史上的个体苏州事件周围，还有席卷明末江南地区的东林党人活动，"十郡大社"在苏州附近的嘉兴的雅集，清初江南三大案，甚至越过所谓的"康乾盛世"。200年之后，以苏州为中心而影响了全国乃至海外的南社，都在苏州的文学书写之外，平添了一股纠结于士大夫立身处世和道德操守面向的崇高和凝重。孙老师将之总结为"'苏州精神'：将个人自由看得重于一切"（《台阁体、复古派和苏州文学的关系与比较》）。在我有限的阅读视界中，尚未见如此精准的总结。如果读者参考《长亭与短亭》中收录的另一篇文章《一位美国汉学家的中西建筑史观》，会对孙老师笔下的文学苏州有更加立体的了解。

三、学术报告文学的创作

　　文学创作是孙老师的文学世界不可忽视的一个部分，其作品大多收入作品系列《西学东渐与东学西渐》和《屐痕处处》。其中传记散文的创作、中西文诗歌创作、书信创作等等，这些作品要么已经有前人进行过研究和评论，比如《走出白色恐怖》，要么因为笔者的学术背景所限无法客观论述，比如西文诗歌创作等等。但在孙老师的所有创作当中，有一类特别的作品，引起了我特别的关注，我姑且将之命名为学术报告文学。这是我创造出来的一个不得已的名词，它既不同于传统的学术报告，也与传统的报告文学有异。它包括作者对一些学术会议的即时记录，这种记录不同于一般的学术秘书做的那种公文文体的会场记录，它既有学术研究的客观严谨，又有游记散文的轻松与洒脱。另外还包括孙老师对她身边的学人的走访记录，与传统的"剧本式"访谈录不一样，它既是当代学术史文献的客观真实记录，又有散文创作的随兴和文艺笔调。

　　孙老师创作的学术报告文学《20 年后说巴特》报道的是 2001

年初，耶鲁大学惠特尼人文中心为纪念巴特而特别召开了一个盛大的国际会议；《"无何有之乡"：六朝美学会之旅》记录的是2000年秋在伊利诺伊州召开为期两天的六朝美学大会。这些文章都是作者以与会学者的身份，对这些学术会议的讨论主题、每位学者的学术论点进行的详细的记录，并且及时刊发在中文媒体上，一方面向当时的中文学术界及时传达了国际学术发展的动态，以今日眼光视之，则是一个时代学术史的记录。它是当事人的即时记录，其客观真实性自然无疑。加之作者本身又是这一领域的专家，其记录和思考的向度可以为学术史研究提供第一手文献。

除此以外，孙老师对西方文学的研究也倾注了不少精力，如现代西方文学［杜拉斯、贺兰德、库切、希尼等（参看作品系列《西学东渐与东学西渐》《屐痕处处》部分文章）]。其中有好几位研究对象都是其耶鲁的同事，这一类文章有一个非常鲜明的写作结构：以某一小事件为缘起—引入要介绍的学者—对该学者的研究主题进入学理层面的描述和分析—中间甚至会穿插一些学者的成长背景等故事性较强的内容（如《西学东渐和东学西渐》的亚历山大洛夫等），这些灵活跳跃的内容是调节枯燥专业论述的有效手段。比如写研究俄国形式主义文学研究专家维克多·艾里克（Victor Erlich）教授的那篇文章《俄国形式主义专家：艾里克和他的诗学研究》，开篇以轻松明快的笔调，描写了作者沿途所见风光和异样的心理感受，并将这情感投射到艾里克所住房屋——"令人如置身古代隐者的住宅区"，为下文铺设了一个非常自然合宜的叙述环境和心理暗示。这种结构安排的好处是，让读者可以像读龚自珍的《己亥杂诗》那样，不时出入于叙事和学理两个世界，即便面对完全隔行的读者，也不会产生阅读的疲倦和畏惧心理。（龚自珍的诗和注释让读者不时出入于隐晦抒情和诗歌本事之间。这种写作安排如层层剥笋，也有点类似于传统中国话本小说的特殊结构①。这种写作艺术得益于孙老师的中国古典文学学养。）作为学者撰写学术文化散文的一种范式，孙老师的这种学术访谈散文模式的创新，有别于刻下流行的"剧本对话"式访谈录文体，为同类型写作提供了一个多样尝试的可能。除了文体上的创新意义外，笔者认为，孙老师撰写的这类学术访谈散文，在一定范围内保留了20世纪最后几十年美国文学研究界的学术史。比如《俄国形式主义专家：艾里克和他的诗学研究》介绍了20世纪20年代前后流行于俄罗斯学术界的"形式主义"批评理论，《掩盖与揭示——克里斯蒂娃论普鲁斯特的心理问题》介绍了20世纪90年代流行于法国的"演进批评"和流行于美国的"新批评"的关系等等。这类文章尤其呈现了西方文学研究理论策源地的耶鲁大学此一时期文学研究的现状，给中文世界的读者解读20世纪后半段日新月异的文学批评新理论，提供了一个比较宏观的学术背景。

四、孙康宜教授的"偶然"

孙老师最惯常的一个用语就是"coincidence"（偶然，巧合）。

孙老师对"偶然"情有独钟。她"每年教'诗学'的那门课，其中有一个专题叫作'偶然'，专门欣赏和讨论诗与偶然的关系"。

---

① 比如楔子、开场和收束时的说话人套语。让读者不时出入于故事情节与阅读现实的两个世界。

（《我最难忘的耶鲁学生》）这表现出她对陌生世界那种不期而遇的向往和冲动。正是这种对于扩大自己世界的冲动，支撑着她几十年来一路奋斗，取得了意想不到的成绩。

如 1994 年在耶鲁庆祝男女合校 25 周年的会上，建筑设计师兼耶鲁校友林璎正式把她设计的那张"女人桌"献给了母校，并安置在大学图书馆的前面。对那个安置地点，作者就充满了一种怀旧式的偶然情怀，故这篇文章在 17 年后收入其文集时，还专门在文末做了一个注解："1990 年的一天，我那 4 岁的女儿 Edie 突然在耶鲁大学图书馆前面瞥见我，立刻兴奋地跑来和我拥抱，就在那一瞬间，我的先生拍下了一张照片。没想到后来 1993 年林璎所建的'女人桌'就在我和女儿曾经'拥抱'的地方，因此这个巧合顿时成为与'女人桌'有关的一段佳话。后来我们为了纪念这个冥冥中的巧合，就把那相片取名为'母与女'。"（《从零开始的"女人桌"》），1968 年婚后在耶鲁度蜜月与后半生定居耶鲁的重合（《难忘的耶鲁老校园》），张永安第一次访问其办公室与其好友 David 次年逝世日期的重合（《耶鲁上海生死交》），20 年前她的外套穿在现在学生身上的偶然（《我最难忘的耶鲁学生》），"在编造的故事背后，其实蕴藏着中国人对'偶然'的重视"（《我最难忘的耶鲁学生》）。"生命本来充满了偶然的色彩，可以说最宝贵的人生经验莫过于某种偶然经验的启发。"（《极短篇七则·六》）"生命中所谓的'偶然'，似乎充满了一种神秘的'必然'。"（《耶鲁上海生死交》）孙老师在与耶鲁同事戴维斯的一次聊天中，很认同戴维斯的经验："其实人生永远充满了偶然性，唯其富有偶然性，生命才有继续开拓、继续阐释的可能。我告诉他，我就是一直用这样的态度来研究历史——历史是一连串的偶然因素的组合，而我们的责任就是要从这些偶然之中设法找到生命的意义。"她在这段话后面有一段发挥："戴维斯这段有关'偶然'的话很富启发性。我想起唐代诗人杜牧那首《赤壁》诗的末尾两句——'东风不与周郎便，铜雀春深锁二乔。'意思是说，如果当年的东风不给吴国的周瑜方便，东吴就会被魏军所败，二乔也就会被曹操掳去，整个三国的命运自然改观，历史也必须重写了。据杜牧看来，历史中有很大程度的偶然性，而东风也就成了这种偶然性的象征。我想戴维斯所谓的'偶然性'大概就是这个意思。"（《人权的维护者——戴维斯和他的西方奴隶史》）"这世界充满了偶然，却又十分真实。"（《我被挂在耶鲁的墙上》）"我很珍惜自己与施先生之间的忘年之交，觉得如此可贵的神交，看来虽似偶然，实非偶然。"（《施蛰存对付灾难的人生态度》）"就如许多人类的事情一样，'偶然'常会带来好运，但刻意去求常会适得其反。"（《狗的"人文化"》）"这个巧合，不是一般的巧合，它象征着一种人生哲学。"（《重新发掘施蛰存的世纪人生——〈施蛰存先生编年事录〉序言》）在亚马逊上买到10多年前签赠给友人《情与忠》，"我相信这是冥冥中的一个奇妙安排""这种'如往而复'的回应立刻令我联想到《易经》里的'复'卦。我也同时想起美国诗人朗费罗（Henry Wadsworth Longfellow）所写的一首题为《箭与歌》（The Arrow and the Song）的诗。该诗的大意是：诗人向空中射出一支箭，不知那支箭最终落于何处。接着，诗人又向空中高唱一曲，不知那歌曲有谁会听见。但许久之后，有一天诗人偶然发现那支箭原来附在一棵橡树上，仍完好无缺。至于那首歌，从头到尾都一直存在一个友人的心中。总之，我感到自己的经验也呼应了这种反转复归的人生意蕴。"(《永恒的缘分——记耶鲁同事麦克莱兰（Mc Clellan）》)"确实这世界充满了偶然，却又十分真实"(《我被挂在耶鲁的墙上》)。

这种对"偶然"和"巧合"所渗透出来的好奇心，表现在她的生活中，就是对所有身边的人和事，保持一种旺盛的求知欲。比如她尝试了解不同专业的人的背景，希望从他们各自独特的经历和专业方面，得到新知识。这种新知识，可以是纯粹满足其好奇心，也可以是建立在学科交叉的专业基础上的丰富背景。她写过的人物及背景，真可谓五花八门，如耶鲁历史系同事、儿童节目主持人、她的家庭医生加里·普赖斯等等，但她的采访大致都会围绕一个中心：即人文精神或者文学话题。而她往往能"慧眼识英雄"，所采访的人，不管其职业多么天差地别，却都具有一颗沉潜内心深处的文学之灵。这大概就是文学让人着迷的地方吧。加里·普赖斯医生说过一句话："美国可以说是世界上力求最大限度地容忍和接受多元化的国家了。其实，就是这个文化意义上的多元化使我特别喜欢我的职业。我喜欢努力了解不同的文化，也喜欢通过了解来帮助别人。"孙老师自己从这些"跨学科""跨领域"的拓展中，得到了灵感的激发和灵性的滋养——"这次我真正体会到，希腊神话不仅反映了西方人自古以来对人性本质深切的了解，而其情节之戏剧化也预设了后来西方科学与医学研究多层面的发展……作为一个文学研究的从业者，我对希腊神话的重新领会却得自一个外科手术医师的启示。那种启示是极其偶然的，但也是最宝贵的。"(《一个外科医生的人文精神》)这句话如果挪用过来形容孙老师，如不十分恰当，当亦庶几近之。甚至和人文精神相去甚远的太空科学，她也能津津有味地了解其过程，体味其中的人文意义："在逐渐复杂的今日世界里，真正的成功乃是团体力量的成功，而非少数个人的荣耀。"（《在休斯敦"游"太空》）我们就能理解为什么她会在中国古典文学、西方文艺理论、电影批评甚至人物传记写作等跨领域甚至完全不搭界的领域有诸如作品系列中所呈现出来的多元化成就。

孙老师的这种"巧合"与俄国小说家纳博科夫宿命论下"对富有预言性的日期的巧合（fatidic dates）"有某种近似之处。纳博科夫的这种"日期的巧合"，可以看作是通往他所认知的"彼岸世界"的一种渠道。当人类还无法解释一些宿命论中的现象，这便是一个人拓展未知世界的动力。有"纳博科夫专家"之称的弗拉基米尔·亚历山大洛夫解释说："在纳博科夫的世界里，这一类的巧合确实具有非比寻常的重要性。这就是为什么我要在书中屡次强调彼岸世界的原因。我认为纳博科夫一向对形而上和精神界的事情特别感兴趣，每当他处于时空交错的情况下，他总会把现世和彼岸世界连在一起。"孙老师则说她对"纳博科夫的宿命观，我格外感兴趣"。

之所以如此，是因为"巧合对纳博科夫来说，都是命运的启示。至于命运，那个来自彼岸世界的神秘动力，也正是他所谓的'缪斯'（Muse）。"至此，我们就不难明白，孙老师对于"巧合"这种带有宿命论的信仰般痴迷，盖来自其生命深处对于文学那种至上而赤诚的热爱。如果再往深一点引申，就是孙老师是欣赏纳博科夫那种建立在宿命论基础上的彼岸世界的，而这样的世界，在当代的美国学术界是不为大多数人所接受的，比如美国著名哲学家理查德・罗蒂（Richard Rorty）曾在一篇评论里劝导读者"还是不要去深究神秘主义方面的事情，因为这种考虑是不重要的"。^①也许正是欧美思维的严谨和实证主义传统，让西方世界对于接近于东方文化的这类模糊世界和模糊文化不能接受，孙老师对纳博科夫的好奇心，可证明她虽然身在美国逾半个世纪，接受西方学术训练，但她身上仍然葆有一种东方文化的底色，这也是她在西方汉学研究界能够出入游刃的个性与特色。

五、结尾

我无意——也没有那样的学术能力——对孙老师的研究做全景式描述，以上仅是通读其作品系列的一些个人体会。有些体会比较深，就多说几句，有些体会不明显但却很重要，比如孙老师文学研究中关于经典化的问题、女性文学研究、电影批评等等，牵涉的中外理论和作品非常复杂，为了避免说外行话，姑且存而不论。另外孙老师先后主持的中国女性诗人作品的翻译工程以及《剑桥中国文学史》，虽然在其学术生涯中占有非常重要的地位，但作品系列中既然鲜有涉及，加之我本人对翻译文学没有任何研究经验，亦避而不谈^②。类此情形尚多，不能枚举。即便是上面谈到的面向，也仅是个人一得之见，有些地方说了外行话，是在所难免的，希望孙老师和这些领域的方家不要见笑是感。

---

① 以上引文见《纳博科夫专家——亚历山大洛夫和他的新发现》。
② 李怀宇采访孙老师的《重写中国文学史》（2009）和孙老师的《剑桥中国文学史简介》对《剑桥中国文学史》的内容、特色、撰写过程皆有详尽的描述。

犹记八九年前，我在杭州和朋友编辑同人刊物《掌故》，那几年，几乎每年要校读两三本书稿，6 年前的冬天，我在杭州城西的山寺校完最后一辑，我们那本刊物就歇止了。此次校读孙老师的书稿，让我再一次回到那几年的校稿情境当中，实在是一种美好的回忆！

2020 年 5 月 28 日

初稿于思故客河上之抱月楼